張恨水精品集8

夜深沉

典藏新版

張恨水 著

張愛玲與張恨水：新文學史上的兩大傳奇

- 張愛玲是新文學史上傳奇性的作家，然而，她在其名著《流言》中，明晃晃地寫道：「我喜歡張恨水」。她甚至連張恨水小說《秦淮世家》《夜深沉》中的小配角都如數家珍；則她對張恨水的優質代表作像《啼笑因緣》《金粉世家》等的喜愛，自不待言。
後來有評論家說張愛玲是張恨水的「粉絲」，這或許言過其實；但她明示對張恨水的讚佩和投契，確有惺惺相惜之意，畢竟是新文學史上的一段佳話。
- 張愛玲的文風，華麗、濃稠，卻又蒼涼；張恨水的文風，則是華麗、灑落，而又惆悵。名字適成對仗，文風亦恰可互映。由於作品皆以寫情為主，二人均曾被歸為鴛鴦蝴蝶派；事實上，他們的文學成就和境界均遠遠超越了鴛蝴派。二人均以抒寫古典轉型社會的繁華與破落見長，然張愛玲作品往往喻指文明的精美與崩毀，而張恨水作品則涵納了人生的滄桑與頓悟。張愛玲的《傾城之戀》，張恨水的《啼笑因緣》，皆予人以「萬古長空，一朝風月」的感慨。
- 當初，張愛玲的作品抗衡了四十年代整個左翼文壇的巨流；而張恨水的作品牽動了萬千多情讀者的心緒，同被來勢洶洶的左翼作家視為異己和頑敵。
- 但文學品位終究不會泯滅，所以魯迅、林語堂、老舍、冰心等名家衷心揄揚張恨水，正如夏志清、劉紹銘、水晶、張錯等學者熱烈稱頌張愛玲。
- 張愛玲在台港及海外華人圈早已炙手可熱，帶動小說風潮；張恨水卻因種種詭譎莫名的緣故，受到不合理的封禁。如今，本社毅然突破封禁，推出精選的張恨水作品集，以饗喜愛優質小說的廣大讀者，庶免愛書人有遺珠之憾！

夜深沉

目錄

一　知音

夏天的夜裡，是另一種世界，平常休息的人，到了這個時候，全在院子裡活動起來。

這是北京西城一條胡同裡一所大雜院，裡面四合的房子，圍了一個大院子，所有十八家人家的男女，都到院子裡乘涼來了。

院子的東角，有人將小木棍子撐了一個小木頭架子，架子上爬著倭瓜的粗籐同牽牛花的細籐，風穿了那瓜架子，吹得瓜葉子瑟瑟作響，在乘涼的環境裡，倒是添了許多情趣。

然而在這院子裡乘涼的人，他們是不瞭解這些的，他們有的是做鞋匠的，有的是推水車子的，有的是挑零星擔子的，而最高職業，便是開馬車行的。

其實說他是開馬車行的，倒不如說他是趕馬車的，更恰當一些，因為他在這大雜院的小跨院裡，單賃了兩間小房，做了一所馬車出租的廠。

他只有一輛舊的轎式馬車放在小跨院裡，他也只有一匹馬，繫在一棵老棗子樹下；靠短牆，將破舊的木板子支起了一所馬棚子，雨雪的天氣，馬就引到那木板子下面去。

他是老闆，可也是夥計，因為車和馬全是他的產業，然而也要他自己趕出去做生意。這位主人叫丁二和，是一位三十二歲的壯丁，成天四處做生意。到了晚上，全院子人都來乘涼，他也搬了一把舊的籐椅子，橫在人中間躺著。

這時，在巷子轉彎的所在，有一陣胡琴鼓板聲繞了院子處走著，乃是一把二胡，一把月琴，按了調子打著板，在深夜裡拉著，那聲音更是入耳。

正到這門口，那胡琴變了，拉了一段《夜深沉》，那拍板也換了一面小鼓，得兒咚咚，得兒咚咚的打著，大家立時把談話聲停了下去，靜靜地聽著。

等那個《夜深沉》的牌子完了，大家就齊齊地叫了一聲好，王傻子還昂著頭向牆外叫道：「喂，再來一個。」

丁二和還是躺在籐椅上，將手上的芭蕉扇拍著椅子道：「喂，喂，王大哥，人家做小生意賣唱的，怪可憐的，可別同人家鬧著玩。」

這句話剛說完，就聽到有人在門口問道：「這兒要唱曲兒嗎？」

那聲音是非常的蒼老，丁二和笑道：「好哪，把人家可招了來了。」

王傻子道：「來就來了，咱們湊錢，唱兩支曲兒聽聽，也花不了什麼。喂，怎麼個演算法？」

那人道：「一毛錢一支，小調，京戲，全憑你點。要是唱整套的大鼓，有算雙倍的，有算三倍的，不一樣。」說著，在星光下，可就看到那人之後，又有兩個黑影子跟隨了進來。

王大傻子已是迎上前去，丁二和也就坐了起來。看進來的三個人，一個是穿短衣的男子，一個是短衣的婦人，還有個穿長衣的，個兒很苗條，大概是一位小姑娘。

王大傻子和那人交涉了一陣，卻聽到那婦人道：「我們這孩子，大戲唱得很好，你隨便挑兩齣戲聽聽，準讓你過癮。」

二和遠遠地插嘴道：「她唱什麼的？都會唱些什麼？」

婦人道：「大嗓小嗓全能唱，《罵殿》、《別姬》、新學會的《鳳還巢》，這是青衣戲，鬍子戲《珠簾寨》、《探母》、《打鼓罵曹》，全成。」

王傻子道：「二哥在哪兒啦？我們全不認得字，這件事可託著你了。」

二和道：「看摺子嗎？連人都看不清楚，你叫我看摺子上的小字，那不是笑話？」

二和道：「不用瞧了，他們剛才報的那幾齣戲，我都愛聽。」

王傻子道：「唱曲兒的，聽見沒有？你就挑拿手的唱罷。」

說著話，兩人走到了一處，王傻子可就塞了一個硬梆梆的摺子在他手上。

這句吩咐過了，只見三個黑影子已坐到一處，同時胡琴鼓板全響起來，那調子，正奏的是南梆子。

過門拉完了，那小姑娘唱了一段「老大王在帳中和衣睡穩」的詞句，正是《霸王別姬》，唱完以後，加上一段《夜深沉》的調子，這是虞姬舞劍那一段音樂。

二和本來回到他原位，躺在籐椅子上，聽完了這段《夜深沉》，二和叫了一聲好，人隨了這聲好，就坐起來，那男子停了胡琴，問道：「先生，還唱什麼？」

王大傻子道：「別罵人了，我們這兒，哪來的先生。」

人叢中有人道：「真好聽，再來一個。」

王傻子道：「好聽儘管是好聽，可也不能老唱這個。」

那女孩子道：「那我們唱一段《罵殿》罷。」

二和道：「好罷，就是《罵殿》，你唱罷。」

於是胡琴響起來，那女孩子又唱了一大段《罵殿》。

他們共湊的兩毛錢，只唱三段曲子，很快的就唱完了，王傻子在各人手上湊好了錢，遞到唱曲兒的手上去，那婦人道：「各位還聽不聽？要不聽，我們可得趕別家了。」

大家聽了，倒沉寂了一下，沒有做聲。

二和道：「我出一毛錢，你唱一段長一點兒的得了。」

王傻子笑道：「咱們總還算不錯，坐在這裡，還有人唱著曲兒伺候我們。伺候我們的，還是十七八歲的小姑娘。」

有人問道：「小姑娘這麼唱一段，你就受不了了，假使真有這樣一位小姑娘伺候你，你怎麼辦？」

王傻子道：「瞧了乾著急，那我就投河了。今天我媳婦到娘家去了，我敞開來說，好的想不著，賴的還是把我霸佔了，這輩子我白活了，我非投河不可，要不，憋得難受。」

二和笑道：「這傻子說話，狗嘴裡長不出象牙來。」

王傻子道：「二哥你別胡罵人，我說的都是實心眼子的話。你現在還是光棍兒一個，假使你有這樣一個十七八歲的姑娘伺候著，你能放過她嗎？你要不把她一口吞下去才怪呢。」

劉姥姥將扇子伸到他背上，亂撲了幾下，笑罵道：「這小子傻勁兒上來了，什麼都說，天不早了，都睡去罷。」

還是她的提議有力量，大家一陣風似的就散了。

不久，天氣又慢慢地涼了，胡同裡的胡琴聲，有時聽得著，有時又聽不著，後來是整月不來。

天氣就到了深秋了。

是一個早上，丁二和要上西車站去接客，套好了馬車，拿了一條細長的鞭子，坐到車前座上，啪的一鞭子，四個輪子骨碌都作響，直奔前門。

街上的槐葉子，帶了些焦黃的顏色，由樹枝空檔裡，垂下一球一球的槐子莢來，早風由樹葉子裡穿過，簌簌有聲。人身上自也感到一種涼意，心裡頭正也有一種說不出來的情緒。

忽然有人叫道：「那位趕馬車的大哥！」

回頭看時，一條小胡同口，一個蓬著頭髮的姑娘，滿臉的淚痕，抬起兩隻手，只管向這裡招著。

二和將馬帶住，跳下車來，迎向前問道：「姑娘，你認得我嗎？」

那姑娘似乎頭在發暈，身子晃了兩晃，向牆上一靠，將手托住頭。

在她這樣抬手的時候，看見她兩條光手臂有許多條的粗細紫痕，那兩隻青夾襖袖子，猶如美麗的東西下面掛著穗子一樣，叮叮噹噹的垂下布片來，再看她身上穿的那青布夾襖，胸前的齊縫也扯成兩半邊，裂下一條很大的口子，因問道：「姑娘，你怎麼回事？家裡有甚麼人打你嗎？」

她聽了這話，兩行眼淚像拋沙一般滾了下來，抖顫著聲音道：「我師傅，我師傅……」

她說到這裡，回頭看到巷子裡面有人跑了來，放步就跑，卻顧不得現談話，二和跳上車去，一兜韁繩，馬就飛跑上去，趕了一截馬路，馬車已超過了那姑娘面前去，二和回頭看時，見有一男一女，手裡各拿一根籐條，站在那小胡同口上，只管東張西望著。

那個哭的姑娘，跑了一截路，也趕上了馬車，藏在人家一個大門樓子下面，向二和亂招手，口裡低聲叫道：「喂，掌櫃的，你帶我跑一截路，免得他們追上我。」

二和將馬車趕了一截路，已是緩緩地走著，二和聽了姑娘的喊叫聲，就向她點點頭，低聲答道：「你快上來。」於是把馬拉攏一步，帶到大門樓子下，那姑娘也不等馬車靠攏，就奔到車子前，兩手將車門亂扯。

二和一跳，向門樓子下一竄，勢子也來得猛一點，向牆上一碰，咚的一聲，可是他也來不及去管了，左手摸著額角，右手就來開車門。

那姑娘跳上了車子，將腳亂頓著道：「勞你駕，把車子快開走罷，他們追來了，他們追來了！」

二和被她催得心慌意亂，跳上車也只有兜住馬韁就跑。跑了一截路，這才問道：「姑娘，你讓我送你到什麼地方去？」

她答道：「隨便到什麼地方去都可以。」

二和道：「這是笑話了，怎麼隨便到什麼地方去都可以呢？我是到西車站接客去的。」

她道：「我就上西車站搭火車去。」

二和道：「你搭火車到哪兒？」

她道：「到哪兒也可以。」

二和將車子停住了，回轉頭來，向車子裡看著，因道：「姑娘，我好意把你救了，你可不能連累我。你叫我把你帶上西車站，那算怎麼回事？那裡熟人很多，偵探也很多，你要讓人家告我拐帶嗎？」

她道：「哦，那裡有偵探？我家住西城，你把我送到東城去就是，勞你駕，再送我一趟。」

二和道：「送到東城以後，你怎麼辦？」

她道：「我有個叔叔，在北新橋茶館裡當夥計，我找他去。」

二和道：「這樣說著，那倒是成。」於是一面趕著馬車，一面和她說話，問道：「你師傅幹嘛打你？」

她道：「師娘不在家，他打我。」

二和道：「剛才有一個女人，也追出了胡同，不是你師娘嗎？」

她道：「是我師娘，我師娘回來了，聽了師傅的話，也打我。」

二和道：「那為什麼？」

她低住了頭，沒有做聲。

二和道：「師傅常打你嗎？」

她道：「師娘常打我，師傅倒是不打我，可是這一程子，師傅盡向我挑眼，也打過我好幾回了。」

二和道：「你總有點什麼事，得罪你的師傅了。」

她道：「不，我在家裡，洗衣煮飯，什麼事全替他們做，出去還替他們掙錢。」

二和道：「掙錢？你憑什麼掙錢？」

她頓了一頓道：「做活兒。」

二和道：「你師傅是一個裁縫嗎？」

她道：「唔，是的。」

「你家裡人呢？」

她道：「我什麼親人也沒有，要不，他們打我，怎麼也沒有人替我作主。」

二和道：「你不是還有一個叔叔嗎？」

她道：「哦，對的，我還有個叔叔。」

二和道：「叔叔不問你的事嗎？」

她道：「很疏的，他不大管我的事。」

二和道：「你姓什麼？」

她道：「我姓李。」

兩人說著話，不知不覺把馬車趕到了一所空場。

二和把馬車攏住，由車子上跳下來，問道：「姑娘，你下車來罷。由這裡向北走，向東一拐彎，就是北新橋大街。」

她跳下車來，用手理著頭上的亂髮，這才把她的真相露了出來：**雪白的鵝蛋臉兒，兩隻滴溜烏圓的眼珠，顯出那聰明的樣子來。**

二和便道：「倒是挺好的一個人。」

她站著怔了一怔，望了他道：「由北新橋過去，再是什麼地方？」

二和道：「過去是東直門，你還要過去幹什麼？」

她道：「不過去，我不過這樣的問一聲。」

二和道：「你叔叔叫什麼名字？」

她道：「叫王大龍。」

二和道：「這就不對了，你說你姓李，怎麼你叔叔姓王呢？」

她愣住了一會子，笑道：「是我說錯了，我叔叔叫李大龍。」

二和向她打量了一遍，點點頭道：「你去罷，拐彎就是北新橋。沒想到為了你這檔子事，耽誤了我西車站一道生意，我還得趕出城去撈東車站的生意呢。」說著，跳上車去，一撒韁繩，車子掉轉過頭來向南走。

看那姑娘時，將腳撥著地面上的石塊，低了頭緩緩地向北走。她沒有向二和道謝，二和也沒有那閒工夫再問她向哪裡去了。

二 歸宿

人生的聚合，大半是偶然的，不過在這偶然之中，往往可以變為固然。

二和同那位逃難的姑娘，一路談到這空場子裡，也就覺得她果然有些可憐。這時雖然掉轉馬頭，自己走自己的，可是再回轉臉來向北看，只見那女孩子兩手抄在衣岔上面，低了頭，一步拖著一步的走了去。

二和將手上的馬鞭子一舉，叫道：「喂，那位小姑娘，別忙走，我還有話問你呢。」那女孩子聽了這話，一點也不考慮，立刻跑了過來。

她走來的勢子，那是很猛的，但是到了他面前以後，這就把頭低了下來，問道：「掌櫃的，你叫我幹嘛？我已經給你道過勞駕了。」

二和跳下車來，笑道：「你不和我道勞駕，這沒有關係。我還要問你一句話，你說你有個叔叔在北新橋茶館裡，這話有點兒靠不住吧？」

她點點頭道：「是的，有一個叔叔在茶館子裡。」

二和道：「這茶館子的字號，大概你不知道，但是這茶館子朝東還是朝西，是朝南還是朝北，你總不會不知道。」

她昂著頭想了一想，忽然一低頭，卻是噗嗤一笑。

二和道：「這樣說，你簡直是撒謊的。你說，你打算到哪裡去？」

她抬起頭來，把臉色正著，因道：「我實話對你說罷，因為你追問著我到哪裡去，我要不告訴你有一個叔叔在北新橋，那你是會老盯著我問的，教我怎麼辦呢？」

二和道：「我老盯著你問要什麼緊？」

她道：「我怕你報告警察，送我到師傅家裡去。」

二和道：「你不到師傅那裡去，又沒有家，那麼，你打算往哪裡跑呢？」

她聽著這話，倒真箇愣住了，瞪了那烏溜的眼睛，只管向他望著，將右腳上的破鞋不斷地在地面畫著字。

二和道：「你不能跑出來了，糊裡糊塗的亂走一氣，你事先總也籌劃了一會子，自己究竟是打算到哪兒去。」

她道：「我要是有地方去的話，我早就逃走了。就因為沒地方去，我才是在他們家裡待著。」

二和道：「怎麼今天你又敢跑呢？」

她道：「我要不跑，在他們家裡，遲早得死。還有那個畜類的師傅，他逼得我待不下去，我只好糊裡糊塗先跑出來，逃開了虎口再說。我也有個想頭，一來是逃下鄉去，隨便幫幫什麼人的忙，總也可以找碗飯吃；第二條路，那不用說，我就打算死啦。別的事情不好辦，一個人要尋死，沒什麼辦不到。」

二和道：「你不是說，你師傅待你還不錯嗎？」

她退後了兩步，低了頭沒有做聲，將兩個手指頭放在嘴唇皮子上抵著。

二和道：「這樣子說，你準是走第二條路，看你臉上一點沒有發愁的樣子，反正是死，走一步算一步，你說是不是？」

她沉鬱著臉子，把眼皮也同時垂了下去，可沒有答話。

二和抬頭看看天色，太陽已高升過了人家門外的高槐樹上，皺了兩皺眉毛道：「我不碰著這件事呢，我就不管，現在眼睜睜地看你去尋死，可沒有這個道理，你能不能依著我的話，到我家裡去一趟，我家裡有個老太太，她見著的事就多啦，可以勸勸你。」

她道：「到你們家去也可以的，可是我得聲明一句，你要把我送回師傅家裡去，我是不幹的，你可別冤我。」

說了這話，她向二和周身上下全看了一眼。

二和道：「這是笑話了，你這麼大一個人，就是你師傅也關你不住，我們一個過路的人，就能把你送回去嗎？腳在你身上，我要你回去，你不走，我們也算白著急，你先到我家裡去瞧瞧，若是不好，你再走，那也不遲吧？我豁出去了，今天上午什麼買賣也不做，我再陪你跑一趟，你上車。」說著，就上前把車門打開了，而且還欠了一欠身子。

她跳著上了車，由車門子裡伸出了半截身子，向二和道：「你若是把馬車向我師傅家裡趕了去，那我就會跳下來的。」

二和道：「你這位姑娘說話，也太小心了，你上我的馬車，是你自己找著來的，又不是我去拉了你來的，你若是不相信我，就不該叫住我救你。」

她笑道：「我倒相信你是個好人，就是保不住你不送我回去。掌櫃的，勞駕了，我跟你去了。」

二和跳上了車子，一鞭子趕了馬車就跑，因為是一徑地跑著，也就沒有工夫來和她說話，到了家門口，把車子停在門外，那姑娘倒像是熟路似的，開了車門下來，直向小跨院子裡丁家走去。

在這屋簷下，坐了一位老太太，背對了外坐著，二和道：「媽，我告訴你一段新鮮事兒，我帶著一位客來了。」

那位老太太扭轉身來，尖削的臉上，閃出了許多皺紋，戴了一把蒼白的頭髮，不住地微微地搖撼著，這是表示著人受刺激太深，逼出來的一種毛病。她雖是站起來了，但還依舊仰了臉看人，由這裡可以看出來，她還是個雙目失明的殘疾人。

二和站在他母親面前，向那位姑娘招了兩招手，因道：「請你過來見見，這是我媽。」

那姑娘走了過去，叫了一聲老太，丁老太就伸出右手來，一把握住了她的手，左手卻在她手臂上、肩上全輕輕地撫摸一番，因笑道：「這可是一位小姑娘。二和，是哪一家的？」

二和道：「你老坐著吧，先讓我把一段子經過的事告訴你，然後再讓她說她的。」

丁老太就彎了腰，把剛才自己坐的凳子拍了兩下，笑道：「小姑娘，你就在這兒坐著吧。」

她說完了這話，自己慢慢地走到對過的所在，彎下腰，伸著兩手，在各處摸索了兩三下，果然就讓她摸到了一把小椅子，然後坐下。

二和在牆上釘子上，取下了一條半乾溼的手巾，在額頭上亂摸擦了一陣兒，這就笑著把今日早上的事敘述了一番。

丁老太雖然看不到來的貴客是怎麼一個樣子，可是誰說話，她就把臉朝著誰。等二和把話說完了，這就將臉一轉，朝到那位小姑娘，笑問道：「我兒子說的話，全是真的嗎？你貴姓？我應當怎麼稱呼呢？」

她道：「你太客氣，還說這些啦。我姓王，師傅替我起了個名字叫月容，成天成晚的就是這樣叫著。掃地抹桌，洗衣煮飯，什麼全叫我，我真膩了。我在家的時候，小名兒叫小四兒，你就叫我小四兒罷。」

二和道：「姑娘，你同我媽媽有一句便說一句，就別發牢騷了。」

丁老太將臉朝著他道：「二和，你還沒有做買賣啦，我聽這王姑娘的話一定很長，你先去找一點生意，咱們等你回來。」

二和向那姑娘看了一下，又低著頭想了一想道：「姑娘，你不要心急，陪著我媽在這裡談談，等我回家來了，你再走開。我媽眼睛看不見，你要跑，她可抓不住。」

她站起來道：「你放心去做買賣罷，我這滿市找不著主兒的人，會到哪兒去？」說著，還向他露齒一笑。

二和走到院子裡，**回頭看到了她這兩片鮮紅的嘴唇裡，透出雪白的牙齒來，又把那烏溜的眼珠對人一轉，這就不覺呆了。**

丁老太道：「二和，怎麼啦，沒聽到你的腳步響？」說著，揚了臉，對著院子。

二和道：「忙什麼，我這就走啦。喂，那位姑娘，你可別走，走了，我是個漏子。」於是取下頭上的帽子，似乎要向她點個頭，可是不知他有了一個什麼感想，一轉念頭，將手在帽子上拍拍灰，大踏著步子，走了出去了。

這位王月容姑娘，一面和丁老太談話，一面打量他們家的屋子。

這裡是兩間北屋，用蘆葦稈糊了報紙，隔了開來的，外面這間屋子，大小堆了三張桌子。正面桌上，有一副變成黑黝的銅五供，右角一個大的盤龍青花破瓷盤，盛了一個大南瓜，左角堆了一疊破書本，上面壓了一方沒蓋的硯池，筆墨帳本又全放在硯池上。那正牆上，不是字畫，也沒供祖先神位，卻是一個大鏡框子，裡面一個穿軍服掛指揮刀的人像。那人軍帽上，還樹起了一撮絨纓，照相館門口懸著袁世凱的相片，就是這一套。這人大概也是一個大武官，可不知道他們家幹嘛拿來掛著。其餘東西兩張桌子，斜斜地對著，盆兒罐兒、破報紙、麵粉袋、新鮮菜蔬、馬毛刷子、破衣服捲，什麼東西都有。兩張桌子下面，卻是散堆了許多煤球，一套廚房裡的傢伙。連煤爐子帶水缸，全放在屋子中間，再加上兩條板凳，簡直把這屋子給塞滿了。

丁老太因為她在談自己的身世，正垂了頭，靜心靜意向下聽著，並不知道她在察看這屋子。約莫有大半個鐘頭，月容把她的身世全說過了，老太點點頭道：

「原來你是這麼回事，等我們二和回來，再替你想法子。你既是什麼都會做，我家裡油鹽白麵全現成，要不然，你等著二和回來，才可以做飯，那就早著啦，恐怕你等不了。往日，他沒做完買賣，也趕回來給我做飯吃，要不，事先就留下錢在麵館子裡，到時候讓麵館子送麵來。別瞧他是個趕馬車的，他可知道孝順上人，唉，這話提起來，夠叫人慚愧死了。你瞧見上面那一個大相片沒有，那是我們二和他父親，二和的老爺子官大著啦，做到了上將軍，管兩省的地方。二和的父親，是老爺子的長子，三十歲的人，除了原配不算，連我在內，是八個少奶奶，把一條性命活糟蹋了。

「我也是好人家兒女，他花了幾千塊，硬把我強買了來，做第四房。上輩老爺子和二和的老爺子是一年死的，**整千萬的家財，像流水一樣地淌了去**。我是一位第四的姨少奶奶，又沒有丈夫，能攤著我得多少錢？我帶了這個兒子，分了兩千塊錢，就這樣過了十幾年。坐吃山空，兩千塊錢夠什麼？把我私人藏著的一點首飾全變賣完了。到了前兩年，孩子也大了，浮財也用光了，我兩隻眼睛也瞎了。

「我們那位大奶奶，過了十幾年的光花不掙的舒服日子，錢也完啦，就把最後剩下的一所房也給賣了去。我本來也不想分他丁家財產了，人家說，我們上輩老爺子，共有九個孫子，就是我們這孩子分得太少，這才託人去說，就是這一次啦，多少得分一點兒給我們。丁家人比我窮的還有呢，早把錢搶了個空，分給了我們一輛馬車、一匹老馬。我說，這是給窮人開心，窮得沒飯吃，還坐馬車啦！二和可就信了街坊的話，把馬車拖回來了，就憑了這匹老馬，倒養活了我這老少兩口子過了兩年。」

月容笑道：「那麼說，丁掌櫃的倒是一位貴公子啦。」

丁老太道：「貴公子怎麼著？沒有什麼學問，還不是給人趕馬車嗎！」

月容道：「您這話倒是真的，我只說了我在師傅家的事，沒說我自己家的事，下次我到你府上來，就可以把這話詳詳細細的對您說了。」

兩人這樣一談，倒是很高興，也忘了誰是主人誰是客。過了兩三小時，在外面趕馬車的丁二和，對於家裡這一位客人，實在不放心，拉了一筆生意，趕快地就趕回家了。

馬車放在大門外，他手上拿了一個馬鞭子，大開著步子，就向院子裡走，看到王月容正在屋簷下站著呢，便道：「姑娘，好啦！我給你想到了一個辦法啦，你先買一點兒東西吃，我這就送你去，你可別……」

他一面說著，一面走近前來，這倒不由得他不大吃一驚。原來這個小跨院裡，掃得乾乾淨淨的，破桌子爛板凳全理齊了，放到牆角落裡。院子裡有幾隻雞，全用繩子縛了腳，拴在桌子底下，水缸、煤爐，還有一張條桌，全放在屋簷下來。煤爐子上燒著一鐵鍋開水，桌上一塊砧板，撐了好些個麵條子，在那裡預備著。幾隻碗裡，放了醬油、醋、蔥花兒，還有一隻碗，放了芝麻醬、甜醬，一個碟子，切了一碟鹽水疙瘩絲兒。

再向屋子裡一看，全改樣啦，那張條桌同做飯傢伙全搬出去了，屋子裡也顯著空闊起來。煤球全搬出去了，地面上掃得鏡子似的，不帶一點髒。左邊的桌子空出來了，只有一把茶壺，兩隻杯子，正中桌上，書理得齊齊的，筆硯全放在犄角上。院子裡有兩瓦盆子雞冠花，壓根兒沒理會過，這會子，把瓦盆子上的浮泥全部擦乾淨了，放在桌上五供旁邊。

母親坐在桌子邊椅子上，手裡捧了一杯茶在喝呢，因道：「呵，屋子全收拾乾淨了，這是誰收拾的？」

月容道：「掌櫃的，是我收拾的，可是我沒有多大工夫，還沒有收拾得好。掌櫃的，你這就吃飯嗎，什麼全預備好啦。」

二和拿了一條馬鞭子，只管向屋子裡外望著，簡直說不出話來啦。

丁老太道：「這位姑娘，為人真勤快，自從你去後，她就做得沒有歇手。」

二和道：「這可真難為人家，我們要怎樣謝謝人家呢？」

這句話沒說完，月容把一隻破舊的鐵瓷盆舀了熱水，連手巾也鋪在水面上，這就向他點了兩點頭笑道：「你先來洗把臉。」

二和將馬鞭子插在牆窟窿眼裡，兩手亂搓了巴掌，向她笑道：「姑娘，你是一個客，我們怎好要你做事呢？」

月容道：「這沒關係，我在師傅家裡，就這樣伺候師傅慣了的。」說著，她將臉盆放在矮凳子上，自走開了。

二和洗著臉，水嘩啦子響，丁老太就聽到了，她說：「二和，你瞧這位姑娘多會當家過日子，**我要是有這麼一位姑娘，我這個家就上了正道了**。你瞧，人家還是一位客呢，你一回來了，茶是茶，水是水的，忙了一個不亦樂乎。」

二和心裡正想著，水倒有了，哪兒來的茶？一抬頭，卻看到桌子角上，放了一杯茶，便喲了一聲道：「姑娘，這可勞駕勞駕。」

月容站在門外自低了頭下去，微微一笑。

丁老太道：「二和，剛才你一進大門，就嚷著有了辦法了，你所說的，是有了什麼辦法？」

二和端起那杯茶來，喝了一口，因道：「我在車站上，也是聽到夥伴裡說，婦女救濟院裡面，就收留各種無家可歸的女人。若是這位姑娘肯去，那裡有吃有穿，還有活做，將來可以由院裡頭代為擇配呢。你看這不是一件好事嗎？只要到那裡面去了，無論這姑娘的師傅是怎麼一位天神，他也沒有法子，只好白瞪眼。」

二和同母親只管說話，一不留神，剛才的那一臉盆水卻讓人家端起走了，接著，桌面子是揩抹乾淨，月容把兩碗下好了的麵條子放在桌子上，而且還攙著丁老太到桌子邊坐下，拿了筷子塞到她手上，笑道：「老太太，我這份手藝可不成，麵條全抻得挺粗的一根，你嘗嘗這味兒怎樣？」

二和兩手一提褲腳，張了腿在椅上坐下，拿起筷子，夾了一大夾子麵，彎腰就待向嘴裡送去，可又忽然把筷子放下，望了她道：「這位姑娘，你自己怎麼不吃？」

她道：「我吃啦。」她捧了一碗麵，在廊簷下舉了兩舉，笑道：「我在這兒奉陪啦。」

二和笑道：「這可不像話，就算我們這是一張光桌子，我們娘兒倆全坐在這裡正正經經的吃麵，你累了大半天，讓你坐在院子裡吃，就是不讓別人瞧見，我們心裡頭也過不去。」

說著話，自己可就起了出來，把她那碗麵接到手上，向屋子裡端了去，笑道：「這一餐飯，你是自做自食，我也不好說什麼客氣話，等我做完了下午兩趟買賣，好好兒來請你一請。」

二和說著話，可就把那碗麵放到桌子上，而且搬到了一條凳子，放在橫頭，將手連連拍了凳子兩下，向她微微笑著道：「請坐，請坐。」

月容將牙微咬了下嘴唇，低頭坐下。

二和點點頭道：「我沒有什麼可以說的，這是你做的麵，做得很好，請你多吃一點兒就是了。」

月容只是低了頭吃麵，卻沒有說什麼。

二和雖不是正面的朝她望著，可是當和她說話的時候，就偷著看她臉色一下，只看她圓圓的臉兒，頭上剪著童式的頭髮，現在不蓬了，梳得光滑滑的，兩鬢邊垂了兩綹長的垂鬢，越是顯著那臉腮上的兩片紅暈成了蘋果般一樣好看。

她扶了筷子的手，雖然為了工作太多，顯著粗糙一點，卻也不見得黃黑，而且指甲裡面不曾帶了一絲髒泥。記得小時候，常和一位劉家小姐在一起玩，她的樣子，倒有些相同。正打量著呢，這位王姑娘的頭可就更抬不起來了。

丁老太聽到桌面上靜悄悄的，這就問道：「二和，那救濟院的事，你得和這位姑娘談談，看她是不是願意去？」

月容道：「我早聽到了，我只要有個逃命的地方，哪兒也願意去的。吃完了飯，就請丁掌櫃的送我一趟罷。」

她說著，就仰著臉望了二和，等他的答覆。她心裡大概也很高興，以為是得著一個歸宿之處了。

三 悸動

丁二和在今天吃午飯的時候，家裡會來了這麼一位女客，這是想不到的事。自從脫離大家庭以來，彷彿記得沒有吃過這樣一餐舒服的飯，可以不用自己費一點心力，飯碗放在桌子上，扶起筷子就吃，**覺得自己家裡真有這樣一位姑娘，那實在是個樂子。雖然家裡多這樣一個人吃飯，不免加上一層負擔，可是一個小姑娘又能吃多少，她若是願意不走，把她留下來也好**。因為如此想著，所以月容說上救濟院去的話，就沒有答覆。

月容向他看看，見他吃著麵，只是把筷子夾了兩三根麵條子送到門牙下，一截一截地咬了吃，咬完了兩三根麵條子，再挑兩三根麵條子起來咬著，兩隻眼睛全射在桌子中心那鹽水疙瘩絲的小碟子上。心裡一轉念，是啦，人家家裡突然的來了一位逃跑的小姑娘，可擔著一份子干係。這事要讓自己師傅知道了，說不定要吃一場飛來的官司，還要落個拐帶二字，人家怎麼不透著為難呢！人家顧著面子，一直不好意思說出口，叫客快點兒走，這也就不必去真等人家說出口來，自己知趣一點兒，就說出來罷。

於是掉轉臉，對了上座的丁老太道：「你這份恩情，我現在是個逃難的孩子，也沒法子報答，將來我有個出頭之日，一定到你府上來給你磕頭。」

丁老太放下筷子，順了桌沿，將手摸著過來，摸到了月容的手臂，就輕輕地拍著道：「好孩子，你不要說這樣的話，為人生在世界上，都是彼此幫忙，三年河東，三年河西，我們這樣小小的幫你一點忙，算得了什麼，將來也許有我們求到你府上的時候，你多照顧我們一點就是了。」

二和覺得母親這種話，勸人家勸得有些不對勁，便端起手上的麵碗，連湯帶麵，稀裡呼嚕一陣喝了下去。

月容看到，連忙將筷子碗同時放下，站了起來，笑道：「還有麵啦，我去給你盛一點。」

二和道：「飽啦，勞你駕。」

月容站在桌子角邊，對他望著，微微一笑道：「在外面忙了這樣一天，飯又晚了，再吃一點兒。」

二和看了她這樣子，倒不好拒絕，因笑道：「也好，我幫著你，一塊來下麵罷。」說著，同走到屋簷下來，月容捧了他的碗，放在小桌上，還在抽屜裡找出了一張小報，將空碗蓋上。

二和退後兩步，兩手互相搓著，望了她微笑道：「姑娘，你做事真細心，把空碗放在這裡一會子，還怕吹了灰塵進去。」

月容笑道：「讓你見笑，我自小就讓人家折磨的。」她口裡說著話，把砧板一塊溼麵趕忙地搓搓挪挪，抻起麵來，還回轉頭來向二和微笑道：「下麵總要現抻，一面抻著，一面向鍋裡下去，若是抻好放在這裡等著，就差味兒。」

二和道：「人少可以，人多，抻麵的人可得累死。」

月容笑道：「無論什麼，全是一個習慣，我在師傅家裡，就常常給他們一家人抻麵。累死我倒不怕，就是別讓我受氣。」說著，微微嘆了一口氣，垂下頭去。

二和看了人家這一副情形，只好把兩手挽在身後，來回地在院子裡徘徊著。

月容手腳敏捷的煮好一碗麵，滿滿地盛著，剛待伸手來端碗，二和口裡說了一聲不敢當，人就搶過來，把碗端了去。放到屋裡桌子上以後，看到月容碗裡只剩了小半碗麵了，這就整大夾子的挑了麵條子，向她碗裡撥了去。

月容笑嘻嘻的，跳著跑進屋子來，將手抓住了他的筷子，笑道：「我早就夠啦。」

丁老太道：「你在我們家吃一頓飯，還是你自個兒動手，若是不讓你吃飽，我們心裡也過得去嗎？」

二和笑道：「若是這樣子請客，咱們家雖窮，就是請個周年半載，也還請得起。」

丁老太道：「真的，讓人家替咱們忙了大半天，也沒讓人家好吃好喝一頓。」

月容道：「丁掌櫃幫我一點忙，把我送到救濟院，弄一碗長久的飯吃，那也就得啦。」

丁老太道：「二和，你瞧，這位姑娘只惦記著到救濟院去，你快點兒吃飯，吃完了飯，你就趕著車子把人家送了去罷。」

月容本是坐在旁邊，低了頭吃飯的，聽了這話以後，立刻放了筷子碗，站起來，向他深深地鞠了一個躬，笑道：「丁掌櫃，我這裡先謝謝你了。」

二和也只得放了筷子碗，站將起來，因向她道：「這點兒小事，你放心得了，我馬上送你去。不但是送你去，而且我還要保你的險，那救濟院裡是準收。」

月容聽說，又向他勾了一勾頭。二和心裡，這就連轉了兩個念頭，說送人家到救濟院去，是自己出的主意，現在不到半點鐘，那可轉不過口來。再說到瞧她這樣子，那是非常願意到救濟院去，自己又怎好去絕了人家的指望呢！

如此想著，就對她道：「好的，姑娘，你自己舀一盆水，洗把臉，喝一口水，我到外面套車去。」

他說著，把麵碗放下了，自到門外去套車。

還不曾出得院子呢，有人叫了進來道：「二哥，在家啦？買賣來了。」

二和看時，是同行陳麻子，他家相距不遠，就在本胡同口上。

二和道：「家裡喝碗水。」

陳麻子站在院子中心四周看了一看，答道：「呵，你這院子裡開光啦，你真是裡外忙。」

二和見他麻臉上的兩張薄片嘴一連串地說著，這倒不好讓他進屋子去，便道：「多謝你的好意，既是有生意，就別耽誤了，上哪兒呀？」

陳麻子道：「就是這胡同外面那座大紅門裡面，他們要兩輛馬車，遊三貝子花園去。」

二和道：「出外城啦，什麼時候回來？」

陳麻子道：「有一點鐘，向坐車的主兒要一個鐘頭的錢，你怕什麼，走罷。」他說了這話，挽住二和的手臂就向外拉。

二和被他拉到大門外，笑道：「我丟了帽子沒拿，你等一會兒。」說著，向院子裡跑了進去。

走到屋子裡，見到月容正在揩抹桌子，於是低聲向她道：「這可對不起，我有一趟城外的買賣，立刻要走。」

月容笑道：「掌櫃的，你自便罷，我在你府上等著，你什麼時候回來，就什麼時候再送我。」

丁老太道：「我先留著這姑娘談談。」

二和怕陳麻子進來，在牆壁釘子上取下了自己的破呢帽子，匆匆地就跑出門去。

陳麻子所告訴他的話，倒不是假的，果然，是一趟出城的生意。在路上心裡也就想著，這件事，也不忙在今日這一天，只要生意上多掙幾個錢，明日早上就耽擱一早也沒關係，於是定下心，把這一趟生意做完。不想這幾位遊客，偏是興致甚好，一直遊到下午七點鐘才到家。

二和趕著馬車回來，已是滿天星斗。自己也是著急於要看看月容還在這裡沒有，下車也來不及牽馬進棚子裡去，手上拿了馬鞭子，悄悄地走到院子裡來。

只見屋簷子微微地抽出一叢泥爐子裡的火焰，雖是黑沉沉的，顯著院子裡寬敞了許多，這就想到今日上午月容收拾院子的這一番功勞不能夠忘記。外面屋子裡也沒點燈，只是裡面房間裡有一些渾黃的燈光，隔了玻璃窗向外透露著，於是緩緩地走到廊簷下來，聽她們說甚麼呢？

這就有一種細微的歌聲送到耳朵裡來，這詞句聽得很清楚，乃是「老大王在帳中和衣睡穩」，**正是自己所愛聽的一段《霸王別姬》**。這就不肯做聲，靜靜地向下聽著這一段唱腔，不但是好聽，而且還十分耳熟，直等這一段南梆子唱完了，接著又是一段嘴唱的胡琴聲，滴咯滴咯兒隆，隆咯隆咯兒咚，**這豈不是《夜深沉》**?!

在唱著胡琴腔的時候，同時有木板的碰擊聲，似乎是按著拍子，有人在那裡用手指打桌沿。直等這一套胡琴聲唱完了，自己再也忍耐不住了，突然叫起來道：「哦，唱得真好。」

隨著這句話，就一腳跨進屋門來，只在這時，卻看到一個人影子由桌子邊站了走來，暗影裡也看得清楚，正是王月容，便笑道：「哦，王姑娘，你還會唱戲？」

她道：「不瞞你說，我現在是無家可歸的人，逃出了天羅地網，不受人家管了，心裡一痛快，不知不覺地就唱了起來了。你們老太太身上有點兒不舒服，早睡著了，我一個人坐在這裡，怪無聊的，隨便哼兩句，讓你聽著笑話。」

她口裡說著話，擦了火柴，就把桌子上一盞煤油燈給點著了。

二和在燈光一閃的時候，看到那嬌小的身材，這讓他想起星光下一段舊事，便問道：「姑娘，你是怎麼會唱戲?你學過這玩意兒的嗎？」

她在桌子邊站著避了燈光，不由得低下頭去。

二和看到桌上有茶壺，自己覺得把話問得太猛浪了，於是搭訕著斟茶喝。人家是一位客呢，又不便自己喝了倒不理會客人，於是也倒了一杯，悄悄地送到她面前桌子角上。

她看到就明白了，向他笑著一點頭道：「勞駕了。」

二和一抬手道：「我記起來了，一點兒沒有錯！夏天，你在我們院子裡唱過一晚戲，你唱得真好，我永遠記得。不想咱們成了朋友了，想不到，想不到！」說得高興了，兩隻手掌互相撐著，微扛了肩膀，有說不出來的那一種快樂似的，只管嘻嘻地笑，月容臊得耳根子也紅了，只是低了頭，將一隻手去慢慢地撫摸著桌沿。

二和這才看出來了，人家很不好意思，因止住了笑容，很沉著地對她道：「這要什麼緊，我們趕馬車是糊嘴，你賣唱也是糊嘴，又有什麼不能對人說的！」

她這才低聲答道：「我不敢告訴你是學什麼，就為的是這個。丁掌櫃的，你明天把我送到救濟院裡去，可別說出來，我覺得真是怪寒磣的。」

二和端了一張方凳子在房門口放下，然後又端了那杯茶，朝著她慢慢兒地喝。

她忽然身子掉正過來，向二和望著，沉住了顏色道：「丁掌櫃……」說著這話，突然的把話止住，而且將頭低下去。

二和雖然不敢正眼的望著她，可是這話也不能不回答她，因之手上捧著茶碗，慢慢兒地向嘴裡送著，緩緩地道：「那沒什麼要緊，我答應了你的事，遲早總得替你辦。」

月容道：「不是那話，你想不到我是一個賣唱的人吧？」

二和見她兩手反撐了桌子，背著燈光看了自己的鞋尖，那就夠難為情的了，便站起來道：「倒是沒有想到，可是等我知道了你是一個賣唱的，我可喜出望外，因為你那天在我們這院子裡唱過一回之後，我們這院子裡人，全都成了戲迷了。可是我們又沒有那麼些個錢，可以天天叫唱曲兒的到家裡來，所以當你們這一班拉著彈著，由胡同裡過去的時候，我就老是跟了他們走，有時候還走著很遠的地方去。你唱的聲音，我是聽得很熟，可是我還沒瞧見過你長得是個什麼樣子。」

月容本就低著頭的了，聽著這話，不覺噗嗤一聲笑著，將頭扭了過去。

二和見她這樣不好意思，更覺得心裡有些蕩漾起來，拿起桌上的茶壺，又自斟了一杯茶，站在桌子角上喝了。那月容始終把臉朝了那邊，也不掉過來，這樣，彼此寂然地對立著，約莫有六七分鐘。

丁老太在裡面屋子床上翻了兩個身，嘴裡哼哼有聲，二和這才發言道：「媽，你又不舒服啦？」隨著這話，他就走了進去。

月容一人在外面屋子裡，就靠了桌子角坐下，也是這一天實在是疲勞了，不知不覺地就伏在桌子角上閉眼稍微休息一下。朦朧中，覺得這桌子搖撼了一陣，便抬頭向前面看著。二和已是將兩條板凳架了一塊板子橫在堂屋中間，板子上鋪了一床薄被。

月容站起來，打了兩個呵欠，立刻將嘴掩住，笑道：「又要勞你的駕，我自己會來鋪床。」

二和道：「不，這是我搭的鋪。你一位大姑娘家，怎好讓你住在外面屋裡睡，你別瞧我家窮，還有一張大銅床呢。」

月容道：「向來丁掌櫃在哪兒睡？」

二和道：「你不瞧見屋子裡有一張小土炕嗎？我向來就睡在那兒。」

月容道：「把你揪到這外邊屋子裡來，倒怪不好意思的。」

二和道：「這也沒有什麼不好意思，反正我不能讓客人在家裡熬一宿。」

月容道：「老太太向來一人睡在床上的，今晚上又不太舒服，我怎好去打攪她，我在炕上睡罷。」

二和道：「這可以聽你的便。」說著，舉起兩隻手，連連打了兩個呵欠。

月容抬起一隻手來，理著自己的鬢髮，笑道：「你為我受累了一天，這會子該休息了，我這就進房去了。」

二和道：「裡面屋子裡，請你別熄燈。桌上有一壺茶，是拿一件大棉襖包著的，假如半夜裡我們老太太要喝茶，請你倒一杯給她喝，別的也沒有什麼可說的了，你睡罷。」

月容雖然覺得他最後兩句話有點贅餘，但是自己要睡，人家也就睡，不便多問，自進裡屋，掩上屋門睡了。

二和這方搭床的板子，正是屋子裡開向院子裡的屋門，現在睡下了，屋子門可就不能關上。將一床被半疊半蓋的躺著，沒有枕頭，只好脫下身上的衣服，做了一個大棉布捲塞在墊被的下面，把頭枕頭。

這一天，早上把東北城跑了一個來回，晚上又把西北城跑了一個來回，也就相當的疲倦。何況為了月容，心裡頭老是有一種說不出所以然的牽掛，總覺得安置沒有十分妥當，做什麼事也有些彷彷彿彿的。這時頭靠了那個捲的衣包，眼對了裡面房門望著，他心裡就在那裡想著，**假使自己有一天發了財，把這間房當了新房，那就不枉這一生了**。不過像王姑娘這分人才，要她做新娘子，也不能太委屈了，必得大大的熱鬧一下子。

心裡這樣想著，眼面前可站著一位新娘子，身上穿了紅色的長衣，披了水紅色的喜紗，向人微微地一笑。耳邊下兀自有音樂響著，但是卜卜嗆嗆的，卻有些不成腔調。這就忘記了自己是新郎，也禁不住發脾氣喊起來：「為什麼音樂隊這樣的開玩笑。」

不想這一聲嚷著，自己也醒過來了，是牆外面有敲更的經過，是那更梆同更鑼響著，於是轉了一個身朝裡睡著，心裡也正責罵自己，未免太不爭氣，**家裡來一位女客，立刻就想把人家當新娘子**。可是月容倒很贊成這個辦法，對他道：「你不要送我上救濟院，我們逃跑罷。」說著就跑，不知道有多少人在追趕，兩個人拚命地跑，後來索性牽了月容的手跑。

所跑的正是一條荒僻的大街，刮著大風，飛著雪花，吹得人身上冷水浸了一樣，尤其是自己的脊梁上直涼透了肺腑，站著定了定神，自己並沒有站著，卻是躺在門板上。那院子裡的風呼呼地向屋子裡面灌，吹得脊梁上猶如冷水澆過，所以把人又驚醒了，於是一個翻身坐起來，定了一定神。**今天晚上，怎麼老是做夢**？這可有些怪了。記得桌上還放下了一盒菸捲的，這就走過去向桌面上摸索著。

不知道怎麼噹的一聲，把桌上一隻茶杯子給撞翻了，自己啊喲了一聲，接著便是呷啞一聲，原來房門開了，閃出一線燈光來，月容可就手扶了房門，在那裡站著。

二和道：「你還沒睡著嗎？準是認床。」

月容笑道：「我們是什麼命，還認床啦？我想你在外面屋子裡躺著，忘了關門，仔細著了涼。我把你擠到外面來，怪難為情的，可是你老太太睡著了，我又不便叫你。」

她說著話，就抱了一床小被出來，放到板子上。二和也摸著了火柴，把桌上的燈點了，見她睡眼朦朧的，蓬亂著一頭頭髮，衣服單單的，又有幾個破眼，直露出白肉來。在燈下看到她這種樣子，心裡未免動盪了幾下。

月容見他望著，低了頭，就走進房去，兩手要關上房門的時候，還在房門縫裡，同二和連連點了幾點頭，然後在她微笑的當中，將門縫合上，兩個人就在門內外隔開來了。

二和當時拿了火柴盒在手，一句什麼話也說不出，這時門合上了，才道：「喂，王家大姑娘，你把被給我了，你就別在炕上睡了。」

月容道：「我知道了。掌櫃的，你可把門掩上一點，別吹了風。」

二和答應了一聲，自擦火抽著煙。

丁老太太咳嗽了幾聲，隔了屋子叫道：「二和你還沒睡啦？」

二和道：「我剛醒，抽一支菸捲就睡。您好一點兒了嗎？」

丁老太道：「好些了，多謝這位王家姑娘給我倒了兩遍茶。別攪和人家了，讓人家好好的睡一會兒罷。」

二和靜靜地抽完了那支煙，將兩床被一墊一蓋，卻是睡得舒服一點，心裡也就想著：可別胡思亂想了，明天一早就得起來套車，送她上救濟院去。好好的睡一覺罷，只要把她送走，自己心事就安定下來了，睡罷。這樣決定了，口裡數著一二三四，一直數到四百數十，這就有點兒數目不清。

直等這耳朵下聽到呼呼的風聲，起來一看，天色大亮，那鄰院的樹葉子被風吹著，只管在半空裡打旋轉，抬頭看看天色，陰沉沉的。這也就來不及做什麼想頭，到院子裡馬棚子裡去，把馬牽出來，將車套好。一回頭，月容把頭髮梳得溜光，臉上還抹了一層胭脂，脅下又夾了一個小布包袱。

二和道：「你還帶著什麼啦？」

月容道：「這是你送我的一點兒東西，我帶去作紀念品。」

二和也就彷彿著曾送過她一點東西，便點頭道：「你記得我就好。你到院子裡去以後，我還可以讓我們老太太常常去瞧你。」

月容低了頭沒做聲，自開了車門子，就鑽了進去。

二和道：「姑娘你也真心急，我車子還沒有套好呢。就算我車子套好了，你到大門外去上車也不遲。」

月容道：「你外面院子裡街坊多，我不願意同他們見面，你快一點兒走罷。」

二和一聽這話，覺得這個人太狠心，母子兩個人這樣款待她。她竟是一點留戀之心沒有。一賭氣，拿著馬鞭子，就跳上車去，口裡喝了一聲道：「畜生快走！」

那馬似乎也生了氣，四蹄掀起，向前直奔，**就要把這位剛脫樊籠的小鳥，又要送進鳥籠子去了。**

四 認傻為兄

丁二和無故在街上遇到這樣一個少女，本來也就知道事出偶然，並沒有什麼情愛的意思，及至聽到她唱戲，正是自己傾慕的一個人。原來自己料著，一個趕馬車的人，是沒有法子同這唱曲兒的人混到一處去的，自己追著她們後面聽曲子，那一種心事算是做夢。現在這女人到了家裡，**他的那種僥倖心就引起了他的佔有欲**。偏是那女孩子不懂事，只管催了走，所以他氣極了，揮著馬鞭子，就打了馬跑。

趕馬車的人，自然坐在車前面那一個高高的位子上。馬跑得太快了，他只管在車子上顛簸，不想車輪子在地面碰了一塊石子，打得車子向旁邊一歪，連人帶馬一齊全倒在馬路上。

忽然受了這一下子，著實有點害怕，等到自己睜眼翻身一看，不想還是一個夢。摔下地來，那倒是不假，因為那搭鋪的門板未免太窄，自己稍微疏點兒神，就翻身滾下來了。於是坐了起來，凝神了一會兒，自己這也就想著：這也不能說完全是夢，本來已經和王姑娘商量好了，第二日早上，一定可以送她到救濟院去，現在天快亮了，約定的時候，也就快到了。

想到這裡，走出院子去，四周望了一望，然後走回院子來。不想在他走進門來的時候，月容也起來了，站在桌子後面，向他笑道：「你準是惦記著你老太太的病，這倒好些了。就是由半夜那一覺醒過之後，一直到現在，還沒有翻過身，睡得香著呢。我怕你要瞧老太太，所以我就開門出來。」

二和聽說，走進裡面屋子裡去看看，果然母親是側身躺著，鼻子裡還呼呼打鼾呢，於是放輕了腳步，又悄悄地走了出來。

月容道：「掌櫃的，你要是沒有睡夠，你就只管睡罷，我這就去給你攏爐子燒水。」

二和笑道：「你是一位做客的人，老是要你替我們做活，我真過意不去。」

月容道：「喲，你幹嘛說這樣的話，就怕我年輕不懂甚麼，做得不稱你的心。」

她這樣說著，可就走到屋簷下去，先把爐子搬到院子中心，將火筷子把煤灰都搗著漏下去了，於是在屋角裡找了一些碎紙，先塞爐子裡去，然後在桌子下面挑了些細小的柴棍，繼續著放下去。

二和本是在院子裡站著的，這時就搬了一張矮凳子，在院子裡坐著，兩腿縮起來，把兩隻手撐在自己腿上，托住了頭，向她看著。

她不慌不忙的把爐子裡火生著了，用洋鐵簸箕搬了有半爐煤球倒下去，接著將爐子放到原處，找了一把長柄掃帚，就來掃院子。

二和這就起身把掃帚接過來，笑道：「你的力氣很小，怎麼掃得動這長掃帚呢，交給我罷。」

月容道：「你一會兒又要出去做生意的，在家裡就別受累了。」

二和掃著地道：「你是知道的，我這位老太太雙目不明，什麼也不能幹，平常掃地做飯也就是我。」

月容舀了一盆水，放在屋簷矮桌子上，可就把抽屜裡的碗筷零碎一件一件的洗著。手裡做活，口裡談話，因道：「掌櫃的，你不能找個人幫著一點嗎？你府上可真短不了一個人。」

二和聽了這話，將地面上的塵土掃撥到一處，低了頭望著地面，答道：「誰說不是！可是我們趕馬車的，家裡還能僱人嗎？」

月容道：「不是說僱人的話，你總也有三家兩家親戚的，不會同親戚打夥兒住在一塊兒嗎？」

二和將掃帚停了，兩手環抱著，撐在掃帚柄上，望了她道：「姑娘，咱們是同病相憐吧。我倒不是全沒有親戚，**他們可是闊人的底子，有的還在住洋樓坐汽車，他肯認我嗎？**有的窮是窮了，我還能趕馬車，他們連這個也不會，當著賣著過日子。有錢的親戚找他們，他們歡迎，我幹著這一份職業，他不怕我借光嗎？再說，**他們只知道做官的是上等人，像我這樣當馬夫的，那算是當了奴才啦**。在大街上看著我，那就老遠的跑了走，我們怎麼和他打起夥兒來？」

月容道：「你這人有志氣，將來你一定有好處。」

二和笑道：「我會有什麼好處呢？難道在大街上拾得著金子嗎？」

月容道：「不是那樣說，一個人總要和氣生財，我第一次遇著你的時候，我就知道你很好。」

二和道：「哪個第一次？」

月容道：「就是那天晚上，我在這院子裡唱曲兒的時候。」

二和笑了，將手上的長掃帚又在地面上掃了幾下土，笑道：「那晚在星光下，我並沒有瞧見你，你倒瞧見我了？」

月容道：「當晚我也沒有瞧見你，可是有兩次白天我從這門口過，我聽你說話的聲音，又看到你這樣的大個兒，我就猜著了。」

二和又站住，把掃帚柄抱在懷裡笑道：「這可巧了，怎麼你昨天逃出胡同來的時候，就遇到了我？」

月容把碗筷全清好了，將臉盆取過，先在缸裡舀起一勺冷水，把臉盆洗過了，然後將爐子上壺裡的熱水，斟了大半盆，把屋子裡繩子上的手巾取來，浮在水面上，回過頭來對二和點了兩點頭道：「掌櫃的你洗臉。你的漱口碗呢？」

二和拋了掃帚，走過來道：「我以為你自己洗臉呢，這可不敢當。」

月容道：「這有甚麼不敢當！你昨天駕著馬車，送我全城跑了一個周，怎麼我就敢當呢？」

二和在屋子裡拿出漱口碗牙刷子來，在缸裡舀了一碗水，一面漱著口，一面問道：

「我還得追問那句話，怎麼這樣巧，昨天你就遇著我呢？」

月容笑道：「不是看到你那馬車在胡同口上經過，我還不跑出來呢。」

她原是站在屋簷下答話，說著，也就走到院子裡去，彎腰拿了一個洋鐵簸箕，把掃的積土慢慢搬了起來，然後自運到門角落裡土筐子裡去。

這時東方半邊天已是湧起了許多紅黃色的日光。月容卻走進屋子去，把二和搭的鋪先給收拾起來，那堂屋裡，也掃過一個地，聽到爐子上的水壺咕嚕做聲，就跑了出來，將壺提開了火頭笑問道：「丁掌櫃，給你沏壺茶喝吧，茶葉放在甚麼地方？」

二和坐在矮凳子上，將馬鞭子只管在地面上畫著字，眼睛也是看了地面，聽了這話，馬鞭子依然在地面上畫著，很隨便地答道：「牆頭釘子上，掛了好幾包呢。」

月容看他那樣無精打采的樣子，心裡可就想著：人家準是討厭我在這裡了，可別讓人家多說話，自己告辭罷。她這樣想著，也沒多言多語，自走回屋子裡去。

二和先是只管把馬鞭子在地面上塗著字，他忽然省悟過來，這樣同人家說話，恐怕是有點兒得罪人，於是向屋子裡先看一下，立刻站了起來，這就大聲叫道：「姑娘，你休息一會子罷。」

他口裡說著，人也隨了這句話走進來，可是月容沒有答話，丁老太倒是答言了，她道：「二和，我口裡乾得發苦呢，你倒一口水我來喝罷。」

二和聽了這話，雖看到月容站在堂屋裡發呆，自己來不及去理會，立刻斟了一碗開水搶到屋子裡去。

只見丁老太躺在床上，側了臉，一隻手托住了頭，一隻手伸到下面去，慢慢地捶著自己的胸。

二和道：「你怎麼了？是周身骨頭痛嗎？」

丁老太道：「可不是。」

二和扶起她的頭，讓她喝了兩口水，放下碗，彎了腰，伸手去摸那畫滿了皺紋的額頭，果然有些燙手，使她那顴骨上在枯蠟似的臉皮裡，也微微地透出了一些紅暈。這就兩手按了床沿，對了母親臉上望著，因低聲問道：「您是哪兒不舒服？我得去給您請一位大夫來瞧瞧吧？」

丁老太道：「那倒用不著，我靜靜地躺一會兒，也許就好了。要不，讓這位大姑娘再在咱們家待上一兩天，讓她看著我，你還是去做你的買賣。」

二和道：「這倒也使得，讓我去問問這位姑娘看，不知道她樂意不樂意。」

丁老太道：「我也是怕人家不樂意，昨日就想說，壓根兒沒有說出來。」

二和道：「好的，我同她去說說罷。」口裡說著，走到外面來，不想她已是在跨院門口站著了。

二和沒有開口呢，她就勾了兩勾頭，先笑道：「丁掌櫃的，我實在打攪你了。本來呢，我還勞你駕一趟，把我送到救濟院去，可是我想到你老太太又不舒服，當然也分不開身來，請你告訴我，在什麼地方，讓我自己去罷。」

二和聽著話，不由得心裡撲撲亂跳了一陣，問道：「姑娘，我們有甚麼事得罪了你嗎？」

月容靠著門子站著，手扶了門閂，低著頭道：「你說這話，我可不敢當。我是心裡覺著不過意，沒別的意思。」說著，將鞋子在地面上來回地塗畫著。

二和將那矮凳子又塞在屁股底下，蹲著坐了下去，分開了兩腿，自將雙手托住了下巴，向地面上望著道：「也是你自己說的，你覺得我這人還不錯。」

月容道：「這是真話，以前我打這胡同裡走過去的時候，有兩次，我看到你替人打抱不平，我心裡就想著，你這人一定仗義。」

她說著，就蹲下在門檻石板上坐著，低了頭，撿了一塊石頭子，在石板上畫著圓圈，口裡接著道：「所以那天你由胡同口上經過，我就想找著你，你一定可以幫忙的。」

二和道：「我並不是不替你幫忙，我們老太正病著，家裡沒個人，我不敢離開。唉，窮人真是別活著。」他深深地嘆著氣，只管搖頭。

月容道：「**窮人是真沒有辦法，越是工夫值錢，老天爺就越是要耽擱你的工夫。**」

二和突然站起來，將兩隻巴掌不住手的拍著響，然後兩手環抱在胸前，將一隻腳在地面上點拍著，沉吟著道：「我們老太太倒有這個意思，說是請你在我們這寒家多住兩天，可是你要到救濟院去的心思又很急，我有話也不好出口。」

她聽了這話，好像得了一種奇異的感覺，全身抖顫一下，笑了起來，可是還有點不好意思，將頭扭到那過去，低聲道：「你這話是真的嗎？」

二和道：「那你放心，我絕不能同你開玩笑，請你在我家委屈兩三天，等著家母身體好些了，我再送你到救濟院去。」

月容這就站起身來，將手高高的抬起了，扶了門板，把臉子藏在手胳臂裡面，笑道：「我現在是無主的孤魂啦，有人肯委屈我，那就不錯啦。」

二和聽了這話，當然是周身都感著一種說不出來的愉快，不停地在院子裡來回的走著，而且也是不停地雙手拍灰。

那牆頭上的太陽，斜照到這跨院牆腳下，有一條黑白分明的界線。當他們在院子裡說話的時候，那太陽影子是一大片，到了那影子縮小到只有幾尺寬的時候，只有月容一人在院子裡做飯。太陽當了頂，一些影子沒有，二和可就夾了一大包子東西進來。這還不算，手裡還提著醬油瓶子、一棵大白菜、一塊鮮紅的羊肉。

一到院子裡，月容就搶上前把東西接過去了。

他肋下放下來的，大盒子一個，小盒子兩個，另外還有個布捲兒，大盒子裡是一雙鞋子，小盒子裡是線棵子兩隻，胰子、手巾、牙刷全份。

月容將那紙盒子抱在懷裡，笑道：「這全是給我買的嗎？」

二和且不答覆她這句話，卻把那紙包打了開來，花布、青布、藍布各樣都有，兩手提了布匹的一頭，抖了兩抖，笑道：「你不是說你自己會做活嗎？……」

這話沒說完，外面有人叫起來道：「二哥剛回來啦？」

二和聽他那聲音，正是大院子裡多事的王傻子來了，便搶出來把他截住，一塊兒走到外面院子裡。

他先站住腳，把一個手指頭向他點著，將眼睛眨了兩眨，笑道：「這兩天，你是個樂子。」

二和把穿的長夾袍兒摸了一摸鈕扣，又抬起手來，把頭髮亂摸了一陣，笑道：「這件事，我正想和你商量著，你猜她是誰？就是六月天那晚上，在咱們院子裡唱曲兒的那位小姑娘。」

王傻子把繫在腰上的板帶兩手緊了一緊，將臉沉了一沉，擺著頭道：「那更不像話，你想鬧個拐帶的罪名還是怎麼著？我們做街坊，知情不舉，那得跟著你受罪，這個我們不能含糊。」

二和笑道：「所以我來請教你，你請到我們小院子裡去坐坐，咱們慢慢地談談。」

王傻子跟著他的話，走到小院子裡來，便四處看了一遍，笑道：「兩天沒來，這小院子倒收拾得挺乾淨的。」

二和把院子裡放著的矮凳，讓王傻子坐了，自己搬了一張小椅子，對面坐下，王傻子兩手牽了兩腿的褲腳管，向上一提，因道：「這事沒有什麼可商量的，乾脆，你就把她送回家去。咱們雖是做一份窮手藝的人，可是要做一個乾淨，這唱曲兒的姑娘……」

他這話還沒有說完，月容手上拿了一盒紙菸，就走出來了。二和站起來介紹著道：「這位王大哥，他為人義氣極了，你有事要託著他，他沒有不下心血幫忙的。」

月容聽了這話，可就向他鞠了一個躬，又叫了一聲王大哥。

王傻子對她望了一望，笑了，沉吟著道：「倒是挺斯文的人。」

月容遞了一根煙到他手上，又擦了一根火柴，給他點著煙，王傻子口裡道：「勞駕，勞駕。」心裡卻想著這人哪兒來的，一面就吸著煙。

月容退了一步道：「我是個流落的人，諸事全得請王大哥照應一二，你算做了好事。」

王傻子聽她又叫了一句大哥，滿心搔不著癢處，笑道：「這可不敢當。」

二和見王傻子已經有些同情的意思了，這就把月容的身世和自己收留她的經過全都說了一遍，接著便笑道：「若是你們大嫂子回來，高攀一點兒，讓她拜在你名下，做一個義妹，也不算白叫一聲大哥。」

王傻子望了她笑道：「人家這樣俊的人，我也配！」

月容站在一邊，看到二和只管敷衍，心裡就明白了，因道：「大哥，你就收下罷。回頭帶我去拜見嫂嫂罷。」

王傻子跳了起來，叫道：「真痛快，我不知道怎麼好了。」

二和笑道：「別忙，我家裡還有一瓶蓮花白，咱們先來三杯，你看好不好？就是少點兒下酒的，我這就去買去。」

王傻子道：「你聽門口有叫喚賣落花生的，咱們買幾大枚落花生就成，會喝酒的，不在乎菜。」

他口裡說著，人就跑了出去。一會兒買了花生進來，就送到堂屋裡桌上，透開報紙包兒攤著。桌上已是斟了兩茶杯白酒，二和坐在下方，一手握了酒瓶子，一手端起杯子來，笑道：「你試試，味是真醇。」

王傻子先端杯喝了一口，然後放杯坐下，將嘴唇皮咕啜了兩聲，笑道：「真好。」

二和搖晃著酒瓶子，笑道：「知道你量好，咱們鬧完算事。」

王傻子兩手剝著花生，將一粒花生仁向嘴裡一拋，咀嚼著道：「那可辦不了。」正說著呢，月容端了一碟子煎雞蛋來，笑道：「大哥，這個給你下酒。」

王傻子晃著腦袋直樂，望了她道：「大妹子，你歇著，什麼大事，交給愚兄啦。」

月容笑道：「全仗您救我一把。」

王傻子端起杯子來，喝了一大口酒，二和又給他滿上，他欠著身笑道：「二哥你喝。大妹子，丁掌櫃的在這裡，我說實話，大哥有這麼好做的嗎？你既是叫了我一聲大哥，我不讓你白叫！」

二和道：「大哥，你喝，我這裡預備下了羊肉白菜，回頭下熱湯麵你吃。」

月容道：「麵都抻好了。」

王傻子笑道：「這姑娘真能幹，這樣的人才，哪兒找去！大妹子，你就別上救濟院了，就在丁二哥這裡住著，他老太太是個善人，你修著同她在一處，你有造化。再說，你大嫂子直心腸兒，我們兩口子雖是三日一吵，五日一罵的，可是感情不壞。同在一個院子裡，什麼事我能照應你。」

月容站在一邊笑著，王傻子道：「老太睡著啦？我一喝酒，嗓門子就大了。」

二和道：「沒關係。大哥你說不讓她走，她師傅家可離這兒不遠。」

王傻子在牆上筷子筒裡抽出兩雙筷子，分了一雙給二和，然後夾一夾子雞蛋，向嘴裡一塞，又喝了一口酒，杯筷同時在桌上放下，表示那沉著樣子，笑道：「人家都叫我傻子，我可不是真那麼傻。**這件事，絕不能含含糊糊的辦，要辦就辦一個實在**，同我妹子師傅敞開來說脫離關係，離得遠，離得近，都沒什麼。」

二和道：「那可透著難點吧？」

王傻子一連剝了好幾粒花生咀嚼著，笑道：「有什麼難？豁出去了，咱們花幾個錢，沒有辦不妥的。」

二和端起杯子來，抿了一口酒，因昂頭嘆了一口氣道：「咱們就缺少的是錢。」

王傻子道：「缺錢是缺錢，可是咱們哥兒倆在外有個人緣兒，就不能想點辦法嗎？花錢多了不算，我還要少花呢！」

二和道：「請教大哥有什麼法子呢？」

於是他兩指一伸，說出他的辦法來。

五 老伶定計

丁二和拿出一瓶蓮花白來，原也不想有多大的效力，現在王傻子一拍胸脯，就答應想法子，倒出乎意外，便笑道：「大哥說有法子，自然是有法子的，但不知道這法子怎樣的想法？」

王傻子道：「明人不做暗事，你打算把我們這位小妹妹給救了出來，乾脆就去找她的師傅，把她的投師紙給弄了出來。自然，讓他白拿出來，他不會幹的。咱們先去說說看，若是他要個三十五十的，咱們再想法子湊付。」

二和道：「他要是不答應呢？」

王傻子端起酒杯，一仰脖子，喝了一大口，淡笑一聲道：「二哥，你怎麼還不知道王傻子為人嗎？我傻子雖是不行，我的師兄弟可都不含糊。說句揭根子的話，他們全是幹了多年的土混混，漫說是一個唱曲兒的，就是軍警兩界，咱們都有一份交情。咱們說是出面，給兩下裡調停，他唱曲兒的有幾個腦袋，敢說一個不字！」

二和道：「若是那樣子大辦，那他倒是不能不理會。」

王傻子道：「這不是街坊走了一隻貓，讓人家抱去了，罵幾句大街就了事的。」說到這裡，他回頭看到月容在屋簷下拌麵，這就笑道：「大妹子，你別怪我，我說話一說順了嘴，什麼全說得出來的。」

月容笑道：「我還不如一隻貓呢，貓還能拿個耗子，我有什麼用？」

王傻子向二和笑道：「這孩子真會說話。她要是有那造化，在富貴人家出世，一進學校，一談交際，咱們長十個腦袋也抵不了她。」

月容笑道：「大哥，你別那樣誇獎，我的事全仗你啦。你把我抬高了，顯見得我是不用得人幫忙的，那可糟了。」

王大傻子手一按桌子，站了起來，將手拍了胸道：「大姑娘，你放心，我要不把你救了出來，算我姓王的是老八。你趕快把麵煮了來，吃了我就走，酒我不喝了。」

二和看到他這樣子起勁，心裡頭自然也是很歡喜，就幫著月容端麵端菜。身後丁老太叫了一聲王大哥，接著道：「有你出來，這事就妥了。我家二和，膽子小，不敢多事。」

二人回頭看時，丁老太手扶著房門站定，笑得臉上的皺紋一道道的簇攏起來，二和趕快上前攙著道：「我只管說話，把你有病都給忘了。」

丁老太扶了他，一手摸索著走出來，扶了凳子坐下，笑道：「你們的話，我全聽到了，這樣辦就好。我就常說，王大哥就是鼓兒詞上的俠客。心裡一痛快，我病也好啦。」

王傻子聽了，不住地咧著嘴笑，吃了一碗拌麵，連第二碗也等不及要，站起來，將大巴掌一摸嘴道：「大家聽信兒罷。」

他說了這話，已經跨步出了院子門了。

離這胡同口不遠，有家清茶館兒，早半天，有一班養鳥的主兒在這裡聚會。一到下午，那就變了一個場面了，門口歇著幾挑子籮筐，裡面放著破鞋舊衣服，大玻璃瓶小碗，等等，是一批打小鼓收爛貨的，在這裡交換生意經。靠牆，一列停著幾輛大車，這是候買賣的，這些人全在茶館子裡，對了一壺清茶，靠桌子坐著。

王傻子走進門，兩手一抱拳，叫道：「哥們兒，王傻子今兒個出了漏子啦，瞧著我面子，幫個忙兒，成不成？」

在茶座上坐著的，有五六個人全站起來，有的道：「王大哥，你就說罷，只要是能幫忙的，我們全肯出力。」

王傻子挑了一個座位坐下，因道：「趕馬的丁二和，昨天上午在羊尾巴胡同口救了一個唱小曲兒的姑娘，把她藏在家裡。據說，她師傅同師娘全不是人，師娘成天折磨她，晚上又要她上街掙錢；師傅是個人面獸心的東西，要下她的手，她受不了，才逃出來的，我瞧見丁二和家有個姑娘，打算管管閒事，可是一見面，那姑娘只叫我大哥，怪可憐兒的，我就答應了她，和她師傅要投師紙去。憑咱們在地面上這一份人緣兒，她師傅不能不理。唐大哥在這前前後後最熟不過，煩唐大哥領個頭兒，咱們一塊兒去。」

在窗戶邊一個大個兒，短夾襖上圍著一根大腰帶，口裡銜著短旱菸袋，架在桌沿上吸著，便答道：「這沒什麼難，只要人逃出來了，咱們同他蘑菇去，不怕他不答應。她師傅姓什麼？」

王傻子啊喲了一聲，將手亂搔著頭，笑道：「我只聽到丁二和給我報告個有頭有尾，我倒忘了問這小子是誰。」他這一說，在座的人全樂了。

牆角落裡桌子邊，坐了一位五十來歲的人，黃瘦的臉兒，穿了一件灰夾袍，外套舊青緞子坎肩，手裡搓挪著兩個核桃，嘎啦子響。

他向王傻子笑道：「這個唱曲兒的，我認得，他叫光眼瞎子張三，在羊尾巴胡同裡小月牙胡同裡住。你們要到他手上去拿投師紙，你說上許多話不算，還得給他一筆錢，哪有那麼些工夫！你們把事交給我，叫我一聲……」

王傻子笑道：「楊五爺，你可別開玩笑。」

楊五爺哈哈大笑道：「你可真不傻，我當然叫她拜我為師，還要她作我乾姑娘不成？張三這小子，無論怎樣不成人，他總有三分怯我，這裡另有個緣故，將來可以告訴你們。」

在座的人聽說，這就哄然地道：「有楊五爺出來，這事就妥啦。」

楊五爺道：「這孩子我也看到過，模樣兒好，嗓子也好，準紅得起來。王大哥，你去對那位姓丁的說，他得和這姑娘假認是親戚，把姑娘送到我家裡去學戲，然後我去同張三胡攪。」

王傻子道：「我已經和她認做乾兄妹啦。」

楊五爺道：「乾兄妹三個字，能拿出來打官司嗎？最好讓姓丁的同她認成姑表親，找一位長輩出來說話，我就有戲唱了。」

王傻子道：「成啦，二和的老娘，倒是個真瞎子。」

楊五爺笑道：「那就更好了。我這就回家去，回頭你同姓丁的，把那姑娘送到我家裡，讓那丁老太也陪著，只要姑娘給我磕三個頭，擔子我擔了，晚上沒事，你到我家裡去瞧一份兒熱鬧。」

王傻子就走到他座位邊來，兩手扶了桌子，向他臉上望著，問道：「五爺，這話真嗎？」

楊五爺手心搓挪著核桃，另一隻手，摸了尖下巴頦上幾根黃鬍子，笑道：「王大哥，咱們可常在茶館裡會面，你瞧我什麼時候做過猴兒拉稀的事情？實對你說，我也是瞧那姑娘很好，跟著張三在街上賣唱，哪日子是出頭年？以前她好好兒的跟了張三，我瞧她在泥坑裡，也沒法拉她一把，因為那是她自己願意的。現在她既是逃出羅網來了，我就想收現成這樣一個好徒弟。」

他口裡說著，將桌上放的瓜皮帽子抓了起來，做個要走的樣子，向王傻子道：「你們若是相信我的話呢，我就照辦；不相信我的話，這話算我沒有說。」

他說著，把帽子向頭上蓋了下去，因道：「我可要走啦。」

王傻子道：「五爺，你怎麼啦？我可一個字也沒有敢給駁回，你怎麼先生氣呢？」說道，他可退後兩步，擋住了他的去路。

楊五爺笑道：「你不要我走，在這茶館子裡，馬上也辦不出來。」

王傻子就把他面前的茶壺給斟了一杯茶，兩手捧著，送到楊五爺面前，笑道：「五爺你先喝一杯，告訴我們一點兒主意，你眼珠子一轉，也比我們想個三天三夜來得巧妙些。」

楊五爺聽了這話，又坐了下來，向四周一看，因道：「好在這裡沒有傳信給他的人，我就可以說了。」於是把自己想的主意，繪聲繪色地就在茶座上對他們說了。大家眉飛色舞的，都點著頭說：「這個法子不錯，張三要是知趣的人，這事情就妥了。」

這個計劃的開始是這日下午七點鐘，王傻子、丁二和、王月容三個人，一同到楊五爺家裡來。

他們倒也是個四合院子，中間是板壁屏門一隔，分成了內外，正面北屋子電燈通明的，正敞著門啦。

楊五爺口裡銜著一支七八寸長的旱菸袋，菸斗裡面正插了半截菸捲，兩手背在身後，只管在屋子裡來回地踱著。看到二和進來，立刻到門邊來，招了兩招手。

月容隨在他二人身後，這就留心看到他的家庭狀況了，走進堂屋去，正中上面一張大長案，長案外面又是一張小長桌，在桌上擺著一個三尺多長的雕花硬木神龕。在那裡面，供著一位尺來長的白面長鬚，穿黃袍的佛像。在神龕兩面，有那小旗小傘用小白銅架子安插著，此外又是白錫的大五供小五供，一對沒有點的大紅燭，高高的插在燭臺上。五供裡面，有一盞錫的高燈臺，幾根燈草併在一處點了一個小火焰。那中間檀香爐子裡，微微地一小縷青煙，在半空裡飄蕩著，只這一點，就使得這個堂屋有了很神秘的意味了。

兩邊列著四把紫檀椅子，上面還鋪了紫緞的椅墊子。在這中屋梁上垂下來的電燈，正照著下面的一張四仙桌，上面是茶盤子裡放好了茶壺茶杯。菸捲是用一個雕漆盒子裝著，連火柴全放在茶盤子邊，那是等候客人多時的了。

王傻子搶上前一步，回轉頭向月容道：「這就是你師傅了，磕頭罷。」

楊五爺拿了小旱菸袋桿，搖擺了兩下，笑道：「先別忙，你們在這裡坐一會子，我自有安排。」說著，向二和道：「丁二哥，咱們短見，難得你這樣仗義，將來她總得報你的大恩。」

他說著，很快的用眼光在二和、月容兩個人身上掃了一下。

二和笑著連連地彎腰道：「我們這窮小子，哪配說給人幫忙，這好比水裡飄著一根浮草，順便讓落下河的小蟲兒，搭了這根草過河，算得了什麼力量。」

楊五爺微微地笑著。

不過，月容並不因為楊五爺這樣說了就呆呆地站著，便是緩步向前，對正了他彎腰行了個三鞠躬禮。楊五爺側了身子受著，笑嘻嘻地連點了幾下頭。

就在這時，已經有傭人來，張羅著茶水，同時把佛案前的兩支大燭給點上，又燃了佛香，橫放在桌邊，地上也鋪上紅氈子。月容很機靈，也不要人告訴，已是走到所供的老郎神案前，拿起佛香磕下頭去。

王傻子等她把頭磕完，就扶著楊五爺站到佛案下大手邊，將肩膀搖著，向月容一歪脖子道：「姑娘，你造化，認這樣一個好老師，你磕頭罷。」

月容朝上端端正正的磕了三個頭，剛一站起，王傻子便道：「請老師帶到裡面拜師娘去，我們要叫你出來，你才出來呢。」

楊五爺招招手，果然帶了她進去，當她再出來時，這堂屋裡已經換了一個樣子，只見一個大個兒領頭，坐在那大椅上，在他手下，一排坐著五個直眉毛瞪眼睛的人，看那情形，好像是預備和人打架。兩邊只有兩張椅子，其餘三個人，全是搬了凳子來坐著，將腳抬起來，架在凳上。

王傻子站在她身邊，伸手向唐大個子一指道：「這位是唐得發大哥，事情就全仗著他啦。」

月容這就走向前一步，和他勾了一勾頭，唐得發道：「姑娘，你別客氣，好像唱戲，我就管這一場，你們的事情還多著啦，我賣一賣力氣，沒什麼關係。」

二和向院子外努努嘴，讓他別做聲。

月容也向外面看時，那隔了屏風的幾間屋子，燈火通明，還有人說話嘈雜的聲音，顯然是有客在那邊了，那聲音一路由遠而近，楊五爺在前面引導，正帶著張三夫婦兩口子進來。

月容紅著臉，早是心裡撲撲地亂跳，向後退了兩步，藏到王傻子身後來。王傻子用手碰了她兩下，意思是叫她別害怕。

張三已是知道她在這屋子裡的了，看到她淡淡地一笑，還點了兩點頭。楊五爺就站在堂屋中間，一個個給他介紹著，最後介紹到唐得發面前，笑道：「你大概也聽見過，他叫唐大個兒，地面上哥兒們有個什麼事，少不了他。他為人挺仗義的，同人辦事，除了跑腿不算，還可以貼錢。」

張三向他臉上看看，接著一抱拳道：「久仰，久仰。」然後大家讓座，把張三夫婦倆讓在唐得發身邊坐著，唐得發坐在張三上首，同他來的五個人，一順邊的坐在兩條板凳上，楊五爺同王傻子、二和坐在他們對面，月容又退在楊五爺身後站著。

一位壯漢出來張羅過了茶煙，唐得發先掉過臉來向張三道：「照說呢，我們可不能多你的事，都因為你這位徒弟哭得可憐，我怕在大街一嚷，惹出是非來，就上前攔著。也是事有湊巧，她在胡同裡哭的時候，我們同楊五爺全都在茶館子裡。當時，我們聽了她所說的那一家子理，都相信了，就讓她拜楊五爺為師。可是楊五爺又說啦，明人不做暗事，還得請你來當面交代一聲兒。」

張三一看屋子裡坐的這幾個人全是粗胳膊大腿的，心裡早就明白啦。嘴裡吸著煙呢，這就把兩個指頭夾住了菸捲，待著不動，鼻子裡不斷地向外噴著煙。

他的婦人黃氏沒說話，先就哟了一聲道：「這丫頭信口胡扯的話，哪裡能聽呢！一個徒弟拜兩個師傅的，那也常有，我們不反對。別的話不用說，只要她同我們回去，萬事全休。」

唐大個兒沒說什麼，只是把鼻子聳著冷笑了一聲。

楊五爺道：「這話是對的，我也就為了這事，把你二位請過來。我先就要她回家了，她說是口裡叫叫的師傅，總不能幫忙，總得要有一點把握，所以我就想了一個主意，在今天晚上拜過了師以後，立刻把你二位請來。那意思就是說，她心裡可以踏實了，我也有話把她送出門，免得說我霸佔你二位的徒弟。現在她在這兒，你二位要帶她走，我是絕不攔著。月容，你出來說話呀。」

只這一聲，大家全向她身上看了來。

月容站在那兒，先用手牽牽衣服，又抬起手理一理自己的鬢髮，然後走了出來，站在堂屋中間，正著臉色道：「憑了祖師爺在這兒，我起誓，我要說一句假話，我立刻七孔流血而亡。」

楊五爺微笑道，這小孩子說話就是這樣不知道輕重。

黃氏將右手伸了一個食指，連連地點著月容道：「臭丫頭！你說，你說！」

唐大個兒突然站起來，兩手操著腰帶，緊了一緊，瞪著眼道：「這位大嫂，你別攔住她說話！就是法庭上，犯人也能喊叫三聲冤枉呢。要講理，咱們就講理，要講胡攪，大家都會！」

張三立刻向她瞍了一眼，低聲道：「你先別做聲。」

二和偷眼看他身上穿了一件青布夾袍子，很有幾處變了灰色。一張雷公臉帶了蒼白色，連兩隻眼珠都是灰的，不扎嗎啡，也抽白麵，頭上養了一撮鴨屁股的髮，倒梳得挺光滑，心想：憑這副尊相，也不是好人，就對月容道：「別發愣，有話只管說，在這裡頭這些人，全是講公道的，對誰也不能偏著。」

月容向大家看了一看，覺得各人臉上全鼓著一股子勁，料是不能有什麼亂子，便道：「要我說，我就說罷。讓我跟師傅回去，我是不能去的；若是要我的小八字兒，乾脆拿一把刀來，給我穿了八塊罷。並不是我忘恩負義，因為師傅待我，不是把我當一個徒弟，是把我當個姨奶奶看待。我這麼小年紀的人，我還圖個將來呢，我能夠跟他胡來嗎？所以我含著一包眼淚，總是躲開他。可是諸位想想，我一個沒爹娘的小女孩子，能對付得了他嗎？這是他。再說到我們師娘，她也知道師傅沒安著好心眼，倒是難為了她處處都看著我，不讓我同師傅有說話的機會，這倒是一件很好的事。可是她應當勸勸她的丈夫，不能怪我這可憐的孩子。她不那麼想，借了別的緣故，不是打我，就是罵我。她還說了，要弄瞎我的眼睛呢！我逃出來的那一天，是師傅把我關在房裡，掏了幾毛錢給我，讓我買吃的，伸手就來抓我，師娘是老早的出去了，沒有人救我，我只得大嚷起來，師傅一氣，揍了我一頓。恰好師娘回來了，看見師傅關著房門呢，敲開房門進來，拿過一把雞毛帚子，不容分說，劈頭就抽過來。我一急，就跑出大門來了，打算報警察的。祖師爺在這裡，我可沒說一句假話。」

二和聽到這裡，忍不住了，兩腳一跳，就跳到張三面前，舉起右手的拳就劈過去。

楊五爺眼快，早已看到，伸手給他攔住，笑道：「丁二哥，你別急，咱們不是講理來著嗎，有話可以慢慢地說。」

二和指著張三道：「這小子人面獸心，要是教徒弟都是這麼著，人家還敢出來學藝嗎！」

張三聽到月容那一篇報告，早是身上抖戰，臉上是由蒼白變紫，由紫更變到青，呆了兩眼，像死過去了的殭屍一般，二和到了面前，他也不會動。

唐得發在這時候，也就站起來了，一手按住了張三的肩膀，一手把二和向外推著，瞪了眼道：「別這麼著。要說講理，我唐大個兒沒什麼可說的，若說到打架，二哥，你不成。今天在祖師爺面前，大家全得平心靜氣的說話，誰要不講理，我先給他幹上！王家姑娘，你說你的冤枉。張三爺，你看我的話怎麼樣？」

張三見他的一個拳頭，簡直同鐵錘一樣，便連連地點著頭道：「是，是，是。」於是楊五爺定的計策，就算大功告成了。

六 談判

這個局面，雖是楊五爺預定的計劃，但是他只知道張三的個性，還不知道張三媳婦黃氏是什麼脾氣，這時一服軟，他想著，再不必用什麼嚴厲的手段了。這就把各人都讓著坐下來，然後捧了裝著菸捲的瓷碟子，向各人面前送去。

送到了張三面前，這就笑道：「你既是孩子的師傅，你總得望孩子向好路上走，她老是在街上賣唱，總不是一條出路。」

張三也不曾開口，黃氏就插嘴道：「是喲，她有了好師傅了，還要我們這街上賣唱的人幹什麼。可是，她到我們家去，寫了投師紙的。就不說我們兩口子教了她什麼玩意兒罷，她在我們家過了兩年，這兩年裡頭，就算每天兩頓窩頭，也很花了幾個錢，白白的讓她走了，我有點兒不服氣。再說，我們就看破一點，不要她還我們飯錢罷，她家裡人問我要起人來，我們拿什麼話去回答人家？我知道你楊五爺是有面子的人，可是有面子的人，更得講理，寫了投師紙的人，可以隨便走的嗎？那寫投師紙幹嘛？再說這時候你把我們的徒弟奪去，還說我們待孩子不好。反過來說，有人奪了楊五爺的徒弟，再說楊五爺不是，五爺心裡頭怎麼樣？」

她一開口，倒是這樣一大篇道理。楊五爺一面抽著煙，一面坐下來，慢慢地聽著，他並不插嘴，只是微笑。

她說完了，二和就插言道：「說到這裡，我可有一句話，忍不住要問，這小姑娘當年寫投師紙，是誰作的主？」

張三道：「是她一位親戚。」

二和道：「是一位親戚，是一位什麼親戚？」

張三笑道：「這個反正不能假的，您問這話……」

二和道：「我問話嘛，自然是有意思的，你不能把這位親戚的姓名說出來嗎？」

黃氏道：「那沒有錯，那人說是她叔叔。」

二和道：「她叔叔叫什麼？」

黃氏道：「事情有兩年了，我倒不大記得，可是他姓李是沒有錯的。」

二和道：「準沒有錯嗎？」

黃氏聽到這句話，卻不免頓了一頓，二和哈哈笑道：「又是一個叔叔和侄女兒不同姓的。」

黃氏搶著道：「那是她表叔。」

楊五爺道：「張三爺，我看你這事辦得太大意。收一個徒弟，很擔一份兒責任，你不用她的真親真戚出名，你就肯收留下來了嗎？」

張三道：「這個我當然知道，可是她就只有這麼一個親戚。」

二和道：「你這話透著有點勉強，她的親戚，你怎麼就鬧得清楚？你說她沒有真親真戚的，我引她一位真親戚你瞧瞧。」說著，就轉臉對月容道：「可以請出來了。」

月容點了點頭，自進內室去了。

張三夫妻看到卻是有點愕然，彼此對望著。

他們還沒有猜出來，這是一樁什麼原因的時候，月容已是攙著丁老太走了出來，向她道：「舅母，這堂屋裡有好些個人，你對面坐著的，是我師傅、師娘。」

丁老太太將頭點了兩點道：「我們這孩子，麻煩你多年了。」

唐大個兒也走上前來，將她攙扶在椅子上，笑道：「大娘，你坐著，我們正在這裡說著，你就是這麼一個外甥女兒，不能讓你操心。」

丁老太將身邊站著的月容一把拉著，站到面前，還用手摸著她的頭髮道：「孩子，你放心，我總得把你救出天羅地網，若是救你不出去，我這條老命也不要啦。」

唐得發搖搖頭道：「用不著，用不著。若是有人欺侮你外甥女兒，要我們這些人幹什麼的？說句不大中聽的話，要拚命，有我們這小夥子出馬，還用不著年老的啦！」

他說著這話，可站在堂屋中間，橫了眼睛，將手互相掀著袖子，對張三道：「姓張的，以前這小姑娘說的話，我還不大敢相信，以為她是信口胡說，照現在的情形看出來，簡直你有點拐帶的嫌疑。我瞧著，這事私下辦不了，咱們打官司去！」口裡說，人向張三面前走來，就有伸手拖他的意思。

旁邊坐的壯漢，這就有一個迎上前來，將手臂橫伸著，攔住了他，笑道：「唐大哥，你急什麼！張三爺還沒有開口啦。」

唐得發道：「這小子不識抬舉，給臉不要臉！」

張三板著臉道：「你怎麼開口就罵人！」說著，不免身子向上一起。

唐得發一手叉了腰，一手指著張三道：「罵了你了，你打算怎麼辦罷！咱們在外頭就講的是一點義氣，像你這樣為人，活活會把人氣死。你瞧這王家小姑娘，是多麼年輕的一個人，你……你……你這簡直是一個畜類！祖師爺在這兒，你敢起誓，說她是冤枉你的嗎？」

丁老太道：「大家聽聽，並不是我一個人起急，我這孩子，實在不能讓她跟先前那個師傅去了，那師娘也不是來了嗎？請她說兩句話。」

黃氏雖是向來沒有聽到月容說有什麼舅母，可是月容說張三的話並不假，而且有好多話並不曾說出來，再看看唐得發這幾個壯漢，全瞪了眼捲著袖子，那神氣就大了，因向張三低聲道：「這全是你教的好徒弟，到了現在，給咱們招著許多是非來了。」

唐得發向他兩人面前再挺進了一步，楊五爺站起來，抱了拳頭道：「大家請坐下罷，有話咱們還是慢慢地商量。」

唐得發歪了肩膀，走著幾腳橫步，坐在靠堂屋門的板凳上，兩腿分開將手扯了褲腳管，向上提著，那也顯然沒有息怒。

他做出一種護門式的談判，倒是很有效力的，張三想要走是走不了，要在這裡說什麼吧，理可都是人家的。他看到茶几上有菸捲，只好拿起來抽著，就算是暫時避開攻擊的一個笨法子。可是他能不說，禁不住別人不說，他的腳邊下，不知不覺地扔下了十幾個菸捲頭子。

最後的解決，是唐得發同了兩位夥伴，陪了張黃氏在家裡把月容投師紙取了來，丁老太在身上抖抖顫顫的摸索著，摸出一疊鈔票來，抓住了月容的手向她手心裡塞了去，因道：「這是三十塊錢，是謝你師傅的。雖說你吃了你師傅兩年飯，可是你跟他們當了兩年的使喚丫頭，又賣了兩季唱，他們也夠本兒了。這錢不是我的，是借來的印子錢，求你師傅行個好罷。」

月容接著，也沒有敢直遞給張三，只是交到唐得發手上。唐得發卻笑嘻嘻地把一張投師紙作了交換品，笑道：「大姑娘，這可不是鬧著玩的事，你得把字紙看清楚了。」

楊五爺也就搶著過來，把紙拿到手上，捧了在電燈下看著，向丁老太道：「老太，投師紙我已經拿過來了，你外甥姑娘自己也看清楚了，上面有她的指印倒是真的。這玩意兒留著總是厭物，當了你外甥姑娘和許多人在這裡，在祖師爺當面，在燈火上燒掉罷。」他說著，把那契紙送到燭焰上點著，然後遞到月容手上，笑道：「姑娘，你可自己望著它燒掉。」

月容當真的接了過來，眼睜睜地望了那契紙被火燒去，直待快燒完了，方才扔到地下。

張三在那燒紙的時候，不免身子微微地發抖，回轉臉來，向黃氏道：「咱們走罷。」黃氏道：「不走還等著什麼！」一面起身向外走，一面帶了冷笑道：「楊五爺，勞駕了，算你把我們的事給辦妥了。」

唐大個兒也就跟著站了起來，緊隨在她身後，而且鼓著臉子，把兩隻袖口又在那裡捲著。

張三慢吞吞地隨在後面，微笑道：「走罷，別廢話了。」說著，半側了身子，向在座的人拱了一拱手，然後揚長著出去。在座的人，就有幾個送到院子裡去。

月容站在堂屋裡，可就呆了。直等楊五爺送客回屋子來，也向她拱了兩拱手，可就笑道：「姑娘你大喜了，事情算全妥啦。」

月容這才醒悟過來，低頭一看，那契紙燒成的一堆灰，還在佛案面前。這就掉轉身來，向老太懷裡一倒，哇的一聲，哭了起來。

丁老太倒有些莫名其妙，立刻兩手攙住了她，連連地問道：「怎麼了？怎麼了？」

月容說不出所以來，只是哭。

到了這時，楊五爺的女人趙氏，穿了一件男人穿的長夾袍，黑髮溜光的梳了一把背頭，才笑著出來，見丁老太摟著月容，月容哭得肩膀只顫動，因問道：「這是怎麼了？難道還捨不得離開那一對寶貝師傅師娘嗎？」

月容聽了這話，才忍住了哭道：「我幹嘛捨不得他們！要捨不得他們，我還逃走出來嗎？」

丁老太兩手握住她兩隻手微微推著，讓她站定，微笑道：「我瞧，是碰著哪兒了吧？」

二和同了那幾位壯漢，全在堂屋裡呆呆地站著，也不知道她為了什麼。

唐大哥道：「準是你還有什麼話要說吧，那不要緊，今天張三走了，過了幾天，我們一樣可以去找他。」

月容拭著淚，搖搖頭。

楊五爺口裡銜著那燒菸捲的短菸袋，微笑道：「你們全沒有猜著，我早就瞧出來了，她是看到那投師紙燒了，算是出了牢門了，這心裡一喜，想到熬到今日，可不容易，所以哭了。」

月容聽到這裡，嘴角上又是一閃一閃的，要哭了起來。

趙氏牽了她的手道：「到屋子裡去洗把臉罷。」說時，就向屋子裡拖了去。

二和笑道：「原來是這麼回事。」

楊五爺笑道：「你一個獨身小夥子，哪裡會知道女人的事！」

二和搖搖頭道：「那我是不成。」

唐得發道：「楊五爺，現在沒我們什麼事了吧，我們可以走了嗎？」

楊五爺拱拱手道：「多多勞駕。」

二和道：「沒什麼說的，改日請五位喝兩盅。」

唐得發笑道：「這麼說，你倒是真認了親了，這姑娘的事，還要你請客？」

王傻子笑道：「那麼說我也得請客，我是她乾哥哥啦。」

正說時，趙氏已是帶了月容出來了，頭髮梳得清清亮亮兒，臉上還抹了一層薄粉。

看到王傻子說那話，胸脯子一挺，將大拇指倒向著懷裡指了兩指，瞧他那份兒得意，也就一低頭，噗嗤地笑了出來。

王傻子笑道：「事情辦成了，你也樂了，現在我們一塊兒回去了吧？」

趙氏道：「她說了，她在丁二哥那裡住，擠得他在外面屋子裡睡門板，挺不過意的。她瞧我這兒屋子挺多的，就說願意晚上在我這兒住，白天去給丁老太做伴。」

二和道：「我也有這個意思，不過不好意思說出來，要說出來，倒好像我們推諉責任似的。」

楊五爺笑道：「這也說不上推諉兩個字，現在你是幫她忙的人，我可是她的師傅。」

二和聽了這話，自不免怔了一怔，可是立刻轉了笑臉道：「好的，好的，咱們明天見了。」說著，向月容也勾了兩勾頭，先走到母親面前，將她攙起了，因月容在母親身邊呢，又輕輕地對她道：「諸事都小心點兒。」

次日早上，天亮不久，就被敲院子門的聲音驚醒。

二和起來開門，迎著月容進來笑道：「你幹嘛來得這樣早？」

月容道：「我同師傅說了，這兩天，老太身體不太好，我得早一點來，同你攏火燒水。」

這樣一來，彼此是相熟得多了，二和也在家裡，陪著她做這樣，做那樣，還是丁老太催他兩遍，他才出去做生意。到了下午，二和回來吃過晚飯，月容才到楊五爺家去學戲。

這樣下來，有兩個星期。據月容說，楊五爺很高興，說是自己很能學戲，趕著把幾齣戲的身段教會了，就可以搭班露市了，因為這樣，早上來得晚，下午也就回去得早。恰好這兩天，二和出去得早，又回來得晚，彼此有三個日子不曾見到面了。

到了晚上，二和等到了這日黃昏時候，下過一陣小雨，雨後，稍微有點西北風，就有點涼意。二和因對母親說，要出去找個朋友說兩句話，請她先睡，然後在炕頭邊木箱子裡，取出一個包妥當了的布包袱，夾在脅下，就出門向楊五爺家走了來。

那時天上的黑雲片子已經逐漸地散失，在碧空裡掛一輪缺邊的月亮，在月亮前後，散佈著三五顆星星，越顯著空間的淡漠與清涼。

楊五爺的家門口有一片小小的空地，月亮照在地上雪白，在他們的圍牆裡，伸出兩棵棗子樹，那樹葉子大半乾枯著，在月亮下，不住地向下墜落。為了這一陣黃昏小雨的緣故，這深巷子裡，是很少小販們出動，自透著有一番寂寞的境味。

就在這時，有一片拉胡琴唱戲的聲音送了出來。那個唱戲的人正是青衣腔調，必是月容在那裡唱戲了，於是慢慢走著，靠近了門，向下聽了去。

她所唱的，是大段《六月雪》的二簧，唱得哀怨極了，二和不覺自言自語的讚嘆了一聲道：「這孩子唱得真好。」因看到門框下有兩塊四方的石墩，這就放下包袱，抬起一隻腿，抱了膝蓋坐著，背靠了牆，微閉了眼睛，潛心去聽。

「喂，什麼人坐在這門口？」

突然有人喊著，二和抬頭看時，卻是一個穿短裝的人，手裡提了兩三個紙包走了過來，因答道：「我是送東西來的，是楊五爺的朋友。」

那人笑道：「我聽出聲音來了，你是丁掌櫃的。」

二和道：「對了，你是……」

他道：「我是在五爺家做事的老陳，你幹嘛不進去，在這裡坐著？」

二和道：「裡面正唱著呢，唱得怪好聽的。我要是一敲門，把裡面的人吊嗓子給打斷了，那倒是太煞風景的事。」

老陳道：「又不是外人，你要聽，敲了門進去，還不是舒舒服服的坐著聽嗎？」他口裡說著，已是上前去打門環了。

來開門的，正是月容。在月亮下面，老遠地就把二和看到，因笑道：「二哥這兩天生意好？老早的就出門了，我做得留下來的飯，夠你吃的嗎？」

二和笑道：「夠吃的了。今天你還給我煨了肉，稀爛的，就饅頭吃真好。」

月容道：「饅頭涼的，你沒有蒸蒸嗎？」

二和道：「蒸了，這點兒便易活，我總會做的。天氣涼了，你穿的還是那件舊夾襖，我給你做的新衣服已經得了。一件絨裡兒的夾袍子，一條夾褲，你上次不是做了一件大褂子嗎，就照那個尺寸叫裁縫縫的。事先我沒有告訴你，怕你同我客氣，不肯收下，現在衣服做得了，我瞧著樣子還不怎麼壞，特地送了來。」說著，把衣服包袱交到她手上。

老陳笑道：「姑娘，我還告訴你一樁新聞，丁掌櫃的早就來了，他在大門口，聽到你在吊嗓子，說是你的戲唱得很好，坐在這裡石頭墩子上聽，他不肯敲門，怕是一敲門，裡面的戲就停止了。」

月容手裡捧了包袱，向二和望著道：「是嗎？」

二和道：「你唱得太好了，我聽著幾乎要掉下淚來。有五爺這樣好的師傅教你，你將來還不是一舉成名嗎？」

月容道：「我有那樣一天，我先給二哥磕頭。」

二和道：「用不著磕頭，只要……」說著，嘻嘻地一笑。

月容站在那裡，也沉默了一會子，便道：「二哥進來坐罷。」

二和道：「我在門外邊坐了大半天了，我媽已經睡了，我不敢久耽擱，我要回去了。」

月容道：「那也好，師傅趕著同我吊嗓子呢。我明天早點來給你做飯。」說著，她轉身進去。

二和見那大門關著，正待要走，那門跟著又打了開來，月容可就伸出半截身子來，叫道：「二哥，你別見怪，我還沒有跟你道謝呢，謝謝你了。」

二和笑道：「這孩子淘氣。」等那門關了，自己也就向回頭路上走。

還沒有走二三十步路呢，那胡琴唱戲的聲音卻又送過來，二和不由得站住了腳，向下又聽了一聽。

這胡同裡並沒有什麼人，當頭的月亮照著白地上一個人影子，心裡這就想著：「媽已經睡了，除了熄燈火，也沒有別的事，就晚點兒回去，也不要什麼緊。」於是抬起手來，搔搔自己的頭髮，望著那大半圓的月亮。

天上不帶一些斑的雲彩，讓人看著，先有一種心裡空洞的感想，那遙遠的唱聲送了過來，實在讓人留戀不忍走。抬起在頭上搔癢的那隻手，只管舉著不能放下來，就是放下來，又抬了上去搔著癢，好像在他這進退失據的當兒，這樣的搔著頭髮，就能在頭髮上尋找出什麼辦法來似的。

他全副精神都在頭上，就沒有去顧到腳下，所以兩隻腳順了路還是向前走，到了哪裡，他自己也不覺得。不過那胡琴聲和唱戲聲，卻是慢慢地更加放大，唱詞也是字字入耳，直待自己清醒過來，這才看到，又是站在楊五爺門口了。既然到了這裡，那就向下聽罷，月亮下那個古石墩，彷彿更透著潔白，他並不怎樣留意，又坐在上面了。

七 良媒自薦

在這樣淒涼的深夜裡，在月亮下面坐著，本也就會以引起一種幽怨，加之楊五爺的家裡又送出那種很淒涼的戲腔與琴聲來，那會更引起聽的人一種哀怨情緒。

二和坐在那大石墩子上，約莫聽了半小時之久，不覺垂下兩點淚來。後來是牆裡的聲音全都息了，抬頭看看天上的月亮，已經偏斜到人家屋脊上去。滿寒空的冷露，人的皮膚觸到，全有一陣寒意，自己手摸著穿的衣服，彷彿都已經是在冰箱裡存儲過了的。

他自言自語的嘆了一口氣道：「回家去罷。」一個人在月亮下面，低頭看了自己的影子，慢慢地走回家去。當自己推開跨院門的時候，卻看到外面屋子裡燈火也亮著，便問道：「誰到我家來了？」

屋子裡並沒有人答應，二和搶著一步，走進屋去，卻看到同院住的田大嫂子在桌子邊坐著，桌子上放了一個青布捲兒，便笑道：「是大嫂子來了。我說呢，我們老太，她雙目不明，要燈幹什麼？她也不會把燈捧到外面屋子裡來。」

田大嫂笑道：「你別嚷，你老太太睡著呢。你不是有兩雙舊襪子嗎，我給你縫上兩隻底了，現在經穿得多了。」說著，把那個布捲兒拿起，笑嘻嘻的，遞到二和手上。

就在這時，向二和臉上看著，問道：「你流淚來著吧？」

二和道：「笑話，老大個子哭些什麼？」

田大嫂道：「就算你沒哭，你心裡頭也有什麼心事。」

二和笑道：「剛才我在大月亮下走路，想起我小時候在花園子裡月亮底下玩，到現在就像做了一個夢一樣。我想到那樣好的人家，一天倒下來，怎麼就變成了這個樣子。」

田大嫂笑道：「我說你為著什麼心裡難受，原來是為了這個。你也太想不通了，**誰能夠窮一百年，誰又能夠闊一百年**？你現在這樣苦扒苦掙的幹著，那真沒有準，也許再過三年五載的，你慢慢兒發起財來，自己再蓋一座花園子，那日子也許有呢。再說，你現時又得了一個美人兒了，將來帶著美人兒遊花園，那才是個樂子。」

二和笑道：「大嫂又開玩笑，我哪裡來的美人兒？」

田大嫂道：「不說這院子裡吧，就是這條胡同裡，誰又不知道？你還打算瞞著呢！」

二和笑道：「你說的是王家那姑娘？現在人家在楊五爺那裡學戲了。」

田大嫂笑道：「她不是天天到你這兒來幫著你府上做飯嗎？」

二和道：「那也不過她念我們一點好處，到我家裡暫時幫一點兒小忙。」

田大嫂斜靠著桌子又坐下了，將眼斜望了他道：「她叫你什麼？」

二和笑道：「你又要開玩笑了。」

田大嫂笑道：「這算是玩笑嗎？你叫我什麼？」

二和道：「我叫你大嫂呀。」

田大嫂道：「這不結了，你叫我大嫂，她叫你二哥，這不是一條路？」

二和笑著，用手又搔搔頭髮，然後在懷裡掏出菸捲來，遞了一根給田大嫂。她笑道：「二和，你今年多大歲數了？」說著，把一支煙銜在嘴上，二和擦了一根火柴，彎腰給她點著菸捲笑道：「我二十五歲了。要是我家沒窮的話，我也該大學畢業了。」

田大嫂兩個指頭夾著菸捲，對燈光噴出一口煙來，笑道：「誰問你這個？你二十五歲，人家才十六歲，年歲透著差得遠一點。再說姑娘年紀太輕了，可不會當家。我同你作媒，找一位二十挨邊的，你看好不好？模樣兒準比得上你那位乾妹，粗細活兒一把抓，什麼全做得稱你的心，你瞧怎麼樣？」

二和笑道：「好可好。可是你瞧我一家老小兩口，全都照應不過來，還有錢娶親嗎？」

這位田大嫂，把她的瓜子臉兒一偏，長睫毛裡的眼珠一瞟，她又是兩片厚嘴唇，微微噘起，倒很有點豐致。把右手舉起，將大拇指同中指夾住彈了一下，拍地作起響來，她笑道：「好孩子，在你大嫂子面前來這一手，誰問你借錢來著，盡哭窮。你說沒錢，給你乾妹妹買皮鞋，買絲襪子，做旗袍，哪兒來的錢？」

二和道：「就是同她做了一件布旗袍，哪裡買了皮鞋同絲襪子？可是這件事，你怎麼又會知道的？」

田大嫂笑道：「若要人不知，除非己莫為，你幹的事，這院子裡知道的就多著了。喂，有熱茶沒有，給你老嫂子倒碗茶來。」

二和笑道：「田大嫂，你今晚是怎麼著？只管教訓我來了。」

田大嫂笑道：「玩笑歸玩笑，正話歸正話。我家大姑娘，你瞧得上眼嗎？」

二和斟了杯茶送到她面前，又退回來，一雙腿搭在矮凳上，半斜了身站著，將一個食指連連地點著她道：「你這是人家大嫂子？對著我們這二十來歲的光棍，有這樣說話的？」

田大嫂將兩指夾著菸捲，向地面上彈了兩彈灰笑道：「依你應當要怎樣說呢？」

二和道：「依我說，你根本就不能談到你家大姑娘。」

田大嫂將嘴一撇道：「你又假充正經人了。再說我說這話，也不是沒有緣故的，我瞧你往常對我們大姑娘倒誇個一聲好兒；我們大姑娘呢，提到了你，也沒有說過什麼壞話。我的意思，想喝你們一碗冬瓜湯，你瞧怎麼樣？」

二和聽她這樣很直率地說了出來，這倒不好怎樣的答覆，於是抬起一雙手來，剛搭到頭上，田大嫂笑道：「你別露出這副窮相來了，又該伸手去搔頭皮了。」

二和笑道：「大嫂子，你這張嘴真厲害，我沒法對付你了。」於是搬了個矮凳子，攔門坐著，斜對了她，又笑道：「你這番好意，我感謝得很。怎麼你今天晚上突然的說出來了？」

田大嫂道：「這個你有什麼不明白！不就為了你現在有一個乾妹妹了。我打算來問你老太太，要是你真把那位姑娘當了乾妹妹看待呢，我這話還有法子說下去；你若是留著她做少奶奶的，我就不用喝這碗冬瓜湯了。偏是我到這裡來，又遇到了老太太睡著了，我沒法兒說什麼。你既來了，乾脆我就對你說罷。」

二和又在懷裡把菸捲盒子掏出來，先送了一根煙遞到田大嫂面前去，她伸著巴掌，向外一推，笑道：「你別盡讓我抽菸，我說的話，你到底是給我一句回話。」

二和笑道：「這件事，我透著……」說時，向田大嫂一笑，取了一根菸捲，只管在煙盒子上頓著。

田大嫂笑道：「透著晚一點兒吧？你現在家裡有個候補的了。」

二和道：「大嫂老是繞了彎子說話。」

田大嫂道：「本來嘛，現在提親，是透著晚一點，可是不為了晚一點兒，我還不趕著來提呢。」說著，把聲調低了一低，而且把身子微微地向前伸著，笑道：「咱們姐兒倆，以往總還算是不錯，我是對你說一句實心眼兒的話，依著我們那口子的意思，很想把他的大妹子許配給你。他想託人出來說，又怕碰你的釘子，所以我就對他說，等我先來對老太太討討口氣。」

二和笑道：「真有這話嗎？怎麼田大哥在我面前，一點兒消息也沒有露過？」

田大嫂笑道：「你這人真聰明，他要是能露出一點消息來，還用得著我現在來說嗎？」

二和說了一個哦字，也就沒有說別的什麼。在這天晚上，倒不免添了許多心事，想著田大嫂雖是開玩笑，有些話也是對的。

到了次日早上，且不走開，自己搬了一張小方凳子，在院子裡坐著，只是想心事。耳邊輕輕脆脆的聽到人叫了一聲二哥，二和抬頭看時，正是月容進來了。她把新做的那件青布夾襖穿起，越透著臉子白嫩，立刻站起來，笑臉相迎道：「你今天倒是來得這樣早。」

月容笑道：「我要是來晚了，你又出去了。我還來報告你一個消息，下個禮拜一，我就上臺了。」

二和笑著，只管把兩隻手互相搓著，因道：「你師傅待你真好，你將來有出頭之日，可別忘了人家。」

月容道：「師傅待我好，二哥待我更好呀。」

二和笑道：「那麼，你也別忘了我。」

月容沒說什麼，微微低了頭，把右手反背到身後去。

二和笑道：「你手上拿著什麼？」

月容笑道：「我給二哥買的，我不好意思拿出來給你看。」

二和笑道：「這是笑話，給我買的東西，又怎麼不好意思給我看呢？」

月容這才笑著把手伸出來，原來是提了一個手絹包，下面沉甸甸的墜著。二和看到，剛要伸手去接時，她又把手縮了回去，依然藏到身後去。

二和笑道：「你既然拿來了，當然要給我，難道你還捨不得給我嗎？」

月容笑道：「你這樣說著，那我只好拿出來了。」說著，把那手絹包就遞到二和手上。

二和剛是打開手絹包來看，她就起身向正面屋子裡奔了去，二和笑道：「要送我東西呢，又要害臊，這是什麼原因？我倒有些不解。口裡說時，那手絹包已是透開，原來裡面是兩個大烤白薯，於是把手絹揣在衣袋裡，手上就拿了白薯，剝著烤焦的皮向屋子裡走，笑道：「我最愛吃烤白薯，你怎麼會知道的？」

月容聽到，趕快掉轉身來，迎了他笑，而且將手指了丁老太屋子裡，又搖了兩搖。

二和看到她這種做作，也就跟著笑了。先把這個剝了皮的白薯遞給了月容，而且點點頭，叫她吃，然後自己坐在太陽裡臺階石上，自剝了另一隻烤白薯吃，一隻腿架起來，手胳膊搭在腿上，態度十分的自在。

月容道：「老太還沒有起來啦，二哥不出去，還等她起來嗎？」

她說著這話時，人是靠了門框站著，提起一隻腳來，將鞋尖點了地面，一手拿了白薯慢慢地吃，眼睛望了二和笑。

二和道：「到了現在，你總算是快樂的了。」

月容道：「我這份快樂，還不是二哥給的嗎，現在想起來，總算我沒有錯認了人。」

二和還沒有答話呢，王傻子早是在跨院子門口叫了進來道：「我瞧見的，我們大妹來了。」

月容搶著迎到院子裡來笑道：「大哥，你沒出去做買賣啦？我特意給你報信來了，我下個禮拜一就要上臺了。」

王傻子兩手一拍道：「那就好極了，我邀幾位朋友去捧場。」

二和笑道：「我也是這樣想著，她初上臺，總要有幾個人在臺下叫個好兒，才能夠給她壯一壯膽子。」

王傻子道：「不捧場就算了，假如要捧場的話，必得熱熱鬧鬧捧一場，要不然，滿池子人聽戲，只有一個人叫好，那也反顯著寒磣。」

二和道：「壯膽子可不容易，得花一筆錢。」

王傻子道：「就是這一層，我透著為難。就說池座罷，一個人的戲票，總要六毛錢，十個人就要六塊錢，聽一日戲，捧一回場，兩口袋麵不在家了。咱們真有這個錢……」

他口裡說著，眼睛可是向月容望著，顯著很親切的樣子，便改口道：「不能那樣算了，大妹一生一世，就看到這三天打炮的運氣如何。楊五爺供她吃喝不算，還教她一身好本領，咱們出幾個錢恭賀恭賀，也是應當的。」

二和道：「要讓咱們誰出來請客，都有點兒請不起，莫如咱們自己出面去請朋友幫忙，誰願給咱們哥兒倆一點面子的，誰就去聽戲，好在這花錢也不多，誰去捧一天場，誰花五六毛錢。」

王傻子道：「這倒是行，大妹，我還問問你，你是晚上唱，還是白天唱？」

月容聽到他兩人說決定去捧場，那更是笑容滿面看看二和，又看看王傻子，簡直不知道要說什麼才好了。

王傻子道：「若是在白天，請人捧場那就透著難了。我們這一夥朋友，全是白天有事幹的，誰能丟了自己的活不幹，到戲館子裡去捧場呢？」

月容搶著道：「是晚上，是晚上。」

他們三人在院子裡這樣的高談闊論，自然也就把屋子裡睡覺的丁老太太吵醒，她就在屋子裡嚷起來道：「這麼一大早，怎麼你們就在院子裡開上了會啦？」

月容聽說，對著兩人亂搖兩手，而且還努著嘴，二和微笑著點點頭，就不再談了。

王傻子進來，對老太敷衍了兩句，然後走了出去，卻在跨院子門口向二和招了幾招手。二和迎出去，他就握著手道：「回頭咱們在茶館子裡見，大妹怕老太太不願你捧角，所以她要瞞著。」

二和笑道：「這位姑娘八面玲瓏，什麼全知道，你可別把她當年輕的小女孩看待了。」

王傻子笑道：「也就是這一點子可人心。」

二和笑道：「你的傻勁兒又上來啦，怎麼可人心三個字，也說了出來？」

王傻子笑道：「可我的心要什麼緊，可你的心那才好呢。」他說著這話，昂了頭，哈哈大笑走去，二和看了他後身，也只有搖搖頭。

在這日下午四點鐘，二和收了車回到家裡，將馬拴在棚子柱子餵料，自向四合軒小茶館裡來。隔了玻璃窗子，就聽到裡面一陣哈哈大笑，接著王傻子在那裡叫道：

「**錢是人的膽，衣是人的毛**，沒有錢就能辦事啦？我一個做皮匠的人，能有多少錢花？我現在有了個主意，大家先捧捧我的場，邀一支二十塊錢的會，共邀十個人。每人在這第一次，只湊合兩塊錢得了。將來誰手頭緊，誰先使會，咱們還不好商量哇？又不是白幫忙。再說，我還要請各位聽兩晚上戲呢，這又掙回去一塊多了。這樣便宜的事，做了人情，又有樂子，你們再要不幹，算罵我是個混蛋。」

隨了這話，茶館子裡人，又是一陣哄堂大笑。

二和搶著走了進去，只見王傻子架起一腿在凳上，手按了小桌上的茶壺，側了身子坐著，臉上還是紅紅的，所有茶館子裡的人，全都對他臉上望著。

二和走進來，向大家點點頭，這就有人道：「別慌，人家正主兒來了。」只這一句，把王傻子的臉更漲紅了。可是二和只當沒聽見，從從容容的，在王傻子對面坐下。

王傻子不等他開口，先道：「你沒來，我就邀過人了，大家在面子上雖沒說什麼，可是很有點不自然的樣子。那意思我也就明白了，說咱們這賣苦力的人，至多花個一毛兩毛的到天橋去繞一個彎，哪裡能夠上大戲館子捧角去？像咱們這種人，沒錢買雜合麵，向朋友借個塊兒八毛的，說一句急難相助，人家不好說什麼。現在咱們要學闊人，耍一耍闊勁，捧起角來，人家也沒發瘋病，誰肯幹這事？可是我們已經在月容面前誇過海口了，到了現在，就是這樣無聲無色的冷銷了，以後拿什麼臉去見人？所以我就想著，只有自己掏腰包請人聽戲，那是最靠得住的事。在座的朋友，有邀過你的會的，也有邀過我的會的，現在咱們倆湊合著，共請十位朋友，湊一支二十塊錢的會，以後咱們每月各墊兩塊會錢，那總沒什麼，你每月替王姑娘少做一件衣服，我少上兩回大酒缸，錢也就省出來了。」

二和笑道：「我哪裡能夠月月替她做衣服？」

王傻子站起來，將胸一拍道：「你要遮遮掩掩的，那就歸我一個人得了，誰讓我教人家小姑娘叫一聲大哥呢。」他說著，向各個座位上走去，見著人說問：「湊合我一支兩塊錢的會，你念交情，你就答應了。若是湊合不起來，你也直說，別讓我胡指望。」

他說著，還是在人家面前，提起茶壺來，斟上一杯茶。大家看了他這樣一來，想著錢又不是白扔了，都只好答應下來。

八 一鳴驚人

時光容易，一混就到了星期一。

這日下午四點鐘，王傻子就到四合軒去，把曾經入會的人都催請了一遍，說是人家唱前幾齣戲的，務必請早。

在這種茶館子裡的人花塊兒八毛去正正經經聽戲，那可是少有的事。月容現在登臺的戲館子，也算二路戲館子，一年也不輕易的去一回。現在有到戲院子裡去尋樂的機會，多聽一齣戲，多樂一陣子，為什麼不早到？所以受了王傻子邀請的各人，全是不曾開鑼，就陸續的到了。

丁二和是比他們更早的到，買了十盒大哈德門香菸，每個座位前都放下一包，另是六包瓜子、花生同糖果，在兩個座位前放下一份。自坐在最靠近人行路的一個座位上，有客到了，就起來相讓，倒把戲館子裡的茶房先注意了起來。

這幾位朋友，真是誠心來聽戲的，全池座裡還是空蕩蕩的，先有這麼十二個人擁擠著坐在一堆，這很顯著，有點刺眼不過。他們自己以為花錢來聽戲，遲早是不至於引人注意的，很自在地坐著。

等到開鑼唱過了兩齣戲，池座裡約莫很零落的，上了兩三成人，這就看到上場門的門簾子一掀，楊五爺口裡銜著一桿短短的旱菸袋，在那裡伸出半截子身子來，對著戲臺下全看了一遍場，然後進去。

二和立刻笑容滿面地向同座的人道：「她快要上場了，我們先來個門簾彩罷。」大家隨了他這話，也全是笑容簇湧上臉，瞪了兩眼，對臺上望著。

這時，那門簾子掀開了，月容穿了青衫子，白裙子，手上帶了銀光燦爛的鎖鍊走了出來。

她本是瓜子臉兒，這樣的臉，搽了紅紅的胭脂，貼了漆黑的髮片，越顯得像畫裡的人一樣，於是看見的人，又轟隆的一聲鼓起掌來。

在池座裡上客還是很寥落的時候，這樣的一群人鼓掌喊好，那聲音也非常之洪大，在唱前三齣戲的人，有了這樣的上場彩，這是很少見的事，所以早來聽戲的人都因而注意起來。加之月容的嗓子很甜，她十分細心著，唱了起來也十分入耳。其間一段二簧是楊五爺加意教的，有兩句唱得非常好聽，因之在王傻子一群人喊好的時候，旁的座上居然有人相應和了。

在他們前一排的座位上，有兩個年輕的人，一個穿灰嗶嘰西服，一個穿藍湖縐襯絨夾袍子，全斜靠了椅子背向臺上望著。他兩人自然是上等看客，每叫一句好，就互相看看，又議論幾句，微微地點了兩點頭，表示著他們對於月容所唱的，也是很欣賞。

二和在他們身後看得正清楚，心裡很是高興，因對坐在身邊的人低聲笑道：「她準紅得起來。前面那兩個人，分明是老聽戲的，你瞧他們都這樣聽得夠味，她唱得還會含糊嗎？」

那人也點點頭答道：「真好，有希望。」

二和看看前面那兩個人身子向後仰得更厲害了，嘴角裡更銜住了一支菸捲，上面青煙直冒，那是顯著他們聽得入神了，偶然聽到那很得意的句子，他們也鼓著兩下巴掌。直把這一齣戲唱完，月容退場了，王傻子這班人對了下場門鼓掌叫好，那兩人也就都隨著叫起好。

不多一會子，楊五爺緩緩地走到池座裡來，這裡還有幾個空座位，他滿臉笑容地就坐下了，對了各人全都點了個頭。

王傻子道：「五爺，這個徒弟算你收著了。你才教她多少日子，她上得臺來，就是這樣好的臺風。」

楊五爺本來離著他遠一點的地方坐著，一聽說，眉毛先動了，這就坐到靠近的椅子上，伸了頭對王傻子低聲笑道：「這孩子真可人心。初次上臺，就是這樣一點也不驚慌的，我還是少見。後臺的人異口同聲，都說她不錯呢。」

二和笑道：「後臺都有這話嗎?那可不易，她卸了妝沒有?」

楊五爺道：「下了妝了，我也不讓她回家，在後臺多待一會子，先認識認識人，看看後臺的情形，明天來，膽子就壯多了。你們也別走，把戲聽完了，比較比較，咱們一塊兒回家。」

王傻子道：「那自然，我們花了這麼些個錢，不易的事，不能隨便就走的。」

說著這話時，那前面兩個年輕的看客就回過頭來，看了一看。二和眼快，也就看到那位穿西服的，雪白的長方臉兒，架了一副大框眼鏡，裡面雪白的襯衫和雪白領子，繫上了一根花紅領帶，真是一位翩翩少年，大概是一位大學生吧，在他的西服小口袋裡，插了一枝自來水筆。幸而他轉過臉去是很快，不然，二和要把他面部的圓徑有多少，都要測量出來了。

楊五爺因為池子裡的看客慢慢地來了，自起身向後臺去，臨走的時候，舉了一隻手比了一比，隨著又是一點頭，他那意思就是說回頭見了。

等到要散戲的時候，五爺事先到池座裡招呼，於是大家一同出來，在戲館子門口相會。月容早在這裡，就穿的是二和送的那件青布長夾袍子，臉上的胭脂還沒有完全洗掉，在電光下看著，分外的有一種嫵媚之處。

王傻子笑道：「你瞧，我們今天這麼些個人給你捧場，也就夠你裝面子的了吧？」

月容真夠機靈，她聽了這話，並不就向王傻子道謝，對著同來的人，全都是彎腰一鞠躬。

楊五爺笑道：「各位，這一鞠躬可不好受，明天是她的《玉堂春》，還要請各位捧場呢。」

大家聽了異口同聲地說，明天一定來。

到了次日晚上，還是原班人物，又到戲館裡去捧了一次場。昨晚的《六月雪》，是一齣悲劇，還不能讓月容盡其所長。這晚的《玉堂春》，卻是一齣喜劇，三堂會審的一場，月容把師傅、師母所教給她的本領，儘量的施展開來，**每唱一句，臉上就做出一種表情，完全是一種名伶的手法**，因之在臺下聽戲的人，不問是新來的，還是昨晚舊見的，全都喝彩叫好。

那戲館子前後臺的主腦人物，也全都得了報告，親自到池子裡來聽戲。楊五爺看在眼裡，當時只裝不知道，到了家裡，卻告訴月容，教她第三天的戲更加努力，這樣一來，有四天的工夫，戲碼就可以挪後兩步了。

月容聽了，心裡自然高興。楊五爺覺得多年不教徒弟，無意中收了這樣一個女學生，也算晚年一件得意的事，接著有一個星期，全是他送月容上戲館子去。戲館子裡就規定了月容唱中軸子，每天暫拿一塊錢的戲分。這錢月容並不收下，每日領著，都呈交給師傅，而且戲也加勁地練。每日早上五六點鐘，出門喊嗓，喊完了嗓子，大概是七點多鐘，就到丁家去同二和娘兒倆弄飯。

這天吊完了嗓子到丁家去叫門，還不到七點鐘，卻是叫了很久很久，二和才出來開門。

月容進得跨院來，見他還直揉著眼睛呢，便笑道：「我今天來著早一點。早上天陰，下了一陣小雨，城牆根下，吊嗓子的人很少，我不敢一個人在那裡吊嗓，也就來了，吵了你睡覺了。」

二和笑道：「昨天回來晚了一點，回來了，又同我們老太太說了很久的話，今兒早上就貪睡起來了。」

月容站在院子裡，兩手抄抄衣領，又摸了摸鬢髮，向二和笑道：「二哥，今晚你別去接我了。一天我有一塊錢的戲分，我可以坐車回家了。」

二和道：「這個我也知道，我倒不是為了替你省那幾個車錢，我覺得接著你回家，一路走著聊聊天，很有個意思，不知不覺地就到了家了。將來你成了名角兒，我不趕馬車了，給你當跟包的去。」

月容道：「二哥，你幹嘛這樣損人，我真要有那麼一天，我能夠不報你的大恩嗎？」

二和道：「我倒不要你報我的大恩，我對你，也談不上什麼恩，不過這一份兒誠心罷了。你要念我這一點誠意，你就讓我每天接你一趟。這又不瞞著人的，跟五爺也說過了。」

月容笑道：「並不是為了這個，後臺那些人見你這幾晚全在後臺門外等著我，全問我你是什麼人。」

二和笑道：「你就說是你二哥得了，要什麼緊！」

月容將上牙咬了下嘴唇皮，把頭低著，答道：「我說是我表哥，他們還要老問，問得我怪不好意思的。」

二和笑道：「你為什麼不說是二哥，要說是表哥呢？」

月容搖搖頭道：「你也不像我二哥。」

二和道：「這樣說，我倒像你表哥嗎？」

月容不肯答覆這句話，扭轉身就向屋子裡跑著去了。

二和笑道：「這事你不用放在心裡，從今晚上起，我在戲館子外面等著你。」

月容在屋子裡找著取燈兒劈柴棒子，自向屋簷下攏爐子裡的火，二和又走到簷下來，笑道：「你說成不成罷。」

月容道：「那更不好了，一來看到的人更多，二來颳風下雨呢？」

二和道：「除非是怕看到的人更多，颳風下雨，那沒關係。」

月容只格格的一笑，沒說什麼。這些話，可全讓在床上的丁老太太聽到了，因是只管睡早覺，沒有起來。二和吃了一點東西，趕馬車出去了。

月容到屋子裡來掃地，丁老太就醒了，扶著床欄杆坐了起來，問道：「大姑娘，什麼時候了？」

月容道：「今天可不早，我只管同二哥聊天，忘了進來，給您掃拾屋子。」

丁老太道：「我有點頭昏，還得躺一會兒。」

月容聽說，丟了手上的掃帚，搶著過來扶了她躺下，將兩個枕頭高高的墊著。

丁老太嘆了一口氣道：「我也是想不到，現在得著你這樣一個人伺候我。」

月容道：「你是享過福的人，現在你就受委屈了。」

丁老太道：「你在床沿上坐著，我慢慢地對你說。你說我是享過福的人不是？我現在想起來是更傷心，還不如以前不享福呢。」

月容一面聽老太說話，一面端了一盆洗臉水進來，擰了一把手巾，遞給丁老太擦臉。

丁老太道：「說起來慚愧，我是什麼也沒剩下，就只這一張銅床。以前我說，就在上面睡一輩子，現在有了你，把這張銅床送給你罷，大姑娘，你什麼時候是大喜的日子，這就是我一份賀禮了。」

月容接過了老太手上的手巾子，望她的臉道：「你幹嘛說這話，我可憐是個孤人，好容易有了你這麼一位老太教訓著我，就是我的老娘一樣，總得伺候你十年八年的。」

丁老太笑道：「孩子話，你今年也十六歲了，伺候我十年，你成了老閨女了。」

月容又擰把手巾來，交給她擦臉，老太身子向上伸了一伸，笑道：「我新鮮了，你坐下，咱們娘兒倆談談心。」

月容接過手巾，把一隻瓦痰盂先放到床前，然後把牙刷子漱口碗，全交給老太太。她漱完了口，月容把東西歸還了原處，才倒了一杯熱茶給丁老太，自己一挨身，在床沿上坐下。

丁老太背靠了床欄杆，兩手捧了茶杯喝茶，因道：「若是真有你這樣一個人伺候我十年，我多麼舒服，我死也閉眼了。可是那不能夠的，日子太長了，你也該找個歸根落葉的地方，你不能一輩子靠你師傅。」

月容在老太臉上看見了微笑，因道：「唱戲的姑娘，唱到二十多三十歲的，那就多著呢。我們這班子裡幾個角兒，全都三十挨邊，我伺候你十年就老了嗎？而且我願意唱一輩子戲。」

丁老太笑道：「姑娘，你年輕呢，現在你是一片天真，知道什麼？將來你大一點就明白了。不過我同你相處這些日子，我是很喜歡你的。就是你二哥，那傻小子，倒是一片實心眼兒，往後呢，總也是你一個幫手。不過你唱紅了，可別忘了我娘兒倆。」

老太說到這句話，嗓音可有點哽，她的雙目雖是不能睜開，可是只瞧她臉上帶一點慘容，那月容就知道她心裡動了命苦的念頭，便道：「你放心，我說伺候你十年，一定伺候你十年。漫說唱不紅，就是唱紅了，還不是你同二哥把我提拔起來的嗎？」

丁老太聽了這話，忽然有一種什麼感觸似的，一個轉身過來，就兩手同將月容的手握住，很久沒說出話來，她那感觸是很深很深了。

九　芳心暗許

王月容雖然很聰明，究竟是個小姑娘，丁老太突然將她的手握住，她倒是有點發呆，不知要怎樣來答話才好。

丁老太耳裡沒有聽到她說話，就伸手摸摸她的頭髮道：「姑娘，你是沒有知道我的身世。」說著，放了手，嘆上一口氣。

月容接過了她的茶杯，又扶著她下床，笑道：「一個人躺在床上，就愛想心事的，你別躺著了，到外面屋子裡坐著，透透空氣罷。」

丁老太道：「我這雙目不明的人，只要沒有人同我說話，我就會想心事的，哪用在炕上躺著！往日二和出去做買賣去了，我就常摸索著到外面院子裡去找大家談談，要不然，把我一個人扔到家裡，我要不想心事，哪裡還有別的事做。自從你到我家裡來了，我不用下床，就有人同我談話，我就心寬得多了。」

說著這話，兩人全走到外面屋子裡來，月容將她扶到桌邊椅上坐著，又斟了一杯熱茶送到她面前，笑道：「老太，你再喝兩口茶，我掃地去。」

丁老太手上捧了一茶杯，耳聽到裡面屋子裡掃地聲，疊被聲，歸拾桌上物件聲，便仰了臉向著裡面道：「一大早的，你就這樣同我做事，我真是不過意。孩子，別說你答應照看我十年，你就是照看我三年兩載的，我死也閉眼了。」

月容已是收拾著到了外面屋子裡來，因道：「老太，你別思前想後的了。二哥那樣誠實的人，總有一天會發財的。假如我有那樣一天唱紅了，我一定也要供養你的，你老發愁幹什麼？」

丁老太微擺著頭道：「姑娘，你不知道我。我發什麼愁？我沒有飯吃的時候，隨時全可以自了。**我現在想的心事，就是不服這口氣**。你別瞧這破屋子裡就是我娘兒倆，我家裡人可多著啦，你瞧，你二哥又沒個哥哥在跟前，怎麼我叫他二和呢？」

月容將一隻綠瓦盆放在桌子上，兩手伸在盆裡頭和麵，笑道：「我心裡就擱著這樣一句話，還沒有問出來呢？」

丁老太道：「我還有一個大兒子，不過不是我生的。你猜二和有幾兄弟？他有男女七弟兄呢，這些人以前全比二和好，可是現在聽說有不如二和的了。」說著，手向正面牆上一指道：「你瞧相片上，那個穿軍裝的老爺子，他有八個太太，實不相瞞，我是個四房，除了我這個老實人沒搜著錢，誰人手上不是一二十萬，可是這些錢把人就害苦了，男的吃喝嫖賭，女的嫖賭吃喝，把錢花光不算，還做了不少的惡事。」

月容笑道：「你也形容過分一點兒，女人哪裡會嫖？」

丁老太將臉上的皺紋起著，發出了一片苦笑，微點了頭道：「這就是我說的無惡不作，不過我自己也不好，假使把當時積蓄的錢，留著慢慢地用，雖不能像他們那樣闊，過一輩子清茶淡飯的日子，那是可以的。不想我也是一時糊塗，把銀行裡的存款當自來水一樣用。唉，我自己花光，我自己吃苦，那不算什麼，只是苦了你二哥，把他念書的錢也都花了。」

月容聽了，將兩手只管揉搓著溼麵粉，並沒有說別的。

丁老太只聽到那桌子全體搖動之聲，可以知道月容搓麵用的手勁是如何的沉著。

大家是沉默了很久的工夫，月容忽然道：「老太，您別傷心，將來我有一天能掙大錢的時候，我準替二哥拿出一點本錢，給他做別的容易掙大錢的生意。到那個時候，您老太自然可以舒舒適適的過日子了。」

丁老太道：「到那個時候，只怕你對二和看不上眼。」

月容道：「老太，我是那種人嗎？再說，我和二哥就不錯。」

她猛可地說出了這句話，很覺得是收不回來，而且整句的話都已說完，也無從改口，只好加緊的去和麵。好在丁老太是雙目不明的人，縱然紅了臉，她也不會看到，這倒減少了兩分難為情。可是丁老太雖看不見她，心裡好像也很明白，只管笑著。這樣一來，兩個人都透著不好開口了，把這一段談話就告一結束。

月容今天是替他娘兒倆烙餅吃，菜是炒韭菜綠豆芽兒。這兩樣，都是要吃熱的，她看著院子裡的太陽影子，知道二和是快要回來了，這就立刻在屋簷下做起來。果然，不多大一會子，二和大開著步子，走進院子裡來了。站在院子中心，就把鼻子尖聳了兩聳，笑道：「好香好香，中午吃什麼？」

月容道：「韭菜炒綠豆芽兒，就烙餅吃，你瞧好不好？」

二和道：「烙餅我很愛吃，最好是攤兩個雞蛋。」

月容打開桌子抽屜，兩手拿了四個雞蛋，高高地舉著，笑道：「這是什麼？」

二和笑道：「你真想得到，謝謝，謝謝。」

月容笑道：「可不是要謝謝嗎？這雞蛋還是我掏錢買的呢。」

二和道：「這就是你的不對了，到我這裡來做飯，已經是讓你受了累，還要你掏錢，那就更沒有道理了。」

月容道：「咱們還講個什麼道理嗎？」

丁老太在屋子裡道：「二和，你還不知道呢，她的心眼可好著呢，她說了，她……」

月容在屋簷下跳著腳，叫起來道：「老太，你可別亂說，你要說，我就急了。」說著還不算，一口氣就跑到屋子裡來，站在老太太面前，還伸手搖撼著她的身體。

丁老太道：「她也沒說別的什麼，就是說要做了角兒的話，可以幫助你一筆本錢。」

二和向月容笑道：「這話……」

月容不等他把話說完，扭轉身子，就跑了出去了。

二和還不死心，依然站在屋子裡，向丁老太望著道：「媽，你為什麼不告訴我，我想，還不止這麼些個話。」

丁老太笑罵道：「別胡攪了，這麼老大個子，你再要胡鬧，我大耳刮子打你。」

二和聽說，只好笑著走出來了。

月容已是在爐子邊攤雞蛋，手上拿起鐵勺子，向二和連連點了幾點，低低地道：「該，挨罵了吧？」

二和輕輕地走到她身邊，笑著還不曾開口，月容便大聲道：「二哥，餅烙得了，你端了去吃罷。」

二和笑著把手點點她，只好把小桌子上碟子裡幾張新烙得的餅，端到裡面去。雖是他心裡所要說的兩句話未曾說了出來，然而心裡卻是十分感著痛快，把餅同菜陸續地向桌上端著，口裡還噓噓地吹著歌子。

大家圍著桌子吃飯的時候，月容見他老是在臉上帶了笑容，便道：「二哥，你是怎麼了？今天老是樂。」

二和道：「我為什麼不樂呢？你快成紅角兒了，聽說你的戲碼子又要向後挪一步，是有這話嗎？」

月容道：「你怎會知道的？」

二和道：「這樣好的消息，你不告訴我，難道別人也不告訴我嗎？」

月容道：「這事定是我師傅告訴你的，因為再挪下去，就是倒數第三了，我想著，不會那樣容易辦到，所以沒有敢同你說。」

二和道：「怕辦不到，就不同我說嗎？」

月容笑道：「你的嘴最是不穩，假如我告訴了你，你給我嚷嚷出去了，我又做不到那件事，你瞧我多麼寒磣。」

二和道：「怎麼突然提到了這件事上來的呢？」

月容道：「就因為池子裡有幾個老主顧，給館子裡去信，說是他們老為著我的戲碼太前了，要老早地趕了來，耽誤了別的正事，希望把我的戲碼挪後一點，他們好天天全趕得上。師傅說，這事可是可以的，不過我的戲太少了，幾天就得打來回，戲碼在後面怕壓不住，那究竟不妥當。」

二和道：「楊五爺這就叫小心過分，唱戲的就怕的是戲碼不能挪後，既是有了這機會，那就唱了再說。」

月容笑道：「**爬得太快了我有點兒害怕，還是一步一步地向前走著的好。**」

丁老太笑道：「這樣看起來，你是真會紅起來，你所說的，就是一個做紅角的人說的話。」

月容聽了，對二和微笑。

二和正夾一大夾子韭菜炒豆芽放到半張烙餅上，把烙餅一捲，捲成了一個筒子，放到嘴裡去咀嚼著，笑得眼睛成了一條縫，只管對了月容望著。

月容被他看了個目不轉睛，有點不好意思，卻夾了一絲韭菜，向二和這邊摔了過來，不偏不斜地正摔在他眼睛皮上。二和放下筷子，用手去揭，笑得月容將身子一扭，兩手按了肚皮，彎了腰就向房門外頭跑，然後蹲在走廊上輕輕地叫著哎喲。

二和大步子趕了出來，一手握了月容的一隻手，一手做了猴拳，伸到嘴裡去呵氣，正待向月容肋窩裡去咯吱時，那丁老太坐在桌子邊，兩手按住了桌子，半揚著臉子，向院子裡望著，問道：「二和，你們幹什麼？放了飯不吃，跑到院子裡去。」

二和只得放了手，向月容伸一伸舌頭，月容道：「院子裡來了一隻小花貓，我想把牠捉住。」

丁老太道：「吃飯罷，別淘氣了。」

二和同月容這才暗笑進來，把一餐飯吃了過去。

等二和二次出門趕馬車去了，月容同丁老太坐著閒談。丁老太道：「二和那孩子傻氣，剛才碰疼了你沒有？」

月容笑道：「我不是豆腐做的，哪裡就會碰疼了？喲，你怎麼知道？」

丁老太笑道：「你別瞧我雙目不明，在我面前有什麼事，我也會知道的。」

月容笑道：「老太太做長輩的人，也同我們小孩子開玩笑了。」

丁老太道：「開玩笑要什麼緊，只要你們倆和和氣氣的，我心裡就十分的痛快。我也不是別的什麼意思，我就是說，你們倆，要過得像親兄妹一樣，那才好呢。」

月容拖著老太太一隻袖子，連連搖撼了兩下，鼻子裡哼著道：「您別那麼說，那麼說不好。」

丁老太道：「那要怎麼說呢？」

月容笑道：「要說咱們像親娘兒倆，那才親熱呢。」

丁老太呵呵笑道：「這孩子說話，繞上一個大彎，我還不知道你要這樣說呢，原來是說這個。」

月容隨著笑了一陣，因站起來，握了老太的手叫道：「老娘，你今天樂了，回頭又該不樂了，我有一句話，想說出口，又不好說。」

老太不免反握住了她的手道：「什麼呢？你說呀，你有什麼委屈嗎？」

月容道：「那倒不是，今天不是禮拜六嗎？白天有戲，我該去了。」

丁老太笑道：「這孩子嚇我一跳。你有正事，當然要去，幹嘛說我不樂意呢？」

月容道：「我走了，你怪寂寞的。」

丁老太道：「那不要緊，我到田大嫂子家裡聊天去。」

月容道：「就是大院子裡，住西邊廂房的那一家嗎？」

丁老太道：「是的。你同她交談過嗎？她姑嫂倆全挺和氣的。」

月容道：「你說的，剛剛同我的意思相反，那位二十來歲的姑娘，見著我就瞪大一雙眼，鬧得我進進出出，全不敢向她們那邊望著。」

丁老太笑道：「別多心了，人家全因你長得好看，多望著你兩眼，你還有什麼和她們過不去的嗎？」

月容道：「我也是這樣地想，回頭你見著她，可別提起這話。」

丁老太道：「我提這話幹什麼，孩子，我比你知道的還多著呢。」

月容道：「那麼我去了，下了館子，我再到這兒來做晚飯。」

丁老太道：「你要忙不過來，就別來了，二和回來早了，他自個兒會做。回來晚了，隨便買一點兒吃的就得了。」

月容道：「我一定趕了來的，叫二哥等著罷。」

說著這話，她已是走到了院子裡了。

這並非她偶然地跑起來，因為轟咚一聲的午炮聲，已經引起了她的注意了，戲館子裡，一點鐘就開戲，她還要到師傅那裡去，預備好了行頭，總要到兩點鐘才能到戲館子去。唱中軸子的人，四點鐘以前必得上臺，自己是不能再耽誤的了。她匆匆忙忙地走出來，恰是看不到人力車，只好走出胡同口去。

約莫走了七八家門首，卻聽到後面一陣很亂的腳步聲直搶了過來。一個女孩子在街上走路，本來不應當隨便回頭，可是這腳步聲太刺激人，不由月容不回頭看去。見其間有兩位穿藍布大褂的，一個穿灰色西服的，一個穿西服褲子棗紅色運動衣的，所有頭上的帽子全是微歪的戴著，只憑這一點，可以知道他們全是學生。心裡想著他們也未必是和自己開玩笑的，自己走自己的路，不必理他們了，因之掉過臉去，自低了頭走路。

其中兩人互相問答，一個道：「楊老闆也可以說是挑簾兒紅，才多少日子？」

一個道：「人家不姓楊，楊是從她師傅的姓。她姓丁。」

另一個道：「你怎麼知道她姓丁呢？」

那一個答道：「怎麼不知道？每天有一個姓丁的大個兒在門口接她，那是她二哥。你想，不姓丁姓什麼？」

月容長了這麼大，還是不曾被人追求過，現在有四個人盯著她，她倒不知要怎麼是好。趕快地走出了胡同口，看到有輛人力車停在路邊，只說了地點，並不說價錢就讓車夫拖著走了。

在車子上，還聽到後面一陣哈哈的笑聲，有人還大喊著道：「要什麼緊，我們全是捧角的。」

月容覺得車子拉遠了，可以回頭看看他們的行動，不想這樣一回頭，立刻就引起了他們一陣鼓掌大笑，那個穿運動衣的，還叫了一聲「好嗎」，活是天津的流氓口吻。

月容在戲館子裡，已唱了這些日子的戲，對於一班青年捧角家的行為也知道一點，他們雖是在大街上這樣的公然侮辱，可是也得罪他們不得的，只好忍住一口氣。

到了楊五爺家門口，回頭看了，並沒有這些類似的人，付了車錢自進門去。可是楊五爺有事，已經把她要用的行頭帶到戲館子裡去了。自己喝了一口茶，又抹了一點粉，然後從從容容的向戲館子走來。

本來以現在每月的收入，坐著車子到戲館裡去，那是可以勝任的，但是這家門口的車子，總以為熟人的關係，多多的要錢，因此總是走遠一點的路，坐了生車子走，今天自然也照往常一樣，到胡同口上僱車。

不想還沒有到胡同口上，後面就窸窸窣窣有了腳步聲，月容想到剛才在二和門口的事，就知道是那班人追來了，心裡撲撲地跳著，就趕快地走。

但是走了十幾步，心裡忽然想到，在家門口，我怕什麼，回家去叫一個人出來，他們自然嚇跑了。於是一回身，待要回去，還不曾開步走，就聽到哈哈一片笑聲，看時，正是先遇著的那幾個人，在胡同中間一字排開。

那個穿西服的，手裡正捧了一個相匣，對了人舉著。穿運動衣的道：「喂，老吳，得了嗎？」

穿西服的一擺腦袋，表示得意的樣子，笑道：「得啦，得了兩張，總有一張可用，陽光很足，我用百分之一秒的。」

月容聽了這話，不由得臉紅破了，要往家裡走，怕是衝不破他們的陣線，要向戲館子裡走，怕他們老跟著，於是把臉子一板，瞪了眼道：「青天白日的，你們這是幹嘛！我叫巡警了。」

那個穿運動衣的道：「楊老闆，你幹嘛生氣？我們天天在前四排捧場，多少有點兒交情。也是透著面生一點兒，沒有敢當面請你賜一張玉照，偷偷兒地跟了你大半天，想照一張相，這已經是十分客氣了，你還說什麼？」

他口裡說著，手就取下帽子，揮繞著半個圈子，然後一鞠躬。那兩個穿藍布褂子的，笑嘻嘻地道：「呵，真客氣。」

他們不只是口裡說著，而且也緩緩地走了過來，將她包圍著。

月容本待嚷出來，可是想到一嚷之後，不免有許多人來看熱鬧，那更是難為情，便扭轉了頭，連連地蹬了腳道：「你們這是幹嘛！你們這是幹嘛！」

那四個人也不答言，只管笑嘻嘻地圍攏上來。

月容又害羞，又害怕，脊梁上陣陣地冒著熱汗，耳根也都發著燒熱。自己正不知道要如何是好，忽聽得身後有人道：「喂，你們太冒昧了，有這樣子對付女士們的嗎？」

月容回頭看時，一個穿了淺灰嗶嘰夾袍子，一點皺紋也沒有，長方臉兒，帶了一副大框眼鏡，淺灰絲絨的盆式帽，繞了淺藍帽箍，二十來歲年紀，一副斯文樣兒。看他穿了紫色皮鞋，衣襟上掛了一枝自來水筆，那可以知道他也是一位學生。

他走近了，揭了帽子，點了一點頭，露出他烏光的向後梳攏的頭髮。這更認得他就是每天在池子裡第三排捧場的看客，而且也聽到人說過他姓宋呢。怪了，怎麼他也會在這裡呢？

十 初試啼聲

那一個少年是由何而來，月容卻不知道，不過他恰好會在這樣難解難分的時候突然的出現，這卻是可奇怪的事，難得他倒不是幫助那四個人的。因之月容膽子放大了一些，板了臉道：「我就站在這兒，青天白日的，你們能把我怎麼樣？」

那少年對包圍的四個人笑道：「嚇，你們的意思，要怎麼樣？是要楊老闆簽名呢，還是要請楊老闆去吃小館子呢，還是要當面煩楊老闆的什麼戲呢？」

那西服少年笑答道：「這三樣猜得都不對。我們跟在楊老闆後面轉了半天，偷著照了兩張相，現在這相片已經照過了，我們也就想什麼得著什麼了。」

少年道：「既然如此，你們可以走了。大街上你們圍著人家幹什麼？不講一點面子！」

那幾個人對少年笑笑，慢慢地向後退著，越退越遠，也就走開了。

月容在他們還沒有退出胡同口外去的時候，自己還是呆呆地站在原地方，不肯走開。她不走，那少年也不走，兩人靜靜地對立著。

月容約莫站了五分鐘的時候，自己頗感到有點不好意思，於是向少年點了兩點頭道：「勞你駕了，你請便罷。」

那少年笑道：「楊老闆，不是我多事，我是一個捧你的人，不能看著你吃人家的虧。現在這四位先生看到我在這裡，雖然走了，可是他們是真走是假走，那還不得而知。若是他們沒有走遠，在胡同口外等著你，你走了出去，又要受他們的包圍。依著我的意思，我一直送到你戲館子門口去。」

月容道：「那不敢當，我回家去找一個人來送我就得了。」

少年笑道：「這事鬧得你師傅知道了，也許他不諒解，反而會怪你的。我現在就是到戲館子裡去聽戲，本來同路。楊老闆若是覺得同一路走，有什麼不便的話，僱兩輛車，你的車在前，我的車在後，這麼著走，你也不會有什麼不便。倘若他們看到了呢，有我在後面，他們準不敢胡鬧。若是楊老闆怕到了戲館子門口，先後下車，又覺得不妥當，那也成，我不到戲館子門口先下車，還不行嗎？」

月容聽他說得這樣的婉轉，完全是一番好意，不免站著低頭靜靜兒地想了一會子，自然是不能立刻拒絕那少年的話。

少年笑道：「不用想了，我說的這個辦法，那是最便於你的，你還有什麼不滿意嗎？洋車！」

他將一篇話交代之後，立刻昂起頭來，向胡同口上叫人力車，隨著這叫喚聲，有好幾輛車子拖了過來。那少年掏出四張毛票，挑著兩個壯健些的車夫，一人給了兩毛錢，說明地點，就讓月容上車。

月容看到他那樣大方，車錢已經付過了，若是不坐上車去，倒讓人家面子上過不去，這就在臉上帶了一分羞意的當兒低著頭，坐上車子去了。

在車上果然遇到先前那四個人還在路上走著，回過頭來，看到那少年的車子在後面，就有一個人笑道：「喝，有保鏢啦。」僅僅只說了這句俏皮話，車子就過去了。到了戲館子門口回頭看時，那少年果然已在老遠的地方下了車。心裡這就想著：這個人倒是好人。

到了後臺，楊五爺口裡銜了一支捲菸，正與幾個人談話，看到了她，便招招手叫她過去。月容也不知道為了什麼緣故，心裡頭只是撲撲地跳上一陣，慢慢兒地走過來的時候，彷彿耳朵根子上都有點發燒，因此遠遠兒地在師傅面前站著。

楊五爺道：「臉上紅紅的，額頭上還流著汗呢，你怎麼啦？」

月容笑道：「不怎麼，我聽說師傅已經上了館子，我就趕著來了，我真怕誤了事。」

楊五爺道：「我看你進門來東張西望，只管喘氣，以為有了什麼事呢。今天這齣《寶蓮燈》還是初露，身段你都記清楚了嗎？」

月容笑道：「那沒有錯。」

楊五爺道：「你同李老闆對對詞兒，別臨時出岔子。」

正說著，唱鬚生的李小芬正走了過來，她完全是個男子妝扮，湖縐袍子上，套了青花毛葛坎肩，戴了深藍色的絲絨帽子。楊五爺便起身向她點個頭兒，笑道：「李老闆，月容今兒同你配《寶蓮燈》，她是初露，你攜帶攜帶一點兒。」

李小芬笑道：「五爺，你說這話，我倒怪不好意思的了，月容和我不讓，她很有希望，我還說和她拜把子啦。」說著這話，就拍了兩拍月容的肩膀。

楊五爺道：「那就很好啦。唱青衣衫子的，短不了和老生在一塊兒，要是把子，彼此總有個關照，那就好得多了。同你配戲，借借你的光，將來捧你的人，也順便可以叫她幾個好兒。」

李小芬笑道：「這個你是倒說著吧？我們楊老闆上場，叫她好兒的人，還會少著嗎？」說時，又伸手拍拍月容的肩膀，接著道：「在第三四排的桌邊椅子角上，那裡就有一群人，是專捧她來的。」

月容道：「小芬姐你幹嘛損我呀。」

小芬笑道：「本來嘛！」她說著這話，就把月容一隻手拖到上場門的門簾子下，把簾子掀起了一條縫，在縫裡向外張望著，卻反過一隻手來，向月容連連招了幾招，笑道：「喂，你來，你來，你來瞧。」

月容也不知道有什麼要緊的事，就依了她的招呼，跑到她身後去。那門簾子的縫，讓小芬縮得更小了，將一個手指微微向外指著道：「你看那個穿藍夾袍子梳背頭的。」

月容看時，正是今天援助自己的那個少年，便退後一步道：「瞧他幹什麼？」

小芬這才回轉身來向她道：「這小子在這裡聽了半年的戲，頭裡是無所謂的，瞧他高興，愛叫誰的好，就叫誰的好。可是自得你露了以後，他就專捧你。」

小芬與月容相距不遠，場面上又打著傢伙，她低著聲音說話，卻不會讓別人聽到。月容紅了臉道：「我夠不上那資格。」只說了這句，把頭都要低到懷裡去，那兩塊臉腮上的紅暈，差不多紅到頸脖子上去。

小芬笑道：「沒出息，這要什麼緊，唱戲的人，誰沒有人捧呀？沒人捧還想紅嗎？只說這麼一句話，也犯不上羞到這個樣兒。」

月容一扭頭道：「時候到啦，該去扮戲了。」小芬在坎肩袋裡，摸出金表看看，這才依了她的話，去扮戲。

《寶蓮燈》這齣戲，是老生在臺上唱過一場之後，青衣才唱了出臺的。李小芬在臺上唱的時候，月容是在上場門後門簾子裡聽著的，雖然也有兩陣好聲，不十分熱鬧。到門簾一掀，自己走出來的時候，便是鼓掌聲與喊好聲一齊同發，而好聲最烈的所在，就是第三四排裡。月容得著這樣熱烈的彩聲，想起小芬的話，大概是不錯，情不自禁地就向那東邊犄角上飛了一眼，意思是要偵察這些人，哪一個鼓掌最有勁。

不料這竟是有電流同樣的效率，待她的眼珠由池子東邊轉到臺上本身來以後，那邊就轟雷似的叫將起來。

在後臺的楊五爺也就趕快地走到上場門，掀開了一條門簾縫，悄悄地就向外面看了來，月容偶然一回頭看到，自己就加了一番鎮定，把全副精神都貫注到戲上，儘管那東犄角好聲震天，自己也不再去偷看。

到了自己要回後臺了，這齣戲算是累了過去，無須慎重。當那劉彥昌正拉著兒子秋兒，要向秦府去償命，月容拖了孩子跑在臺板上向臺裡走，正對東犄角有一個亮相，卻看到那個少年正瞪了兩眼，向自己望著，巴掌是雙雙地放在胸前，極力地在拍，同時也就看到他那左右前後，全是些二十上下的少年。

到了後臺，小芬兩手取下臉上掛的鬍子，第一句話就笑著問道：「我說得怎麼樣？那些人全是捧你的吧？」

月容微笑道：「理他幹什麼！他們是瞎起鬨。」

一位扮小丑的宋小五，正由面前經過，她打了粉白鼻子，眼睛上畫了許多魚尾紋，嘴唇上還畫了一道黑線，偏了頭，兩顆烏眼珠在白粉裡轉著，向月容望了笑道：「小姑娘，你知道什麼？捧角的人就是起鬨，起鬨就是捧角呀。」

她身穿了一件黃布衫子，由大袖子裡伸出一隻黃瘦的手來，在她肩上連連地拍了兩下，笑道：「抖起來別忘了我。」

月容笑道：「宋大姐，幹嘛拿我們小可憐兒來開心。」

宋小五笑道：「別叫我宋大姐，叫叫宋大爺罷，好孩子，你要學會了這一手，你準能發財。那位宋大爺，真是一位大爺，我聽說，他家在上海開銀行的，有的是子兒。」

楊五爺背了兩手，正慢慢地踱了過來，將眼睛瞪著道：「小五，你幹嘛和她小孩子耍貧嘴。憑我楊五爺的面子，你不攜帶攜帶她也就罷了，還當著這些人開玩笑呢！」

小五伸了一伸舌頭自走了。

楊五爺對月容道：「今天這齣《寶蓮燈》，你總算沒砸，還有一兩處小毛病，回家我同你說一說，下次改過來就是了，你去卸妝罷，我有點兒事，暫不回家，不等你了，行頭你自己帶回去。」

月容只管答應是，想把今天所遇到的事告訴他，他已經轉身走開了。她覺得那些人也不會老盯著的，自去卸妝洗臉，想到同丁老太有約會的，晚半天還要去，自己提了個行頭包袱，匆匆地走出戲館子來。

門口停著的人力車，見她拿有一個包袱，車錢又要得多些。她不服這口氣，提起包袱，只管走著，走過四五家店面，就遇到那個姓宋的，另同著兩個青年，站在一家大店鋪的門口。

這本來是捧角家的常態，在戲館子附近站著，等候所捧的角兒出來，俗名叫做排班。月容因為讓街上的車子緊挨著店鋪的屋簷下走，正是在那人面前挨身而過，因之低頭走過去，只當沒有看見。不過在沒有到他身邊的時候，怕他們不肯讓路，曾很快地轉著眼睛在他身上瞟了一下。

他們雖是排班，倒還正正經經的站著，並沒有什麼舉動。等她走過去了，就一同在後面跟著彼此問答，聽到那姓宋的少年道：「星期一晚上，楊老闆《賀后罵殿》還是初露，我們多邀幾個人來捧場，好不好？」

那其餘兩個人道：「一定來，一定來！而且還要表示出來，咱們是為楊老闆來的，那才有勁。」

月容雖覺得他們的話是故意傳送過來的，但那些話並沒有惡意，因之還不急於要坐車，只管在大街人行道上走著，聽他們所說的結果。

走盡了一條大街，人行道上行人已是稀少些，月容聽不到身後有什麼閒言閒語了，這才將包袱放在人家店鋪外的階沿石上，站定了，透過一口氣，回轉頭來看了一看，就在這時，倒嚇了一跳。那姓宋的笑嘻嘻地站在面前，相距還不到三尺遠。

他因月容回轉頭來，就抬上手扶著帽邊沿，深深地點了一個頭笑道：「楊老闆，你提不動了吧？我給你提一截路，好不好？」

月容看他同路的二位已是不見，本待要笑出來，卻極力地板住了面孔，微搖著頭道：「不用勞駕。」

那少年笑道：「我反正知道楊老闆府上的，你還怕僱車漏了消息嗎？」

月容看看他這嬉皮賴臉的樣子，只是微欠了身子，向人發笑，說話之間，已是向前走來了大半步。所幸身後這店鋪是家大綢緞莊，在櫃檯外，還套了一所大玻璃柵的穿堂，要不然，這些話，讓他們店夥聽到怪難為情的。因之兩道眉毛頭子皺了皺，大聲叫著車子，就用這種聲音來鎮懾那人，而且把眼睛向他瞪著。

他微笑道：「別急，我不送得啦。你記著，後天晚上，我要特別捧場，那一天要賞面子，對我們叫好的朋友，打個『回電』，這沒有什麼，**哪個唱紅了的人沒有這樣一手？叫人捧場，能讓人家白白的捧場嗎？**」

月容沒有理他，依然繼續的叫車子，就在這個時候，有一輛車子拖過來，她還是不講價錢，跳上車去走了。

到了星期一這天，恰好這班子裡的名青衣臺柱子吳豔琴請假，因之唱壓軸子的角兒推著唱大軸子，唱倒數第三的角兒唱壓軸子。

這晚的《賀后罵殿》，還是月容同李小芬兩人配合。月容心裡也就想著，憑著自己初上臺的一個角兒，無論人家怎麼樣好，是唱不到壓軸子這種地位，今天無意中得了這樣一個機會，絕對不能輕易放過的。

她這樣想著，上午沒有到丁家去，只是在家吊嗓。到了下午，以為可以到丁家去打一個招呼了，偏是天氣陰沉著，下起雨來，月容不由得噘了嘴，悶坐屋角裡。

楊五奶奶看到便笑道：「我知道你心裡那一點毛病，好容易得一個唱壓軸子的機會，又要回戲了。」

月容兩手放在懷裡，互相撫弄著，噘了嘴道：「誰說不是？」

楊五奶奶道：「我告訴你一個好消息，不回戲了。剛才我打電話去問過，戲館裡已經賣掉了兩百多張票，還賣了三個包廂，把吳豔琴的戲分刨消，館子裡已經夠開銷的了。」

月容道：「下雨的天，買了票的人也不會去。」

楊五奶奶道：「那你管他呢，買了票不來，那活該不來。」

月容身子一扭道：「唱一回壓軸子，總也讓人看到才有意思。」

楊五奶奶笑道：「你這孩子，也好名太甚。」

月容聽到師母這樣批評著，不說什麼。

也是自己不放心，吃過晚飯，就帶了行頭，坐車向館子裡去。

那雨竟是天掃人的興，更是嘩啦嘩啦陸續地下著。月容放下行頭包袱，第一件，就是到上場門去，掀開一線門簾子縫，向外張望著，池子裡零零落落地坐著很少的看客，電光照著一排一排的空椅子，十分蕭條。

果然不出自己所料，但是第三四排東角上，卻很密地坐了二三十位老客。雖然那位姓宋的少年還沒有到，認得這些人全是他的朋友，料著他也會來的，這把今天一天的心事全都解除。

手牽了門簾，掩了半邊臉正出著神，肩膀上忽然有人輕輕地拍了兩下。回頭看時，便是今天移著唱大軸子的劉春亭，便笑道：「你今天幹嘛來得這樣早？」

劉春亭道：「你還不知道嗎？豔琴同前後臺全鬧彆扭，她不來不要緊，小芬也請了假，這樣子是非逼得今晚上回戲不可。那意思說，沒有她倆就不成。剛才李二爺把我先找了來，商量著，你先唱《起解》，我還唱《賣馬》，回頭咱們再唱《罵殿》。本來我是不唱《罵殿》的，可是為了給點手段豔琴瞧瞧，我就同你配這一回，你幹不幹？」

月容比著短袖子，連連作揖笑道：「你這樣抬舉我，我還有不幹的嗎？可是《賣馬》下來，就趕《罵殿》，這時頭沒有過場，恐怕你趕不及。再說我《起解》的衣服同魚枷，全在家裡沒拿來。」

劉春亭道：「那沒關係，我唱在你頭裡也可以的。我就是這樣想，要幫人家的忙，就幫個痛快。」

這話沒說完，身後就有人道：「若是這樣子辦，我保今晚上沒問題。」

月容看時，正是這館子裡最有權威的頭兒李二爺。他扛起兩隻灰夾袍的瘦肩膀，兩手捧了一桿短旱菸袋直奉揖，伸了尖下巴笑道：「我先貼一張報單出去試試，假如這百十個座兒不起鬨，就這樣辦了。我認得，這裡面有一大半熟主顧。」

月容微笑著，也沒說什麼。

不到二十分鐘，東邊看樓的包廂外面，就在欄杆上貼了幾張三尺長的大紙，上面寫著：

今晚吳李二藝員請假，本社特商請劉、楊二藝員同演雙出，除劉藝員演《賣馬》，並與楊藝員合演《罵殿》外，楊藝員月容加演《女起解》一齣，以答諸君冒雨惠臨之盛意。

這報條貼出來以後，聽到那臺下的掌聲震天震地的響著，尤其是那西邊包廂裡，有人大聲喊道：「今天算來著了！」

月容原來沒有留意到包廂裡去，這時在門縫子裡向樓上張望著，果然那位姓宋的同了幾位穿長袍馬褂的，高坐在那裡。

他那一排三座包廂，都已坐滿了人，他是坐在中間一個包廂裡的，同左右兩邊的人不住地打招呼說話，顯然是這三個包廂，全是他一人請來的了。前天他說是來捧場的，果然來了，而且不是小捧，除了散座，還定有包廂，假使自己今天不唱，那未免辜負人家一番好意了。

她如此想著，自然是十分的高興。

在大雨淋漓的時候，館子裡也派了人到楊五爺家去，將她女起解的行頭取了來。當她結束登場的時候，門簾子一掀，不先不後，正對了她向臺下的一個亮相共同的發了一聲好。

樓上下雖只有百十來個人，可是這百十來個人很少閒著的，全是拿起巴掌，劈劈啪啪地鼓著。差不多月容唱一句，臺下便有一陣掌聲，尤其坐在三個包廂裡的人，那掌聲來得猛烈清脆。

等月容下場了，換了劉春亭上去，第一就沒有碰頭好，第二偶然一兩陣叫好，也不怎樣猛烈。月容心裡頭這就十分明白，今天到場的人，完全是捧自己的了。

十一 雨夜送豔

這晚上，戲館子看戲的人儘管是很少，空氣可十分緊張，連後臺的這些人，都瞪了兩隻眼，向月容看著，覺得她這樣出風頭，實在是出乎意料的事。

月容越是見人望著她，越是精神抖擻，笑嘻嘻地在後臺扮戲，雖然那窗戶玻璃上的雨水倒下來似的，但也不聽到雨聲。

到了《賀后罵殿》這齣戲該上場了，自己穿妥了衣服，站在上場門口，盡等出場。見到小丑宋小五斜銜了一支菸捲，兩手環抱在胸前，斜對人望著，便伸手道：「宋大姐，給支煙我抽抽，行不行？」

宋小五口裡連說著：「有，有，有。」一手按了衣襟，一手便到懷裡摸索著去，立刻掏出一盒菸捲來，抽出一根，兩手恭遞著送到月容嘴裡銜著，笑道：「取燈兒我也有。」一說著，把菸捲揣了進去，抬起一隻腿來，將腰就著手，在口袋裡再摸出一盒火柴來，這就擦了一根火柴，彎腰遞上。

月容倒是不客氣，就了火吸著，因道：「我明天請你。」

宋小五笑道：「我前天說的話怎麼樣？還是那位宋大爺不錯吧？我看這池子裡的人，就有三分之二是他拉來的客，樓上三個包廂就更不用提了。他在這戲園子裡聽了一年的戲，誰也捧過一陣子，可只有這次捧你上勁。」

月容噴出一口煙來，將眼睛斜瞟了她道：「老大姐，幹嘛又同我開玩笑？」

宋小五頓腳道：「你這話真會氣死人，我報告你實在的話，你說我同你開玩笑！」

月容道：「今天這麼大雨，倒想不著還有人聽戲。喲，打上啦，我該上場了。」說著，把菸捲扔在地上，把扮好了站在面前的兩個皇子，一手抓住了一個，就向簾子外走去。

宋小五站在一邊，對了門簾子外出神，早是轟天一聲的「好」叫了出來。那位場門打簾子的粗男人，搖搖頭道：「新出屜的饅頭，瞧這股子熱哄勁兒。」

小五道：「就瞧她今天這樣子，已經抬起身價不少了，下輩子投胎，和閻王老子拚命，也得求他給個好腦袋瓜。」

打簾子的人聽到她有些不好的批評意味了，不敢插言。

這宋小五也不知有什麼感想，月容在外面唱一齣戲，她就在上場門後聽一齣戲。果然臺下的叫好聲都是隨了月容的唱聲發了出來的，尤其是她唱快三眼那段，小五抬起一隻腿，架在方凳上，將手在膝蓋上點著板眼，暗下也不免點點頭，那臺上聽戲的人，卻也如應斯響*的叫出「真好」兩個字來。

戲完了，月容進得後臺來，所有在後臺的人一擁而上，連說：「辛苦，辛苦。」月容笑得渾身直哆嗦，也連說：「都辛苦，都辛苦。」

自己回到梳妝鏡子下去卸妝的時候，那李頭兒口裡銜了一支旱菸袋，慢慢地走來了，笑：「楊老闆，你紅啦。」

月容本是坐著的，這就對了鏡子道：「二爺，你幹嘛這樣稱呼。」

李二爺笑道：「我並不是說有人叫過幾聲好，那就算好。剛才我在後臺，也聽了你一段快三眼，那真是強將手下無弱兵，我們楊五爺一手教的，一點兒都沒有錯。」

月容道：「那總算我沒讓師傅白受累，可惜我師傅今天沒有來。」

李二爺微笑著，也沒接下去說什麼。

月容穿好了便衣，洗過了臉，正在打算著，外面的雨還沒有停止，要怎樣回去，前臺有個打雜的跑來報告道：「楊老闆，館子門口來輛汽車，停在那裡，那個司機對我說，是來接你回去的。」

月容笑道：「你瞧，一好起來，大家全待我不錯了，我師傅還派了汽車來接我，其實有輛洋車就得啦，汽車可別讓他們等著，等一點鐘算一點鐘的錢。」口裡說著，手提了行頭包袱，就跑出戲館子來。

看到汽車橫在門口，自己始而還不免有點躊躇，然而那司機生知道她的意思似的，已是推了車門，讓她上去。

月容問道：「你是楊家叫的汽車嗎？」汽車夫連連答應是，月容還有什麼可考慮的，自然是很高興的跨上車子去。

車子開了，向前看去，那前座卻是兩個人。那個不開車的，穿的是長衣，沒戴帽子，彷彿是烏光的頭髮，心裡正納悶著，那也是個車夫嗎？

那人就開言了，他道：「楊老闆，是我僱的車子送你回去。不要緊的，你不瞧我坐在前面，到了你府上門口，我悄悄地停了車子，我們車子開走了，你再敲門得了。你腳下，我預備下有把雨傘，下車的時候，可以撐傘，別讓雨淋著。」

月容聽那人的話音，分明就是今天大捧場的宋大爺。這倒不知道要怎樣答應他的話才好，就是謝謝吧，那是接受了他這番好意；說是不坐他的車子吧，看看車子頭上，那燈光射出去的光裡，雨絲正密結得像線網一樣，待要下車去，爛泥地裡，一會子工夫哪兒僱車子去？她這樣想著，就沒有敢反對，也沒說什麼。

那車子的四個橡皮輪子在水泥路上滾得吱吱發響，雖然不時地向玻璃窗子外張望出去，然而這玻璃上灑滿了雨水，只看到一盞盞混沌的燈光，由外面跳了過去，也不知道到了什麼所在。

好在自己不說話，前面那個姓宋的也不說話，一直到那車子停了，那姓宋的才回頭過來道：「楊老闆，在你那腳下有一把雨傘，你撐著傘下去罷，到了你府上了。」

月容聽了這話，還不敢十分相信，直待把車子門打開了，她伸頭向外看看，那實在是自己家門口了，這才摸起腳下的那把雨傘，立刻就跳下車去，一面撐著雨傘，一面三腳兩步的向大門前跑，至於後面還有那姓宋的在連連叫著，也不去理會，自去敲門。

不想那個姓宋的在雨林子裡淋著，直追到身後叫道：「楊老闆，楊老闆，你忘了你的行頭了。」

月容不覺回頭來，哦了一聲，姓宋的便將手上的大衣包袱兩手捧著，送到雨傘下面來，笑道：「楊老闆，你夾著罷，可別淋溼了。」

月容右手打著傘，左手便把包袱接過。家門口正立著一根電線桿，上面掛有電燈，在燈光下照著他那件長衣服被雨打著，沒有一塊乾淨的所在。這倒心裡一動，便道：「謝謝你啦。」

姓宋的已經是掉轉身去，要向車子裡鑽，這可又回過身來，連連點了幾個頭道：「這沒什麼，這沒什麼。」雖是那風吹的雨陣，只管向他身上撲了去，他也不怎樣介意，把禮行過，方才回轉身撲上汽車去。

月容看到車子已經開著走了，這才高聲叫著開門，果然，家裡人開門的時候，車子已經去遠，也就放心回家了。

這晚在床上，想起姓宋的這個人總算不錯，下這樣大的雨，他只憑了前兩日一句話，到底來了，讓自己足足出了一個風頭。這就算是平常捧角的人做得出來的事，最難得是他會在下雨的時候，僱了一輛汽車來接人，而且還在車子上預備下了一把傘，免得人雨淋著。二和待人就很忠厚的，也絕不能想得這樣的細心。只知道他姓宋，可不知道他家是幹什麼的，雖不能像宋小五那樣說是開銀行的，但是一定也很有錢。**自己要想做個紅角兒，總少不了要人捧的，這樣的人，也很老實的，就讓他去捧罷**。當晚只管把意思向這方面想去，也就越是同姓宋的表示好感了。

到了第二日，那臺柱子吳豔琴已經知道下雨晚上的事，憑劉春亭帶上一個新來的小角楊月容，居然在大雨裡能抓上三成座，這是一把敵手，因之不再放鬆，銷假唱戲。

連臺柱子也不敢小看了，楊月容她的身分也就抬高不少。捧角的人，也都是帶了一副崇拜偶像的眼鏡的，月容的戲碼一步一步向上升，不斷地和李小芬或劉春亭配戲，大家也就把她當一個角兒了。

有一個多月的時間，月容也得了楊五爺另眼相待：在門口的熟人力車當中，挑了一輛車子新些的，和車夫訂好了約，作一個臨時包車，每晚將月容一接一送，星期日有日戲也照辦。這樣一來，月容舒服得多，不怕風雨，也不怕小流氓在路上搗亂，可以從容的來去。

但是那常常迎接她的二和，這倒沒有了題目。人家是個角兒，有了包車來往，終不成讓自己跟著在車子後面跑來跑去？因為如此，二和也就只好把這項工作取消。

在一個星期日的下午，恰是拉月容上館子的那個車夫，臨時因病告假，月容來的時候僱了車子來的。唱完了戲，匆匆地卸妝，想到二和家去，趕著同丁老太做包餃子吃。行頭放在後臺，託人收起來了，空著兩手就向外走。

出了戲館子門，走不到十幾步，就看到宋先生站在路邊，笑嘻嘻地先摘下帽子來，點了一個頭。他今天換了一套紫色花呢的西服，外套格子呢大衣，在襟領的鈕扣眼裡，插了一朵鮮花。頭髮梳得烏滑溜光，頸上套了一條白綢巾，越是顯著臉白而年少。

月容因為他那天冒雨相送以後，還不曾給他道謝，這時見面，未便不問，於是也放開笑容，向他點了個頭。

宋先生道：「楊老闆，今天我請你師傅五爺吃晚飯，同五爺說好了，請你也去，五爺在前面路口上等著呢！」

月容道：「剛才我師傅還到後臺去的，怎麼沒有提起呢？」

宋先生道：「也許是因為後臺人多，他不願提。他在前面大街上電車站邊等著，反正我不能撒謊。」

月容道：「我去見了師傅再說罷，還有事呢。」

宋先生道：「那麼，我願引路。」說著，他自在前面走。

月容見他頭也不曾回，自大了膽子跟他走去。可是到了大街上電車站邊，師傅不在那裡，倒是戲館裡看座兒的小猴子站在路頭。他先笑道：「五爺剛才坐電車走了，他說，在館子裡等著你。」

月容皺了眉頭道：「怎麼不等我就走了呢？」

小猴子道：「大概他瞧見車上有個朋友，趕上去說兩句話。」

月容站在大街邊的人行道上，只管皺了眉毛，她心裡那一分不高興，是可想而知的。

宋先生笑道：「這樣一來，倒弄得我上不上，下不下了。小猴子，你送楊老闆一程。我們是在東安市場雙合軒吃飯，你把楊老闆送到館子門口，行不行？」

小猴子道：「要說到送楊老闆上館子吃飯，我不能負這個責任。我倒是要到市場裡去買點東西，順道一塊兒同走，倒沒什麼關係。」

說著話，上東城的電車已經開到了，宋先生亂催著上車，月容一時沒了主張，只好跟了他們上車。電車到了所在的那一站，又隨了宋先生下車，可是在車上搭客上下擁擠著的當兒，小猴子就不見了。

月容站在電車站邊，又沒有了主意。

宋先生笑道：「其實你也用不著人送，這裡到市場，不過一小截路，隨便走去就到了。」

月容抬頭看看天色，已是漆黑的張著夜幕，街上的電燈似乎也不怎麼亮，便低聲道：「不知道我師傅可在那裡？」

宋先生笑道：「當然在那裡，你不聽到小猴子說的，他先到館子裡去等你了？」

月容待要再問什麼，看到走路的人只管向自己注意，也許人家可以看出來自己是唱戲的，這話傳出去了，卻不大好聽。一個唱戲的女孩子，跟了一個白面書生在大街上走，那算怎麼一回事呢！因之掉轉身就挑著街邊人行道電光昏暗一點兒的地方走。

宋先生緊緊地在後面跟著，低聲道：「不忙，我們慢慢地走，五爺還要買點東西才到館子裡去，也許還是剛到呢。」

月容並不做聲，只是在他前面走著，頭低下去，不敢朝前看，眼望著腳步前面的幾步路，很快地走著。

宋先生倒不攔住她，也快快地跟著，到了市場門口，自己不知道應當向哪邊走，才把腳步停了。

宋先生點了個頭笑道：「你跟我來，一拐彎兒就到。」

月容隨著他走，可沒有敢多言語，糊裡糊塗的兩個彎一轉，卻到了市場裡面一條電燈比較稀少些的所在。抬起頭來，面前便是一所兩層樓的館子，宋先生腳停了一停，等她走到面前，就牽了她的衣袖，向裡面引著。月容待要不進去，又怕拉扯著難看，進去呢，又怕師傅不在這裡，只好要走不走的，隨著他這拉扯的勢子走了進去。

那飯館子裡的夥伴，彷彿已經知道了來人的意思，不用宋先生說話，就把他兩人讓到一所單間裡去。

月容看時，這裡只是四方的桌子上，鋪了一方很乾淨的桌布，茶煙筷碟，全沒有陳設，這便一怔，瞪了眼向宋先生望著，問道：「我師傅呢？」

宋先生已是把帽子掛在衣鉤上，連連地點著頭笑道：「請坐，請坐。五爺一會兒就來的，咱們先要了茶等著他。」

月容手扶了桌子沿，皺著眉頭子，不肯說什麼。

宋先生走過來，把她這邊的椅子移了兩移，彎腰鞠著躬道：「隨便怎麼著，你不能不給我一點面子。你就是什麼也不吃，已經到這裡來了。哪怕什麼不吃，坐個五分鐘呢，也是我捧你一場。楊老闆，你什麼也用不著急，就念我在那大雨裡面送你回去，淋了我一個周身濕溼，回家去，受著感冒，病了三四天，在我害病的時候，只有兩天沒來同你捧場，到了第三天，我的病好一點兒，就來了。」

月容低聲道：「那回的事，我本應當謝謝你的。」

宋先生笑道：「別謝謝我了，只要你給我一點面子，在我這裡吃點兒東西，那比賞了我一個頭等獎章還有面子呢。就是這麼辦，坐一會子罷。」說著，連連地抱了拳頭拱手。

月容見他穿著西服，高拱了兩手，向人作揖，那一分行為，真是有趣，於是噗嗤一聲笑著，扭轉頭坐下去，不敢向宋先生望著。

這時，夥計送上茶來，宋先生斟上一杯，送到她面前，笑道：「先喝一口茶。楊老闆，你就是什麼也不吃，咱們談幾句話，總也可以吧？楊老闆，你總也明白，你們那全班子的人，我都瞧不起，我就是捧你一個人。」

月容聽了這話，只覺臉上發燒，眼皮也不敢抬，就在這個時候，全飯館子裡的人啊喲了一聲，跟著眼前漆黑，原來是電燈熄了。

月容先是糊塗著，沒有理會到什麼，後來一想，自己還是同一個青年在這地方吃飯，假如這個時候正趕著師傅來到，那可糟了，因之心裡隨了這個念頭，只管撲撲亂跳。

宋先生便笑道：「別害怕，吃館子遇著電燈熄了，也是常有的事，你稍微安靜坐一會子，燈就亮了。」

月容不敢答話，也不知道要答覆什麼是好，心裡頭依然繼續地在跳著。所幸不多大一會子，茶房就送上一支燭來，放在桌子角上，心才定了一點。不過在電燈下面照耀慣了的人，突然變著改用洋燭，那就顯著四周昏暗得多了。

宋先生隔了燭光，見她臉上紅紅的，眼皮向下垂沉著，是十分害羞的樣子，便笑道：「這要什麼緊，你們戲班子裡夠得上稱角兒的，誰不是出來四處應酬呀。」

月容也不說他這話是對的，也不說他這話不對，只是抬起袖子來，把臉藏在手胳臂彎子裡，似乎發出來一點吃吃的笑聲。

宋先生笑道：「我真不開玩笑，規規矩矩地說，楊老闆這一副好扮相，這一副好嗓子，若不是我同幾個朋友一陣胡捧，老唱前三齣戲，那真是可惜了。我們這班朋友，差不多天天都做了戲評，到報上去捧你，不知道楊老闆看到沒有？」

月容對他所說的這些話並非無言可答，但是不解什麼緣故，肚子裡所要說的那幾句話，無論如何，口裡擠不出來，她舉起來的那一隻手臂，依然是橫在臉的前面，宋先生一面說話，一面已是要了紙筆來，就著燭光，寫了幾樣菜，提了筆偏著頭向月容道：「楊老闆，你吃點什麼東西？」

月容把手向下落著，搖得那單獨的燭光幾乎閃動得覆滅下去，宋先生立刻搶著站起來，兩手把燈光攔住，笑道：「剛剛得著一線光明，可別讓它滅了。」

月容聽說，又是微微地一笑，將頭低著。

宋先生道：「楊老闆，你已經到了這裡來，還客氣什麼？請你要兩個菜。」

月容手扶著桌子站起來道：「我師傅不在這裡，我就要走了。」

宋先生道：「現在外面的電燈全黑了，走起來可不大方便。」

月容索性把身子掉過去，將袖子擋住了大半截臉，宋先生也是站著的，只是隔了一隻桌子面而已，便道：「楊老闆！你就不吃我的東西，說一聲也不行嗎？你真是不說，我也沒有法子，就這樣陪著你站到天亮去！」

他這句話，卻打動了月容，不能不開口了。

十二　誘惑之網

孔夫子說過：「唯上智與下愚不移。」這實在不錯！聰明的人，是不受誘惑；愚蠢的人，是不懂誘惑。至於小聰明的人，明知道誘惑之來，與己無利，而結果，心靈一動，就進了誘惑之網了。

月容對於這位宋先生，本來就在心裡頭留下了一個影子，現在宋先生把她請到館子裡，只管用好話來安慰，最後不必要她吃東西，只要她說一聲吃什麼，要不然，他就在這屋子裡站上一宿！自己也覺得實在不能不給人家回答了，因低聲道：「我隨便。」

宋先生道：「隨便兩個字，不等於沒說嗎？」

月容道：「你不用客氣，我實在不會點菜，就請你同我代點一個罷。」

宋先生的意思，本也不一定要她點菜，只是要她開口說話而已。這就笑道：「那麼，請你先坐下，你果然委我作代表，我應當遵命，等我來想想，應當替你點個什麼菜？」

正說著，館子裡哄然一聲，電燈已是亮了。

宋先生就叫著夥計把菜牌子拿來，兩手捧著，送到月容面前，笑道：「你不說也不要緊，你看看這上面的菜，有什麼是你合口的，你拿手指一指好了。」

月容聽說，對那牌子上的看看，卻有十之七八是不認識的，臉上先紅了一陣，仍還說了兩個字「隨便」。宋先生似乎也懂得她的意思，就把一個手指沿了菜名指著道：「這是炒子雞，這是炒腰花，這是紅燒魚頭尾。」

他就一串珠似的向月容報著。月容所知道的，還是在人家趕喜事，聽到那豬八樣的酒席裡，有炸丸子這樣菜，因之也就對宋先生說：「要個炸丸子罷。」

宋先生也很知道她對於這件事外行，也不再來難為她，自坐到對面位子上去了。他笑道：「楊老闆，你那杯茶大概涼了，換一杯罷。」

他說著，起身把月容的那杯茶給倒了，另斟了一滿杯熱茶，兩手捧著，送到月容面前。她微微起了一起身子，然後坐下。

宋先生把一番應酬的行為做過去了，這就可以在電燈下，向著月容看過去。

月容雖是低了頭下去，可以躲開宋先生的目光，可是**她的血液裡像發生了瘧疾，只管颼颼地全身發抖**。她自己也慢慢地有些感覺了，為什麼這樣的不中用？這讓人家看到了，要笑自己不開通，而且無用。因之強自鎮定，端起茶杯來，打算喝一口茶，那意思也是要用喝茶的舉動，來遮掩她害怕的狀態。

可是**那杯子拿到手上，把自己害怕的狀態更形容得逼真**，手上的茶杯，像是銅絲扭的東西，上下高低，四周亂晃，放在嘴邊來喝，卻撞得牙齒噹噹的響，這沒有法子，只好把茶杯放下來。

那宋先生看在眼裡，便笑道：「楊老闆，這不要什麼緊，藝術界的人，在外面交朋友，那是很平常的事呀！」

月容只是低了頭，並不理會他的話。

宋先生笑道：「這也是我荒唐之處，我們都認識這樣久了，大概你除了知道我姓宋而外，其餘是一概不得知。我告訴你，我叫宋信生，是河南人，現在京華大學念書，我住在第一公寓裡。假如你要打電話找我，你可以叫二三四八的東局電話。怕你還不記得，我這裡有張名片，上面全記得有的。」說著，摸出皮夾，打開來，在裡面掏一張名片彎腰送了過來。

在他這皮夾子一閃的時候，在那裡面的鈔票露了一露，只見十元一張的鈔票疊著，有手指般厚，做了兩疊，與名片混雜的擱著，心裡這就連帶的想起：「這小子真有錢，怪不得他老在戲館子裡聽戲了。」

當把名片送了過來的時候，自己也起身接著，看時，那名片正中「宋信生」三個大些的字，自己卻還是認得，於是點點頭「哦」了一聲，宋信生在對面看到，這就喜笑顏開，連鼓了兩個掌，笑道：「這就對了！這就對了！我們要彼此相處得像平常的朋友一樣，那才有意思！大概楊老闆也總聽見後臺人說過，有個宋信生是老聽戲的。他們看到我花錢手鬆，全說我家是開銀行的，那倒不對！其實在銀行裡做事的人，不一定有錢。我父親是在河南開煤礦的，資本大得多！將來你我交情熟了，你就會明白的。」

說到這裡，夥計已是送上菜來，問要酒不要？信生卻是招呼他盛飯。

等夥計走了，信生向月容笑道：「本來我應當向楊老闆敬兩杯酒，不過楊老闆是位小姐，又是初次出來應酬，我不能做這樣冒昧的事。平常這個時候，楊老闆也該吃飯了吧？」

月容始終是心裡驚慌著，不好向信生說什麼話，這句問話，是比較容易答覆，便點頭說了一個是字。信生笑道：「既然如此，楊老闆也就餓了，那就請用飯罷！」他說著，手上舉了筷子，連連向月容面前的飯碗點著，滿臉全是笑容，客氣極了！

月容本來也就有點餓，聞到了這股飯菜香味，肚子裡更是餓得厲害，經主人翁這樣勸著，只得低了頭先扶起筷子來。

信生笑道：「楊老闆，你只管放大方一些，愛吃什麼，就吃什麼！我是一個大飯量的人，每頓總要吃好幾碗，假如你只管客氣，我也不好意思吃，那要讓我挨餓的。你作客的人，總也不好意思拖累主人翁挨餓吧？我真餓了，楊老闆，你讓我望著飯菜乾著急嗎？」說著，放下筷子來，向月容抱著拳頭，連作了兩個揖。

月容這就想著：「這個人實在會讓客。」隨了這個念頭，也就嘻嘻地一笑，再看主人翁，已是扶了筷子，等著不肯先吃，只得手扶了碗，將筷子頭挑了幾粒飯送到嘴裡去。

信生笑道：「你別吃白飯呀！我可不會學太太小姐的樣，向客人布菜。你真是不吃菜，我也沒法子，我只好勉強來學一學了。」於是在每碗菜裡都夾了一夾子，起身送到月容碗裡來，低聲下氣地道：「楊小姐，你吃這個，別吃白飯。」

月容覺得他倒真有點太太的氣味，不由得「噗嗤」一笑，趕快抱額頭枕著手臂，將臉藏起來。

信生笑道：「我說我不會布菜，你一定要我布，我就布起菜來，又不是那麼一回事，倒讓你見笑，看著難為情。」

月容被他說著，更是忍不住笑，把臉藏在手彎子裡，很有一會兒，約莫沉默了五分鐘，這才開始吃飯。

月容是不必再向菜碗裡夾菜，僅僅這飯碗上堆的菜，已經不容易找出下面的飯了。信生只要她肯吃了，卻也不再說笑話，等她吃完了一碗，勉強又送了一碗飯到她面前去。

月容站了起來：「我吃飽了！」

這時，茶房進來，送過手巾，斟過茶，接著送了水果來。等到茶房走開，這回是堅決的要走了，便先行一步，走到房門口，免得信生過去先攔住了。

信生隔了桌面，也不能伸手將她拉住，先站起點點頭道：「楊老闆，你不用忙，我知你工夫分不開來，除了回家而外，你還得到戲館子裡去趕晚場。不過這水果碟子已經送到桌上來了，你吃兩片水果，給我一點面子，你怕坐下來耽誤工夫，就站著吃兩片水果也可以。」

他說著，手裡托住一碟切了的雪梨，只是顛動著，作一個相請的姿勢。月容看這情形，又是非吃不可，只好走回過來，將兩個手指夾了兩片梨。

信生趁她在吃梨的時候放下水果碟子，猛可*地伸手到衣袋裡去摸索著，就摸出一樣黃澄澄的東西來。月容看時，乃是一串金鍊子，下面拴了小雞心匣子。

這玩意兒原先還不知道用處，自從在這班子裡唱戲，那臺柱子吳豔琴，她就有這麼一個。據人說，這小小的扁匣子裡，可以嵌著那所愛的人的相，把這東西掛在脖子上，是一件又時髦又珍貴的首飾。這倒不知道宋信生突然把這東西拿出來幹什麼？心裡這樣想著，將梨片送到嘴裡，用四個門牙咬著，眼睛可就偷偷對信生手上看了去。

信生笑道：「楊老闆，我有一樣東西送你，請你別讓我碰釘子。」

月容聽到這話，心裡就撲撲地跳了幾下，僅僅對他望了一下，可答不出話來。

信生手心上托住那串金鍊子，走到桌子這邊來，向她笑道：「這串鍊子是我自己掛在西服口袋上的，我覺得我們交朋友一場，也是難得的事。我想把這鍊子送給你，做個紀念品，你不嫌少嗎？」

月容輕輕地「呀」了一聲，接著道：「不敢當！」

信生道：「你若是嫌少呢，你就說不要得了！若是覺得我還有這送禮的資格，就請楊老闆收下。」

他說到這裡，人已經更走近了一步，月容想不到他客氣兩句，真會送了過來，立刻把身子一扭，將背對了燈光低著頭，口裡只說：「那不能，那不能。」看她那情形，又有要走的樣子。

信生道：「你太客氣！我不能徵求你的同意了。你如果不要，你就扔在地上罷！」

他說著，已是把那串鍊子向她的胸襟鈕扣上一插。

月容雖是更走遠了半步，但是沒有躲開信生的手去，信生把這鍊子插好，已是遠遠地跑開了。月容扯下來捏在手心裡，向信生皺了眉道：「我怎麼好收你這樣重的禮呢？」

信生已是到桌子那邊去，笑道：「你又怎麼不能收我這重的禮呢？」他說著，偏了頭，向她微笑著。

月容將那金鍊子輕輕地放在桌沿上，低聲道：「多謝，多謝。」說時依然扭轉身去。

信生隔了桌面，就伸手把她的衣服抓住，然後搶步過來道：「楊老闆，你不要疑心這雞心裏面有我的相片，其實這裡面是空的，假使你願意擺我一張相片在裡面，那是我的榮幸！楊老闆若不願放別人的相片，把自己的相片放在裡面，也可以的。」他一串的說著，已是把桌子的金鍊子抓了起來，向月容垂下來的右手送了去。

月容雖是臉背了燈光，但她臉上微微地透出紅暈，卻還是看得清楚，眼皮垂著，嘴角上翹，更是顯著帶了微微地笑容。

信生覺得金鍊子送到她手心裡，她垂直了的五個指頭，微彎著要捏起來了，因之另一隻手索性把她的手托住，將金鍊子按住在她手上，笑著亂點了頭道：「楊老闆，收下罷！你若不肯給我的面子，我就……這兒給你鞠躬！」他隨了這話，果然向她深深地三鞠躬。

月容看到，覺得人家太客氣了，只得把金鍊子拿住，不過垂了手不拿起來，又覺得這事很難為情，只是背了燈站著，不肯把身子掉轉過來。

信生見她已是把東西收過，這就笑道：「楊老闆，你收著就是，你戴與不戴，那沒有關係！你擱個一年半載，將來自個兒自由了，那就聽你的便，愛怎麼戴，就怎麼戴了！」

月容聽他所說的話，倒是很在情理上，便回過頭來，向他看了一眼。

信生笑道：「楊老闆，我很耽擱你的時候了，你若是有事，你就先請便罷！」

月容聽到，這才偏轉頭和他點了兩點，告辭而去。那個背著燈的身子，根本就不曾轉過來，口裡雖也咕嘟著一聲「多謝」，可是那聲音非常的細微，就是自己也不會聽到的，不過信生送了這樣一份重禮給她，她心裡是十分感謝著的。

在當天晚上唱戲的時候，她的這一點深意就可以表示出來。她在臺上，對了信生所坐的位子邊很是注目了幾次，信生是不必說，要多叫幾回好了。

事情是那樣湊巧，拉車子送月容來回戲館子的那位車夫，請假不幹，月容在唱完戲以後，總是在戲館子門口步行一截路。在這個當兒，信生就擠著到了面前了，匆匆忙忙的，必定要說幾句話，最後兩句總是：「雙合軒那一頓飯沒有吃得好，明天下午，我再請楊老闆一次，肯賞光嗎？」

月容始而還是對他謙遜著：「你別客氣。」但是他絕不煩膩，每次總是陪了笑臉說：「白天要什麼緊，你晚一點回家，就說是在街上繞了一個彎，大概你師傅也不會知道吧。我想楊老闆是個角兒了，也不應當那樣怕師傅。」

月容紅了臉道：「我師傅倒不管我的。」

信生笑道：「這不結了，又不為什麼，你為什麼不去呢？要不，那就是瞧我不起。」

月容道：「宋先生，您這話倒教我不知道說什麼是好了。」

信生卻並不帶笑容，微微地板了臉道：「一來呢，楊老闆為人很開通的，什麼地方都可以去；二來呢，楊老闆又是不受師傅拘束的，還有什麼原因我請不動？只有認為是楊老闆瞧我不起了。」

月容道：「宋先生，你不是請我吃過一回了嗎？」

信生道：「就因為那回請客沒有請得好，所以我還要補請一次。你要是不讓我補請這次，那我心裡是非常之難過的。」

月容笑道：「實在是不好一再叨擾。」

信生笑道：「咱們是很知己的朋友，不應當說這樣客氣的話。」月容只管陪了他走路，可沒有再做聲。

信生看到路旁停了兩輛人力車，就向他們招招手叫車夫過來。車子到面前，信生先讓月容上了車子，然後對拉他的車夫，輕輕地說了個地名，讓他領頭走。月容已經上了車子，自然也不能把車子停著下來。

未曾先講妥價錢的車子，拉得是很快，才幾分鐘的工夫，在一條胡同口上停住了。月容正是愕然，怎在這僻靜的館子裡吃飯？信生會了車錢，卻把她向一座朱漆大門的屋子裡引，看那房子裡，雖像一所富貴人家，可是各屋子裡人很多，只管來回的有人走著。曾由幾所房門口過，每間屋子裡全有箱櫃*、床鋪，那正是人家的臥室，而且各門框上，全都掛著白漆牌子，上面寫了多少號，這就心裡很明白，是到了一家上等公寓了。

雖然**做姑娘的，不應當到這種地方來，但是既然來了，卻也立刻回身不得**，拉拉扯扯，那就鬧得公寓裡人全知道了，因之低了頭，只跟著信生走去。後來穿過兩個院子，卻到了一條朱紅漆柱的走廊下，只聽到信生叫了一聲茶房，這就有人拿了鑰匙來開門。

只一抬眼，便覺得這房子裡顯然與別處不同，四周全糊著白底藍格子的花紙，右邊挨牆，一列斜懸著十二個鏡框子，最大的二尺多長，最小的卻只有四寸。裡面都是信生的相片，有穿西服的，有穿便服的。那鏡框子，一例是銀漆的邊沿，用白線繩懸在白銅的如意的釘子上。

在這邊牆下，兩架紅木的雕花架格，最讓人看了吃驚：玉白的花盆、細瓷的花瓶、景泰藍的香爐、罩子上有小鳥跳舞的座鐘，還有許多不認識的東西，花紅果綠的，在那方圓大小的雕花格子裡面，全都陳列滿了。

在那正中的所在，放了三張沙發，全是藍絨的面子，圍著小小的圓桌子，鋪了玻璃桌面，上面有個玉石盆子，裡面全是碎白石子，插了兩支紅珊瑚。這種東西，自己本來也就不認識，因為新排的一本戲裡，曾說到這東西，知道是很值錢的。

信生笑著把月容讓到沙發上坐了，她是無心向後坐下，不知不覺向後倒去靠在沙發背靠上了，舒服極了。剛剛坐定，就有一陣很濃的桂花香味送到了鼻子裡來，回頭看時，正中花紙壁上綾子裱糊的一軸畫，正是畫著桂花。在畫下面，又是個烏木架子，架著五彩花瓷缸，裡面栽著四五尺高的一棵桂花。只是這些，月容已覺得是到了鼓兒詞上的員外家裡了。還有其他不大明白的東西，只可籠統的揣想著，那全是寶物罷。

信生見她進屋以後，不停地東張西望，心裡非常高興，笑道：「楊老闆，你看看我這間小客廳，佈置得怎麼樣？」

月容把頭低著，微笑著，不好答應什麼。

信生笑道：「楊老闆，我告訴你一句話，我不但是個戲迷，我自己還真喜歡哼上兩句，每逢星期一三五，還有一位教戲的在這裡教我。你瞧那塊地毯，就是我的戲臺。」

他坐在月容對過沙發的手靠上，將嘴向月容腳邊努了兩下，月容似乎感到一種不好意思，立刻把腳縮了向椅子底下去。

正說著，公寓裡的茶房，送著四碟點心，一壺茶進來，月容看來，瓷壺瓷碟，一律是嫩黃色雕花的。同時，信生在紅木架格的下層，取過來兩個大瓷杯，高高的圓桶形，有一個堆花的柄，那顏色和花紋，全是同壺碟一樣。

月容看了這些，實在忍不住問話了，因道：「宋先生，難道你住在公寓裡，什麼東西全是自備的嗎？」

信生聽了，不免微笑著。就憑她這一句問話，可就引出許多事故來了。

十三 釣餌計劃

宋信生寄住在公寓裡，月容知道的，但是他所住的公寓有這樣闊綽，那是她做夢想不到的事。

信生見她已經認為是闊了，這就笑道：「依著我的本意，就要在學校附近賃一所房住。可是真賃下一所房，不但我在家裡很是寂寞，若是我出去了，家裡這些東西，沒有人負責任看守，隨便拿走一樣，那就不合算了。這外面所擺的，你看著也就沒什麼，頂平常的，你再到我屋子裡去看看，好不好？」

他說著這話，可就奔到臥室門口，將門簾掀起來，點著頭道：「楊老闆，請你來參觀一下，好不好？」

月容只一回頭，便看到屋子裡金晃晃的一張銅床，床上白的被單，花的枕被，也很是照耀。只看到這種地方，心裡就是一動，立刻回轉頭去，依然低著。

信生倒是極為知趣的人，見她如此，便不再請她參觀了，還是坐到她對面的沙發上來，笑道：「楊老闆，據你看，我這屋子裡，可還短少什麼？」

月容很快的向屋子四周掃了一眼，立刻又低下頭去，微笑道：「宋先生，你這樣的闊人，什麼不知道?倒要來問我短少什麼。」

信生笑道：「不是那樣說，各人的眼光不同，在我以為什麼事情都夠了，也許據楊老闆看來，我這裡還差著一點兒什麼。」

月容道：「你何必和我客氣。」

信生道：「我並非同你客氣，我覺著我佈置這屋子，也許有不到的地方。無論如何，請你說一樣，我這裡應添什麼。你隨便說一句得了，哪怕你說這屋子裡差一根洋釘，我也樂意為你的話添辦起來。」

月容聽了這話，噗嗤一笑，把頭更低下去一點，因道：「你總是這樣一套，逼得人不能不說。」

信生道：「並非我故意逼你，若是你肯聽了我的話，很乾脆的答覆著我，我就不會蘑菇你了。你既知道我的性情，那就說一聲罷，這是很容易的事，你幹嘛不言語？」

月容笑道：「我是不懂什麼的人，我說出來，你可別見笑。你既是當大學生的人，上課去總得有個準時間，幹嘛不擺一架鐘？」

信生點頭笑道：「教人買鐘錶，是勸人愛惜時間，那總是好朋友。我的鐘多了，那架子上不有一架鐘？」說著，向那罩子上帶跳舞小鳥的座鐘指了兩指。

月容不由得紅了臉道：「我說的並不是這樣的鐘，我說是到你要走的時候就響起來的鬧鐘。」

信生連連地點頭道：「楊老闆說得不錯，這是非預備不可的，可是楊老闆沒有到我屋子裡去看，你會不相信，我們簡直是心心相照呢，請到裡面去參觀兩三分鐘，好不好？」他說著，便已站起來，微彎了身子，向她作個鞠躬的樣子，等她站起來。

月容心裡也就想著，聽他的口氣，好像他屋子裡什麼全有，倒要看看是怎麼個樣子，走進去立刻就出來，那也不要緊。正這樣的猶豫著，禁不住信生站在面前，只管陪著笑臉，等候起身，因笑道：「我其實不懂什麼，宋先生一定要我看看，我就看看罷。」

她這樣的說著，信生早是跳上前把門簾子揭開了。月容緩緩地走到房門口，手扶了門框，就向裡面探看了一看。只見朝外的窗戶所在，垂了兩幅綠綢的帷幔，把外面的光線，擋著一點也不能進來，在屋正中垂下一盞電燈，用絹糊的宮燈罩子罩著，床面前有一隻矮小的茶几，上面也有一盞綠紗罩子的桌燈。

月容看這房間很大，分作兩半用：靠窗戶的半端，作了書房的佈置；靠床的這半端，作了臥室的佈置，傢俱都是很精緻的。說話時，信生已到了靠窗戶的寫字檯邊，把桌燈開了，將手拍拍那轉的寫字椅道：「楊老闆，請你過來，看看我這桌上，佈置得怎樣？」

月容遠遠地看去，那桌上在桌燈對過，是一堆西裝書和筆筒墨硯玻璃墨水盒，沒什麼可注意，只有靠了桌燈的柱下，立著一個相片架子，倒是特別的，不知道是誰的相片，他用來放在桌上，自己是要上前看看去，既是信生這樣的招呼了，那就走過去罷。對了十步附近，已看出來是個女人的相片，更近一點，卻看出來是自己的半身相，這就輕輕地「喝」了一聲，做一種驚奇的表示。

信生隨著她，也走到桌子邊，低聲問道：「楊老闆，你只瞧我這一點，可以相信我對於楊老闆這一點誠心，絕不是口裡說說就完事，實在時時刻刻真放在心裡的。」

月容兩手扶了桌沿，見他已是慢慢地逼近，待要走出去，又覺得拂了人家的面子，待要站在這裡不動，又怕他有異樣的舉動，心裡撲撲亂跳，正不知怎樣是好。

忽然聽到窗子外面有人過往說話的聲音，心裡這就一動，立刻伸手來揭那窗戶上的綠綢帷幔。信生看到，手伸出來，比她更快，已是將帷幔按住，向她微笑道：「對不住，我這兩幅簾子是不大開的。」

月容道：「那為什麼？白天把窗戶關著一點光不漏，屋子裡倒反要亮電燈，多麼不方便。」

信生笑道：「這自然也有我的理由，若是我自己賃了民房屋住，那沒有疑問，那當然整天的開著窗戶，現在這公寓裡來來往往的人，非常之亂，我要不把窗戶擋住，就不能讓好好的看兩頁書。再說，我這屋子裡，究竟比別人屋子裡陳設得好一些，公寓裡是什麼樣子的人都有的，我假如出門去，門戶稍微大意一點，就保不定人家不拿走兩樣東西。所以我在白天是整日的把窗戶帷幔擋著，但是我很喜歡月亮，每逢月亮上來了，我就把帷幔揭開，坐在屋子裡看月亮。」

月容道：「是的，宋先生是個雅人。」她說著這話，把扶住桌沿的手放下，掉轉身來有個要走的樣子。但在這一下，更讓她吃一驚，便是門窗子裡的房門也緊緊地關上了，臉上同脊梁上同時陣陣地向外冒著熱汗，兩隻眼睛也呆了，像失了魂魄的人一樣，只管直著眼光向前看。

信生笑道：「我從前總這樣想，月亮是多麼可愛的東西，可惜她照到屋子裡來，是關不住的。可是**現在也有把月亮關在屋子裡的時候，她不依我的話，我是不放月亮出去的**。」說著，嗤嗤一笑。

月容猛可地向房門口一跑，要待去開門，無奈這門是洋式的，合了縫，上了暗鎖，可沒法子扭得開。信生倒並不追過來攔住，笑道：「楊老闆，你要是不顧面子的話，你就嚷起來得了，反正我自信待你不錯，你也不應該同我反臉。」

月容道：「我並沒有同你反臉的意思，可是你不能把我關在屋子裡，青天白日的，這成什麼樣子？」

信生道：「我也沒有別的壞意，只是想同你多談幾句話。喏，你不是說我屋子裡少一口鬧鐘嗎？其實你沒留心，床頭邊那茶几的燈桌下，就有一口鬧鐘。鬧鐘下面，有兩樣東西，聽憑你去拿。一樣是開這房門的鑰匙，一樣是我一點小意思，送給你做衣服穿的。你若是拿了鑰匙，你不必客氣，請你開了房門走去，往後我的朋友在臺下同你相見！你若是不拿鑰匙，請你把那戒指帶著，算是我一點紀念，那可要等著鬧鐘的鈴子響了，你才能走。我覺得我很對得起你，自從你上臺那一日起，我就愛你，我就捧你，到了現在，**我要試驗試驗，你是不是愛我了**，你若是走了，請你再看看，我那枕頭下，有一包安眠藥，那就是我捧角的結果。」

月容聽了這話，那扶了門扭的手就垂下來，回頭向床面前茶几上看看。燈光照去，果然有亮晃晃的一把鑰匙，這就一個搶步，跑到茶几面前去。那鑰匙旁邊，果然又有一疊十元一張的鈔票，在鈔票上面，放了一隻圓圈的金戒指。再回頭看枕頭邊，也有個藥房裡的紙口袋，伸下手去，待要摸那鑰匙，不免回頭向信生看看，見他那漆黑烏亮的頭髮，雪白的臉子上透出紅暈來，不知道他是生氣，也不知道他是害羞，然而那臉色是好看的，因之手並沒有觸到鑰匙，卻縮回來了。

信生道：「月容，我同你說實話，我愛你是比愛我的性命還要重，你若不愛我，我這性命不要了。但是愛情絕不能強迫的，我只有等你自決，你若不愛我，你就拿鑰匙開門走罷。」

月容垂了頭，將一個食指抹了茶几面，緩緩地道：「我走了你就自殺嗎？」

信生道：「這是我自己的事，你就不用管了。」

月容道：「你不是留我吃飯嗎，我現在可以不走，請你把房門打開，我們到外面屋子裡去坐。」

信生道：「鑰匙在你手邊，你自己開罷，要等我開那門，非鬧鐘響了不可。」

月容道：「你既是……請你原諒一點兒。」

信生道：「請你把那戒指帶上。」

月容道：「你送我的東西太多了，我不好收你的。」

信生道：「那麼，請你把我的桌燈滅了。」

月容想著，這屋子共有三盞燈，全是亮的，把這桌燈熄了，沒有關係，因之就聽了他的話，把桌燈熄了。不想這裡把桌燈上的燈扭一轉，燈光熄了，屋子裡那其餘兩盞燈也隨著熄了。

直待屋子裡鬧鐘響著，那電燈方才亮起來，那倒是合了月容的話，鐘一響，就該催著人起身了。於是那臥室門開了，信生陪了月容出來吃晚飯。

在信生整大套的計劃裡，吃晚飯本是一件陪筆文章，這就在絢爛之中屬於平淡，沒有費什麼心的手續了，但是在月容心裡，不知有了什麼毛病，只管撲撲亂跳，匆匆地把晚飯吃完，也不敢多耽擱，就在東安市場裡繞了兩個圈子，身上有的是零錢，隨便就買了些吃用東西，僱了人力車回館子來。心裡可想著丁二和為了自己沒有到他家去，一定會到戲館子來追問的，就是自己師傅若是知道沒有到丁家去，也許會來逼問個所以然，因之悄悄地坐在後臺的角落裡，默想著怎樣的對答。

但是自己是過慮的，二和不曾來追問，楊五爺也沒有來追問，照平常的一樣，把夜戲唱完就坐了車子回去，楊五爺老早的就睡了覺了，並不把這事放在心上。

到了次日，月容的心也定了，加之趕著星期日的日戲和星期日的夜戲，又是一天沒有到二和家裡去。這樣下去，接連有好幾天，月容都沒有同二和母子見面，最後，二和自趕了馬車，停在戲館子門口，他自己迎到後臺來。

月容正在梳妝，兩手扶了紮髮的繩帶，對了桌子上面大鏡子，一個中年漢子穿著短衣，掀起兩隻袖子，在她身後梳頭。月容對了鏡子道：「老柳，你說，哪一家西餐館子的菜最好？」

梳頭的老柳道：「你為什麼打聽這件事？」

她笑道：「我想請一回客。」

老柳笑道：「你現在真是個角兒了，還要請人吃西餐。」

月容道：「我吃人家的吃得太多了，現在也應該向人家還禮了。」

老柳道：「吃誰的吃得多了？」

月容笑道：「這還用得著問嗎？反正是朋友罷。」

正說到這裡，老柳閃開，月容可就看到二和站在鏡子裡面，露出一種很不自然的笑容。月容的臉上已是化過妝了，胭脂塗得濃濃的，看不出一些羞答，不過在她兩隻眼睛上，還可以知道她心裡不大自然，因為她對著鏡子裡看去時，已經都不大會轉動了。

二和倒沒有什麼介意，卻向她笑道：「在電話裡聽到你說去，昨天晚上包餃子，今天晚上又燉了肉，兩天你都沒有去。」

月容低聲道：「我今天原說去的，不想臨時又發生了事情，分不開身來，明天我一定去。老太太念我來著吧？」她說著話，頭已經梳好了，手扶了桌子角，站起身來。

她穿了一件水紅綢短身兒，胸面前挺起兩個肉峰，包鼓鼓的，在衣肩上圍了一條很大的花綢手絹，細小的身材，在這種裝束上看起來，格外的緊俏了。

二和對她渾身上下全呆呆地觀察了一遍，然後問道：「今天你唱什麼？」

月容道：「《鴻鸞禧》帶《棒打》。」

二和笑道：「這戲是新學的呀，我得瞧瞧。」

月容道：「你別上前臺了。老太太一個人在家裡，很孤單的，讓她一個人等門，等到深夜，那不大好。你要聽我的戲，等下個禮拜日再來罷。」

二和笑道：「下個禮拜日，不見得你又是唱《鴻鸞禧》吧？」

月容道：「為了你的緣故，我可以禮拜日白天再唱一次。」

二和聽這話時，不免用目光四周掃去，果然的，站在旁邊看熱鬧的人倒不少，全是微微地向人笑著，這倒有點不好意思，愣了一愣。

月容道：「真的，我願意再唱一次，就再唱一次，那有什麼問題？你信不信？」

正說話，有個人走到月容面前低聲道：「《定軍山》快完了，你該上場了。」

月容向二和點了個頭，自去到戲箱上穿衣服去了。

二和站在後臺，只是遠遠地對了月容望著。恰好後臺轟然一陣笑聲，也不知道是笑什麼人的，自己還要站在這裡，也就感到無味，只好悄悄地走了。

但是過了二十四小時，他依然又在戲館子門前出現了。

也許是昨天晚上在後臺聽到了大家的笑聲，很受了一點刺激，就籠了兩隻袖子，在大街上來回地踱著，並不走進去，眼巴巴地向人叢裡望著。

但看到兩盞水月燈光裡，一輛烏漆光亮的人力車由面前跑過去，上坐一位蓬鬆著長髮，披了青綢斗篷的女郎，當車子過去的時候，有細細的一陣香風由鼻子裡飄拂著，雖然她的頭上有兩綹頭髮垂下來，掩住了半邊臉，然而也看得清楚，那是月容。

她坐在車上，身子端端的，只管向前看了去，眼珠也不轉上一轉。

二和連跑了幾步，追到後面叫道：「月容，我今天下午又等著你吃包餃子呢，你怎麼又沒有去？」

月容由車上回過頭來望著，問道：「二哥，你什麼時候來的？我沒瞧見你呀。」

二和道：「我雖然來了，可是我沒有到後臺去。」

月容道：「你就大門口待著嗎？」

二和笑道：「我們趕馬車的人，終日的在外面曬著吹著，弄慣了，那不算回事。」說時，口裡不住地喘氣。

月容就把腳踢踢踏凳，叫車夫道：「你拉慢著一點兒，人家趕著說話呢。」

那包車夫回頭看是二和，便點了兩點頭道：「二哥，你好。」隨了這話，把車子緩緩地走下來。

二和看著他的面孔，卻不大十分認識，也只好向他點點頭。

月容見他和車夫說話，也就回過頭來對二和看看，二和笑道：「你覺得怎麼樣？我瞧你這一程很忙吧？」

月容頓了一頓，向二和笑道：「你看著我很忙嗎？」

二和道：「看是看不出來，不過我們老太太惦記著你有整個禮拜了，你總不去。你若是有工夫，你還不去嗎？」

月容聽了他這番言語，並不向他回話。

二和看她的臉色，見她只管把下巴向斗篷裡面藏了下去，料是不好意思，於是也就不說什麼，悄悄地在車子後面跟著。

車子轉過了大街，只在小胡同裡走著，後來走到一條長胡同裡，在深夜裡，很少來往的行人。這車子的橡皮輪子微微地發出了一點瑟瑟之聲，在土地上響著，車夫的腳步聲同二和的腳步聲前後應和著，除此以外，並沒有別的大聲音。

二和抬頭看看天上，半彎月亮掛在人家屋角，西北風在天空裡拂過，似乎把那些零落的星光都帶著有些閃動，心裡真有萬分說不出來的情緒，又覺得是苦惱，又覺得是怨恨。但是，自己緊緊地隨在身後，月容身上的衣香有一陣沒一陣的向鼻子裡送來，又有叫人感到無限的甜蜜滋味。

月容偶然回轉頭來，「喲」了一聲道：「二哥，你還跟著啦？我以為你回去了，這幾條長胡同，真夠你跑的。」

二和道：「往後，咱們見面的日子恐怕不多了。」

這句話，卻把月容的心可又打動了。

一個十六七歲的女孩子，憑她怎樣的聰明，社會上離奇古怪的黑幕，她總不會知道的，同時，社會上的種種罪惡，也就很不容易蒙蔽她的天真。月容雖一時受了宋信生的迷惑，但是她離開真實的朋友還不久，這時，二和那樣誠懇的對待她，不由不想起以前的事來了，便道：「二哥，你幹嘛說這話，你要出門嗎？」

二和道：「我出門到哪裡去？除非去討飯。」

月容道：「那麼，你幹嘛說這樣的話？」

二和道：「你一天一天的紅起來了，我是一天一天的難看見你。你要是再紅一點，我就壓根兒見不著你了。」

月容道：「二哥，你別生氣。要不，我今天晚上就先不回家，跟著你看老太太去。」

二和道：「今晚上已經是夜深了，你到我家裡去了，再回家去，那不快天亮了嗎？」

月容道：「那倒有辦法，我讓車夫到師傅家裡去說一聲……」

她不曾說完，那車夫可就插嘴了，他道：「楊老闆，你回家去罷。你要不回去，五爺問起來了，我負不了這個責任。你想，我說的話，五爺會肯相信嗎？」

二和道：「對了，深更半夜的你不回去，不但五爺不高興，恐怕五奶奶也不答應。」

車夫把車子拉快了，喘著氣道：「對了，有什麼事，你不會明天早上再到二哥那裡去嗎？」

二和是空手走路的人，比拉車的趁了那口勁跑，是趕不上的，因之，不到十分鐘的時間，彼此就相距得很遠了。

二和想著那車夫在小心一邊，把月容拉了回去，這倒是一番好意，不可錯怪了人家。他在我面前，這樣拉了月容走，當然在別人面前，也是這樣的拉了走，自己倒應該感謝他呢。二和這樣的一轉念，也就很安慰地到家去了。

次日早上，二和躺在床上，就聽到院門外咚咚地打著響，二和口裡連連地答應來了，披了衣服就出來開門。只見月容手上拿了三根打毛繩的鋼針，手裡捏了一片毛繩結好了的衣襟，身上穿了一件短的青呢大衣，將一團毛繩塞在袋裡。

二和道：「你現在也太勤快了，這樣早起來，就結毛繩衣。」

月容道：「我瞧見你身上還穿的是夾襖，我趕著給你打一件毛繩衣罷。」

二和笑道：「你忙著啦，何必同我弄這個，我有個大襖子，沒拿出來。」

月容道：「穿大棉襖，透著早一點吧？我到這兒來，除了做飯，沒有什麼事，我做完了事，就給你打衣服，那不好嗎？」

二和笑道：「那我真感謝了，毛繩是哪裡來的呢？」

月容頓了一頓笑道：「我給你打件毛繩衣，還用得著你自己買毛繩子嗎？」

二和聽說，直跳起來，向裡面跑著笑道：「媽，月容來了！她還給我打毛繩衣服呢。」口裡說著，也沒看腳下的路，忘了跨臺階，人向前一栽，咕咚一聲，撞在風門上。月容趕過來挽著，二和已是繼續向前走，笑道：「沒事，沒事。」

丁老太也是摸索著走了出來，老早地平伸出兩隻手來，笑道：「姑娘，你不來，可把我惦念死了。」

月容走到她身邊，丁老太就兩手把她的衣服扭住，笑道：「二和一天得念你一百遍呢。我說，**你不是那樣的孩子，不能夠紅了就把我們窮朋友給忘了**。喲，姑娘，你現在可時髦多了，頭髮輪似輪的，敢情也是燙過了？」

月容不想她老人家話鋒一轉，轉到頭髮上來了，笑道：「可不是嘛，我們那裡的人，全都是燙髮的，我一個不燙髮，人家會說我是個丫頭。」

丁老太伸手慢慢地摸著她的頭髮，笑道：「你越好看越紅，越紅呢，我們這些窮朋友……」

二和道：「媽，別說這些了，大妹子來了，咱們早上吃什麼？」

月容道：「吃包餃子罷。今天讓我請，我來身上帶有錢，請二哥去買些羊肉白菜。」

二和道：「你到我家來吃飯，還要你來請我，那也太不懂禮節了。」

月容笑道：「你還叫我大妹子呢，我作妹子的人，請你二哥吃頓包餃子，還不是應當的嗎？」

二和道：「那麼說道，就把王傻子請了來一塊兒吃，好不好？」

月容向他瞟了一眼，又搖搖手，丁老太道：「好的，他也是很惦念你大妹子的，見著我就問來過了沒有。」

二和向月容看看，微微地笑著。月容道：「先不忙，我們去買東西，買來了，我們再叫王大哥得了。」

二和道：「那麼我們就走罷。」

月容在身上掏出一張鈔票來，遞來到他手上，笑道：「你去買罷，我應該在這兒攏爐子燒水。」

二和笑道：「你現在是角兒了，我可不好意思要你再給我做廚房裡的事了。」

月容噘了嘴道：「別人說我是個角兒罷了，你做哥哥的也是這樣的損我嗎？要不，我明天就不唱戲了。」

二和聽說，這就伸手連連地拍了她幾下肩膀道：「得了，得了，我不說你了，我這就去買東西了。」說的時候，就伸手拉起月容的手來握了一握。

十四　小別興濃

月容倒並不藏躲，就歪過來，在他身邊靠著，微微地噘了嘴道：「你再不能夠損我了，你再損我，我不答應你的。」

她說著這話，左手扯住了二和的衣襟，右手將兩個指頭摸著他對襟衣服上的鈕扣，由最低的一個起，摸到領脖子邊最上一個鈕扣為止，什麼也不說。**那頭髮上的香氣，一陣陣上襲到鼻子眼裡，燻得二和迷迷糊糊的有些站立不住。**

丁老太手扶了桌子，呆呆地站著，問道：「二和走了嗎？」

月容道：「沒有啦，他在院子裡站著呢。」

二和於是放大了腳步，輕輕地走到院子裡去，答道：「月容她要請咱們，就讓她請罷，連白麵包餡兒的作料全有了，也用不了這些錢。你還要什麼？我給你帶來。」

丁老太道：「我也不要什麼。」可是他嘴裡不曾答應著，人已是走出院子門去了。

月容這就走到丁老太面前，扶她在凳子上坐下，一面攏火燒水，一面陪了丁老太說話，水燒開了，茶沏好了，二和也就買了東西回來了。

把餃子包完，又煮著吃了，這已是半上午。二和幫著她把碗筷洗乾淨了。月容自拿了毛繩，坐在屋簷下太陽光裡打衣服，二和高起興來了，也銜了一支菸捲，環抱了兩手臂，斜伸了一隻腳，就在太陽裡對月容望著，只管發著微笑。

月容手裡結著毛繩，眼光不時射到他身上，也是微笑不止。

丁老太坐在門檻上，是曬著太陽的，聽到院子裡鴉雀無聲，便問道：「二和還在家沒有出去嗎？」

月容道：「他在馬棚子裡餵馬，快走啦。」說時，對二和連努了兩下嘴。

二和只得走到馬棚子裡去，牽出馬來套車，把車套好了，這才走到月容面前來，笑道：「你請我吃了包餃子，我應當請吃晚飯。你今天吃了晚飯再回去，來得及嗎？」

月容道：「來得及，今天晚上，我同人家配戲是倒數第二了。」

二和道：「這麼說，要不同人配戲，你是唱不上倒數第二的了？別紅得那麼快也罷，要不……」

月容站了起來，舉起打毛繩的長針，做個要打人的樣子，因道：「二哥，你要說這樣的俏皮話，我就拿針扎你。」

二和哈哈大笑，揚著馬鞭子向外面跑。跨上馬車的前座，自己正也打算鞭了馬就走，在這時，月容又追到街上來了，抬著手招了幾招笑道：「二哥，別忙走，我還有點事情託你呢。」

二和勒住馬，回轉頭笑問道：「你有什麼事託我？這託字可用不著，乾脆你就下命令得了。」

月容笑道：「大街上來來去去淨是人，你也開玩笑！要是走市場裡面，讓你給我買兩朵白蘭花。」

二和點頭道：「就是這個嗎？還要別的東西不要？」

月容道：「不要別的東西了，倘若你願意買什麼東西送我，我也不拒絕的。」

二和道：「好的，你等著罷。」

二和說畢，一馬鞭子趕了馬跑開，也就希望早點兒做了買賣回來，好同月容談話。他趕馬車出去的時候，是揚著鞭子，他趕著馬車回來，可是把馬鞭子插在前座旁邊，兩手全靠了紙口袋。口裡念著《夜深沉》的胡琴聲，咯兒弄的咚，弄兒弄的咚，唱得很有味。

到了門口，先不收車子，兩手拿了紙口袋，高高地舉著，向院子裡直跑，口裡大喊著道：「月容，我東西買來了，花也買來了。」說著這話，向自己屋子裡直奔。

可是跑到屋子裡看去，只有自己老母在那裡，哪有月容呢！於是把手上的紙口袋放在桌上，伸頭向裡面屋子看去。那銅床上倒是放下了毛繩所結那一片衣襟，還是沒人，不由得咦了一聲。

丁老太道：「你去了不多大一會子，楊五爺就派人來接她來了。她先是不肯走，說不會有什麼事，後來她到大門去看了一看，就這樣走了。」

二和道：「她沒留下什麼話嗎？」

丁老太道：「她說也許是要排什麼新戲，只好走，改天再來罷。」

二和懶洋洋的，把桌子一個小紙口袋先透開了，取出了一排白蘭花，放在鼻子尖上嗅了一嗅，又透開一個大紙包，裡面卻是鮮紅溜圓的橘子。丟下了花，自己剝著橘子吃，再到大門外去收拾馬車，**也說不出心裡頭那一份難受，只覺進出走坐都不合意。**把馬車都收回棚裡了，然後叉著兩手，站在大門外閒望。

只見王傻子遠遠地挑了擔子回來，在門外就站著笑問道：「月容不是來了嗎？」

二和依然叉了手，身子動也不動，笑道：「來了可來了，我走了，她也走了。我給她買了花，買了水果，白花了錢。」

王傻子笑道：「我好久沒見她，也很惦記的，吃過晚飯之後，咱們一塊兒到戲館子裡瞧瞧她去，你看好不好？我也買點東西送她。」

二和想了一想，笑道：「我一個人原不願意到後臺去，若是王大哥陪著我去，我就同你去罷。我先回去，把那一排白蘭花用水來養著，你吃了飯，再來叫我罷。」說著就趕回家去，將茶杯舀了一杯清水，把白蘭花養著。將放在桌子的橘子分作兩半，一半放到籐籃裡，掛在牆上，其餘的，依然放在紙口袋裡，因道：「媽，你的橘子，我給你留著呢。」

丁老太道：「我吃不吃沒關係，你還是帶給月容去吃罷。她是個小孩子脾氣，你留給她一點得了。」

二和站在母親面前，看了她的樣子，倒有些發呆。

丁老太又不知道兒子在面前出神，她坐在矮凳子上，兩手交叉放在懷裡，微偏了頭，帶一點憂容道：「我是事情看得多了。你把橘子送到哪裡去？」

二和道：「晚上同王傻子一塊兒到戲館子裡去。」

丁老太這才知道他站在面前，向他點了幾下頭道：「這倒可以。在後臺，人多口雜，你見見她就得了，不必多說話。」

二和問道：「您這樣說，有什麼意思嗎？」

丁老太笑道：「沒什麼，你聽完了戲，早一點兒回來得了。」

二和看了母親這樣子，知道這是有下文的，可是自己又不好意思追著問，只好存在心裡。

吃過晚飯以後，就同著王傻子一路到戲館子裡來。在路上，二和問他，送月容的禮物呢？王傻子伸手到懷裡去一摸，摸出一個扁扁的紙包來，笑道：「你猜是什麼？」

二和接過來摸了一摸，裡面卻是軟綿綿的，笑道：「這不是兩雙絲襪子嗎？」

王傻子笑道：「絲襪子，那我買不起，這是一雙細線襪子。」

二和笑道：「你別露怯了。她現在闊起來了，大概平常一點的絲襪子，還不要穿呢，你送雙……」

王傻子奪過紙包，向懷裡一揣，因道：「這話不是那樣說，**瓜子不飽是人心**。」

二和見他是這樣強硬的主張，那也就只好不說什麼。

到了戲館子裡，二和是人眼熟一點，直接就向後臺走了去。剛一進後臺門，就有一個男子，端了一盆臉水，直撞過來，向他望著道：「找楊老闆嗎？楊老闆沒有來。」

二和道：「天天這個時候，不都來了嗎？」

那人道：「誰說的？」說著這話，他已經是走遠了。看看門簾子下，還有兩個女角兒對這裡不住帶著笑容。二和也不知道自己有什麼事，是可以讓人發笑的，但是人家已經發了笑，總是自己有了失態之處，便向後面看看，見王傻子沒有進來，只好退出去說：「咱們先到前臺去聽戲罷，她還沒有來呢。」

王傻子也正是想著看看月容的戲，便道：「只要不花錢，我還有什麼不幹嗎？」

二和一面引他向前臺走，一面又叮囑他千萬不可以胡亂叫好。到了池座子裡，四周一看，今天生意不算壞，又上了八九成座。

二和站在進門的路口，四處張望了一下，只有最後幾排椅子是完全空的，扯扯王傻子笑道：「太坐遠了，聽不見，那廊子下幾個吃柱子的座位，總是沒有人坐的，咱們先去坐著，有人來，咱們再讓。」

王傻子到了這種地方，自己就透著沒有了主意，二和向哪裡引著，他也就向哪裡走去。

在二和坐下來之後，一眼看到池子正中，有三個年輕看客，笑嘻嘻地交頭接耳說話，記得第一次在這裡同月容捧場，就看到他們坐在那裡，不料今天來看月容的戲，他們也在這裡，真是巧極了。

二和心裡有這麼一個巧字的意念，在王傻子心裡，卻是連那巧字的意義也沒有。很難得的看一回戲，只是瞪了眼向臺上望著。

二和本來在看了兩齣戲之後，就要到後臺去見月容的，無奈王傻子直瞪了兩眼，動也不動，這就只好靜靜地在走廊子下陪著。又看過了一齣戲，是月容出臺的時候了，王傻子把胸脯挺了一挺，直起了脖子，那期待的情形，是更透著迫切。二和也就忍住了鼻息，對臺上看去。

這晚月容是同生角配演《汾河灣》，她一出門簾子，喝彩聲和鼓掌聲就風起雲湧似的一陣又接著一陣的送來。尤其是第三排上幾位看客，鼓掌鼓得最厲害，別人沒有響動，他們已經先鬧起，人家喝彩完了，他們的響聲還不曾停止。

這樣一來，就讓丁、王二人大大的注意，有時看戲，有時也看看他們，不過月容在臺上很留意丁、王二人的座位，並不因為有人這樣捧場，就把這裡冷淡了。由走廊下電燈昏暗些的地方，看那臺上燈光極強烈所在，只覺得月容穿了青衣白裙，更把她那鮮紅的臉兒襯托得嬌豔極了。

當她二次出臺的時候，門簾掀開，一個搶步，走到臺正中，那寬大而又軟柔的衣服，真箇翩翩然，像一隻青蝴蝶在臺上飛舞。王傻子情不自禁，連頭帶身子搖撼了半個圈圈，然後低聲向二和道：「真好！」

二和心裡也是在那裡念著：**真想不到，自己有這樣好的一個心上人，在千百人面前大出風頭。**

在這時，那臺上的柳迎春就像知道了自己的意思，當她身子向這邊的時候，眼光也很快的對這邊一掃。據二和心裡斷定著，她必是在和自己表示好意，好像說：「你也來了。」

不想每在她丟一個眼風之後，那幾個叫好最熱烈的人，他們就跟著鼓一陣掌，二和始而是不注意，在他們鼓掌兩回之後，心裡就大不高興：難道她一次兩次全是向你們打招呼嗎？那真叫夢想！

可是他儘管這樣想，那幾個人還是鼓掌。王傻子輕輕地喝罵道：「這三個小子，盡他媽的瞎嚷，我要揍他！二哥，你叫我別叫好，你瞧瞧別人！」

二和立刻把身子向上挺站起半截，用手按住他的肩膀道：「這是戲館子，大家取樂的所在，你可別胡來。」

王傻子對於他這種勸告，雖也接受了，但是不免把頭昂了，偏起了臉向二和看著。二和連連地又拍了他幾下肩膀，連叫道：「坐下，坐下。」

兩人坐定了，再向上看去，已是柳迎春在臺口打背躬的時候，她道：「兒父不做官就不做官，一做官就是七八十來品。」

她同時作個身段，將手背掩了口，微微一笑，在她一笑的時候，眼光又是閃電般射到池座這一角來。二和看到，心裡痛快極了，覺得在這個時候，自己也就是臺上人的薛仁貴了。

十五　曲終人渺

當月容把這齣戲唱完了的時候，二和就向王傻子說，要到後臺去。可是接著演出的這個壓軸子，是王傻子聞名已久，向來不曾見過的《天女散花》，便笑道：「古裝花旦戲，我是最愛瞧的，咱們看過兩場，再到後臺去，那也不會遲。月容剛下場，卸妝洗臉總還有一會子，哪裡能夠說走就走。」

二和想他的話也對，很不容易的帶他到這裡來聽一回戲，讓他多過一點兒戲癮罷，也就只好忍耐著，陪他把戲聽下去。

約莫聽過了四五場戲，二和見王傻子直瞪了兩眼向臺上看去，將兩手胳臂微微碰了他兩下，他也不曾理會，依然睜著兩隻大眼，呆呆地向臺上看那古裝的女角。

二和又想著，到後臺去，不一定要同王大傻子同行，自己先偷偷兒的到後臺去，給月容留一個信，叫她等一會兒，然後自己再出來陪王傻子聽戲，這就兩面全顧到了。

主意想妥，也不用告訴王傻子，拿了兩個小紙口袋，就繞到後臺來，這已是快到散戲的時候，後臺的人，十停走了七八停，空氣和緩得多，雖還有十來個男女在這裡扮戲或做事，但門禁可鬆懈了。

二和徑直的走了進來，看到了橫桌子邊，一個五十上下的中年漢子，籠了兩隻袖子坐在那裡，便向前哈哈腰道：「辛苦，辛苦。」

那人因他客氣，也就伸起身子來，彎了兩彎頭。二和笑道：「月容呢？她沒事了吧？」

那人道：「你不是來接她的嗎？她早就走啦。」

二和道：「她不是剛下場嗎？」

那人道：「我還能冤你嗎？她一下場，卸了妝就走了。我也是很納悶，幹嘛她今日走得那樣快。」

這時旁邊站立一個老頭子，口裡銜住了一支長旱菸袋，斜了身子向人伏著，噴出一口煙來，淡淡地笑道：「楊老闆沒回家去，準是吃點心去了。」

二和道：「這時候哪裡去吃點心？」

老人道：「我又能冤你嗎？這幾天，那個姓宋的，老是等楊老闆下場了，就邀她到咖啡店裡吃點心去。剛才我見那姓宋的還同幾個朋友，全站在後臺門口望著，楊老闆一到後臺，就向他們打招呼，說是馬上就走。」

二和手裡拿了兩個紙包垂將下來，竟是聽著發了呆，只睜了眼望人，不會說話，也不走開。

那老頭子知道二和沾一點親戚，料著他也不能干涉月容的行動，便道：「第三排上，靠東邊那個座位上，總是姓宋的那班朋友在那兒。他們捧楊老闆捧得很厲害，就是五爺也知道，你沒聽見說嗎？」

二和聽了這話，心裡就像滾油澆過一般，脊梁上向外陣陣地冒著熱汗。

那個坐在橫桌子邊的人，見他只發愣，就將手指輕輕敲了桌沿微笑道：「這沒有什麼，唱戲的人，誰沒有人捧？不捧還紅得起來嗎？有人捧，就得出去應酬應酬。不過月容年紀輕，你們是她親戚，可以旁邊勸勸她，遇事謹慎一點就得了。」

二和被人家這樣勸了幾句，才醒悟過來，向後臺四周看了一看，並沒見月容的蹤影，搭訕著望了自己手上的紙口袋道：「這位姑娘說話有點兒靠不住，說明了，她一下場，我就把東西送到後臺來的，不想她一句話也不給我留下，就這樣的走了。」口裡說著，就跟了這話音向外走。估量著後臺的人全看不到自己了，這就一口氣跑到前臺，走廊子下去。

看那王傻子，還是瞪了眼睛，向臺上望著，於是碰了他一下，輕輕地喝道：「喂，別聽戲了，走了！」

王傻子回轉頭來問道：「誰走了？」

二和道：「別聽戲了，你同我出去，我再告訴你。」

王傻子站起身來，還只向他發愣，問道：「怎麼一回事？」

二和道：「你什麼也不用問，跟著我出去就是了。」

王傻子兩手牽牽衣襟，昂了頭還只管向戲臺上望著，二和一頓腳，扯了他的衣服，就向外跑。

一直走到戲館子門口，王傻子道：「怎麼一回事？我不大明白。」

二和把腳重重一頓道：「我們成了那句俗語，癡漢等丫頭了。我們在這裡伺候人家，人家可溜起走了。」

王傻子道：「什麼？月容她溜起走了？我們在這兒聽戲，她不知道嗎？」

二和道：「憑你說，她瞧見我們沒有？」

王傻子道：「我們叫好，她只管向我們看著，怎麼會不知道？」

二和道：「你瞧，她已經把我看得清清楚楚的了，也知道我們是在這裡替她捧場，為什麼一聲不言語就走了？這不分明是知道我們要到後臺去，老早的躲開我們嗎？」

王傻子道：「月容是個好孩子，照說不應該這樣子。」

二和道：「那算了，她當了角兒了，她有她的行動自由，我管得著嗎？走罷，回去睡覺了。」

他說了這話，無精打彩的，就在前面引路，王傻子後面跟著，嘴裡囉唆著道：「這件事，直到現在，還讓我有點兒莫名其妙。我們到楊五爺家瞧瞧去。」

說到這裡，二和突然停住了腳，向路邊停的一輛人力車子望著。

在那車踏板上籠著袖子坐了一個車夫，正翻了兩眼向四處張望著，二和道：「老王，你們老闆呢？」

老王道：「我正在這兒等著呢。」

二和道：「不是同姓宋的一塊兒上咖啡館子去了嗎？」

老王道：「是嗎？也許我沒有留神。」

二和道：「你知道他們在什麼地方喝咖啡嗎？」

王傻子道：「他當然知道。要是去喝咖啡，絕不止這一次，他準拉月容去過。」

老王紅了臉道：「我要知道，我還在戲館子門口等著嗎？」

二和站著沉吟了一會子，因道：「我們老站在這裡，也不是辦法。要喝咖啡，他們絕不能走遠，我們就在附近各家咖啡館子裡瞧瞧去。」

老王站了起來，兩手一攔道：「我說丁二哥，你別亂撞罷。一個當角兒的，在外面總有一點應酬，一點兒不應酬，她就能夠叫人家成天捧嗎？你若是這時候撞到咖啡館裡去，她是不睬呢，還是見著你說走呢？見你就走，得罪了那些捧角的，明天在臺底下叫起倒好來，她可受不了。她要是不睬你，你惱她，她下不了臺。你不惱她，她也難為情，所以我仔細替你想，你還是不去為妙。」

二和連點了幾下頭道：「這樣子說，你還是知道在什麼地方。」

老王道：「你真想不開，楊老闆若是不瞞著我的話，還不坐了車子去嗎？她讓我在大街上等著，那就是不讓我知道。」

王傻子偏著頭想了一想道：「二哥，他這話也很有道理，我們回去罷。明天見了楊五爺，多多託重他幾句，就說以後月容散了戲，就讓老王拉了回去。」

二和道：「假如她今天晚上不回去呢？」

老王笑道：「回去總是會回去的，不過說到回去的遲早，我可不能說，也許馬上就走，也許到一兩點鐘才走。」

王傻子道：「你怎麼知道她一定會回去呢？」

老王道：「這還用得著說嗎？人家雖然唱戲，究竟是一個黃花幼女，一個做黃花幼女的人，可以隨便的在外面過夜嗎？平常她有應酬，我也在一點鐘以後送她回去過的。」

王傻子這就望了二和道：「咱們還在這裡等著嗎？」

二和站在街中心，可也沒有了主意。

就在這個時候，戲館子裡面出來一大群人，街兩邊歇下的人力車夫，免不了拖著車前來兜攬生意，那總是一陣混亂。丁、王二人站在人浪前面被人一衝，也就衝開了，等到看戲出來的人散盡，頗需要很長的時間，兩人再找到老王停車子的所在去，已經看不到他了。

二和道：「這小子也躲起來了。」

王傻子跳腳道：「這小子東拉西扯，胡說一陣，準是知道月容在什麼地方，要不然，他為什麼在這個時候跑了？」

二和又呆呆地站了一會兒，並不言語，突然地把手上盛著白蘭花的小紙袋，用力向地上一砸，然後把兩隻腳亂踹亂踏一頓。王傻子心裡，也是氣衝腦門子，看了他這樣子，並不攔阻。

二和把那小口袋踏了，手裡還提著一隻大口袋呢，兩腳一跳，向人家屋頂上直拋了去。拋過之後，看到王傻子手上還有一個紙包，搶奪過來，也向屋頂上拋著。可是他這紙包裡，是一雙線襪子，輕飄飄的東西，如何拋得起來?所以不到兩丈高，就落在街上。

王傻子搶過去，由地上拾起來，笑罵道：「你抽風啦，這全是大龍洋買來的東西，我還留著穿呢。」他說著，自向身上揣了去。

這時戲館子門口，還有不曾散盡的人，都望了哈哈大笑，二和是氣極了的人，卻不管那些，指著戲館子大門罵道：「我再也不要進這個大門了!**分明是害人坑，倒要說是藝術!聽戲的人，誰把女戲子當藝術?**」

王傻子拖了他一隻胳臂道：「怎麼啦，二哥，你是比我還傻?」

二和不理他，指手畫腳，連唱戲聽戲的，一塊夾雜著亂罵，王傻子勸他不住，只好拖了他跑。

在路上，王傻子比長比短，說了好些個話，二和卻是一聲兒不言語。

到了家門口，二和才道：「王大哥，這件事你只擱在心裡，別嚷出來，別人聽到還罷了，田大嫂子聽著，她那一張嘴，可真厲害，誰也對付不了。」

王傻子道：「我就不告訴她，她也放過不了你。這一程子，不是月容沒到你家去嗎，她見著我就說：『**你們捧的角兒可紅了，你們可也成了傷風的鼻涕甩啦。**』」

二和道：「這種話，自然也是免不了的，把今天的事告訴了她，她更要說個酣。」

王傻子道：「好啦，我不提就是啦。」說著話，二人已走進了大院子，因為他們這大雜院子，住的人家多，到一點以後，才能關上街門的。

二和已到了院子裡，不敢做聲，推開自己跨院門進去，悄悄地把院子門關了，自進房去睡覺。

丁老太在床上醒了，問見著月容說些什麼。二和道：「夜深了，明天再談罷。」他這樣的說了，丁老太自知這事不妥，也就不再問。

二和也是怕母親見笑，在對面炕上躺下，儘管是睡不著，可也不敢翻身，免得驚動了母親。清醒白醒的，睜眼看到天亮，這就一跳起床，胡亂找了一些涼水，在外面屋子洗臉。

丁老太道：「二和，天亮了嗎？剛才我聽到肉店裡送肉的拐子車，在牆外響著過去。」

二和道：「天亮了，我出去找人談一趟送殯的買賣，也許有一會子回來。爐子我沒工夫攏著，你起來了，到王大嫂那裡去討一點熱水得了。」

他隔了屋子和丁老太說話，人就向院子裡走，丁老太大聲嚷著道：「孩子，你可別同什麼人淘氣。」

二和道：「好好兒的，我同誰淘氣呢？」話只說到這裡，他已是很快的走出了大門外，毫不猶豫地徑直就向楊五爺家走來。

這時，太陽還不曾出山，半空裡陰沉沉的，遠遠地看去，幾十步之外，煙氣瀰漫的，還是宿霧未收。二和卻不管天氣如何，儘量的就向前面跑了去，心裡可也在那裡想著：這樣的早，到五爺家裡去敲門，楊五爺定要嚇一大跳。

然而他所揣想的卻是與事實剛剛相反，他走到楊五爺家門口，遠遠地就看到楊五爺背了兩手，在大門外胡同裡來往地蹓著步子，口裡銜了旱菸袋，微低了頭，正是一種想心事的樣子。

二和衝到他面前，他才昂起頭來看到。

二和笑道：「五爺，你今天真早呀。」

楊五爺淡淡地答道：「我早嗎，你還比我更早呢！怎麼沒有趕車子出來？」

二和道：「我有點事，要來同五爺商量一下。」

楊五爺向他臉上望著道：「什麼，你已經知道了這件事嗎？」

二和被他這句話問著，倒呆了一呆，反向楊五爺臉上看了去。

楊五爺道：「月容這孩子，聰明是聰明的，只是**初走進繁華世界，看到什麼也要動心**，這就不好辦了。」

二和道：「我想還得五爺多多指教，和她生氣是沒用的。她現在起來了嗎？」

楊五爺將旱菸袋吸了兩口，有氣無煙的噴出了兩下，笑道：「二哥，你聽了我的話，也許會更生氣，這孩子昨晚沒有回來。」

二和呀了一聲，直跳起來。

楊五爺道：「昨晚上我候到兩點鐘，沒有聽著打門，就爬起來在巡閣子裡，向園子裡去打電話，鬧了半天，也沒有打通。我急得了不得，坐了車子，就親自到戲館子裡去追問著，館子裡前臺幾個人一點摸不著頭腦，我又只好空了手回來。」

二和道：「她的包車夫呢？」

楊五爺道：「這車夫就住在這胡同口上，我一早起來，就是到他家去問的，他說，他在戲館子門口也等到兩點鐘的。夜深了，巡邏的警察直轟他，他只好拉回來了。車夫這麼說著，對他有什麼辦法？」

二和道：「他瞎說的！我們有一點鐘的時候才離開戲館子的，那時就早沒有看到他了。」

楊五爺道：「二哥昨晚上也到戲館子裡去了嗎？」

二和一肚子怨恨無從發洩，放開了嗓子，就在大門外指手畫腳的說著。

楊五爺扯了他的衣袖，就向家裡引了去，只在這時，楊五奶奶在屋子裡大聲應道：「你這是怎麼啦？人跑了，要到外面找去，你在家裡嚷得出什麼來？一大早的，吵得人七死八活。」

楊五爺笑道：「你也不聽聽說話的聲音是誰？」

二和這就走到窗戶下，向屋子裡叫道：「五奶奶，對不起，我老早的就來吵你來了。」

五奶奶道：「誰給去的信，我猜你今天會來的，想不到你有這樣的早。我不是同你們一樣嗎，一宿沒睡。你知道這孩子到哪裡去了？」

二和皺了雙眉，只在窗戶下發愣。

楊五爺道：「屋子裡坐罷，她走了，我們還得過日子，不能跟了她全一走了事，發愣幹什麼。」

二和聽到一個「走」字，心裡就撲撲跳了幾下，嘆著氣走進屋子來。

五奶奶扣著衣鈕扣，走了出來，對二和臉上看看，皺眉道：「丁二和，真是一個實心眼子的人，我瞧你兩隻眼睛全都紅了，一夜都沒閉眼吧？」

二和也不坐著，在屋子裡轉著走，兩手在前面抱著，又背過身後去，背過身後還不舒適，又回到胸前來。答道：「我的脾氣不好，心裡老擱不住一點事。你想，這麼年輕的姑娘，整宿不回家，**這要是上了壞人的當，不定將來會鬧個什麼壞結果**。知道是這麼著，還不如以前不救她，讓她跟人在大街上賣上一輩子唱。」

楊五爺道：「有一個姓宋的小子捧她，我是知道一點。可是唱戲的沒人捧，那還紅得起來嗎？再說，她是個初出茅廬的角兒，有人捧，就是難得的事，好在來去有車子送接，這孩子又向來規矩，我倒沒提防什麼，不料她真有這大膽，成宿不回來。二哥你放心，人交給我了，她回來了，我一定要問個水落石出。」

五奶奶道：「我們五爺手下出來的徒弟，也不能讓人家說笑話。」

二和道：「她要回來呢，我也可以勸勸她，就怕她不回來了。」

五奶奶道：「不能吧，不是我誇嘴，我一雙眼睛看人也是厲害的，我和她成天在一塊，瞧不出她有逃走的意思呀。前天下午，還巴巴的買了十字布，要給我做挑花枕頭衣呢。」

二和道：「我到她屋子裡去瞧瞧成不成？」

五奶奶道：「你一句話提醒了我，我也瞧瞧去。」說著話，她便向東廂房走了去。

那房門是朝外虛掩著的，推開門，二和跟了進去，裡面有一張小桌子，兩個方凳，一張小鐵床，鐵床頭上，一隻破的書架子。以楊五爺這樣的舊家庭，對一個新收的徒弟這樣款待，已經是很優異的了。

床上雪白的被單上，疊著一條藍綢被，在牆上掛了一隻草紮的花球，直垂到疊被上來，果然有一塊十字布，將挑花架子繃著，放在白布枕頭上。那上面繡著紅的海棠花，還有兩片綠葉子呢。這桌上，放著雪花膏、香水瓶子、粉盒兒，還有個雕漆的小梳妝匣子，全擺得齊齊兒的。

也不知道是花露水香，是別的化妝品香，猛可地走到床邊，就有一陣細微的香氣，只是向鼻子裡送了來。

五奶奶道：「你瞧，床單子鋪得一絲皺紋也沒有，床上灑得噴噴香的，床底下一雙平底鞋也齊齊的擺著，這像是逃走的人嗎？」

二和看看，也覺什麼都陳設得整齊，不是那一去不回頭的樣子。書架子下層放了個二尺多大的白皮小箱子，將蓋一掀，就掀開了，裡面除了月容的幾件衣服而外，還有幾捲白線。

五奶奶道：「丁二哥，她還說和你打一件毛線衣呢。」

二和道：「是的，她昨天到我家去，還帶了一片毛線衣去。」

五奶奶道：「照這種種情形看起來，她哪裡會逃走？二哥，你可以放心了。」

二和把床上放著的挑花枕頭布拿到手上看看，又送到鼻子邊聞聞，靠了鐵床站著，只是發愣。

楊五爺在屋子外叫道：「你們打算做偵探嗎？老檢查什麼！」

二和走出屋來，向他笑道：「五爺，我看她不是逃走，昨晚上沒回來，恐怕是迷了道，說不定巡警帶到區裡去，過了夜，今天一早就會送回來的。」說著，抬頭看了看天色，那金黃色的太陽，早灑滿了西廂房的屋脊，又沉吟著道：「假如是迷了道的話，這時候也該回來了。」

五奶奶站在他身後，倒不住微笑，這就拖了他一隻袖子，向北屋子裡拉，笑道：「先別亂，到屋子裡去洗把臉，喝口茶，定一定心，她回來了，先別和她生氣，她自己知道這一關過不了，一定會說出來的。」

二和本待要說什麼，見五奶奶臉上卻帶了一些笑容，自己也就想過來了，**是呀，自己和這位姑娘有什麼牽連？老把她放在心上，那也是一個話柄子**。當時也就只好隨了五爺夫婦，到屋子裡去坐著。

五爺家用的女僕趙媽是個老傭人，很懂規矩，始而是沒有插言，現在就進屋子裡了，她端了一盆洗臉水，放桌上，向二和道：「丁掌櫃，你洗臉罷。大姑娘馬上就回來的，她昨天上館子的時候，還叫我今天上午抻麵給她吃呢。」

二和向她道著勞駕，走過來，彎腰撈起臉盆裡的手巾，向臉上塗抹著，問道：「她是這麼說來著嗎？」

趙媽道：「她總說師傅師娘好，又說丁掌櫃好，哪裡會……她不是回來了！」

趙媽站在屋子中間，向院子外面指著。

二和聽說月容回來了，滿臉是水，手裡拿了溼淋淋的毛巾，就向院子外面迎了去，他真不能忍了。可是**這是接好消息呢，還是接壞消息呢？**

十六 婚姻大事

二和心裡老早就想著：月容在外面犯了夜，這一次回來，一定是駭得面無人色，自己雖然氣怒填胸，但是見了她，總要忍耐一二。所以自己迎到院子裡面來，竭力的把自己的怒氣沉壓下去。可是把臉上的水漬摸擦了，向前看看，來的並不是月容，是拉月容包車的老王。

二和這才揮著手巾，繼續地擦臉，問道：「你沒有拉楊老闆回來嗎？」老王道：「我特意來打聽楊老闆的消息的。」

二和懶洋洋地向屋子裡走著道：「我說呢，她怎麼回來的時候也不言語一聲。」那女僕趙媽也透著不好意思，笑道：「我瞧見王大哥來了，就以為楊老闆也來了。」楊五爺道：「老王，昨兒個晚上，你到底是怎樣同月容分手的？」

老王對楊五奶奶看著，又對二和看著，便笑道：「你這話，可問得奇怪，我要是明明白白同她分手的，我還不知道她到哪裡去了嗎？」

二和手上揑了手巾，始終也沒有放下，只揉了一個捲子，向水盆裡一扔，叉了兩手，向老王望著道：「你有點信口胡謅罷？昨天晚上，你不是明明白白對我說，她是讓那姓宋的邀著喝咖啡去了嗎？到了今天，你怎麼說是不知道？」

老王並不慌忙，向後退了一步，對他笑道：「你別發急呀。不錯，昨天我是這樣說過的，可是我那是猜想的，我以為天氣那麼晚了，除了上咖啡館喝咖啡去了，她沒有地方走。其實我並沒有親眼看到她和姓宋的一塊兒走。」

楊五爺道：「姓宋的，昨晚上聽戲去了嗎？」

二和插言道：「去的，我和他還坐一個犄角上，月容唱完了戲，他和他幾個朋友就不見了，不過是幾時走的，我說不上。」

五奶奶道：「這也用不著猜，當然是姓宋的把她帶走了。現在閒話不用說了，反正一個大姑娘家，老讓她在外面飄蕩著不回來，那不是辦法。老王知道姓宋的住在什麼地方，拉了車子那裡去碰碰瞧？」

老王淡笑道：「我哪裡會知道呢？要知道，昨晚上我就接她去了。」

他們幾個人在這裡議論紛紛的，楊五爺口裡銜了旱菸袋，只管裝成了那愛吸不吸的樣子，眼望了他們，並不說話，二和道：「五爺，你有什麼主意嗎？」

楊五爺左手扶了旱菸袋桿，右手一揚道：「我有什麼主意？只有等她回來，她若是有三天不回來，那我沒法子，只好斷絕師徒關係了。」

五奶奶坐在旁邊，可皺了眉向他道：「你起什麼急，也不至於鬧到那個位分，孩子是好孩子，不過年歲輕一點，拿不出主意，上了人家的當，等她回來的時候，好好兒的勸解勸解她就得了。老王，你要是沒事，替我們出去找找。丁二哥就在我們這兒吃便飯，帶等著她。」

二和對於這個辦法，當然沒有推諉，就在楊家等著。可是到了午飯以後，也並不見月容回來，二和想到母親在家裡等著，一定也很擔心的，只好向五爺叮囑了兩句話，匆匆地趕回家。

丁老太果然是很掛心，摸了院子的門框站定，正揚了臉向進去的路上對著。二和一陣腳步聲，到了她面前，她就點頭問道：「二和，你去了多半天，她回來了嗎？」

二和道：「沒有一點消息，若是到下午還不回來，恐怕就不會回來了。你怎麼知道這件事？」

丁老太道：「是田嫂子來告訴我的。」

二和跌腳道：「我叫王傻子別對人說，這小子嘴就不穩。」

丁老太道：「田大嫂說，你們昨晚上嚷著回來，她就知道了。」

二和道：「知道也沒有什麼關係，又不是我的胞妹，就是我的胞妹她要逃走，做哥哥的還有什麼法子嗎？你好著一點兒走。」他口裡說著，已是兩手挽了母親一隻手臂，向院子裡挽了進去。

丁老太道：「我想那孩子不是那種胡來的人，她很懂事，又沒有誰虐待她，她跑走幹什麼？我想總有一點什麼意外，把她給絆住了。你不到區子裡去打聽打聽，有沒有汽車撞人的事？」

二和笑道：「你也想得到，她那麼大人，會讓汽車撞上了嗎？汽車撞著人，也不是丟了一隻雞的事，瞞不住人的，有那事，也就早已知道了。」

說了這話，母子二人進了屋。丁老太坐在椅子上，只聽到二和的腳步亂響，由裡屋到外屋，由外屋到院子裡去，並不停止，又走了回來。

丁老太聽到他跑過三四回之後，問道：「二和，你找什麼東西？這樣熱石上的螞蟻一樣，來回亂撞。」

二和道：「我找一隻飯碗倒茶喝。」

丁老太道：「什麼，找飯碗倒茶喝？就算罷，可是你也不應該找飯碗找到院子裡去。」

二和手裡拿了一根馬鞭子，走到外面屋子停住了。他正想答覆母親這句話，心裡有點兒想抽菸捲，於是把桌上一盒火柴拿到手上擦了一根，這才想起來，身上並沒有煙，於是把火柴扔了，把火柴盒子也扔了，把一隻腳踏在凳子上，將馬鞭子在桌面上畫著圈圈。

丁老太聽了他半天沒有言語，因道：「你光是生悶氣也沒有用。你心事不定，今天下午別套車出去了，休息半天罷，別為了這個，你自己又出了亂子。」

二和道：「我也是這樣想，你要吃什麼東西，我給你預備點，下午我還要到楊五爺家瞧瞧去，也許她回來了。」

丁老太道：「但願那樣，千好萬好。我也不要什麼，你出去的時候，對田大嫂子說一聲兒，讓她到咱們家來罷。」
二和道：「她……」說了一個她字，看到母親的臉色在那裡沉著，似乎知道自己有不好的批評似的，因道：「她分得開身嗎？」
丁老太道：「人家早就知道你今日會到外面忙去，已經對我說了，你走了她就來。」
二和道：「好罷，反正我這件事，已經鬧得大家全知道了，少不了跟著她丟一回人。」說著，昂了頭嘆一聲氣，走出院子去。
一到外面院子裡，就見田嫂子手上拿了三根白銅針，在太陽光裡結毛繩子，還不曾開口呢，她先走過來，笑道：「丁二哥出去啦？你放心走罷，我陪你老太太去。」
二和道：「勞你駕。我不一定什麼時候回來，吃晚飯的時候，請你給她在小山東鋪子裡下半斤麵條子。」
田嫂子十個手指蝴蝶穿花似的在針頭上轉著，向他眼珠一轉，笑道：「你不在家，多早晚讓你老太太挨過餓？」
二和拱拱手道：「這裡全是好街坊，所以我多出兩個房錢，我也捨不得走。回頭見罷。」
已經走到大門口了，卻聽到田大嫂很乾脆叫了一聲：「呔，回來！」
二和雖然聽得她的話有點命令式，可是向來她是喜歡鬧著玩的，倒也不必介意，這就轉了頭來，向她點了兩點，笑道：「遇事都拜託你了，回頭我再說感謝的話。」
二和也只要把這句話交代出去，自己立刻抽身向外跑著，田嫂子叫著道：「你倒是把手上的馬鞭子給放下來呀。」

她說著話，也跑了出來，老遠的抬起一隻手來，連連地招了幾下道：「你在大街上走路，拿一根馬鞭子幹什麼？你不怕巡警干涉你嗎？」

二和聽說，這才將馬鞭子扔在地上，並不送回來，遠遠地招招手道：「勞駕，請你替我拿回去。」**這個時候，便是一匹馬丟了，他也不會放在心上的**，再無論田大嫂如何叫也不回頭，徑直地向楊五爺家走去。

楊五奶奶迎出來說，依然沒有月容的消息，五爺出去找人去了，這事只好到明天再說了。

二和是站在院子裡的，聽了這話，先一跳跳到廊簷下，抬了兩手道：「又要讓她在外面過一宿嗎？」

五奶奶道：「不讓她再過一宿有什麼法子？誰能把她找著？」

二和第二跳，由廊簷下又跳到院子中心，連連地頓了腳道：「找不著也要找！今天再不找她回來，那就不會回來的了。」

五奶奶道：「找是可以找，你到哪裡去找她呢？」

二和道：「東西兩車站，我全有熟人，我託人先看守著，有那麼一個姑娘跟人走，就給我報警察。到於北京城裡頭，只要她不會鑽進地縫裡去，我總可以把她尋了出來的。」話說到這裡，他好像臨時有了主意，立刻回轉身向外面跑去。

他在楊家院子裡是那樣想著，可以開始尋人了，可是一出了楊家的門，站在胡同中心，就沒有了主意，還是向東頭去找呢？還是向西頭去找呢？站著發了一會子呆，想到去戲館子裡，是比較有消息的所在，於是徑直就向戲館子跑了去。

這天恰好日夜都沒有戲，大門是半掩著，只能側了身子走進去。天色已是大半下午了，戲館子裡陰沉沉的沒有一個人影子，小院子東廂房裡，是供老郎神的所在，遠遠看去，在陰沉沉的深處，有一粒巨大的火星，正是佛案前的香油燈。

二和衝了進去，才見裡面有個人伏在茶几上睡著。大概他是被匆忙的腳步響驚動了，猛可地抬起頭來道：「喂，賣票的走了，今天不賣票了。」

二和道：「我不買票，我和你打聽一個人。那楊月容老闆，她到哪裡去了，你知道嗎？」

那人道：「你到她家去打聽，到戲館子來打聽幹什麼？」

二和道：「聽說她昨天沒回家。」

那人道：「我們前臺，摸不著後臺的事。」

二和碰了一個釘子，料著也問不出什麼道理來。最後想到了一個傻主意，就是在戲館子附近各家咖啡館裡都訪問了一遍。問說：「昨晚上有沒有一個十六七歲的姑娘來吃點心？」

回答的都說：「來的主顧多了，誰留神這些。」

問到了街上已亮電燈，二和想著：還是楊五爺家裡去看看為妙，也許她回來了。又至問明了楊家夫婦，人依然是沒有蹤影，這才死心塌地的走開。

自己雖是向來不喝酒的人，也不明白是何緣故，今天胸裡頭好像結了一個很大的疙瘩，非喝兩杯酒沖沖不可，於是獨自走到大酒缸店裡，慢慢兒的喝了兩小時的酒，方才回家去。

到家的時候，彷彿見田氏姑嫂都在燈下，但是自己頭重腳輕，摸著炕沿就倒了下去，至於以後的事情，就不大明白了。

這一覺醒來，已是看到滿院子裡太陽光，翻身下床，踏了鞋子就向外面跑。看到田大姑娘正和母親在外面屋子裡坐著說話，這也不去理會，徑直跑到馬棚子裡去，把馬牽了出來，那棚子裡牆上，有一副馬鞍子，也不知道有多久不曾用過，放在院子裡地上，將布撣撲了一陣灰，就向馬背套著。

丁老太在裡面屋子裡聽到，便道：「二和，你一起來，臉也沒洗，茶也沒喝，就去套車了？」

二和道：「起來晚了，我得趕一趟買賣去。」說著，這才一面扣衣服，一面拔鞋子，帶了馬走出大門，跳上馬去，又向楊五爺家跑了來。

這回是更匆忙，到了他家門口，先一拍門，趙媽迎了出來，向他臉上望了道：「丁二哥，你別這樣著急。兩天的工夫，你像害了一場大病一樣，兩隻眼睛落下去兩個坑了。」

二和手裡牽著馬韁繩呢，因道：「你別管我了，她回來了沒有？」

趙媽道：「沒有回來，連五爺今天也有點著急了。戲館子剛有人來，說是今天再不回來，這人……」

二和哪裡要聽她下面這句話，跳上了馬，扯著馬韁繩就走，他現在似乎也有了一點辦法。假設那姓宋的是住在西城的，只騎了馬在西城大街小巷裡走，以為縱然碰不到月容，碰著那姓宋的，也有線索，於是上午的工夫，把西城的街道走了十之七八。肚子餓了，便在路邊買燒餅油條，坐在馬上咀嚼著，依然向前走。由上午走到下午，把南城一個犄角也找遍了。

依了自己的性子，還在騎著馬走，可是這馬一早出來，四隻蹄子未曾休息片刻，又是不曾上料就向外跑的，現在可有點支持不住，不時地緩著步子下來，把脖子伸出了，向地面嗅了幾嗅。

他在馬上就自言自語地道：「你老了，不成了，跑一天的工夫，你就使出這餓相來。」剛只說完了這話，自己可又轉念著：馬老了，我還知道念牠一聲，家裡有個瞎子老娘，我倒可以扔下來成天的不管嗎？雖然說拜託了田大嫂子給她一碗麵吃，那田大嫂子是院鄰，她要不管，也沒法子。如此想著，才騎馬回家。

秋末冬初的日子，天氣很短，家裡已亮上燈了，丁老太在外屋子裡坐著，聽到腳步聲，便問道：「二和，你一早騎了馬出去，車子扔在家裡，這是幹什麼？」

二和進屋來，見桌子乾乾淨淨的，問道：「媽，你沒吃飯嗎？」

丁老太道：「田家姑嫂兩個在我們家裡坐了一天，做飯我吃了。剛才是田大哥回家了，她才出去。你怎麼這時候才回來。」

二和道：「你吃了就得。別提了，月容到底是跑了。」

丁老太道：「跑了就跑了罷。孩子，咱們現在是窮人，癩蛤蟆別想吃那天鵝肉。當然咱們有錢有勢的時候，別說是這樣一個賣唱的姑娘，就是多少有錢的大小姐，都眼巴巴的想擠進咱們的大門，只是擠不進來。咱們既是窮人，就心眼落在窮人身上，這些榮華富貴時代的事情，我們就不必去想了。」

二和也沒做聲，自到院子裡去拌馬料，然後燒水洗過手臉。聽到胡同裡有吆喚著賣硬餑餑的，出去買了幾個硬餑餑，坐在燈下咀嚼著。

丁老太坐在那裡還不曾動，這就問他道：「孩子，你明天還是去……」

二和搶著道：「當然我明天還是去幹我的買賣，以前我不認識這麼一個楊月容，我不也是一樣過日子嗎？媽，你放心得了。」

丁老太道：「這很不算什麼，我見過的事就多了，多少再生父母的恩人，也變了冤家對頭。」

二和笑道：「你不用多心了，從這時候起，咱們別再提這件事了。」

丁老太道：「你口裡不提沒關係，你心裡頭還是會想著的呀。」

二和道：「我想著幹什麼！把她想回來嗎？」

丁老太聽他這樣說著，也就算了。

二和因怕母親不放心，把院門關了，扶著母親進了房，也就跟著上炕。上炕以後，睡得很穩，連身也不翻，這表示絕對無所用心於其間了。

到了次日，他照往常一樣，很早的起來，攏煤爐子燒水，餵馬料，擦抹馬車。丁老太起床了，伺候過了茶水，買了一套油條燒餅，請母親吃過，套好了馬車，就奔東車站，趕九點半鐘到站的那一趟火車。

到了車站外停車的所在，還沒有攏住韁繩呢，一個同行的迎上前來，笑道：「丁老二，你昨天幹嘛一天沒來？」

二和道：「有事。」

那人笑道：「有什麼事？王傻子告訴我，你找楊月容去了，據我看，你大概沒找著。其實遠在天邊，近在眼前。」

二和道：「你瞎扯，你知道？」

那人道：「怎麼不知道？她昨天同人坐汽車到湯山洗澡去的，這車子是飛龍汽車行的。從前飛龍家也有馬車你是知道的，我在他家混過兩三年呢……」

二和道：「你說這些幹什麼？我問你，在哪裡瞧見她？」

那人笑道：「飛龍家掌櫃的對我說，唱戲的小姐，只要臉子長得好些，準有人捧。那個楊月容，才唱戲幾天，就有人帶她到行裡來租車子，坐著逛湯山去了，不信你去問。」

二和道：「那我是得去問。」只這一句，帶過馬頭，趕了車子，就向飛龍汽車行來。向櫃上一打聽，果有這件事，只知道那租車人姓宋，住在哪裡不知道。汽車回城的時候，他們是在東安市場門口下的車。二和也不多考量，立刻又把馬車趕了回去。

到家以後，見田氏姑嫂在自己屋子裡，說一句我忙著啦，有話回頭說，於是卸下了車把，套上馬鞍子，自己在院子裡，就跳上馬背，兩腿一夾，抖著馬韁繩就走。

田大嫂手上拿了一柄鐵勺追到外面來，叫道：「丁老二，你瘋啦，整日的這樣馬不停蹄，飯也不吃，水也不喝，你又要上哪兒？」

二和已出了大門幾丈遠，回頭來道：「我到湯山腳下去一趟，下午回來。就跑這一趟了。」說著，韁繩一攏，馬就跑了。

田大嫂站在大門外，倒發了一陣子呆，然後望著二和的去路，搖了兩搖頭，嘆了兩口氣，這就緩緩走進屋子裡頭來。

她妹妹二姑娘，將一塊麵板放在桌子上，高捲了兩隻袖子，露出圓藕似的兩隻胳膊，在麵板上搓著麵條子，額頭上是微微透著粉汗。便笑道：「大嫂子，你張口就罵人。」

田大嫂道：「我幹嘛不罵他？我是他的大嫂子。你瞧，趕了馬車出去找一陣子，又騎了馬出去了，這樣不分日夜的找那小東西，家都不要了。有道是婊子無情……」

二姑娘瞪了她一眼道：「人家也不是你親叔子、親兄弟，你這樣夾槍帶棒亂罵！」

田大嫂歇了口氣道：「我就是看不慣。」她說著話，就用鐵勺子去和弄*鍋裡的麵滷。原來丁老太上了歲數，有些怕冷，她們把爐子搬到屋子裡去做飯，也好就在一處說話。

丁老太坐在桌邊矮椅子上，鼻尖嗅了兩嗅，笑道：「大嫂子，你真大請客了啦。都預備了些什麼打滷？」

大嫂子道：「四兩羊肉，二十枚的金針木耳，三個雞蛋，兩大枚青蒜，五枚蝦米，一枚大花椒。」

二姑娘把麵條子拉到細細的，兩手還是不斷地抻著，摔在麵板上，沾著乾粉啪啪有聲，向大嫂子瞅了一眼笑道：「還有什麼？報這本細帳！你打算要老太出一股錢嗎？」

田大嫂笑道：「今天你做東，我得給你誇兩句，讓老太多疼你一點。」

丁老太笑道：「我們二姑娘也真客氣，幹嘛還要你請客？你姑嫂倆整天來陪著我，我就感激不盡啦。」

二姑娘笑道：「就憑我嫂子報的那筆帳，也花不了多少錢吧？我這個月做活的錢多一點，不瞞您說，有兩塊八九毛了，還有十天呢，這個月準可以掙到三塊五六毛。自己苦掙來的錢，也該舒服一下子。我姑嫂在家是吃這些錢，搬到這兒來，陪著老太也是吃這些錢，落得做個人情。老太，你吃麵，要細一點兒的，要粗一點兒的？」

丁老太笑道：「我聽說你這一雙小巧手，麵活做得好，麵也抻得細，我得嘗嘗。」

二姑娘道：「做粗活，我可抵不了我大嫂子，她那股子勁，我就沒有。大嫂子，滷得了吧？讓我來燒水下麵，你來抻麵。」

大嫂道：「老太說你有一雙巧手，你倒偏不抻麵給老太吃？」

二姑娘放下麵條，走過來，接了大嫂的鐵勺，把兩隻大碗放在桌上，先將滷盛了一滿碗，然後又盛了一個八分碗。田大嫂抻著麵，抿嘴微笑。

二姑娘把燒熟了的一鍋水，替代了爐子上打滷的小鍋，然後找了一隻瓷盤子，將八分滿的一碗滷蓋上，移著放到桌子裡面。田大嫂點點頭，向她微笑。

二姑娘紅了臉道：「你笑什麼？」

大嫂子且不理她，對丁老太道：「咱們兩家合一家，好嗎？」

丁老太道：「好啊，你姑嫂倆總是照看著我，這兩天，吃飯是在這裡，做活也在這裡，真熱鬧，承你姑嫂倆看得起我這殘廢。」

田大嫂笑道：「不是說目前的事，帶著活到這兒來做，老人家吃我們一點東西，我還用著你的煤水吧？做人情也沒做到家，值得說嗎？我的意思是說，你也很疼我家二姑娘的，我家二姑娘，自小就沒有爹媽，把你當了老娘看待，你要不嫌棄的話……」

二姑娘掀開了鍋蓋看水，笑道：「對了，拜你做乾媽。水開了，下麵吧。」

田大嫂笑道：「不，找王傻子出來作個現成的媒，讓她同老二做個小兩口兒……」

二姑娘伸手抓起一塊麵團，高高的舉起，笑罵道：「你是個瘋子，我拿麵糊你嘴。」

田大嫂舉起手來，擋住臉，人藏在丁老太身後，笑道：「二姑娘，我起誓，我這句話，要不說到你心眼兒裡去了，我是孫子。」

二姑娘將麵團向麵板上一扔，頓了腳道：「老太，你瞧，你瞧，我不幹了，非打她不可。」

田大嫂依然起身抻麵，笑道：「你不幹了？你就回家去罷。我們在這兒吃麵。」

丁老太聽說，只是笑。

田大嫂道：「老太你說一句，願不願意？」

丁老太笑道：「婚姻大事，現在都歸男女本人做主了，做父母的，哪能多事啊！要說到我自己，那是一千個樂意，一萬個樂意。」

二姑娘已是將鍋蓋揭開，把麵條抖著，向水裡放下去，望了鍋裡道：「我不言語，聽憑你們說去。」於是拿了一雙長竹筷，在水鍋裡和弄著麵。

大嫂笑道：「若是這樣說，還是有八分兒行了。二和呢，栽了這一個大筋斗，大概不想摩登的了，憑我一張嘴能把他說服。再說，他對我們二姑娘向來很客氣。我們二姑娘呢，別的不提，一小鍋滷，她就替二和留了一大半。」

二姑娘噘了嘴道：「還有什麼，你說罷，留了大半碗，就有一大半嗎？一個做嫂子的人，沒有在別人家裡這樣同小姑子開玩笑的。老太，麵得了，先給你挑一碗吧，趁熱的。」

丁老太道：「大家一塊兒吃罷。」

二姑娘道：「大家一塊兒吃，麵就糊了。煮得一碗吃一碗，又不是外人……」

二姑娘挑著麵，立刻把拿筷子的手掩住了嘴，大嫂子笑道：「不是外人，這可是你自己說的，不是我開你的玩笑。」

二姑娘笑道：「你今天瘋了，我不同你說。老太，你先吃著。」她說著話，挑好了大半碗麵，用瓷勺子濃濃地給麵上加了許多滷，兩手捧著，送到丁老太手上。

田大嫂道：「老太你吃罷，這是她一點孝心。將來多幫著兒媳婦，少幫著兒子罷。」

二姑娘將眼瞪了瞪，還沒有說話呢，可又來個多事的了。

十七 破鏡難圓

屋子裡三位婦女開玩笑，外面可有人笑著，正是王大傻子進來了。他一路走著，一路嚷著道：「你們這是拿老太太開胃，二和整日地在外面跑著，腳板不沾灰，就是為了找媳婦，煮熟了的鴨子也給飛了，你們還說什麼疼媳婦疼兒子的。」他說這話時，已是一腳踏進了屋子，看到田家二姑娘也在這裡，就把話頓住了。見二姑娘彎了腰，正向水鍋裡下著麵，這就笑道：「抻得好細的麵，是老太請你們姑嫂倆呢，還是你姑嫂倆請老太？」

田大嫂道：「麵還有一點，打得滷可不多，你要吃的話，我去買作料來打滷。」王傻子向桌上看著，現成的一大碗滷，這還罷了，桌子裡面還擱有一隻碗，把碟子蓋著的，在碗沿上掛下金針木耳來，便向田大嫂笑道：「都是好街坊，也都是好朋友，二和不在家，你們還給他留上一碗，我現在這裡的人，和你們要，你們也不給。那碟子蓋著是什麼？」

田大嫂兩手抻了麵條子，向他看了一眼，笑道：「你問問老太太，那一碗滷，是我給留下來的嗎？」

二姑娘雖不說什麼，臉也紅了，在鍋裡正挑起了一碗麵，就向王傻子笑道：「我大嫂同你鬧著玩呢，這一碗你先嘗著。」她口裡說著，先把麵碗遞到他手上，然後端了滷碗過來，連舀了好幾勺子滷，向他麵碗上澆著。

王傻子兩手捧著碗，笑道：「得啦得啦，回頭鹹死我了。」

二姑娘笑道：「滷做得口輕，不會鹹的。」說著，又塞了一雙筷子到他手上。

王傻子有了麵吃，把剛才所要問的話也就忘了，自捧了碗，坐在旁邊椅子上去，稀裡呼嚕只管吃起來。

田大嫂子手裡抻麵，可向王傻子笑道：「王大哥，今天這頓，是我們二姑娘請老太太吃的。你吃了我們二姑娘的麵，將來二姑娘有什麼事請你幫忙，你可別忘了吃了人家的口軟。」

王傻子道：「這院子裡街坊有找我王傻子幫忙的時候，我王傻子辭過沒有？」

二姑娘只向她嫂子瞪了一眼，卻沒說什麼，接連著把麵條子下了鍋。

姑嫂二人，也都端著吃，她們澆滷，依然是澆著桌子中間那一碗，因為不大夠分配，只彼此隨便澆了兩勺子滷在麵上。直把麵都吃完了，那碗裡還有些剩滷呢。

田大嫂道：「王大哥還來一碗嗎？這碗裡還有些滷，夠拌一碗麵的。」

王傻子道：「我本來就不餓，是同你姑嫂倆鬧著玩的。還有一點滷，該留給你們倆了。」說著話，自己抹一抹嘴，道著謝走了。

在這日下午，他挑了皮匠擔子回家來，遠遠地看到了一匹白馬進了大門，那準是二和回家了。自己把擔子挑到家裡，休息了一會，跟著也向二和家走去。

只見二姑娘又在那裡下麵，二和伏在桌子上吃麵，面前擺了一碗滷和一碟子鹹菜。丁老太坐在旁邊矮椅子上，正說著話。她道：「人家待你真不錯，自己吃麵，也捨不得多澆一點兒，為了你一個人，倒留下一小碗滷了。」

二和道：「你知道，你就該攔著，這倒叫我怪不好意思的。」

二姑娘盛起了一碗麵，放在桌沿上，低聲笑道：「全在這兒。」

二和一抬眼，見她那長圓的臉兒，雖沒有塗一點脂粉，卻也在臉腮上透出兩個紅暈。她不像別的少女，有那捲著的燙髮，只是長長的垂著，拖到肩膀上，梳得順溜溜的。身上穿了一件藍布旗袍，也沒有一點痕跡。在那袖口裡，還露出兩線紅袖子，可以知道她這衣服裡面，還有一件短的紅夾襖呢。在她右脅臂下鈕扣掖了一條長長的白布手絹，倒也有那一分伶俐樣子。便欠了一欠身子，說聲多謝。

王傻子站在屋簷下，遠遠地看到，便搔著頭髮笑道：「二哥，你別有福不知福。田大嫂子同二姑娘老早給你預備下的，麵也有，滷也有。人家自己那份給我吃了，她倆就算沒有澆滷，吃光麵。放著家裡現成的福不享，你騎著馬滿市去追愛人！你是燒糊了的卷子，油糊了心？誰是你的愛人？」

王傻子一嚷，二姑娘靠了桌子站著，紅了臉望著他沒做聲。

田大嫂子手裡正把毛線打著手套呢，把手上的活向桌上一放，向他沉著臉道：

「呔！王大傻子，你可別不分皂白，胡塗亂說。請老二吃一碗，這有什麼閒話可說？我們沒有讓你吃一碗嗎？你說話可得分清楚一點兒。」

王傻子也紅了臉，兩手扭著身上的腰帶，翻了眼道：「我……我沒敢說什麼呀。」

田大嫂道：「本來你也不敢說什麼！不過你不會說話，說的有點兒不中聽。」

二和看到這事情有點兒僵，放下碗，立刻搶到屋外來，向王傻子拱拱手道：「大哥，你瞧我了。田大嫂就是心直口快。」

王傻子半天沒做聲，這才回想過來了，將手一摔道：「好啦，咱們騎驢子翻帳本，走著瞧。」

二和挽了一隻手胳臂，就向院子外面拖了去，笑道：「大哥，你怎麼啦？喝了兩盅吧？我心裡正難受著呢，你能在這時候跟我為難嗎？」

王傻子看到田大嫂那樣生氣，覺得也許是自己說錯了話，經二和一推也就走了。

二和回到家來，又只管向田氏姑嫂道著不是。田大嫂默然坐在一邊，只是看他。

二和吃完了麵，把一隻腿架在凳子上，側了身子坐下，口裡銜了半截菸捲，兩手抱了膝蓋，把兩道眉毛深深地皺著。

田大嫂瞅了他兩眼，微笑道：「做老嫂子的，又該發話了。你在外面跑兩天了，得著什麼消息沒有？」

二和輕輕答應了一聲沒有，還是那個姿勢坐著。

二姑娘坐在老太太對過椅子上，好像感到無聊，站起來拍拍身上的灰，低聲道：

「大嫂，我回去一趟。」她說畢，從從容容的走了。

田大嫂微偏了頭，向二姑娘後影瞧著，直等出了跨院門，才嘆了一口氣道：「人都是個緣分。我們這一位，什麼全好，就是摸洋蠟。」

丁老太道：「怎麼啦？你二姑娘晚上點洋蠟睡覺嗎？她為什麼愛摸洋蠟？」

田大嫂笑道：「現在的姑娘，非摩登不可，她不摸燈，不是摸洋蠟嗎？」

丁老太哈哈地笑著，二和也笑起來。

田大嫂道：「你也樂了？你瞧你剛才皺了兩道眉頭子，三千兩黃金也買不到你一笑，以為你從今以後不樂了呢！老太，不是我事後說現在的話，以前我就瞧著月容那孩子不容易逗。你瞧，她也不用誰給她出主意，她就能在師傅面前變戲法跳了出來。現在一唱戲，那心更花了。」

二和聽了這種言語，又把臉色沉下來，只是抱了架在凳子上的腿，默默無聲。

田大嫂笑道：「我這樣說著，老二必定不大愛聽吧？」

二和笑道：「這有什麼愛不愛聽？她又不是我的什麼人。就算是我什麼人，她已經遠走高飛了，我還講著她幹什麼？」

田大嫂道：「因為你已經有了笑容了，我才肯接著向下說。像你這麼大歲數，本來也惦記成家。再說，你們老太太眼睛不方便，正也短不了一個人伺候，不過你所要的那種人，是吃苦耐勞，粗細活全能做的人。至於小花蝴蝶子似的人，好看不好吃，放在你們家裡，恐怕也是關不住。依著我的意思，還是往小家的人家去找一個相當的人，只要姑娘皮膚白淨，五官長得端正，那就行了。」

二和笑道：「大嫂子這話勸得我很對，可是**我這樣的窮人，哪兒去找這樣事事如人意的姑娘去？」**

大嫂笑道：「有呀，只要你樂意，這紅媒我就做上了。」

二和微微地笑著，也沒有答應她的話，自在衣袋裡掏出一盒菸捲，取了一根，慢慢地抽著。田大嫂手上打著手套子，抬起眼皮子向二和很快的看了一眼，依然低了頭做活。

二和默然地坐了一會，看看天色已晚，就對門外的天色看了一看，笑道：「累了兩三天，這才喘過一口氣來，我該出去洗個澡了。」說著，站起來，牽牽自己的衣服，就走出院子去。

也許是那樣湊巧，他出來，剛好碰到二姑娘由外面進來，也許是二姑娘老早的就在這裡，沒有來得及閃開。所以二和出了跨院門的時候，她閃在旁邊，低了頭，讓二和過去。

二和出那跨院門的時候，是走得非常之快的，可是出院以後，不知何故，卻站著頓了一頓。因之，二姑娘雖然是低了頭站在一邊的，她看見地上站的兩條腿，也知道二和站在面前了，這樣靜站著，約莫五分鐘。

還是二姑娘低聲先道：「二哥又出去啦？」

二和笑道：「不發那傻勁了，我出去洗個浴。」

二姑娘雖沒說什麼，卻聽她格格一笑呢。

二和雖然說是出去洗浴，但是走出大門以後，他的意思就變了，他腳不停步的就向戲館子裡走去。

月容搭的那個戲班子，今天換了地方，換在東城的吉兆戲團演出，這戲館子的後臺，另有一個門在小巷子裡出入，無須走出大門。二和一直的走到這後門外，就來回地徘徊著。

在一處車夫圍著一個賣燒餅的小販和一個賣熱茶的孩子的地方，那裡立了一根電線桿，上面一盞街燈，正散著光線，罩著那些人頭上。

二和遠遠看去，見其中有兩個車夫，正是拉女戲子的，於是緩緩地移步向前，在身上掏了幾個銅子，向小販手上買了一套油條燒餅，捏在手上，靠了電線桿咀嚼著，自言自語地道：「真倒楣，等人等不著，晚飯也耽誤了。這年頭兒交朋友，教人說什麼是好。」

他這兩句話剛說完，那牆旁包車的踏板上，坐著一個黃臉尖下巴的車夫，兩手捧了一飯碗熱茶，嗄的一聲，又嗄的一聲喝著，這就插嘴道：「喂，你說找誰呢？你跟我們打聽打聽就行。」

二和笑道：「哥們兒勞駕，我給您打聽打聽，那個給楊老闆拉車的老王，今天怎麼還沒來？」

那車夫道：「你打聽的是他呀！他早不幹了，你找他幹什麼？」

二和道：「我請了一支會，他是一角，會錢他早已得過去了，現在該是他拿錢出來，頭一遭，他就給我躲了個將軍不見面。當年他請過兩支會，都有我，我有始有終，把會給他貼滿了。現在到了我請會，他就不理這本帳。這年頭兒交朋友，真是太難一點。」

另外的一輛車上，坐著一位車夫，笑道：「王小金子，那傢伙就不是個東西，你怎麼和他會合得起夥來？你要是和他討錢，現在倒正是時候，這回楊月容跟姓宋的那小子跑了，只有他知道，這小子很弄了幾文。」

二和聽了這話，心裡頭不由得撲通撲通跳了幾下，但是他依然極力鎮定著，笑道：「你這位大哥怎麼知道楊月容跟姓宋的跑了？」

那車夫道：「我也是拉這班子裡的一個角兒，班子裡的這幾個有名的人兒，她們的事情，還瞞得了我們嗎？我們老在這戲館子門口坐著的，她飛不過我們眼睛。王小金子拉月容上四合公寓去的時候，哪一趟我們也知道。」

二和道：「四合公寓？那是大公寓呀。」

那車夫道：「姓宋的那小子，很有錢，他爸爸在本城同天津開有骨董店，專門做外國人生意，一掙好幾萬，他要住什麼闊公寓住不起？要不，他就能天天來捧角嗎？」

二和道：「老王天天還到四合公寓裡去嗎？」

車夫道：「月容跑了，他摟了一筆錢，好幾天沒見面了。以後，也許不拉車了。」

二和道：「既是那麼著，我趕快找他要錢去罷。」自己一面說著，一面向前走了去。一個在車站上趕馬車的人，對於公寓旅館，當然是很熟的。因之二和知道了姓宋的在四合公寓，用不著再去找地點，逕直地就奔了去。

直跑到那公寓門口，心裡這才忽然省悟：**自己憑了什麼資格可以到這裡來找姓宋的？**若說是找月容，她是不是明明的藏在公寓裡，還不得知；就算她真的藏在這裡，她一不是我姊妹，二不是我女人，她愛跟誰在一處，自己也是無法去管她。心越想得明白，膽子也就越小，慢慢地走著，慢慢地的把腳步遲鈍著，最後完全站住了。

那公寓裡出來一個茶房，卻向他臉上望著，因道：「我認得你，你是趕馬車的。跑到這兒來幹什麼？」

二和自己覺得心裡哄哄亂跳，跳得周身的肌肉都要隨著抖顫起來，但是他極力忍耐著，向茶房笑道：「我是做什麼的，就幹什麼來了。這裡有位宋先生聽說要車辦喜事。」

茶房笑道：「你消息真靈通，可是你也靈通過分一點。人家已經回天津了。」

二和道：「新娘子也去了嗎？」

茶房笑道：「別瞎扯了！什麼新娘子，她是個唱戲的，人家帶著玩玩的。」

二和道：「他們真走了嗎？」說著這話時，那臉上的熱血漲到耳朵根上去，覺得自己的面皮全繃得緊緊的。

茶房道：「你多做一筆生意，也不礙著我什麼事，我幹嘛冤你？」

二和道：「他前天還借了我一個籐筐子裝水果回來呢，他住的那屋子，已經有人住著嗎？」

茶房笑道：「還空著的。怎麼樣，你想進去住嗎？」

二和笑道：「老哥，開什麼玩笑！我想進去瞧瞧我那籐筐子還在裡頭沒有，你們留著也沒用。」說著，向茶房一抱拳頭，只嚷勞駕。

茶房笑道：「本來沒有這麼大工夫，既是這樣說了，我就陪你去找一趟來罷。」說著，他在前面引路。

二和兩隻眼睛真是不夠使的，東瞧西望，每一間房門口全死命的向裡面盯上一眼。後來茶房走到一間房門口，將門向裡一推，就對他笑道：「你瞧罷，這裡面有什麼？」

二和看時，雖然所有陳設的只是公寓裡尋常的木器傢俱，但是那四周的牆壁卻都是花紙糊了，隱隱之中，好像有一陣香氣向鼻子裡送了來。看看地上，掃得乾乾淨淨，分明是人走以後，這裡已經打掃過一次的了。再進裡面一間屋子裡去，亦復如此。

茶房在外面屋子裡道：「一隻大籐筐，大概不是一根針，你找著了沒有？我沒有這些工夫老等著你。」

二和被他催促不過，也就做個尋找籐筐的樣子，四處張望。真正注意的所在，卻是門縫裡，窗戶臺上，桌子邊的牆上，以為在這上面，能找到一些字跡的話，那就可以找得著尋月容的一點線索，然而這牆全是花紙糊裱的，正為了美觀，上面哪有一點兒墨跡。

二和尋不著一些什麼，不便久留在這屋子裡。要出門的時候，回轉頭來看，卻見放洗臉架的地下，有一樣亮晶晶的東西射著眼睛。回身由地上拾起來，看時，卻是一面小小的圓鏡子，不過這圓形是一個銅框子，嵌在裡面的玻璃，卻是打破了半邊。這一面破鏡子，是女人粉盒裡用的東西，要它幹嘛？

正待扔了，可是偶然翻過面來，卻是兩個人合照的一張照片，一個是月容，一個便是姓宋的那小子。一看之後，但覺脊梁上出了一陣熱汗，捏著手裡出了一會神，就揣在衣袋裡走出來。

茶房道：「沒找著吧？」

二和道：「那姓宋的沒有信用，把我們窮人的東西隨便扔，可不想到我們置什麼東西也是不容易。」說著這話，也就走出公寓了。

不等到家，在路上就連打了兩個哈哈。回家了，在跨院門的所在，就大聲笑著道：「他媽的不祥兆！**還沒有走，鏡子就摔了**，我往後瞧著，她要好得了，我不姓丁了。」

丁老太一人坐在外面屋子裡，因道：「二和，你是怎麼了？你臨走的時候，說是洗澡，這又跑到什麼地方去了？」

二和在屋子裡跳著，兩手一拍道：「到底讓我把他們的消息找著了。月容是同一個捧角的走了，他們原住在四合公寓裡，現在上天津了。我還到公寓去了，在屋子裡，找著一面破鏡子，那背面嵌著他兩人的相片。這一下子，我真樂大發了，平常兩口子過日子，打破了鏡子還會出岔呢，他們剛剛搭上了伴，立刻出了這種事，那我敢說不要久，他們就得完！哈哈！」

丁老太兩手按了膝蓋坐著，皺了兩皺眉毛，笑道：「你這孩子，心眼兒也太窄，人家已經是遠走高飛了，你還說她幹什麼？年輕的小夥子，倒會談媽媽經。」

二和也不說話，卻跑到屋子裡去，找出一把剪刀來，拔出鏡子後面的那張相片，把宋信生的相片給挖了出來，先扔在地上，用腳踏住。接著，把兩手捧了月容的相片，高過了額頂，笑道：「你別樂，破鏡難圓！我也不要你，你們自個兒也分離了！」說畢，把捏在手心的那面破鏡子向院子裡一扔，噗吒一聲響，砸了個粉碎。

十八 因緣早種

丁老太坐在屋子裡，雖看不到一切，可是二和那種雜遝的腳步聲，那種高亢的叫喊聲，都可以知道他在生氣，正想得了一個結果才阻止他呢，話還沒有出口呢，就聽到了院子裡砸碎鏡子聲，那來勢兇猛，倒駭得自己身子向上一衝，便道：「喲，二和，你這是怎麼了？可別犯那小孩子的脾氣。」

二和也不理她的話，依然嚷著道：「她上天津，我也上天津！她上天邊，我也上天邊！我總要找到她！那姓宋的小子，不讓我看見就罷，讓我見著了，他休想活著！」

他口裡說著，人是由屋子跳到院子裡去，接著，又由院子裡跳了進來。嚷嚷著道：「我怕什麼，我大光棍一個，他是財主的後代，他和我拼起來，我比他合算。」說著，自己坐了下來，嘩啦一下椅子響，向桌子上一撞，把桌子上那些瓶兒罐兒缸兒一齊撞倒，還有兩隻碗，索性嗆啷啷的滾到地面上來。

丁老太再也不能忍耐了，戰戰兢兢地站了起來，臉揚著，對了發聲的所在，問道：「二和，你這是怎樣了？你覺得非這樣鬧，心裡才痛快嗎？你為了一個女孩子，家不要了，老娘也不要了，性命也不要了，你就這樣算了？」

二和倒在椅子上，本來無話可說，只是瞪了眼睛向天空上望著，經丁老太這幾句話一提，心裡有些蕩漾了，就站起來道：「我沒有怎麼樣，不過想著心裡煩得很。」

丁老太道：「你心裡煩得很，就應該在家裡拍桌捶板凳嗎？你不想想，這有三天了，你成天到晚全在外面跑，生意不做，瞎子老娘你也不管了，**為了這樣一個女孩子，打算丟我們家兩條人命嗎？」**

二和聽說，倒是怔怔地站著。

丁老太道：「你是我的兒子，你還不如田家大嫂那樣心疼我，人家見你不在家，又是陪著我聊天，又請我吃飯，自己姑嫂倆全來，倒把房門鎖著。再說，一個人不替自己想想，也得替人家想想。你一個趕馬車的窮小子，也只好娶一個小戶人家的姑娘，粗細活全能做就得了。像月容那孩子，已經不是街上賣唱的人了，她成了個紅角兒，就是不嫁人，她也有了飯碗，什麼也不用著急。假如要嫁人的話，運氣好，也許碰上了個總長次長，收去做三房四房，次一點兒，一夫一妻的嫁個小有錢的主兒，每月不說多，也掙個百兒八十的。就別說她現在跑了罷，**她要是不跑，就憑你每天趕馬車掙個塊兒八毛的能養活她嗎？人家成了紅角的，不去做太太，就去做少奶奶，只有她不開眼，要嫁你這個馬車夫！」**

二和聽了這些話，仔細地玩味了一番，覺得母親的話很是有理，便道：「你說的話，怕不是很對。可是她由一個賣唱的，可以做到一個紅角兒，我一個趕馬車的，一樣也可以混一個掙錢的事。好漢不怕出身低，就能料著我一輩子全趕馬車嗎？」

丁老太笑道：「你能有這個志向，那就更好，只要你有這個志氣，就比月容長得好看，能耐再高的，你全可以得著，那還著什麼急呢？好啦，別發愁了，打盆水洗把臉，沏壺茶喝喝就先休息著罷。到了明天，真該做買賣了。」

二和呆了一呆，便走向前挽著丁老太笑道：「您坐下罷，我也不過一時之氣，自己這樣大鬧一頓。心裡頭的這樣一點兒彆扭，您這樣同我一說，我也就明白過來了。好，從明日起，我決計規規矩矩出去做生意。我要是再不好好的去做生意，我就是個畜類。您吃過飯了嗎？」

丁老太被他扶著坐下，臉上就帶了笑容了，因道：「只要你立著志氣，好好兒的做事，成家立業，這都不是難事。若像你這樣，有一點兒不心順，就尋死尋活，一千個一萬個英雄好漢，也只有活活氣死。」

二和笑道：「我現在明白了，你不用生氣了。我到田大嫂家裡去討口熱水，先來鬧一壺茶喝。」

丁老太笑道：「你這小子，自己瞎嚷嚷，也知道把嗓子嚷乾？」

二和帶了笑容，向大院子田家走去。

他們家是三小間西廂房，田氏兩口子住北屋，二姑娘住南屋，中間是廚房堂屋一切在內。二姑娘坐在自己屋裡炕頭上，也在打毛繩手套，看到二和跨進正中的屋子裡，趕快把手上的活塞在衣服底下，自己也沒下炕，向二和瞟了一眼，向對過屋子裡叫了一聲大嫂。

田大嫂應聲出來，向二和笑道：「忙人啦，消息怎麼樣了？」

二和對二姑娘看著，見她低頭咬了嘴唇微笑著，便道：「大嫂，你損我幹嘛！」

田大嫂笑道：「真話，你成天在外面跑，整個北京你都找翻過來了，再要……」

二和拱著手笑道：「我現在算明白了，那些事別提了。你這兒有開水嗎？」

田大嫂走近一步，對他臉上檢查了一遍，笑道：「你真明白過來了嗎？你要是明白過來了，我們街坊是好街坊，朋友是好朋友，你若是不明白過來，別說是到我這裡來要開水，就是到我這裡來要涼水，我也不給。」

二和道：「這些話口說無憑，你往後瞧著去就是了。」

田大嫂向二姑娘道：「你可在旁邊聽到，將來你也是一個證人。」

二姑娘坐在炕頭，將嘴一撇道：「狗拿耗子，多管閒事。你問我幹什麼？」

田大嫂向她眏眏眼，笑道：「天下事天下人管，什麼叫多管閒事！」

二和笑道：「也沒說什麼。」

田大嫂道：「二妹，他家老太太要開水，你提了爐子上那把壺送去罷。」

二姑娘沒留神，笑道：「你別大懶支小懶了，我要打手套子。」

二和道：「我瞧見大嫂子在打手套子，二姑娘也打手套子，你姐兒倆全趕手套子幹什麼？」

大嫂道：「我就對你說了罷，我瞧你空著手拿了馬鞭子，怪可憐的，要打雙手套子送你，我又雜事兒太多，忙不過來，要我們二姑娘幫忙。」

二姑娘坐在炕頭上將身子扭了兩扭，笑道：「幹嘛呀，我不嘛！」

大嫂子提了爐子上的開水壺，自在前面走，二和緊緊地後面跟著。田大嫂走進了跨院門，且不走，回轉頭來向他低聲道：「你瞧，我們二姑娘，哪一樣不如那賣唱的丫頭？你偏要死心眼，直追那一個。」

二和道：「我已經在你面前後悔過了，你還要提這件事幹什麼？」

田大嫂道：「早呢，除非……」也望著向他睞睞眼。二和只是笑了一笑，也沒有答話。

到了裡面，丁老太坐在那裡，老遠地就向他們揚著臉道：「你們什麼事可樂的？這樣的樂了進來。」

大嫂道：「我說我們這位大兄弟有點兒害相思病，我得給他治病。」

丁老太太道：「大嫂子，你可別和他開玩笑，這孩子已經是有半個瘋了，再要是把他弄急了，不定會出什麼事。」

田大嫂笑著搖搖頭道：「不要緊，有道是**一物服一物**，我們大兄弟就怕我這張碎嘴子，我若是在他面前老嘰咕著，他就不能不含糊著我。」說著這話，她已拿了水壺走進屋來了。

丁老太聽了她的話音，將臉朝著她所站的地方，二和進得屋子來，靠了門站定，兩手伸在衣服插袋裡，向田大嫂望著。

田大嫂子在身上摸出一小包茶葉，將手托住，給他看，笑道：「我自己買了一包茶葉，沒有捨得喝，給你沏上了。」說著，把茶葉全放到瓷壺裡，提起開水壺來就沖。

二和道：「謝謝你，可是你有那神機妙算，就知道我要和你討開水嗎？」

田大嫂笑著身子只管抖顫，將耳朵上兩隻銀圈子抖顫的搖搖不定。

二和笑道：「我要是像大嫂子這樣會說，什麼人都喜歡我。」

田大嫂放下了水壺，正拿了茶杯子倒茶，這就半側了身子，向他瞅了一眼道：「憑你這句話，我有好幾層聽法：一來，你是說我撒謊，我是你肚子裡哪條蛔蟲？我怎麼會知道你會要開水呢？二來，你佔我的便宜，你說你有我這樣會說，就有人喜歡你，不用提，我的嘴會說，你很喜歡我。你喜歡我，打算怎麼辦？」

二和紅著臉，遠遠地向她作了幾個揖，丁老太以為他們鬧著玩鬧慣了的，這也不算什麼。可是就在這個時候，有個人在跨院子門洞裡，伸頭向裡面張望一下。

因為那一個探望的動作很快，丁老太自然是不覺見，二和同田大嫂對面對的說話，自然也不會介意，依然跟著這話向下說去，因道：「你無論喜歡我不喜歡我，我待人總是這一副心腸子，你若是把我這個意思誤會了，你就瞧不起你老嫂子。」說著這話，把斟的那杯茶將手罩住了杯口，眼看了二和，帶著笑容，把杯子遞過來。

二和兩手接住，彎腰道著勞駕。田大嫂也沒言語，再倒了一杯茶，兩手捧著，送到丁老太面前，笑道：「老太太，你喝這杯茶，新沏的好茶葉。」

丁老太道：「大嫂子，你太客氣了。」說著，站起身來接那杯茶。

田大嫂牽了她衣服，讓她坐下，笑道：「你根本就是老長輩，我當然要恭敬你。再說你的眼睛又不大方便，我伺候伺候你，這算什麼。」

一言未了，外面有人叫道：「大嫂回家罷，大哥家裡有事呢！」

田大嫂一伸舌頭道：「他回來了。」只交代了這四個字，匆匆地便已出門而去，二和對於這個舉動，依然也不曾介意，自在家裡做晚飯吃。

飯後，扶了母親進屋子去，就在炕沿上坐著，同母親閒話。因為丁老太沒有一點倦容，也只好沒話找話的，老是這樣的陪了坐著談下去。這就聽到王大傻子在跨院門口叫道：「二哥，咱們出去洗個澡罷？」

二和道：「不去了，我陪我們老太聊天呢。」

丁老太道：「你去罷，我坐一會子也就睡了。」

王大傻子道：「那沒關係，回頭我言語一聲，請田大嫂子過來坐一會子得了。來罷，我有要緊的話同你說呢。」

這句話，是很可以打動二和的心事的，便帶了一些零錢在身上，應聲走了出去。

二和出門去不到十分鐘，田大嫂子笑著走進來了。看到那盞煤油燈放在旁邊小茶几上，這就把燈移到炕頭邊小桌上，把燈芯扭著大大的，手上拿了毛繩，就著燈光打起手套子來，口裡說道：「老太，咱們總算有緣，我在家裡坐一會子，惦記著你，又來了。」

丁老太道：「二和出去洗澡去了，我也打算睡了。」

田大嫂道：「我也就聽到他出去了，特意來同你做伴。」

丁老太道：「田大哥不在家嗎？」

田大嫂道：「他回來了，喝了一口水又出去了。」

丁老太道：「那不丟了你家二姑娘一個人在家嗎？」

田大嫂笑道：「不，她也找張家二姑娘在家裡聊天哩。本來我也要找她一塊兒來的，可是我有幾句話和你談談，不願讓她聽到。老太，你猜，這是什麼事呢？」

丁老太微微地笑著道：「田大嫂，你可別和我打啞謎，我這個人笨得很。」

田大嫂笑道：「你是個觀音菩薩，我們咳嗽一聲，你也知道我是什麼意思，有一個猜不出來嗎？你瞧，二和一出門去了，就把你孤孤單單的扔在家裡。你若是有個常常做伴的，在家陪伴著你那就好了。」

丁老太微微笑著，微微點了幾下頭。

田大嫂道：「老太，白天我說的那番話，你瞧怎麼樣？」

丁老太笑道：「我還有什麼不願意嗎？不過現在這年頭，男婚女嫁全得本人拿主意。二和這孩子，在這兩天，過得昏天倒地的，這個日子……」

田大嫂攔著道：「二和那裡，你交給我了，我一定有法子把他說得心服口服。」

丁老太笑道：「我這位大嫂子，真是一個好心的人。」

田大嫂以為她在這以下必定有一番解釋，可是她只這樣說了一句，就沒有下文。自己把毛繩子連打了十幾針，心裡連轉了幾個彎，才道：「您早知道我是個老實的人吧？

我也不說不對。就為了這一點，常是為著別人的豆子，炸了自己的鍋，這件事要是你們府上全樂意的話，我們那口子的話，還得好好兒的去同他說呢。」

丁老太笑道：「這就是為了別人家的豆子，炸了自己的鍋了，可是我還望你別炸破自己的鍋才好。」

田大嫂頓了一頓，笑道：「我是說的鬧著玩的，真是彼此作親，我們那口子有什麼不願意？」

丁老太覺得她的話，自己有些轉不過彎來，老是追著向下說，也是叫她為難。這就拉扯著別的事情，閒談了一陣，把這話撇開。

過了一會子，卻有一個男子的聲音在跨院門外叫道：「夜不收的，你還不該回家嗎？」

田大嫂道：「什麼夜不收的！還早著啦。老太太一個人在家，我同她做伴。」

丁老太道：「是田大哥說話吧？你也該回去了。」

田大嫂站起來笑道：「我們兩口子，都成了老幫子了，他還是這樣管著我。」她口裡這樣說著，可是人已拿了手上的活，走到房門邊了，回頭望了丁老太道：「老太，您也睡下罷，我給您帶上跨院的門。」

丁老太道著謝，卻偏了頭用心聽著他兩口子說些什麼。果然唧唧噥噥的，他們很有點唇舌，不過他們慢慢走遠了，只聽到田大嫂大聲說：「你是屬曹操的？這麼大的疑心。」

丁老太把話聽在心裡，就沒敢睡。

二和洗澡回家來，也就十二點多鐘了，見母親沒脫衣服歪靠在床上，便道：「你怎麼還沒睡？」

丁老太皺了眉道：「咱們惹下禍事了。」

二和突然愣住了，很久才道：「禍事？」

丁老太道：「可不是！就為了這一陣子你老不在家，田大嫂總是在咱們家做伴，田大哥對這件事好個不樂意。你走了，田大嫂來了，和我談了個把鐘頭，田大哥直嚷到院子門來，把她找了回去。據看，恐怕兩個人要拌嘴。」

二和道：「怪不得了，剛才我由大院子裡經過，田家屋子裡還亮著燈，裡面嘘嘘的有人說話，敢情是夫妻兩口子鬧彆扭。我聽聽去。」

他說著話，悄悄地溜出跨院門，挨著人家屋簷，走到田家窗戶邊去。走來就聽到田大哥道：「不管你存著什麼心眼，你這樣成日成夜的在他家裡，我有點不順眼。我現在是兩條路子，我找著丁二和同他講這門子理，憑什麼他可以喜歡我的媳婦，他要回不出所以然來，咱們是白刀子進紅刀子出！要不，我算怕了那小子，找房搬家。」

田大嫂道：「冤家，你別嚷罷，這樣深更半夜的，你這樣大嗓子說話，誰聽不到？你不顧面子，我還顧面子呢。那沒有什麼，明天出去，找房得了。」

田大哥道：「嘻，我料著你也只有走這條路。我對你說，明天要踏到那跨院門一步，我就要你的命！」

二和聽了這些話，站在人家屋簷下，倒抽了一口涼氣，心想：這話也不必跟著向下聽了，在這大院子裡，要碰到其他的院鄰，卻是老大的不便，依然順著人家的屋簷，慢慢地溜回來。當時也沒有把話告訴母親，悶在心裡，自上床睡了。

當然，在這晚上，二和睡在床上，非常的難過。

可是難過的，不止他一人，**田家二姑娘睡在床上，比他心裡難過還要加上一倍**。在田大嫂同丈夫吵嘴的時候，她睡在床上，不由得翻來覆去的想著，只埋怨大哥說話不盡情理。丁二和那樣老實的人，他會調戲我的嫂嫂？他自己的女人，毫不在乎，喜歡和人們開玩笑，那就不提了？最後聽到大哥說要搬家了，暗暗想著：「也罷，大嫂以後不能到這裡來，自己到這裡來，有的是老街坊，哥哥就干涉不到了。」心裡這樣轉著念頭，覺得坦然了，這才安帖的睡去。

次日早上醒來，覺得天色兀自不肯天亮，在炕上趴著窗戶臺，由紙窟窿裡向外張望著，滿院子泥水淋漓的，天空裡飛著細雨煙子，風一陣陣的吹著，捲了那雨菸頭子，向窗戶外屋簷下直撲過來，雖然那窗戶紙上只有幾個窟窿小眼，可是那冷風吹了進來，人身上涼颼颼的。

聽聽隔壁屋子裡不斷地有碗盞刀砧聲，便隔了牆屋問道：「大嫂，你已經做飯了嗎？」

田大嫂道：「你應該起來了吧？已經十點多鐘了。」

二姑娘披衣開門出來，見大嫂已經變了個樣子，頭髮蓬著，臉上黃黃的，高捲了兩隻袖，在小桌子上切菜，只看了二姑娘一眼，依然在切菜。

二姑娘道：「大哥呢？」

田大嫂將嘴一撇道：「他呀，哼！」手上的刀切著菜下去，碰著砧板，卜卜亂響，二姑娘微笑道：「大哥的脾氣，你還不知道嗎？他是個有口無心的人。」

田大嫂道：「有口無心的人？可是心裡害著髒病。他已經出去找房子了。」

二姑娘自取了臉盆來，將爐子上放的水壺，倒著水洗臉，很不在意地笑道：「你還生氣啦？」

田大嫂只是鼻子裡哼了一聲，二姑娘將洗臉盆放在方凳子上，彎了腰洗臉，還是不在乎的樣子道：「你兩口子昨晚上鬧到什麼時候？」

田大嫂道：「全是他一個人瞎說，我沒有理他。」

二姑娘道：「我是不便勸解，其實人家真是老實人。」

田大嫂忍不住噗嗤一聲笑了，問道：「誰是人家？人家是誰？」

二姑娘紅著臉，不敢把話接著向下說，洗完臉，縮進房去了。

這天的天氣，是越來越陰沉，到了下午，更是牽棉線似的，下著一陣陣的雨點落到屋上和地上，嘩啦作響。

二姑娘坐在炕上，把兩隻手套子比著大小，帶著微笑，正在出神，卻聽著有人在院子裡嚷道：「怎麼著？沒有聽到說，二哥就搬家了？」

二姑娘被這句話驚動著，向外面張望了去，只見二和的馬車套好了馬，停在大院子裡，車上除坐著那位老太太而外，卻是箱子鋪蓋捲兒，堆了不少東西，在上面蓋了兩張大油布，雨水直淋，情不自禁地就「啊喲」了一聲。

田大嫂在對過屋子裡睡午覺呢，被她這一聲「啊喲」驚醒，便問道：「二妹揍了什麼東西了？」

二姑娘已是走到中間屋子裡，兩手叉了門，向院子外面望著，因道：「你瞧，這不是丁老太搬家了嗎？」

田大嫂在自己屋子裡，已是隔著屋子看見了，先就嚷起來道：「幹嘛啦，這大雜院裡出強盜嗎？怎麼冒雨搬家呢？」

二姑娘道：「這可透著新奇。」

她姑嫂倆隔了屋子在這裡議論著，二和身上披著油布雨衣，頭上戴了破草帽，正由跨院門裡走出來，鑽進雨林裡，就拿了馬鞭子跳上車子的前座去。

二姑娘顧不得害臊了，也冒著雨追出了院子，**這一下子，可種下了彼此之間一種因緣了。**

十九　心病

丁二和這天搬家，是大雜院裡的全院鄰所不及料的，碰上又是雨天，不出去的人，也都躺在炕上睡覺，這時田二姑娘一聲嚷著，把在屋子裡的人全驚動了，伸著頭向外看來。

那時候，二姑娘已是一陣風似的跑到馬車旁邊，手扶了馬車道：「丁老太，你……你……怎麼好好兒的搬家了？」說話時，那雨向下淋著，由頭髮上直淋到身上，由身上直淋到鞋襪上。

二和道：「你瞧，淋這一身的雨。」說著這話，趕緊向雨地裡跳下來，牽了車上的油布，拉得開開的，蓋了二姑娘的頭。

丁老太道：「下著雨啦，二姑娘，你進屋子去罷。」

二姑娘道：「你什麼事這樣忙，冒著大雨，就搬東西呢？」

丁老太微笑道：「沒什麼，不過有點家事。」

田大嫂先是老遠地站著，看到二和牽開了雨布，在二姑娘頭上蓋著，也跑了過來，同躲在雨布下面，把頭直伸進車裡來，問道：「老太，也沒有聽到你言語一聲，怎麼就搬了？」

二和道：「大嫂子，你回去罷，雨正來得猛呢！」他說完了這話，不管這姑嫂倆了，放下雨布，跳上車子去，口裡哇嘟著一聲，兜轠繩就走了。

丁老太覺得車子一震盪，就在車上叫道：「二姑娘，大嫂子，再見，再見！」隨著這話，車子已經是出了大門。二姑娘追到大門洞子裡來，卻只見四隻馬蹄、四個車輪子滾著踏著，泥漿亂飛亂濺。

二姑娘兩手撐了門框，歪斜了身體，向去路望著。

這雖是一條很長的胡同，可是雨下得很大，稍微遠些的地方，那雨就密緊成了煙霧，遮掩了去路，自己好像身體失去了主宰似的，只是這樣站著。忽然有人在身後牽扯了一下，低聲說道：「二妹，了不得，你身上淋得像水淋雞似的。」

二姑娘回頭看時，田大嫂披著的頭髮，在臉腮上貼住，在頭髮梢上，還不住地向下滴著雨點，那身上的衣服，好像是油缸裡撈出來的玩意，層層黏貼著，便笑道：「你說我身上弄得水淋雞似的，你也不瞧瞧你自己身上，那才是水淋雞呢。」

田大嫂低頭一看，「呀」了一聲，笑道：「咱們這副形象，讓人看到，那真會笑掉了牙。」說著，拉了二姑娘的手，就向家裡跑了去，直到回家以後，這才感到身上有些涼浸浸的。

二姑娘鑽向屋子裡去，趕快關上門來，悄悄地把衣服換了。那溼衣服卻是捏成了個糰子，堆在破舊的椅子上，自己倒交叉了十指，在炕沿坐下，只管對那堆溼衣服出神。

也不知道是經過了多少時候，房門咚咚地響，田大嫂可在外面屋子裡叫了起來道：「二姑娘，你這是怎麼了，到了現在，你的衣服還沒有換下來嗎？」

二姑娘緩緩地開著門，只對著她笑了一笑。田大嫂且不進房，伸頭向屋子裡望望，撇了兩下嘴，眼望了二姑娘，也報之一笑。二姑娘笑道：「大嫂子，你笑什麼？我這屋子裡還有什麼可笑的事嗎？」

田大嫂道：「就因為你屋子裡沒有什麼，我才透著新鮮。剛才你關門老不出來，是什麼意思呢？我想你一定在屋子裡發愣。」

二姑娘道：「我發愣幹什麼？難道搬走了一家院鄰，我就有些捨不得嗎？」

田大嫂笑道：「憑你這話，那就是為了這件事。要不什麼別的不提，就單單的提著二和搬家的事上去呢？」

二姑娘紅著臉道：「大嫂，你可別這樣鬧著玩笑，大哥回來要聽到了，那又同我沒結沒完。」

田大嫂的臉色，立刻也沉落下來，輕輕地嘆了一口氣。

二姑娘心裡有一種說不出來的感覺，既不是真像大嫂子所說的，可也不是受著委屈；既不是心裡難受，又彷彿帶著一點病，鬧得自己倒反是沒有了主張。在自己屋子裡是發呆坐著，到外面屋子來，也是發呆坐著。到嫂嫂屋子裡去，見了嫂嫂並不說什麼，還是發呆坐著。

這天的雨，下的時間是極長，由早上到下午三四點鐘，兀自滴滴答答的在簷瓦上流著下來。二姑娘是靠著裡面的牆，手拐撐了桌子沿，托住頭，只是對了門外的雨陣出神。那下的雨，正如牽繩子一般，向地面上落著，看久了，把眼睛看花了，只好將手臂橫在桌沿上，自己將額頭朝下枕了手臂，將眼睛閉著養一養神。

大嫂子拿了一雙襪子，坐在攔門的矮椅子上，有一針沒一針的繚著。始而二姑娘坐在這裡發愣，她沒有言語什麼，這會子二姑娘已是枕了手臂睡覺了，便笑道：「二妹，你倒是怎麼了？」

二姑娘抬起手臂來看了一眼，又低下去，笑道：「我有點頭沉沉的，大概以先淋了點雨，準是受了感冒了。」

大嫂子連忙起身，伸手摸了兩摸她的額頭，笑道：「你可真有點兒發燒，你是害上了……」

二姑娘抬頭向她看了一眼，她微笑著把話忍下去了，站著呆了一呆。二姑娘抬起手來，緩緩地理著鬢髮，不笑也不生氣，把大眼睛向大嫂子看看。

大嫂子道：「下雨的天，也出去不了，你就到炕上去躺躺罷，飯得了，我會叫你起來的。」

二姑娘手扶了牆壁，站將起來，因道：「我本不要睡的，讓你這樣一說，可就引起我的覺癮來了。」於是就扶了牆走到裡面屋子裡去，走到房門口，手扶了門框，莫名其妙的，回頭向田大嫂看了一眼，接著微微一笑。

田大嫂原來是改變了觀念，不和二姑娘說笑話了，現在經過了她這麼一笑，倒又把她一番心事重新勾引起來，於是也坐在她那原來的椅子上，手扶了頭，向門外看了去。隔著院子裡的雨陣，便是二和以先住的那個跨院門，在跨院門外，左一條右一條，全是馬車輪子在泥地上拖的痕跡。

正是這樣看著出神呢，她丈夫田老大，正踏著那車輪跡子走了進來。到了自己門口，將身上的油布雨衣脫了下來，抖了幾下水，向牆上的鉤子上掛著。

田大嫂也沒理他，自撐了頭，向門外看了出神。

田老大在頭上取下破呢帽，在門框上打打撲撲的，彈去上面的水，皺了眉道：「下了一天不睜眼，這雨下得也真夠膩人。有熱水沒有？打盆水我洗個腳。」

田大嫂依然那樣坐著並不理會。田老大回轉身來向她瞪著眼道：「聽見沒有？問你話啦！」

田大嫂這才望了他道：「你是對我說話嗎？人生在天地間，總也有個名兒姓兒的，像你所說的話，好像同壁子說話似的，我哪裡知道是對我說話呢？」

田老大望了她笑道：「我知道，你還是記著昨日晚上的事。這沒什麼，昨天我多喝了兩杯酒，不免說了幾句過分的話，過去了就也過去了，你還老提著幹嘛？」

田大嫂點點頭道：「呵，你說過去了就過去了，沒事了？我一個作婦道的，讓人家說了這樣的閒話，還有什麼臉見人？」

田老大笑道：「你別胡扯了，誰是人家？我同你同床共枕的人，私下說這樣幾句閒話，也沒有什麼關係。咱們家裡，就是一個二妹，我就說了幾句酒後的言語，她聽到了她明白，不能把這話來疑心你。」

田大嫂道：「你才是油炸焦的卷子燒糊了人心呢！你在深更半夜的，那樣大聲嚷著，誰聽不出來？」

田老大笑道：「你別冤我，誰聽到？」

田大嫂道：「你到二和家裡去瞧瞧，人家不願同你這渾小子住街坊，已經搬了家了。那麼大的雨，人家都不肯多住一天。」

田老大怔了一怔道：「這是二和不對，這樣一來，倒好像他是真的避嫌走了。」

田大嫂道：「你忘了你自己所說的話嗎？你說不論在什麼地方遇到他，就是白刀子進去，紅刀子出來。人家憑著什麼要在這裡挨你的刀？我想著人家也並非怕事，不過人家不肯在這地方鬧出人命案子來。你殺了他也好，他殺了你也好，可是他那個瞎子老娘依靠著誰？」

田老大也沒有答覆她的話，冒著雨就跑到對過跨院子裡去了。

不到兩三分鐘，他又匆匆忙忙的跑了回來，兩手拍著嘆了一口氣道：「這可是一件笑話！」

田大嫂這才站起來笑道：「你總該明白，我不是造謠吧？」

田老大在旁邊椅子上默然的坐著很久，在身上摸一支菸捲出來，銜在嘴裡半天，然後東張西望的找了一盒火柴，擦了一根，隨便的吸著，將煙慢慢地向外噴去。很久很久，才問了一句話道：「二妹在哪裡，倒沒有瞧見？」

田大嫂已是將一隻小綠瓦盆裝了麵粉，站在桌子邊和麵，因道：「你還記得咱們家有幾個人啦？」說著這話，頭微微地搖撼著，**在她耳朵上兩隻環子前後亂晃的形狀中，可以知道她是如何有氣**。

田老大笑道：「你說話就頂人？你想咋？回家來，我以為她在屋子裡，自然也用不著問。現時有許久沒聽到她一點聲息，自然要問一聲兒，並非是我先就忘了她。」

田大嫂道：「她不在屋子裡，還會到哪裡去？人家病著躺下來，有大半天了，你那樣說話不知輕重，我想你同胞姊妹聽到之後，也許有一點不順心吧。」

田老大聽了這話，更是默然，只是半昂了頭，緩緩地抽菸，後來就隔了牆壁問道：「二妹，你怎麼了？發燒嗎？」

二姑娘道：「我醒的，沒什麼，不過頭有點暈，我懶得言語。」

田老大笑道：「昨天下午多喝了兩杯，大概言前語後的，把你大嫂子得罪了，她現在還直不願意。」

二姑娘可沒回答，田大嫂擀著麵餅子卻是微笑，田老大悶悶的坐在一邊，倒抽了好幾支菸捲。到了吃晚飯的時候，是烙的餅，菜是韭菜炒豆芽，攤雞蛋，鹽水疙瘩絲兒，另有一盆紅豆小米粥，熱氣騰騰的盛了三碗放在桌上。

田大嫂道：「二姑娘，你不起來吃一點？我多多的擱油，還給你另烙了一張餅呢。」

二姑娘答是不想吃。田老大道：「熬的有小米粥，香噴噴的，你不來喝一點？二妹，你難道還真生你老大哥的氣？」

二姑娘這就輕輕地「啊喲」了一聲，隨著也就走出來了。

這桌子是靠了牆的，田老大坐在下方，她姑嫂倆對面坐著。三個人先是誰也不言語，田老大左手上夾了一塊餅，右手將筷子撥著碟子裡豆芽，只管出神，許久才道：「二和為了我幾句話搬了家，我心裡過意不去，我總要想法子對得住他。」

田大嫂立刻笑著問道：「你總要對得住他？倒要聽聽，是個什麼法子。你再把人家請了回來住嗎？此外……」說著向二姑娘瞟了一眼，二姑娘低頭在喝粥，卻沒有理會到什麼。

田大嫂笑道：「人家憑什麼一定要住在這兒，這兒出金子嗎？」

田大嫂就伸出筷子來，把他的筷子按住，笑道：「你先別吃，說說你有什麼辦法？」

田老大就收下了筷子笑道：「二和那個心上人逃跑了，他找不著蹤影，可是我倒知道她的下落。他若是想和她見一面，我還可以幫他一點忙。」說著，扶起筷子來，就要夾雞蛋吃。

田大嫂伸手一把將他的筷子奪了過去，瞪了眼道：「憑你這句話，就該罰掉你這一頓飯。」

田老大兩手伏在桌上，向她望了道：「那為什麼？」

大嫂道：「二和為了這個女人，差不多把性命都玩掉了，好容易脫了這個桃花劫，你還要他去上當？」

田老大道：「月容現在闊得不得了，有的是錢花。二和一個窮光蛋，會上她的什麼當？」

大嫂道：「你哪裡知道，二和只要看見她，就會茶不思飯不想，什麼事不幹了，還不夠上當嗎？聽你這話，大概你不存好心眼，還要引二和上當吧！」

田老大笑道：「要是那麼說，我不成個人了，你瞧我什麼時候用暗箭傷過人？」

田大嫂道：「你就沒有什麼壞心眼，我也不許你多這份事。你不起誓不管這事，我不給你筷子，讓你手抓著吃。」

田老大看看他妹妹，卻見她帶了微笑，便道：「其實替二和打一打算盤，也不應該要這麼一個賣唱的女孩子的。我若是他，就攢幾個錢，早早的娶一位窮人家的姑娘，粗細生活全會做的，在家裡陪了他瞎子老娘，他就可以騰出身子來，到外面去多做一些生意。」

大嫂笑道：「這倒像話，把筷子給你使罷。可是你為什麼還要他見賤東西一面？」

田老大道：「人家闊了，他只要見一面，知道自己比不上有錢的主兒，他就死了心了。二妹，你說是不是？」

二姑娘低了頭，撮了小嘴唇吹小米粥，搖搖頭道：「我不懂這些。」

田大嫂瞪了他一眼道：「人家是一位大姑娘，你把這些話問她幹什麼？虧了你是做哥哥的。」

田老大因媳婦的話不錯，也就不提了。

可是二姑娘卻不然，以為哥哥問這些話總是有意思的，倘若就是這樣問下去，也許還要問出一些別的話來。可是嫂子又正經起來，把哥哥的話壓下去了，這樣一個好機會，真是可惜。心裡頭是這樣的想著，就從這頓飯起，又添了一些心病，悶在家裡，也不到院鄰家去聊天，也不上大門去望街，終日無事的，就坐在炕沿上，做些針線活。

姑嫂倆替二和打的那雙手套子，早就打好了，田大嫂怕田老大看到便拿起來了，就放在二姑娘屋子裡了。二姑娘更細心，放在炕頭上枕頭底下，坐在炕沿上做活的時候，情不自禁的就會把這雙手套由枕頭下撈起來看看，甚至還送到鼻子尖上去聞聞。

其實這手套子是自己打的，上面並沒有什麼香氣，自己也是知道的，有一次，正拿著手套在聞呢，田大嫂正好進屋來，要和她借剪用，看到之後，抿嘴微笑笑。

二姑娘穿了短衣服，盤腿坐在炕上，那個做針線活的簸箕放在腿邊。因嫂子突然的來了，來不及把手套放在枕頭底下去，就隨手扔在簸箕裡，自己依然像不感到什麼，正了臉色坐著。

田大嫂子手扶了桌子，偏著頭，對她臉上望著。二姑娘微笑道：「大嫂子又幹什麼？要拿我開玩笑嗎？」

田大嫂道：「你都成了小可憐兒了，我還拿你開玩笑嗎？」

二姑娘道：「要不，你為什麼老向我望著？」

田大嫂道：「就是念你可憐啦。你是自己沒有照照鏡子，你那臉色，不比以先啦，這總有一個禮拜了，我瞧你兩道眉毛頭子總是皺著的。」

二姑娘把眉毛一揚，問道：「是嗎，我自己可是一點也不覺得。」

說到這裡，恰好田老大一腳踏進門，等他追問所以然，這事情就開展起來了。

二十 落花有主

姑嫂們的情分，雖不及兄妹們那樣親密，但是兄妹之間所不能說的話，姑嫂之間倒是可以敞開來說。田大嫂和二姑娘鬧著慣了，倒並不以為她是沒出門子的姑娘，就有什麼顧忌。

正這樣說著，想不到田老大一腳踏進門來了，他沒有說別的，連連地問道：「什麼事皺眉頭子？又是我說什麼得罪了你們了？」

二姑娘坐在炕上，先看到哥哥進來的，已然是停止笑容了，田大嫂還是抱了兩隻拳頭作揖。田老大搶上前，抓住田大嫂的手胳臂，連搖了兩下，笑道：「怎麼了？你說錯了什麼話，向二姑娘賠禮？你那張嘴，喜歡隨口說人，現在也知道向人家賠禮了？」

田大嫂回轉臉來，瞪著眼道：「我賠什麼禮，我和二姑娘鬧著玩的。」

田老大道：「可是我聽到你說，她老是皺了眉頭子，為什麼皺了眉頭子呢？」

田大嫂不說，一扭身走了。

二姑娘立刻走到外面屋子裡來，將臉盆倒了大半盆水，將一條雪白的乾淨毛巾，在水面鋪蓋著，恭恭敬敬地放在桌子上，然後退了兩步，低向田老大道：「哥哥擦臉罷。」

田老大一面洗著臉，一面向二姑娘臉上看了去，見她兀自低了眼皮，把兩條眉頭子快接觸到一處，想到自己媳婦說的話頗有點來由。這就向她道：「二妹真有點兒不舒服吧？」

二姑娘微微地搖搖頭，可是還沒有把頭抬起來。田老大因為她沒有什麼切實的答覆，也不便追著問下去。

二姑娘稍微站了兩分鐘，看到爐子上放的水壺，呼呼地向外吹氣，立刻提起壺來，泡了一壺茶，斟上一杯，兩手捧著，放到桌子角上。因為田老大洗完了臉，口裡銜了菸捲，斜靠著桌子坐了，這杯茶，正是放在他的手邊。

二姑娘還是靜靜地站著，直等他端起一杯茶來微微地呷過了兩口，這才回到屋子裡去。田大嫂是在院子裡洗衣服。田老大左手二指夾了菸捲放在嘴角裡，微偏了頭銜著，右手指輪流的敲著茶杯，正在沉思著，裡外屋子全很沉寂。這卻聽到屋子裡微微有了一聲長嘆，田老大站起身來，意思是想伸著頭，向裡面看看，可是屋子裡又有那很細微的聲音，唱著青衣戲呢，對戲詞兒還聽得出來，正是《彩樓配》。

田老大怔怔地站了一會子，復又坐下來，他心裡倒好像是有所領悟的樣子，連連地點了幾點頭。當時也沒有什麼表示，自擱在心裡，不過從這日起，對自己的妹子就加以注意。

不注意也就罷了，一注意之後，總覺得她是皺了眉頭子。不過她彷彿也知道哥哥在注意著，不是搭訕著哥哥做一點事情，就是低下頭避了開去。田老大自然不便問著妹妹是不是害相思病，要去問自己媳婦罷。為了那晚醉後失言，到現在為止，夫婦還鬧著彆扭，幾次把話問到口頭，還是把話忍耐著回去了。

這樣著苦悶到了已一星期之久，想不出一個結果，心裡頭一轉念，二和這個人，到底不是好朋友。雖然他和我媳婦沒事，我妹妹總有點兒受他的勾引，你瞧，只要是提到了丁二和，她就帶了一個苦臉子，看那情形，多少總有一點關係。可是這話又說出來了，他果然有意我的二妹，他何以那麼苦命的去追月容？聽媳婦的口氣，總說月容是個賤貨，莫非二和本來有意我的妹妹，後來有了月容，把我妹妹扔了，所以我媳婦恨她？對了，準是這個。

嗐，二和這傢伙一搬家，藏了個無影無蹤，那是找不著他。月容那一條路子，自己知道，我得探探去，找著了月容，也許她會知道二和在什麼地方，月容知道二和的事，比滿院子老街坊知道的多著呢。

他在心裡盤算了個爛熟，在一日工作完了，先不回家，徑直的就向琉璃廠走去。

這裡有不少的骨董店。有一家「東海軒」字號，是設在街的中段，隔著玻璃門，就可以看到七八座檀木架子，全設下了五光十色的骨董。正有幾個穿了長袍褂的人，送著兩個外國人上汽車，他們站在店門口，垂著兩隻大馬褂袖子，就是深深地一鞠躬，汽車走了，那幾位掌櫃也進去了。

門口就站著兩個石獅子，和幾尊半身佛像，只瞧那派頭，頗也莊嚴。田老大站在街這頭，對那邊出神了一會兒，依然掉轉身來，向原路走了回去。走了二三十步，又回轉頭來向那骨董店看看，躊躇了一會子，還是向前走著。再走了二三十間店面子，就有一間大酒缸，自己一頓腳，叫了一聲「好」，就走了進去了。

看到酒缸蓋放了幾個小碟子下酒，空著一隻小方凳子，就坐下來，將手輕輕拍了兩下缸蓋，道：「喂，給我先來兩壺白乾。」

夥計聽了他那乾脆的口號，把酒送來了。他一聲兒不言語，把兩壺酒喝完了，口裡把酒帳算了一算，就在身上掏出兩張毛票放在缸蓋上，把酒壺壓著，紅了臉，一溜歪斜的走到街上去，口裡自言自語的道：「他媽的，把我們的親戚拐了去了，叫起來是不行的。你不過是一個開骨董的商家，能把我怎麼樣？」說著話，就徑直的奔到「東海軒」的大門裡面去。

在店堂中間一站，兩手叉腰，橫了眼睛向四周橫掃了一眼。在店堂裡幾個店夥見他面孔紅紅的，兩個眼珠像硃砂做的一般，都吃了一驚，誰也不敢搶向前去問話。

田老大看到許多人全呆呆地站著，膽子更是一壯，就伸了一個大拇指，對自己鼻子尖一指道：「我姓丁，你們聽見沒有，我有一個妹妹，叫月容，是個唱戲的，讓你們小掌櫃的拐了去了。」

一個年紀大些的夥計，就迎上前拱拱手笑道：「你別弄錯了吧？」

田老大道：「錯不了！你的小掌櫃，不是叫宋信生嗎？他常是到我那胡同裡去，把包車歇在胡同口上，自己溜到大雜院門口，去等月容，一耗兩三個鐘頭。那包車夫把這些話全告訴我了。」

這夥計聽他說得這樣有來歷，便道：「丁大哥，既是知道這樣清楚，那個時候，為什麼不攔著呢？」

田老大兩手一拍道：「別人家的姑娘在外面找野漢子，干我屁事！」

老夥計道：「不是令妹嗎？」

田老大道：「是我什麼令妹！她姓王，二和姓丁，我還姓田呢。」

老夥計道：「這麼說，沒有什麼事了，你找我們來幹什麼？」

田老大道：「丁二和那小子，早把月容當了自己媳婦了，你小掌櫃把人一拐，他就瘋了，他和我是把子，我不忍瞧他這樣瘋下去，給月容送個信兒。月容願意回去，不願意回去，那沒關係，只要她給一句回話，說是嫁了宋信生了，不回去了，死了姓丁的這條心，也許他的瘋病就好了。月容的來歷，大概你們也打聽得很詳細。她是個沒有父母的人，她自己的身子，她自己可以做主。她不嫁姓丁的，姓丁的也不能告你們，這只求你們積個德，別讓她坑人。你瞧我這話乾脆不乾脆？你們若不相信，說我這是騙你們的話，那也沒法子，反正你們小掌櫃拐了人家一個姑娘，那不是假的。」

那老夥計聽他說話，大聲直嚷，而且兩手亂舞，兩腳直跳，大街上已是引起一大群人，塞住了門口望著，這就挽住他一隻手臂笑道：「田大哥，你今天大概喝得不少了。你就是要找我們小掌櫃的，他有他的家，你找到我們櫃上來幹什麼？這裡是做買賣的地方，又不住家。」

田老大道：「我知道他不住在這兒，我也不能在這裡見他，可是他住在什麼地方，你們準知道。你們告訴我一個地點，讓我直接去找他，這不成嗎？」

老夥計看到兩個同事只在門口勸散閒人，只說這個是喝醉了酒的人，有什麼可看的！心裡一轉念，有了主意了，就牽住田老大的手臂道：「既是你一定要找他，那也沒法子，我就陪你找上一趟罷，我們這就走。」

田老大道：「我幹嘛不走，我要不走，是你孫子。」

於是這老夥計帶拖帶扯，把他拖到一條冷僻的胡同裡來。見前後無人，才低聲笑道：「說了半天，我才明白，你老哥是個打抱不平的。我告訴你一句實話：月容在北平，我們小掌櫃可不在這裡。」

田老大道：「那就得了，我只要找女的。」說著，跳起來兩手一拍。

老夥計拍了他的肩膀道：「老兄，別嚷，別嚷，有話咱們好好的商量。」

田老大道：「她在什麼地方？你帶我去見她。」

老夥計道：「大哥，不是我說話過直，你今天的酒大概喝得不少。像你這種形象，別說是她那種年輕的婦道，就是彪形大漢看到你這種樣子，也早早地躲到一邊去。你不是要去問她的話嗎？你問不著她的話，你見著她有什麼意思？這也不忙在今日一天，今天放過去，明天我帶你去，怎麼樣？」

田老大道：「你準能帶我去嗎？」

老夥計笑道：「你不用瞧別的，你就瞧我這把鬍子，我能冤你嗎？」說著，用手摸了兩摸鬍子。

田老大道：「既是那麼說，你這話很在理上，我就明天再來找你罷。我們哪兒見？」

老夥計想了一想道：「咱們要談心，櫃上究竟不大方便，我到你府上去奉訪罷。」

田老大道：「你準去嗎？」

老夥計拍拍他的肩膀道：「朋友，你我一見如故，誰幫誰一點忙，全算不了什麼。我生平喜歡的，就是心直口快、打抱不平的人，聽你所說的話，句句都打入我心坎上，我歡喜極了。」

田老大道：「老先生，憑你這句話，我多你這個朋友了。」

老夥計見他的話鋒一轉，立刻就大聲喊叫洋車。車子來了，他講明了價錢，就扶著田老大上車，車錢也掏出來，交給了車夫，還叮囑著道：「你好好的拉罷。」

車子拉走了，老夥計算乾了一身汗，自言自語的道：「遇到了這麼一塊料，這是哪裡說起！」

他說過了這句話，就不免在胡同中間站著，呆了一呆。左手捏住瓜皮帽上的小疙瘩，將帽子提了起來，右手就在光頭上連連地摸了兩把，口裡自言自語地道：「這事到底不能含糊，我應當出來料理一下。」

自己又答覆著道：「對對對，這件事應當這樣辦。」於是不走大街，在大小胡同裡轉。轉到兩扇小黑漆門下，連連的敲了幾下門環，很久很久，裡面有個蒼老的聲音，很緩慢很緩慢的答應著道：「誰呀？」

老夥計答覆了一個我字，裡面卻道：「我們這裡沒有人。」

老夥計道：「我是櫃上來的。」

有了這句話，那兩扇門打開了，一個彎了腰的蒼白頭髮老媽子，閃到一邊，放了他進去。老夥計低聲問道：「她在家嗎？」

老媽子噘了嘴，低聲道：「她坐在屋子裡掉眼淚呢。你瞧家裡一個人沒有，誰也勸不了她。」

老夥計也低聲道：「你去對她說，是櫃上的人來了，請她出來和我談談。」

老媽子把他引到正面屋子裡坐著，自己卻掀開門簾子，走到旁邊臥室裡去。喁喁的說了一陣，這卻聽到有人答道：「你先打一盆水進來讓我洗臉罷。」

老夥計背了兩手，在正面屋子裡來往地踱著。

這是一連三間北屋，裡面算了臥室，外面兩間打通了，隨便擺了一張桌子，兩三把斷了靠背的椅子，兩三張方凳子。屋子裡空蕩蕩的，那牆壁上雖然粉刷得雪白的，但是乾淨得上面連一張紙條也沒有。老夥計也不免暗暗地點了兩點頭。

老媽子將一盆臉水送了進去了，老夥計猜著，女人洗臉，那是最費時間的，恐怕要在二十分鐘後才能出來的，自己且在身上取出菸捲匣子，正待起身拿火柴，人已經出來了。老夥計就點頭叫了一聲「楊老闆」，**偷看她時，已不是在戲臺上的楊月容了**。她蓬了一把頭髮，只有額前的劉海短髮是梳過了的，臉上黃黃的，並沒有擦胭脂粉，倒顯得兩隻眼睛格外的大。身上穿一件墨綠色的薄棉袍子，總有七八成新舊，倒是微微捲了兩條袖口，那棉袍子有兩三個鈕不曾扣上，拖了一雙便鞋。看到老夥計手上拿了菸捲盒，又復走進臥室去，取了一盒火柴遞到他手上，然後倒退兩步，靠著房門站定。

老夥計道：「楊老闆，你請坐，咱們有話慢慢地談。」

月容叫了一聲「胡媽倒茶」，自己就在門邊方凳子上坐了。

老夥計擦了火柴，口裡斜銜了一根菸捲，抬頭向屋子四周看看，因道：「這地方我還沒有進來過呢，那天我就只在大門口站了一站。」

月容抬起一隻手，理了兩理鬢髮，因道：「是呵，就是那天你交代過我這幾句話之後，我沒有敢向櫃上再去電話。信生杳無音信，老掌櫃還只不依我。我唱不了戲，見不得人，上不上下不下的，就這樣住下去嗎？信生臨走以前，只扔下十五塊，錢也快花光了，花光了怎辦？我本來不能僱老媽子，可是我一個人住下這所獨門獨院的房子，可有些害怕。兩口人吃飯，怎麼也得三四毛錢一天，錢打哪兒出？再說，房子已經住滿了月了，現在是在住茶錢（**按：即南方之押租**），茶錢住滿了，我滿街討飯去嗎？你來得好，你要不來，我也得請櫃上人替我想想法子了。」

老夥計看她的樣子臉雖朝著人看，眼光可向地下看了去，只看那眼毛簇擁出來一條粗的黑線，其眼光之低下可知，便道：「楊老闆，有一位姓田的你認識嗎？他說他同姓丁的同住在一個大雜院子裡。」

月容昂著頭想了一想，點點頭道：「不錯，有的，他家是姑嫂兩個。」

老夥計道：「不，這是一個三十上下的男人。他說他同丁二和是把子。」

月容低下頭去，撫弄著衣角，老夥計道：「那個人今天喝了個醺醺爛醉，到我們櫃上來要人，不知道是自己的意思呢，還是姓丁的託他來的？」

月容突然站了起來，問道：「他們還記得我？」

老夥計道：「怎麼會不記得你？才多少日子呢？我想最惦記的還是你師傅。上次我們櫃上不就託人對你說嗎，假使你願意回到你師傅那裡去，我們私人可以同你籌點款子。我們老東家不向你追究以前的事，你也別向我們老東家要人，兩下裡一扯直。現在既是丁家也找你，那更好了。可是你這位姑娘死心眼子，一定要等信生回來。你沒有想到他偷了家裡三四萬元的骨董，全便宜賣掉了嗎？他搗了這樣一個大亂子，沒有法子彌補過來，他長了幾個腦袋敢回家？你不知道，我們老東家的脾氣，可厲害著呢。」

月容道：「我也聽說你們老東家厲害，可是鋼刀不斷無罪的人。**是他的兒子將我拐了出來，把我廢了，又不是我花了他那三四萬塊錢。請問，我有什麼罪呢**？不過我苦了這多日子，一點兒消息沒有，恐怕也熬不出什麼來，再說，舉目一看，誰是我的親人？誰肯幫我的忙？若是丁家真還找我的話，我也願意回去。可是我就厚著臉去，怕人家也不收留我了罷。」

老夥計道：「你和丁家究竟是有什麼關係，我們不明白。不過你師傅楊五爺，我們是知道的，我們的意思，都勸你上楊五爺家去。師傅對徒弟，也無非老子對兒子一樣，你縱然做錯了事，對你一罵一打也就完了。」

月容搖搖頭道：「我不願意再唱戲了。」

老夥計道：「為什麼？」

月容道：「唱戲非要人捧不可，不捧紅不起來，要是再讓人捧我呀，我可害怕了。以往丁家待我很好，我若是回心轉意的話，我應當去伺候那一位殘疾的老太太。可是，我名聲鬧得這樣臭，稍微有志氣的人，絕不肯睬我的，我就是到了丁家去，他們肯收留我嗎？我記得走的那一天，他們家還做了吃的讓我去吃，買了水果，直送到戲館子後臺來，他在前臺還等著我。我可溜了，這是報應，我落到了這步田地。」說著，流下淚來。

她是低下頭來的，只看到那墨綠袍子的衣褂上，一轉眼的工夫，滴下了幾粒黑點，可也知道她哭得很厲害。

老夥計默然地抽完了半支菸捲，最後，三個指頭鉗住了菸捲頭，放到嘴裡吸一口，又取出來，噴上一口煙，眼睛倒是對那煙球望著，不住地出神。

月容低頭垂了許久的淚，卻又將頭連搖了幾下，似乎她心裡想到了什麼，自己也是信任不過。

老夥計把菸捲頭扔在地上，將腳踏了幾下，表示他沉著的樣子，兩手按了大腿，向月容望了道：「楊老闆，並不是我們多事，你和丁家到底是怎麼一段關係呢？原聽說你是個六親無靠的人，你可以隨便愛上哪裡就到哪裡。據今天那個姓田的說，你同丁家又好像是乾兄妹，又好像是親戚。聽你自己的口音，彷彿也是親戚，你這樣荒唐，倒像自己把一段好姻緣找散了似的。你何妨同我說說，若是能把你那一段好姻緣再恢復起來，我們這兒了卻一重案子，你也有了著落，兩好湊一好。你瞧我這麼長的鬍子，早是見了孫子的人了，絕不能拿你打哈哈。」

月容在右肋衣襟鈕扣上抽出一條白綢子手絹，兩手捧著，在眼睛上各按了兩按，這才道：「唉，提起來，可就話長著啦。老先生，你喝一杯水，我可慢慢地把我和丁家的關係告訴你。」說時，正是那個彎腰的白髮老媽子，兩手捧了缺口瓷壺進來，她斟上了一杯茶，一同放在桌上。

老夥計斜坐在桌子角邊，喝喝茶，抽抽菸，把一壺茶斟完了，地面扔了七八個菸頭，月容也就坐在門邊，口不停講，把過去報告完畢。

老夥計摸了兩摸鬍子，點點頭道：「若是照你這種說法，丁家果然待你不錯，怎麼你又隨隨便便同信生逃跑到天津去了呢？」

月容道：「那自然是怪我不好，想發洋財。可是也難為宋信生這良心喪盡的人，實在能騙人，我一個沒見過世面的窮女孩子，哪裡見過這些？誰也免不了上他的當呀。」

老夥計反斟了一杯茶，送到她面前，很和緩地道：「楊老闆，你先潤潤口。不妨詳詳細細的告訴我，我把你這些話轉告訴老東家，也許他會發點慈悲，幫你一點忙的。」

月容接著那杯茶，站起來道過了謝謝，於是喝完了茶，放下杯子，把她上當的經過說出來，以下便是她由戲院子逃出後的報告。

二十一 一步登天

月容在嘆過了一口氣之後，她開始報告她受騙的經過了。

她道：「有一次，讓信生再三再四的請，讓到公寓裡去吃了一頓飯。那時候，看到他在公寓裡住了兩間房，裡面佈置得堂皇富麗，像皇宮一樣，心裡就納悶，他家裡是幹什麼的，有這麼些個錢給他花。據他自己說，家裡除了開骨董店不算，他父親還是個官，做過河南道尹，家裡的銀錢有多少，連他自己也說不清。常是賣一樣骨董，就可以掙好幾萬。我一個窮人家的孩子，哪裡看過這些？**只見他整把的向外花鈔票，覺得他實在太有錢了，我若是嫁了這樣一個人，不但穿衣吃飯全有了著落，就是住洋樓坐汽車，什麼享福的事，都可以得著的**。我這一動心，他說什麼，我就都相信了。

「過了兩天，他僱了一輛汽車，同我到湯山去洗澡，在湯山飯店裡，我們玩了大半天。在吃飯的時候，他問我還有什麼親人沒有？我這條心全在他身上了，哪裡還會瞞著什麼，我就告訴他，什麼親人沒有，只有丁老太同丁二和待我不錯。他不對我說什麼，放下了吃西餐的刀叉，盡向我臉上望著微笑，我問他：『你笑什麼，人家待我好，並沒有一點不規矩的行動，不過把我當了一個妹妹看待。』

「我這句話說出來不要緊，他就昂起頭來，哈哈大笑，兩隻手還在桌上連拍了兩下，鬧得我也有些莫名其妙，只好瞪了兩眼向他望著。我問他笑什麼，他還狂笑了一陣，才告訴我：『你是個很有名的角兒了。人家成了名角兒，或者是和有錢的人來往，或者是和有身分的人來往，你倒好，弄一個趕馬車的人做乾哥哥。趁早別向外人提，提出來了，會讓人笑掉了牙。』

「他說到這裡，還把臉色正了一正，又對我說：『現在你還是剛成角兒，沒多大關係，將來你要大紅特紅了，那丁二和滿市一嚷鬧，說你是他的妹妹，他可有了面子了！可是你得想想，你家有個趕馬車的哥哥，你也就是個趕馬車的了。這事讓新聞記者知道了，整個的在報上一登，你瞧，你這面子哪兒擺去？』我聽了他這一篇話，也臊得臉上通紅。他見我已經是聽了他的話，索性對我說，以後別和丁家來往，要和丁家往來，他就不願理我了。

「那個日子，我哪一天也要花他個十塊八塊的，正是把手花大了，也覺得他待我很不錯，他要是不理我，那倒教我很受悶。因此，當時低頭吃西餐，沒有敢回話。他後來再三的追問我，我只好口裡哼著，點了兩點頭。可是我面子上是答應了他，我心裡就想著：丁家娘兒倆待我全是很好的，叫我陡然的同人家翻臉，怎麼樣過意得去呢？所以到了第二天，我還是到丁家去了。不想信生早已存心監督著我的。大概一點鐘的時候，他就運動了送我上戲館子的車夫，拉著車子來接我，說是師傅接我回家去排戲。我明知道他是弄的把戲，可是我要不走的話，也許他也會跑到大門口來等著我。那讓大雜院裡的人知道了，豈不是一件大笑話嗎？當時我就將錯就錯的，坐著車子走了。**誰知道我只這一點兒事沒拿定主意，就錯到了底。**

「那包車夫是我的人，可不聽我的話，扶起車把，說聲宋先生在二仙軒等著呢，徑直的就把我拉到二仙軒咖啡館門口。這爿咖啡館，敢情是信生的熟人，只要他去了，就會把後樓那間雅座賣給他。平常那地方是不賣座的，那屋子裡門簾子放著呢。我到的時候，聽不到屋子裡一點聲音，心裡就想著：也許他還沒有來吧？正站在門簾子外面出神，這就聽到他在屋子裡很沉重地喝了一聲說：『進來！』只這兩個字，我已經知道他在生氣，只好掀開門簾子，緩緩地走了進去。

「他面前桌上，擺下了一杯咖啡，還是滿滿的，分明沒有喝，口裡斜銜了半支菸捲，要抽不抽的，我還帶著微笑說：『你倒早來了？』你猜怎樣著，他板了臉，瞪了眼對我說：『你太沒有出息了！我怎麼樣子對你說過，教你不要同那趕馬車的來往，你口裡答應著我，偷偷兒地又跑到丁家去。你要到丁家去，就到丁家去，那是你的自由，我也不能干涉你，無論如何，你也不應該在我面前說一樣的話，背了我又說一樣的話。你要知道，我看你是一朵爛泥裡的蓮花，不忍讓你隨便埋沒了，所以把你大捧而特捧，打算將你捧到三十三天以上，讓什麼也追不上你的腳跡。可是你全不明白這個，自己扔了上天的梯子，故意向爛泥地裡跑。你埋沒我這番苦心，實在讓我傷心得很。』

「我當時料著他必定是越說越發脾氣，那沒什麼，我又不是他的奴才，他不高興我，我走開好了。可是他說了許多話之後，並不強硬，反是和平起來了。他說：『你要埋沒我的這一番好心，我也沒有法子。這只有那句話，**凡事都是一個緣**。你瞧，我待你這樣的好，你還不能相信我。光用好心待人，有什麼好處呢？』他說著這話，就慢慢地走到我身邊來，而且裝出那種親熱的樣子來，親熱得讓我說不出那個樣子來。」

她說到這裡，臉上飛起一陣紅暈，將頭低了下去，手理著鬢髮，把話鋒慢了一慢。

老夥計坐在斜對面，向她看著，一個字也不肯打岔。正聽得有味，見她害起臊來，待要追著問，卻明知道這是不便告人的；若要不問，看她這樣子，也許就不接著向下說了。於是咳嗽了兩聲，把桌上放的紙菸盒拿起，先抽出一根，放在嘴裡銜著，然後再站起來，四周去找火柴。

月容看到，這就在屋子裡取了一盒火柴在手，擦了一根，彎腰給他點著煙。

老夥計在這個當兒，是看到了她白嫩而又纖細的手，隨著再向她身上看去，見她眼圈兒雖然紅著，肌肉雖然瘦著，可是白嫩的皮膚是改不了的。那墨綠的舊棉袍子罩住她的身體，益發的瘦小，在她走路也走不動的樣子當中，那情形是更可憐了，便在很快的看過她一眼之下，向她點了兩點頭道：「你只管坐著慢慢地說，別張羅，我相信你這些話全不假。」

月容道：「我哪裡還能說假的?許多真的，我要說也說不完呢。」

老夥計道：「你只管坐著，慢慢兒地說。我今天櫃上沒什麼事，可以多坐一會兒。姑娘，你不坐下來說嗎？」

他說這話的時候，哈了一哈腰，表示著客氣。

月容退了兩步，在原來位子上坐下，先微咳嗽了兩聲，然後接著道：

「這也只怪我自己沒有見識，**看到他對我這樣的好，覺得只有他是我的知己**。我就說：『我也知道同趕馬車的人在一處來往，沒有什麼面子。可是我在逃難的時候，他們救過我。到了現在，我有碗飯吃了，就把人家忘了，這是不應當的。再說，二和在館子門口候著我，總要我去，說了十回，我也總得敷衍他一回。』

「信生就說：『那麼，想個根本辦法，乾脆躲開他們。我幫你上天津去，好嗎？』我說：『上天津去，我回來不回來呢？』他說：『還回來幹什麼？你就算嫁了我了。你別以為你現在唱戲有點兒紅了，不等著嫁人，可是這有兩層看法：第一，唱戲的唱紅了的，你也聽說過。怎麼紅，紅不過當年的劉喜奎、鮮靈芝吧？劉喜奎早是無聲無息的了。鮮靈芝在天津窮得不得了，卅多了，又要出來唱戲。還有個金少梅，當年多少闊老，她不願意嫁，包銀每月兩三千。現在怎麼樣？輪到唱前三齣戲，快挨餓了。這全是我們親眼見的事，可沒有把話冤你。你就是往下唱，還能唱到那樣紅嗎？唱不到那樣紅，你還有什麼大出息？無非在這兩年，同你師傅多掙兩個錢罷了。

「第二，就算你唱紅了，你遲早得嫁人。可是**唱戲的女人，全犯了一個普通毛病，自己有能耐，嫁一個混小差事的人，做小買賣的人，有點兒不願意，根本上自己就比他們掙的錢多。嫁有錢的人吧，那一定是做姨太太**。你想，誰住家過日子的人，肯娶女戲子去當家？唱戲的人，東不成，西不就，唱到老了，什麼人也不願意要，只好馬馬虎虎嫁個人。你現在若肯嫁我，第一是一夫一妻，第二是我家裡有百十萬家財。你亮著燈籠哪兒找去？若說你喜歡做官的，自己鬧一份太太做，那也容易。我的資格，就是大學生，家裡有的是錢，花個一萬兩萬的，運動一個官做，那準不難吧？』」

老夥計聽了，手摸了鬍子點點頭道：「這小子真會說，你是不能不動心了。」

月容道：「當然啦，他的話是說得很中聽的，可是我自己也想了想，這時候我要答應了他的話，就跟了他糊裡糊塗一走，到底是怎麼個結果，也不知道。就對他說：這是我終身大事，我還不能一口就答應跟你走。你還得讓我想兩天。」

老夥計笑道：「這樣說來，楊老闆總算有把握的，後來怎麼還是跟了他走呢？」

月容道：「有宋信生那種手段，是誰也得上當，別說是我這樣年輕的傻孩子了。他已經知了我的意思，就對我說：『你怕我是空口說白話嗎？我可以先拿一筆錢到你手上作保證金。我公寓裡還有一筆現錢，你同我到公寓裡去先拿著。』他這樣橫一說，直一說，把我都說糊塗了，他說一筆現錢給我，我也不知道推辭。在咖啡館裡，吃了一些點心，我就同他到公寓裡去。

「不瞞你說，這公寓裡，我已經去過多次，已經沒有什麼忌諱的了，一直跟到裡面一間屋子裡去，他把房門帶上，好像怕人瞧見似的。隨後就搬了一隻皮箱放在床上，打開皮箱來，裡面還有一個小提箱，在那小提箱裡，取出了一些紅皮藍皮的存款摺子，托在手上顛了兩顛，笑著對我說：『這裡存有好幾萬呢！』我本來沒瞧見過什麼存款摺子，可是那本兒皮子上印有銀行的招牌，我就知道不假了。他說裡面有幾萬，我雖然不能全相信，但是他有錢在銀行裡存著，那不會假的。我怎麼會那樣相信呢？當時他在箱子裡取出一大疊鈔票，用手托著，顛了幾顛，這就笑著說：『這是一千二百塊錢的鈔票，除了我留下零頭作零用而外，這一千塊整數，全交作你手上暫保存著。我的款子，全存在天津銀行裡的，到了天津之後，我再取一萬款子，存到你手上，作為保證金。我要是騙了你，你有一萬塊錢也夠花了。這一千塊錢呢，只是保你到天津去的。到了天津，我要是前言不符後語，這一千塊，就算白送你了，你依然還是回北平來。』」

老夥計聽說，不由得嗤的一聲笑道，罵出了三個字：「這小子！」

月容道：「當時我坐在沙發椅子上，看到他這樣的硬說話，只有把眼向他身上注意的份兒，我還能不相信嗎？他說得到做得到，立刻把那一大疊鈔票塞到我手上。我的天，我自小長了這麼大，十塊八塊，也少在手上拿著，一手托整千的洋錢，哪有這麼回事？當時我托著鈔票的手，只管哆嗦，兩隻腳像是棉花做的，簡直就站不起來。他對我說：『我既然交給你了，你就在身上放著罷。可是有一層，這錢別讓你師傅見著了，他要見了的話，一個也不讓你拿著的。』我當時拿了錢，真不知道怎樣是好，只有手上緊緊地捏住，對了他傻笑。於今想起來，我真是丟人。」

老夥計笑道：「那也難怪，他那票子是五元一張的呢，還是十元一張的呢？」

月容道：「所幸都是十元一張的，我就把這鈔票分著五疊，小褂子上的口袋，短夾襖上的口袋，全都揣滿了。」

老夥計道：「他把錢交給你以後，他又說了什麼？」

月容道：「他倒沒有說什麼，不過我自己可想起了許多心事。身上裝了這麼些個錢，不但回家去，怕師傅見著了要拿去，就是夜深回去，說不定也會遇到路劫的。因之立時心裡的苦處攤上了眉毛頭上，只管把兩道眉峰緊湊到一處。他好像知道了我的心事，就對我說：『你是愁著那錢怕讓人看到吧？我替你出個主意，今天把錢放在身上，先別回去。到了明日，你把款子向銀行裡一存，那就沒有問題了。至於以後的話，反正你不久是要跟我走的，那還怕什麼？』我說：『我今天不回去，在哪裡住？整宿的不回去，恐怕我師傅也不會答應我。』他就對我說：『你若是決定了跟我，這些事都不成問題。』掌櫃的，你替我想想，**我這麼一點年紀的人，又是個窮孩子，哪受得了那一番勾引，所以他怎麼說，我就怎麼好。**

「那一下午，我也沒回家，就在公寓裡頭。到了我上園子的時候，一進後臺，就有人告訴我：『你哥哥丁二和來找你來了，另外還有一個直不老挺的人跟著，我一聽，就知道是王大傻子。這人是個寬心眼兒，有話就嚷出來的。我心裡想著，他們別是知道我有了錢，特意來找我的吧？心裡直跳。我一出臺，又看到他兩人四隻眼睛直盯住在我的身上，我心裡可真嚇一大跳，一定是他們知道我身上有錢，今天特意來守著我來了。我在臺上只管拿眼睛瞟著他們，他們越是起鬨。信生不等我完戲，就在後臺等著我，悄悄地對我說：『你瞧見沒有？他們已經在那裡等著你了，你還能同他們一塊兒走嗎？』那一千塊錢，我還揣在身上呢，聽了這話，我心裡就跳了起來。他又說：『你別害怕，我在這裡保護著你，你同我一塊兒走罷。』我當時也沒有了主意，糊裡糊塗的跟著信生走了。」

老夥計手摸了鬍子點點頭道：「哼，我明白了大概……自然……第二天怎麼樣呢？」

月容紅著臉低下頭去，只管把兩手捲衣裳角，默然了一會，才低聲道：「掌櫃的，你還有什麼不明白，**公寓、旅館這種地方，做姑娘的人就不應當去，只為第一次我讓信生騙著去過了，到了這個時候，我還有什麼話說？**一切都聽著他的。到了第二日不是嗎，我心裡想著，這糟了，昨晚上一宿沒有回去，今天師傅要問起話來，怎麼的答覆？就算師傅不怎樣追問，說起來，這話也很寒磣。所以信生就不挽留我，我也不敢走，加上信生見我居然在公寓裡住下了，也是非常高興，僱了汽車，就陪我出城去玩。一直玩到天色昏黑，方才回公寓，自然我更不敢露面了。在這幾天裡，信生就像發了狂一樣，包著汽車，終日地帶我出去玩。

「有一天，他讓我在公寓裡等著，他自己出去跑了半天，回來的時候，高高興興地對我說：『我發了一筆財了，別這樣藏藏躲躲的過日子，我帶你到天津過日子罷。』我聽了這話，也是很願意，免得提心弔膽的，終日怕碰著人。當天晚上，他把公寓裡的東西收收撿撿，也不知道送到什麼地方去了，然後就捆了行李箱子，帶我上天津。

「第一天晚上，我們是住在飯店裡，第二天就搬到一所洋房子裡去了。我也不知道這洋房子裡，東西怎麼那樣現成，樓下客廳裡，地毯鋪得一寸來厚，沙發椅子，都是綠絨的面子。天氣還不算十分冷，熱氣管子已經是燒得很熱了，走進屋去，我就脫下衣服來。這客廳裡還有雕花嵌螺鈿的紅木桌子，四周圍了盤龍雕花的方凳，靠牆一張長的紫檀桌子，上面又列了許多骨董。客廳那裡有間小些的屋子，一齊擺著白漆的桌椅。據信生告訴我，那是飯廳，專門吃飯用的。吃飯還有另一間屋子，這可新鮮。

「我上了樓，腳踏了梯子，一點響聲沒有，因為梯子上也鋪了毯子呢。睡覺的屋子是不必說了，銅床上堆著什錦的鴨絨被，四方的軟枕頭，套子是紫緞子的繡著金龍，玻璃磚大穿衣櫃，八面玻璃屏風的妝檯，還有那長的沙發，是紅絨的，美極了。隔壁屋子就是洗澡房，牆是花瓷磚砌的，比飯店裡的還要講究。窗戶邊的花盆架子上，大瓷瓶子插著鮮花，鏡子裡一看，四處都是鮮花了。我真不知道坐在哪裡是好，四處看看，執住了信生的手，笑著對他說：『我真想不到平空一跳，就跳到仙宮裡來了，我現在才曉得我的命太好。』掌櫃的，我現在說我自己的短處罷，我也不知道我是怎麼了，就像發了狂一樣，抱著信生的頸脖子，在他身上亂聞亂嗅，兩隻腳打鼓似的，左起右落，亂跳了一頓。」

老夥計聽她說到這裡，若是再向下說，恐怕有些不雅，這就插嘴笑道：「**你這是一步登天了，還有個不快活的嗎**？你們家裡，自然也用了幾個傭人了？」

月容道：「可不是，除了兩個老媽子，還有一個聽差，一個廚子。當時我看到他，那樣大大的弄起場面來，料著至少也要快活個十年八年的。傭人叫著我太太，我也莫名其妙的當起太太來。可是那些傭人私下總議論著，說我不像個太太的樣子，我也就聽到好幾回了。我不知道他們是說我年紀輕，不像太太的樣子呢，也不知道是說我不會擺闊，不像太太的樣子。我只好自己遇事留心，在他們當面，就正正端端地坐著，不蹦不跳。其實我們的那個家，也像客棧一樣，也做不起太太，管不起家來。早上絕對是起來不了，一直要睡到十二點鐘以後才起床，起床之後，洗了臉，喝喝茶，可也就一兩點鐘了。吃過午飯，我們不是瞧電影就是聽戲，或者上大鼓書場，回來吃過晚飯，又出去。有時晚飯也不回家，就在外面吃館子。」

老夥計道：「聽說你們在天津花的錢不少呀。既是這樣子擺闊，到底有限，千兒八百的，一個月也就夠了。」

月容道：「誰說不是呢！這是頭裡一個禮拜的事。後來慢慢不同了。白天，他還同我一塊出去玩，到了晚上，他就一個人走。他說做骨董生意，總是賣給外國人的，白天講生意，有些不便，所以改在晚上，看貨說價。起初我也相信，後來看到他所往來的人，只有些青年小滑頭，並沒有一個正正經經像做生意的人，我很疑心了。

「有一天晚上，整宿的沒有回來。到第二日早上，八點多鐘，他面色蒼白，跌跌撞撞地走進屋子。我看見這情形，真嚇了一跳，便問他是幹什麼了？他這個日子穿西服了，只看他把大衣臃腫在身上，領帶子鬆鬆的掛在頸脖子上，而且歪到一邊，那頂淡青的絲絨帽子，向後腦勺子戴了去，前額都露出頭髮來了。他一件衣服也不脫，就向床上一倒。我急忙走向前搖著他的身體說：『你怎麼了？一宿沒回來，闖了什麼亂子？』他閉了眼睛說：『完了，一宿輸了三千多塊，什麼都完了。』他說到這裡，兩手在床上一拍，跳了起來說：『我今天晚上去翻本。』說完了，他又倒下去睡了。

「我看他精神太壞，沒有敢驚動他，讓他去睡，他一直睡到下午四點鐘，方才起來。我仔細的問起，才知道他上賭博場押寶，輸了三千多塊錢，這賭場是現來現去的，當晚已經開了三千元的支票出去了。我就極力的勸他，輸了就算了，若是這樣大輸大贏，有多少家財也保不住。他當時也聽的，一到晚上，有人派汽車來接，他又出去了。這晚雖不是天亮回來，可是回來的時候，也就三點鐘了。我忙問他翻過本來沒有？他說又輸了一千多，因為銀行裡存款不多，不敢開支票了，所以沒有向下賭。**我聽說這倒奇怪，難道銀行裡就只有這麼些錢嗎？**

「又過了一天，到了吃晚飯的時候，飯廳上七八盞電燈全開了，白漆桌子上放了七八樣菜，我們圍了一隻桌子犄角吃飯。雞鴨魚肉，什麼好菜全有，他飯碗裡只有半碗口的飯，將筷了扒了幾下，放下碗筷來將瓷勺子舀著湯，不住地喝著。

「我見老媽子去預備洗臉水去了，便笑道：『你是有上百萬家產的人，輸三四千塊錢，就弄成這種樣子？』他把瓷勺子一放，沉了臉色望著我說：『我現在不能不說實話了。我家裡雖有錢，錢在我父親手上呢。這回到天津來，我是在北平賣了一樣骨董，得價六七千塊錢，我想著這總夠花周年半載的了，不想自己一糊塗，連住家帶賭錢，弄個精光了。現在銀行裡的存款，要維持這個家，就是三五天也有問題。我現在沒有別的法子，只有回家去住兩天，趁著我父親不留神，再弄兩件好骨董出來。我本來不願告訴你的，只是你一個人住在這兒，我怕你疑心，不得不知會一聲兒。』

「我聽了這話，真是一盆冷水澆頭，他的錢花光了，那還在其次，他要離開我住幾天，我可有點害怕。我就對他說：『你幹嘛忙著走呢，不如把我那一千塊錢先花著，等我在天津熟了一點了，你再離開我。』他紅著臉，對我一抱拳頭說：『你那一千塊錢，也已給我花光了。』我說：『不能呀，存款摺子還在我手上呢。』他笑了，說是我不懂，那是來往帳，支票同圖章全在他手上，支票送到銀行，錢就拿走了，抓了摺子，是沒有用的。**我這才知道我成了個空人了，望了他不會說話，心裡猜著有點兒上當，可是落到這步田地，我還是想不到的呀。」**

二十二 前途渺茫

話談到這裡，月容精神上格外感到興奮起來，兩塊臉腮全漲得紅紅的，老夥計道：「這我就明白了，過了幾天，信生就來北平，偷骨董，把事情弄犯了。」

月容道：「不，事情還有出奇的呢！大概也就是第三天罷，有個坐汽車的人來拜訪，他替我介紹，是在山東張督辦手下的一個司令，姓趙。兩人一見面，就談了一套賭經，我猜著準是在賭博場上認識的。那時，那趙司令坐在正中沙發上，我同信生坐在兩邊，他只管笑嘻嘻地瞧著我，瞧得我真難為情。」

老夥計用手揪了鬍子梢，偏了頭想道：「趙司令，哪裡有這麼一個趙司令呢？」

月容道：「那人是個小矮胖子，黑黑的圓臉，麻黃眼睛，嘴唇上有兩撇小鬍子。身上倒穿了一套很好的薄呢西裝。」

老夥計點點頭道：「你這樣說，我就明白了。不錯的，是有這麼一個趙司令。他是在山東做事，可是常常的向天津北平兩處地方跑，他來找信生有什麼事呢？」

月容道：「當時我是不知道，後來信生露出口風了，我才明白那小子的用意。信生在那晚上，也沒有出去，吃過了晚飯，口裡銜了菸捲靠在客廳沙發上，讓我坐在一邊，陪他聊天。我就問他：『你現在有了辦法了嗎？不著急了？』

「他說：『我要到山東去弄個小知事做了。』

「我說：『真的嗎？那我倒真的是一位太太了。』

「他說：『做縣知事的太太，有什麼意思？要做督辦的太太才有意思。』

「我說：『你慢慢地往上爬罷，也許有那麼一天。可是到了那個日子，你又不認我了。』

「他說：『傻孩子，你要做督辦的太太，馬上就有機會，何必等我呢？』

「老掌櫃的，你別瞧我小小年紀，在鼓兒詞上，我學到的也就多了。立刻問他這是什麼意思？他見我坐起來，板了臉，對他瞪著兩隻眼睛，也許有點膽怯，笑著說：『我替你算了算命，一定有這麼一個機會。』

「我就同他坐到一張沙發上，把手搖著他的身體說：『你說出來，你說出來，那是怎麼回事？』

「他說：『今天來的那個趙司令，就替張督辦做事。趙司令以為你是我的妹妹，他就對我說，假定能把你送給張督辦去做一房太太，我的縣知事，一定可以到手。』

「我不等他向下說，就站起來道：『宋信生，你是個大學生，還有幾十萬家產呢，你就是一個窮小子，**你費了那麼一番心眼，把我弄到手，不問我是你的家小也好，我是你的愛人也好，就算我是暫時做個露水夫妻也好，你不能把我賣了！**這是那些強盜賊一樣的人，做那人販子的事！你念一輩子書，也說出這種話來嗎？我好好兒的唱著戲，你把我弄到天津來，還沒有快活到半個月，你那狼心狗肺就一齊露出來了。**你說趕馬車的人沒有身分，人家倒是存了一分俠義心腸，把我由火坑裡救出來。你是個有身分的人，把我姦了拐了，又要把我賣掉！**』

「我一急，什麼話全嚷出來，顧不得許多了。他扔了菸捲，一個翻身坐起來，就伸手把我的嘴握住，對我笑著說：『對你鬧著玩呢，幹嘛認真。我這不過是一句玩話。』」

在她說得這樣有聲有色的時候，老夥計的臉上也跟著緊張起來，瞪了兩隻眼睛，只管向月容望著，兩手按了膝蓋，直挺了腰子，做出一番努力的樣子，直等她一口氣把話說完，這才向她道：「也許他是玩話罷？」

月容將頭一偏，哼了一聲道：「鬧著玩？一點也不！原來他和那個趙司令一塊兒耍錢，欠人家一千多塊。他沒有錢給人，答應了給人一樣骨董。而且對那姓趙的說，家裡好骨董很多，若是能在張督辦手下找個事做，願意送張督辦幾樣最好的。姓趙的說，大帥不喜歡骨董，喜歡女人，有好看的女人送給他，找事情最容易。信生就想著，**我是個唱戲的，花著錢，臨時帶來玩玩的，和他本來沒有什麼關係。那時養不活我，把我送給張督辦，他自己輕了累，又可以借我求差事，為什麼不幹？**」

老夥計笑道：「也許……」

月容道：「我不是胡亂猜出來的。第二天，信生不在家，那姓趙的派了一個三十來歲的娘們，偷偷兒的來告訴我，叫我遇事留心。那張督辦有太太二十三位，嫁了他，高興玩個十天八天，不高興，玩個兩三天，他就不要了。住在他衙門裡，什麼也不自由，活像坐牢。那女人又告訴了他家的電話號碼，說是有急事打電話給趙司令，他一定來救我。」

老夥計道：「這就不對了，叫信生把你送禮是他，告訴你不可上當的也是他？」

月容道：「是呀，我也是這樣想。不過他說的倒是真話，我有了人家壯我的膽子，我越是不怕了。我就對信生說：『你既是要娶我，這樣藏藏躲躲的不行，你得引我回去，參見公婆；要不，你同我一塊回北平去，我另有打算。若是兩樣都辦不到，我就要到警察局裡去報告了。』我成天成宿的逼他。我又不大敢出門，怕是遇到了那班耍錢的人，人家和他要賭博帳；再說，那洋房子連傢俱在內，是他花三百五十塊錢一個月賃下的，轉眼房錢也就到了；家裡那些傭人，工錢又該打發，他說回家去偷骨董，我可不放心，怕他一去不回頭。他想來想去，沒有法子，說到北平，到這邊櫃上想打主意。北平是熟地方，我就不怕他了。話說妥了，第二天把天津的家散了，我們就回北平來。錢花光了，衣服首飾還有幾樣，當著賣著，就安了這麼一個窮家。他怕人家走漏消息，住了這一個小獨院子，又僱了這麼一個任什麼事都不會做的老婆子同我做伴。

「頭裡幾天，他到哪裡，我跟到哪裡，隨後他就對我說，這不是辦法，我老跟著他，他弄不到錢。而且他也說了，以後改變辦法了，他也離不開我，就這樣賃了小獨院住家，有四五十塊錢一個月，全夠了。他還念他的書，我好好地替他管家，叫我別三心二意的。事到其間，我還有什麼法子，只好依了他。第一天，他出去大半天，倒是回來了，沒想到什麼法子。第二天他說到櫃上來，讓我在對過小胡同裡等著，他說是在櫃上偷了骨董先遞給我。好賴就是這一次，兩個人拿著，可以多偷幾樣。掌櫃的，我雖然是窮人出身，這樣的事我可不願做。可是要不那麼做，馬上日子就過不下去，我是糊裡糊塗的就跟著他去了。」

老夥計笑道：「你不用說了，以後的事我明白了。這就接著信生到櫃上來，碰到了老東家了。」

月容道：「你明白，我還有點不明白呢。信生的老太爺怎麼立刻就和兒子翻臉了？」

老夥計道：「上次我不已經告訴過你了嗎，信生把骨董偷了去賣，我們東家可是查出來了，就為了這個，到北平來找他，不想他倒上天津去了。等著碰見他以後，那可不能放過，所以立刻把他看守住了。」

月容道：「可不是嗎，我在那小胡同裡等了許久，不見音信，上前一望，看到你們店門口圍了一群人，我知道事情不妙，嚇得跑回來。想不到你第二天倒來找我來了。過去的事不提了。是信生騙了我，並不是我騙信生的老爺子。偷賣骨董的這件事，我是事先毫不知道。現在沒有別的，請老掌櫃的把信生帶了來，我和他商量一下，到底把我怎麼樣？」

老夥計連連地把鬍子摸了幾下，笑道：「你還想和信生見面嗎？我們老東家這回氣大了，怎麼也不依他，已經把人押他回山東鄉下去了。」

月容聽說，「啊喲」了一聲，站起來道：「什麼！他下鄉去了？那把我就這樣放在破屋子扔下不問嗎？那我沒有了辦法，少不得到你櫃上去吵鬧。這一程子我沒有去問消息，就為了掌櫃的對我說過，叫我等上幾個禮拜，又送了一口袋麵同五塊錢給我。現在快一個月了，你還讓我向下等著嗎？」

老夥計道：「姑娘，我勸你別去找我東家了，他說信生花了七八千塊錢，還背了一身的債，書也耽誤了沒念，這全為的是你。你說他兒子騙了你，這與他什麼相干？你也不是三歲兩歲，信生更是一個大學生，你兩個人談戀愛，又不是小孩子打架，打惱了，就找大人。你兩人在一塊兒同居，一塊兒花錢，告訴過老東家嗎？」

月容道：「信生不肯帶我回去，我有什麼法子？」

老夥計道：「這不結了，你們快活時候，瞞著家裡，事情壞了，你就去找我們老東家，這也說不過去吧？你真要到櫃上去找信生，碰著了我老東家，那真有些不便。他會報告警察，說你引誘他兒子，你還吃不了兜著走呢。」

月容靜靜地坐著，聽老夥計把話說下去，聽他這樣說著，他們竟面面是理，不由哇的一聲哭了出來，兩行眼淚如牽線一般的向下流著。

老夥計又在身上摸出了菸捲盒子來，抽了一根煙，向她很注意的看了去。

月容在身上掏出手絹來揉擦著眼睛，嗓子眼裡，不住地乾哽咽著，彼此默然了一會，月容才問道：「那怎麼辦？就這樣在這裡乾耗著嗎？」

老夥計道：「我倒同你想出一條路子來了，也就為了這個，特意和你報告來了。今天下午，丁二和派人到櫃上找你來了，假如你願意回去的話，他們還是很歡迎，你……」

月容不等他說完，搶著問道：「什麼，他們還記得我嗎？不恨我嗎？怎麼會知道我在你們這裡的？」

老夥計道：「人家既下了苦心找你，當然就會找出來。你何妨去會會他們？你唱戲差不多唱紅了，你還是去唱戲罷。你唱紅了，自己掙錢自己花，什麼人也不找，那不比這樣找人強嗎？」

月容皺了眉頭子道：「你說的也是不錯。可是我哪有這樣的厚臉去見人呢？」

老夥計道：「**怕臊事小，吃飯事大**。你為了怕害臊一會子，能把終身的飯碗都扔到一邊去不管嗎？」

月容把眼淚擦得乾了，左手按住了膝蓋，右手緩緩地理著鬢髮，兩隻眼睛對了地面上凝視著。

老夥計摸了鬍子偷眼看她，已明白了她的用意，便道：「姑娘，你仔細想想罷，你還年輕呢，好好地幹，前途不可限量。這回去見著師傅，自己知趣一點，老早地跪下去，誠誠懇懇的認上一回錯。有道是伸手不打笑臉人，他忍心不要你嗎？把這一關闖過來了，你就好了。再說你要到丁家去，那更好了。他是你的平班輩*的人，還能把你怎麼樣嗎？」

月容依然注視著地上，把皮鞋尖在地面上畫了幾畫，並不做聲。

老夥計道：「我粗人只會說粗話，有道是打鐵趁熱，今天丁家人已經來過了，你趁了這個時候去，正是機會。」

月容沉默了許久，搖了幾搖頭道：「我若是去了，人家要是說了我幾句，我的臉向哪兒擱？再說，他那裡是一所大雜院，許多人圍著我一看，我不難為情，二和也難為情吧？我猜著他絕不會收留我。」

老夥計道：「今天晚上有月亮，你就趁著亮去一趟罷。晚上大雜院裡也沒有人瞧見你。」

月容道：「去一趟呢，那沒有什麼，他還能夠把我打上一頓嗎？只是……」說到這裡，又嘆了一口氣。

老夥計站起身來，拍了兩拍身上的菸灰，笑道：「姑娘，我暫時告辭，改天我再看你。你別三心二意的了。」

他似乎怕月容會挽留，說完這話，起身就向外走。

月容雖說了再坐一會，看到人家已走出了院子，當然也只好緊隨在後面，送到大門外來。老夥計連點了幾下頭，就向前走了，走過去十幾步，又回轉身來道：「姑娘，你記著我的話，你必得去，假使你不去的話，你就錯過這個機會了。」

月容靠了大門框，倒很出了一會神。這時，天色已是快近黃昏了，天上的白雲，由深紅變到淡紫，蔚藍的天空，有些黑沉沉的了。作夜市的小販子手裡提了玻璃罩子燈，挑著擔子，悄然的過去。

月容自己一頓腳道：「人家勸我的話是不錯的，吃飽了，我就去。就是耗到明日天亮回來，我總也要得著一個辦法。」

主意想定了，回去煮了一碗麵條子吃，洗過臉，攏了一攏頭髮。還有一件藍布大褂是不曾當了的，罩在旗袍外。交代了老媽子好好照應門戶，這就悄悄地走出來。

抬頭看看天上的月亮，很像一隻大銀盤子，懸在人家屋脊上面，照著地面上，還有些渾黃的光。自己慢慢地踏了月亮走路，先只是在冷僻曲折的大小胡同裡走，心裡也就想著，見到了二和，話要怎樣先說；見到了丁老太，話要怎樣說。再進一步，他們怎樣問，自己怎樣答，都揣測過了一會兒，慢慢兒的就走到了一條大街上。月色是慢慢地更亮了，這就襯著夜色更深。

這是一條寬闊而又冷僻的街道，大部分的店戶，已是合上了鋪板門，那不曾掩門的店戶，就晃著幾盞黃色的電燈。那低矮的屋簷，排在不十分明亮的月色下，這就讓人感到一種說不出所以然的古樸意味。

月容這就想著，天津租界上，那高大的洋樓，街上燦爛的電燈，那簡直和這北京城是兩個世界。想著坐汽車在天津大馬路飛馳過去，**自己是平地一步登了天，不想不多幾日，又到了這種要討飯沒有路的地步。**

是呀，這一條街是以前常常路過的，老王拉了包車，一溜煙的跑著，每日總有兩趟，這裡上戲館子，或者戲館子回家來。那時，自己坐在包車上，總是穿了一件時髦的長衣。車上兩盞電石燈，點得徹亮，在街上走路的人，都把眼睛向車上看著。自己還想著呢：當年背了鼓架子在街上賣唱，只挑那電燈沒亮的地方走，好像怪難為情的，不想有今日，這不能不謝謝二和那一番好處，他運動了一班混混，把自己救出來，而且給師傅那幾十塊錢，還是他邀會邀來的。一個趕馬車的人，每月能掙著幾個錢？這會是十個月的會，然而他還要按月擠出錢來貼會呢。

月容一層層的把過去的事回想起來，走的步子越來是越慢，後來走到一條胡同口上，突然把腳步止住。從前被師傅打出來，二和恰好趕了馬車經過，哭著喊著上了他的馬車，就是這裡。

這胡同口上，有根電燈柱子，當時曾抱了這電燈柱子站著的，想到這裡，就真的走到電燈柱下，將手抱著，身子斜靠住，微閉了眼睛想上一想。

這時，耳朵裡咕隆呼一陣響，好像果然是有馬車過來，心裡倒吃了一驚。睜眼看時，倒不是馬車，是一輛空大車，上面推了七八個空籐簍子。趕車的坐在車把上，舉了長鞭子，在空中亂揮。心裡一想，二和那大雜院裡，就有一家趕大車的，這準是他的街坊吧？讓人看到，那才不合適呢。於是離開了電燈柱，把身子扭了過去。

大車過去了，她站在胡同口上很出了一會神，心裡也就想著：無論丁二和是不是說閒話罷，自己見了一個趕大車的，也不知道是不是那大雜院子裡的人，就是藏藏躲躲的不敢露面，若是見了二和，那就更會現出膽怯的樣子來了。到那時候，人家就會更疑心做過什麼壞事的。

她慢慢地想了心事，慢慢地移著步子，這一截長街，一時卻沒有走到幾分之幾。雖然自己是低了頭走著，但是有一個人在大街子過著，都要偷著去看看，是不是那大雜院裡的人。

在這條大街快要走完的時候，離著到那大雜院胡同裡是更近了，心裡也就越是害怕會碰到了熟人，最後就有一個熟聲音說話的人走了過來，不知道他是和什麼人說話，他說：「唉，這是年頭兒趕上的。」

月容聽了心裡就是一動，這是王傻子說話呀。聽他這口氣，倒是十分的嘆息，這絕不能是什麼好話，莫非就是議論著我吧？

又聽得一個人道：「不是那麼說，大哥，咱們不是那種講維新的人，總還要那一套講道德說仁義。管他什麼年頭，咱們不能做那虧心事。」

月容聽了這話，更像是說著自己，立刻把頭偏到一邊，背了街上的燈光走去。

王大傻子說話的聲音，已是到了身邊，他說：「咱們講道德，說仁義，人家不幹，豈不是吃死了虧？我的意思，能夠同人家比一比手段，就比一比，自己沒有手段，乾脆就讓了別人。咱們往後瞧罷。」

話說到這裡，兩個人的腳步聲在馬路面上擦著，響過了身前。月容向前看去，王傻子挑了一副空擔子，晃蕩著身體，慢慢兒的朝前走去，另外一人，卻是推了一隻烤白薯的桶子，緩緩地跟著走。

對了，這正是二和大雜院裡的街坊，情不自禁的一句王大哥要由嘴裡喊了出來，自己立刻伸起了右手，捂了自己的嘴，心裡已是連連地在那裡嚷著：叫不得。總算自己攔得自己很快，這句話始終沒有叫了出來。

眼看了街燈下兩個人影子轉進了旁邊的小胡同，心裡想著：可不是，轉一個彎，就到了二和家裡了。若是自己就是這樣的去見二和，那是不必十分鐘就可以見面的。可是這話說回來了，若是叫自己大大丟臉一番，也就是在這十分鐘。**這短短的十分鐘，可以說是自己的生死關頭了**。

有了這樣一想，這兩條腿，無論如何是不能向前移動了。在一盞街燈光下站定了，牽牽自己的衣服，又伸手摸摸自己的臉腮，對那轉彎的胡同口只管凝神望著。

主意還不曾打定呢，耳邊又有了皮鞋聲，卻是一個巡邏的警察，由身邊過去，那警察過去兩步，也站住了腳，回頭看了來。

月容沉吟著，自言自語地道：「咦，這把鑰匙落在什麼地方？剛才還在身上呀。趕快找找罷。」口裡說著這話時，已是回轉身來，低了頭，做個尋找東西的樣子，向來的路上走了回去，也不敢去打量那警察，是不是在那裡站著，自己只管朝回路上走。

這回是走得很快，把這一條直街完全走沒有了，這才定了定神，心想到丁家去不到丁家去呢？這可走遠了。自己是見了熟人就害怕，只管心驚膽戰的了，何必還到二和家裡去受那種活罪，去看他的顏色。冤有頭，債有主，宋信生害我落到了這步田地，當然只有找宋信生。假使宋信生的父親要送到警局去，那就跟著他去得了，我是一個六親無靠的女孩子，縱然坐牢，那也沒關係。

她緩緩地走著，也不住地向街上來往的人打量，總覺得每一個人都是那大雜院裡的住戶，實在沒有臉子去見人家。後來有一輛馬車迎面走來，雖是一輛空車，但那坐在車子前座的人，手上拿了一根長梢馬鞭子，只是在馬背上打著，搶了過去。

那個馬夫是什麼樣子，看不出來，但是那匹馬，高高的身體，雪白的毛，正是和丁家的馬無二樣。自己這就想著，這個機會千萬不可失了，在這大街上和他見了面，陪著幾句小心，並沒有熟人看見的。

她心裡很快的打算，那馬車卻是跑得更快，於是回轉身來在車子後面跟著，大聲叫道：「丁二哥，二哥，丁二哥，二哥，二哥，二哥！」連接叫了七八句，可是那馬車四個輪子滾得轟隆咚作響，但見車子上坐的那個人，手揮了鞭子，只管去打馬。

月容很追了二三十家門戶，哪裡追得著？這只好站住了腳，向那馬車看去，一直看到那馬車的影子模糊縮小，以至於不見，這就一陣心酸，兩行眼淚像垂線一般的流了下來。

雖然這是在大街上，不能放聲大哭，可不停地哽咽著。因為這是一條冷靜的大街，她那短時間的嗚咽，還不至於有人看到，她自己也很是機警，遠遠地看到有行路的人走了過來，立刻回轉身來，依然向回家的路上走去。

當她走的時候，慢慢地踏上熱鬧的路，那街燈也就格外光亮了，這種苦惱的樣子，要是讓人看到了，又是一種新聞，少不得跟在後面看，於是極力的把哽咽止住了，只管將衣袖去揉擦著眼。自己是十分的明白，**二和這條路，完全無望了**。他明明看到我，竟是打著馬跑，幸而沒有到那大雜院裡去；假使去了，今天這回臉就丟大了。

越想越感到自己前路之渺茫，兩隻腳不由自己指揮，沿了人家的屋簷走著，自己心裡也就不覺去指揮那兩隻腳。猛然的一抬頭，這才知道走到了一條大街上，這和自己回家的路，恰好是一南一北。不用說，今晚上是六神無主了，這樣子顛三倒四，無論辦什麼事，也是辦不好的，於是定了一定神，打量自己回家是應當走哪一條路。

這條街上，今晚逢到擺夜市的日子，沿著馬路兩邊的人行道上，臨時擺了許多的浮攤。逛夜市的人，挨肩疊背的，正在浮攤的中間擠著走。

月容在極端的煩惱與苦悶心情之下，想著在夜市上走走也好，因之也隨在人堆裡胡亂的擠。

因為自己是解悶的，沒有目標，只管順了攤子的路線向前走。走到浮攤快要盡頭的所在，一堵粉牆底下，見有一個老婦人，手裡捧了一把通草紮的假花，坐在一條板凳上，口裡叫著：「買兩朵回去插插花瓶子罷，一毛錢三朵，真賤。」

這老婦人的聲音，月容是十分耳熟，便停步看去，這一看，教她不曾完全忍住的眼淚，又要流出來了。

這老婦人是誰呢？

二十三 郎司令

這老婦人是誰呢，就是丁二和的母親丁老太。

月容先是一怔，怎麼會在這裡看見了她？扭轉身來就要逃走，可是只跑了幾步，忽然又省悟過來，丁老太是個瞎子，縱然站在她面前，她也不知道是誰，又何必跑著躲開呢。因之，索性回轉身來，緩緩地行近了丁老太面前來。

那丁老太雖然一點兒看不見，可是她的嗅覺和聽覺，依然是十分靈敏的，立刻把手上的一捧花向上舉了一舉，揚著臉道：「先生要花嗎？賤賣，一毛錢三朵。」

月容伸著手要去抽那花，但是還相差有四五寸路，把手縮了回來，只管在大衣襟上搓著，把兩隻眼睛對丁老太周身上下探望了去。

丁老太舉了那花，繼續地道：「先生你不要這花嗎？賣完了，我要早點兒回家，你就拿四朵給一毛錢罷。」

月容嗓子眼裡一句老娘已是衝到了舌頭根上，這卻有一個人擠了上前問道：「這姑娘花買好了嗎？什麼價錢？」

月容對那人看看，再向丁老太看看，只見她兩隻眼睛只管上下閃動，月容心房裡怦怦亂跳，實在站立不住，終於是一個字不曾說出，扭過身子來走了。

走了五六丈遠，回過頭來看時，丁老太還是揚著臉的，似乎對於剛才面前站的一個人沒有交代就走了，她是很不解的，這就嘆了一口氣，自言自語地道：「丁老太，我對你不起，我實在沒那膽子敢叫你。」說完了這話，自己是感覺到後面有人追趕一般，放了很快的腳步，就向家裡跑了去。

這雖還不過是二更天，但在這寒冷的人家，卻像到了深夜一般。站在大門口耳貼了門板向裡面聽了去，卻是一點聲音也沒有，連連地敲了幾回門，那個彎腰曲背的老媽子才緩緩地來開門，披了衣服，閃到一邊，顫巍巍的問道：「太太，你回來啦，事情辦得好嗎？」

月容聽到「太太」這個名詞分外的扎耳，心裡就有三分不高興，哪裡還去向她回話。老媽子睡的那間屋子，緊連著廚房，在紙窗戶下面，有一點淡黃的光，此外是滿院子黑洞洞的。月容摸索著走到屋子裡去，問道：「胡媽，怎麼也不點盞燈放在我屋子裡呢？」

胡媽道：「那盞大燈裡面沒有了煤油，你湊付著用我屋子裡這一盞小燈罷。」她說著話，已是捧了一盞高不到七寸小罩子的煤油燈進來了，顫巍巍的放在桌上，把手掩了那燈光，向她臉上望著，問道：「太太，你臉上的顏色不大好，受了誰人的氣吧？」

月容板臉道：「你不要再叫我太太，你要再叫我太太，我心裡難受。」

胡媽倒不想恭維人反是恭維壞了，只得搭訕著問道：「你喝茶嗎？可是涼的。」她儘管問著，臉子還是朝外，隨著一步一步的走了出去了。

這屋子裡是現成的一張土炕，靠牆擺了一張兩屜小桌，上面是亂堆了破碎紙片，同些瓶子罐子等類。那盞小的煤油燈，就放在一隻破瓦缽上，瓦缽是反蓋著的。小桌子頭邊，放了一隻斷腿的四方凳子，這土炕又是特別的大，一床單薄棉被和一床夾被單放在黃色的一塊蘆席上，這是越顯著這屋子裡空虛與寒酸。

月容抱了一條腿，在炕沿上坐著，眼見這綠豆火光之下，這屋子裡就有些陰沉沉的，偏是那一點火光還不肯停止現狀，燈芯卻是慢慢地又慢慢地只管矬了下去。起身到了燈邊，低頭看看玻璃盞子裡的油，卻已乾到不及五分深，眼見油盡燈滅，這就快到黑暗的時候了，嘆了一口氣，自言自語道：「睡覺罷，還等些什麼呢？」

說完了這句話，自己爬上炕去，牽著被，就躺下了，在炕上平白地睜著兩眼，哪裡睡得著呢？桌上的燈光，卻是並不等她，逐漸地下沉，以至於屋子漆黑。可是兩隻眼睛依然還是合不攏，那胡同裡的更鑼敲過了一次，接著又敲過一次，直聽到敲過三四次之後，方才沒有聽到了響聲。

次早起來，見天色陰沉沉的，原來以為時間還早，躺在炕上想了一陣心事。因聽到院子裡有了響聲，便隔了窗戶叫問道：「胡媽，還早嗎？」

胡媽道：「您該起來啦，已經半上午了。今天颳風，滿天都是黃沙。」

月容道：「好，起來，你找點兒熱水，我洗把臉，洗過臉之後，我要出去。」

胡媽摸索著走進屋子來，向她問道：「昨天的事情……」

月容淡笑道：「求人哪有這樣容易呢，今天還得去。我所求的人，大概比我也好不了多少。」

胡媽道：「既是那麼著，你還去求人家幹什麼？」

月容道：「我現在並不是為了穿衣吃飯去求人，我是為了寂寞可憐，沒有人知道我，去求人。」

胡媽道：「這是什麼話，我不懂。」

月容道：「你不會知道這個。你不要問，你預備了熱水沒有？沒有熱水，涼水也可以。」

胡媽見她這樣性急，倒真的舀了一盆涼水給她洗臉。她洗過之後，在茶壺裡倒了一大杯涼茶，漱了漱口，隨著咽下去一口，放下茶杯在門框邊，人就走出了門。

今天是特別的興奮，下了極大的決心，向二和家走去。

這時，天空裡的大風挾著飛沙，呼呼亂吼，在街巷上空，布滿了煙霧，那街上的電線被風吹著，奏出了淒厲可怕的噓噓之聲。

月容正是對了風走去，身上的衣服穿得又單薄得很，風把這件棉袍子吹得只管飄蕩起來，衣襟鼓住了風，人有些走不動，只管要向後退。但是月容也不管這些，兩手放下來，按住了胸襟，只管低了頭朝前鑽了走著。有時風太大了，就地捲起一陣塵土，向人頭上臉上撲了來，月容索性閉著眼睛，扶了人家的牆壁走。

終於她的毅力戰勝了環境，在風沙圍困了身子的當兒，走到了目的地。

二和那個跨院子，那是自己走熟了的道路，再也不用顧忌著什麼，故意開著快步，就向那院子門裡衝了去。自己心裡也就估計著，這樣大風沙天，也許他母子兩個人都在家裡。見了二和，不要弄成這鬼樣，把身上頭上的土都揮揮罷。站在那跨院門下，抽出身上的手絹來，將身上臉上的灰著實的揮了一陣，然後牽牽衣襟向院子裡走去。

自然，那一顆心房差不多要跳到嗓子眼裡來。因為自己要極力的壓制住，這就在院子裡先高聲叫了一聲：「老太。」屋子裡有人答應了一聲：「誰呀？」擋住風沙的門，頓時打開了，出來一人，彼此見著，都不免一怔。

月容認得那個人是田二姑娘。怕碰見人，偏偏是碰見了人，只得放出了笑容，向她一點頭道：「二姑娘，好久不見啦，丁老太在家裡吧？」

二姑娘當看到月容的時候，也說不上是像什麼東西在心上撞了一下子似的，手扶了門框，倒是呆呆地站著望了她，一隻腳在門檻外，一隻腳還在門檻裡呢。這時月容開口了，她倒不得不答話，也微笑道：「喲，我說是誰，是楊老闆，這兒丁老太搬家了，我家搬到這屋子裡來了。」

月容道：「哦，他們搬家了？什麼時候搬的？」

二姑娘道：「搬了日子不少了。」

月容道：「搬到什麼地方去了呢？在這兒住著，不是很好的嗎？」

二姑娘頓了一頓，點著頭道：「外面風大，你請進來坐一會子吧。」

月容站著對那屋子窗戶凝神了一會兒，也就隨了她進去。

田二姑娘已是高聲叫道：「大嫂，咱們家來了稀客了。」

田大嫂由屋子裡迎出來，連點了幾下頭笑道：「這是楊老闆呀，今天什麼風把你吹了來？你瞧，我這人太糊塗，這不是正在颳大風嗎？」說著，還用兩手一拍。

月容見她穿一件青布旗袍，捲了兩隻袖子，頭左邊插了一把月牙梳，壓住了頭髮，像是正在做事的樣子，便道：「我來打攪你了吧？」

田大嫂道：「你幹嘛說這樣的客氣話？假如不是你走錯了大門，請也不能把你請到的吧？請坐請坐。」

她倒是透著很親熱，牽住了月容的手，拉了她在椅子上坐著。自己搬張方凳子挨了月容坐下，偏了頭向她臉上望著笑問道：「楊老闆，聽說你這一程子沒有唱戲了，怎麼啦？在家裡做活嗎？」

月容聽說，不由得臉上就是一紅，把頭低下去，嘆了一口氣道：「一言難盡。」

田大嫂倒是很體貼她，向她微笑道：「不忙，你慢慢地說。」

月容低下頭，對地面上很注意了一會子，低聲道：「據我想，大嫂你也應該知道的，我自己失腳做錯了一點兒事，這時你教我說，我可真有點不好意思。」

田二姑娘沒坐下，靠了房門站著，還將一個食指在舊門簾子上畫著，她那樣子倒是很自在。

月容講到這裡，大嫂向二姑娘看看，二姑娘微笑，月容抬起頭來，恰是看到了，但覺自己脊梁骨上都向外冒著汗，立刻站起來道：「我不在這裡打攪了，改日見罷。」說畢，已起身走到了院子裡。

田大嫂又走向前握了她的手道：「丁老太雖然不在這兒，咱們也是熟人啦，幹嘛茶不喝一口你就走？」

月容道：「改日見罷，我短不了來的。」

田大嫂還牽住她的手送到大門口，笑道：「王大傻子還住在這裡面呢。」

月容道：「他大概知道丁老太搬到哪兒去了吧？」

田大嫂笑道：「二和那孩子也不知怎麼了，有點臉薄，這回搬家，倒像有什麼不好意思似的，到底搬到哪兒去了，對誰都瞞著。你別急，你不找他，他還找你呢，只要戲報上有了你的名字，他有個不追了去的嗎？女人就是這一樣好。」

月容對她看了一眼，抽回手去，點個頭說聲再見，立刻走了。

天空裡的風，還是大得緊，所幸剛才是逆風走來，現在是順風走去，沙子不至於向臉上撲，風也不會堵住了鼻子透不出氣。順著風勢，挨了人家的牆腳下走去，走到一條大胡同口上，只見地面被風吹得精光，像打掃夫掃過了一樣。很長很長的胡同，由這頭看到那頭，沒有一個影子，僅僅是零落的幾塊洋鐵片，和幾塊碎瓦在精光的地面上點綴著，這全是人家屋頭上刮下來的。

月容由小胡同裡走出來，剛一伸頭，嗚的一陣狂吼，風在屋簷上直捲下來，有一團寶塔式的黑沙在空中打胡旋，這可以象徵風勢是怎麼一種情形。

月容定了一定神，心想：遲早總是要回去，站在這裡算什麼？於是，牽牽衣服，衝了出去，但是越走風越大，這一截胡同還沒有走完，有人叫道：「喂，這位姑娘到哪裡去？」

月容看時，一個警察，臉上架著風鏡，閃在人家大門洞子裡，向自己招手。因道：「我回家呀，不能走嗎？」

警察招著手道：「你快到這兒來說話，風頭上站得住嗎？」

月容依他到了門洞子裡。他問道：「你家在哪裡？」

月容道：「在東城。」

警察道：「在東城？你回去得了嗎？你先在這兒避避風，等風小一點，你再走。」

月容道：「我回家有事。」

警察道：「你什麼大事，還比性命要緊嗎？」

月容不用看，只聽到半空裡驚天動地的呼呼之聲，實在也移不動腳，只好聽了警察的命令，在這裡站著。

約莫有二三十分鐘之久，那狂風算是過去，雖然風還吹著，已不是先前那樣猛烈，便向警察道：「現在我可以走了吧？」

警察將手橫著一攔道：「你忙什麼的？這風剛定，能保不再起嗎？」

正說話時，這大門邊的汽車門開了，立刻有輛汽車攔門停住，隨著大門也開了。一個穿長袍馬褂的中年人，尖尖的白臉，鼻子下養了一撮小鬍子，後面一個空灰色短衣的人，夾了個大皮包，一同走了出來。

警察舉著手，先行了一個禮，向那小鬍子陪笑道：「這位姑娘是過路的，剛才風大，我沒有讓她走的。」

小鬍子道：「她家在哪裡？」

警察道：「她只說住在東城。」

小鬍子對她望望道：「你家住在哪兒？我也是到東城去，你順便搭我的車走一截路好不好？」

警察道：「這是郎司令，你趕快謝謝罷。」

月容心裡在想著，人實在是疲勞了，坐一截車也好，有警察介紹過了，大概不要緊，便向郎司令微鞠了一個躬道：「可是不敢當。」

郎司令笑道：「倒很懂禮，這沒什麼，誰沒有個遇著災難的時候，你上車罷。」

月容又向他看了一看，還透著躊躇的樣子。郎司令笑道：「別怯場，上去就是了。要不是大風天，我不能停著車子滿市拉人同坐。這也無非救濟的意思，不分什麼司令百姓。」

那個夾皮包的人，比司令的性子還要透著急，已是走到汽車邊，開了車門，讓月容上去。月容不能再客氣，就上車去，扶起倒座上的活動椅子，側坐下去。

郎司令上了車子，拍著坐的彈簧椅墊道：「為什麼不坐正面？」

月容道：「我颳了一身的土，別蹭著了司令的衣服。這樣好。」

說著話，車子已是開了，郎司令道：「你家住在哪兒？我的車子可以送到你門口。」

月容道：「不用，我在青年會門口下車得了。」

郎司令對她打量了一下，因道：「姑娘，我聽你說話很有道理，你念過書吧？」

月容也沒正臉對他，側了臉坐著，只是搖搖頭。

車子裡默然了一會，郎司令道：「很奇怪，我在什麼地方見過你似的，你認得我嗎？」

月容忽然一笑道：「我一個窮人家孩子，怎麼會認得司令？」

郎司令雖然不能把她拖扯過來，對她身上倒是仔細地看了幾遍，笑道：「我想起來了。」說著，將手在大腿上一拍。

月容被他這一聲喝著，倒有些兒吃驚，猛回頭向他看了一眼，郎司令又拍了一下腿道：「對了，對了！一點不錯，你不是楊月容老闆嗎？」

月容禁不住微微一笑。

郎司令道：「你也是很紅的角兒呀，怎麼落到這樣一種情形了？」

月容低下頭去，沒有答覆，可是她的耳朵根上，已是有一圈紅暈了。

郎司令道：「你倒了嗓子了嗎？不能吧？你還沒有唱多久呀。實在不相瞞，我偶然看過你一回戲，覺得你的扮相太好，後來就連接聽了一個禮拜的戲。隔了兩天沒去，聽說是你停演了，我正納悶，原來你還在北京。」

月容道：「我不願唱戲，並非是倒了嗓子。」

郎司令道：「那為什麼呢？」

月容道：「不為什麼，我不願唱戲。」

郎司令聽她又說了一句不願唱戲，雖不知道她為了什麼，但是看她那臉上懊喪的樣子，便道：「楊老闆，你有什麼事傷了心嗎？」

月容道：「傷心也不算傷心，可是……對不起，我不願說。」

郎司令看她這樣子，少不得更要端詳一番。汽車跑得很快，不多大一會就到了東單大街。月容不住地把眼睛朝前看著，看到青年會的房屋，就請郎司令停車。

郎司令笑道：「風還大著呢，我送到你門口不好嗎？」

月容搖搖頭苦笑著道：「有些兒不便，請你原諒。」

他微笑著，就讓車夫停車。月容下得車來，把車門關了，隔了玻璃，向車子裡點了個頭，道聲「勞駕」，自走開了。

回得家來，但見那屋子裡陰沉沉的，增加了一分不快，隨身躺在炕上，閉了眼，一言不發。耳邊是聽到胡媽跟著進了房，也不去理會她。

胡媽道：「家裡還沒有了吃的呢，去買米呢？還是去買麵呢？」

月容道：「我不吃晚飯了，你把牆釘子上掛的那件長夾袍拿了去當，當了錢，你買點現成的東西吃罷。」

胡媽道：「不是我多嘴，你盡靠了典當過日子，也不是辦法，你要快快的去想一點法子才好。」

月容道：「這不用你說，再過兩三天，我總得想法子。」

胡媽道：「別個女人窮，想不出法子來，那是沒法。你學了那一身玩意兒，有的是吃飯的本事，你幹嘛這樣在家裡待著？」

月容也沒有答覆，翻個身向裡睡著。

胡媽道：「那麼，我去當當，你聽著一點兒門。」

月容道：「咱家裡有什麼給人偷，除非是廚房裡那口破鐵鍋。賊要到咱們家裡來偷東西，那也是兩隻眼瞎了二隻半。」

胡媽在炕面前呆站了一會子，也就只好走了出去。

到這天晚上，月容因為白天已經睡了一覺，反是清醒白醒的，人躺在炕上，前前後後，什麼事情都想到了。直到天色快亮，方才入睡，耳朵邊一陣喧譁的聲音，把自己驚醒過來。睜眼看時，窗戶外太陽照得通紅。把自己驚醒的，那是一陣馬車輪子在地面上的摩擦聲，接著是譁譁的馬叫。

馬車這樣東西，給予月容的印象也很深，立刻翻身坐了起來，向院子外望著。事情是非常湊巧，接著就有人打了門環啪啪的響，月容失聲叫起來道：「他找我來了，他，丁二哥來了。」口裡說著，伸腳到地上來踏鞋子，偏是過於急了，鞋子撈不著，光了襪底子就向外面跑，所幸胡媽已是出去開大門，

月容只是站在屋門口，沒到院子裡去。聽到有個男子問道：「這裡住著有姓楊的嗎？」

月容高聲答道：「對了，對了，這裡就是。丁二哥！」隨著那句話，人是進來了，月容倒是一愣，一個不認識的人，蓄有八字鬍鬚，長袍馬褂的，夾了一隻大皮包進來。

那人老遠的取下了帽子，點著頭叫了一聲楊老闆，看他圓臉大耳，面皮作黃黑色，

並不像個斯文人。在他後面，跟了一個穿短衣的人，大一包小一包的，提了一大串東西進來。

月容見他快要進屋，這才想到自己沒有穿鞋子，趕快的跑到裡面屋子裡去，把鞋子穿上。那人在外面叫道：「楊老闆，請出來。這裡有點兒東西，請你檢點收下。」

月容心裡想著：這一定是宋信生的父親派人來運動我的。這得先想好了幾句對付的話，口裡說是「請坐」，心裡頭在打主意，牽牽衣服，走了出來。便見那人在桌上打開了皮包，取出兩截白晃晃的銀元，放在桌子角上，短衣人已是退出去了，那些大小紙包卻堆滿桌。

月容道：「啊，又要老掌櫃送了這麼些個東西來，其實我不在這上面著想的，只求老掌櫃同我想個出路。」

那人笑問道：「哪個老掌櫃？」

月容道：「你不是東海軒老東家請你來的嗎？」

那人且不答覆，向她周身上下看了一遍，笑道：「你是楊老闆，我們沒有找錯。」

月容道：「我姓楊，你沒有找錯，你是坐馬車來的嗎？」

那人道：「對的。」

月容笑道：「哦！二哥引你來的？他幹嘛不進來？我聽到馬車輪子響，我就知道是他來了。」

那人聽說，也跟著笑了。

二十四　現實逼人

人坐在家裡，忽然有人送錢來，這自是一樁幸運的事。像楊月容正在窮苦得當當買米的時候，有人送了大把銀錢上門，這更是幸運的事，但這絕不能是天上落下來的一筆財喜*，所以猜著是信生父親送來的運動費。

那人笑道：「楊老闆，你也善忘吧？昨天你不是坐了人家的汽車回來的嗎？」月容道：「哦，你是郎司令派來的？我和他並不認識，昨天蒙他的好意，送我到東城，我倒怪不好意思的，可是他並不知道我住在這裡。」

那人笑道：「別說你已經告訴他住在東城，你就不告訴他住在東城，有名有姓兒的人，他要找，沒有個找不著的。昨天晚上，我們司令就把你的情形打聽清楚了，說你生活很困難，他很願幫你一點忙。這桌上的大小紙包兒，是替你買的衣料，這錢，你拿著零花。你快一點兒把衣服做好，郎司令還要帶你出去逛呢。我姓李，你有什麼事，打電話找李副官，我立刻就來。這是我的電話號碼。」說著，在身上掏出一張名片，遞給月容。

她對桌上的東西看看，又對李副官看看，便搖頭道：「我又不認識郎司令，怎好平白的收他這些東西？」

李副官笑道：「昨天你們不是認識了嗎？」

月容道：「也不能那樣見一面，就收人家這些東西。東西罷了，這現錢……」

李副官笑著搖搖頭道：「沒關係，漫說是這一點兒，就再多些，他也不在乎。你別客氣，乾脆就收下來罷。再見，再見。」

他說著話，抓起放在桌上的帽子，兩手捧著，連連作了幾個揖，就推門走了出去。

月容跟在後面，緊緊地跟出了大門外來，叫道：「喂，李副官，你倒是把東西帶著呀！」

她說這話時，李副官已是坐上了他那漂亮的馬車，前坐的一位馬車夫，加上一鞭，刷的一聲，就把馬車趕著走了。

他坐在馬車裡，隔了玻璃窗戶，倒是向她微笑著點了幾點頭。月容只管叫，那車子只管走，眼望著那馬車子轉過了胡同角，也就無法再叫他了。

關上了大門，回到屋子裡來，那些送來的東西，首先送進了眼裡。

胡媽站在桌子角邊，原是在用手去撫摸那裝東西的紙盒子，當月容走進來的時候，她猛可地將手向後一縮，倒是向她笑道：「你不用發愁了，衣服也有了，錢也有了，早曉得是這麼著，就不該去當當。」

月容也沒有理會她，索性坐在椅子上，對了桌上那些紙包和洋錢只管發呆。

胡媽以為她嫌自己動過手了，只得低了頭，緩緩地走出去。

月容呆坐了有十分鐘之久，自言自語的道：「我也要看看到底有些什麼玩意兒。」於是走向前，先把大紙包透開，裡面卻是一件新式的呢大衣，拿出來穿著試試，竟是不肥不瘦，恰恰可以穿得。另有比這小一點的一個紙盒，猜著必是衣料了。也來不及脫下身上這件大衣了，一剪刀把繩子剪斷，揭開蓋子來看，卻是一套雪白的羊毛衫褲。在那上面，放著一張綢緞莊的禮券，標明了五十塊。既是紙包裡東西不容易猜，索性一包包的都打開來看看罷，看時，如絲襪，綢手絹，香胰子，脂胭膏，香粉，大概自回北京以來，手邊所感到缺乏的日用東西，現在都有了。再數一數桌上所放的那兩疊現洋錢，共是四十塊。

在計數的時候，不免撞了叮噹作響。胡媽在院子裡走得窸窣有聲，月容回看時，她那打滿了皺紋的臉上，所有的皺紋都伸縮著活動起來，正偏了臉向裡面張望。月容道：「這樣鬼頭鬼腦的幹什麼？進來就進來罷。這桌上的東西，還怕你搶了去嗎？」

胡媽手扶著門，顫巍巍的進來了，把那沒有牙齒的嘴，笑著張開合不攏來。因低聲道：「就是什麼事情也不幹，好好兒的過，桌上這些錢，也可以湊付兩個月了。」

月容搖搖頭道：「這個錢，我還不知道怎麼對付是好呢！你想，世界上，有把洋錢白捨的嗎？我是唱過戲的人，我就知道花了人家的錢，不大好對付。」

胡媽道：「你怎麼啦，怕花了人家的錢，會把你吃下去嗎？錢是他送來的，又不是你和他借的，你和他要的，你到了這個節骨眼上還怕什麼？來的那個人說，花錢的人要同你出去逛逛罷？你讓姓宋的那小子把你騙夠了，他也不要你了，你還同他守什麼身分？趁早找個有錢的主兒，終身有靠，比這樣天天過三十晚強吧？天可越來越涼了，今天屋子裡沒有火，就有點兒待不住。你當的那幾件衣服，也該去贖出來了。錢是人的膽，衣是人的毛，身上穿得好一點，見人說話，也有一點精神。」

月容把整疊銀元依然放在桌上，卻拿了一塊錢在手，緩緩地輕輕地在桌上敲著，帶了一些微笑道：「這也是合了那句話，肥豬拱廟門，十分好的運氣，趁著這好運氣，我倒要去想一點兒出路。」

胡媽把桌上的大小紙包，全都給她搬到裡面屋子裡去，走近了她的身邊，微彎著腰道：「姑娘，不是我又要多嘴，你應該趁了身上有錢的時候，製幾件衣服穿著。你就出去找找朋友，請大家幫一點忙，人家看到你穿著不壞，也許念起舊情來，真會替你找出一條路來。譬如就說是唱戲罷，你穿得破破爛爛的去找朋友，人家疑心你是無路可走了，又回來唱戲，先帶了三分瞧不起的意思。你要是穿得好好兒的去，他就說你有唱戲的癮，也許你唱紅了，他要來請求著你，還得巴結你呢。」

月容同她說話，又把放在桌上的銀元抓了起來，翻覆著只管在手上算，算了十幾遍，不知不覺地就揣到口袋裡去。

胡媽跟著走進房來，見炕上放的那些大小紙包，皺起了眼角的魚尾紋，彎了兩個手指，哆嗦著指了道：「你瞧，準值個百來塊錢吧？」

月容淡淡地一笑道：「別說是這麼些個東西，就是比這多十倍我也見過。見過又怎麼樣？有出無進的一口氣，到了總是窮。」

她說這了這話，把一條腿直伸在炕沿上，背靠了炕頭的牆，微閉了眼，把頭歪斜到一邊去。胡媽看看這樣子，已是不能把話續下去，就自言自語地走出去，嘰咕著道：**「不能因為發過財的，把東西就不看在眼裡。誰教你現在窮著呢？人要到什麼地步說什麼話。」**

月容坐在炕上，卻是把話聽到了，心裡想著：別瞧著這老媽子糊塗得不懂什麼，可是她這幾句話，是說得很對。瞧不起這些東西怎麼樣？現在窮著呢，想要這麼些東西十分之一，還想不到呢！

想到了這裡，把眼睛睜開來，向炕上放的東西看了一看，再估計值得多少錢。由東西上又看到了身上的大衣，將手撫摸著，看看沒有什麼髒跡，還折過來一隻衣裳角看看，看到那衣服裡子還是緞子做的。點了兩點頭，自言自語的道：「這個郎司令做事倒是很大方的，這個日子要他幫一點忙，大概是可以的。」於是站在地上，牽牽自己的衣服，在屋子裡來回的走了幾次。

胡媽二次進屋子來，手握了門框，偏了頭，向月容身上看看，點著頭笑道：「這位司令待你很不錯，這個好機會，你可別錯過了。」

月容道：「話雖如此，但是我也受過教訓的。**男人要捧哪個女人，在沒有到手的時候，你要他的腦袋，他也肯割給你的，可是等他把你弄到手之後，你就是孫子了。**你好好的伺候著他，他還可以帶著你玩兩天，你要是伺候得不好，他一腳把你踢得老遠。那個時候，你掉在泥裡也好，掉在水裡也好，誰也不來管你，那就讓你吃一輩子苦了。」

胡媽跨過門檻，把頭伸過來，向她臉上望著道：「姑娘，你還得想想呀，在你的意思，以為姓宋的是把你踢到泥裡水裡來了罷，可是現在不有人又來拉你了嗎？可也見得就是跌到泥裡去了，還是有人把你拉了起來。」

月容笑笑道：「對了，將來我跌到泥裡水裡了，還圖著第三個人把我拉起來呢！那麼，**我這一輩子就是在泥裡水裡滾著罷**。我想回來了，我不能上當。」說著，兩手將大衣領子一扒，反著脫了下來，就向炕上一扔，還把腳頓了兩頓。

胡媽也沒有理會到她是什麼意思，笑道：「你瞧，東西堆了滿炕，我來歸理歸理罷。」

月容道：「對了，歸理歸理罷，等他們有人來的時候，這些東西完全讓他們拿了回去。我反正不能為了這點東西自賣自身。胡媽，你當了多少錢？」

胡媽道：「我因為你睡著沒有告訴你，當了五錢銀子。要贖的當，多著呢，一塊兒贖罷。」

月容道：「哼，贖當，這郎司令送來的幾十塊錢，我一個也不動的。當的五錢銀子，大概還可以花一兩天吧？」

胡媽正把東西向炕頭上的破木箱子裡送了進去，聽了這話，手扶箱子蓋，兩腿跪在炕沿上，回頭望了她，簡直不知道移動。

月容坐在椅子上，手撐在桌子沿上，托住了自己的頭，也是懶懶地向她望著道：「你發什麼愣？我的意思，你還不明白嗎？」

胡媽道：「你什麼意思？不願花人家送來的錢？」

月容道：「我為什麼不願花？我有那樣傻？覺得關起門來挨餓好些嗎？可是**花了人家的錢，一定要想法子報答人家的。我報答人家只有這一條身子**，要是我見錢就賣，那不如我厚著臉去見師傅，我去唱我的戲。」

胡媽這才蓋好了箱子，走下炕來向她一拍手道：「我說什麼？早就這樣勸過你的，還是去唱戲。」

月容那隻手還是撐了頭，抬起另一隻手，向她搖了幾搖道：「你先別嚷，讓我仔細的想上一遍。」

胡媽是真的依了她，就不再提此話。

當天晚上，大風二次的颳起，這就不像前日的情形，已是很冷，月容將一床被捲得緊緊的，在大炕上縮成一團。次日早上起來，穿上了那件薄棉袍子，只覺得背上像冷水澆洗過了，由骨頭裡面冷出來。便隔了窗子問道：「胡媽，你把火攏上了沒有？今天可真冷。你把爐子搬到屋子裡來做飯罷。」

胡媽把一隻小的白泥爐子，戰戰兢兢地搬到屋子裡來，向她做了苦臉子道：「就剩這一爐子煤了，錢是有限的，我也沒敢去叫煤。你身上冷得很罷？兩隻手胳膀就這樣抱在胸面前。你不會把那件大衣穿起來，先暖和暖和嗎？」

月容道：「現錢放在箱子裡，我也不花他一個呢，怎能穿他送的大衣？」胡媽向她看看，也沒有言語。

就在這時，門外又有人打著門環啪啪亂響，月容皺了眉道：「這樣大的風，有什麼人來？準是那個甚麼狠司令虎司令派人通知我。你去開門，就說我病在炕上沒有起來。」

胡媽緩緩地出去，門環響著，那還正是催促得緊。

過了一會，胡媽踉蹌跌了進來，向月容道：「姑娘，你說是誰來了吧？」

月容道：「不就是昨天來的那個李副官嗎？」

胡媽道：「哪裡是？你猜是誰呀？」

月容道：「咱們家裡還有幾個人來？大概是……」

外面屋子裡，有了一個粗暴的男子聲音，問道：「楊老闆，收房錢的來了。」

月容哦了一聲，答不出話，也不敢出去。

那人又道：「楊老闆，你已經差上兩個多月了，再要不給，我實在交代不過去。」

月容由門簾子縫裡向外張望了一下，那人道：「你今天不給房錢，沒別的，請你明天搬家。漫說你還欠兩個月房錢，就是不欠，知道你家裡沒有男人，我們東家還不肯賃給你呢。」

月容道：「我們統共住你兩個月房子，就欠你兩個月房錢嗎？搬進來付了你們一個月茶錢，不算錢嗎？」

那人道：「還說呢！搬進來以後就不付錢。這樣的好房客，誰敢賃！你不付錢，我在這裡等著，你不出來可不行。」

月容偷向外面房子看去，見那人靠了四方桌子坐下，架起腿來很得意的顫動，口裡斜銜了一支菸捲，向外慢慢地噴著煙。

月容看他不走，低頭望望自己身上，那薄薄棉袍子，還有不少的髒跡，只得把那件疊在炕頭邊的大衣穿在身上，走了出來。

那人並不起身，繃住了橫疤子肉的臉，向她冷眼看了一下道：「有茶嗎？勞駕倒口水來喝喝。」

月容兩手插在大衣袋裡，靠門站定，不由得也把臉沉下來，瞪著眼道：「這房錢一個月多少錢？」

那人笑道：「咦，你住了兩個月房，多少房錢，你還不知道嗎？每月是五塊，兩個月是十塊。」

月容道：「哦，也不過欠你十塊錢。你就這樣大的架子，假使我馬上就搬，除了那個月茶錢，也只用給五塊錢罷了？」

那人淡笑道：「五塊錢？五塊錢就不易嗎！」他口裡說著，兩隻腳架著，連連顛了一陣。月容鼻子裡哼了一聲，立刻縮進房去。

再出來時，噹的一聲，取了五塊錢放在桌上，把頭一昂道：「這是一個月的房錢，還有五塊茶錢，合算起來，就是十塊。兩個月房錢全有了。你在我們面前擺什麼架子！月不過五，再住一天，我找房搬家。你拿出房摺子來，讓我寫上。」

那人倒想不到她交錢有這樣的痛快，便站起來笑道：「並非我有意和你為難，我們捧人家的飯碗，專門同人家收房錢的，收不到房錢，我就休想吃人家這碗飯。」

月容伸出手來道：「什麼話也不說了，你拿出房摺子來罷，我要寫上房摺子才讓你走。」

那人將房摺子拿出來，月容拿到裡面屋子裡去，將數目字填上。自己也不拿出來，卻叫了胡媽進去，返身出來，遞給那人。那人沒有意思，悄悄地走了。

胡媽關了街門，復又進來問道：「姑娘，你是動用了那款子給的房錢嗎？」

月容手撐了頭，靠著桌子坐著，無精打彩的答應了一聲道：「那叫我怎麼辦？收房租的人那一副架子，誰看了也得討厭，何況他賴在這裡又不肯走。事到了緊要關頭，我也顧不得許多了，只好把那筆整款子先扯用了再說。我動用了多少，將來再歸還多少也就是了。」

胡媽道：「既然如此，我們索性挪用了兩塊罷。你瞧，天氣這樣涼，你還沒有穿上厚一點的衣服，叫一百斤煤球來燒，這是要緊的事。」

月容還是那樣撐了頭坐著的，嘆口氣道：「**現在用是好用，將來要還錢的時候，怎麼樣子還法呢？**」

胡媽道：「你沒有挪動那錢，我不敢多嘴，現在你既然動用了，你用了五塊錢，固然是要想法子，你花了人家七塊錢，也無非是想法子找錢去，反正是將來再說。你怕什麼？」

月容聽她說到了一個冷字，彷彿身上冷了兩倍，於是將手伸到煤火爐子上，反翻不停地烘著。

胡媽道：「你瞧，你這件綠袍子，袖口上都破著，漏出棉花來了，照說，不冷你也該換一件新棉襖穿了。」

月容向她搖了兩搖手說：「你別攪亂我的心思，讓我仔細想想罷。」說著，在衣袋裡掏出兩個銅子，握在手掌心裡連搖了幾下，然後昂著頭向窗外道：「老天爺，你同我拿個主意罷，我若是還可以唱戲，我這銅子兒扔下去，就是字；我若是不能夠唱戲，扔下去就是花；兩樣都有，那就是二和會來尋我。」說著，手掌托了兩個銅子，拍著向桌上一跌，卻是兩個字。

月容道：「什麼？我真的可以去唱戲嗎？這個我倒有些不能相信，我得問上第二回。」

胡媽道：「你別問了，占卦就是一回，第二回就不靈了。」

月容哪裡管她，撿起兩個銅子，將手合蓋著搖撼了幾下，又扔下去，看時，兩個銅子又全是字。

胡媽比她還要注意，已是伏在桌沿上，對了桌面上看去，笑著拍手道：「你還說什麼！老天爺到底是勸你去唱戲罷？」

月容道：「既是這麼著，等明天大風息了，我去找我師傅罷。」

胡媽笑道：「你要是肯去找你師傅，就是不唱戲，十塊八塊錢，他也可以替你想法子的。」

月容忍不住向她微笑道：「你的意思我明白，還是把箱子裡的錢動用幾塊罷。」

胡媽皺了眉道：「我沒有什麼，反正是一條窮苦的命，不過我看到你這樣受拘束，倒是怪作孽的。」

月容猛可地起身，到炕頭上箱子裡取出兩塊錢來，噹的一聲，向桌子上面扔著，對她望著道：「你拿去花罷，反正我是下了爛泥坑裡的人，這雙腳不打溼也是打溼了。」說著，長長地嘆了一口氣。

胡媽對於她的話，也懂也不懂，倒不必分辯，拿著錢走了。

月容籌劃了大半天，想來想去，果然還是胡媽無知識的人所說的話對，決定次日起個早，就到楊五爺家裡去求情。不想在這天晚上，又出了岔事了。

約在八點鐘的時候，煤油燈裡面的油汁是上得滿滿的，燈芯扭出很高大的火焰光裡，月容是靠了桌子坐定，將幾冊手抄本的戲詞，攤在面前看。旁邊放了一個火爐子，煤火是燒得很興旺。除有一把新洋鐵壺燒著開水而外，爐口上還烤著幾個芝麻醬燒餅，桌子角上放了兩小包花生仁兒，是就燒餅吃的。

胡媽洗完了碗筷，沒有事，也搬了一張方凳子坐在屋子角落裡打瞌睡，她那鼻息聲倒是和開水壺裡的沸水聲，互相呼應著。

月容望了她笑道：「你心裡倒踏實了。」正說著呢，外面又有了拍門聲，月容不由得咦了一聲道：「怎麼著，這晚有人來敲門，難道還有人送了東西和錢來嗎？」便拍醒了胡媽，讓她出去開門，自己緊貼了窗戶，由紙窟裡向外張望。

在大門開合聲以後，接著滿院子裡都是皮鞋雜遝聲，這就有人道：「啊，這院子裡真黑，司令小心點兒走。」

月容聽說，卻不由得心裡一跳。果然是郎司令的口吻叫起來道：「楊老闆，我們來拜訪你來了。透著冒昧著一點兒罷？」

在這些人說話的當兒，郎司令已是走到外面屋子裡來，接著就有人伸手，將門簾子一掀。

月容心裡一機靈，便道：「請在外面坐罷，我這就捧燈出來。」口裡說著，已是左手掀簾子，右手舉燈，到了房外，將頭閃避了燈光，向站在屋中間的郎司令點了兩點頭，可是自己心房已是連連的跳上了一陣。把燈放在正中桌子上，正待回轉身來，招呼郎司令坐下，不想他和李副官全已坐下，另外有兩個穿制服，身上背了盒子炮的大兵，卻退到屋子門口去站著。

月容手扶了桌沿，對他們望望，還不曾開口呢，郎司令抬起右手，將兩個指頭只管捋那短小的鬍子，李副官卻坐在裡屋房門口，斜伸了一條腿，正好把進門的路攔住。他倒向人點點頭笑道：「楊老闆，也請坐罷。」

月容本來想對郎司令說，多謝他給的東西，一看到房門給人攔住了，到院子裡去的門也有人把住了，倒不知道怎麼是好，一發愣，把心裡所要說的話給駭回去了。郎司令還捋著鬍子呢，見她穿的那件綠袍子，緊緊地長長地裹住了身體，所以身上倒是前後突起好幾處，那白嫩的臉皮雖沒有擦胭脂，可是帶了三分害臊的意味，在皮膚裡層透出了淺淺的紅光來。

她側著臉子，逼近了燈光，正好由側面看到她的長睫毛向外擁出，頭髮垂齊了後腦，是微微地蓬著，因笑著先點了兩點頭，回轉來向李副官道：「你把話對她說一說。」

李副官道：「楊老闆，你怎麼不坐下，也不言語？郎司令聽到我回去說你家裡這一番情形，很有意幫你的忙。現時汽車在門口，咱們一塊兒出去，找個地方吃點東西，談談，好不好？」

月容將扶在桌沿的手，來回摩擦，不抬頭，也不說話。

李副官道：「回頭我們還把汽車送你回來，你怕什麼的？」

月容默然了很久，猛可地將身子一扭，窸窸窣窣地有聲。

郎司令略一低頭，有了主意。見桌上還剩有大半支洋燭，就拿了起來，只回頭對李副官望著，他已會意，立刻在身上掏出打火機來，將燭點上。

郎司令左手拿了燭，右手擋了風，開了四方步子走著，笑問道：「戲臺上客人歇店，拿燈照照，有沒有歹人，是不是這個樣子？」

李副官笑道：「司令做什麼像什麼，可不就是這個樣子嘛？」

李副官微笑著，繞上桌子那邊，將燭向月容臉上照來，見她兩行眼淚串珠一般，向兩腮掛了下來，因道：「這奇了！我們來了，也沒有一句不中聽的話，楊老闆為什麼傷起心來？」

月容索性一扭，對著裡面的牆，那窸窸窣窣的小哭聲更是不斷。

李副官手捧了洋燭，站在她後面，倒有些不好轉彎，向郎司令微笑道：「你瞧，這是怎麼一回事？」

郎司令就走過來，將蠟燭接住，笑道：「這沒有什麼，小姑娘見著生人，那總有點難為情的。」

郎司令笑道：「那也好，咱們有話慢慢地說。」他說畢，依然退到原來的椅子上坐著。

李副官將洋燭放在桌上，兩隻巴掌互相搓了幾下，還微微地一鞠躬笑道：「自然的，我們交情淺，你還不能知道我們司令是怎樣一種人。司令辦起公來，打起仗來雖然很是威武，可是要談起愛情來，那是比什麼斯文人都要溫柔些的。你不願同我們出去玩，或者不願我們到這兒來，你都可以說，為什麼哭了起來呢？」

月容本想說一句，並不是為這個，可是這話只是送到嗓子眼裡，又忍了回去，依然是對了牆，繼續地掉眼淚呢。

二十五　進退兩難

楊月容為什麼哭，她自己也說不出個所以然。

這時，李副官站在後面又解釋了幾句，更教自己沒法子來答覆，所以還老是對了牆站住。後來郎司令向李副官招招手道：「也許是今天帶了弟兄來，她受了驚了。這沒什麼，今天不算，明天咱們再來。」

李副官道：「楊老闆，你聽見沒有？郎司令怕你受驚，明天一個人再來。可是話得說明，你不能夠聽到說我們明天要來，你就老早的溜走了。」

郎司令笑道：「這個倒不用你煩心，真是怕她走，給偵緝隊去個電話，他們就會來掛椿的。不過那樣辦，也未免小題大做了。」

李副官笑道：「這倒是我多話了，不過，我還要問楊老闆兩句言語，答應不答應倒沒有關係。你家境很寒，又沒有個人來維持門戶，你是不是還打算唱戲呢？」

胡媽的兩個兒子都當過大兵，她倒是不怕掛盒子炮的，已是沏了一壺茶，兩手捧著送了進來。

郎司令一擺手道：「茶不用喝了，我們問你兩句話。」

胡媽將茶壺放在桌上，掀起一片衣襟來擦著手，笑道：「司令，我可不懂什麼。」

郎司令笑道：「我們只問你所懂得的，你家楊老闆有什麼不順心的事嗎？」

胡媽道：「您是像一把鏡子一樣的，還不照得我們徹亮嗎？」

郎司令道：「你們的日子難過，我也知道，可是不過差錢用罷了，也沒有別的。前天李副官送來的錢，還不夠還債的嗎？」

胡媽道：「倒不是為了這個，你給的那些錢，她還不肯花，她怕花了，還不清你的原數。」

郎司令笑道：「傻孩子，我既特意派人送錢給你了，我還能讓你把錢退回嗎？這且不管，你只管是把錢退回給我，還有什麼打算嗎？不能盡坐在家裡挨餓。」

胡媽道：「她的意思，想去唱戲，可是同她師傅鬧過彆扭了，這會子去見師傅，又怕師傅說閒話，所以透著進退兩難。」

郎司令哈哈笑道：「老李，你聽見沒有？楊老闆掉淚，是向我們抱委屈，這我們更得幫忙。」

李副官本來抽回身，到原地方坐下了，這又走過去，離著月容約莫有一尺多路，低聲道：「楊老闆，這一點小事，你全不用放在心上。你覺著唱戲為難，就不用唱戲了，一個月要花多少錢，郎司令就能補貼你。」

月容總是對了那堵牆，也不答話，也不回轉身來。

郎司令站起身來笑道：「老李，咱們走罷，男女之間，最好是不要用一絲一毫勉強的手段，我很願用一點誠心去感動她。這就是說，別瞧軍閥都不是講理的，可是這裡面也有好人呢。楊老闆，再見罷。」

他說著，已是走出了那屋門，在院子裡叫道：「哦，老李，我忘了一件事，你賞老媽子幾個錢罷。她幫工幫到這種地方來，哪裡還找得著零錢花。」

李副官在袋裡一掏，摸出一疊鈔票，就掀了一張五元的給她，胡媽兩手合掌接住，口裡連連的念道：「這可了不得，謝謝你，謝謝你。」

李副官道：「不是我的錢，你出去謝謝司令罷。」胡媽就和李副官一同出來，向郎司令道謝，直送到大門口去。

月容面牆站定，直聽到皮鞋聲已經走過了院子，才敢回轉身來，胡媽已是笑嘻嘻地走進了屋子，向她笑著皺了眉道：「姑娘，今天你是怎麼啦？無論怎麼，人家來了，沒什麼歹意，你為什麼背對了人還哭呢？」

月容由衣鈕扣上抽出了手絹，緩緩地擦著眼淚，因道：「你倒說的好，沒什麼歹意！你想咱們一個好好的人家，半夜三更的，人家就帶了大兵闖進來，這把咱們還看成了一個什麼人呢？就是當窯姐兒的罷，人家也得帶三分笑臉瞧著。我是他的奴才，到了這晚上，砰砰砰砰的他捶開了街門，就可以向我屋子裡跑？要不是我一機靈，把燈端到外面屋子裡來，他準會坐到我的炕頭上去。咱們受了人家這樣無禮的對待，還是不敢說一聲兒，得向人家來個笑臉，我心裡一委屈，我就忍不住要哭。」

胡媽道：「那是你想不開，郎司令那麼大的官，肯到咱們家裡來，就是太陽老爺兒照進屋子裡來了。你是沒出去瞧見，那一輛汽車，真好，比八人大轎還要大，兩個護兵在車外面一站，哧溜一聲兒的開走了。這要是沒錢，就能這麼辦嗎？」

月容一扭脖子道：「別不開眼了，汽車不論大小。把燈捧進去罷，我要睡覺，讓我躺到炕上，慢慢兒地去想。」

胡媽捧了燈，將她送進房，將燈放在小桌上，自己靠了門邊，向月容望著。

月容背對了門，解長衣的鈕扣，脫了鞋，爬上炕去，回轉身來，看到了她，問道：「你還站在這兒幹什麼？」

胡媽瞇了一雙老眼，向她笑道：「我的意思……」

月容將兩隻手同時向外揮著，因道：「你有意思。你的意思我明白，讓我當郎司令一份外家。老實說，**要我當人的外家，哪一天我都能辦到，我就是不幹！**我要走那一條路，我還不如去唱戲呢。」

胡媽一伸脖子，將嘴半張開著，月容道：「不用說了，不用說了，去睡覺罷。」胡媽也無法子再說什麼，微微地嘆了一口氣，自掀門簾子走了。

月容睜著大眼，望了小桌上的燈，清醒白醒的在炕上躺著，直聽到胡同裡的更鑼打過了四更，方才睡著。自然這一晚的沉思，總想到了一些出路，決定次日起來，照計行事。

雖然睡得晚，然而到了早上九點鐘，她就起來了。胡媽也是剛剛的起床，擺了一隻白爐子在屋簷下，正用火筷子向裡搗爐灰，便扶了屋門，向她頓腳道：「我等著要盆熱水洗臉，爐子還沒有攏著，這不是搗亂嗎？」

胡媽道：「喲，這大早的你趕著洗臉，向哪兒去？」說時，彎了腰，將兩根長火筷子只管伸到冷爐灰裡面搗動，爐子裡是呼嚕子作響。

月容道：「你沒有聽到那個狼司令虎司令說嗎？要通知偵緝隊在咱們門口掛椿。掛椿這個暗坎兒，我是知道的，那就是派了便衣偵探在咱們家附近把守著，我要到哪裡去，他們也得跟上。要是真那麼辦，你想那豈不是個大累贅？所以我想著，趁了今日早上，他還沒有派人來的時候，我先出去，找好一個藏身的地方。」

胡媽只看了她一眼，並沒有答話，似乎對於她這個主意很不以為然。因為月容站在屋子門裡面，縮著一團的，只管催著要熱水，只好找了幾根硬柴棍子，塞到爐子眼裡去燒，也來不及添煤，火著了，將瓷鐵小臉盆舀了一盆涼水，就在爐子上架著。

月容跑到爐子邊來，伸手到水裡去探試了幾回，摸著水有些溫熱了，立刻端了盆進屋子去，掩著門正彎著腰在桌上洗臉呢，卻聽到胡媽在院子裡同人說話。始而以為是送煤或挑水的，沒有介意，後來聽到有個粗暴的男子聲音，叫道：「你就拿得了主意嗎？你進去問問看。」

月容問了一聲：「誰？」打開屋門來，看到卻是一愣。

這是胡同口上二葷鋪的掌櫃小山東。他頭上戴了黃氈帽，身上穿了藍布棉襖，攔腰繫了一根白線編的粗板帶，籠了兩隻袖子，沉下那張黃黑馬臉，頗有點不妥協的神氣。

問道：「掌櫃的，你又來要帳來了吧？」

小山東淡笑道：「楊老闆，直到昨天，我才知道您是梨園行的。您是有法子想的，幹嘛瞞著？」

月容道：「我們自搬來的時候，蒙你的情，賒過幾天東西吃，這是我記得的。可是你賒帳的時候，認的主兒是姓宋的，不是我吧？」

小山東脖子一伸道：「咦，這樣說起來，倒是賒帳賒壞了，別的不用說，我問您一句，炸醬麵，饅頭，蔥油餅，多著呢，我也算不清，你吃過沒有？」

月容道：「吃過怎麼樣，吃過了就應該我給錢的嗎？」

她說是說出來了，然而臉腮上已經飛起兩塊紅暈。

小山東冷笑道：「吃飯不給錢，這是你們的理？」

月容道：「譬如說，人家在館子裡請客，客人吃了館子裡的東西，也得給錢嗎？還是做主人的給呢？」

小山東道：「雖然是做主人的給錢，可是做主人的溜了，大概在席的客人也跑不了。姓宋的賒的東西，在你們院子裡吃的，漫說你們一家人，就是請來的客，我也可以同你要錢。這錢你說給不給罷！若是不給，我去找巡警來講個理。」

月容道：「找天王來也不成，我沒有錢。」

小山東道：「你準沒有錢嗎？楊老闆，你可瞞不過我。這兩天，你家門口天天停著汽車，不是有錢的朋友，就是有錢的親戚。你家有坐汽車的人，會給不起這點小款子嗎？那你是成心。不給錢不行！我今天在這裡耗上了。」
胡媽在小廚房走出來問道：「到底欠你多少錢？你這樣兇？」
小山東道：「沒有多少錢，兩塊來錢吧。」
胡媽在身上一掏，掏出那張五元鈔票向他臉上一揚，笑道：「要不了罷？你找錢來。」
小山東接了錢，笑著拱拱手道：「勞駕，勞駕，我一刻兒就找錢來。」說著，一扭頭就走了。
月容見胡媽給了錢，又不便攔住他，等小山東走了，就頓腳道：「你這是什麼意思？錢在你手上咬人嗎？」
胡媽隨著進屋來，將房門掩上，低了聲音道：「那五塊錢，你還不打算花嗎？早上的糧沒有了。姑奶奶，不是我說你，你真有點兒想不開。有瞧見大把洋錢不花，情願挨餓的嗎？你若是真沒有錢，我們幫工的，要麼不幹；要麼，念著過去的情分，白幫你幹兩個月，這都不吃勁。你現在有錢，讓我白瞧著挨餓，你也有點忍心吧？」
月容道：「胡媽，你別想錯了。你看我這人是捨不得花錢的人嗎？無奈這是人家的錢，我不敢動。」
胡媽道：「並不是我多活兩歲，就端老牌子。瞧你為人，實在有許多地方見不到。你現在走這條路也不好，走那條路也不好，總想去找師傅。找師傅怎麼著？還不是靠人家門框，混一碗飯吃嗎？不用說他收留不收留罷，你這一去，先得挨上一頓罵。現在炕頭上箱子裡放著那麼些個洋錢，你不肯花，情願挨餓受氣，我真有點兒不明白。」

月容坐在椅子上，手撐了頭，目注視了地上，默然無言。

胡媽道：「讓我瞧炕頭上那些個錢，還只管受憋，我這窮老幫子可不行。你要出去，你只管出去。」

這句話提醒了月容，回到裡面屋子裡，對炕頭上的箱子瞧瞧，別說是鎖了，根本就沒有箱搭扣。爬上炕，掀開箱蓋子，兩截白晃晃的洋錢，就放在箱子裡零碎物件的浮面。手扶了箱蓋，先怔了一怔，不免把現洋全拿出來，要向身上揣著，但是只揣了二三十塊錢到袋裡去的時候，便覺得那衣服底擺要沉墜下去。自己不免搖頭想了一想，將幾十塊現洋揣在身上，滿街去找人，這卻現著不妥。縱然是把現洋全帶著，放在屋子裡的這些衣料同襪子鞋子，全是散亂放在炕上的，這又焉能保得了不遺失一件？於是把現洋掏出來，還是放到箱子裡去，只坐在炕上發呆。

呆坐到了十二點鐘，起床早的人肚子有些餓了，於是向窗子外叫道：「胡媽，你還沒有做飯嗎？」

胡媽很大的嗓音答道：「做飯？你說了，炕頭箱子裡的錢是不動的！你存在我這裡的錢，只有幾毛了，我要大手一點兒的話，一頓就可以吃光。我不敢胡拿主意去給您辦午飯，您要吃什麼，您說罷。我沒有什麼，反正是天天嚼乾燒餅，我再買兩個燒餅嚼一頓就得了。」

月容聽著，倒不由得心裡動了一動，便道：「我也沒有叫你天天嚼乾燒餅，不過偶然湊付一兩頓。既是那麼著，這一頓午飯隨你的便，你想吃什麼就吃什麼。」

胡媽道：「愛吃什麼就吃什麼嗎？你一共只有幾毛錢……」

月容道：「你不用說了，這兒拿一塊錢去花罷。炕頭上放了幾十塊錢，別說你忍不住這分兒餓勁，我也忍不住這分兒餓勁了。」

胡媽笑嘻嘻地走了進來，兩手一拍道：「真的，並不是我說那不開眼的話，我要是不用錢，架不住那箱子裡的大洋錢，只管衝我招手。」

月容在箱子裡取出一塊錢來，噹的一聲向桌上一扔，接著又嘆了一口氣。

自這時起，**月容所認為不能動的一筆錢，一動再動，已經是動過好幾次了**。雖然對於整數，還不過是挪動了十分之一二，但是這所動的十分之一二，現在要補起來，也不可能了。

吃過了午飯，月容沏了一壺茶，坐在炕頭上喝，煤爐子搬到屋子裡來，把全屋子烤得熱烘烘的。自己斜坐在炕上，靠了疊好的被褥，半帶了躺著，微閉了眼睛，做一個長時間在考量。心裡正想著，就算動用過幾塊錢，馬馬虎虎的全退還給郎司令，退還以後……

這時，胡媽跌撞著走了進來，那腳步踏著地面，是咚咚有聲。月容猛可地向上一坐，睜眼望著，問道：「又是怎麼了？」

胡媽兩手張開，抓住了門兒，把脖子伸了進來，瞪著眼，搖搖頭道：「這房東真不是人！咱們昨兒個剛辭房，現在他就在大門上，貼上房帖了。」

月容將手輕輕捶了兩個胸脯，笑道：「瞧你這鬼頭鬼臉的樣子，駭我一大跳。咱們既是辭了房了，人家當然要貼房帖，這又何足為奇？」

胡媽道：「那麼說，更幹啦！您什麼腳步都沒有站穩呢，又要鬧著搬家。咱們哪裡來的那些個錢？」

月容道：「就怕咱們不能實心實意的搬家，假如咱們願意搬家，大概錢這件事，還用不著我們怎樣的擔心呢。」

正說著，院子裡有人叫道：「你們街門也不關，仔細跑進歹人來，把你們府上的傳家寶要搶了走。」

月容聽那聲音，就知道是李副官，只得帶了笑容迎出屋來。

李副官推門之後，見她臉上有了笑容，也就很高興。便取了帽子在手，連連拱了幾下手道：「昨天晚上打攪你，真是對不起。」

月容想起昨晚向著人家哭的事，不由得臉上一紅，勉強輕輕地說了一聲「請坐」。

李副官道：「門口貼了房帖了，你們打算搬家嗎？」

月容怎好說是沒錢給房錢，房東轟人走？只是輕輕地唔了一聲。

李副官道：「你們要搬家，好極了。找房的事，交給我啦。」

月容點著頭，說了一聲「謝謝」。她這一聲「謝謝」，本來是客氣之辭，不料李副官聽到，倒以為她是承認了他的請求，這一個錯誤，關係非小，大門口的招租帖子，更要牢牢地貼住了。

這招租帖在大門口，貼到三日以後，卻來了月容晝夜盼望的丁二和。

這是天色斷黑不多久的時候，天空裡撒上了幾點星光，胡同裡的路燈，不大光亮，更是讓那牆頭上乍升的月亮，斜照著這大門外的老粉牆雪白。

王傻子挑了一副皮匠提子，二和挽了一隻盛花生的籐筐子，說著話，走了過來。

王傻子道：「她那天到我那裡去的時候，我不在家。田大嫂子讓她坐了一會，她只說住在這兒，沒提別的。當時，我一點不知道，直到昨兒個，我才知道這消息，找了你一天，也沒有把你找著。」

二和道：「這也來得不晚。不過她的眼睛更大了，我弄成了這副寒磣樣子，她是不是睬我們，還不知道呢。」

王傻子道：「那不管她，咱們知道她住在這兒，若是不來，那是咱們心眼兒小，咱們來了，就盡了咱們的心。見了她，咱們別提……哦，不對吧？這，喲！門框上好像是貼了房帖。」

說時，王傻子卸下了擔子在大門口，二和近前一步，對門框上看著，點頭道：「是房帖，吉房招租四個字，很大，看得出來的。你別是聽錯了門牌吧？」

王傻子道：「我清清楚楚的聽說是五十號。我還想著呢，這好記，就想著一百的一半得了。」

二和道：「也許這是獨院兒分租，裡面還有人，敲門試試。」於是伸手將一隻單獨的門環很拍了十幾響，裡面卻是一點回音沒有。

王傻子道：「不用叫門了，裡面一定是沒有人。在這晚上，又不好家家拍門去問，咱們走罷，明天再來。」

二和道：「準是你記錯了門牌。」

說到這裡，有一位巡邏的巡警由身邊經過，他見二和站在門口議論，便迎上前道：「你們找誰？只管敲著空屋的門幹什麼？」

二和道：「你先生來得正好，我跟你打聽，有一個唱戲的住在這胡同裡嗎？」

巡警道：「不是叫楊月容的嗎？她就住在這五十號，可是今天上午搬走了。」

二和道：「搬走了？」

巡警道：「原來她報的戶口是姓宋，最近我們才知道是楊月容。你們和她什麼關係？」

二和道：「我是她師傅家裡人。她搬到哪裡去了？」

巡警道：「哦，她師傅找她？這孩子有點胡來，我們兩次調查戶口，把她的底細查出來了。不念她是個年輕姑娘，就要帶到區裡去盤問盤問她的。」

二和道：「你先生不知道她搬到什麼地方去了嗎？」

巡警道：「我瞧見她們搬走，搬往哪裡可不知道。」

二和聽了這話，只有向王傻子望著，王傻子也做聲不得。那巡邏警也不干涉他們，悄悄地走了。

牆頭上的大半輪月亮格外的升起，照見地上一片白，唯其是地上一片白，二和同王傻子兩人的黑影倒在地上，顯著孤零零的。

二和抬頭向天上看著，覺得半空裡飛著一種嚴寒的空氣，二和兩手環抱在懷裡，倒連連打了兩個冷戰。因道：「今晚上也沒颳風，天氣怎麼這樣涼？」

王傻子道：「我倒不怎麼涼，咱們走罷。她搬走了，咱們在這裡耗著，能耗出什麼來？」

二和道：「我心裡替月容想，恐怕她的境遇，不是咱們原先猜著那樣好罷？姓宋的那小子既然很有錢，一月拿出百兒八十的來養活她，那很不算什麼，何以住在這所小房子裡？據巡警的話，彷彿她又不是同姓宋的在一處了。我還以為問唱戲的他會不知道，不想他一口就說出是楊月容了。」

王傻子已是把擔子挑起，在肩上閃了兩閃，笑道：「走罷，你這傻子。」

二和走了兩步，還回頭向這屋子看看，那一片月亮的寒光，照在矮牆上，同那灰色的瓦上。矮牆上伸出一棵小槐樹，叉叉丫丫的垂了一些乾枯槐莢，更透著這地方帶些淒涼的意味，便嘆了一口氣道：「這地方怎麼能住家？怪不得她要搬走了。」

二十六 做官人家

丁二和今天來探月容，只愁著自己鬧得太寒磣了，她見了會不高興，真想不到跑來會撲了個空，十分的懊喪。

當他嘆過那口氣之後，王傻子就問道：「你這是怎麼啦，埋怨我帶你白跑了一趟嗎？這沒有甚麼，她到田大嫂子家裡去談過，她的下落，田大嫂子所知道的總比我們所知道的多，明天你問問她去。」

丁二和道：「你這不是讓我為難嗎？我和老田鬧過彆扭，你是知道的，現在教我到他家裡去，不是找上門去碰釘子嗎？」

王傻子道：「老二，不是我說你，這是你的脾氣不好。在外面交朋友，遇事總要容忍一點兒，其實老田是個本分人，說不定有時會鬧上一點傻勁，可是過個一半天，他就全忘了。事後他知道你搬家，是為了他幾句話氣走的，他直過意不去。你去打聽月容的下落，那還在其次，我說託他替你在公司裡找一份事的話，那可更要緊，我瞧你這份小買賣，簡直不夠嚼穀*，你也該早打主意。再說，你們老太太到底有了年紀了，又是個殘疾，你只讓老人家趕夜市，這不是玩意兒，有一天不小心，車兒馬兒的撞著了，你可後悔不轉來。」

二和手挽了那個花生筐子，只是跟了王傻子走，一面唧唧咕咕的談話。

王傻子是挑了擔子向回家的路上走，二和也就跟著他走。跟走了一截路，二和猛可地省悟過來，便站住了腳道：「大哥明兒見罷，我糊裡糊塗的跟著你走，多走了不少冤枉路。」

王傻子道：「你就同我一塊兒到老田那裡去罷，大家一見面，把話說開了，什麼嫌隙都沒有了，免得你一個人去，又怪不好意思的。」

二和道：「今天去，明天去，那都沒有什麼關係。只是我家老太太，她趕夜市去了，我要去接她回來。」

王傻子道：「這不結了，你為了家境貧寒，才讓老太太去上夜市做生意，你要有了事兒，就別讓老太太在街上拋頭露面了。」

二和嘆口氣，搖了兩搖頭道：「一個人要走起運來，那是關起大門也抵擋不住的。反過來，一個人要倒楣，也是關門所抵擋不住的。萬想不到，搬家不到一個月，那匹結實的馬會一病就死了。自己一生氣，又病了半個月，落到了這步田地。我假使有一線辦法，我不會讓我的瞎子老娘出去做小生意。」

王傻子道：「你們老爺子做過這樣的大官，到你們手上，怎麼會窮得這樣一塌糊塗，說起來，真是鬼也不能相信。」

二和搖搖頭道：「別提了，大街上背起歷史來怪寒磣的。明兒見著說罷。」回轉身來自向珠市口走，因為今天的夜市又改向珠市口了。

王傻子在後面站住了，提高了嗓子直嚷，明天必得來，二和也沒答話，一鼓勁兒跑到夜市上，見自己母親靠了一根電桿站住，舉了手上的紙花，直嚷賤賣賤賣。二和老遠的叫了一聲媽，走到面前問道：「你怎麼不在那當坊門口石頭上坐著？這地方來往全是人，讓人撞一下子，真找不著一個人扶你起來。」

丁老太道：「今天買賣不好，我想也許是坐的地方太背了，所以請了這裡擺攤子的大哥，把我牽到這裡來站著。」

二和道：「沒有生意就算了，咱們回去罷，明天的伙食錢，大概是夠了。」丁老太兩腿也站得有些疼痛了，就依了二和的話，扶了他的肩膀，慢慢兒地走了回家。

到家以後，這兩條腿更是站立不起來，坐在床上，就躺了下去，在躺下去的時候，又隨著哼了一聲。

二和正點著屋子裡的燈，撥開白爐子上的火蓋，將一壺水放在上面。把水煮開了，在花生筐子裡，找出幾個報紙包的冷饅頭，也放在爐口上烤著，自己搬了一張矮凳子，正對了爐子向火，以便等著饅頭烤熱。無意之中，又聽到哼了一聲，回轉頭來看時，卻見母親躺在疊的被服上，緊閉了雙眼，側了臉子在那裡睡。因問道：「媽，你怎麼啦？剛才聽到您哼了一聲，我忙著茶水，沒有理會。現在又聽到你哼了一聲了。」

丁老太迷迷糊糊的答應了一聲「哼」，抬起一隻手來，有一下沒一下的，捶著自己的腿。但是只捶了三四下，她也不捶了。

二和走到她身邊來，手按了床沿，俯著身體向她臉上望了道：「媽，怎麼樣，您身體不大好嗎？」

丁老太微微地哼了一聲，還是緊緊地閉著雙目。二和伸手在她額角上撫摸了一下，覺得還是很燙手心的，不由得怔了一怔。

然後再坐到矮凳上去，看看這一間小屋子裡，正面放一張銅床，四周堆了破桌子爛板凳。兩隻破箱子，索性放在銅床裡面，真有些不相襯。等水開了，對一壺茶，左手取了饅頭嚼，右手握了茶壺柄，將嘴對了茶壺嘴子吸著，兩眼不住的對屋子四周去打量。在這時候，便看到門框上懸了自己父親的一張武裝相片。在那相片上瞪了兩眼看人的時候，顯見得他對於坐在這裡的窮苦兒子有了深切的注意。也不知是何緣故，彷彿身上連打了兩個冷戰。

熱茶饅頭吃喝足了，又走到床面前，伸手撫摸了老娘額角一下，覺得頭皮子更是發熱。在她那兩個高撐起來的顴骨上，還微微透出兩團紅暈呢。於是輕輕地給丁老太脫去了鞋子，將她扶著直睡過來，牽了被條，輕輕地在她身上蓋著。

丁老太竟是睡得十分沉熟，憑他這樣的佈置，全不知道。二和皺了眉頭，環抱著兩隻手臂，怔怔地對床上望著，但是丁老太只是鼻子裡呼吸有聲，仰面睡著，什麼也不知道。

二和看這情形，頗是不好，哪裡睡得著，和了衣服，在外邊小木架床上，牽了小被條子將下半身蓋了。一晚上起來好幾回，丁老太始終是睡了不曾醒。二和是提心弔膽的，直到天亮方才安睡。

等自己醒過來時，丁老太卻坐在裡面屋子裡椅子上。不知道她在什麼地方摸到了一串佛珠，兩手放在懷裡，只管捏著捏著，低了頭，嘴唇皮有些顫動。便一個翻身坐起來，瞪了眼問道：「媽，你好了嗎？怎麼坐起來了？」

丁老太道：「昨晚上我是累了，要是就這樣病下去，你還受得了嗎？」

二和道：「病要來了，那倒不管你受得了受不了，總是要來的。」

丁老太嘆口氣道：「有道是天無絕人之路，我娘兒倆到了現在，手餬口吃，也就去死不遠了，老天爺再要用病來磨咱們，也就透著太狠心一點兒了。」

二和先且不說話，把水火各事都預備得清楚了，就端了一碗熱茶，給丁老太喝，自己在她當面椅子上坐。

丁老太道：「你該早點上街去了，今天我是出去不了的。」

二和道：「媽，我跟您商量一件事。」

丁老太道：「你是要到老田那裡去嗎？昨天王傻子來，我就勸你去了。」

二和道：「不是那件事，你想，咱們住這破屋子，是什麼人家？這張銅床放在這裡，不但是不相襯，人家看到，這也有些疑心。」

丁老太道：「疑心什麼呢？反正不能說是偷來的吧？這東西根本沒法兒偷。我在你丁家一輩子，除了落下一個兒子，就是這樣一張銅床。你那意思，我知道，是讓我賣了它。當年買來的時候，北京還沒有呢，是由香港運來的，真值好幾百塊錢。如今要賣掉，恐怕十塊錢也值不上。賣了它的錢，在家裡吃個十天半月，也就完了。救不了窮，一件紀念的東西卻沒有了，那何苦？」

二和道：「救窮是不行，救急是行的。現在我生意不大好，您又病了，每天都過三十晚。若是把床賣了，多湊合幾個本錢，我也好配一副擔子挑著，多賣兩樣東西，也許比現在活動，您要吃點什麼補的，也可以買。」

丁老太道：「你有你的想法，我也有我的想法。這張床是我同你父親共有的，只有這張床能替我同你父親作紀念。**我每天無論怎樣的苦，晚上睡到床上，碰了這床柱子響，我就恍然在二十多年前還過著那快活的日子一樣**。我只憑了這一點兒夢想，當了我一點安慰。沒有床，我每天晚上就連一點夢想也沒有了，你忍心嗎？再說，我還有一點癡想，等你好一點，你娶親的時候，把這張床讓給你們夫妻睡。那時我雖聽不到床響，但是我有了別的事情安慰我，我也用不著幻想來安慰了。」

二和道：「這樣說，我們就窮得要飯，也要留著這張床嗎？」

丁老太道：「你二十多歲的小夥子，也能跑，也能挑，總也不至於走上那一條路吧？」

二和道：「我還有一件事和你商量。丁家人雖然一敗塗地，能過日子的，不是沒有。我明天到他們家裡去看看。無論怎麼著，說起來我們總是骨肉之親。」

丁老太突然站了起來，倒不問他的兒子是不是坐在正對面，卻連連地將手搖了幾搖道：「這話再也休提。他們那班人，若是有萬分之一的良心，也不讓我們吃這樣的大苦。我早就說過了，要飯吃，拿著棍子，走遠些。」

二和道：「這話不是這樣說，老田是朋友，鬧過彆扭呢，你還教我去找他；找自己人，丟臉是丟在自己人面前，為什麼不讓我去呢？」

丁老太道：「聽你這話，好像是很有理，你把當日分手的時候，他們那一分刻薄的情形想想，也就知道我攔著你是大有原因的。」

二和扶著他母親坐下，低低地道：「我自然可以聽你的，我今天出去慢慢地想法罷。」

丁老太道：「你要是個好孩子，你就得聽我的辦法，覺著田家大嫂子和她二姑娘，到底是好人。」

二和聽了他母親的話，也只有默然。

丁老太昂著頭，皺了眉頭子，凝了神一會，問道：「二和，你在幹嘛啦？」

二和正是偏過頭去，望了桌上放著自己那個販賣花生的筐子，便道：「我沒有做什麼。」

丁老太道：「我沒聽到你幹嘛的一點響聲，我猜著你又是坐在這兒發愣。我告訴你，年輕小夥子，別這樣傻頭傻腦的，早點去販貨做生意罷。」

二和站起來，伸手到牆洞子裡去，掏出自己的那個大布褡包，摸出裡面的錢，來計數一下。連銅子和毛錢票銅子票統同在內，不到半元錢。將這些錢全托在手心裡顛了兩顛，將眼睛注視著，正有一口氣要嘆出來，卻又忍回去了，因笑道：「媽，我可不能預備什麼，這就走了，回頭我叫二葷鋪裡給你送一碗麵條子來罷。」

丁老太道：「家裡不還有冷饅頭嗎？你交給我，讓我摸索了烤著吃。」

二和道：「上次你烤饅頭，就燙過一回手，還要說這個呢。」

丁老太道：「你不是說今天本錢不夠嗎？」

二和將手上托的錢又顛了兩顛，連說夠了。說是如此說了，可是眼眶裡兩汪眼淚水不由他作主，已是直滾下來。自掀了一片衣襟，將眼淚擦乾了，然後站著呆了一呆，向丁老太道：「媽，我走了，也許趕回來吃中飯。」

丁老太道：「你放心去做你的生意，不用惦記著我。」

二和一步兩回頭的對他娘望望，直到院子裡去，還回轉頭來對著裡面看。

到了街上，右手胳膊挽了籮筐子，左手托住那一掌銅子，將左手有一下沒一下的夾住了向上提拔，心裡只管想著，**要找個什麼法子，才能夠發財呢**。自己是兩塊三塊，不能救窮；十塊八塊，以至幾十塊，這錢又從哪裡來？竊盜是自己絕不幹的。路上撿一張五百元的支票，倒是可以到銀行裡去兌現，然而這個樣子到銀行裡去，人家不會疑心這支票的來路嗎？

正這樣想著，耳朵裡可聽到叮叮噹噹的響聲，回頭看時，正是一爿煙紙店裡，掌櫃的在數著洋錢，遠遠看去，人家櫃檯上，放著一大截雪白的小圓餅。自己忽然一頓腳，自言自語地道：「我決計去碰著試試瞧。」這就隨了這句語，向一條不大願意走的路上走去。

到了那個目的地，卻是兩扇朱漆門，上面釘好了白銅環。雖然不怎樣偉大，可是在白粉牆當中，挖著一個長方形的門樓，門框邊有兩個小石鼓，也就透著這人家不咋平常。二和搶上前去，就要敲門環，但是一面看這紅漆木框上，並沒有丁宅的白銅牌宅名。記得一年前由此經過，還有那宅名牌子的，這就不敢打門，向後退了兩步。

在這門斜對過，有一條橫胡同，那裡停放著幾輛人力車。見車夫坐在車踏板上閒話，便迎上前笑問道：「勞駕，請問那紅門裡面，是丁家嗎？」

一位壯年的車夫，臉上帶了輕薄的樣子，將臉一擺道：「不，這夥兒人家不姓丁。」

二和不由得愣著了一下，問道：「什麼，搬了家了？」

那車夫笑道：「沒搬家，就是不姓丁。」

二和道：「這是什麼話？」

這時，有一位年老的車夫，長一臉的斑白兜腮鬍子，手上捏了一個大燒餅，向嘴裡送著咀嚼，這就迎到二和面前，偏了頭向他臉上望著，微笑道：「您是四爺吧？」

二和向後退了兩步，嘆口氣道：「唉，一言難盡，你怎麼認識我？請不要這樣稱呼。」

那老車夫道：「我在這地方拉車有廿年了，這些宅門裡的事，我大概全知道。」

二和道：「剛才這位大哥說，這裡現在不姓丁了，這話怎麼講？」

老車夫愣了一愣，還不曾答覆出來，那個壯年車夫因他叫了一聲大哥，十分的高興，便向前笑道：「四爺，你不知道嗎？你們大爺又結了婚了，太太姓戚，還是你們親戚呢。」

二和道：「姓戚？我們大嫂姓梁啊。」

車夫道：「那位奶奶回南了，這位新大奶奶搬進了以後，家產也歸了她。你不瞧大門和牆，油漆粉刷一新？」

二和道：「啊，我們並沒有聽到這個消息。」

車夫道：「倒不是你們大爺把產業送給人，先是把房賣了，後來新大奶奶搬進來住，大爺也就跟著住在這裡。」

那老車夫攔著道：「狗子，你別瞎說，人家的家事，街坊多什麼嘴！」說著，向那壯年車夫一瞪眼。

二和道：「這沒什麼，我家的事，住在這裡的老街坊，誰不知道？我離開這裡七八年，就來過兩三回，現在又一年多不見了。我窮雖窮，想著總是同一個父親的兄弟，特意來看看，並不爭家產，家產早已分了，也輪不到我。」

老車夫笑道：「四爺，我聽說你很有志氣，賣力氣養老娘，這就很對。這些弟兄，你不來往也好，你見著他，準生氣。他這門親事不應該，親戚作親，哪裡可以胡來的？你們是做官的人家，不應當給閒話人家說。」

二和道：「是的，我的嫡母有幾位姨侄女，可是都出閣了？」

狗子笑道：「不是你們表姊妹？」

老車夫道：「你這孩子，誰知道人家家事嗎？多嘴多舌的。」

狗子一伸舌頭，也就不提了。

二和站著發了一會子呆，自笑道：「我做兄弟的，還管得了哥哥的事嗎？大哥，我這筐子，暫放在這裡一會兒，我敲門去。」說著，把手上的筐子放上，便走到紅門下來敲門。

門開了，出來一個五十上下年紀的聽差，矮矮的個兒，倒是一張長臉，兩隻凹下去的眼睛向上看人，尖鼻子兩旁，好幾道陰紋，板了臉道：「你找誰？」

二和道：「我見大爺說幾句話。」

那聽差聽說，再由他頭上看到腳下為止，斜了眼睛望著道：「你找大爺？」

二和道：「我是……」說到這裡，看看那人的臉子，又看看自己身上，便接著道：「我是他本家。」

那聽差道：「你是他本家？以前我沒有看見過。」

二和淡笑道：「你進去說一聲，我名字叫……」

聽差道：「我管你叫什麼！大爺不在家，我去對太太說一聲罷。你先在門口等著。」說了這話，又把大門關上。二和只得在外等著，回頭看那些車夫，正向這裡議論著呢。

約有十分鐘之久，大門又開了，二和向裡看時，遠遠地一個中年婦人，在院子中間太陽裡站著。聽差道：「那就是我們太太，有話你過去說。」

二和走向前，見那婦人披了狐皮斗篷，似乎由屋子裡出來，還怕冷呢。她燙了頭髮，抹了胭脂粉。雖然抹了胭脂粉，卻遮掩不了她那臉上的皺紋，兩道畫的眉毛又特別的粗黑，配了那荒毛的鬢角，十分難看。

二和正詫異著大哥怎麼同這樣一個婦人結婚，可是再近一步，已認得她了。她是嫡母的胞妹，姨夫死了多年，承襲了姨夫一筆巨產，約莫值一二十萬，是一位有錢的寡婦。自己心裡轉著念頭，不免怔了一怔。那婦人道：「你找大爺幹什麼？不認識你呀。」

二和道：「我叫二和，是他兄弟。」

那婦人道：「哦，你是四姨太生的二和？你們早不來往了。」

二和道：「雖然無來往，不過是我窮了，不好意思來，並不是連骨肉之情沒有了。我今天由門口過，不見了宅名牌子，特意進來看看。」

那婦人道：「不用看，這房子大爺賣給我了，現在是我養活著他。」

二和道：「您不是七姨嗎？多年不見了。」

婦人也像有點難為情，低了一低頭，她把腳下的高跟皮鞋在地面上點了幾點。

那句話還沒有答應出來，門口汽車喇叭聲響，一個人穿了皮大衣，戴了皮帽子，高高興興的進來，遠遠地叫道：「太太，你又同做小生意買賣的辦交涉？」

那婦人道：「這是你寶貝兄弟認親來了。」說著，撇嘴一笑。

那漢子走近了，瞪了二和一眼道：「你打算來借錢嗎？落到這一種地步，你還有臉來見我。」

二和道：「老大，你怎麼開口就罵人？我來看看你，還壞了嗎？」

那人道：「你這種樣子，丟盡了父母的臉，還來見我。」

二和臉一紅，指著婦人道：「這是七姨，是我們的骨肉長親，你叫她太太，怎麼回事呀？」

那人把臉一變，大聲喝道：「你管不著！怪不錯的哩，你到我這裡來問話！滾出去！」說著，將手向門外指著。

二和道：「我知道你是這樣的衣冠禽獸，我才不來看你呢。你說我丟了父親的臉，我丟什麼臉？我賣我的力氣，養活我娘兒倆，餓死了也是一條潔白的身子。你窮了，把老婆轟走，同這樣生身之母的胞妹同居，要人家女人的錢來坐汽車，穿皮大衣。窯姐兒賣身，也不能賣給尊親長輩，你這樣的無心男子，窯姐兒不如！我無臉見你，你才無臉見我呢！我走，我多在這裡站一會，髒了我兩隻腳。」

他說著，自己轉就向外走，那一對夫婦，對了他只有白瞪眼，一句話說不出來。

二和一口氣跑出了大門，在車夫那裡討回了筐子。

老車夫道：「四爺，我叫你別去，不是嗎？」

二和左手挽了筐子，右手指著那朱漆大門道：「你別瞧那裡出來的人衣冠楚楚的，那全是畜類！諸位，他要由你們面前過，你們拿口沫吐他！唉，我想不到我丁家人這樣的給人笑話。」說畢，向地面吐了兩口吐沫，搖搖頭走了。

二十七 坐困愁城

丁二和在大街上這樣叫喚著，那實在是氣極了，不但臉是紅的，連頸脖子也是紅的。抬起一隻手，向那紅門一陣狂亂的指點著，在小橫胡同口上的那些車夫，卻是哄然一聲大笑。

二和聽了這笑聲，覺得是引起了全體車夫一種共鳴，也就站住了腳，向他們望著，以表示謝意。但這謝意，是無須表示，表示之後，更覺困難，原來是那些人隨了笑聲之後，也在低聲咒罵著：他說這樣的人家好不了，上輩子殺多了人，刮多了地皮，這輩子要不來點缺德的事，現眼給人看，那也太沒有報應了。二和心裡一動，挽著那筐子低頭走了。

但是雖然離開了那些人，心裡頭還是不斷地在揣想著的。他想著：母親幾多歲年紀，對於事情是見解得到一點。自己縱然窮一點，到底是同父的兄弟，並非登門求乞的叫花子，怎麼大哥見了面就罵？這要是開口向他借錢，他不舉起腳來亂踢嗎！母親說，討飯要拿了棍子走遠些，這不錯的。想不到自己哥哥做出這樣壞良心喪人格的事，不但是對胞弟這種行為，應該對他加一種懲罰，就是他這樣遺羞家門，也應當處分他一下。

越想心裡是越透著生氣，然而這一腔怨氣，恰又是不容易發洩。想到可以談談的，還只有那個王大傻子，於是走到舊日所住大雜院的胡同口上，找了一爿大酒缸，悄悄地溜了進去。

夥計看到，便迎上前笑道：「二掌櫃，好久不見啦。」

二和嘆口氣道：「我這分境況，一言難盡，簡直的沒臉見老街坊了。」說著，在門口的一口大酒缸邊坐著。

北方酒店裡的大酒缸，裡面不一定有酒，但不擺下三四口圓桌面的大酒缸，那是名不符實。老上這種地方來的人，彷彿有桌子也不願靠了坐，必定把酒壺酒杯放在缸蓋上喝，那才算過癮。

二和這樣坐下來，夥計把他當了老內行，笑道：「怎麼著，二掌櫃今天喝一壺？」

二和點點頭：「來壺白的。」

夥計把酒送來了，二和見缸蓋上現成的四隻下酒小碟子，有油炸麻花，煮蠶豆，滷鴨蛋，豆腐乾，笑道：「很好，這足可以請客，勞你駕，到西口大雜院裡去，瞧瞧皮匠王大傻子在那裡沒有?你說我在這裡等著。櫃上有事，我可以同你張羅。」

夥計聽說，向櫃上看了一眼，掌櫃的捧了手膀子在看小報上的社會新聞呢，一抬頭道：「老街坊的事，你就去跑一趟罷，快點兒回來。」

夥計有了掌櫃的話扭身走了。不到十分鐘，他就回來了，身後跟著的，可是田老大。

他老遠的舉起手來，握著拳頭，拱了幾下，笑道：「二哥，怎麼啦？你是和我們舊街坊全惱了嗎？到了胡同口上了，怎麼不到我們那兒去瞧瞧。」

二和嘆了口氣，站起來相迎著：「大哥，我這份兒寒磣，甩一句文話兒罷，我是無面目見江東父老了。」

田老大也在酒缸邊坐下，笑道：「你又幾時喝上酒了？一個人也來上大酒缸。」夥計見老主顧來了，早又添了一副杯筷，田老大伸手拍兩拍二和的肩膀，笑道：「老弟臺，不是我說你，你究竟年歲輕，沉不住氣。做老哥的說你幾句話，你還能夠老放在心裡嗎？來，我們喝兩杯。」說時，將二和面前的那隻酒杯子，斟上了一大杯，笑道：「我們把以前的事全忘了罷。」

二和紅著臉道：「大哥，你怎麼說這話！我所以不到那大雜院裡去，是有兩層原因，一來我是落到這一分兒窮，不好意思見人；二來……二來……」

他簡直把話接續不下去，只好把杯子端起來，喝了一口酒，扶起筷子來，夾了兩粒煮蠶豆，向嘴裡扔下去咀嚼著。

田老大笑道：「你那句話不用說了，我明白，就是為了我酒後說醉話，把你得罪了。這算不了什麼，我給你賠個不是得了。喂，老三，今天的酒錢，寫在我帳上了。」說著，對店夥點了兩點頭。

二和見他說得這樣客氣，也就不便再存著什麼芥蒂，陪了他喝酒。

田老大道：「王傻子同我說過，你的情形不大好，希望到我公司裡去找一份職務。」

二和不由低了頭，垂下眼皮，端起杯子來喝了一口。

田老大道：「我說，咱們多年的老街坊，只要能想法子，我一定幫忙。我正在家裡和我那口子商量著呢，這裡老三就去請王大傻子了，他不在家，我聽說是你在這兒等著，我就跟著來了。我那口子還說呢，家裡正抻麵條做炸醬麵，快下鍋了，咱們喝過了酒，回我家吃炸醬麵去。」

二和微笑了一笑，也沒說什麼。

田老大道：「那要什麼緊，我們那口子雖然有點碎嘴子，可是也瞧同什麼人說話。」

二和道：「不是這樣說，你瞧。」說著，把放在桌子腿邊的花生筐子用腳踢了兩下，笑道：「我簡直兒和討飯的差不多。」

田老大將面前一杯酒端起，刷的一聲喝了下去，將酒杯子按住在缸蓋上，頭搖了兩搖道：「你要不肯到我家去吃炸醬麵，算是把我當了臭雜子看待。」

二和笑道：「你言重了，唉，這樣看起來，還是交著了好朋友，比自己親手足還要強。」

田老大已是連連斟著酒，喝下了三四杯，這就笑道：「這倒是真話，不用說兄弟，兄妹也是一樣，你瞧我家二姑娘，總有點不樂意我，透著做哥哥的把她不放在心上，沒得好吃，沒得好穿的，那都在其次，就是我沒有給她拿主意找個好婆婆家。」

二和聽他談到這裡，只好偏了頭向夥計道：「還來一壺白的。」

夥計將酒拿來了，二和替田老大滿上了一杯，他連說「你喝你喝」，可是搶著乾了那杯，又伸了空杯子讓二和給滿上。

他似乎感到了極度的高興，將頭扭了兩扭，笑道：「咱們是老街坊，誰的事也不能瞞誰。我要喝了酒，膽比雞子兒還大，沒事，盡向我們那口子找碴兒。可是酒一醒過來，那可不得了，除了不傷我父母，她是什麼話都得把我罵一個夠。到了那會子，我的膽子又只有芝麻點那麼大，屁也不敢放。所以我心裡想喝酒的時候，心裡老是警告著自己，別喝酒，回家少不了是找罵挨。可是把酒杯子一端，我是什麼禍事也不放在心上，就是把槍口對著我，我也得喝。」

二和笑道：「這樣說，你就別喝了，回頭大嫂子怪下罪來，我可受不了。這點兒酒，咱們平分著喝罷。」他說著，果然連斟了兩杯酒喝著。

二和的酒量要比田老大小過兩倍去，喝了這些個酒下去，也就有點頭昏昏的，於是對田老大笑道：「別喝了，再喝，我得躺下，就不能到府上吃炸醬麵去了。」

田老大歪著脖子笑道：「我再來半壺。」

二和道：「你要再喝半壺，我就先告辭了。」他說著，還是真站起來。

田老大笑著站起來，將身體晃蕩了幾下，拍著二和的肩膀，笑道：「那麼，我們就走罷。」說著，向櫃上點了一下頭，算是招呼他們記帳，兩個人帶笑帶說的，走進了那大雜院。

二和倒沒有知道田老大就住在他那屋子裡，走進跨院門不免怔了一怔。就在這時，田大嫂站到屋子門外來了，向他招了兩招手，笑道：「喲，今天刮什麼風，把我們丁二掌櫃刮來了?快請進來罷。」

二和紅著臉,抱了拳頭,連作了兩個揖,笑道:「大嫂,你別見笑,就為了怕你見笑,才沒有敢來。」

田老大把脖子歪著,瞅了田大嫂笑道:「人家臉皮子薄,別和他開玩笑了。」說著,挽了二和一隻手胳膊,就向屋子裡拉了進去。

二和看正中桌子上,陳設了茶壺茶杯,另外是一盒火柴,壓住了一盒菸捲。田大嫂左手抵了桌沿,右手提了茶壺,就向茶杯子裡斟茶,眼睛望了二和,抿了嘴微笑,兩耳朵上的環子,只管抖顫著。

二和看在眼裡,兩手接住了茶杯,連彎腰帶點頭,笑道:「你別張羅,要是這樣,我下次不敢來了。」

田大嫂笑道:「你這樣的貴客,反正來一回算一回,也就招待一回是一回,我們還敢拉二次買賣嗎?請坐,請坐。我煮麵條去了。」

二和同田老大圍了一隻桌子犄角坐了,眼睛正望著裡屋門。門上是垂下著一條簾子,把裡外隔絕了,但是門寬簾子窄,兩邊全露出了一條縫,由這縫裡看到裡面有一件格子花布的長衣襟,只是擺動。

二和將桌子的菸捲取了一根塞在嘴角裡,擦了火柴,緩緩地把煙點著了,手撐住了桌沿,扶著菸捲抽,那眼睛對了門簾子縫裡,卻不肯移開,口裡問道:「大哥,這屋子,你夠住嗎?」

田老大道：「比原住的地方雖然少一間屋子，可是多一個小跨院子，比外面大雜院子裡清靜多了。這上面一張木床，就是我兩口子睡。沒法子，來人就讓進房了，裡面那間屋子，我們二姑娘睡。」

二和道：「二姑娘串門子去了嗎？做姑娘的人，總是閒著的。」

田老大道：「沒有哩，在裡面屋子裡呢。」

二和噴了一口煙，笑道：「也許我弄成這一分兒寒磣，二姑娘也不願見我，怕我和她借錢。」說完，看到那花衣布襟閃了一閃，接著，還有一陣吟吟的笑聲。

田大嫂在外面那矮屋子裡煮麵條呢，手裡拿了一把撈麵條的鐵絲笊籬，跑到屋子的門口來，笑道：「可不是，二姑娘怕你借錢。你也不是沒有和她借過什麼罷？」

二和笑道：「街坊是好街坊，鄰居是好鄰居，就是我不夠朋友，什麼人全對不起。」

田老大笑道：「誰和你唱《翠屏山》，你來了一套潘巧雲的戲詞兒。」

二和道：「唉，實不相瞞，這一程子，我是終日的坐在愁城裡，眉毛可以拴著疙瘩。今兒到您這兒來了，老街坊一見面，滿心歡喜，我也不知道怎麼是好，所以戲也唱上了。」

田大嫂對門簾縫裡叫道：「二妹，聽見沒有，丁掌櫃笑你呢！說你不是好街坊。」

二姑娘在屋子裡笑答道：「本來嘛，咱們對待丁老太有不周到之處。」

二和啊喲了一聲，連說：「不敢當，要說是為了這個不見我，那我可慚愧。」

田大嫂道：「人家現在可越發的學好了，盡在屋子裡做針活，哪兒也不去。」

二和道：「本來二姑娘就愛做針活，也不自今日起。我家母談起老街坊，就說二姑娘好。」說到這裡，似乎聽到屋子裡有點兒咯咯的笑聲。

二和將手掌擦擦酒紅臉，笑道：「二姑娘別笑，我這是實話。你以為我喝醉了酒嗎？田大哥，你說，咱們是在一塊喝酒的，我醉了沒有？」

田老大道：「二妹，你藏著幹什麼！二哥也不是外人，倒讓他挖苦咱們幾句。」這才聽到屋子裡答話道：「誰躲著啦，我手上的活沒有做完。」

二和手端了一杯茶，送到嘴唇邊，待喝不喝的，這就扭著脖子向田老大道：「你覺得怎麼樣？我這話沒有把她誇錯嗎？」

田大嫂回到院子裡卻叫道：「二妹，我一個人在這兒真有點忙不過來，你也幫著我來端一端麵碗，行不行？」

二姑娘這才一掀門簾子，很快的走了出來了。一會兒工夫，她左手端了一碟生蘿蔔絲，右手端了一碟生青豆，悄悄地向桌上放著。二和笑道：「作料還真是不少，這炸醬麵一定好吃。」

二姑娘將桌上菸捲盒子、茶壺、茶杯，一齊從容的挪開，低了頭做事，向二和一撩眼皮，微笑道：「二爺好久不見啦，老太太好？」

二和點著頭道：「託你福，有些日子不見面，二姑娘格外的客氣起來，二爺也叫起來了。」

二姑娘未加可否，抿嘴微笑。田大嫂在外面叫道：「你問問丁二哥，他的麵用不用涼水過一過？」

二姑娘只當是沒有聽到，自在旁邊碗櫃子裡，搬了碗筷向桌上放著，田大嫂道：「二妹，你總得言語一聲呀！」

二姑娘向二和問道：「你聽見了沒有？咱們都在這屋子裡，她嚷，我聽見了，當然二哥也聽見了，這一定還要我轉告一遍，不是多餘的嗎？」

二和笑道：「我隨便，過水是麵條子俐落一點；不過水，是衛生一點。」

大嫂笑道：「別在我這裡吃了一頓炸醬麵，回去鬧肚子，那還是不過水罷。」

二姑娘閃到一邊，低聲笑道：「你們聽聽，誰說話誰也聽見，這還用得著別人在裡面傳話嗎？」

田大嫂將小木托盤托了一大碗炸醬，放到桌上，笑道：「丁二哥是老街坊，我又是喜歡開玩笑的人，說兩句也不要緊。要是別人，這樣一說，倒透著我假殷勤。」

說時，二和兩手撐住桌沿站起來，向田大嫂點了一下頭道：「你別太客氣了。你越客氣，我心裡越不過意。不是我丁二和喝了三杯酒，有點兒酒後狂言，我覺得朋友交得好，比至親骨肉還要好十倍。」

田大嫂笑道：「你現時才明白啦，你要是肯信我老嫂子的話，也不至於鬧了這一檔子新聞。」說著，把嘴向田老大一努，笑道：「這個人還替你打了一陣子抱不平呢，你知道嗎？」

田老大道：「唉，這是人家最不順心的事，你還提起來幹什麼！端麵來吃罷。」

田大嫂對於丈夫這幾句倒是接受了。端了幾碗麵條子上桌，自己也坐在下手相陪。二姑娘沒上桌，也沒避到屋子裡去，手裡拿了一個銅連環，坐在屋角落裡矮凳子上，低了頭只管盤弄著。

二和雖然對她看了一眼，因為她是一位姑娘，不便說請她上桌來吃，也只好客氣著說：「二姑娘，打攪了。」

田大嫂道：「二妹，你不吃一點嗎？」

二姑娘道：「我不是剛才已經吃過一碗了嗎？」

大嫂子笑道：「我也是這樣的想，只吃一碗麵得了，免得有了主人的，沒有了客人的。」

二和聽說，不由得身子向後一挺，將筷子碗同時放下來，笑道：「要是像二位這樣的優待來賓，我有點受不了。二姑娘你只管來吃，我有一碗麵也就夠的。」

二姑娘將三根銅棍子套住的許多銅環子只管上下顛倒的解著。她十個指頭撥弄不休，銅環子碰了銅棍子，不住地嗆啦作響。

看她舒展著兩道眉尖，一雙亮晶晶的大眼睛，看了銅連環，只管帶著一點兒淺笑。大嫂坐在下手，主客兩位，正坐在她左右手，她看看田老大，又看看二和，這就笑道：「二掌櫃，我們這麵條子，抻得怎麼樣？」

二和把一雙筷子將麵由碗裡挑起來，挑得長長的，於是向田大嫂點了兩點頭道：「抻得很好，又長又細。」

田大嫂笑道：「要說很好，也不敢就承認的，反正不是門檳罷。要說又長又細，那是隆福寺門口灶溫家的拿手東西。」

二和道：「真要像他們抻得那樣細，也不好吃，成了掛麵了。掛麵拌炸醬，可不對勁。」

大嫂笑道：「這樣說，你是說這麵不壞了？我告訴你，這不是我抻的，是我們這位廚子弄的。」說時，回轉身來，將筷子頭指了二姑娘。她不否認這句話，可也不表示著謙遜，只是低了頭不住地弄她那銅連環。

二和與她有幾個月不見面了，只看她長圓的臉兒，現在越發的豐潤了。厚厚的濃黑頭髮，剪平了後腦勺，在前頭梳了一排半月形的劉海髮，直罩到眉峰上面來，那就把她兩塊帶了紅暈的圓腮，襯托得像爛熟的蘋果一樣。

二和是無意中看到，有了這樣一種感觸，可是在有了這種感觸之後，就繼續的去偷看她。最後一次，卻是正碰著田大嫂向本人看過來，未免四目相射。

二和對於田大嫂，倒覺得不必在她面前怎樣的遮蓋，只是田老大也在座，怎好露出什麼痕跡，只有低了頭吃麵。自己家裡的夥食，十餐有八餐是湊合著吃的，這樣好的作料，卻是少遇到，所以不多大一會兒工夫，就把那碗麵吃完了。

田大嫂道：「老二，你可別客氣，再來一碗。」

二和倒沒說什麼，將筷子夾了生蘿蔔絲吃。

田老大道：「你別信她們鬧著玩，麵有的是。」他說，起身向外走。

田大嫂也放下筷子碗來，向門外就走，口裡嚷道：「你怎麼會下麵？你可別胡來！」

二和眼見她兩口子都走了，這屋子裡就只有二姑娘一個人。她好像也不知道在屋子裡的哥嫂全走了，只是把那連環在手上扣著解著。

二和將筷子頭夾了青豆到嘴裡去咀嚼，又把筷子頭蘸了青醬，送到嘴裡去吮那鹹味，兩眼對二姑娘的烏黑頭髮，只是望了出神。

二姑娘的全副精神，都在手上的連環上，二和怎麼的望她，她也不知道。

二和嘴裡咀嚼了青豆，很是感著無聊。便笑道：「二姑娘手上的這玩意兒，叫什麼名字？」

二姑娘並不抬頭，答道：「叫九連環。」

二和道：「哦，這個就叫九連環？怎麼樣子玩法？」

二姑娘道：「要把這上面的銅圈一個個的全解下來。解得清清楚楚兒的，一個圈著一個。」

二和道：「那還不是容易事嗎？」

二姑娘抿了嘴微笑，也沒說什麼，只向他看了一眼。

二和道：「這樣說，這小小的東西，還很有些奧妙呢？」

二姑娘道：「奧妙可是沒有，就是不能性急。我學了這玩意兒三天，一次也沒有解下來。」她說著這話，把連環放在膝蓋上，就沒有去解。

二和笑道：「這是我來的不湊巧，到了這裡，正趕上二姑娘解連環。」

二姑娘那蘋果色的臉，倒是加深了一層紅暈，將牙咬了嘴唇皮，低了頭微笑。

二和看到她笑，自己也忍不住笑。

二姑娘把身子一扭，扭著對了牆角落，兩隻肩膀只管閃動，嘴裡是嗤嗤的笑出聲來，笑得久了，把腰彎下去。最後，她猛可的站起身來，手叉門簾子，就向裡面屋子一鑽。當她進去的時候，只見她把身子顫動個不了，想著是笑得很厲害了。

二和還要問她什麼話時，田大嫂可就兩手捧了一碗麵進來了，見二和臉上很帶了一些笑容，因把麵放在他面前，低聲問道：「什麼事讓你這樣快活？」

二和微笑了一笑，田老大也進來了，向二和道：「老二，你吃罷，難得留你在這裡吃一頓麵的，吃得飽飽的算事。唉，你幹嘛老樂？」他已是坐下了，望著他媳婦，問出這句話來。

二和不免望著田大嫂，怕她隨著開玩笑，因為田老大有了三杯酒下肚，是什麼全不顧忌的。可是，田大嫂並不理會，向田老大道：「我告訴你罷，丁二哥今天高興極了。」

田老大道：「在大酒缸一塊喝酒，他還只發愁呢，這會子他高興了？」

田大嫂道：「可不是？他到了咱們家，就高興起來了。」

這句話交代了不要緊，二和心裡可直跳呢。

二十八 喜事

丁二和聽到田大嫂要報告緣故，就不住地向她丟眼色，可是田大嫂滿不理會，笑嘻嘻地向田老大望著道：「你猜他今天來了，為什麼高興？」

田老大道：「我猜不著，除非是炸醬麵吃得很痛快。」

田大嫂笑道：「你別看小了人，人家現在雖然境遇不大好，但是人家原來是一個公子哥兒呢，連炸醬麵還沒吃過嗎？」

田老大道：「你乾脆說出來罷，他到底是什麼事高興呢？」

田大嫂道：「他為什麼高興呢？你不是說給他要在公司裡找一個位置嗎？他自己沒有什麼，只要他有了塊兒八毛的本錢，幹什麼也可以餬口，只是他的老太太可以靠他養活，不用上街做生意買賣了。他這一顆心就踏實了，怎樣能不高興呢？」

二和聽她這樣說著，一顆心倒果然踏實了，對了他夫婦兩個人，都帶了一分笑容，靜聽他們的回話。

田老大道：「對了，我已經在公司裡給他想法子了，假使二哥願意去幹的話，大概總可以辦到。」

大嫂向二和看了一眼，笑道：「怎麼樣？我這不是謊話吧？」

二和站起來，向他兩口子一抱拳道：「足見你二位對我關心。」

田大嫂正收著碗筷呢，卻把東西放下來不收，手扶了桌沿，向他望著道：「老實對你說，若是你一個人，還沒有這樣大的面子。廿多歲的人，還怕你找不著飯吃嗎？只是我們心裡老惦記住了老太太，她又是雙目不明的人，冬不論三九，夏不論三伏，你盡讓她老人家這樣做下去，我們瞧著也是不忍。二和，我現在把話說明了，你這是幹不幹呢？」

二和笑道：「我也不是那樣不識抬舉的人，你二位有了這樣的好意，我還有個不願高攀的嗎？」

田大嫂就向田老大望著道：「我可同你許下了願心了，你可別讓我丟人。」

田老大將手一拍胸道：「說到別的事情，我做不了主，公司本來就要用人的，我介紹一個人去做事，大概還沒什麼難處。」

田大嫂就掉過來向二和道：「你聽見了？明天他到公司裡給你想辦法，後天你來聽信兒罷。」

田老大笑道：「我可不是公司裡的經理，能夠說一不二。明天我一定去說，可是也得請人打打邊鼓，後日還不能夠準有回信呢！」

田大嫂道：「也許有回信呢？不是來打聽消息，就不許二掌櫃來嗎？」

二和笑道：「田大哥是好意，怕我跑往返路。其實我現在是整日在外邊跑，多跑兩回，那沒關係。我大後日下午來罷。今天上午，我本是受了一肚子委屈，這一喝一吃，又經你兩口子好意，這樣一抬舉我，我高興極了。今天我還沒做生意呢，該走了。」

田大嫂見他帶進來的一隻空籃子，扔在牆角落裡，便笑道：「這算吃了我們無錢的飯，耽擱了你有錢的工。今天時候已經不早了，怕你也做不了多少錢生意了。」

二和嘆了一口氣道：「你是不知道，我今天還是真鬧著饑荒，家裡等了我賣錢回去開火倉呢。」

田大嫂把碗收拾著，端了正要向外走，這又回轉身，放下東西來向他道：「要不，在我這裡先挪一塊錢去用，將來你有了事情了，可得把錢都歸還我。」說著，便在衣袋裡摸出了一塊現洋，在手心裡拋了兩拋，回轉頭來，對二和斜看了一眼，笑道：「我知道，你準是說同人借錢是一件寒磣事，不能借。」

田老大將頭一擺道：「笑話！有道是有借有還，再借不難。人在外面混事，誰也有個腰裡不方便的時候，向朋友借個三塊兩塊，這是常事。漫說是咱們這樣的窮小子，就是開大公司大銀號的，也不是幾十萬幾百萬的在外面借款用嗎？」

二和聽到田大嫂說要借錢給他，本來透著不好意思，經他兩口子一反一覆的說過了，倒不好再推辭，便笑道：「我怎麼敢說不向人借錢的話。只怕是借了以後，沒有錢還人家，可真難為情。」

田大嫂道：「喲，塊兒八毛錢的事，誰也不能放在心上，不還就不還罷。」說著，就把那塊錢直塞到二和手心裡來。

二和接著錢，連說了兩聲謝謝，拾起了屋角下的筐子，點著頭道：「我又吃了，又喝了，還借了你兩口子的錢，真叫我慚愧得不好說什麼，改日見罷。」

他說著話，腳不住地走，已是到了跨院子外。田大嫂追到臺階上，招招手道：「喂，別忘了，後天或是大後天，到我這裡來聽回信兒。」

二和在外面院子裡回轉頭來看時，見她笑嘻嘻地豎起兩個指頭，二和也沒有去細想這是什麼意思，匆匆地到花生行去販貨了。微微做了幾小時的生意，就趕回家去看母親。這原因是很簡單，因為有了田大嫂借的那一塊錢，最近要吃的兩頓飯，是沒有問題的了。在晚上閒著無事，就把今天到田家的事說了一遍。

丁老太點點頭道：「我說怎麼樣？交得好朋友，那是比親骨肉親手足還要高到十倍去的。到了後天，你還是到他家去問問消息罷。」

二和道：「約了大後天去呢，提早一天去，倒現著咱們窮急了。」

丁老太道：「咱們還不窮還不急嗎？別人瞞得了，這樣的老街坊，咱們什麼事情，他不知道？你反正是成天在外面跑的，到他家去多跑一趟，這算什麼。」

二和當時也就含糊的答應了。

無如*丁老太卻把這件事牢牢記在心上，天天催著二和去。到了那日，二和估量著田老大該回家吃午飯了，就在家裡放下了花生籃子，匆匆地向田家走去。

因是算定了田老大在家的，並不曾向人打招呼，徑直就走進了跨院子去，口裡還嚷著道：「大哥在家嗎？」

可是這句話嚷出來以後，正面屋子裡卻是寂然，一點兒回響也沒有。

二和腳快，已經是走到屋簷下立刻站住了腳，向屋子裡伸頭看了一看，因道：「咦，這屋子沒有人，怎麼院門是開的呢？」

這才聽到裡面屋子裡有人答道：「二掌櫃，請坐罷。我大哥大嫂出分子去了。」

二和道：「二姑娘一個人在家啦？」

二姑娘將一根帶了長線的針，在胸面前別住，手摸了鬢髮，臉上帶了微笑，靠內房門站定，向他周身很快的看了一眼，很從容地道：「我大嫂子那天給你約會的時候，忘了今天要出分子，臨走的時候，她留下了話，說是那件事大概有希望了。」

二和道：「那麼，我明天再來罷。」

二姑娘牽牽衣襟，低下了眼皮子，微笑道：「坐一會兒要什麼緊。」

二和昂頭看看房門框，便不在意的樣子走了進來。

二姑娘將桌子底下一張方凳子拖了出來，放在門邊，笑道：「大遠的路跑了來，休息一會兒罷。咱們老鄰居，倒越過越生疏了。」

她說話時，在外面提了一壺開水下來，將桌上的茶壺加上了水，分明是裡面預先加上了茶葉了。接著，她在小桌子抽屜裡摸出一盒菸捲來，二和坐下了，卻又起身搖著手道：「你別張羅，我不抽菸。」

二姑娘道：「你不是抽菸的嗎？」

二和道：「我現在忌煙了，那天在這裡抽菸，是喝醉了酒。」

二姑娘放下菸捲盒，斟起一杯茶。當她斟茶的時候，低頭望了茶杯子裡面，卻微微地顫動著，似乎她暗地裡禁不住在發笑罷。

二和立刻起身，將手遙遙地比著，連連地點頭道：「多謝多謝。」

二姑娘將茶斟完了，退後幾步，靠了裡面門框站定，將一隻右腳反伸到門檻裡面去，人也一半藏在門簾子裡面，遠遠地向二和望著，微笑道：「二掌櫃煙已忌了，怎麼又喝上酒了呢？」

二和端著茶杯在手裡緩緩地呷茶，眼光也望了茶杯上浮的清煙，答道：「我哪裡要喝酒，那天也是悶不過，想把大傻子找到大酒缸去談談。不料倒是令兄去會了東。」

二姑娘道：「你成天在大街上跑，還悶得慌嗎？」

二和喝過一口茶，把杯子放下，昂起頭來嘆了一口氣道：「唉，二姑娘，你是飽人不知餓人飢。」

二姑娘左手扯住了門簾的邊沿，右手伸個食指，在門簾子上畫著，眼睛看了指頭所畫的地方，微笑道：「我怎麼不知道，您不就是為了那個女戲子的事嗎？」

二和臉上紅起了一層薄暈，搭訕著，把桌子上的香菸盒取了來，抽出一支煙，點了火緩緩地抽著，昂起頭向座中噴了兩口煙。

二姑娘微微地轉過身來，向二和看一眼，因道：「二掌櫃，我和你說得鬧著玩的，你可別生氣。」

二和笑道：「你這是什麼話，你府上一家子，待我都好極了，我從良心上感激出來，正不知道要怎麼報答是好。二姑娘這樣說一句笑話，我還要生氣，那也太難了。二姑娘你坐著。」他說時，還點了一下頭。

二姑娘向他微笑著，見牆角落裡有張矮凳子，便彎腰撿了過來，放在房門口，半側了身子坐下，將鞋尖在地面上連連畫著，不知道是畫著記號，或是寫著字。

二和道：「二姑娘你平常找點兒什麼事消遣？」

二姑娘笑道：「我們這樣的窮人家孩子，還談什麼消遣兩個字。」

二和道：「那倒也不一定，鄰居坐在一塊兒，說個故事兒，打一個啞謎兒，這是消遣。鬧副牙牌，關著房門，靜心靜意的抹個牙牌數兒，這都可以算是消遣。」

二姑娘點點頭笑道：「你這話也說得是對的，不過就是那麼著，也要三頓粗茶淡飯，吃得自自在在的人家。我們家還不敢說那不愁吃不愁穿的話。我姑嫂倆除了洗衣做飯而外，沒有敢閒著，總是找一點針活來做。原因也是很簡單的，無非借著這個，好幫貼一點家用，至少是自己零花錢不用找我大哥要了。」

二和道：「像二姑娘這樣勤儉的人，那真不易得。」

二姑娘抿嘴笑道：「不易得嗎？也許有那麼一點兒。我想著，我簡直是笨人裡面挑出來的。」

二和將手裡的捲菸頭扔在地上，將腳來踏住了，還搓了幾下，眼光注射著地面，笑起來道：「果然是二姑娘先前說的話不錯，老鄰居倒越來越生疏了，見了面，盡說客氣話。」

二姑娘微微地笑著，昂了頭，看門外院子裡的天色。

二和沒有告辭說走，坐在這裡不做聲，也是無聊，於是第二次又取了一根菸捲抽著，口裡噴了煙，也是對院子裡看。偶然對二姑娘看看，正好她也向這裡看來，倒不免四目相射，二姑娘突然把臉紅了，將頭低下去。

二和噴了兩口煙，搭訕著道：「光陰真是快得很，記得我在這裡住家的時候，好像是昨日的事，現在到了這裡來，我可是做客了。」

二姑娘道：「其實你那回搶著搬家也太多心，我大哥喝了幾杯酒下肚，真是六親不認，可是他沒喝酒的時候，對人情世故都是看得很透澈的。」

二和道：「雖然是這樣說，也虧著田大嫂在家裡主持一切，有道是牡丹雖好，也要綠葉兒扶持。」

二姑娘點點頭道：「對，幸虧他還有三分怕我大嫂，要不然，他成天喝酒，那亂子就多了。」

二和不知不覺的又把那根煙抽完了，接著，再取了一根煙抽著，因放出很自在的樣子，腿架在腿上，微笑著道：「談起大嫂，在這大雜院裡，誰也比不過她，配我們田大哥是足配。」

二姑娘只微笑，低頭望了自己的鞋尖，低聲笑道：「那楊月容若是不走，伺候丁老太，那是頂好的，丁老太也很喜歡她，**可惜她是一隻黃鶯鳥，只好放到樹林裡去叫，關到籠子裡面來，她是不甘心的，有機會她就飛走了。**」

二和道：「唉，你還提她幹什麼。」

二姑娘笑道：「其實她也用不著這樣跑，就是在北京城裡住著，大家常見面，二哥還能攔了她不唱戲嗎？」

二姑娘把這句話說完了，回想到無意中說了一聲二哥，不由得把臉紅了，剛是把頭抬起來，卻又低了下去。

二和倒沒有理會她是什麼意思，還是微昂了頭噴著煙。

二姑娘笑道：「我可是瞎扯，你別擱在心上。」說時，很快地瞟了二和一眼，接著道：「本來我這譬喻不對，黃鶯也好，畫眉也好，你把牠關在籠子裡，怎麼也不如在樹林子裡飛來飛去自在。」

二和道：「那也不一樣啊，有些鳥雀，牠就樂意在人家留住著。雞鴨鵝那是不用提，還有那秋去春來的燕子，總是在人家家裡住著的。」

二姑娘道：「那總也佔少數。」說著，帶了微笑，身子前後搖撼著，在她的表示中，似乎是得意，也可以表示著很自然。

二和道：「用鳥比人，根本就不大相像。鳥天生成是一種野的東西，人要像鳥那樣亂跑，那可是他自己反常。」

二姑娘點點頭道：「對了，月容不光是會唱，還長得好看呢。若照她長得好看，應該把她比做一朵花。二掌櫃，你猜，她該比一朵什麼花？」

二和微微皺了眉毛笑道：「我實在不願提到她，二姑娘總喜歡說她。」

二姑娘笑道：「一朵花長得好看，誰也愛看，她那樣一個好人，忽然不見了，心裡怪惦記的。」

二和微笑了一笑，沒有做聲。

二姑娘道：「真話嘛！有那長得不大好看的，無論這花有什麼用處，有什麼香味，人家也是不大愛理的。」

二和聽了這話，不覺對她看了一眼，心裡連連地跳蕩了幾下。

二姑娘道：「這世界上的事，就是這麼著，**好花好朵兒的，生長在鄉下野地裡，也許得不著人瞧一眼，若是生長在大宅門子花園裡，就是一朵草花兒，也有人看到，當了一種稀奇之物的。**」

二和笑道：「這話也不能說沒有，可是花園子裡的花，那也只好王孫公子去看看，窮小子還是白瞪眼。」

二姑娘笑道：「那也不見得，遇著個王三小姐拋彩球，也許她就單單的打在薛平貴頭上。」

二和笑道：「我可講的是花，你現在又講到人的頭上來了。」

二姑娘也省悟過來了，何以不說花而說人？便紅著臉笑道：「人同花都是一個理罷。」說時，抬起兩隻手來，倒想伸一伸懶腰，但是把手抬起來一小半，看到二和站在面前，把手依然垂下去。

二和向院子外面張望了一下道：「田大哥還沒回來，我該走了。」

二姑娘扶著牆壁站了起來，像是送客的樣子，可是她口裡說道：「忙什麼的，再坐一會兒。」

二和道：「我不坐了，今天還沒有做生意呢。」說著，站起來拍了兩拍手，雖見二姑娘並沒有留客的意思，但是也不像厭倦著客在這裡，因她手扶了門框，低著頭還只管微笑呢。因之又走到房門口，看看天色，出了一會神，見二姑娘還是手扶了門，低著頭的，這又重新聲明了一句道：「再見罷，我走了。」隨了這句話，人也就走出跨院子了。

二姑娘倒是趕了來，站在屋簷下，低聲笑道：「我還有一句話，明天別忘了不來，可有了回信了。」

二和道：「我當然來，這是關於我自己飯碗的事，我有個不來的嗎？」

二姑娘站著，低頭凝神了一會，也沒說什麼。二和見她不做聲，說一句再見，可又走了。

二姑娘招招手，笑道：「我還要同你說一句話。」

二和見她這個樣子，便又回轉身來相就著她。二姑娘低聲笑道：「明天你來了，看到了我大哥大嫂，你可別說在這裡坐過這樣久。」

二和倒不想她鄭而重之的說出來一句話，卻是這麼一回事，也就對著她笑了一笑。二姑娘紅著臉，也只有微微地以笑報答，二和同她對面對的站了一會，說不出所以然，終於是說聲再見走了。

這一次二和回去，是比較的高興，同母親閒談著，說：「田家二姑娘，你看這個人怎麼樣？」

丁老太坐在椅子上，總是兩手互相掏著佛珠的，聽了這話，把頭偏著想了一想，問道：「你為什麼突然問出了這話？是他們提到了二姑娘一件什麼事情嗎？」

二和道：「那倒不是，我覺得二姑娘對咱們的事倒真是熱心。」

丁老太道：「本來嘛，她姑嫂倆對人都很熱心，你今天才知道嗎？」

二和也沒有跟著答覆，把這話停了不說。丁老太卻也不把這事怎麼放在心上，只催二和次日再到田家去問信，果然的，二和只做了半天生意，帶著花生籃子，就匆匆地跑到田老大家來。

還沒有進那跨院門，王大傻子迎著上前來，一把將他的手抓住，笑道：「我正等著你呢，你這時候才來？沒什麼說的，今天你得請大家喝一壺。」

二和道：「喝酒，哪天也成？為什麼一定要今天請你呢？」

王大傻子依然把他的手握住，笑道：「這當然是有緣故的。你先請我喝上三壺，回頭我再告訴你。」

二和笑道：「不論怎麼著，大哥要我請你喝一喝酒，這是應當的。有什麼告訴我，沒什麼告訴我，這打什麼緊！」

王大傻子兩手一拍道：「你猜怎麼著，你有了辦法了！田大哥已經給你在公司裡找好了一個事了。你猜猜這事有多少薪水罷。」

二和笑道：「我猜……」

王大傻子伸了三個指頭道：「有這麼些個錢，並不是三塊錢，是三十塊。有了三十塊錢，你母子兩個人都夠嚼穀的了。」

二和道：「不行罷？」

王大傻子道：「什麼不行？田老大剛才對我說的，一點兒也沒有錯。他現出去打電話去了，一會兒就回來，咱們先上大酒缸去等著。」

他說時，挽了二和一隻手胳臂就向外走，口裡還道：「田大嫂，我給你一個信兒：丁二哥請我喝喜酒，我們在大酒缸等著呢。」

二和還要說什麼，王大傻子拉了他一隻手，已是拖到了大門外，笑道：「走罷，走罷，我嗓子眼裡癢癢了。」帶說帶笑著，已是拖到了大酒缸。

這是熟主顧，也不用招呼，店夥已是送過一壺酒來，兩個人已是圍了一張小桌面坐著。王傻子把兩腿伸直來，兩手按了桌沿，腰子一挺，笑道：「喂，給我們找一點兒好下酒的，今天是我們這丁二哥請喝喜酒，不能省錢。」

掌櫃的在櫃上坐了，正閒著呢，便插嘴道：「怎麼著？丁二掌櫃快辦喜事了嗎？」

二和笑著，連搖了兩下頭，「啊」了一聲，田老大隨了這「啊」的一聲，已是踏進酒店了。他笑道：「二哥，怎麼盡搖頭？」

酒店掌櫃的笑道：「他說喝喜酒，我想喝什麼喜酒？就是二掌櫃到了歲數了，該辦喜事了。」

田老大道：「是嗎？丁二哥把那位楊……」

二和站起來，兩手同搖著道：「絕對沒有這件事，你問王大哥就知道。」

王傻子笑道：「你和他找了一件好事，我說這是喜信兒，要他請我喝三壺。現在，他哪裡談得上娶親？就是娶親，我也攔著他呢。坐下來，喝酒，喝酒。」他說著，把左手座位邊的小凳子伸腳勾開，又拍了兩下。

田老大左手按住了酒杯，右手拿了筷子，不住地夾了煮蠶豆，向嘴裡扔著，眼珠轉了兩轉，向二和笑道：「王大哥把話都告訴你了？」

二和道：「沒有呢，他只糊裡糊塗的對我說，要喝我的喜酒，我知道什麼喜事？」

王傻子站了起來，將手指住田老大道：「你你你問他，我還能冤你嗎？田大哥，是不是他的事情已經找妥了？」

田老大笑道：「這也用不著著急，你坐下來，咱們先喝酒。」

王傻子道：「你說，不是三十塊錢一個月的事嗎？你說，你不說，我也坐不穩。」

田老大見他臉上像喝了好幾斤酒一樣，紅透了眼睛皮，便笑著點了兩點頭道：「對的，對的，是三十塊錢一個月的事。王大哥，現在你可以坐下了罷？」說時，連點了幾下頭。

王傻子提起壺來，斟一杯酒，刷的一聲，昂起脖子來喝下去，向二和道：「我能冤你嗎？快喝罷。」

二和越聽說這些，越是糊塗，愣愣地向田、王二人看著。

田老大端起酒杯來，先喝了一口，然後把杯子放下，還按了一按，表示了沉著的意味，向二和道：「雖然是由我介紹的，也可以說是你自己的力量。我把你的姓名籍貫開了字條，送到經理那裡去。他說是你的同鄉，又問到你是幹什麼出身的，我看到他的意思不壞，就把你們老爺子的名字也告訴了他。他說那了不得，找到一家來了。他當年就向你們爺老子老太太全借過錢，把你派在調查科，當了一名辦事員。這比背了電線在滿街跑，那就好多啦。經理還真來個乾脆，當時就下了批子，讓你明天到公司裡做事。老弟臺，你說這件事辦得痛快不痛快？沒什麼說的，咱們各人面前先乾這一壺。」

說時，把瓶子式的小酒壺一把捏了起來，左手拿了杯子，右手把壺向裡面倒，倒一杯，就喝一杯，接連的喝了三杯。

二和笑道：「田大哥，儘管的高興，可別喝多了。」

田老大頭一擺道：「沒關係，你大嫂子說我會辦事，今天可開了大恩，讓我喝一個醉。」說著，又端起杯子來，向口裡倒下去一杯，手裡捏了一杯，還不住的挪搓著，偏了頭向二和道：「老二，我們一家人待你全不錯呀，將來咱們在一塊兒的時候要多起來，我要喝過兩壺之後，酒前酒後的要有什麼話把你得罪，你可別向心裡擱著。」

二和紅著臉，也倒了一杯酒，向他舉了一舉，一口乾了，然後放下了杯子，伸出一個食指向天上指著道：「當了這麼大的太陽說話，田大哥待我這番好意，算是把我由爛泥坑裡拉了起來。我要是忘了你這好意，我不是丁家的子孫。」

田老大伸手拍拍他的肩膀，笑道：「朋友交得好，彼此心照，不在乎起誓啦。」

王傻子在這一邊，也就點點頭。

果然的，二和為了起誓，將來就很有點感著苦惱呢。

二十九 上上籤

在他們喝酒的第二日，丁二和果然開始到公司裡去工作了。

在喝酒的第二個月，二和的家庭已是佈置得很好。因為他做事很認真，公司裡的經理念起以前曾因借他父親的錢，得了一個找出路的機會，現在也就借了一筆錢給二和，讓他去整理家庭，所以他們的日子已經是過得很安逸了。

有一天星期，二和在廚房裡做飯，經理卻撞了進來了。看到二和迎到院子裡，手裡還拿了一把炒菜的鐵鏟子，便笑問道：「這可了不得，你在家還自己做飯啦？」二和將鐵鏟子送到廚房裡去，卻提了一把開水壺來沏茶待客。那經理在外面屋子坐著，舉頭四周觀看了一遍，便請丁老太太出來相見。

丁老太太由裡面屋子摸索著出來，手還是扶了房門框，就笑問道：「經理先生，我猜你是劉副官罷？多年不見，你可發財了。」

經理站起來，點點頭道：「你好說，老太太好？」

丁老太太揚著臉笑道：「那麼，我是猜對了。劉副官，你可別見笑，我窮得不能見人了。窮還罷啦，把一雙眼睛成殘疾了。」

二和道：「對不起，她不能向你招呼。」

經理道：「那就不必客氣，請老太太隨便坐罷。」二和挽著母親斜對面的向經理坐了。

經理又向屋子四周看了一遍，點點頭道：「以二和現在的力量而論，也就不過如此罷了。只是他在家裡還要做飯，管理家庭瑣事，他每日到公司裡去了，這些事又交給誰呢？」

二和道：「做飯這件事，總是我擔任的。早上這一頓呢，我先做好了，同母親一塊兒吃了再走；中上這一餐呢，或者請鄰居同我炒一炒，或者在二葷鋪裡留下一句話，到了那個時候，送一碗麵給我老太太吃；晚飯呢，自然就是我回來做給家母吃了，至於那零碎瑣事，我都是預先做好了的，或者出去的時候，沒有把事做完，回來的時候，趕快把事情補起來。所以我在外面是做事，在家裡也是做事，裡外的忙。」

經理將手摸摸嘴巴，昂起頭來，對屋頂上望望，笑道：「這樣不是辦法。」

二和道：「不是辦法，也只有這樣的做去，無奈這個窮字把我們困住了。」那經理對他母子倆倒看了好幾眼，臉上微微帶了一點笑容，似乎是有什麼話要說的樣子，嘴角連動了幾下。

二和道：「經理有什麼要見教的嗎？」說著，將身子欠了一欠。

經理將兩個指頭，擰一擰嘴角上的鬍子，微笑道：「我看你家別的什麼不齊備罷了，惟有一件，卻缺少不得。老太太，你請猜猜，缺少一些什麼？」

丁老太兩手按了膝蓋，偏了臉聽他們說話呢，因經理已指明了要她答覆，她就微微地點了兩點頭，笑道：「這還用說嗎？就是缺少這個罷？」說時，將大拇指同食指，比了一個圈圈。

二和笑道：「對了，有了這個，我們就好辦了。」

經理笑道：「不不，你們雖然還差著這個，還有比這個更重大的呢，那是什麼呢？就是替老太太找副眼鏡。」

他說著這話的時候，他是嗤嗤地忍不住笑聲，直笑了出來。

二和臉一紅道：「這是笑話。」

丁老太立刻伸手向他擺了兩擺道：「你完全沒有懂得劉先生所說的意思，他以為我沒有眼睛，不能料理家務，應當找一個人代我料理家務，算是我兩隻眼睛。劉副官，你是這意思嗎？」

她說這話，雖然不能去看經理的臉色，然而她臉朝著人，兩隻眼睛皮還只管閃動個不了。

劉經理兩手一拍道：「正是這個意思，到底老太太是個絕頂聰明人，一猜就著。」

丁老太道：「我們也是剛剛得著你的幫助，像一個人家，難道還有那種大款子娶兒媳婦嗎？」

劉經理道：「錢的事，老太不用放在心上，我給二和張羅。」

丁老太笑道：「有您這好意，我們還有什麼話說。可是娶一房兒媳婦，並不是買一樣東西，有了錢就可以辦到的。」

劉經理笑道：「我無事還不登三寶殿，今天就為作媒來的。不，作媒這兩個字太腐朽了，應該說是來作介紹人。」

丁老太道：「那真是劉副官念在鎮守使當日那一番舊情，人情作到底了。這倒教我有點納悶，像我們這樣窮人家，有人同我們聯婚嗎？」

二和看看經理的臉子老帶著笑容，母親在猜疑的臉色上，也飛上了笑容了，便插嘴道：「經理的好意，我們是感謝的。可是家裡添了一口人，又要加上許多負擔。現在是剛剛飽了肚子，窮的那股子悶氣還沒有轉緩過來呢，怎麼著，現在又要去找罪受嗎？」

經理將敬客的茶杯在茶几上端起來，送到嘴邊碰了一碰，隨著又放下來，嘴角上帶一點微笑，望了丁老太道：「老太，您的意思，也是這樣嗎？」

丁老太笑道：「這孩子倒說的是實話，不過他說得太直率了。」

劉經理笑道：「我以為丁老太正差一個幫忙的，來作媒，正用得著。不想我這個月老有點外行，一斧子就砍在鐵樹上，碰了一個大缺口子。」

二和聽到這話，不免紅了臉。

丁老太連連地搖頭道：「劉副官你可別見怪，這孩子不懂事，說話一點兒也不婉轉。」

經理笑道：「他這話也是對的，經濟壓迫人，比什麼厲害。二和提到了負擔上，那我也就不好再說什麼了。」

丁老太怕經理見怪，只好找些別的話來說，經理也明知他們的意思所在，談了一會子，就告辭走了。

二和送走客再進屋來，丁老太埋怨著道：「你這孩子說話，也太不想想。一個公司裡當經理的，肯到小職員家裡來，那面子就給大了。他又肯張羅錢替你作媒，那更是看得起咱們，不是往日他在你父親手下當副官，那辦得到嗎？他這樣作媒的人，是想吃想喝，還是想得喜封包兒？無非一番好意，體惜我雙目不明，找個人來做伴罷了。你一點也不客氣，就是給人一陣釘子碰。」

二和一走進門，就聽到母親這樣教訓了一頓，倒不免站著呆了。

丁老太道：「你再想想罷，我這話對是不對？」

二和道：「別的事情可以講人情，婚姻大事，也可以講人情嗎？」

丁老太道：「我也沒有叫你講人情。」

二和還沒有答言，就聽到劉經理的聲音，在院子裡叫道：「我又來了。」

二和聽了這話，也是一愣，怎麼他又來了？他隨著這話，已是走進了屋子。帽子也不取下，站在丁老太面前笑道：「到底是我作媒外行，我說了半天的媒，還沒有告訴你們是哪一家的姑娘，你們怎能答應呢？」

丁老太也站起來笑道：「你請坐，難得你這樣熱心，請坐下來，慢慢地說吧。」

劉經理笑道：「不用坐了，我就告訴老太，女家是誰得了。」

丁老太道：「是呀，哪一家會看上了我們這窮小子呢？」

劉經理道：「我說出來了，你們想想，暫時不必答覆我。我這斧子砍了一個缺口，不好意思在當面再碰一個缺口子。」

二和笑道：「經理你請坐下來，我說話太直率了，家母也正在怪我呢。」

劉經理笑道：「作媒的人，照例是要兩邊挨說的，這沒關係。我還是提這姑娘罷，你大概認得。」

二和道：「我認得的姑娘，經理也認得嗎？」

劉經理笑道：「這也沒有什麼不可以，也許你們老太太老早就把她當姑娘看待過了。」

二和不由心裡跳了兩下，月容會託他出來作媒嗎？

丁老太道：「這樣說，是我們的熟人呀？」

劉經理道：「自然是啊，這年頭兒，不是戲臺上說的話，東村有個小小子，西村有個小妞兒，兩下一湊合，這就算作媒。現在必須是男女雙方彼此有了很好的愛情，找一個人從中說一聲兒，作一個現成的媒，這叫介紹人；還有根本上用不著人去向男家或女家說話，只是到了結婚的禮堂上，婚禮上差不了這麼一種人，臨時找一個人來補缺。這個人也許單單只新郎認得，也許單單只新娘認得，不但他不能替兩方面介紹，反要新人介紹給新人，說這是咱們的介紹人，這不是一件很大的笑話嗎？」說畢，昂起頭來哈哈大笑。

那丁老太正等著說，他到底提的是哪一家的姑娘呢，偏偏他又把結婚的風俗談上了一陣子，這就仰了臉對著他道：「你說，這姑娘是誰罷。」

劉經理道：「我當然要說出來。不過有一層，假如我說出來之後，你們不願意，人家怪不好意思的，你們就千萬不能對人再說。」

丁老太笑道：「我們也不能這樣不懂事呵，再者，這只可以說是我們沒有錢，娶不起兒媳婦，不能說是不要誰家姑娘作兒媳婦。」

劉經理笑道：「也不能那樣說，假使找一個廢人，或者身家不明的人給你作兒媳婦，你當然不能要啊。我說的這家姑娘，當然不會這樣。二和，你猜是誰罷。」

二和笑道：「這個我猜不到。」

劉經理笑道：「你自然不能猜。你若是猜出來了是誰，那就顯見得你對於誰有了意思。」

二和呵了一聲，還不曾答話，劉經理笑道：「也許這個人就是你所注意過的，她姓……」劉經理說到這裡，故意把話拖長了一點，不肯說完。

二和笑著，搖了兩搖頭道：「請經理不必讓我猜了，我是猜不出來的。」

劉經理笑道：「你也許不會想到他們待你有這樣好，就是介紹你到公司裡去的田金銘，他有個妹妹……」

丁老太搶著道：「是二姑娘呀，田大哥怎麼會請出公司裡經理來作媒的呢？」

劉經理道：「倒不是他自己，是他的女人，常到我家裡去幫了做點針線活，有時他妹妹也去。我太太倒很喜歡她姑嫂兩個。問起姑娘還沒有人家，她嫂子就說，同你們是多年的街坊，很願結成親戚。不過她怕這事不容易成功，還不肯說出來。我太太以為這是兩好就一好的事，就派我來做一個媒人。」

丁老太道：「姑娘果然不錯，我也很喜歡的，只是……」

劉經理笑著搖搖手道：「這下文不必說了，只要你們知道這姑娘為人怎樣，那就行了。明天可以，後天可以，再多過幾天也可以，二和可以託人回我一個信，現在你們就開始考慮起來罷。」

他說著，掀起帽子來點了兩點頭，逕自走了。

二和將客送出了大門外，一路叫著奇怪回來。

丁老太道：「這有什麼奇怪？有姑娘的人家，托出人來作媒，那不是常事嗎？」

二和道：「本來是常事，可是咱們和田老大這樣熟的人，什麼話不好說，為什麼繞上這樣一個大彎子，還把公司經理請了出來？」

丁老太道：「你沒聽到說，這是田大嫂的意思嗎？」

二和道：「田大嫂子為人就是這樣太熱心，上次也就為了她太熱心，鬧得田老大生了疑心，教我們真不好應付。現在這件事又是田大嫂發動的，田大哥不知道是什麼意思？不會更發生誤會嗎？」

丁老太本有一番話要說出來，聽到二和這樣說了，只帶了一點微笑，向他點點頭。

二和也不明白母親的意思何在，不便追問，心裡想著：等母親提到這件事，再申訴自己的意見罷。誰知老太對於這件事，好像不曾聽到人說過一樣，劉經理去後，就把事情忘了。二和越看到母親沉默，越不知道如何應付，只好默然的過下去。

這樣有了三天，心裡想著，經理所需要的答覆，現在該說出來了。但是自己的意思很難決定，母親的意思不知道，田老大的意思也不知道，這話又怎樣去說呢？每日到公司裡去的時候，總不免和經理見面的，見了面的時候，心裡就拴上一個疙瘩，把頭低了下去。

所幸經理在見面的時候，雖在臉上帶了一些微笑，然而他卻沒有提到作媒一個字。這更奇怪了，莫非他見我老不回信，有點兒生氣罷？因之，在這天看到經理之後，老遠的站定，就笑著打起招呼來，笑問劉經理：「今天天氣涼，你還沒有穿皮大衣？」

經理笑道：「皮大衣放在汽車上。你同我來，我還有話同你說呢。」說時，招招手，將他引到自己的辦公室裡來。

他不怎樣在意的，自在寫字檯邊椅子上坐下了，伸了巴掌，指著對過沙發椅子道：「請坐，請坐。」

二和雖覺得一個小職員在經理室裡是不能隨便坐下的，然而經理是在父親手下當過副官的人，自己總算他的小東家，那也無須太客氣，於是點了兩點頭，倒退著坐到沙發上去。

經理打開桌上的煙筒子，抽一根放在桌沿上，笑道：「你抽菸。」

二和起身說了一聲謝謝，經理自取了一根煙抽著，將桌上的墨水匣移了一移，又把筆筒裡的筆，根根都扶正了，這就笑向二和道：「你今天來給我的答覆了嗎？」

二和正要開口答話，經理向他搖了兩搖手道：「你不要以為我是個經理，有點兒把勢力壓迫你，非答應不可。這是你婚姻大事，不應當怕勢力壓迫的，你只管說你心裡要說的話。」

二和笑道：「經理有這樣的好意，我還有什麼話說，只是……」

經理笑著搖手道：「不用轉著彎子說了，我已經知道你的意思。我這個月老，算是砍了三斧子，就碰了三個缺口子。」

二和紅著臉道：「並不是我那樣不識抬舉，連這樣的好事，我也要推辭。只是聽經理所說，好像田大哥還沒有表示意見。他那個人有時很和氣，有時喝兩杯酒，那就要大大的鬧起脾氣來。」

經理笑道：「這是我大意了，我那天告訴你娘兒倆作媒的經過，只說了是田大嫂的主意，卻沒有說老田的意思。自然我不能那樣糊塗，也不問問他家主的話，我就來作媒。這兩天你見著老田沒有？」

二和道：「昨天公司門口見著一面，點了個頭，沒說什麼。」

經理笑道：「是的，這兩天他有點躲著你，你也有點躲著他。其實這是不必，譬如這親事說不成的話，往後你兩個人同在公司裡做事，還不見面嗎？」

二和聽了這話，臉色倒是有一陣變動，經理笑道：「我看你這情形，大致我已明白了。你們作街坊的時候，二姑娘不也常到你家去玩嗎？就是現在，你也常到他家去罷？」

二和紅了臉道：「老街坊，相處得像一家人一樣，倒也不拘形跡的。」

經理笑著點點頭道：「有你這話，我就很滿意的。今天談話到這裡為止，改日我見今堂再詳談罷。辦公時間到了，你辦事去。」

二和站起來，究竟不免有些猶豫。

經理笑道：「好罷，你去罷，什麼事，不外乎個人情，我知道就是了。」

二和見無可申辯，也只好不說了。

當天經理回家，把話就告訴了太太。太太正是一位好事的人，聽了這話，立刻又把田大嫂子請了來，把話告訴她。自然，到了晚上，田家二姑娘也就知道這個消息了。

可是在當日上午，這二姑娘心裡感到有點不耐煩了，哥嫂兩人恰是都出去了，她就坐在炕頭上，兩手抱了膝蓋，隔了玻璃窗向外望著。

王傻子的媳婦王大嫂在院子裡經過，見到玻璃裡一張粉白的臉，便站著向她招呼道：「二姑娘在家啦？出去玩一趟，好不好？」

二姑娘搖搖頭道：「我懶著呢，坐在炕頭上沒下地。」

王大嫂子走到玻璃窗下，向她點了頭，低聲道：「身上又不舒服嗎？你要是不願找大夫瞧瞧，也應當弄個偏方吃吃。」

二姑娘搖搖頭笑道：「死不了，沒關係。」

王大嫂子笑道：「一個做大姑娘的，身上老鬧著毛病，這也不好。」

二姑娘笑道：「我不過是懶得動，並沒有什麼毛病。大嫂子要上哪兒呀？」

王大嫂道：「我們大傻子有半個多月不掙錢了，以前算命的說過，他的運氣不大好，我想到廟裡去同他求支籤兒瞧瞧。」

二姑娘忽然笑起來，立刻伸腿下炕來，一面招著手道：「等一會兒，我也同你去。你打算上哪個廟裡求籤？」

王大嫂道：「就是這胡同口上觀音庵，很靈的。你洗臉罷，我在你家裡等著罷。」二姑娘見她肯等著，更是高興，除了理髮洗臉而外，而且還換了一身乾淨衣服，又在梳妝盒子裡，找出了一小朵紅絨花戴在鬢髮上，手上還拖了一條很長的花綢手絹，笑盈盈地走了出來。

王大嫂子向二姑娘周身上下看了一遍，微笑道：「你真美，該找個好婆婆家了。」

二姑娘將身子一扭道：「你要是這樣的同我鬧著玩，那我就不去了。」

王大嫂笑道：「我不同你鬧著玩，我實在同你幫一點忙就是了。」

二姑娘道：「那才對……不，我也不要你幫什麼忙。」

王大嫂子笑道：「你這話有點矯情，**人生在世，誰短得了要人幫忙呢？**」

二姑娘也沒有和她辯論，只笑著低了頭走路。

出這胡同口不遠，就是觀音庵，這是一座尼姑庵，男子漢平常是不進去燒香禮佛的，所以滿胡同裡的姑娘和少奶奶也不斷地向這庵裡去。庵裡的老尼姑，滿胡同裡人都叫她庵師父，二姑娘也認得她的，一度還要拜她作乾娘呢。

兩人走進了庵裡，老尼姑迎出來。先看到皮匠的老婆王大嫂，就只微笑著點了一點頭，及至看到了二姑娘在後面，就伸了一隻巴掌打問訊*，因道：「二姑娘也來了？你好，聽說令兄在公司裡又長了薪水了。」

二姑娘道：「王大嫂子來求支籤，我就跟著來了。」

老尼將她們引進了佛堂，問道：「二姑娘，你求籤別在觀音菩薩面前求了，這邊花神娘娘面前就好了。你不用說什麼，磕下頭去罷，兩手捧起籤筒子來搖著就得了。」

二姑娘聽她所說，似乎話裡有話，把頭低著，也沒有說什麼，王大嫂自在正殿中間觀音座前禮拜，老尼並沒有理會。倒是二姑娘在花神座前站著，老尼就點了三根佛香，兩手交給她，笑道：「二姑娘，你磕下頭去罷，我們這花神娘娘顯靈著呢。」

二姑娘插好了香在爐子裡，在拜墊上跪下去了。那老尼彎了腰，就把籤筒送到她手邊，低聲笑道：「你隨手摸一支籤就得了。」

二姑娘並不看著籤筒，隨手在籤叢中抽出了一支，老尼也不讓她細看，早是接過去了，笑道：「好的，好的，這是上上籤。」

二姑娘站起來時，老尼已經把籤文紙對了來，交給她笑道：「你回去教人念給你聽，準不錯。」

二姑娘笑道：「我回去教誰念給我聽呢？滿院子裡找不著一個認識字的。」

老尼笑道：「籤上的詩句，湊合著我還認得，我就念給你聽罷。」她於是兩手捧著籤文念道：

東方送暖日華新，萬紫千紅總是春，
昨夜燈花來報喜，平原走馬遇佳人。
問財得財，問喜得喜，
行人快到，老病即癒。

她念完了一遍，問二姑娘笑道：「你聽見了沒有，無論什麼事都讓你順心。可是有一句話，我得聲明，就是老佛爺照顧著我們，我們也得報答老佛爺。要是你所求的事順了心了，你可得在花神娘娘面前許下一炷長年佛燈。」

二姑娘笑道：「在佛爺面前，我可不敢胡亂說話的。這長年佛燈，我可沒有這樣好的常心，老是到庵裡來點燈。」

老尼笑道：「哪裡要你這樣的心呢，你把一年或是二年的油燈費，交給我就得了。」

二姑娘笑道：「要是這樣辦，我可以許下這願心的。」

她兩人在這裡說著話，王大嫂子在那邊觀音大士面前，也敬過了香求過了籤，手裡拿了一支竹籤到老尼面前來，笑道：「老師父，請您也給我對一對這支籤。」

老尼愛理不理的，接過竹籤隨手就扔在籤筒裡，然後到旁邊佛籤櫥裡，隨便掏了一張籤文給她，還叮囑她道：「這支籤也不壞呢！上次你許的那筆佛香錢，還沒有交出來呢，對人失信不要緊，對佛爺失信是不可以的。」

王大嫂道：「是呀，這真對不起，我就對我們王傻子說了好幾回，說是許了心願，一定要還的。他糊塗著呢，有閒錢盡喝酒。」

老尼已是掉過臉來向二姑娘笑道：「聽說你常到公司經理家去，有機會帶我去化一點緣罷。」

二姑娘笑著連連地說可以。老尼送到門外，連說花神娘娘最顯靈的，可別忘了還願。

二姑娘歡歡喜喜的回了家，哥嫂還沒有回家呢。她就掩上房門，把籤文拿出來看。自己雖然認不了幾個字，可是那紙籤文，倒像是有趣的東西，越看越愛看。總在看過二十遍以後，才放到枕頭下面去，自己就躺在炕上，捉摸著老尼姑說的話。忽然想起一件事，是母親在日，給了自己兩支雙喜字的包金簪子，說是沒有什麼做手記*的，這兩根簪子，拿去陪嫁罷。於今剪了頭髮，這簪子有什麼用？想過了，就在灶頭邊的小箱子裡，把簪子取出來，隨便扔在小桌上。

一小時以後，田大嫂回來了，進房來和她談話。因為到小桌子上來提茶壺，看到這兩根簪子，便拿起來看看，咦了一聲道：「這是媽媽給你留下來的手記，你幹嘛亂扔？」

二姑娘淡淡地道：「現在誰也不梳頭了，要這東西有什麼用？」

大嫂道：「可是媽的意思，留著你出門的時候，作個紀念呢。」

二姑娘又淡淡地笑道：「等著罷，還不如換了打兩個銀戒指呢。」

田大嫂將兩根簪子，托在手心裡連顛了幾顛，把上方的牙齒咬了下方的嘴唇，笑道：「這個消息，我本來不願意在這個時候告訴你的，你既然是著急起來，我就告訴你罷。劉經理既然出來給你作媒人了，二和那小子，心裡是早樂意了，不知道他為什麼還不乾脆的答應出來。」

二姑娘呸了一聲，將頭扭過去道：「大嫂你瞎扯，誰問你這個？」

田大嫂笑道：「真的，這日子快了，我是打算有了十成十的消息才告訴你……」

二姑娘捏了拳頭，遠遠地舉著，做個要打的樣子，田大嫂扔了兩根簪子在炕上，扭轉身來就跑走了。

二姑娘聽了這話，心裡暗暗地想著，花神娘娘真靈，把那兩根簪子撿起來，自己嗤的一聲笑了。站在炕邊，也不知道什麼緣故，好好的發愣，捏了兩根簪子，一動也不會動。後來很恭敬的樣子，對窗子外的天色看了一會，卻把兩根銀簪子同被褥上一扔，看時全是有喜字的一面朝上，撿了起來，二次再向被褥扔去，看時全是有喜字的一面朝上。

這倒不覺的得了大嫂那傳染病，也是把上面牙齒咬了下嘴唇皮，望了天，帶著笑容點點頭。把兩根銀簪子撿起，就好好的收到小箱子裡去了。趁嫂嫂沒有留神，就溜到王傻子家裡去，笑著叮囑王大嫂道：「今天咱們到觀音庵去的事，請你千萬別對我嫂嫂說。」

王大嫂道：「請香敬佛爺這是好事，幹嘛瞞著？」

二姑娘連連搖著手說：「別嚷別嚷。」她也不敢多說，轉身又回家了。

王大傻子他媳婦可不傻，當時心裡就有點明白，後來又聽到田大嫂說，要同她妹妹尋婆家，這就更明白了。她不免把這話告訴了王傻子，王傻子又轉告訴了二和，但是這裡面有點誤會的。

三十 求親

是在二姑娘求籤以後第二日的事了，王大傻子特意到二和家裡來，找他談話。一進院子，口裡就先嚷著：「丁二哥！」

丁老太在屋裡應聲道：「是王大哥嗎？他還沒有回來呢。請進來坐坐。」

王大傻子道：「他什麼時候回來？我有幾句要緊的話急於要對他說說。」他口裡這樣說著，人已是走了進來。

丁老太手裡端了一杯茶，斜靠了茶几坐著，只見那杯子裡還向外冒著熱氣呢。屋子中間放了一隻白爐子，煤火熊熊的，向口外抽出來三四寸高的長焰。爐子邊上，放了一把白鐵壺，裡面的水，也正燒得呼嚕呼嚕作響。

王傻子道：「這樣子，是你老人家自個沏茶喝來著，可得仔細燙了。」

丁老太對了他說話的所在，微微地起了一下身，依然坐下去，嘆了一口氣道：「這也是沒有法子呀，不過自個兒這樣做慣了，倒也不覺得怎麼樣。你請坐。」

王傻子道：「你熬到現在，也該出頭了，二和現在一個月掙到三十多塊錢，將來還有漲薪水的希望，他不在家，也該找一個人來伺候你了。」

丁老太道：「僱人，我是不敢僱的。別說我雙目不明，僱了人在家裡，她會給我胡攪一氣，恐怕找一個人來，一進我這樣的窮家，也就不願幹了。」

王傻子在她對面一張矮凳子上坐著，抬起頭來，對屋子上下周圍全看了一看。見正中神案前，殘缺的五供和油鹽罐子雜亂的放著，報紙和殘書堆得有兩尺來高。在這紙堆邊上，又堆上兩捆布捲兒。桌子角上一把黑鐵壺，卻在硯池蓋上，便道：「老太，不是我多事，我說，二和的那個脾氣，您得管著一點兒。」

丁老太揚著臉，把閉了的眼睛連連閃動了幾下，笑道：「王大哥，二和做錯了什麼事嗎？」

王傻子道：「事情是做錯了，可不是他有心做錯的，不過，他也有心這樣的幹。」

丁老太不禁地笑了，點點頭道：「大概二和是做錯了，究竟是不是他有心這樣做的，您還說不定吧？什麼事呢，我總可以拿三分主意。」

王傻子笑道：「田老大這回給二和介紹事，他是有意思的呀。他的二妹，有點兒談戀愛呢。」說著，不免將兩手分別的搓著兩條腿，反正丁老太是不看見的，就向她臉上不住的打量著。

丁老太笑道：「王大哥也談起戀愛來了？可是這些話，全都是些謠言，你怎麼也相信？」

王傻子將頸子一伸，低聲道：「不，我這話聽著多了。田老大也是聽多了這閒言閒語，姑娘大了，娘老了也管不了，別說是哥哥。再說，田大嫂子又很是幫小姑子的忙，他沒有了辦法，想著將錯就錯罷，就把二姑娘給二和罷。可是二和這小兄弟，要耍一個小脾氣，還是不大願意。這一來，可把田老大急了，不到兩天，就給二姑娘說上了個主兒。」

丁老太將手裡半杯剩茶，咕嘟一下向口裡倒去，問著一聲：「是嗎？」

王傻子道：「我當然不能騙您，親事不成，這沒有什麼，老二年紀還輕，還怕找不著媳婦嗎？可是公司裡這份事情，恐怕靠不住。」

丁老太道：「雖然做不成親戚，田家也不吃什麼虧。二和究竟和他是好朋友，他既然介紹二和到公司裡去了，好人就做到底，何必又要把他的事情弄掉呢？」

王傻子道：「咱們同田老大共了多年的街坊，田老大為人，您還有什麼不明白的嗎，他同人要彆扭上了，那就真能胡來。聽說，那公司裡，現在還正要裁人呢。」

丁老太道：「依著王大哥應當要怎樣辦呢？」

王傻子道：「昨日個早上，二姑娘還同我那口子一塊兒到觀音庵燒香求籤去，瞧她那意思，好像心事還沒有決定。你們趁早兒在二姑娘面前露點好意，這事也許挽回得轉來，因為這件事，二姑娘是要做一半主的。我實話實說，您兩隻眼睛不方便，就得早早有個兒媳婦來伺候著。可是新娶的兒媳婦，什麼也摸不著頭腦，能夠在街坊裡面找一個姑娘，那就比自己姑娘差不多。」

丁老太笑道：「照你這樣說，那簡直我要娶兒媳婦，非娶田家丫頭不可？」

王傻子道：「並不是非娶不可，惟有這麼一個人透著合適。」

丁老太點點頭道：「您所說的，自然也是很對，只是二和這孩子的脾氣，也真不肯將就人。」

王傻子道：「這沒有什麼，您可以嚇唬嚇唬他。您就說，要是不到田家去敷衍一下，恐怕公司裡的位子難保。無論他脾氣怎麼不好，對於公司裡的事情，不能不放在心上，除了他自己要吃飯，還得養活著老娘呢。」

丁老太道：「這孩子也是得嚇唬嚇唬他！窮到這分兒光景，他還要使上一股子脾氣。王大哥，您先回去，回頭我叫他去找您。」

王傻子道：「好的，我在家裡等著，假使他要找我，他可以大酒缸坐著，派人去找我得了。」說著，他已起身向外走去。

丁老太還昂了頭，對門外叫道：「王大哥，你在家裡等著他，等到什麼時候呢？」丁老太說過了，卻只聽到王傻子說了一句「老等著」，人已走遠了。

自然，王傻子是一番熱心，然而田老大真會像王傻子所說的，這人也就私心太重了。丁老太心裡把這個問題顛三倒四的想了很久，自己也解答不出一個所以然來。只在一小時以後，二和嘴裡哼著西皮二簧，走進來了。

丁老太迎著他，首先一句話便問道：「你在公司裡，看到經理對你有什麼不好的顏色嗎？」

二和道：「沒有呀，我每天老早的到，晚晚兒的走，經理還能對我說什麼？」

丁老太道：「經理要不高興你，不會為是公事，是為了私事，你猜猜看。」

二和道：「那還用得著猜嗎？若是經理不高興的話，那就是為了他媒沒有做成。」

丁老太道：「你知道還用說什麼！剛才王大傻到這裡來過的，他說田老大生了氣了，把二姑娘另許了人。瞧那意思，給你已然是鬧上了彆扭，在經理面前說了壞話，說不定，你這隻飯碗有點兒保不住了。你想，他有那本領替你薦事，他就有本領在經理面前說壞話，免了你的職。」

二和聽了這話，愣愣地站著，許久說不出話來。

丁老太道：「你不能一輩子提花生籃子養活我吧？剛剛有了一個穩當的飯碗，你就願意扔了嗎？」

二和又沉吟了一會子，因答道：「我想田老大總不至於做出這樣的事來吧？不過公司裡倒有裁人的謠言。」

丁老太坐下，把頭垂了下去，因道：「自然這個時候，你和田老大去親近親近，或者在田大嫂子面前說幾句好話，事情就回轉來了。王傻子今天來，不是沒有意思的，也許他就是受著田大嫂之託。我老早就知道了田大嫂的意思，她是願意咱們兩家結親的。說到二姑娘這丫頭呢，也沒有什麼配你不過的，可是咱們不能為了飯碗，去將就人家的親事，這是你一輩子的事，我不能胡拿主意。」

二和道：「大家雖是老街坊，相處得不壞，可是咱們這樣的人家，怎麼會讓田老大一家人看得起？這透著有點兒奇怪。」

丁老太道：「田老大只要不喝酒，他媳婦叫他死，他也閉眼睛，這全是田大嫂的意思，他不能不照辦。至於田大嫂子為什麼定要結親，二姑娘也樂意，這裡我也不大明白。」

二和手扶了門框，昂頭看了院子外的青天，把腳在門檻上一頓，倒是咚的一下響。

丁老太道：「你這孩子，事情是全憑你做主的，你好好兒的發什麼狠！」

二和還沒有答應呢，就在這個時候，院子門外有人問道：「這是丁家嗎？」

二和答應了一聲是，就有一個三十來歲的小夥子，背著一隻白麵袋進來。

二和道：「你們是寶豐糧食店裡來的吧？」

小夥子已把一口袋麵扛進屋子來，放在地上，答應是的。

二和道：「你扛了回去罷，我今天沒有錢給。」

小夥子道：「掌櫃的說了，你不給錢，就記著罷。」

二和笑道：「年頭兒改好了，糧食店怕白麵換不出錢，送到人家來，請人家記帳？」

那小夥子倒沒說什麼，對他嘻嘻地笑著，說了一聲：「再見。」逕自走了。

丁老太道：「一袋麵要三塊多吧？他幹嘛一定賒給咱們？」

二和道：「人都是勢利眼，這寶豐糧食店的掌櫃，聽說公司裡有大廚房，想拉買賣。今天上午託過我，我答應了給他幫忙。是我順便問了一聲，雙喜牌白麵什麼價錢，他說賣給別人三塊二，賣給咱們只要三塊，回頭就給咱們送一口袋來，不想他果然送來了。平常送了白麵來不給錢，第二句話也不用問，他就會扛走的。」

丁老太道：「這不結了！這年頭人死得窮不得，這麵是擱在咱們家裡了，假如他知道你的事情有點兒靠不住，明天一大早就會來要錢。」

二和聽了這話，只管在屋子裡來回地轉著，眼睛只瞧那牆角豎著的一隻麵口袋，隨後就叫道：「媽，我還是找著王大傻子談談罷。」

丁老太道：「他倒是說了，假如你不樂意到那大雜院裡去，可以到大酒缸去等著他。」

二和道：「不樂意到大雜院去，行嗎？大概要求大雜院裡人幫忙的事，還多著呢。」

丁老太道：「既是那麼說，下午由公司裡回來，你親到田老大那裡去一趟罷。」

二和鼻子裡哼了答應著，就匆匆忙忙的陪著母親吃過了午飯，然後就到大雜院裡來找王傻子。

只見王嫂子自靠了房門坐著，在納鞋底子，遠遠地看到了，就站起來道：「傻子沒有想到你會在這個時候來，出去做生意去了，你來坐一會子。」

二和還沒有答言呢，卻看到二姑娘由王大嫂屋子裡搶了出來，遠遠地看去，沒有看清楚她是什麼顏色，然而她頸脖子紅紅的，是看得出來的。

二和愣了一愣，依然走到王大嫂子身邊來，她低聲笑道：「你現在也急了？我真替你可惜，煮熟的鴨子會給飛了。」

她帶說著話，帶走進屋子去，二和自然也是跟著。

王大嫂這就把嘴向西邊屋子一努，因道：「她已經有個主兒了。」

二和笑道：「這干我什麼事？」

王大嫂把臉一板道：「你跑了來幹什麼？我知道你是聽到公司裡要裁人，來找他替你想法子的。」說時，向他伸了個大拇指，又接著說道：「你也不摸著心想想，人家找你的事，你瞧不上眼，這會子你有了事了，你就來找她，她睬你嗎？」

二和雖然有點驚慌，但是態度還很鎮靜，低聲問道：「你說我有事，我有什麼事？」

王大嫂道：「你沒聽到嗎？我再說一句，你公司裡要裁員，你可得留神點。」

二和道：「你也知道這消息嗎。」

王大嫂道：「剛才她在這裡聊天，就談起了這件事，我正要問一個究竟，你就來了，可見得她討厭著你。」

二和道：「也許人家是害臊吧？」

王大嫂道：「全是熟極了的街坊，人家還害什麼臊？說明白一點，人家是生你的氣。」

二和猶豫了一會子，便道：「既是那麼著，我就晚上再來罷，這時候我要到公司裡上工去了。」說著話，溜了出來，遠遠地對了田家的窗戶看了去，果然的，二姑娘一張臉子是在玻璃窗子裡張望的，等到二和向她看了去，她立刻就把頭低了去。二和雖不知道她是什麼原因，反正她不樂意見面，那是真實的，心裡頭總算打了一個疙瘩。

走到公司裡，留心看看進出的人，果然臉色都有些慌張，自己也就把心房提著，向辦公的地方走去。這一留心，事兒全出來了，只見各股辦事的頭兒，全先後的向經理室裡去。

這屋子裡幾個同事的，全都交頭接耳的說話，彷彿聽到對過座位上有一位同事說：「在公司裡年月久一點的人，那總好些。因為這不是衙門，用人總得論一點勞績。」

二和聽說，心裡更是不免怦怦亂跳，等著向經理室問話的人全走光了，自己也就一鼓作氣的，挺了胸脯子向經理室走去。可是走到房門口，手扶了門把鈕，停了一停，不曾推門，這兩條腿又縮回來了，依然走到自己座位上，坐下來寫字。

看那兩位同事，也是瞪了大眼睛向自己看著。過了十來分鐘，自己心事實在按捺不住，本待起身走著，可是看看別人的臉色，膽子也就小下來了。

最後到了六點鐘，大家下班的時候，實在不能再忍了，這就把抄的文件放到桌子抽屜裡去，牽牽衣襟，摸摸領子，又走到經理屋子去。

那劉經理正把衣架上的大衣取下，向身上加著，隨手拿了帽子，一轉身看到二和帶上門站定，便問道：「你也為了公司裡有裁員的話，要來向我打聽消息嗎？」

二和笑道：「不，不，我沒有這資格。前次蒙經理的好意，替我提的那頭親事，到今日，無論如何，我是該給你一個答覆了。」

劉經理笑道：「怎麼，現在你覺得非答覆不可了？那麼，你就告訴我你所答覆的話。」

二和道：「以先我所考量著不敢應承下來的，就是我想著我家裡的生活費現在還是自顧不暇，怎能再添一口人？可是最後轉念一想，像田家二姑娘，她不是不會勞作的人，到了我家裡，當然她可以出分力量來幫助，不至於白添一口人。」

劉經理將手摸摸自己的鬍子，微笑道：「據你這樣說，你是可以俯允*的了？」

二和聽說，只好站著，捧了拳頭，連連拱了兩下，笑道：「經理說這話，我就不敢當。像我這樣窮，只能說是人家對我俯允，怎能說是我對人家俯允？」

劉經理笑道：「憑我的良心，田老大夫婦對你母子二人很好，你實在不應當過拂人家的意思。」

二和躬身道：「是，我也很知道的。」

劉經理道：「既是你已經明白了，那就好辦。我這月老做成功了，也總算你給了我三分面子，我也很感謝的。回頭我對田老大說一聲，讓他找出正式的媒人來。」

二和笑道：「經理不做介紹人也好，為了兩家體面的關係，還要請經理做證婚人呢。」

劉經理對於他這話，倒不以為怎樣刺耳，將手連連地摸了幾下鬍子，點點頭道：「好罷，明天再說罷，今天應付公司許多人，我累了，有話明天談罷。」他一面說著，一面戴了帽子起身向外走。

二和不能反留在經理室裡，自然是跟著他一塊走出來，心裡也就猶豫不定的沉思著：說到經理沒有見怪的意思吧，他老早的就說過了，算是碰過我三個釘子；說是他見怪吧，可是相見的時候，他的態度又很自然。這樣自己給自己難題做的時候，肩膀上卻讓人拍了兩下，回頭看時，是收款股的一個小辦事員。

二和笑道：「又是什麼事高興了？走來嚇我一跳。」

那人正色道：「還說我高興呢，我是整天的在這裡發愁啦。」

二和道：「為了公司裡要裁人的事嗎？」

那人道：「可不是，你是經理看得起的人，大概不要緊。據我所聽到說的，大概要裁去五分之二的人，五個人裡面裁兩個，差不多就是對半留，我這飯碗恐怕靠不住了，我沒有什麼，我一個光人，有兩條粗胳臂，每天能混一毛錢，我就能買兩頓窩頭啃。可是我還有一個女人，三個孩子，他們怎麼辦？」

二和道：「我和你同犯著一樣的毛病呀。」

那人道：「你也是一個女人三個孩子嗎？」

二和道：「不，我的情形比你更重大，我有個六旬老母，而且是個雙目不明的人。我母親很可憐，在死亡線上掙扎著把我養大的。我實在不忍看著她把我養大了，正盼望著有個結果的時候，又回到死亡線上去。」

那人道：「你有這樣的情形，應該對經理說說去，經理不是同你很好嗎？我想他知道你這種情形，一定可以把你留住。」

二和道：「我最近有一件事，經理不大願意我。」

那人笑道：「那你就不對了。你這不是和經理鬧彆扭，你是同飯碗鬧彆扭。」

二和道：「並不是鬧彆扭，他倒是一番好意，想替我辦一件事，不過我覺得我這窮小子受不了那抬舉，我推諉著沒有立刻答應。」

那人道：「什麼事？」

二和搖搖頭笑著，沒有答覆。

那人嘆了一口氣道：「世界上真有這些怪事，有的想巴結經理巴結不上，有的經理來巴結，反透著自己不夠抬舉。總而言之一句話，這是生定了窮骨頭。」

他一面說著一面走，二和聽在心裡，緩步走了回家去。到了以後，在院子裡就很沉著的高聲叫了一句媽，丁老太在屋子裡聽到，心裡頭就是一怔。

二和進來了，便道：「媽，王傻子來的不錯，公司裡果然有了變動。」

丁老太本來坐著的，這就站了起來道：「什麼，公司裡有了變動？你沒有來得及和田老大說嗎？」

二和道：「找田老大有什麼用？公司裡這回裁人要裁一半呢。我大著膽子直截了當地就去找經理。」

丁老太道：「你難道倚恃著劉經理是咱們的舊人，簡直不讓他裁你嗎？」

二和笑道：「我雖不懂事，也不能那樣的冒昧。」

丁老太走近了一步，問道：「那麼，你怎樣的對經理說的呢？」

二和扶著丁老太道：「你老人家坐下，讓我慢慢地報告，大概我的飯碗還打破不了。」

丁老太坐下了，二和就把對經理說話的情形報告了一番。

丁老太很高興的站了起來，抓住二和的手連連抖了幾下，笑道：「你……你要是能這樣辦，那就好極了。田家那女孩子，待我早就不壞，要是能到咱們家來，我們一定會相處得很好。」

二和道：「雖然劉經理已然答應出來做主，可是田老大已經對這事另打主意了。究竟是不是已經另說妥了人家，那還不得而知呢。」

丁老太道：「咱們既是把公司裡經理說好了，先穩定了這飯碗再說。到了明天，我親自去找大嫂子一趟罷，有道是求親求親。」

二和道：「這樣說，倒成了我們求親了。」

丁老太道：「那有什麼法子呢？」

二和聽說之後，卻沒有做聲，自在屋子裡去做瑣碎的事情，丁老太也已覺到了他那不高興的樣子，就沒有再提到這事。

到了上燈的時候，母子們正在屋子裡籌備著晚飯，卻聽到田大嫂在院子裡叫道：「丁老太，我們那位二姑爺在家嗎？」

「二姑爺」這個稱呼突然而來，他母子兩個人都聽著答應不出來呢。

三十一 洞房花燭

隨了那一聲「二姑爺」，田大嫂已是走進屋子來了，二和立刻笑著讓座。

丁老太也站起來笑道：「大嫂子怎麼得閒兒到我這裡來？」

田大嫂且不坐下，斜站著向二和看去，只是抿了嘴微笑，二和見了她這樣子，不知是何緣故，倒立刻有些不好意思起來，紅著臉，四處張羅著。

田大嫂道：「你滿屋尋什麼！」

二和道：「找盒洋火你抽菸啦。」

田大嫂道：「我不抽菸的，你不知道嗎？你忙糊塗了。」

二和笑道：「有時候，大嫂也抽一根玩兒的。」

田大嫂笑道：「剛才我在院子時裡嚷那麼一聲，沒有嚷錯嗎？」

丁老太笑道：「照說，我們是高攀一點兒。」

田大嫂笑道：「咱們既然是親戚了，這樣的客氣話，全不用說了。剛才我在經理公館裡，同經理太太做點兒針線活，經理回來了，說到老二在他面前答應了這頭親事，還要請經理作證婚人呢。我一高興，也沒有回家，徑直的就到這裡來，到底是我心粗一點兒，還沒有聽一個實在，我就在院子裡嚷起來了。」

丁老太笑道：「誰不知道大嫂子是個直性子的人，無論幹什麼，一點也不裝假，我們這樣老實無用的人，就愁著找不出這樣的人交朋友。大嫂子還沒有吃晚飯吧？」

田大嫂道：「這倒不必客氣，我家裡還有人等著我回去做飯呢。我到這裡來，就是問一問這消息靠得住靠不住？」

丁老太笑道：「我不說了嗎，巴結不上呢，還有什麼靠不住的？」

田大嫂笑道：「我也沒有工夫同你老人家細談，改天再來商量罷，我要回家做晚飯去了。我們新姑爺，你送我到大門外去一趟，替我僱輛車罷。」

丁老太道：「大嫂既然要回家做飯，二和就到門口替大嫂僱輛車去。」

二和道：「田大嫂來了，坐也沒有坐下，就要走。」

田大嫂笑道：「老二，我們不在乎這個，將來我們姑娘過了門，你客客氣氣的待著她，比這樣把我當客待，好得多了。」

二和笑道：「那麼，我就去同你僱輛車罷。」

二人走出了大門，田大嫂左右一看並沒有人，因道：「我問你一句話，這頭親事，你透著有點勉強吧？」

二和笑道：「大嫂子這是什麼話？」

田大嫂抬起右手，將中指撳住了拇指，極力地彈著，啪地一聲響，笑道：「小兄弟，在我面前還來這一套？你以前待我們二姑娘還算不錯。自從有了那女戲子，你的情形就變了。這也難怪你，男人總喜歡那狐狸精一樣的女人，真正愛你的人，你是不會知道的。」

二和道：「大嫂子，我有什麼不對的地方，你儘管教訓我，可是請你別提到這些話上面去。」

田大嫂站著向他望望，笑道：「這樣子說，你對著這頭親事總算願意的？但不知道你明白不明白，這件事，完全是我一手辦成的。」

二和笑道：「我怎麼不明白，多謝你好意。」

田大嫂道：「多謝不多謝，不應當先在口頭上說，口頭上說的，那算得了什麼謝謝？」

二和道：「你要怎樣的謝謝呢？」

田大嫂道：「要怎樣的謝謝嗎？」她說到了這裡，沉默了一會，笑道：「現在你反正也不能謝我，將來再說罷。走了。」說畢，拔步就走。

二和道：「我還得同你僱車呀。」

田大嫂笑道：「我還要在這街口上買東西，不用僱車了。」她說得快，走得是更快，人已是走過好幾戶人家了。

二和在門口呆站了一會，直到望不著她的後影了，才慢慢地走回家去。

丁老太道：「我們這位田大嫂子，要痛快起來，就太痛快了，做親的事，還只剛說了一句話，她就叫起姑爺來了。」

二和道：「真是沒有辦法。其實我心裡頭，全惦記著公司裡的職務，至於結親這件事，再遲個三年二載，又要什麼緊。」

丁老太道：「你這孩子真是傻，結親同公司裡的工作，那還不是一件事情嗎？你瞧著罷，說不定你答應了這件事情以後，公司裡就要給你調一個好的位置呢。」

二和嘆了一口氣道：「唉，這年頭。」

當時母子二人把這事很討論了一陣子，覺得這事彎子兜得很大，為了自己的飯碗起見，簡直的不用猶豫，索性表示著熱烈一點，就把這親事趕著辦罷。

在答應婚事的第三天，公司裡的裁員風潮還正鬧著呢。在這日上午，劉經理坐著汽車，又到二和家裡來了。

這時候二和不在家，是丁老太一個人，掩上了外屋門，坐在爐子邊烤火，劉經理只在院子裡咳嗽了一聲，丁老太喲了一聲道：「又是劉副官來了，請進來坐罷，二和不在家，可沒有人招待你。」

劉經理已是走了進來，見丁老太站著的，這就兩手攙住了，笑道：「老太太，你坐著罷。我是特意趁了二和不在家，有幾句話來同你說的。」

丁老太點點頭道：「我知道你的好意，請坐罷。」

劉經理等她坐下，自搬了一張矮凳子，坐在她身邊，因低聲問道：「二和這兩天回家，沒有談到結婚時候的經費問題上去嗎？」

丁老太笑道：「你想，像我們這樣的窮人家，有了這樣大的事，還有個不談到經費問題上去的嗎？愁的就是這個。」

劉經理道：「你放心，我就是為了這件事來的。當年在鎮守使手下，承他老人家看得起，很提拔了一陣子，我也就借了這點力量，才有機會認識實業界的人。人做事，總不能忘了本。現在我預備了一點賀禮，首先送過來罷。」

說著，把帶來的皮包打開，在裡面取出兩疊五元的鈔票，送到丁老太手上去，笑道：「這是兩百塊錢，算我一份小禮物。你去籌辦著喜事，假使不夠的話，我在公司裡頭，還可以替他想一點法子。」

丁老太手上捏住了鈔票，微微地顛了兩顛，笑道：「劉副官，這就不敢當。只要你念著大家過去的關係，替二和在公司裡多說兩句好話，把他的位置保留住了，那就感謝你多了。」

劉經理笑道：「這個你放心，只要他照著公司裡的規矩行事，他的事情，絕可以維持下去。他回家的時候，只望你老人家多多囑咐他幾句，不要發牢騷。說句迷信的話，窮通有命，那算我消磨人的志氣，可是人在外面做事，絕無一步登天之理，只要有了梯子，慢慢兒的向上爬，哪怕十層樓，二十層樓，總可以爬到頂的。」

丁老太聽了這番話，倒有些莫名其妙，將臉揚著，朝了劉經理問道：「據你這樣說，他還在公司裡鬧脾氣嗎？」

劉經理道：「這倒不至於，不過我知道他個性很強，怕他想起了身世，會不高興幹下去。」

丁老太笑道：「這個你放心。這幾年，他任什麼折磨都受了，現在有了三十塊錢一個月的事，他還會發牢騷嗎？」

劉經理放聲笑了一笑，站起來道：「有點兒脾氣倒不壞，有了脾氣，這個人才有骨格，不過他不能權衡輕重罷了。譬如我這次提親，媒人的面子總算不小。我那天乍來提的時候，他就給了我一個釘子碰。他那意思說，婚姻大事絕不能為了受大帽子的壓迫就答應了。其實，他這是錯見了，我們既這樣念舊，我出頭來替他張羅什麼事，絕不能害了他。」

丁老太聽說，怔了一怔，因向他笑了一笑道：「那倒不是……」但也只說了這四個字，以下就接續不了。

劉經理笑道：「好了，改日見罷。」

丁老太站起來道：「劉副官，你還坐一會兒，我還有幾句話，要同你說一說。」

劉經理笑道：「你就把款子收下來，不用躊躇了。」

他說著話，已走到了院子裡，丁老太只好高聲叫道：「劉副官，多謝你了，改天我叫二和到你府上去登門道謝了。」

劉經理並沒有答應，但聽到大門外一陣汽車機輪響，那可想到他已是走了。

丁老太把鈔票捏在手裡，顛了幾顛，情不自禁的嘆了一口氣道：「**想不到於今我倒要去求伺候我的人賞飯吃。**」不過說過了這句話，她也不能把鈔票扔到地下去，依然是摸索著開了箱子，把鈔票妥妥當當的收藏著。

二和回來知道了這事，只嚷著奇怪，他道：「現在這年頭有這樣的好人，念著當日的舊情，同我說了一頭親事，這還不算，又送我兩百塊錢作為結婚費？」

丁老太道：「我也是說這樣的好人，在現時的社會裡，沒有法子找去。人家既是有了這樣的好意，咱們還是真不能夠辜負了。」

二和站在母親面前，見她兩手按了膝蓋，還是很沉著的靜待著，她雖然是不看見的，還仰了臉子對著人，在她的額角上和她的兩隻眼角上，有畫家畫山水一般的皺紋，在那皺紋的層次上，表現著她許多年月所受的艱苦。她那不看見的眼睛，轉動還是可能的，只看她雙目閃閃不定，又可以想到她在黑暗中，是怎樣的摸索兒子的態度，便微微地彎著腰道：「媽，你不必信劉經理的話，他那種話是過慮的。我無論如何不知進退，我也不能說人家替我作媒，又代出了一筆結婚費，我還要說人家不好。」

丁老太道：「孩子，並不是說人家好不好的那句話，我望你……」老太太說到這裡，把話鋒頓了一頓，接著垂下頭來想了一想。

二和道：「媽，你放心得了。這頭親事，既是我在劉經理面前親口答應下來的，無論我受著怎麼一個損失，我也不能後悔。」

丁老太道：「你這話奇怪了，有人送你女人，又有人送你錢，你還有個什麼損失？」

二和笑道：「原是譬喻這樣的說，這已經是天字第一號的便宜事了，哪裡再會受損失？得了，有了錢，親事這就跟著籌起來。不久，你有個人陪伴著，我出去做事，心裡也踏實得多，而且二姑娘和你也很投緣。」

丁老太這倒笑了起來，因道：「你是叫慣了二姑娘的，將來媳婦過了門，可別這樣稱呼了。」說畢，又是格格的一陣笑。

二和在裡在外，空氣都是這樣的歡愉，這教他沒有法子更去改變他的環境，自己也就糊裡糊塗的跟著做下去。因為這樣，劉經理似乎也有了一點好感，除了公司裡的刻板工作而外，有時他有了什麼私人的事情，也叫二和去替他做。

這一天下午，劉經理發下了二十多封請客帖子，要二和代為填寫。待二和寫好了，劉經理已回家去。二和一來不知道這帖子是要交給公司裡信差專送呢，或是郵局代遞，二來也不知道自己所寫的人名，有沒有錯誤，所以他為了慎重其事起見，兩手捧住那一疊帖子，就向經理家裡來。好在劉經理家離這裡並不怎麼遠，由公司裡出來，轉個彎就到劉家來了。

走到劉家大門口，正停著一輛汽車，似乎還等著人呢。

二和在這幾日裡，是常向著劉家來的，他也不怎麼考慮，手捧了帖子，徑直的就向劉經理私人書房裡來。

這一地方，是中進院落裡面的一個跨院。一個月亮門裡面，支著一個籐蘿的大架子，雖然這日子，已經沒有樹葉，可是那搭在架子上的籐蘿，重重疊疊的堆著。太陽穿過花架子，也照著地面上有許多黑白的花紋。遠遠的看到正面那三間房屋，朱漆的廊柱和窗戶格子上面蒙著綠紗，那是很帶著富貴色彩的。腦筋裡立刻起了一個幻影，記得當年做小孩子的時候，自己家裡也就有好幾所這樣的屋子，就以自己那位禽獸衣冠的大哥而論，他也是住著這樣的屋子的。

他正這樣的出著神，不免停住了腳，沒有向前走去。就在這個時候，聽到格格的一陣笑聲，便醒悟過來，到了經理室外邊，幹嘛發這種呆想？第二個感想，就是這笑聲是婦人的聲音，不是經理太太，就是經理的姨太太，有了什麼事故，正和老爺開著玩笑。這時候跑進去，可有點不識相。於是退後兩步，走出院子月亮門來，閃在一邊走廊上站著。

那笑聲慢慢到了近邊，看時，卻是一位摩登少女。她穿著新出的一種綢料所做的旗袍，是柳綠的顏色，上面描著銀色的花紋。頭髮後面也微燙著，擁起了兩道波紋，在鬢邊倒插了一朵紅絨製的海棠花。她穿的也是高跟鞋子，一路是吱咯吱咯的響著，手胳臂上搭了一件棗紅呢大衣，搖搖晃晃地走了過來。

直到近處，這才把她認識出來，**正是自己的未婚妻二姑娘**。她大概是很得意吧，挺著胸脯，直著眼睛的視線，只管向前走去，旁邊走廊上站著有個人在打量她，她可沒有想到，自然也沒有去注意。

二和自應允她家婚事以後，總覺得有一點不大好意思，所以始終沒有同她會面過，現在看到她，她可沒有看見自己，若是在她後面勉強叫一句二姑娘，也許引著她好笑。和母親說話，叫了一聲二姑娘，母親還笑得格格不止呢。

心裡這一盤算著，那個鮮花般的二姑娘，早已走過去了，不過自己身子四周，還是香氣很濃厚的在空氣裡面流動著。心裡又隨著變了一個念頭，是自己眼花了吧，縱然她快要做新娘子了，少不得做兩件新衣服，可是她這種十分濃厚的香味，是很貴重的化妝品吧？和她同住一個門樓子裡面，做了好幾年的院鄰了，哪裡見過她用這樣好的化妝品？那麼，這也是人家新送她的嗎？

二和只管沉吟著，已是看到二姑娘走出了外面院子的門。手裡將那一捧請帖顛了兩顛，這算自己清楚了，就跟著向劉經理屋子走去。

他當然不敢那樣冒昧，還站在門外邊，將手敲了幾下門。裡邊叫聲進來，二和才推了門進去，見劉經理在他自己小辦公室裡寫字檯邊坐著。

他看到是二和進來了，好像受了一種很大的衝動，身子向上一聳，臉上透出一番不自然的微笑，因道：「原來是你來了。」

二和將那一疊請帖送上，笑道：「怕誤了經理的事，特意送了來。」

劉經理點點頭笑道：「很好，你近來做事，不但很勤快，而且也很聰明，將來我總可以提拔提拔你。」

話說到了這裡，他已恢復了很自然的樣子，隨手拿起那一疊請帖，放到左手邊一隻鐵絲絡子裡面去。

二和跟著他的手看了去，卻見那裡有一張帶了硬殼子的相片，只是這硬殼朝上，卻教人看不到這裡面的相片上是什麼人。

劉經理見他注意著，便笑道：「這裡也沒有什麼事了，你有事，你就走罷。」說畢，用手揮了一揮。

二和站著呆了一呆，就退身出去了。到了外面院子裡，又站著了一會，對劉經理的屋子窗戶看了一看，覺得笑也不是，哭也不是，轉身走了出去，這就第二個念頭也不想，立刻一股子勁的就衝回家去。

二和家裡，這時已經用一個老媽子了，安頓著老太太在中間屋子裡坐了，沏了一壺茶放在她手邊茶几上，另外有一隻小磁鐵碟，裝了花生仁，讓老太太下茶，那舒服是可想而知的了。

二和一頭衝進了屋子，叫道：「媽，我報告你一件奇怪的事。」

丁老太道：「什麼事呢？」說時，抓了兩粒花生米向嘴裡丟了去，慢慢地咀嚼著。

二和道：「就是剛才的事，我到劉經理家去，看到她由劉經理屋子裡出來。」

丁老太道：「誰？二姑娘嗎？她姑嫂兩人本來也就常到劉經理家裡去的，這算不了什麼。」

二和道：「她平常的樣子，自然也算不了什麼，可是她穿得花枝招展的，渾身都是香水，人走去了很遠，空氣還是香的。」

丁老太道：「是嗎？也許今天是什麼人家有喜慶的事吧？」

二和道：「人家有喜慶的事，和劉經理有什麼關係呢？她去幹嘛？我心裡實在有點疑惑。」

丁老太道：「胡說，照著你這樣說，那是二十年前的事了。現在的大姑娘，要她大門不出，二門不過，那還行嗎？劉太太同她姑嫂倆全很好的，有許多針活還是叫田大嫂子做呢。她沒有給你說什麼嗎？」

二和道：「她一徑的朝前走，壓根兒就沒有看到我，我同她說什麼呢？」

丁老太聽了這話，低了頭，默然地想了一會子，笑道：「你別胡思亂想，我明天見著劉經理，當面問問他看。」

二和道：「呵，那可不行，要是把他問惱了，我的飯碗就要打碎了。」

丁老太道：「你別瞎說了，人家劉經理是規規矩矩的君子人，沒有什麼事可以疑心他。我這裡說問問他，並不是問別的，就是說二姑娘承太太看得起，常把她找了去，受了太太的教訓不少。那麼，他就會說到她為什麼常去了。」

二和同母親討論了一陣子，對於這事沒有結果，自己也就無法去追問。

過了幾天，也曾重新的看到二姑娘兩次，見她依然是平素打扮，不過因為彼此已經有了婚約了，透著不好意思，低著頭，匆匆地就避開了。

田老大方面，對於這婚事，固然是催促得很緊；就是劉經理也常對二和說，這喜事應該早辦，為的是丁老太雙目不明，好有個人伺候著。在這種情形之下，二和是不能不趕辦喜事了，在一個月之內，二和靠了劉經理送的那二百塊錢，又在別的所在移挪了一二百塊錢，趁著錢方便，賃了小四合院的三間北屋，佈置起新屋來。

在公司裡服務的人，看到二和是劉經理所提拔的人，這喜事又是劉經理一手促成的，大家全都湊趣送分子。二和索性大做一下，到了吉期，借著飯莊子，辦起喜事來。

到了這日，酒闌燈燦，二和也就借著劉經理的汽車，把新娘送回家去。新房裡擺設著丁老太傳授下來的那張銅床，配了幾張新的桌椅，同一架衣櫥，一隻梳妝檯，居然也是中等人家的佈置了。四方的桌上，放一架座鐘，兩隻花瓶子，桌沿上一對白銅燭臺，貼著紅紙剪的喜字。那燭臺上面，正火苗抽著三四寸高，點了一對花燭。桌子左手，一把杏黃色的靠背椅子上，身體半側的，坐著那位新娘。

新娘身上，穿了一件水紅綢子的旗袍，微燙著起了雲捲的頭髮，在鬢邊倒插了一支海棠花，又是一朵紅絨剪的小喜字。看她豐潤臉腮上泛出了兩圈紅暈，那眼珠黑白分明的，不對人望著，只看了對過衣櫥子上鏡子的下層。那花燭上的火焰在她側面照著，更照著她臉上的紅暈，像出水荷花的顏色一般鮮豔。

二和今天也是身穿寶藍花綢面羊皮袍，外罩青緞馬褂，鈕扣上懸著喜花和紅綢條。頭髮梳得烏光之下也就陪襯著面皮雪白。

他滿臉帶了笑容，站在屋子中間，向二姑娘笑道：「你今天累了嗎？」

二姑娘抿嘴微笑，向他搖了兩搖頭。

二和同她認識多年，還是初次看她這樣豔裝打扮。雖然那一次在劉經理家裡，看到她的，那究竟還是在遠處匆匆一面，現在可是對面對的將她看著了。只看她抿了嘴的時候，那嘴唇上搽紅了的胭脂，更是照得鮮豔，於是也笑道：「我們也成了夫婦，這是想不到的。」

二姑娘對於這話，似乎有什麼感觸似的，抬起眼皮來，很快地向他看了一眼。

二和笑道：「我這麼一個窮小子，不但今天有這樣一身穿著，而且還娶了你這樣一個美人兒。」

二姑娘向他微笑道：「現在還有客吧？你該出去陪一陪。」

二和道：「客在飯莊子裡都散了，還有幾個要鬧房的，我託了幾個至好的朋友，把他們糾纏去了。外面堂屋裡，我老太太屋子裡，預備下了兩桌牌，等他們來了，就支使著他們出去打牌去。」

二姑娘笑道：「你倒預備得好，新房裡不約人進來鬧鬧，人家肯依嗎？」

二和笑道：「洞房花燭夜是難得的機會，我們應當在屋子裡好好兒談上一會子，幹嘛讓他們進來攪和？」

二姑娘笑道：「將來日子長呢，只要你待我好好兒的，倒不在乎這一時三刻的，你出去罷，人來了，是笑話。」

二和索性在下方一張椅子上坐下了，笑道：「我也出去，終不成讓你一個人坐在屋子裡？」

二姑娘道：「我到老太太屋子裡去坐。」

二和同時搖著兩手道：「新娘子不出新房門的。」

二姑娘笑道：「你聽聽，院鄰屋子裡熱鬧著哩，他們還不來嗎？」

二和道：「我也安頓著他們在打牌。」

二姑娘微笑道：「得，就是這樣你瞧著我，我瞧著你罷。」

二和道：「他們打牌的，還沒有理會到咱們回來呢，至多還有五分鐘，他們就該來了。在這五分鐘裡頭，咱們先談兩句，回頭他們來了，就不知要熱鬧到什麼時候，今晚談話的機會就少了。」

二姑娘笑道：「瞧你說的這樣……」下面還有一個形容名詞，她不說出來，把頭低下去了。

二和見她笑容上臉，頭微低了不動，只把眼珠斜轉著過來看人。她耳朵上，今天也懸了一副耳墜子，由側面看去，那耳墜子，在臉腮上微微地晃打著，看出她笑得有點抖顫，那是增加了她一些嫵媚的。

這屋子裡除了雙紅花燭之外，頂棚下面還懸了一盞電燈。燈罩子上，垂著一叢彩色的珠絡，映著屋子裡新的陳設，自然有一種喜氣。

這是初冬天氣了，屋子角上安好了鐵爐子，爐子裡火正燒得火焰熊熊的，屋子裡暖和如春。二和這就想到在今年春間，同她同住一個院子的時候，有一天晚上，曾做過一個夢，夢到她穿了一身水紅衣服，做了新娘子。在夢裡，並沒有想到那個新娘子就是我的，因為一個趕馬車為生的人，絕不能有這樣的幸福。現在，新娘子坐在自己屋子裡了，誰能說她不是我的，**幾個月之間，夢裡所不敢想的，居然見之事實了，天下有這樣容易的事，莫非這也是夢？**

二和正這樣的沉思著呢，卻聽到院子裡有了胡琴的響聲，便向新娘子笑道：「這又是街坊鬧的玩意。他們說要熱鬧一宿，找一班賣唱的來，這準是他們找來的。要不，這樣的寒天，街上哪裡有賣唱的經過？要是真唱起來，那可受不了。」

二姑娘笑道：「隨人家鬧去，你要是這樣也攔著，那樣也攔著，除了人家說笑話，還要不樂意呢。」

二和微笑著，沒有向下說。

院子前面的胡琴拉起來了，隨著這胡琴，還配了一面小鼓聲。這聲音送到耳朵裡來是太熟了，每個節奏裡面，夾了快緩不齊的鼓點子，二和不由得啊喲叫了一聲道：「這是《夜深沉》呀！」

二姑娘聽到他話音裡，顯然含著一種失驚的樣子，便問道：「怎麼了？」

二和的臉色，在那可喜的容顏上本來帶了一些慘白，經過她問話之後，把亂跳的心房定了一定，笑道：「一個做喜事的夜裡，幹嘛奏這樣悲哀的音樂？」

二姑娘道：「悲哀嗎？我覺得怪受聽的，並不怎樣的討厭。」

二和且不答覆，半偏了頭向外聽去。那外面拉胡琴的人，倒好像知道裡面有人在注意著似的，那胡琴聲是越拉越遠，好像是出了大門去了。

二和自言自語的道：「這事有點奇怪，我要出去看看。」他說著話，更也無須徵求新娘子的同意，抽身就向院子裡走，一直追到前院來。

原來這房是兩個前後四合院，二和是住在後院的。當他追到前院正屋子裡時，那裡有一桌人打牌，圍了許多人看，大家不約而同地轟笑起來。

有人道：「新郎官什麼時候回來的？我們還沒有去鬧呢？」

二和道：「剛才誰拉胡琴？」

他手扶了屋子的風門，帶喘著氣，一個賀客答道：「來了一老一少兩個女人，她徑直的向裡走，問這裡做喜事，要不要唱曲子？我們還沒說好價錢，她就拉起來了。拉得挺好的，我們也就沒有攔著。」

二和道：「那年輕女人，多大年紀？」

賀客答道：「二十歲不到吧，她戴了一副黑眼鏡，可看不出她的原形來。」

二和也不再問，推開門向外追了去，追到大門外，胡同裡冷靜靜的，只有滿地雪一樣的月色，胡琴聲沒有了，人影子也沒有了。

三十二 重陷魔城

丁二和聽到了《夜深沉》的調子，就以為是月容所拉的胡琴，這不是神經過敏嗎？可是他很堅決的相信著，這是月容拉的胡琴。因為自從聽過月容所拉的胡琴而後，別人拉起這個調子，也曾聽過，覺得無論如何，也沒有月容所拉的婉轉動聽。剛才所拉的調子，就是月容所拉的那一套。可是自己追出來之後，並不看到一點蹤影，怔怔的站了一會子，只好轉身進門去。

那前進院子裡的人，見二和開了門，匆匆地跑了出去，大家都有些疑惑，跟著也有三四個人，向外面追了來。

直追到大門口時，恰好二和向大門裡面走，大家這就將他包圍著，又鬨笑起來。有人問：「喂，新郎官，你怕我們鬧洞房，想偷偷兒的躲了開去嗎？」

二和道：「沒有的話，我看夜深了，在飯莊子裡的一部分客人還沒有回來，我到門外來瞧瞧，假如他們再不來的話……」

賀客們又鬨笑起來道：「那麼，你要關門睡覺了？」

隨了這一陣笑聲，大家簇擁著二和到新房裡去。

自這時起，就熱鬧開始了。接著，在飯莊子裡的賀客也都來了。雖然二和事先已經安排好了，讓他們在各屋子裡打牌，然而到新房裡來鬧的，還是不少。二和無論心裡怎樣的不安，也不能對著許多賀客擺出苦臉子來，三點鐘以後，客人緩緩散去，那又是古詩上說的話，春宵一刻值千金。

到了次日早上，二和卻是比新娘起來得早，但他也不開房門出去，只是在床對面遠遠的一張椅子上坐著，口裡銜了一支香菸，歪斜了身子，對床上看去。見二姑娘散了滿枕的烏髮，側了半邊紅暈的臉躺著。新紅綢棉被蓋了半截身子，在被外露出了一條雪白的圓手臂。

看她下半截手帶了一隻細蔥條金鐲子，心裡想到，田老大哪有這種閒錢，替妹妹打這樣貴重的首飾，這一定也是劉經理打了送給她的。不由得自言自語的道：「很好的一個人，唉！」

也許是這聲氣嘆得重了一點，卻把新娘驚醒。二姑娘一個翻身坐了起來，手揉眼睛望著他道：「你什麼時候起床的？我全不知道。」

二和淡淡地答道：「也就是剛起來。」

二姑娘立刻起身笑道：「要不，我起來，你再睡一會子。」

二和笑道：「也沒有這個道理。」

二姑娘也不敢多向他說什麼，就穿了衣服，趕快出來開門。自然的，雙雙的都要到老太太屋子裡去問安。

丁老太太是看不到他們的顏色的，就微偏了頭，聽他們說話的聲音。她聽到二和說話的聲音是有氣無力的，心裡就有些撲撲不定。因此，丁老太當二和一個人在身邊的時候，她就悄悄地問二和道：「新娘子沒有什麼話可說嗎？她待我倒是很好。」

二和看到二姑娘進門以後，丁老太非常之歡喜，無論如何，也不必在這個日子讓母親心裡感到不安慰。所以他對老太太說話，也總是說新娘很好，並不說到二姑娘有一點缺憾，可是他的臉上，總帶了一點不快活的樣子。

二姑娘看到，卻只當不知道，反是倒茶送煙，極力的伺候著他。

二和在她過分恭維的時候，也有點不過意，看看屋子裡無人，就低聲對她道：「有些事情，你不必替我做，讓我自己來罷。」

二姑娘道：「我總想安慰著你，讓你心裡更痛快一點。」

二和笑道：「你不要誤會了，我雖然臉上帶了一些憂容，但是絕不為著你。你的心事已經對我說了，那算是你覺悟了，我還能擱在心上嗎？我要擱在心上，那我的心胸就太窄小了。」

二姑娘道：「是的，我老早的就知道了你是一個寬宏大量的人，我很對不起你，只是我想著，你絕不會老擱在心裡的。我已經說過了，你能夠原諒我，打這個圓場，那就很好；假使你不願意，也是本分，幾個月之後，我自有一個了斷。」

二和皺了眉，搖搖手道：「我自有我的心事，絕不會為你。」

二姑娘聽他如此說，也不能一定追問個所以然，只好放在心裡。但是二和為了她不追問，也就越發的憂形於面。**他總想著，在完婚的那一晚上，怎麼會有了一個唱曲子的來闖門？**這是冬天，絕不是沿街賣唱的日子。院鄰說了，那天拉胡琴的姑娘，戴上了一副黑眼鏡，這也是可疑之點，晚上根本就不宜戴黑眼鏡。而且一個唱曲子的小妞兒，也正要露露臉子給人看，怎麼會在眼睛外面罩上一副黑眼鏡的呢？**這決計是月容來了。**至於她何以知道我搬家住在這裡的，何以知道這天晚上完婚，這可教人很費摸索。

二和這樣揣想著，也就把實在情形告訴了王傻子，請他出去做買賣的時候，街頭巷尾多多留意，王傻子聽說，也感著興奮，自第二日起，對於自己挑擔子所經過的地方，都予以深切的注意。在他這樣用心之中，只一個月的時候，他就把月容找到了。

原來月容在那一天，得著李副官的最後通知，她想到郎司令花了這麼些個錢，又是有勢力的人，不討一點便宜，那怎麼可以放過？假使讓他討一點便宜，玩個十天半月又不要了，有什麼法子去和他講理？說不得了，厚著臉皮找楊五爺罷，究竟靠了賣藝餬口，還是一條出路。於是換了新衣服，加上大衣，坐著車子，直奔楊五爺家來。

坐在車子上想著，說了不唱戲不唱戲，還是走上唱戲的一條路，既是唱戲，就要好好的唱。第一天打炮戲，就要把自己的拿手傑作《霸王別姬》露上一下。**師傅究竟不是父母，只要可以替他掙錢，雖然逃跑過一回的，那也不礙著師傅的面子，他還能說什麼嗎？**

到了楊五爺的家門口，自己鼓起了一股子勁向前敲門去。連敲了有十幾下門響，裡面慢吞吞的有腳步迎上前來，接著，有個蒼老的聲音問道：「找誰呀？」門開了，是一位彎腰曲背，滿臉皺紋的老婆子，向來沒有見過。月容道：「五爺在家嗎？」

老婆子望了她道：「五爺？這裡是一所空房，小姐，你找錯了門牌子吧？」

月容道：「空房？原來的家主呢？」

老婆子道：「這房子已經空下兩個多月了，原主兒下鄉去了。」

月容道：「這是他自己房產呀，為什麼搬下鄉去？」

老婆子道：「詳細情形我不知道。我是房子空下來了好多天，有人叫我來看房的。聽說這房子是賣了，現在歸廊坊二條景山玉器作坊看管，你要找這原主兒，可以到那裡找去。」

月容聽說倒不免呆了一會。回頭看時，拉著自己來的那輛車還停在一邊，車夫笑道：「小姐，我還拉你回去吧？」

月容在絲毫沒有主意的時候，也就情不自禁的坐上原車，讓車夫拉了回去。到家門口時，這就看到司令的汽車停在大門口。門口站了兩名衛兵，正瞪了眼睛向自己望著，索性放出大方來，付了車錢，大步走進門去。

李副官老早的看見，直迎到院子裡來，笑道：「人要衣裳馬要鞍，你瞧，這樣一拾掇，你又漂亮得多了。司令現時在一個地方等著你呢，我們一塊兒走罷。」

月容道：「別忙呀，我剛進門，你也等我喝一口水，歇一會兒。」

說著話，兩人同走進屋子來。

李副官笑道：「你的事，我已然調查清楚了。你簡直是個六親無靠的人，不趁著這一會子有個搭救的人，趕快的找條出路，年輕輕地，你打算怎麼辦？司令是個忙人，一天足有十四五個鐘頭忙著公事。今天他特意抽了半天工夫，等著你去談話。」

月容把大衣脫了，摟在懷裡，站在裡屋門口，向李副官望著道：「你別瞧我年輕，**男人的手段，我全知道**。郎司令叫我去談話，還有什麼好話嗎？」

李副官笑道：「你明白我來的意思，那就很好。可是郎司令待你很不壞，絕不虧你。你要說不願意他，你身上怎麼穿著他給你做的衣服呢？」

月容道：「放在這裡，我無非借著一穿，衣服我是沒有弄髒一點痕跡，請你這就拿回去。」

李副官坐著的，口裡銜了一根雪茄菸，笑道：「好，你的志氣不小。衣服沒有弄髒，可以讓我帶回去。還有郎司令送你的那些錢，你都還得起原來的嗎？」

月容紅了臉，倒是愣住了。

李副官笑道：「自然，**天下沒有瞧著白米飯，餓死人的道理，你家裡生不起火來，瞧著箱子裡有現成的大洋錢，這不拿去買柴買米，買煤買麵，那是天字第一號的傻子了**。」

月容雖然鼓著勇氣，然而她的嗓音還是大不起來，低低地道：「這是我錯了，可是挪用的也不多，十來塊錢吧。那款子也請你帶回去，給郎司令道謝。」

李副官笑道：「我拿來的時候，是整封的，現在拿回去可拆了封了。我交不了帳，你是有膽量的，同我一塊兒去見他。再說，我既然來接你了，你想想，不去也不行吧？」

月容點點頭道：「**你們這有錢有勢的，就是這樣的欺壓良善，左手拿刀子，右手拿著錢，向人家要鼻子，人家不敢割耳朵給他。**」

李副官笑道：「楊老闆，我真佩服你。你小小的年紀，說話這樣的厲害。」

月容道：「我也是跟人家學來的。」

李副官噓了一口氣，這就站了起來，望著月容道：「怎麼樣？我們可以一塊兒走了吧？郎司令回頭要怪下來，倒說我做事不賣力。你既知道他左手拿刀子，右手拿錢，也不用我多說，同我一塊去拿錢罷。」

月容手扶了門框，昂頭對窗子外的天色看了一眼。

李副官走近了兩步，因道：「你看，天氣不早了不是？」

月容道：「不去當然是不行，可是……」她說到這裡，把頭低了下去道：「我……我將來怎麼辦？」

李副官道：「你要提什麼條件嗎？」

月容道：「我這一去，就跑不了了，我們這六親無靠的人，真可憐……」說到這裡，把話哽咽住。

李副官皺了眉頭子，兩手拍了腿道：「說得好好兒的，你又磨叨起來了。你瞧你瞧。」

正說到這話時，卻有一陣皮鞋聲的橐的橐走了進來。月容向李副官笑道：「我知道，是你帶來的衛兵進來了，反正我也沒有犯槍斃的罪，他們進來了我也不怕。」

話說到這裡，門開了，只見一位穿黃呢制服，外罩著皮大衣的人，頭上戴了獺皮帽了，腳踏高底靴子，手裡拿了一條細竹鞭子，晃蕩晃蕩的走了進來。

月容先是一驚，又來了一個不講理的。可是那人站住了腳，皮靴打得啪的一聲響，然後取下帽子來，向月容行了個鞠躬禮，口裡叫了一聲「宋太太」。

這一種稱呼，那是久違了。月容答不出話來，後來仔細把那人一瞧，笑道：「哦，想起來了。你是天津常見面的趙司令。」

那李副官聽到月容這樣的稱呼著，心裡倒不免吃了一驚，就向趙司令看了一眼。趙司令道：「這位是誰？」

月容道：「他是李副官，在郎司令手下辦事。」

趙司令笑道：「哦，他在子新手下做事。」說著，向李副官注意的望著道：「你也認識這位宋太太嗎？他們先生宋信生，是我的把子。他兩口子全是小孩子，鬧了一點意見，各自分手，落到這般光景。我給他們拉攏，把宋先生拉了來了，還是讓他團圓。怎麼著？信生怎麼不進來？李副官，你和信生的交情怎麼樣？他在大門外我汽車上，你把他拉了進來。」

李副官看看趙司令這樣子，氣派不凡，人家既是如此說了，大概是不會假。這倒不好說什麼，只是唔哦了兩句，趙司令道：「什麼？信生這傢伙還不進來？醜媳婦總要見公婆的。」

他在這裡罵罵咧咧的，李副官向外看時，有兩個掛盒子炮的馬弁，陪著一個穿西服的白面書生進來。看他微微低著頭，兩腮漲滿了紅暈，顯然是很慚愧的樣子。

他進門來之後，向月容叫了一聲，月容臉色陡變，抖顫著聲音道：「你回來啦？你……你……害得我好苦呀！」

李副官一看這樣子，的確是月容的丈夫回來了。漫說還有個趙司令在這裡，就是只有信生一個人，也沒有法子把她拉走，於是向月容點了個頭，含糊說聲再見，悄悄地就溜出去了。

到了大門外，卻看到自己的汽車後面，停有一新式的漂亮汽車，這想到那個進去的人說是司令，絕不會假。所以並不要再調查什麼，也就走了。

他這一走，月容算是少了一層壓迫者，可是她這一會子工夫，又驚又喜，又悲又恨，一刻兒說不出來什麼情緒，反是倒在炕上，伏在枕頭上嗚嗚的大哭。

趙司令帶著信生一塊兒走了進來，站在炕前，向月容道：「喂，嫂子，過去的事，不必說了。信生早就到北京來了的，只是不好意思見你。這地方上有兩名偵緝隊的便衣偵探，和他很有點交情，他已經打聽出來了，這個姓郎的要和你過不去，運動了這裡的便衣，瞧見老郎的汽車，就讓他打電話報告。剛才他接著電話，知道不救你不行了，就打電話給我。我說事到於今，還有什麼可以商量的，就把他帶了來了。他實在對你不起，應該罰他，不過現在還談不到這上面去。剛才是我們趕著來了，要不，你還不是讓姓李的那小子帶去了嗎？」

月容被他一句話提醒，倒有些不好意思，因低了頭道：「那也不能怪我，我一個年輕女孩子，人家儘管把手槍對著我，我有什麼法子去抵抗？再說，除了我自己，還有一個老媽子跟著我呢。開門七件事，哪一項不要錢？姓宋的把我放在這裡，一溜煙的跑了，把我害得上不上下不下，我不找個人幫忙怎麼辦？姓李的把我帶去見姓郎的，我也不怕，說得好，咱們是個朋友，說得不好，他要動著我一根毫毛，我就把性命拼了他。」

趙司令聽說，對她微微地笑著，只將兩個手指頭不住地捋著嘴唇上的短鬍子杪。

宋信生坐在牆角落裡一張椅子上，在身上取出一根菸捲來，擦了火柴點著，緊抿了嘴唇皮，不住地向外噴著煙，臉上雖然有些不好意思的樣子，可也帶了兩三分的笑容。

趙司令笑道：「在天津的時候，宋太太和我談過兩次，你可以相信我是個好人。」他說這話時，坐在屋子中間一張椅子上，就回頭向信生、月容兩個人兩邊張望著，接著，向月容道：「憑了你二位在當面，說出一個證據來罷。在天津，信生耍錢，弄了一個大窟窿的時候，他妙想天開，想認你作妹子，把你送給張督辦，他好換一個小官做。我礙了朋友的面子，沒有拒絕他，可是暗地裡派人通知過你，說這張督辦有二三十位姨太太，嫁過去了，決計好不了的。有這事沒有？」

月容向信生瞪了眼道：「有的！」

趙司令道：「事後，我也把信生痛罵過兩頓，他也很是後悔。這次，是無意中會到了他，談起你的事，我大罵他不該，天天催了他回來。他自己也知道慚愧，在門口耗了許多天，都不敢進來。是今天他打聽得事情很要緊，非回來不可，所以拉了我來救你。」

月容道：「救我幹嘛！我讓人家捉了去，大不了是死；我在這破屋子裡住閒，過久了也是餓死。」

趙司令笑道：「你別忙呀，我的話還沒有說完呢。我這次來，就是要徹底的幫你一個忙。我家太太你雖沒有看見，我家的人，你是看見過的。我想你一定相信，我太太一定待人不錯。現在我想接你兩口子一塊兒到我家裡去住十天半個月，在這個時期裡，我去和信生找個事。不必多，每月掙個百十來塊錢，就可以養活你兩口子。以後好好的過日子，就不必這樣吵吵鬧鬧了。信生，你願意不願意？」

信生臉上表示了很誠懇的樣子，因站起來向他笑道：「有你老哥這樣的幫忙，我還能說什麼？不過她現在未必還相信我。」

趙司令道：「若是跟著你在一塊兒，漫說她不相信你，我也不能放心。現在既是住在我家裡，我們太太是個精明強幹的人，要想在她面前賣弄什麼手法，那是不行的。事不宜遲，我們就走。雖然我對郎子新是不含糊他的，可是他要追著來了，彼此見了面，總透著有點不大合適。」

月容微皺了眉毛，在那裡想著，雖然幸得他們來了，才把自己救出了難關。他們要是走了，郎司令派人再來，憑宋信生這樣一個柔懦書生，那就不能對付；若是連宋信生也走了，那就讓他們帶去，想起了今天的事，也許要罪上加罪。心裡頭正這樣的猶豫著，把頭低下去沉思著。

趙司令又向她笑道：「有你們先生在一處，你還有什麼對我不放心嗎？」

月容道：「不是那話。」

趙司令道：「我知道，你是怕打攪我，可是你沒有想到我和信生是把子呢！把弟住在把兄家裡，那有什麼要緊？」

信生道：「有老大哥這番好意，我還說什麼？那就照著你的話辦罷。月容把東西撿撿，把隨身的東西帶了走。至於桌椅板凳，請趙大哥派兩名弟兄在這裡，和咱們收拾就是了。」

月容覺得躲開了郎司令的壓迫，又可以抓著宋信生在一處，這是最好不過的事。當時遲遲疑疑的，在房門口站著，向人看看，就走進屋子去，又走了兩步，又回過頭來，向趙司令看看。

趙司令笑道：「我的姑太太，你就快點兒收拾，我們就走罷。」

月容放下了門簾子，把箱子打開，先把那些現洋錢將兩塊布片包了，塞在大衣袋裡。餘的東西，實在沒有什麼值錢的，也就隨他們去收拾罷。當時把大衣摟在懷裡，站到房門口，一隻腳放在門限外，一隻腳在門限內，人是斜靠了門框，向外面看著。

趙司令就伸手把信生拖過來，拖著站在月容面前，笑道：「你攙著她走罷。」信生真的相信了他的話，攙住月容手臂，一塊走出來。月容不由自主的也就跟了他們出門上車，匆匆忙忙的，和老媽子交代一句也來不及。

這時，已經日落西天了，冬天的日子短。汽車在大街上跑過了幾截很長的距離，已經是滿街燈光。在一所花園牆裡面，樹頂露出燈光來，那正是一所洋樓。

說是趙司令家裡，也許可以相信，一個做司令的人，住洋樓也是本分。不過下車看時，這地方是一條很冷靜的長胡同，並不見什麼人來往，只看那電燈杆上的電燈，一排的拖在暗空，越到前面，越密越小，是很可看出這胡同距離之長的。

可是一下車，就讓信生攙著進了大門了，不容細看是什麼地方。大門裡一個很大的院落，月亮地裡，叉叉丫丫的聳立著許多落了葉子的樹木。在樹底下，看到兩個荷槍的兵士，在便道上來往。有人過去，他們就駐腳看了一下，彼此擦身而過，誰也不說什麼。

月容被信生送進了洋房子，有兩個女僕在門邊分左右站定伺候著。趙司令向他們道：「客來了，帶這位小姐見太太去。」

兩個女僕向月容請著安，同笑著說：「隨我來罷。」她們一個在前面引導，一個在後面押住。

月容在半樓梯上向信生點頭打個招呼，來不及說什麼，被後面的女僕腳步趕著，很快的就到了樓上了。

這倒有點奇怪的，像這樣的大宅門裡，應該很熱鬧，可是這樓上靜悄悄的，卻沒有什麼聲音。而且屋外屋裡的電燈，只有一兩盞亮起來，對於全樓房的情形，教人看得不能十分清楚。後來進了一個屋子，倒是像自己以前在天津所住的房子一樣，佈置得非常富麗。

女僕在掩上房門之後，開了屋梁上垂下來五星抱月的大電燈。月容踏著地毯，坐在絨面的沙發上，見床鋪桌椅之外，還有玻璃磚的梳妝櫃，顯然是一位太太的臥室。那兩個女僕倒茶敬煙，倒是很客氣，可是她們並沒有去請太太出來陪客。

月容道：「你們的太太呢？」

女僕道：「太太出去打牌去了，你等一會兒罷，也許一兩個鐘頭，她就回來的。」

不問她倒罷了，問過之後，這兩個女僕索性鞠了一個躬退出去，把房門給掩上了。

這屋子裡只剩月容一個人，更顯得寂寞，坐了一會子，實在忍不住了，就掀開窗戶上的紫幔，向外張望了去。

這窗戶外，就是花園，在這冬天，除了那些叉叉丫丫的枯木而外，並沒有一點生物。在枯樹那邊，半輪冷清清的白月，在人家院子樹頂上斜照了過來，這就不由得自言自語地道：「什麼時候了，怎麼主人還不回來？倒把我一個人扔在這屋子裡。」於是手拉了門扭子，就要開門出去。

不想那門關得鐵緊，絲毫也拉扯不動。回頭看看別的所在，還有兩扇窗子一扇門，全是關閉得像漆嵌住了一般，用手推送，絲毫也移不得。

月容急得在屋子裡來回亂轉，本待要喊叫兩聲，又不知道這是什麼地方，恐怕叫不得的。在椅子上坐了一會，還是掀開窗幔，隔了玻璃，向外面張望，那半輪白月，簡直是落到了人家屋脊上。深巷裡剝剝嗆的更鑼更梆聲，倒是傳過了三更。

已經十一點多鐘了，縱然趙太太沒有回來，趙司令也該通知一聲，**為什麼把客人關起來呢？看這情形，大概是不好吧？**心裡如此一想，就不由得叫了起來。這一叫，可就隨著發生了問題了。

三十三 跳出火坑

像月容這樣一個年輕的女人，被人請到家裡去，什麼也不招待，倒鎖在一間黑屋子裡，她哪裡經過這種境界？自己也不知道是要人開門呢，也不知道是質問主人翁，卻是把兩隻小拳頭在房門上擂鼓似的捶著，口裡連連地喊著救命。

約莫叫喊了有五分鐘之久，這就有了皮鞋橐橐的聲音走到了房門口。

月容已是叫喊出來了，這就不用客氣了，頓了腳叫道：「你們有這樣子待客人的嗎？」

那外面的人，把很重的東西在樓板上頓得咚咚的響，彷彿是用了槍把子。他應聲道：「喂喂，你別胡搗亂，你知道這是什麼地方？告訴你罷，這和陸軍監獄差不多，鬧得不好，立刻可以要你的性命！」說罷，接著是喀嚓一聲，分明外面那個人是在搬弄機鈕，接著裝子彈了。

月容頓了一頓，沒有敢接著把話說下去，但他們不開門，就這樣糊裡糊塗讓人關下去嗎？於是走回到沙發邊去坐下，兩手抱了腿，噘起嘴來，向屋頂上望著。

這時，有人在身後輕輕地叫道：「楊老闆，別著急，到我這裡來，錯不了。」月容回頭看時，卻是趙司令開著裡邊一扇門進來了。他換了一件輕飄飄的藍綢駝絨袍子，口裡銜了大半截雪茄菸，臉上帶了輕薄的微笑，向她望著。

月容皺了眉頭子，向他望著道：「趙司令，信生呢？」

趙司令勾了兩勾頭笑道：「請坐罷，有話慢慢兒的談。咱們認識很久了，誰都知道誰，你瞧我能夠冤你嗎？」

月容道：「冤不冤我，我也沒有工夫去算這一筆閒帳了。你說罷，信生到哪裡去了？叫他送我回去。」

趙司令倒是在她對面椅子上坐下了，身體靠了椅子背，將腿架了起來，不住地上下顛著，向月容笑道：「你回去，你還有家嗎？」

月容道：「你們剛才還由我家裡來呢！」

趙司令笑道：「咱們走後，弟兄們把你的東西都搬走一空了，東西搬空了以後，大門也鎖起來了。」

月容道：「不回去也不要緊，你把信生給我找來就行了。」

趙司令嘴裡噴出一口煙，將頭搖了兩下笑道：「他不能見你了。」

月容道：「他不能見我了？為什麼？你把他槍斃了？」

趙司令道：「那何至於？我和他也沒有什麼深仇大恨。」

月容道：「那為什麼他和我不能見面？」

趙司令笑道：「他害了見不得你的病，把你賣了，摟了一筆錢走了。」

月容聽說，不由得心裡撲撲的亂跳，紅了臉道：「誰敢賣我？把我賣給了誰？」

趙司令道：「是你丈夫賣了你，把你賣給了我。」

他說到這裡，把臉也板起來了，接著道：「他拿了我一千多塊錢去，我不能白花。再說，**你怎麼跟他逃走的？你也不是什麼好人**。你是懂事的，你今晚上就算嫁了我，我不能少你的吃，少你的穿，讓你快快活活的過著日子。你要是不答應我，我也不難為你。這是我們督辦留給我辦公的地方，內外都有大兵守衛，你會飛也飛不出去。至於說叫警察，大概還沒有那麼大膽的警察，敢到我們這屋子裡來捉人吧？」

月容聽了這一番話，才明白**逃出了黑店，又搭上了賊船**。看看趙司令，架了腿坐在沙發上，口角上斜銜了一支雪茄菸，態度非常從容。看他泰山不動，料著人到了他手上是飛不脫的，於是故意低著頭默然了一會。

趙司令笑道：「我說你這個人，看去是一副聰明樣子，可是**你自己做的事，糊塗透了心**。憑宋信生這麼一個小流氓，你會死心塌地的跟上了他了。在天津的時候，他想把你送給張督辦，打算自己弄份差事，不是我救你一把，你現在有命沒命還不知道呢！這次回了北京，又把你賣給我了。他有一分人性，想起你為他吃了這樣大的苦，下得落手嗎？就算我白花這一千塊錢，把你送回去給姓宋的，**你想那小子不賣你個三次嗎？你要為人守貞節，也要看是什麼人！**」

他說完了，只管吸菸。那月容流著眼淚，在懷裡抽出手絹來揉擦眼睛，越是把頭低了下去。

趙司令道：「這也沒有什麼難過的，上當只有一回，之後別再上當就是了。我這姓趙的，無論怎樣沒有出息，也不至於賣小媳婦吃飯，你跟著我，總算有了靠山了。」

月容擦乾了眼淚，抬頭一看他，那麻黃眼睛，粗黑面孔，大翻嘴唇皮子，穿了那綢袍子，是更不相襯，心想寧可讓宋信生再賣我一次，也不能在你手上討飯吃，因此十分的忍耐住，和緩著聲音道：「你說的，都也是好話，可是我心裡十分的難受，讓我在這屋子裡休息兩天罷。你就是要把我收留下來，我這樣哭哭啼啼的，你也不順心。」

趙司令笑道：「你的話，也說得怪好聽的。不過，你們這唱戲出身的人真不好逗，過兩天，也許又出別的花樣，我得撈現的，哭哭啼啼，我也不在乎。」

月容道：「可是我身上有病，你若是不信的話，可以找個醫生來驗一驗。我不敢望你憐惜我，可是，我們沒有什麼深仇大恨，你也不應當逼死我。漫說你這屋子鎖上了門的，我跑不出去，就是這屋子沒鎖門，你這屋子前前後後全有守衛的，我還能夠飛了出去嗎？」

趙司令道：「自然是飛不出去，可是時候一長了，總怕你又會玩什麼手段。」

月容道：「我還會玩什麼手段啦？我要是會玩手段，也不至於落到現時這步田地。你看我是多麼可憐的一個孩子，這個時候，假如你是我，也不會有什麼心思同人談戀愛吧？人心都是肉做的，你何必在這個時候……」說著，那眼淚又像下雨般的由臉上滾下來。

趙司令很默然的抽了一頓煙，點點頭道：「照你這樣說著呢，倒也叫我不能不通融一兩天。可是咱們有話說在先，等你休息好了，你可不能騙我。」

月容道：「你不管我騙不騙你，**反正我是關在籠子裡的雞，你愛什麼時候宰我，就什麼時候宰我**，我騙你還騙得了嗎？我說的這些話，不過是請可憐可憐我。肯可憐我呢，那是你的慈悲心，你要是不可憐我，我又能怎麼樣呢？」

她是一面揩著眼淚一面說的，說到這裡，將手腕臂枕了頭，伏在椅子扶靠上，放聲大哭。

姓趙的看到這副情形，真也透著無法溫存，便站起來道：「既是這樣說，你也不必再哭，我依了你就是。你要吃什麼東西不要？我們這裡，廚房是整夜預備著的，要吃什麼……」

月容立刻攔住道：「不用，不用，你若是有好心，讓我好好兒在這屋子裡躺一會子罷。」

趙司令站起來嘆口氣道：「我倒不想你這個人是這樣彆扭的。」說著，他依然開了裡邊那扇門走了。

月容坐著發了一陣呆，突然上前去，拉動那門機鈕，可是那門關得鐵緊，哪裡移動得了分毫，垂著頭，嘆了一口氣，只有還是對了這門坐著。

這一天，經過了幾次大變化，人也實在受累得很了，靠在沙發上坐得久了，人就昏昏沉沉的睡了過去。忽然有人推著自己的身體，輕輕叫道：「楊老闆，醒醒罷，給你鋪好了床，請你上床去睡。」

月容看時，是一個年輕老媽子，胖胖的個兒，上身穿著藍面短皮襖，梳了一把如意頭，劉海髮罩到了眉毛上，臉上讓雪花膏塗得雪白。

月容一看她這樣子，就知道她是什麼身分，便勉強點著頭笑道：「勞你駕了，你這位大嫂貴姓？」

她將一雙水蛇眼睛瞇著笑了起來道：「幹嘛這樣客氣？你叫我劉媽罷。」

月容道：「你們太太呢？這是你們太太的房罷？」說著，向屋子四周看了一看。

劉媽道：「這兒是趙司令辦公的地方，沒有家眷。」

月容道：「哦，沒有家眷？劉嫂，你坐著，咱們談一會子罷，我人生地不熟的，一個人坐在這屋子裡，悶死了。」

劉媽見她很客氣，就在桌上斟了一杯熱茶過來，笑道：「茶呀，點心呀，全給你預備了。看你在沙發椅子上睡得很香，沒有敢驚動你。你先喝這杯茶。」

月容接著茶杯，讓劉媽在對面坐下。

劉媽笑道：「楊老闆，你倒是挺和氣的，原先就同我們司令認識吧？」

月容道：「也不是我認識他，是我那個沒良心的認識他，要不是認識，你們也不至於把我騙到這裡，把我關起來。」

劉媽笑道：「他可是真花了錢。那個姓宋的對你這樣狠心，你還惦記他幹什麼？我們司令在張督辦面前，是個大紅人，有錢有勢，你就跟了他罷。不用說多了，**你只要能抓住他一年，就可以拿個萬兒八千的。你要是有本領，撈個三萬五萬也沒有準。」**

月容道：「照你的看法，就是跟你們司令，也不過是個短局？」

劉媽笑道：「他這個缺德的，就是這麼著，**見一個愛一個，愛上了就立刻要弄到手，到手以後，他要你多久，真沒個準。」**

月容道：「他現在有幾個太太？」

劉媽道：「算是正正經經，有個名兒的，濟南一個，天津兩個，北京一個。隨隨便便湊合上的，我都說不清。」

月容道：「這裡他沒有家眷，裡裡外外，就全靠你一個人維持了？」

她聽了這話，倒不怎樣難為情，頓了一頓道：「他把我算什麼啦？」說著，眼圈兒一紅，嗓子眼也就硬了。

月容看這情形，心裡更明瞭了，因道：「劉嫂，你年紀還很輕吧？」

劉媽道：「唉，這也是沒法子，我才二十五歲。」說著，把屁股下的凳子拖著近兩步，向月容低聲道：「我有個表兄，在這裡當馬弁，把我引薦著來的。乍來的時候，你瞧這缺德鬼，蒼蠅見血一樣，一天也不能放過我。後來，就愛理不理了。可是我還不敢和聽差馬弁說一句笑話。可是說起名分來，我不過是個老媽子。一出這大門，誰不笑我哇！」

月容道：「錢總讓你花得趁心吧？」

劉媽道：「有時候我給他燒大煙，一說高興了，倒是二十三十的隨便給的，也就是圖著這一點。以後有你給他燒煙，他就用不著我了。」

月容道：「劉嫂，你別看我年紀輕，我是翻過跟頭的了，大概嫁人不像是找房，不合意，三月兩月的又可以換一所。凡是沒有讓自己看透的人，總得有一番打算，雖然姓趙的把我關在這裡，可關不住我的心。」

她手理著頭髮，偷看劉媽的臉。

劉媽氣色也還平和，反問道：「他花了錢，他肯隨隨便便的讓你走了？」

月容點點頭，很久很久，才慘然地道：「我也知道走不了，可是我還有一條大路呢。」說著，又垂下淚來。

劉媽道：「楊老闆，你是個唱戲的人，天天在戲臺上勸著人呢，什麼法子想不出來？何必著急？」

月容道：「劉嫂，你要想個法子能把我救出去了，我一輩子忘不了你的好處。」

劉媽聽說，兩手同時向她亂搖著，又伸手向門外指指，靜靜地聽了一聽，因道：「現在一點多鐘了，你睡著罷，有話明天再說。我這就去給他燒煙，順便探探他的口氣，可是，他那注錢也不能白花。」

月容道：「他要是不放我走，我有個笨法子，早也哭，晚也哭，他莫想看我一次笑臉。」

劉媽笑道：「這個話怎麼能對他說，也許聽到了，今天晚上就不會放過你。你睡著驚醒一點兒罷。」說畢，她開裡面門出去了，那門順手帶上，嘎吱的一聲響，分明是鎖上了。

月容這才覺得自己手上還揑住一隻茶杯，便站到桌子邊，提起茶壺，連連地斟著幾杯茶喝了。也不知道是肚子裡餓得發燒呢，也不知道是另有什麼毛病，只覺胸部以下，讓火燒了，連連喝了幾碗下去，心裡頭還是那樣，並不見得減少了難受，對了電燈站著，不免有些發癡。

這就看到對面牆上，懸了一張趙司令的半身相片。相有一尺多高，穿的是軍裝，更顯出一分笨相，聯想到他本人那分粗黑村俗的樣子，便伸手將桌子一拍道：「八輩子沒有見過男人，也不能嫁你這麼一個蠢豬。」

這樣拍過一下，好像心裡頭就痛快了許多似的。回轉身，看到床上的被褥鋪得整齊，正想向前走去，忽然搖搖頭，自言自語地道：「瞧你鋪得這樣整齊，我還不睡呢！」說著，依然倒在沙發椅上。好在這裡每間屋子都有著熱氣管子的，屋子裡暖和極了，雖然不鋪不蓋，倒也不至於受涼。究竟人是疲倦得厲害了，靠住沙發椅子背，就睡過去了。

一覺醒來，另有個年老的老媽子在屋裡收拾東西，弄得東西亂響。月容坐正了，將手理著鬢髮。她笑道：「喲，小姐，您醒啦！床鋪得好好兒的，你幹嘛在椅子上睡？」

月容口裡隨便的答她，眼光向通裡面的旁門看去，見是半掩著門的，於是問著這老媽子的姓名年歲，很不在意的向對面走來。等著靠近了那門，猛可的向前跑上兩步，伸手將門向懷裡一拉，可是失敗了，那外面挺立著一個扛了槍的衛兵，直瞪了眼向屋子裡看來。月容也不必和他說什麼，依然把門掩上。

這收拾屋子的老媽子，看到她突然伸手開步，倒是嚇了一跳，跟著追了上來。月容笑道：「你什麼意思？以為我要跑嗎？」

老媽子望了她道：「小姐，您要是出這屋子的話，得先回稟司令，我可承擔不起。」

月容道：「哪個要你承擔什麼？我是要開開門，透一下屋子裡的空氣。」

她雖這樣說了，那老媽子望著她，顫巍巍的走了，以後便換了一個勤務兵進來伺候茶水。月容只當沒有看見，只管坐在一邊垂淚。

九、十點鐘的時候，勤務兵送過一套牛乳餅乾來，十二點鐘的時候，又送了一桌飯菜來。月容全不理會，怎麼樣子端來，還是怎麼樣子讓他們端了回去。

又過了一小時之久，那劉媽打開後壁門走進來了，還沒有坐下來，先喊了一聲，接著道：「我的姑娘，你這是怎麼回事？不吃不喝，就是這樣淌著眼淚，這不消三天，你還是個人嗎？」說著，在她對面椅子上坐下，偏了頭向她臉上看來。

月容道：「不是人就不是人罷，活著有什麼意思？倒不如死了乾淨！」

劉媽道：「你這樣年輕，又長得這副好模樣，你還有唱戲的那種能耐，到哪裡去沒有飯吃？幹嘛尋死？」

月容道：「你說錯了，**你說的這三樣好處，全是我的毛病，我沒有這三項毛病，我也不至於受許多折磨了。**」

劉媽點點頭道：「這話也有道理，有道是紅顏女子多薄命。不過，你也不是犯了什麼大罪，坐著死囚牢了，只要有人替你出那一千塊錢還給姓趙的，也許他就放你走了。昨晚上我和他燒煙的時候，提到了你的事，他很有點後悔。他說，以為你放著戲不唱，跟了宋信生那敗家子逃跑，也不是什麼好女人，趁著前兩天推牌九贏了錢，送了宋信生一千塊錢……」

月容忽然站起來，向她望著道：「什麼？他真花了一千塊錢？他花得太多了！是的，我不是什麼好女人，花這麼些個錢把我買來，又不稱他的心，太冤了！是的，我……我……我不是個好女人。」說著向沙發上一倒，伏在椅子扶靠上，又放聲大哭。

劉媽勸了好久，才把她勸住，因道：「**姓趙的這班東西，全是些怪種，高起興來，花個一萬八千毫不在乎，不高興的事，一個大子兒也不白花。**你要是稱他的心，他也許會拿出個三千五千的來給你製衣服、製首飾，你這樣和他一彆扭，他就很後悔花了那一千塊錢。他說，想不到花這麼些個錢，找一場麻煩。所以我說，有一千塊錢還他，你也許有救了。」

月容道：「誰給我出一千塊錢還債？有那樣的人，我也不至於落到這步田地了。我知道，我不是個好女人，哭死拉倒！死了，也就不用還債了。」說著嘴一動，又流下淚來。劉媽對她呆望著一陣，搖搖頭走出去了。

月容一人坐在這屋子裡，把劉媽的話仔細玩味了一番。「不是好女人」，「不是好女人」，這五個字深深地印在腦子裡，翻來覆去的想著。**就憑這樣一個壞蛋，也瞧我不**

起，我還有一個錢的身分？傷心一陣子，還是垂下眼淚來。

但是這眼淚經她擠榨過了這久，就沒有昨日那樣來得洶湧，只是兩行眼淚淺淺地在臉腮上掛著。也惟其是這樣，嘴唇麻木了，嗓子枯澀了，頭腦昏沉了，人又在沙發上昏睡過去。

二次醒來，還是劉媽坐在面前。她手裡捧著一條白毛絨手巾，兀自熱氣騰騰的，低聲道：「我的姑奶奶，你怎這麼樣想不開？現在受點委屈，你熬著罷，遲早終有個出頭之日。哭死了，才冤呢！你瞧，你這一雙眼睛，腫得桃兒似的了。你先擦把臉，喝口水。」說到了這裡，更把聲音低了一低，因道：「我還有好消息告訴你呢。」

月容看她這樣殷勤，總是一番好意，只得伸手把那手巾接過來，道了一聲勞駕。劉媽又起身斟了杯熱茶，雙手捧著送過來，月容連連說著不敢當，將茶杯接過。

「她這樣客氣，恐怕這裡面不懷什麼好意吧？」這樣一轉念，不免又向劉媽看了一看。

劉媽見她眼珠兒一轉，也就瞭解她的意思，笑道：「我的小姑奶奶，您就別向我身上估量著了。我同你無冤無仇，反正不能在茶裡放上毒藥吧？」

月容道：「不是那樣說……」

她把這話聲音拖得很長，而又很細，劉媽牽著她的衣襟連連扯了幾下，讓她坐著。月容看她臉上笑得很自然，想著她也犯不上做害人的事，便笑道：「劉嫂不是那樣說，我……」

劉媽向她連連搖手道：「誰管這些，我有好消息告訴你呢，你先把這杯茶喝完了。」

月容真箇把那杯茶喝了，將杯子放下來。

劉媽挨著她，在沙發椅子上一同坐下，左手握了她的手，右手挽了她的肩膀，對了她的耳朵低聲道：「姓趙的這小子，今天下午要出去耍錢，大概晚上兩三點鐘才能回來。這有好大一段時光呢。在這時候，可以想法子讓你脫身。」

月容猛可的回轉身來，兩手握住劉媽兩隻手，失聲問道：「真的嗎？」

劉媽輕輕地道：「別嚷，別嚷，讓別人知道了，那不但是你走不了，我還落個吃不了兜著走呢。」

月容低聲道：「劉嫂，您要是有那好意，將來我寫個長生祿位牌子供奉著您。」

劉媽將手向窗戶一指道：「你瞧，這外面有一道走廊，走廊外有個影子直晃動，你說那是什麼？」

月容道：「那是棵樹。」

劉媽道：「對了，打開這窗戶，跨過這走廊的欄杆，順著樹向下落著，那就是樓下的大院子。沿著廊子向北，有一個小跨院門，進了那跨院，有幾間廂房，是堆舊木器傢俱的，晚上，誰也不向那裡去。你扶著梯子爬上牆，再扯起梯子放到牆外，你順著梯子下去，那裡是條小胡同，不容易碰到人，走出了胡同，誰知道你是翻牆頭出來的？你愛上哪兒就上哪兒！」

月容讓她一口氣說完了，倒忍不住微微一笑，因道：「你說的這麼容易，根本這窗子就……」

劉媽在衣袋裡掏出一把長柄鑰匙，塞在她手上，因道：「這還用得著你費心嗎？什麼我都給你預備好了。」說著，把聲音低了一低道：「那欄杆邊我會給你預備下一根繩，跨院門鎖著的，我會給你先開著。在屋犄角裡，先藏好一張梯子在那裡。你不用多費勁，扶著梯子就爬出去了，這還不會嗎？」

月容道：「劉嫂，你這樣替我想得周到，我真不知道怎樣答謝你才好。」

劉媽道：「現在你什麼形跡也不用露，一切照常。那缺德鬼起來還要過癮的，我會纏住他，等到他過足了癮，也就快有三點鐘了，陪著督辦要錢，也是公事在身，他不能不滾蛋。你少見他一面，少心裡難過一陣，你說好不好？」

月容還有什麼話可說，兩手握住劉媽的手，只是搖撼著。

劉媽站起身來，用手輕輕地拍著她的肩膀道：「你沉住氣，好好的待著，當吃的就吃，當喝的就喝，別哭，哭算哪一家子事？哭就把事情辦得了嗎？」

月容點點頭低聲道：「好，我明白了，我要不吃飽了，怎麼能做事呢？」

劉媽輕輕地嘆了一口氣道：「咳，可憐的孩子。」說著，悄悄地走出去了。

月容坐在沙發上，沉沉的想了一會子，覺得劉媽這樣一個出身低賤的女人，能做出這樣仗義的事，實在有些讓人不相信。一個當老媽子的人，有個不願向主人討好的嗎？再說，我和她素不相識，對她沒有一點好處。我要是在這裡留下來了，她在姓趙的面前那份寵愛也許就要失掉了。

想到這裡，不由得伸手一拍，自言自語道：「對了，她就是為了這個，才願意把我送走的。這樣看起來，這婦人是不會有什麼歹意的了。」於是把劉媽給的鑰匙，送到窗戶鎖眼裡試了一試，很靈便的就把鎖開了，悄悄將外窗子打開一條縫，向外面張望一下，果然那走廊的欄杆外邊，有一棵落光了葉子的老槐樹，離開欄杆也不過一尺遠，隨便抓住大樹枝，就可以溜了下去。

本待多打量打量路線，無奈樓梯板上已是通通的走著皮鞋響，立刻合上了窗戶，閃到沙發上坐著。現在有了出籠的希望，用不著哭了。計劃著什麼時候逃走，逃出了這裡以後，半夜三更，先要到什麼地方去找個落腳之所。自己這般有計劃的想著，倒是依了劉媽的話，茶來就喝茶，飯來就吃飯。

冬天日短，一混就天氣昏黑了，卻聽到劉媽在外面嚷道：「司令，您也得想想公事要緊，人家約您三點鐘去，現在已經四點多了。她在那屋子裡躺著呢，沒梳頭，沒洗臉的，您瞧著也不順眼。您走後，我勸勸她，晚上回來，別又鬧著三點四點的，你在十二點鐘前後回來，她還沒睡，我可以叫她陪著您燒幾筒煙。」

這話越說越遠，聽到那姓趙的哈哈大笑一陣，也就沒有聲息了。

到了晚上，七八點鐘的時候，另一個老媽子送著飯菜進房來，月容便問她劉嫂哪裡去了？她嘆氣道：**「同一樣的讓人支使著，一上一下，那就差遠了。人家就差那點名分兒，別的全和姨太太差不多了**。司令不在家，沒人管得著她，她出去聽戲去了。」

月容道：「聽戲去了？我這……」

她道：「我姓王，您有什麼事叫我得了。」

月容道：「不，沒什麼事。」她搖著頭，很乾脆的答覆了這王媽。看到桌上擺好了飯菜，坐下來扶起碗筷自吃。

那王媽站在旁邊，不住暗中點頭，因微笑道：「你也想轉來了，憑你這麼一個模樣兒，這麼輕的年歲，我們司令他不會掏出心來給你？那個日子，還有這姓劉的份兒嗎？氣死她，羞死她，我們才解恨呢！」

她雖然是低了聲音說話的，可是說話的時候，咬著牙，頓著腳，那份憤恨的情形，簡直形容不出來。月容看著，越是想到劉媽放走自己，那是大有意思的。

飯後，催王媽把碗筷收著走了，自己就躺到床上先睡一覺。但是心裡頭有事，哪裡能安心睡下去？躺一會子就坐起來，坐起來之後，聽聽樓上下還不斷地有人說話，覺得時候還早，又只好躺下去。這樣反覆著四五次之後，自己實在有些不能忍耐了，這就悄悄地走到窗戶邊，再打開一條縫來，由這縫裡張望著外邊。

除了走廊天花板上兩盞發白光的電燈之外，空洞洞的，沒有什麼讓人注意的東西。電光下，照見欄杆上搭了一條繩子，半截拖在樓板上，半截拖在欄杆外面，彷彿是很不經意的有人把繩子忘下在這裡的。

由此類推，跨院門上的鎖，跨院牆犄角上的梯子，都已經由劉媽預備好了的。這倒真讓人感著劉媽這人的俠義，說得到就做得到。

扶了窗戶格子，很是出了一會子神。正待大大的開著窗，跨了過去，立刻就聽到走廊外的板梯，讓皮鞋踏著登登作響，將身子一縮，藏在窗戶旁邊。

卻見一個穿灰衣的護兵，罵罵咧咧的走了過去。他道：「天氣這麼冷，誰不去鑽熱被窩？當了護兵的人，就別想這麼一檔子事，上司不睡，冷死了也不敢睡。」

月容聽著，心裡一想，這可糟了，姓趙的不睡，這些護兵都不敢睡，自己如何可以脫得了身，站在窗戶邊，很是發了一陣呆。約莫有十分鐘之久，卻聽到有人叫道：「吃飯罷，今天這頓晚飯可太遲了。」說著，接連的叫了一陣名字。

月容忽然心裡一動，想著，**這是一個機會呀，趁著他們去吃飯的時候，趕快跳出這個火坑罷**。

主意想定，將窗戶慢慢打開，聽聽這一所大院子裡，果然一些人聲沒有。雖然自己心裡頭還不免跟著撲撲地跳，可是自己同時想到，這個機會是難逢難遇的，千萬不能錯過。猛可的將腳齊齊一頓，跳上窗戶，就鑽了出去。

到了走廊上，站住向前後兩頭一看，並沒有人，這就直奔欄杆邊，提了那根繩子在手，拴在欄杆上，然後手握了繩子，爬過欄杆。正待抬起腳來，踏上挨著樓口的樹枝，不料就在這時，刷的一聲，一個大黑影子由樹裡竄出，箭似的向人撲了過來。

月容真不料有這麼一著意外，身子哆嗦著，兩腳著了虛，人就向前一栽。那黑影子也被月容嚇倒了，嗷兒的一聲，拖著尾巴跑了。但月容已來不及分辨出來牠是一隻貓，早是撲通通一下巨響，一個倒栽蔥落在院子地上。

一個護兵剛是由樓下經過，連問倒了什麼了，也沒有什麼人答應，及至跑向前一看，廊簷下的電燈光，照出來有個女人滾在泥土裡，就連連的啊喲了兩聲。

近到身邊，更可以看清楚了是誰，便大喊道：「快來人罷，有人跳樓了！快來罷，樓上的那一位女客跳樓了！」

晚上什麼聲音都沒有了，突然的發生了這種慘呼的聲音，前前後後的馬弁勤務兵全擁了上來。

月容躺在地上，滾了遍身的泥土，身子微曲著，絲毫動作也沒有。其中有一位烏秘書，是比較能拿一點主意的人，便道：「大家圍著看上一陣子，就能了事嗎？趕快把人抬到屋子裡去。看這樣子，這人是不行的了，別抬上樓，客廳裡有熱氣管子，抬上客廳裡去罷。」

勤務兵聽著，來了四五個人，將月容由地上抬起，就送到樓下客廳裡來。

烏秘書跟著進來，在燈光下一看，見月容直挺挺躺在沙發上，除了滿身泥土之外，還是雙目緊閉，嘴唇發紫。伸手摸摸她的鼻息，卻是細微得很，額角上頂起兩個大肉包，青中透紫。回頭見樓上兩個老媽子也站在旁邊，便喝罵道：「你們都是幹什麼的！鎖在屋子裡的人，出來跳了樓了，你們還不知道！這個樣子，人是不中用的了，誰也負不了這個責任，我得打電話向司令請示去，你們好好在這裡看守著。」說畢，他自去打電話。這裡一大群人，就圍著這樣一個要死不活的女人。

過了十幾分鐘之後，烏秘書匆匆走了進來，將手向大家揮著道：「好啦，好啦，司令輸了錢，來不及管這檔子事，你們全沒有錯，倒讓我找著一份罪受。黃得祿已經把車子開到了院子裡，你們把她抬上車子去罷。」說時，將手向幾個勤務兵亂揮著。

月容依然是沉昏的睡著，只剩了一口悠悠的氣，隨便他們擺弄。人抬上了汽車以後，就斜塞在車廂子裡。

烏秘書也並不貪戀她這個年輕女人，卻坐在前面司機座上。車子到了不遠的一所教會醫院，烏秘書替月容掛了急診號，用病床將月容搭進急症診病室裡去。

值班的大夫，卻是一位老天主教徒，高大個兒，在白色的衣服上，飄著一綹長黑的鬍子，長圓的臉上架著一副黑邊大框眼鏡。烏秘書為了要向趙司令有個交代，也跟著走到這急診室裡來。一見那老醫生，便笑道：「啊，是馬大夫親自來看，這孩子也許有救吧？」

馬大夫見月容身穿一件綠綢駝絨旗袍，遍身是灰土，一隻腳穿了紫皮高跟鞋，一隻可是光絲襪子，頭髮蓬亂在臉上，像鳥巢一般，也是灰土染遍了，但皮膚細嫩，五官清秀，在灰塵裡還透露出來，一看之後，就不免暗中點了一下頭，回頭因問道：「烏秘書，這位是……」

烏秘書點點頭道：「是……是……朋友。」

馬大夫就近向月容周身看了一看，問道：「怎麼得的病？」

烏秘書道：「是失腳從樓上摔了下來。」

馬大夫哦了一聲，自解了月容的衣襟，在耳朵眼裡插上聽診器，向她身上聽著，不由得連連地搖了幾下頭，接著又按按她的脈，又扒開她的眼皮看看，於是把聽診器向衣袋裡一放，兩手也插在衣袋裡，向烏秘書道：「這樣的人，還送來診幹什麼！」

烏秘書道：「沒有救了嗎？」

馬大夫道：「當然。烏秘書，是把她放在這裡一會呢？還是將原車子帶她回去呢？」

烏秘書拱拱手笑道：「在貴院，死馬當著活馬醫，也許還有點希望。若是將原車子拖回去，在半路上，不就沒有用了嗎？」說著，人就向外面走。

馬大夫跟到外面來，低聲道：「假如人死了，怎麼辦？這事趙司令能負責嗎？或者是烏秘書負責呢？」

烏秘書頓了一頓，笑道：「她是一個妓女，沒有什麼家庭的。我代表趙司令送來治病，當然不要貴院負責。」

馬大夫道：「是十之八九無望了，她是由樓上倒栽下來的，腦筋受了重傷，在醫界還沒有替人換腦筋的國手，她怎樣能活？不過她有一口氣，做醫生的人，是要盡一分救挽之力的。現在我要求烏秘書負責答覆，這人死在醫院裡，你不問；這人我們治好了，你也不問，可以嗎？」

烏秘書笑道：「那好極了，我們本是毫無關係的，不過她摔在我們辦公處，不能不送她來醫治。貴院既可負責把她接收過去，我們何必多事？我知道，貴院是想把她的屍身解剖，這個你儘管辦，我們絕對同意。」他一面說，一面向外走。

馬大夫站在急診室門口，對他的後影呆呆望著，許久，搖了兩搖頭，自言自語道：「不想北京這地方，是這樣暗無天日。」說時，屋子裡的女看護啊喲了一聲，似乎是見事失驚的樣子，大概睡在病床上的那個少婦已經斷了氣了。

三十四　重操舊業

馬大夫雖然是那位趙司令的熟人，但他和趙司令卻沒有絲毫朋友感情，**他慨然的負著月容的生死責任，那不是為了趙司令，而是為了月容。**

這時，屋子裡面的女看護大叫起來，他倒有些不解，立刻走進屋子來向她問是怎麼了。

女看護遠遠的離著病床站住，指著病人道：「她突然昂起頭來，睜開眼睛望著！」

馬大夫笑道：「你以為她真要死嗎？」

女看護呆站著，答不出話來。

馬大夫笑道：「咦，你不明白了嗎？我們這是教會辦的醫院，姓趙的就是來追究，我們也有法子給她解脫。她先在我們這裡休養幾天，等姓趙的把她忘了，讓她出院。」

他一面說著，一面走近月容的病床，月容仰了臉躺著，眼淚由臉上流下來，哽咽著道：「大夫，那個人對你說的話，全是假的。」

馬大夫道：「你雖沒有大病，但你的腦筋倒是實在受了傷。你的事，我已猜著十之八九，你不用告訴我，先休息要緊。」說畢，他按著鈴叫了一個院役進來，叫把月容送到一個三等的單間病室裡去。

月容已是慢慢清楚過來，看到馬大夫是一種很慈祥的樣子，就也隨了他佈置，並不加以拒絕。

在一個星期之後，是個晴和的日子，太陽由朝南的玻璃窗戶上曬了進來，滿屋子光亮而又暖和。月容穿了醫院給的白布褂褲，手扶了床欄杆，坐在床沿上，手撐了頭沉沉地想著。

恰好是馬大夫進來了，他對她臉色看了一遍，點點頭笑道：「你完全好了。」

月容道：「多謝馬大夫。」說著，站起身來。

馬大夫道：「我已經和那姓趙的直接打過電話了，我說，你的病好是好了，可是瘋了，我要把你送進瘋人院去。他倒答應得很乾脆，死活他全不管。」

月容道：「馬大夫，你該說我死了就好了，免得他還有什麼念頭。」

馬大夫道：「我們教會裡人，是不撒謊的，這已經是不得已而為之了。說你瘋了，那正是為著將來的地步，**人生是難說的，也許第二次他又遇著了你**，若是說你死了，這謊就圓不過來。」

月容道：「二次還會遇著他嗎？那實在是我的命太苦了。不過，他就遇著我，再也不會認出我的，因為我要變成個頂苦的窮人樣子了。」

馬大夫道：「但願如此，你對我所說的那位姓丁的表哥，靠得住嗎？」

月容道：「靠得住的，他是一個忠厚少年，不過……是，遲早，我是投靠他的。」

馬大夫道：「那就很好，趁著今天天氣很好，你出院去罷。」

月容猛然聽到出院這兩字，倒沒有了主張，因為**自己聊避風雨的那個家已經沒有了，丁家究竟搬到哪裡去了？而況，他是什麼態度，也難說，這一出院門，自己向哪裡去？在北京城裡四處亂跑嗎？**這樣的想著，不免手牽了衣襟，只是低頭出神。

馬大夫道：「關於醫院裡的醫藥費，那你不必顧慮，我已經要求院長全免了。」

月容道：「多謝馬大夫，但是……是，我今天出院罷，今天天氣很好。」

馬大夫道：「你還有什麼為難的事情嗎？假如你還需要幫忙的話，我還可以辦到。」

月容低著頭，牽著衣襟玩弄，很沉默了一會，搖著頭道：「謝謝你，沒什麼要你幫忙的了。我這就出院嗎？」

馬大夫道：「十二點鐘以前，你還可以休息一會，醫院裡所免的費用，是到十二點鐘為止。」

月容深深地彎著腰，向馬大夫鞠了一個躬，馬大夫也點點頭道：「好罷，我們再見了。」說著，他走出去，向別間病室裡診病去了。

月容又呆了一會子，忽然自言自語的道：「走罷，無論怎麼沒有辦法，一個人也不能老在醫院裡待著。」

不多一會，女看護把自己的衣服拿來了，附帶著一隻手皮包，裡面零零碎碎，還有五塊多錢。這都是自己所忘記了的，**在絕無辦法的時候，得著這五塊錢，倒也有了一線**

生機。至低的限度，馬上走出醫院門，可以找一個旅館來落腳，不必滿街去遊蕩了。比較的有了一點辦法，精神也安定了一些，換好了衣服，心裡卻失落了什麼東西似的，緩緩地走出醫院門。

太陽地裡，停放著二三十輛人力車子，看到有女客出來，大家就一擁向前，爭著問到哪兒。月容站住了腳，向他們望著，到哪兒去？自己知道到哪兒去呢？因之並不理會這些車夫，在人叢擠了出去。

但這車夫們一問，又給予了她一種很大的刺激，順了一條胡同徑直的向前走。不知不覺，就衝上了一條大街，站定了腳，向兩頭看去，正是距離最長的街道。

看看來往的行人車馬，都是徑直向前，不像有什麼考慮，也沒有什麼躊躇，這樣比較起來，**大街上任何一種人都比自己強。只有自己是個孤魂野鬼，沒有落腳所在的**。心裡一陣難過，眼圈兒裡一發熱，兩行眼淚幾乎要流了出來。可是自己心裡也很明白，在這大街上哭，那是個大笑話，看到旁邊有條小胡同，且闖到裡面去，在衣袋掏出手絹，擦擦眼睛。

糊裡糊塗走過幾條胡同，抬頭一看，拐彎的牆上，釘著一塊藍色的地名牌子，有四個白字，標明了是方家大院。心裡帶一點影子，這個地名，好像以前是常聽到人說的呀。站著出了一會神，想起來了，那唱丑角的宋小五，她家住在這裡。這人雖然嘴裡不乾不淨，喜歡同人開玩笑，可是她心腸倒也不壞，找找她，問問師傅的消息罷。於是順著人家大門，一家家看去，有的是關著大門的，有的是開著大門的，卻沒有哪家在門上貼著宋宅兩個字。

沿著人家把一條巷子走完了，自己還怕是過於大意了，又沿著人家走了回來。有一位頭頂上挽個朝天髻兒，穿了大皮袍子的旗下老太太，正在一家門口向菜擔子買菜，就向她望著道：「你這位姑娘走來走去，是找人的吧？」

月容這就站定了向她深深點了一個頭，笑答道：「是的，我找一家梨園行姓宋的。」

老太太笑道：「這算你問著了，要不然你在這胡同裡來回溜二百遍，也找不出她的家來。她原來住在這隔壁，最近兩個月家境鬧得太不好，已經搬到月牙胡同裡去了。那裡是大雜院，是人家馬號車門裡，很容易認出來。這裡一拐彎兒，就是月牙胡同。」

月容不用多問，人家已經說了個詳詳細細，這就照她所說的地方走去，果然有個車門。院子裡放著破人力車，洗衣用的大水桶，堆了繩捆的大車，加上破桌子爛板凳，真夠亂的。悄悄走進大門，向四周屋子望了一下，見兩邊屋子門口，有人端出白泥爐子來倒爐灰，便打聽可有姓宋的？那人向東邊兩個小屋一指道：「那屋子裡就是。」

月容還沒有走過去呢，那屋子裡就有人接嘴道：「是哪一個找我們？」

月容聽著，是宋小五母親的聲音。以前她是常送她姑娘到戲院子裡去，彼此也很熟，因道：「宋大嬸，是我呀，大姐在家嗎？」

這時，那小屋的窗戶紙的窟窿眼裡，有一塊肉臉，帶了一個小烏眼珠轉動了兩下，接著有人道：「這是哪兒刮的一陣仙風，把我們楊老闆刮來了？請屋子裡坐罷。可是我們屋子裡髒得要命，那怎麼辦呢？」

月容拉開門，向她屋子裡走去。看看那屋子，小得像船艙一樣，北頭一張土炕，上面鋪著一條半舊的蘆席，亂堆兩床破被褥。紅的被面，大一塊小一塊的黑印兒，顯得這被是格外的髒。炕的牆犄角上，堆著黑木箱子破籃簍子，一股子怪味兒。桌子上和地下，大的盆兒，小的罐兒，什麼都有。只以桌子下而論，中間堆了一堆煤球，煤球旁邊，卻是一隻小綠瓦盆，裡面裝了小半盆乳麵。

小五媽趕快將一張方凳子上的兩棵白菜拿開，用手指了兩指，笑道：「楊老闆請坐坐罷。屋子小，我沒有另攏火。」說著，彎腰到炕沿下面去，在窟窿眼裡，掏出一隻小白爐子來，雖不過二三十個煤球，倒是通紅的。

月容向屋子周圍看去，一切是破舊髒。小五娘黃瘦著臉，挽了一把茶杯大的小髻，滿頭亂髮，倒像臉盆大。下身穿條藍布單褲，上身倒是穿件空心灰布棉襖，又沒扣鈕扣，敞著頂住胸骨一塊黃皮。因道：「大嬸，你人過得瘦了，太勞累了吧？」

小五娘什麼也沒說，苦著臉子，長長地嘆了一口氣。

月容道：「大姐不在家嗎？」

小五娘道：「她呀！你請坐，我慢慢地告訴你。」

月容想著，既進來了，當然不是三言二語交代過了，就可以走的，就依了她的話坐下。

小五娘摸起小桌上的旱菸袋，還沒抽一口呢，開了話匣子了，她道：「這幾個月，人事是變得太厲害了。你不唱戲，班子裡幾個角兒，嫁的嫁，走的走，班子再也維持不了，就散了。你聞聞這屋子裡有什麼味兒嗎？」

她突然這樣一問，月容不知道什麼意思，將鼻子尖聳了兩聳，笑著搖搖頭道：「沒有什麼味兒。」

小五娘道：「怎麼沒什麼味兒，你是不肯說罷了，這裡鴉片煙的味兒就濃得很啦。我的癮還罷，我那個死老頭子，每日沒四五毫錢膏子，簡直過不去。小五搭班子的時候，每天拿的戲分，也就只好湊付著過日子。班子一散了，日子就過不過去。老頭子沒有煙抽，不怪自己沒有本事掙錢，倒老是找著小五搗亂，小五一氣跑了，幾個月沒有消息。現在才聽說，先是去漢口搭班，後來跟一個角兒上雲南去了。北京到雲南，路扶起來有天高，有什麼法子找她？只好隨她去罷。」

月容道：「哦，原來也有這樣大的變化？你兩位老人家的嚼穀怎麼辦呢？」

小五娘道：「還用說嗎？簡直不得了。先是當當賣賣，湊付著過日子。後來當也沒有當了，賣也沒有賣了，就搬到這裡來住，耗子鑽牛犄角，盡了頭了。老頭沒有了辦法，這才上天橋去跟一夥唱地臺戲的拉胡琴，每天掙個三毫錢，有了黑飯，沒有了白飯，眼見要坍臺了。可是北京城裡土生土長的人，哪兒短的了三親四友的，要討飯，也得混出北京城去。楊老闆你還好吧？可能救我們一把？」

月容的臉色，一刻兒工夫倒變了好幾次，因笑道：「叫我救你一把？嗐，不瞞你說，我自己現在也要人救我一把了。」

小五娘對她看了一看，問道：「你怎麼了？我的大姑娘。」

月容道：「大嬸，你沒事嗎？你要是沒什麼事，請坐一會兒，讓我慢慢地告訴你。」

小五娘道：「我有什麼事呢？每天都是這樣乾耗著。」這才在棉褲袋裡掏出一包煙，按上菸斗，在炕席下摸出火柴，點著煙抽起來。

月容沉住氣，把眼淚含著，不讓流出來，慢慢地把自己漂流的經過說了一遍。說完了，因嘆口氣道：「聽說我這事情還登過報，我也不必瞞人了。你瞧，我不也是要人救我一把嗎？」

小五娘道：「啊，想不到大風大浪的，你倒經過這麼一場大熱鬧。你還有什麼打算嗎？」

月容道：「本來我是不好意思再去找師傅的，可是合了你那話，耗子鑽牛犄角盡了頭了。我要不找師傅，不但是沒有飯吃，在街上面走路，還怕人家逮了去呢。」

小五娘道：「你要找師傅嗎？漫說你不能下鄉找他去，就是你下鄉去找著了他，恐怕那也是個麻煩。他為著你的事傷心透了。要不，他也不搬下鄉去。」

月容道：「他為著我搬下鄉去的嗎？」

小五娘含著菸袋吸了一口煙道：「也許有別的原因吧，不過有點兒是為著你，你要去見他，決計鬧不出什麼好來，他現在同梨園行的人疏遠得很呢。」

月容聽了她的答覆，默然了很久，搖搖頭，低聲嘆口氣道：「現在是一點辦法都沒有了。」

小五娘道：「你不是還有一個表哥嗎？雖然你以前和他惱了，事到於今，只有同人家低頭。」說時，將旱菸袋嘴子向月容點著。

月容道：「我有什麼不肯低頭的？無奈他不睬我，我也沒有辦法。有一次，他駕著馬車在街上走，我追著他叫了幾十句，他也不肯理我。」

小五娘坐在炕沿上，見她皺了眉毛，苦著臉子，兩行眼淚在臉泡上直滾下來，對她望著，連吸了幾袋煙，將菸袋頭在炕沿敲著菸灰，便道：「姑娘，你也別著急，憑著你這樣人才，絕餓不了飯的。假使你不嫌我這裡髒，我叫老頭子到別處去住，你可以在我這裡先湊付幾天。」

月容道：「大嬸，我現在到了什麼境界，還敢說人家髒嗎？不過讓老爺子到外面去住，那我可心裡不過意。我正也有許多事想同他商量，靠著他在梨園行的老資格，我還想他替我想點法子呢。」

小五娘道：「你的意思，還想出來搭班？」

月容道：「嗓子我還有。」

小五娘笑道：「那敢情好，叫老頭子給你拉弦子，**你有了辦法，我們也就有了辦法**。他要到晚半晌才能回來，你在我這裡等著罷。你餓著嗎？我下麵條子給你吃。隨便怎麼著，給你在天橋找個園子，老頭子總可以辦到的，你安心等著罷。」

月容皺了眉道：「我仔細想想，實在不願再回到梨園行去。**我那樣紅過的人，現時又叫我上天橋了，那叫比上法場還要難受**，再想別的法子罷。」

小五娘聽著話的時候，在炕頭破籃子裡，拿出了破布捲兒，層層的解開來，透出幾十個銅子。她頗有立刻拿錢去買麵條之勢，現在聽說月容不願回到梨園行去，把臉沉下來道：「**除了這個，難道你另外還有什麼掙錢的本領嗎？**」說時，將那個破布捲兒依然捲了起來。

月容心頭倒有些好笑，想著就是做買賣也不能這樣的乾脆，可是也不願在她面前示弱，因道：「**就因為我不肯胡來，要不是有四兩骨頭，我還愁吃愁穿嗎？**我逃出了虎口，我還是賣著面子混飯吃，我那又何必逃出虎口來呢？」

小五娘道：「難道你真有別的能耐可以混飯吃嗎？」她手上拿著那個布捲兒，只管躊躇著。

月容在身上摸出一塊錢來，交給她道：「大嬸，你不用客氣，今天我請你罷。你先去買點兒煙膏子來，老爺子回來了，先請他過癮。我肚子不餓，倒不忙著吃東西。」

小五娘先喲了一聲，才接了那一塊錢，因笑道：「怎麼好讓你請客呢？你別叫他老爺子了，他要有那麼大造化生你這麼一個姑娘，他更美了，每天怕不要抽一兩膏子嗎？你叫他一聲叔叔大爺，那就夠尊敬他的了。姑娘，你這是善門難開，沒這塊錢倒罷了，有了這塊錢，我不願破開，打算全買膏子。你還給我兩毫錢，除了麵條子下給你吃，我還得買包茶葉給你泡茶。」

月容笑著又給她兩毫錢，小五娘高興得不得了，說了許多好話。請她在家裡坐著等一會子，然後上街採辦東西去了。

她回家之後，對月容更是客氣。用小洋鐵罐子在白爐子上燒開了兩罐子水，又在懷裡掏出一小包瓜子，讓月容嗑著。還怕月容等得不耐煩，再三的說過一會子，老頭子就回來的。

其實月容正愁小五父親回來得早，他要不留客，今天晚上還沒個落腳的地方呢。看看太陽光閃作金黃色，只在屋脊上抹著一小塊了，料著老爺子要回來，便站起身來道：「大嬸，我明天來罷。我得先去找個安身地方。」

小五娘道：「他快回來了，我不是說著，你就住在我這兒，怎麼還說找地方安身的話。」

月容道：「可是我不知道大爺是什麼意思。」

小五娘道：「他呀，只要你有大煙給他抽，讓他叫你三聲親爸爸，他都肯幹的。」她雖是這樣說著，可就隔了窗戶的紙窟窿眼向外張望著，笑道：「你瞧，說曹操，曹操就到了。」

月容還沒有向外望呢，就聽到老頭子嘟囔著走了過來，他道：「打聽打聽罷，我宋子豪是個怕事的人嗎？東邊不亮西邊亮，你這一群小子和我搗亂，我再……」話不曾說完，他嘩的一聲拉著風門進來了。

月容站起來叫了一聲大爺。這宋子豪穿了一件灰布棉袍子，上面是左一塊右一塊的油汙和墨跡。歪戴了頂古銅色氈帽，那帽簷像過了時的茶葉一般，在頭上倒垂下來，配著他瘦削的臉腮，同扛起來的兩隻肩膀，活顯著他這人沒有了一點生氣。

他垂下了一隻手，提著藍布胡琴袋，向小五娘叫了一聲，正是有話要交代下去。回頭看到了月容，倒不由得呀了一聲，將胡琴掛在牆釘上，拱拱手道：「楊老闆，短見呀，你好？」

小五娘笑道：「楊老闆還是那樣大方，到咱們家來，沒吃沒喝的，倒反是給了你一塊錢買大煙抽。我知道你今天要斷糧，已經給你在張老幫子那裡，分了一塊錢膏子來了。」說著，在牆洞子裡掏出一個小洋鐵盒子，向他舉了一舉。

宋子豪看到，連眉毛都笑著活動起來，比著兩隻袖口，向月容連拱了幾下手道：「真是不敢當，楊老闆，你總還是個角兒，我們這老不死的東西，總還得請你攜帶攜帶呢。」

月容道：「聽說班子散了，咱們另想辦法罷，短不了請大爺大嬸幫忙。」

宋子豪搶著過去，把那盒煙膏子拿過來看了看，見濃濃的有大半盒，足夠過三天癮的，便連連摸著上嘴唇幾根半白的小鬍子，露出滿嘴黑牙齒來，笑道：「楊老闆，只有你這樣聰明人知道我的脾氣，你送這東西給我，比送我麵米要好得多。」說著，又把那盒子送到鼻子尖上嗅了幾嗅。

月容道：「大爺要是過癮的話，你請便，我正好坐著一邊，陪你談談。」

小五娘道：「不，他要到吃過晚飯以後，才過癮呢。」

宋子豪瞇了眼睛笑道：「不，這膏子很好，讓我先嘗兩口罷。」他說著，就在炕頭上破布籃子裡，摸索出煙燈煙槍來，在炕上把煙傢伙擺好，滿臉的笑容，躺下去燒煙。

月容坐在炕沿上，趁著他燒煙不勞動的時候，就把自己這幾個月的經過，詳細說了一遍。

宋子豪先還是隨便的聽，自去燒他新到手的煙膏子。後來月容說到她無處棲身要找出路，宋子豪兩手捧著煙槍塞在口裡，閉了兩眼，四肢不動，靜聽她的話。再等她報告了一個段落，這才唏哩呼嚕將煙吸上了一陣，接著，噴出兩鼻孔煙來，就在煙霧當中，微昂了一下頭道：「你學的是戲，不願唱戲，哪兒有辦法？就說你願意唱戲罷，你是紅過的，搭著班子，一天拿個三毫五毫的戲分，那太不像話。要不然，這就有問題了，第一是人家差不差這麼一個角兒；第二是人家願意請你了，你一件行頭也沒有，全憑穿官中，那先丟了身分……」

月容道：「我根本沒打算唱戲，這個難不著我。**我的出身用不著瞞，就是一個賣唱的女孩子**，我想，還賣唱去。晚上，人家也瞧不出來我是張三李四，只要大爺肯同我拉弦子，每晚上總可以掙個塊兒八毫的。再說，我自己也湊合著能拉幾齣戲，有人陪著我就行了。」

子豪道：「姑娘，你這是怎麼了？把年月能忘記了？現在快進九了，晚上還能上街上賣唱嗎？」

月容道：「這個我倒也知道。天冷了，夜市總是有的，咱們去趕夜市罷。」

子豪道：「你當過角兒的人，幹這個，那太不像話。」

他橫躺在炕上，將煙籤子挑了煙膏子在燈上燒著，兩眼注視了煙燈頭，並不說話，好像他沉思著什麼似的，右手挑了煙膏泡子，在左手的食指上不住地蘸著。

月容見他沒有答覆，不知他想什麼，也不敢接著向下問。

小五娘坐在短板凳上，斜銜了一支菸捲抽著，噴出兩口煙來，因道：「說起這個，我倒想起一件事。那賣煙膏子的張老幫子，他和那些玩雜耍的要人認識，常常給他們送煙土，請他給你打聽打聽，好不好？」

月容笑道：「這也不是那樣簡單的事，你以為是介紹一個老媽子去傭工，一說就成嗎？」

小五娘道：「這要什麼緊，求官不到秀才在，我這就去叫她來罷。」她說著，逕自開門走了。

月容對於這件事，始而是沒有怎樣理會。不多大一會子，聽到小五娘陪著人說話，走了回來，這就有一個女人道：「讓我瞧瞧這姑娘是誰？亦許我見過的吧？」

說著話，門打了開來，小五娘身後，隨著一位披頭髮，瘦黃面孔，穿著油片似的青布大襖子的女人。在她說話時，已知道了她是誰，但還不敢斷定，現在一見，就明白了，**不就是舊日的師母，張三的媳婦黃氏嗎！**臉色一變站了起來，口裡很細微的叫了一聲。雖說是叫了一聲，但究竟叫的是什麼字樣，自己都沒有聽得出來。

黃氏微笑著，點了幾點頭道：「月容，我猜著就是你，果然是你呀。」

月容在五分鐘之內，自己早已想得了主意：怕什麼，投師紙收回來了，她敢把我怎麼樣？於是臉色一沉，也微笑道：「他們說，找販賣煙膏子的張老幫子，我倒沒有想到是你。」

黃氏道：「哦，幾個月不見，這張嘴學得更厲害了。」她說著，在靠門的一張破方凳子上坐著。

小五娘倒呆了，望了她們說不出話來。

月容道：「大嬸，你不明白吧？以前我就是跟她爺們賣唱的，他把我打了出來，我就投了楊師傅了。我寫給她爺們張三的那張投師紙，早已花錢贖了回來了，現在是誰和誰沒關係。」

黃氏道：「姑娘，你洗得這樣清幹什麼？我也沒打算找你呀。小五娘說，有個姓楊的小姐，唱戲紅過的，現在沒有了路子，打算賣唱，要找個……」

月容鼻子裡哼了一聲道：「我就是討飯，拿著棍子碗，我也走遠些，絕不能到張三面前去討一口飯吃。」

黃氏道：「你不用恨他，他死了兩三個月了。」

月容道：「他……他……死了？」說著，心裡有點兒蕩漾，坐下來，兩手撐了凳子，向黃氏望著。

黃氏道：「要不是他死了，我何至於落到這步田地呢。我總這樣想著，就是張三死了，只要你還在我家裡，我總還有點辦法。現在做這犯法的事，終日是提心弔膽的，實在沒意思，再說也掙不了多少錢。唉，叫我說什麼！死鬼張三坑了我。」她說著，右手牽了左手的袖，只管去揉擦眼睛。

宋子豪躺在床上燒煙，只管靜靜地聽她們說話，並不插言。這時，突然向上坐了起來，問道：「這樣說起來，你娘兒倆不說團圓，也算是團圓了。」

月容笑道：「她姓她的張，我姓我的王，團什麼圓？」

小五娘道：「你怎麼又姓王了？」

月容道：「我本來姓王，姓楊是跟了師傅姓。我不跟師傅了，當然回我的本姓。」

黃氏道：「姑娘，自從你離開我們以後，沒有人掙錢，我知道是以前錯待你了。你師傅，不，張三一死，我更是走投無路，幾個月的工夫，老了二十歲。五十歲不到的人，掉了牙，撮了腮，人家叫我老幫子了。你別記著我以前的錯處，可憐可憐我。」

月容見她說著，哽了嗓子，又流下淚來，因道：「我怎麼可憐可憐你呢？現在我就剩身上這件棉袍子，此外，我什麼都沒有了。」

黃氏道：「我知道你是一塊玉落在爛泥裡，暫時受點委屈，只要有人把你認出來了，你還是要紅的。剛才小五娘和我一提，我心裡就是一動。東安市場春風茶社的掌櫃，是我的熟人，他們茶社裡，有票友在那裡玩清唱，另外有兩個女角，都拿黑杵（**按：即暗裡拿戲分之術語**）。有一個長得好看一點的走了，櫃上正在找人。一提起你的名兒，櫃上準樂意。這又用不著行頭，也不用什麼開銷，說好了每場拿多少錢，就淨落多少錢回來。這不是一件好事嗎？只要你願意幹，你唱一個月兩個月的，名譽恢復了，你再上臺露起來，我和宋老闆兩口子全有了辦法。」

宋子豪左手三指夾了煙籤，右手只管摸了頭髮，聽黃氏說話，這就把右手一拍大腿道：「對，對，還是張三嫂子見多知廣，一說就有辦法。這個辦法使得，每天至少拿他一元錢戲分。」

黃氏道：「也許不止，他們的規矩，是照茶碗算。若是能辦到每碗加二分錢，賣一百碗茶，就是兩塊了。生意好起來，每場賣一百碗茶很平常，日夜兩場，這就多了。」

小五娘聽了也是高興，斟了一杯熱茶，兩手捧著送到月容面前來。

月容接著茶笑道：「瞧你三位這分情形，好像是那清風茶社的掌櫃已經和我寫了紙，定了約的。」

黃氏道：「這沒有什麼難處呀，楊月容在臺上紅過的，於今到茶館子裡賣清唱，誰不歡迎？就是怕你不願幹。」說時，她兩手一拍，表示她這話的成分很重。

月容手上捧了那茶杯，靠住嘴唇，眼睛對牆上貼的舊報紙只管注視著。出了一會子神，微笑道：「對了，就是我不願意幹。」

宋子豪在口袋裡摸出一隻揣成鹹菜團似的菸捲盒子，伸個指頭，在裡面摸索了半天，摸出半截菸捲來，伸到煙燈火頭上，點了很久，望了煙燈出著神，因緩緩地道：「楊姑娘的意思，是不是**不願人家再看出你的真面目來**？但是，趕夜市，你怎麼又肯幹呢？其實夜市上也有燈光。再說，你一張嘴，還有個聽不出是誰來的嗎？」

月容道：「我如果出來賣唱的話，我一定買副黑眼鏡戴著，就讓人家猜我是個瞎子姑娘罷。」

宋子豪道：「姑娘，你這是什麼意思？以為瞧見你，要笑話你嗎？」

月容道：「為什麼不笑話我？我這樣幹著討飯的買賣，還是什麼體面事嗎？」

宋子豪笑道：「體面也好，丟臉也好，你的熟人，還不是我們這一班子人？笑話也沒關係。至於你不認得的人，那你更不必去理會他。」

月容道：「你們以外，我不認識人了嗎？有人說，姓楊的遠走高飛了一陣，還是回來吃這開口飯，我就受不了。」

黃氏連連點點著頭道：「這樣說，你是什麼意思，我就明白了，**你是全北京人知道你倒楣，都不在乎，所怕的就是那位丁家表哥。**」

她說時，張開脫落了牙齒的嘴，帶一種輕薄似的微笑。

月容也笑著點了兩下頭道：「對的，我就是怕姓丁的知道我倒了楣。」

黃氏道：「你以為姓丁的還愛著你，沒有變心嗎？」

月容頓了一頓，沒有答覆出來。

黃氏笑道：「**你沒有紅的時候，他把辛辛苦苦掙來的幾個錢拚命捧你，那為著什麼？不想你一紅，就跟著人家跑了，誰也會寒心。**」

月容低了頭，將一個食指在棉袍子胸襟上畫著。

黃氏道：「他現在闊了，什麼都有了。你這時候就是找著了他，也會臊一鼻子灰。」

月容喘著氣，用很細微的聲音問道：「他什麼東西都有了嗎？」

黃氏道：「可不是，不住大雜院了，租著小四合院子。這幾天，天天向家裡搬著東西，收拾新房子。」

月容道：「你瞎說的，你不認識他，他也不認識你，你怎麼會知道得這樣清楚？」

黃氏道：「我不認識他嗎？在楊五爺家時會過的。我為了打聽你的消息，找過那個唐大個兒，找過那個王大傻子，後來就知道許多事情了。他現時在電燈公司做事，和那個姓田的同事……」

月容道：「是那個田老大，他媳婦兒一張嘴最會說不過的。」

黃氏道：「對了，他……」

月容突然站了起來，臉色又變了，望著黃氏道：「那田二姑娘呢？」

黃氏道：「你明白了，還用問嗎？娶的就是她。」

月容道：「對的對的，那女人本來就想嫁二和，可是二和並不愛她。我走了，二和一生氣……」她說到這裡，不能繼續向下說了，在臉腮上，長長的掛著兩行眼淚，扭轉身軀來坐著。

宋子豪手上的那半截菸捲已經抽完了，在身上掏出那空紙菸盒子來，看了看，丟在一邊，向小五娘道：「菸捲給我抽抽。」

小五娘道：「我哪有菸捲？你剩下的一根煙，我剛才抽完了。你連菸捲也沒買，今天又沒拿著戲分嗎？」

宋子豪道：「還用說嗎？今天這樣的大晴天，天橋哪家戲棚子裡也擠滿了人，只有我們這個土臺班不成。為什麼不成呢？就為的是熊家姐兒倆有三天沒露了，捧的人都不來。臨了，我分了四十個子兒，合洋錢不到一毫。黑飯沒有，白飯沒有，我能夠糊裡糊塗的還買菸捲抽嗎?楊老闆你可聽著,這年頭兒是十七八歲大姑娘的世界,在這日子,要不趁機會鬧注子大錢,那算白辜負了這個好臉子。什麼名譽,什麼體面,體面賣多少錢一斤?錢就是大爺,什麼全是假的,有能耐弄錢,那才是實實在在的事情。你有弄錢的能耐,你不使出來,自己胡著急,這不是活該嗎?你念那姓丁的幹什麼?你要是有了錢,姓丁的也肯認識你,現在你窮了,他抖起來,你想找他,那不是自討沒趣嗎?」

大家聽老槍這樣大馬關刀的說了月容一陣,以為她一定要駁回兩句,可是她還是扭身坐著,卻嗚嗚咽咽哭起來了。

三十五 一齣好戲

在宋子豪這個家庭裡，那又是一種人生觀，月容先前那番彆扭，他們就認為是多餘的，這時她又哭起來，大家全透著不解。

宋子豪一個翻身，由煙床上坐了起來，向著月容道：「姑娘，你怎麼這樣想不開？這年頭兒，什麼也沒有大洋錢親熱。姓丁的在公司裡做事，吃的是經理的飯，經理和他作媒，姓田的姑娘也好，姓鹹的姑娘也好，他有什麼話說，只有一口答應。漫說你已經和他變了心，他沒了想頭，就是你天天和他在一處，他保全飯碗要緊，照樣的跟你變臉。」

月容原扭轉身去，向下靜靜聽著的，這就突然轉過臉來，向宋子豪望著道：「你就說得他那樣沒有良心？我瞧他也不是這樣的人。」

宋子豪微笑道：「你先別管他為人怎樣，將心比心，先說你自己罷。當初姓丁的怎樣捧你？你遇到那個有子兒的宋信生，不是把姓丁的丟了嗎？」

月容倒漲紅了臉，沒有說話，低下頭去，默然地坐了很久，最後，她禁不住鼻子窸窣聲，又嗚咽著哭了起來。

黃氏道：「唉，教我說什麼是好？」說著，兩手併起，拍了兩隻大腿，她將屁股昂起，手拖著方凳子上前了一步，伸著脖子低聲道：「姑娘，你應該想明白了吧？大爺的話雖是說著重一點兒，可是他一句話就點破了。**這也不怪人家把你甩了，你以前怎麼把人家甩著來的呢？過去的事，讓他過去了罷，以後咱們學了個乖，應當好好的做人。**」

月容掏出肋下掖的手絹，緩緩地抹揩著臉上的眼淚，向黃氏看了一眼，又低頭默然不語。

宋子豪道：「姑娘，你不投到我們這兒來，眼不見為淨，我們也就不管這一檔子事。你既到我們這裡來了，又要我們替你想辦法，我們就不得不對著你說實話。」

在說話的時間，小五娘四處搜羅著，終於是在炕席下面找出兩個半截菸捲，都交給了子豪。他將兩個指頭夾著菸捲，放在煙燈上，很是燒了一陣，眼望了月容，只是沉吟著。

小五娘也湊上前，向她笑道：「我們這三個人湊起來一百四十五歲，怎麼不成，也比你見的多些，你為什麼不相信我們的話呢？」

月容道：「我為什麼不相信你們的話？可是你們所說的，**只管叫我掙錢，可不叫我掙面子。**」

宋子豪將兩個手指尖夾住那半截菸捲，送到嘴唇邊抽著，微閉著眼睛，連連吸了兩口，然後噴出煙來微笑著道：「只教你掙錢，不教你掙面子？**你落到這步情形，就是**

為了要顧面子吧？假使你看破了顧面子沒有什麼道理，一上了宋信生的當，立刻就嚷出來，你還不是做你的紅角兒？有了你，也許這班子不會散，大家都好。」

月容道：「我一個新出來的角兒，也沒有那樣大的能耐。」

小五娘睜了兩隻大眼，將尖下巴伸著，望了她，張著大嘴道：「不就為著缺少好衫子，湊合不起來嗎？那個時候，誰都想著你，真的。」

月容聽說，忍不住一陣笑容擁上臉來。

宋子豪也是表示鄭重的樣子，將菸頭扔下，連連點了兩下頭道：「真的，當時我們真有這種想頭，這事很容易證明。假如這次你樂意到市場清唱社露上一露，包管你要轟動一下。」

黃氏道：「這年頭是這麼著，人家家裡有個小妞兒，再要長得是個模樣兒，這一分得意就別提了。」

月容聽到，又微笑了一笑，站起身來，將小桌子上的茶杯端起來喝了兩口，然後又坐下向宋子豪望著，雖不笑，臉上卻減少了愁容。

黃氏道：「你以為我們是假話嗎？你到大街上去瞧瞧罷，不用說是人長得像個樣兒了，只要穿兩件好看一點兒的衣服，走路的人，全得跟著瞧上一瞧。人一上了戲臺，那真是三分人才七分打扮……」

月容搖搖手道：「我全明白，我自小就賣藝，這些事，聽也聽熟了，現在還用說嗎？」

宋子豪道：「只要你想明白了，我們就捧你一場。」

月容對黃氏看了一眼，微笑道：「我自由慣了，老早沒有管頭，現在……」說著，微微點著頭，鼻子裡哼了一聲。

黃氏隨了她這一點頭就站起，半彎了腰向她笑道：「姑娘，你到底還是有心眼。你在我面前，一沒有投師紙，二沒有賣身契，高興，你瞧見我上兩歲年紀，叫我一句大媽大嬸的，你不高興，跟著別人叫我張老幫子罷。難道到了現在，我還要在你面前充什麼師娘不成！」

她這樣直率的說了，倒叫月容沒的可說，只望了要笑不笑的。

宋子豪把另一根菸捲頭又在煙燈上點著，望了月容道：「這種話，張家大嬸也說出來了，你還有什麼不放心的？你要知道，**這年頭講的是錢，你有了錢，仇人可以變成朋友，你沒有錢，朋友也可以變成仇人。**」

黃氏睜了眼睛望著她，張著嘴正待說話，宋子豪打著哈哈，同時搖著兩手，笑起來道：「我不過是比方著說罷了，張大嬸也不會是楊老闆的仇人。」

月容就把眉毛皺了兩皺，因道：「這些話，說他全是無益。照你們這樣說，姓丁的大概是變了。不過百聞不如一見，我倒是要看看他現在的人，究竟變成什麼樣子了，請張大嬸給我打聽打聽，他什麼時候在家，我要去見他。」

黃氏道：「你若是真要見他……」

月容搶著道：「沒關係，至多他羞辱我一場罷了，還能夠打我嗎？」

宋子豪道：「就是羞辱你，他也犯不上，不過彼此見面有點兒尷尬罷了。」

月容道：「我不在乎，**我得瞧瞧他發了財是個什麼樣兒。**」

黃氏道：「既是那麼著，今天晚上，什麼也來不及，明天上午，我替你跑一趟。」

月容道：「那也好，讓我沒有想頭了，我也就死心塌地的賣唱。」

黃氏和宋子豪互看了一眼，大家默然相許，暗暗地點著下巴，意思自是說，這樣做也可以。談到了這裡，事情總算告一段落。

大家又勉勵了月容一頓，由小五娘主演，黃氏幫著，做了一餐打滷麵。宋子豪也跑了好幾趟油鹽店，買個醬兒醋兒的。月容拘著大家的面子，只好在他們家裡住下。

黃氏倒是不失信，次日早上，由家裡跑來，就告訴月容，立刻到二和家裡去。她去後，不到一小時，月容就急著在屋子裡打旋轉。宋子豪是不在家，小五娘坐在炕上，老是挖掘菸斗子裡一些乾菸灰，也沒理會到月容有什麼不耐煩。月容卻問了好幾次現在是幾點鐘了，其實黃氏並沒有出去多久，不到十二點鐘，她就回來了。

一走進大門，兩手拍著好幾下響，伸長了脖子道：「這事太巧了，他們今天借了合德堂飯莊子辦事，搭著棚，貼著喜字，家裡沒有什麼人。我不能那樣不知趣，這時候還到飯莊子上去對姓丁的說你要見他，那不是找釘碰？」

月容見她進來，本是站著迎上前去的。一聽她這話，人站著呆了，一句話也說不出來，臉上的顏色卻變了好幾次，許久，才輕輕地問了一聲道：「那麼著，你就沒有見著他了？」

黃氏道：「巴巴的追著新郎官，告訴他說，有個青年姑娘要找他說話，這也不大妥吧？」

月容更是默然了，就這樣呆呆地站著，無精打采的，回到破椅子上坐下，手肘撐了椅子靠，手捧了自己的臉腮，冷笑道：「怕什麼，我偏要見見他！新郎新娘全是熟人，看他怎樣說吧。等他吃過了喜酒回家的時候，我們再去拜會，那時，他正在高興頭上，大概不能不見，見了也不至於生氣。」

黃氏聽說，以為她是氣頭上的話，也只笑了一笑。月容先拉著黃氏同坐在炕沿上，問了些閒話。問過了十幾句，向炕上一倒，拖著一個枕頭，把頭枕了，翻過身去，屈了兩腿，閉上眼睛，就睡過去了。黃氏看著她睡過去了，知道她心裡不舒服，多說話也是招她心裡更難受，就不去驚動。

月容睡過一覺，看到屋子裡沒人，一個翻身坐起來，在牆釘上扯著冷手巾擦了一把臉，整整衣裳領子，一面扯著衣襟，一面就向外走。看到店裡牆壁上掛的時鐘，已經有兩點多鐘了，自己鼻子裡哼著一聲道：「是時候了。」就僱了街邊上一輛人力車子，直奔著合德飯莊。

趕上這天是個好日子，這飯莊子上，倒有三四家人辦喜事，門裡門外，來往的男女鬧哄哄的。雖是走到莊子裡面，只是在人堆裡面擠著，也並沒有什麼人注意。

月容見牆上貼著紅紙條，大書「丁宅喜事在西廳，由此向西」。月容先是順了這字條指的方向走去，轉彎達到一個夾道所在，忽然將腳步止住，對前面怔怔望了一下。遠遠遠地聽到王大傻子叫道：「喂，給我送根香火來，花馬車一到，這放爆竹的事，就交給我了。」

月容好像是做了什麼虧心事一樣，心裡撲騰撲騰亂跳著，把身子轉了過去，對牆上一張朝山進香的字條呆望著。這樣有五分鐘之久，也聽到身後紛紛地有人來往，猜想著，這裡面有不少相識的人吧？這麼一想，越是不敢回頭，反是扭轉身，悄悄地向外面走了出來。

但還不曾走出飯莊子大門，一陣陣軍樂喧譁，有一群人嚷了出來道：「丁宅新娘子到了。」

隨著這叫喚聲，有好些人擁了向前，把月容擠到人身後去。

月容想道：「擠到人身後去也好，借著這個機會，看看田二姑娘變成了甚樣子。」於是就在人縫裡向外張望著。

田二姑娘還沒出現，丁二和先露相了。他穿著藍素緞的皮袍子，外套著青呢夾馬褂，在對襟鈕扣上，掛著一朵碗口大的絨花，壓住了紅綢條子。頭髮梳得烏亮，將臉皮更襯得雪白。且不問他是否高興，只看他笑嘻嘻的，由一個年輕的伴郎引著，向大門口走來。

他兩隻眼睛完全射在大門外面，**在兩旁人縫裡還有人會張望他，這是他絕對所猜想不到的**。雖然月容在人後面，眼睛都望直了，可是他連頭也不肯左右扭上一下，逕自走了。

月容立刻覺得頭重到幾十斤，恨不得一個筋斗栽下地，將眼睛閉著，凝神了一會，再睜開眼來看時，新郎新婦並排走著，按了那悠揚軍樂的拍子，緩緩地走著，新娘穿著粉紅繡花緞子的旗袍，外蒙喜紗，手裡捧著花球。雖然低著頭的，只看那脂粉濃抹的臉非常嬌豔，當然也是十分高興。**在這場合，有誰相信，她是大雜院裡出來的姑娘？**

月容一腔怒火，也不知由何而起，恨不得直嚷出來，說她是個沒身分的女人。所幸看熱鬧的人，如眾星捧月一般，擁到禮堂去了。

月容站在大門裡，又呆了一陣，及至清醒過來，卻聽到咚咚噹噹的，軍樂在裡面奏著，顯然是在舉行結婚典禮。鼻子裡更隨著哼了一聲，兩腳一頓，扭頭就跑出來了。**北京雖然是這大一個都市，可是除了宋小五家裡，自己便沒有安身的所在。**僱了車子，依然是回到月牙胡同大雜院裡來，剛走進門，小五娘迎上前，握住她的手，伸了脖子道：「姑娘，這大半天你到哪裡去了？我們真替你擔心。老頭子今天回來得早，沒有敢停留，就去找你去了。」

月容笑道：「怎麼著？還有狼司令虎司令這種人把我擄了去嗎？若是有那種事，倒是我的造化。」

她說著，站在屋子裡，向四周看了一看，見宋子豪用的那把胡琴掛在牆上，取下來放在大腿上，拉了兩個小過門。

小五娘站在一邊，呆呆望著她，就咦了一聲道：「楊老闆，敢情你的弦子拉得很好哇。」

月容先是眉毛一揚，接著點點頭道：「若不是拉得很好，就配叫做老闆了嗎？身上剩的幾個錢花光了，今天我要出去做買賣了。」

小五娘猛然間沒有聽懂她的意思，望了她微笑道：「開玩笑，上哪裡去做生意？」

月容兩手捧住胡琴，向她拱了一拱，淡笑道：「做什麼生意？做這個生意。你不是說，我拉胡琴很好嗎？」

小五娘道：「這兩天不要緊，我們全可以墊著花，怎麼混不過去？也不至於這十冬臘月的要你上街去賣唱。」

月容道：「賣唱？也沒有誰買得起我唱戲他聽。」

小五娘道：「你怎麼說話顛三倒四的？你還拿著胡琴在手上呢。」

月容哦了一聲道：「我不是這樣說過嗎，我今天有點發神經病，說的話你不要理會了。」說著，放下胡琴，又倒在炕上睡了。直睡到天色昏黑的時候，見小五娘捧著煤油燈出去打油去了，自己一個翻身坐了起來，拿了牆上掛的胡琴，就扯開門走出去。剛走到大門口，黃氏搶著進來，在月亮地裡看到月容，立刻迎上前去，扯著她的衣襟道：「姑娘，恭喜你……」

月容道：「恭喜我？別人結婚，我喜些什麼？」

黃氏道：「嚇，你總不忘記那個姓丁的，我說的不是這個。我到市場裡去過一趟了，一提到楊月容三個字，他們全歡迎得不得了。」

月容和她說著話，兩腳依然向外面走，黃氏要追著她報告消息，當然也跟了出來。月容把手上的胡琴交給她道：「大嬸，你來得正好，我就差著你這麼一個人同去。我想偷著去看看這兩位新人，是怎麼一個樣子，怕不容易混進門去。現時裝做賣唱的，可以大膽向裡面走。」

黃氏道：「做喜事的人家，也沒有人攔著看新娘子的。可是見了之後，你打算怎辦？」

月容道：「我是賣唱的，他們讓我唱，我就唱上兩段，他們不讓我唱，我說了話就走。」

黃氏道：「別啊，姑娘，人家娶了親，一天的雲都散了，你還去鬧什麼笑話！我這麼大歲數了，可不能同你小孩子這樣的鬧著玩。」

月容道：「你要去呢，裝著這麼一個架子，像一個賣唱的，你不同我去，我一個人也得去。」說時，拿過黃氏手上的胡琴，扭轉身來，就往前面走。

黃氏本待不跟著去，又怕她惹出了亂子，把自己所接洽的事情，要打消個乾淨，於是也就跟著她一路向外走了去。

月容看到她跟著來了，索性僱了兩輛車子，直奔丁二和家來。下了車，見大門是虛掩著的，推門向裡看去，那裡面燈光輝煌的。正面屋裡，有強烈燈光，由一片玻璃窗戶向外透出，映在那窗格子上的大小人影子，只管下上亂動。在這時候，除了說笑聲和歌唱聲而外，還有人拍手頓腳，高興得不得了。

月容想著，新房必是在那裡，一鼓作氣的，直衝進那正屋裡去。正中梁柱上，垂下來一盞雪亮的大電燈，照著地面也發白。正中桌子上，擺著茶碗乾果糕餅碟子，四周圍椅凳上坐滿了人，有的嗑著瓜子談笑，有的扶了桌子，拍著板眼唱西皮二簧。雖然進來一位女客，也沒有誰注意。

月容看到右邊屋子垂下了門簾子，那裡有嘩啦嘩啦的搓麻雀牌的聲音，料著這是新房，掀開簾子，更向裡面闖了去。可是進門看著，只是普通房間，圍了一桌人打牌，不覺失聲道：「哦，這不是新房！」

一個打牌的道：「新郎剛到屋子裡去和新娘說幾句話，你就別去打岔了。」

月容道：「我是賣唱的，你們這裡辦喜事，也不唱兩折戲熱鬧熱鬧嗎？」

黃氏隨了她進來，正想從中介紹一番，現在還沒有開口，她已經說是賣唱的了，那也只好悄然站在她身後望了大家。

黃氏一來，更證明了這是一副賣唱的老搭檔，她那二十年賣唱的神氣是不會改掉的。

有人便問道：「你們唱什麼的？」

月容道：「大鼓小曲兒，全成。只我今天沒有帶傢伙出來，只能唱大戲。」說著，在黃氏手上接過胡琴來，靠了門站住，將胡琴斜按在身上，拉起《夜深沉》來。

幾個打牌的，一聽之下，全都發愣的向她望著。月容臉上帶了三分微笑，低垂了眼皮，將一段《夜深沉》拉完，笑道：「各位不聽嗎？我也不唱了。」說著，扭轉了身體，就向院子外走去。

走出了大門，她又繼續著將胡琴拉起，黃氏跟在她身後，追著問道：「姑娘，你這是什麼意思？」

月容也不睬她，自管繼續拉胡琴，出了這胡同，閃到小胡同裡去站著，卻聽到丁二和在身後連連大叫著：「月容，月容。」

黃氏扯著月容的衣服，輕輕地道：「丁二和追來了，他瞧見你了嗎？」

月容道：「等等罷，他一定會追到這裡來的。他到了這裡，別的不說，怎麼著我也得損他兩句。」

黃氏道：「過去的事，提起來也是無益。人家今天剛成家，也不能因為你損他幾句，他把家又拆了。」

月容道：「我拆他的家幹什麼？我見著面，還要勸他夫妻倆客客氣氣呢。」

兩人說著話，月容手上就忘了拉胡琴。胡琴聲音停止了，那邊丁二和叫喚的聲音也沒有了。黃氏道：「怎麼他不叫喚了？準是回去了吧？」

月容道：「我先是怕他不睬我了，現在既然出來叫我，不找個水落石出，他是不會回去的。」

黃氏道：「那我們就等著罷。」

月容扶了人家的牆壁，把頭伸出牆角去，向外面望著，兩分鐘，三分鐘繼續的等著，直等著到二三十分鐘之久，還不看到二和前來。

黃氏伸手握著月容的手道：「姑娘，你瞧，你的手這樣涼，仔細為這個得了病。」

月容道：「再等十分鐘，他東西南北亂跑，也許走錯了路。過一會子，他總會來的。」

黃氏見她是這樣堅決的主張，也就只好依了她。可是又等過了十來分鐘，只見月亮滿地，像下了一層薄雪，風吹過天空，彷彿像很快的薄刀，割著人的皮膚。人家牆院裡的枯樹，讓這寒風拂動著，卻是呼呼有聲，此外是聽不到一點別的聲音。

黃氏道：「姑娘，我看不用等了，人家正在當新郎的時候，看新娘還嫌看不夠，他跑到外面來追你幹什麼？回去罷，天怪冷的。」

月容穿的這件薄棉襖，本來抗不住冷，覺得身上有些戰戰兢兢的，現在黃氏一提，更覺得身上冷不可支，只得隨著黃氏低下了頭，走出小胡同去。

月亮地上，看看自己的影子倒在自己的面前，送著地上的影子，一步一步的向前移著。寒夜本就走路人少，她們又走的是僻靜的路，她們只繼續的向前，追著她們的影子，此外是別無所有，因之兩人並不找車子，只是靠談話來解這寂寞的行程。雖然天冷，倒可以借著走路，取一點暖氣。

緩緩地走到了家門口，大雜院的街門全都關閉上了。黃氏挨著牆根，在宋子豪屋外頭，昂著頭連連的叫了幾聲，小五娘就顫巍巍的答應著，開大門出來。一見月容，就伸出兩手，握著月容的兩隻手，連連地抖擻了一陣，顫著聲音道：「我的姑娘，你怎麼在外邊耽擱這樣大半天？把我急壞了。沒什麼事嗎？」

黃氏站在她身後插嘴道：「啊，今天晚上，可來了一齣好戲，回頭你慢慢地問她就是了。明天我上午到你們家來罷。沒別的，咱們一塊兒到市場去吃鍋貼。等姑娘答應了，明天同到茶社裡去瞧瞧，這一瞧，事情那就準妥。」

小五娘笑道：「是嗎?只要姑娘肯去，茶社裡老闆一定會搶著會帳。別說吃鍋貼，就是吃個三塊四塊，敢情他都認了，哈哈！」說著，兩人對樂了一陣。

月容聽說，心裡也就想著，只看他們聽說自己要出面，就是一句話，樂得他們這個樣子。若是真上臺掙起錢來了，那他們要歡喜到什麼樣子呢?

走進屋子去，耳朵靈敏的宋子豪，沒等月容身子全進門，早是一個翻身，由煙炕上坐了起來，右手拿了煙槍，握拐杖似的，撐在大腿上，左手三個指頭，橫夾了煙籤子，向月容招著手道：「楊老闆，來來來，到炕上來靠靠罷。外面多涼，我這裡熱烘烘的炕，你先來暖和暖和罷。」

月容點點頭，剛走過來，宋子豪又瞇著眼睛向她笑道：「姑娘，你今天在外面跑，累得很了吧?玩兩口，好不好?」說時，遞過那煙槍，作個虛讓的姿態。

月容看那煙槍是根紫竹的，頭上還嵌著牛骨圈兒。便問道：「大爺，你這煙槍是新買的嗎?」

宋子豪笑道：「你好記性，還認得它，這正是死鬼張三的東西。」

月容道：「那麼，是那老幫子送給你的了?這沒有別的，必是她運動你勸我上市場。」

宋子豪依然瞇了眼睛笑著，月容正了顏色道：「大爺，你們要是因為窮了，打算抬出我來，掙一碗飯大家吃，我沒有什麼不同意的。獨木不成林，我出來混飯吃，也得人幫著。若是你們另想個什麼主意，要打我身上發財，那可不成，你就是把我送上了汽車，我也會逃下來的。」

宋子豪把煙槍放了下來，兩手同搖著道：「絕不能夠，絕不能夠。」說時，將煙盤子裡煙籤子鉗起，反過來，指著炕中煙盤子裡的煙燈道：「我們要有什麼三心二意，憑著煙火說話，全死於非命。姑娘，你既然知道，我們是為了窮要抬出你來，我們也就不必瞞著，只望可憐可憐我們罷。」他說完了，兩手撐住膝蓋，閉了眼睛，連搖了幾下頭，嘆著一下無聲的氣。

月容隔了放菸具的所在和他並排在炕沿上坐著，偷眼對他看著，見他臉上放著很鄭重的樣子，便也點了兩點頭道：「大爺，我想通了，你們勸著我的話是對的。**這年頭談什麼恩愛，談什麼交情，只要能掙錢，就是好事。有了錢，天下沒有不順心的事，我還是先來想法子掙錢。**」

宋子豪靜靜地聽著，突然兩手將腿一拍道：「姑娘，有你這話，什麼事不就辦通了嗎！好啦，我得舒舒服服抽上兩口煙。」說著，他身子倒了下去，唏哩呼嚕的響著，對了煙燈使勁抽起煙來。

月容抱過兩個枕頭，也就在炕上橫躺下，小五娘在屋子裡摸摸索索的，動著這樣，摸著那樣，回頭看看炕上，便道：「喂，有了膏子，就別盡著抽了，明天你還要同張大嬸兒一塊兒上市場去呢。我說，咱們想點法子，把小五那件大衣贖出來，給楊老闆穿上罷。我記得才當一兩二錢銀子。」

宋子豪道：「是應當的，只是時間太急了，怕兒不出來。」

月容笑道：「你們別這樣捧太子登基似的，只管捧著我，把我捧不出來，你們會失望的。這年頭，哎……」說著，她格格笑了一陣，一個翻身向裡，逕自睡了。勞累的身體，冷清的心情，加上這暖和的土炕，安息之後，就很甜的睡過去了。

等著她醒來的時候，炕上堆著一件青呢大衣，一條花綢圍巾，還有一雙毛繩手套。坐起來揉著眼睛出神了一會，正待問這東西是哪裡來的，黃氏笑嘻嘻的在那面木櫃子隔開的套間裡迎了出來。因道：「姑娘，你醒啦，也是昨晚上累了，你睡得可是真香。我來了一早上，也沒瞧見你翻過身。」

月容道：「你一大早就來了？」

黃氏笑道：「說到這件事，我們可比你還上心啦，做著這討飯也似的生意，煙膏子上，我也存著五七塊錢，先給你墊著花罷。你們當老闆的人，若是出去，連一件大衣也沒有，哪兒成啦！」

月容皺了眉道：「你們這個樣子捧我，照情理說，我是應當感謝你們的。可是捧我，不是白捧我，好像向你們借債一樣，現在向你們借了錢，將來我要加雙倍的利錢還給你們的。我總怕借了你們的錢，還不起你們這筆債。」

宋子豪正由外面進來，右手拿了一個報紙糊的小口袋，裡面裝了幾個熱燒餅，左手提著一隻乾荷葉包，外面兀自露著油淋淋的，分明是拿了一包滷菜來。

月容的眼光射到他身上，他立刻放出了笑容，向她連點了幾下頭道：「姑娘，你說這話，我們就不敢當。我們捧你，那是事實，要說我們放印子錢似的，打算在你身上發大財，漫說我們沒有這大膽，就是有這麼大膽，你這麼一個眉毛眼睛都能說話的人，誰還能騙得過你？」

月容點點頭道：「哼，那也不錯，我是上當上怕了，一次蛇咬了腳，二次見著爛繩子，我也是害怕的。」

宋子豪笑道：「這麼說，我們雖不是三條長蟲，也是三條爛繩子？呵呵呵。」說著，張開嘴來一陣大笑，順手就把報紙口袋和荷葉包都放在炕頭小桌子上，兩手抱了拳頭，連拱了幾拱，笑道：「不成敬意，你先吃一點兒。回頭咱們上市場去，這頓飯可就不知道要挨到什麼時候。」

月容笑道：「你瞧，這一大早上，你們又請我吃，又請我穿，這樣抬舉著我，真讓我下不了臺。我要不依著你們的話，給大家找一碗飯吃，我心裡過意不去。」

小五娘提著一把洋鐵壺，正向破瓷器壺裡代她沏茶，聽了這話，把洋鐵壺放在地上，兩手一拍道：「這不結了，只要有姑娘這句話，我們大家都有飯吃。」

黃氏也笑嘻嘻的端了一盆水進來。小五娘回頭問道：「張大嬸，你端的是什麼水？沒有用那小提桶裡的水嗎？」

黃氏道：「我給姑娘舀了一碗漱口水呀，那水不乾淨嗎？」

小五娘道：「怎麼不乾淨？我們這院子裡，全喝的是甜井水。這些日子，水不大，怕姑娘喝不慣，在對過糧食店裡，討了半提桶自來水回來，為的給姑娘沏茶。」

黃氏笑道：「這是宋大媽比我想得更周到，喝起水來，也怕我們姑娘受了委屈。」

她說著，把臉盆放在方凳子上，然後在口袋裡摸出一包擦面牙粉，一把牙刷子來，全放在炕沿上，笑道：「我知道，別的你還可以將就著用別人的，這牙刷子，教你用別人的，那可不成。」

月容笑道：「大嬸兒，這樣叫你費心，我真不過意。」

小五娘沏好了茶，將杯子滿斟了一杯，送到桌子角上，笑道：「我們這老頭子，抽上兩口煙，就愛喝口好茶，這是我今天上大街買的八百一包的香片。」

月容見他們都做著人情，要謝也謝不了許多，只得大大方方的受用著他們的。剛洗過臉，黃氏就把她的洗臉水端了過去。

宋子豪銜著半根菸捲，靠了門站定，噴著煙道：「那荷葉包子裡是醬肉，你把燒餅一破兩開，把醬肉放到裡面當餡兒，吃起來很有味的。你瞧，我還忘記了一件事呢。」說著，伸手到衣袋裡去掏著，掏出兩個小紙包來，因笑道：「這是兩包花生米，嚼著花生米就燒餅吃，一定是很有味的。」說著，兩手捧著，送到這邊桌上來。

月容心裡想著，吃了你們的東西，將來還你們的錢就是了，這也沒什麼關係。因此也就坦然的吃喝著。可是一回過頭來，見宋子豪、小五娘、黃氏都在站班似的老遠地站著，看著自己，因站起來道：「哦，我還沒理會呢。怎麼我一個人吃，你們全站在一邊望著。」

宋子豪道：「我們老早吃了烤白薯了。你吃罷，吃飽了，我們好早一點到市場去。」

月容也是照了他們的話，將醬肉夾在燒餅裡面，手揑了咬著吃。口裡緩緩地咀嚼著，不免微微一笑，鼻子哼著道：「最後這句話，你還是把心事說出來了。」

宋子豪抱了兩手作拳頭，連拱了幾拱，笑道：「姑娘，你是個聖人，我們哪瞞得了你。自然，我們也無非這點心事。」

月容也不再和他們客氣，喝著茶，吃著燒餅。吃喝飽了，手撫摸著頭髮，問小五娘道：「你這兒沒有雪花膏吧？」

小五娘笑道：「本來沒有，剛才我在籃子裡把小五用的那半瓶雪花膏找出來了，給你預備著呢。」說時，她倒伸了一個指頭，連連向月容點著。

月容微笑道：「**這好比我又要唱一齣拿手好戲，你們伺候著我出臺呢，可不知道前臺有人叫好兒沒有。**」

宋子豪夫婦同黃氏一齊答應著道：「有呀。」

月容也就點點頭微笑，在小五娘手上接過一隻雪花膏瓶子，同一塊落了嵌邊的小方鏡子去。兩手托著，看著出了一會神，她卻是點點頭，又很重的嘆了一口氣。**這一聲嘆息中，那是甜酸苦辣的味兒都有含著的呢。**

三十六 機心暗鬥

世上有許多不願跳上舞臺的人，往往為著朋友的引誘，或者家庭的壓迫，只得犧牲了自己的成見，跟著別人上臺。其實他上臺之後，受著良心的譴責，未嘗不是精神上的罪人。楊月容被宋子豪這批人恭維包圍，無法擺脫，也就隨著他們的慫恿，向市場清唱社去了。

是登場的後七天了，月容穿著黑絨夾袍子，長長的，瘦瘦的，露出了兩隻雪藕似的手臂，下面衣岔縫裡，露出湖水色的綢褲，下面便是湖水色絲襪，白緞子繡花鞋，清淡極了。

她漆黑的頭髮，在前額梳著劉海，更襯得她那張鵝蛋臉兒非常的秀麗。在茶社的清唱小臺上，她半低了頭站著，臺底下各座位上，滿滿的坐著人，睜了眼昂著頭向臺上看著。

在月容旁邊場面上的人，手裡打著傢伙，眼睛也是睜了向月容身後望著。每到她唱著一句得意的時候，前臺看客轟然一聲的叫著好，拉胡琴的，打鼓的，彼此望著微微一笑。在他們身後，有一排花格子門隔著，兩旁的門簾子裡，和窗戶紙裡，也全有人偷著張望。隨了這一片好聲，在花格子底下的人，也都嘻嘻地笑了起來。

小五娘和黃氏並排站住，看過之後，兩個人對望著，頭碰著頭，低聲道：「這孩子真有個人緣，一天比一天紅起來。別說上臺了，就是這樣清唱下去，也是一個大大的紅角兒了。」

黃氏笑道：「你瞧著，那第三排正中桌子上，坐的那個穿藍綢袍子，戴瓜皮帽兒的，那是劉七爺。」

小五娘道：「袍子上罩著青緞子小嵌肩，口袋上掛著一串金表鍊，口角上銜著一支玳瑁菸嘴子的，手撐了頭望著臺上出神的，那就是的嗎？」

黃氏連連點了頭道：「就是他，就是他。你瞧他微微地點著頭，那正是他暗裡誇月容的好處。」

小五娘道：「今天這齣《玉堂春》，就是劉七爺點的。他說今天點這齣《玉堂春》，他就是要考一考月容，若是好，他就讓月容加入他的班子。」

黃氏道：「那麼，他不住點頭，就是把月容考取了。」

小五娘笑道：「你瞧，我們那老鬼，拉著胡琴，也是眉開眼笑的，就是他大概也很是高興吧？」

她說著話，一回頭看到茶社東家王四，也走來在這裡張望著，便點點頭說道：「四爺，怎麼樣？我們給你拉的角兒不錯吧？」

王四比著兩隻灰布袍子的袖口，向她們連連打了兩個拱，因笑道：「感激之至，可是她太紅了，我們這一瓢水養不住金色鯉魚，聽說她有人約著要搭班子了，今天劉七也來了，我倒有點疑心，準是他有約她的意思。」

黃氏道：「那也不要緊呀，就是月容搭班子，也不能天天露。一個禮拜在這兒告兩回假，也不礙大事呀。」

王四道：「劉七組班子，是要上天津，上濟南呢。」

小五娘笑道：「我們介紹她來的時候，你還不敢讓她唱壓軸子，現在是短不了她了！」

王四抬起手來，只管搔著頭髮。

說著話，月容已唱完了，向後臺來，一掀門簾子，大家異口同聲的道著辛苦。月容也滿面是笑意。

王四笑道：「楊老闆，您不急於回去嗎，我請您吃涮鍋子。」

宋子豪提了胡琴站在門簾下，不住地向她擠眉弄眼，意思自然是叫她不要答應。

月容笑道：「老是叨擾四爺，我不敢當。這一個禮拜讓您請過三次客了，改天我來回請罷。」

王四笑道：「也許是劉七爺已經預定在先了吧？」

月容臉上帶著一點紅暈，強笑了一笑，沒有答覆他。

宋子豪在旁插言道：「四爺，您別瞧著劉七來聽戲，就以為楊老闆有離開這裡的意思，組戲班的人，四處找合適的角兒，這是常事。楊老闆的唱工，扮相，那用不著咱們自個兒誇。她二次出來，要個人緣兒，戲分又要得出，哪個不願意邀她？劉七本來就和楊五爺有交情，他想邀楊老闆的意思，不能說沒有，可是楊老闆真還沒有和他接頭。」

王四笑道：「劉七爺那麼一個老內行，他有那癮，到茶樓上聽票友？當然今天這一來是很有意思的，**也許他不好意思今天就請楊老闆吃飯，可是一天兩天，他一定會請的**。我這話只當是放一個屁，你們記著。」

他把話說到這裡，臉可就紅了。

月容覺得王四幫忙不少，陡然和人家翻了臉也不大好，便笑道：「四爺，你別誤會，今天我真有點私事，要和一個朋友商量一件事。」

王四道：「哪一位呢？大概還是梨園行吧？」

月容隨便答道：「不，不，是一個姓丁的朋友，他是鐵工廠裡的。」

王四笑道：「我不過隨便的這樣一句話，楊老闆的交際我能問嗎？明天有功夫的話，我明天再請罷。」

宋子豪提著胡琴，就向後臺外面走，口裡道：「好好好，我們明天叨擾。」

月容會意，取下衣架上的大衣，搭在手胳臂上，隨了宋子豪後面走去，小五娘同黃氏自然也跟了去。王四站在後臺，站著發愣，對了他們的去路很是呆望了一陣，然後嘆了一口氣，走向前臺來。

場面上打鼓的朱發祥，還沒有走開。口裡斜銜了一支菸捲，在胸前橫抱著兩隻手胳臂，偏了頭，只管出神。

王四掀著門簾子出來了，看看茶座上，已走了十停之九的人，只是遠遠地躺椅座上還有幾個人，便低聲道：「發祥，你瞧，楊家這小妞，風頭十足。」

朱發祥笑道：「她是沒有收下野性的鷹，餓了到你手上來找樂子，吃飽了，翅膀長滿了，她就要飛了。」

王四道：「劉七今天到這兒來的意思，你也看出來了嗎？」

朱發祥道：「他不為什麼，還到這兒來聽清唱不成？不用說，我只要知道他是劉七，就知道他是什麼用意。月容本人年紀輕，她還不會到外面去張羅，這都是老槍宋子豪出的主意。照理說是不應該，在咱們這裡還沒有幫半個月的忙，怎麼又有走的意思？」

王四道：「她幫咱們的忙，不如說咱們幫她的忙吧。聽說她原來跟著一個什麼司令，人家玩了她幾個月，把她轟了出來，就剩一個大光人。老槍在天橋混不下去，也沒有法兒，這就託人和我說，有這麼一個人願意來唱。我原來也聽過她一兩回戲，知道她扮相不錯，唱呢，有時候還夠不上板呢。**反正這年頭是這麼著，有幾成模樣兒，就不怕沒人捧**。頭三天我還沒敢讓她唱壓軸子，誰知三天以後，她一唱完了，座上就開鬧，鬧的大家都不願意唱在她後頭。紅是紅了，要不是我肯用她，未必人家就知道她又出來了。」

朱發祥道：「現在盡說也沒用，她要是真走，咱們就得商量一個應付辦法，必得找一個人比她還好，才能叫座。」

王四將臉一沉道：「不能那樣容易讓她走，我得另想法子來對付。」他兩人說著，一面下臺向茶座上走。

這裡有兩個老主顧，趙二和蔣五，和王四都很熟。趙二躺在睡椅上，搖搖頭道：「票友內行，我熟人少，要說到楊月容，我是一脈清知。**也是坤角裡面真缺人才，大家會這樣拿著燈草稈兒作金箍棒耍。**」

王四道：「聽說她以前家境很窮，所以一唱紅了，忘其所以的，就出了花樣子。」

趙二笑道：「女孩子唱戲，有幾個不是寒苦出身的？這不算為奇。」說著，淡笑了一笑，坐起來提著壺斟了一杯茶喝。

王四同朱發祥也都在對面椅子上坐下，王四在身上掏出煙盒子來，起身向趙蔣二人各敬了一支菸捲。

蔣五和趙二隔了茶几坐的，蔣五三個指頭有意無意的在茶几上頓著菸捲，向趙二道：「丁二奶奶說的話靠得住嗎？」

趙二笑道：「這位丁二奶奶同月容是三角戀愛，誠心毀月容的話，當然也有兩句，可是照實情說，也應當打個八折。」

王四聽他們說話，兩眼不免向他們呆望著，問道：「哪來的丁二奶奶？也是梨園行嗎？」

趙二道：「提起來話長。簡單的說，丁二奶奶是我們同事丁二和的新媳婦，所以叫丁二奶奶。當月容還沒有紅的時候，就是二和捧的，後來月容唱紅了，把臉一變，跟了有錢的跑，二和就娶了這位二奶奶。」

王四道：「憑你這樣說，也道不出月容什麼出身上的短處來。」

趙二回轉頭向四周看了一看，笑道：「在這茶樓上，我也不便多說，據丁二奶奶說，她是跟著張三在街上唱小曲兒的，後來跑出來，就在二和家裡過活著。好容易二和把她送進梨園行，拜過了有名的老師，因為她行為不端，二和不要她，就和田家結親戚了。」

蔣五口裡銜著菸捲，兩手回過去枕著頭，躺在椅子上望了趙二笑道：**「二奶奶也不用說人，她的情形，誰不知道？」**

趙二伸了伸舌頭，搖著頭道：「這個可不能提。」

王四坐在旁邊，見他們說話，那種吞吞吐吐的樣子，心裡也有幾分明白，便笑道：「這個我們管不著。我也不能這樣脅迫她，說是她要不在這裡唱，我就揭她的根子。」

趙二忽然哈哈一笑，坐了起來道：「這倒有個法子，可以叫她在這裡唱下去。」

王四道：「只要有法子讓她唱下去，怎麼著委屈一點，我們也願意呀。」

趙二道：「用不著要你受委屈，我知道的，**二和還在追求著月容，月容沒有忘記二和，那也是真的。要不然，為什麼丁二奶奶的醋勁很大呢？**只要我們對二和說一聲，月容在這裡唱戲，他準來，他來了……」

王四接著說道：「讓我和他攀攀交情，那可以的，恐怕還沒有那樣容易的事。」

趙二道：「不管成不成，我們不妨試試。」

王四究竟不大知道丁、楊的關係，總也希望能成事實，對於趙、蔣二人倒是很敷衍了一陣，眼巴巴所望的，便是月容在今天受過劉七的招待，明天到茶社來，看她是一種什麼態度。

到了次日下午三點多鐘，又是宋子豪一男二女擁護月容來了。王四迎上前去，在後臺口上向她連連點了幾個頭，帶拱著手道：「楊老闆來啦，今天早。」

月容笑道：「快四點了，也不早。」

王四向她周身看看，笑了一笑，想說什麼，又想不出要說什麼，但眼光望著人身上，不交代個所以然，又有點難為情，便笑道：「楊老闆今天穿著淡藍的衣服，比昨天那件黑絨的更要邊式得多。」

月容也對自己胸前看了一看笑道：「沒錢買綢料子，做件藍布衣服穿。」

王四笑道：「漂亮的人，穿什麼也好看，你這樣像位女學生。」說時，向她腳下看去，笑道：「少一雙皮鞋，我來奉送一雙。」

月容微微地笑著，不覺走近了上場門。

凡是賣藝的人，尤其是小妞兒，有這麼一個脾氣，未登場之先，愛藏在門簾下面掀著一線門簾縫，向外張望觀眾，月容在戲班子裡也沾染了這種習慣。這時，走著靠近了門簾子，將身閃到上場門的一邊，掀開一條簾子縫，將半邊白臉在簾子縫裡張望著。

當她開始向門外看的時候，還帶了笑音，和身後的人談話，後來這笑音沒有了，她手扯了門簾，呆著在那裡站住，動也不動。

在後面的人，全也沒理會到有什麼變故。

宋子豪向前一步，也到了簾子邊下，笑道：「我瞧瞧，大概又上了個滿座兒吧？」

只見月容猛可的轉回身來，臉紅著，像塗了硃砂一般，連連地道：「他來了，他來了。」

宋子豪倒是一怔，望了她問道：「誰來了？」

月容抽回身，向臺後那間小休息室裡一跑，靠了桌沿站定，兩手撐了桌子，連擺著頭道：「這怎麼辦？」

宋子豪也跟了進來問：「姑娘，什麼事讓你這樣為大了難？」

月容道：「二和來了。」

宋子豪道：「他來了罷，難道還能禁止你上臺唱戲嗎？」

月容道：「倒不是為了這個。」

宋子豪道：「還有什麼事覺得沒有辦法呢？」

月容低了頭很沉思了一會子，眼望了地面，將腳尖在地上畫著，因道：「我就有點難為情。」

她說這話，聲音是非常的低小，低小的連自己都有些聽不出來。

宋子豪道：「這是什麼話，唱戲的人，還怕人瞧嗎？」

月容道：「各有各的心事，你哪裡會知道。」

宋子豪道：「你怕他會叫你的倒好嗎？」

月容立刻正了顏色道：「不會的，他絕不能做這樣的事，他不會再恨我的，我曉得。我說難為情，是我覺得我做的事，有些對不住他，猛可的見著面，倒什麼……似的，唉！」說著，垂下脖子去，搖了幾搖頭。

黃氏在一邊看了她那情形，不住地點著下巴頦，似乎已在計算著月容的各種困難。

宋子豪被月容一聲長嘆，把話堵回去了，只有站在一邊發愣。

黃氏就只好接嘴道：「姑娘，你怎麼這樣想不開？你們一不是親，二不是故，愛交朋友就多交往幾天，要不，一撒手，誰也不必來認誰。他先對不起你，做起新姑爺來了，怎麼你倒有些難為情去見他？」

月容道：「他雖然另娶了人，可也不能怪他。你看他今天還追到這茶樓上了，可見他心眼裡還沒有忘了我。」

黃氏道：「你既然知道他來是一番好意，你就上臺唱你的戲，讓他見你一面罷。你怎麼又說是怕見他？」

月容低著頭，很是沉思了一會子，卻抬起頭來道：「哪位有菸捲，給一支我抽抽。」

宋子豪在身上掏出一盒香菸，兩手捧著，連拱了幾拱，笑道：「這煙可不大好。」

月容也不說什麼，接過煙盒子來，取出一支煙銜在口裡，宋子豪在身上掏出火柴盒來，擦了一根，彎腰送過去，黃氏也在牆上擦著了一根，送將過來，那小五娘看到桌上有火柴盒，剛正拿到手裡。

月容說聲勞駕，已是接過去，自己擦上一根，把煙點了。其餘兩根火柴，自己扔在地上。月容也沒有理會這一些，她自微偏了頭，緩緩地抽著，這裡三個人沒看到她表示什麼意見，也就不好問得。

月容緩緩地把那支煙抽了一大半，這才問道：「大爺，今天咱們預備唱什麼的？」

宋子豪道：「你不說是唱《罵殿》的嗎？」

月容道：「改唱《別姬》得了，請你拉一段舞劍的《夜深沉》。」

宋子豪笑道：「恐怕湊不齊這些角色吧？」

月容道：「你去和大家商量，有一個霸王就得，只唱一段。」

她交代了這句話，又向宋子豪要了一支菸捲抽著。宋子豪向門簾子外面張望一下，因道：「楊老闆，咱們該上場了。」

月容點點頭，也沒有做聲。宋子豪提了胡琴，先出臺去了。

月容只管吸那菸捲，呆呆站著不出去。小五娘擰了把熱手巾，走近前來，帶了笑音低聲道：「姑娘，你該上場了。」

月容懶懶地接過熱手巾去，隨便的在嘴唇皮上抹了兩抹，聽著鑼鼓點子已經打上了，將手巾放在桌上，低頭掀著門簾子出來。

照例的，全身一露，臺底下就是哄然一陣的叫好。在往日，月容繃著臉子，也要對臺底觀眾冷冷的看上一眼，今天卻始終是低著頭的，坐在正中的桌子角上。

北方的清唱是和南方不同的，正中擺了桌子，上面除了一對玻璃風燈之外，還有搖著簫笛喇叭的小架子，再有一個小架子，上面直插著幾根銅質籌牌子，寫著戲名，這就是戲碼了。所有來場玩票的人，圍了桌子坐著，你願意背朝人或臉朝人那都聽便。女票友更可以坐到桌子裡面去，讓桌子擺的陳設擋住了觀眾的視線。

玩票的人，拿的是黑杆，並非賣藝，也沒有向觀眾露臉的義務，不過這裡要月容出臺，目的是要她露一露，往日也是讓她坐在前面一張椅子上，或者站在桌子正中心，今天月容閃到桌子裡面去坐著，這是全觀眾所不願意的。

王四在四處張望著，見又上了個九成座，大家無非是為了楊月容來的，怎好不見人？自己也就挨挨憑憑的走近了桌子邊，想和月容要求一下，不料走近一看，卻嚇了一跳。

月容兩手捧了茶壺，微低著頭，眼眶子紅紅的。原來月容藏在桌子角上，雖然避免了人看她，但是她還可以看見別人。在玻璃燈縫裡，已是不住地向外張望著，在斜對過最後一排座位上，二和獨據一張桌子坐在那裡。

他雖然還在新婚期間，但在他臉上，卻找不著絲毫的笑容，穿了青呢的短大衣，回彎過兩手，靠住了桌沿，鼻子尖對準了面前的一把茶壺，也是半低了頭。但是他不斷地抬著眼皮，向這裡看了來，在這上面，絕看不到他來此有絲毫的惡意；而且在這副尷尬情形中，分明他也是覺得會面就很難為情，**似乎這裡面有種傳染病，當自己看過之後，也一般的感到難為情**，於是索性將額頭低過了茶壺蓋，只管低了頭。

本來自己一出臺，已到了開口的時候，只因為那個配霸王的男票友出茶社去了，臨時由別人墊了一齣《賣馬》。現在《賣馬》也唱完了，鑼鼓點子一響，月容想到老藏著也不是辦法，只得隨了這聲音站起來。先是兩手按住了桌沿，微微低著頭，和演霸王的道白。

胡琴拉起來了，要開口唱了，這就抬起頭來，直著兩眼，只當眼前沒有什麼人，隨了胡琴唱去。先是繃著臉子像呆子似的，後來的臉色漸漸變著憂鬱的樣子，不知不覺的，那眼光向二和所坐的地方看去。

他那方面，當然時時刻刻都向臺上看來的，月容看去時，卻好四目相射，看過之後，月容彷彿有什麼毒針在身上扎了一下，立刻四肢都麻木過去，其實也不是麻木，只是周身有了一種極迅速的震動。但是讓自己站在唱戲的立場，並沒有忘記，胡琴拉完了過門，她還照樣的開口唱著。

宋子豪坐在旁邊拉胡琴，總怕她出毛病，不住地將眼睛向她瞟著。她倒是很明白，把頭微微低著，極力的鎮定住。有時掉過身來，在肋下掏出手絹來，緩緩地揩擦幾下眼睛，眼眶兒紅紅的，顯然是有眼淚水藏在裡面。

王四坐在場面上，接過一面小鑼來敲著，兩眼更是加倍的向月容注視著。月容和這些注意的人，都只相隔著兩三尺路，自然知道他們很著急，就眼望了他們，微點了兩下頭，那意思自然是說，我已經知道了。宋子豪算放了一點心，再跟著抬頭向臺下二和那裡看去。他好像是在很凝神的聽戲，兩手膀子撐住了桌子，將十指托住臉腮，頭低下去望了桌面。好容易熬到月容唱過了那段舞劍的二六板，以後沒有了唱句，大家放心了。接著是加緊舞劍的情調，胡琴拉著《夜深沉》。

那個座位上的丁二和，先還是兩手撐了頭，眼望了桌面向下聽去。很久很久，看到他的身體有些顫動，他忽然站起身來，拿著掛在衣鉤上的帽子，搶著就跑出茶社去。

到了茶社的門口，他站定了腳，掏出衣袋裡的手絹，將兩眼連連的揩著。聽聽樓上胡琴拉的《夜深沉》，還是很帶勁，昂頭向樓簷上看了許久，又搖了兩搖頭，於是嘆了一口氣，向前走著去了。但走不到十家鋪面，依舊走了回來；走過去也是十家鋪面，又依舊回轉身。

這樣來去走，約莫走有二三十遍。一次剛扭轉身向茶社門口走去，卻看到三四個男女，簇擁著月容走了來，雖然她也曾向這邊看過來的，可是她的眼睛並不曾射到那人身上，被後面的人推擁著，她沒有停住腳就隨著人走了。二和站著，很是出了一會神，然後再嘆了一口氣，也就隨著走出市場了。

他新的家庭住在西城，由市場去，有相當的距離。當他走出市場的時候，街上的電燈已經亮著，因為心裡頭感到一種莫名其妙的空虛，在街上也忘了僱車子，順了馬路邊的人行道，一步一步的向前走，回到家裡時，已經完全昏黑了。

那位做新人不久的田家二姑娘，這時已很勤儉的在家裡當著主婦。晚餐飯菜久已做了，只等著主人回來吃。看看天色黑了，實在等得有些不耐煩，情不自禁地到了大門口斜傍了門框，半掩了身子站定。

胡同裡雖還有一盞電燈，遠遠地斜照著，但還射照不到這大門以內。手挽了一隻門環，頭靠了門板邊沿，眼睜睜地向胡同裡看了去。

二和的影子是剛在那燈光下透出，她就在臉上透出了笑容來等著。

二和雖到了門外，還在街的中心呢，二姑娘就笑向前迎著他道：「今天回來的晚了，公司裡又有什麼要緊的事吧？」

二和默默地淡笑了一聲，並沒有答話。

二姑娘在半個月以來，是常遭受到這種待遇的，卻也不以為奇。

二和進了大門，她又伸手攜著他的手道：「今天該把那件小皮襖穿上才出去，你瞧，你手上多涼。」

二和縮回手來，趕快的在她前面跑著，走到院子裡，就向屋子裡叫了一聲「媽」。丁老太道：「今天怎麼回來得這樣的晚呢？」二和且不答覆，趕快的向屋子裡走了去。

二姑娘看他那情形，今天是格外的不高興，也就隨著他，跑到屋子外面來。還不曾跨進屋子門，卻聽到丁老太很驚訝的問道：「月容又出來了嗎？這孩子也是自討的。」月容這兩個字，二姑娘聽了，是非常的扎耳，這就站著沒有進去，在窗戶外更聽下文。

二和道：「公司裡有人說她在東安市場裡清唱，我還不相信，特意追了去看看，果然是她。她沒有出場，也就知道我到了，在唱戲之後，還讓場面拉了一段《夜深沉》。不知道怎麼著，我一聽到了這種聲音，就會把過去的事一件件的想起來，心裡頭是非常的難過，我幾乎要哭。後來我坐不住了，就跑出來了，沒有到後臺去找她。」

丁老太道：「清唱不是票友消遣的所在嗎？她是內行了，還到那裡去消遣幹什麼？」

二和道：「茶社靠這些票友叫座，有願在他那裡消遣的，當然歡迎，不願消遣，他們就暗下裡給戲分。男票友不過三毛五毛的，像月容這樣的人，兩三塊錢一天，那沒有問題。」

丁老太道：「她有了職業也罷，年輕輕兒的，老在外面飄流著，哪日是個了局。」

二和道：「改天星期，我要找著她談一談。我看前呼後擁的，好些人包圍著她，和她談話還是不容易呢。」

丁老太道：「見著她，你說我很惦記她。大概她也不肯到咱們家來了；來呢，我們那一位，大概也不樂意。」說到這裡，聲音低了很多，似乎也有些怕人聽到的意思。

二姑娘站在門外，越聽就越要向下聽。聽到最後，不知是何緣故，身體都有些抖顫，最後，她只好扶著牆壁，慢慢地走回屋去。到了屋子裡以後，便感到滿腔怒火由胸膛裡直噴出來，彷彿眼睛和鼻孔裡都向外冒著火焰，手扶了桌沿，人就是這樣呆呆坐著。

自然，胸中這一腔怒火，能夠喊叫出來是更好，因之瞪了兩眼，只管朝門外看去，便是這兩隻秀媚的眼裡，也有兩支火箭射出來似的。

可是**她有怒氣，卻沒有勇氣**。她望著望著，二和進來了，她兩眼熱度突然的減低，立刻手撐了桌面，站起向二和笑道：「就吃飯嗎？我去給你熱那碗湯去。」

二和依然是憂鬱著臉子，搖搖頭道：「我不想吃什麼。」

二姑娘笑道：「怎麼著，有什麼心事嗎？」她說著這話，站起來迎到二和身邊，微微地依貼著。

二和牽起她一隻手來握著，笑道：「我有什麼心事？除非說是錢沒有個夠，還想公司裡加薪。」

二姑娘聽他說加薪，怕他再繞一個彎子，又提到劉經理身上去，這就笑道：「累了一天，為什麼不想吃飯？也許是身上有點不舒服吧？」說時，那隻手還是讓二和握著，另一隻手卻扶著二和的肩膀，又去撫摸他的頭髮，低聲笑道：「你還是吃一點罷。你打算還吃點什麼合味的呢？我同你做去。」

二和笑道：「我實在是不想吃什麼，經你這樣一說，我不得不吃一點。去到油鹽店買一點辣椒糊來罷，我得吃點辣的刺激。」

二姑娘笑道：「別吃辣的了，吃了上火。」

二和道：「你不是說了我想吃什麼，你就給我做什麼嗎？」

二姑娘含笑向他點了兩點頭，自向廚房裡去了。

二和坐在椅子上，對她去的後影望了一望，自言自語的道：「她現在倒能夠懺悔，極力地做賢妻，不過似乎有點勉強。」

丁老太在隔壁屋子裡搭腔道：「二和，你在同誰說話？」

二和道：「我這樣想著，沒同誰說話。」

丁老太道：「你這孩子……唉，教我說什麼是好。」

二和哈哈一笑道：「這樣的話我也不能說，那也太委屈了。」

丁老太在隔壁屋子裡沒有回話，二和也就沒有再向下說。相隔了約兩三分鐘，聽到一陣腳步聲自窗戶外走過。二和昂著頭，問是誰？二姑娘在外面笑道：「給你沏茶呢。」二和也不理會，還是在屋子裡坐著。

一會工夫，二姑娘將一隻茶盤子，托了兩菜一湯，送到桌上。老媽子提著飯罐子和筷子碗也跟了進來。

二姑娘笑道：「你去燒一壺開水來給先生沏茶，這裡的事交給我了。」老媽子放下東西去了。二姑娘先擺好雙筷子在二和面前，然後盛了一碗飯，兩手捧著送到二和手上笑道：「吃罷，熱的。」

二和笑道：「勞駕，你怎麼不把碗舉著平額頭？」

二姑娘道：「那為什麼？」

二和道：「這就叫舉案齊眉呀。」

二姑娘笑道：「只要你這樣吩咐，我就這樣做。」

二和扶起筷子碗吃飯，向二姑娘笑道：「想不到我有了職業，又得著你這樣一個賢妻，真是前世修的。」

二姑娘眉毛一動，笑道：「我嫁了你這樣一個精明強幹的好丈夫，也算前世修的。」

二和道：「我好什麼！一個趕馬車的。」

二姑娘道：「你就不說你是鎮守使的兒子嗎？」

二和扒了幾口飯，點點頭道：「再說，也得劉經理幫忙。」

二姑娘紅著臉，沒有答覆他這句話，靠了牆邊的梳妝檯站著。很久，笑問道：「明天是星期六，可以早一點回來嗎？」

二和捧了碗筷向她望了笑道：「又給我預備什麼好吃的？」

二姑娘見他臉上已是帶著笑容，進言的機會就多了，打了個呵欠，抬起手來，撫著頭髮，因道：「吃的，哪一天也可以給你預備，你應該帶我出去玩半天了。」

二和低了頭將筷子扒飯，因道：「沒滿月的新娘子，盡想出去幹什麼？」說這句時，是突然地說著的，語氣未免重一點，說完了之後，倒有點後悔，又改了笑容道：「現在這年頭，無所謂滿月不滿月，那有什麼關係？不過，明天下午，我有一點事情。」

二姑娘牽牽衣襟，低頭道：「那麼後天星期天，可以帶我出去玩了？」

二和又低頭吃著飯，臉沒有看著人，因道：「後天下午三點鐘以後，我還有點事。上午我可以陪你出去。」

二姑娘脖子縮了一縮，笑道：「我和你鬧著玩的，哪個要你陪著出去。」

二和看她臉上時，帶有一種不自然的微笑，這也當然是她蜜月中一種失望。但這個星期六和星期日，絕對是不能陪她的，因笑道：「那麼明天晚上，我帶你出去聽戲罷。」

二姑娘將顏色正了一正，因道：「我不說笑話，明天下午，我想到嫂嫂那裡去，把打毛繩子的鉤針拿了來。」

二和道：「好的，見著大哥，你說我有事，明日不能請他喝酒了。」

二姑娘笑著點了兩點頭。二和全副精神這時都放在清唱社裡的月容身上，對於二姑娘有什麼表示，並沒去注意。飯後，二和又到丁老太屋子去閒談，二姑娘在留意與不留意之間，完全都聽到了，自然，她也不在其間說什麼話。

到了次日，二和換了一套新呢的學生服，拿了十元鈔票揣在衣袋裡，再罩上大衣，臨走丟下了一句話，中飯不回來吃，晚飯用不著等，也許是不回來吃了。二姑娘一一答應了，裝著什麼也不知道似的。

在家裡吃過了午飯，就對丁老太說，要回去一趟。丁老太道：「家裡有女傭人陪著，你放心回去罷。」

二姑娘有了這句話，就回房去好好的修飾一番。當她臨走的時候，又緩緩走到丁老太屋子裡告辭。

丁老太雖看不到她穿的什麼衣服，但她走過之後，屋子裡還留著一股很濃厚的香味。丁老太昂著頭，出了一會神，一來她是新娘子，二來她是回娘家去，丁老太雖然有點不愉快，但是為省事起見，也就不做聲了。

三十七 人財兩得

田二姑娘說是要回娘家去，誰也沒有領會到有第二個娘家。

當她坐的人力車停下來時，卻是劉經理家大門口。她付了車錢，走進大門的時候，守門的老李迎著請了個安，笑道：「你大喜了。」

二姑娘站住，向他點了兩點頭，還沒說話，那老李笑道：「太太出去瞧電影去了。」

二姑娘道：「坐經理車子出去的？」

老李道：「經理在家。」

二姑娘在身上掏出一張五元鈔票，放在窗戶臺上，用手拍了兩拍，笑道：「給你買雙鞋穿罷。」

老李兩屈腿請了個安道：「又要你花錢。」

二姑娘只向他微笑，踏著高跟鞋，進到上房去了。

劉經理的家，是有東方之美的高等住宅，更配著西方式的衛生設備。單以劉經理私人辦公室而論，外面是紅漆柱的走廊，配著綠格窗戶，院子裡撐上綠柱的籐蘿架。架上葉子凋零得乾淨了，陽光穿著籐枝，篩了滿地的花紋。二姑娘由旁邊月亮門鑽進來，但見三五個小麻雀在地上蹦蹦跳跳，找尋食物，院子裡不聽到一點聲息。

二姑娘卻故意把高跟鞋踏得突突作響，果然這響聲有了反應，正面屋裡的窗戶簾掀開一角，有張人臉在那裡一閃。

二姑娘繞過了走廊，在正屋側面的小門裡進去。只一拉門，便有熱氣向人身上撲將來，隨著這熱氣，也就是一陣香氣，因為這屋子裡擺下了許多的鮮花盆景，都開得很繁盛。劉經理手指頭裡夾了半支吸過的雪茄，背了兩手在屋子裡來回的走著。

二姑娘進來了，他還是來回地踱著，臉上帶了一點笑意，站住向二姑娘望著。

二姑娘笑道：「有錢的人家，到底是有錢的人家，這樣的冷天屋子裡又香又暖和。」

劉經理將手向她周身上下都比著畫了一下，笑道：「瞧你穿得這樣的美，淡綠色的綢袍子，外加著咖啡色的呢大衣，熱鬧中帶著雅靜……」

二姑娘連連搖著手道：「得啦，得啦，趁你太太沒在家，正正經經的談兩句話罷。」她說著，自在沙發椅子上坐下，背向後靠著，對劉經理道：「有好菸捲，賞我們一支抽抽。」

劉經理正待伸手去按電鈴，二姑娘便搖著頭道：「別叫人來，進門就花了五塊。咱們就這樣談談。」

劉經理便不按鈴，在她對面坐著。

二姑娘道：「你現在怕沾著我了，我身上也沒長著刺，會扎了你？那樣老遠的坐著幹什麼。」

劉經理笑道：「不是那樣說，你以前是田二姑娘，現在是丁二奶奶，這其間當然有些不同，但願你以後夫唱婦隨，以前的事，一筆勾銷。」

二姑娘鼻子一聳道：「哼，一筆勾銷那怎樣能夠？他對我的事情，十分不諒解。」

劉經理道：「他不諒解到什麼程度呢？」

二姑娘道：「表面上他很平和的，只是冷言冷語的，說得很難受。」

劉經理道：「這點醋意也是不免的，你好好對待他，慢慢地他也就忘記了。」

二姑娘道：「他怎麼能忘記？我的肚子一天比一天大，他瞎了眼看不見嗎？」

劉經理將雪茄放到嘴裡，連吸了兩口，噴出煙來，微笑著道：「你放心，他一天在公司裡做事，他一天不敢追究這件事。**憑他一個趕馬車的人，白得一個美媳婦，又有一個每月四十塊錢的位置，人財兩得，還有什麼不足的？**」

二姑娘道：「也不為著這公司裡的一個位置吧，不然，過門第一天，我們就翻臉了。我心裡明白，可是他既然是很勉強，不久總要出岔子的。昨晚上回來，我聽到他和老太太說話，那個楊月容又出來了，現時在東安市場一家茶樓上清唱，他今天下午就要去捧她。」

劉經理笑道：「這是你吃醋了，告訴我有什麼用呢？」

二姑娘道：「我真不吃醋呢！**不是為著肚子裡這個累贅，根本我就不嫁丁二和了。**今天我到這裡，託你一件事，辦不辦在你。」

劉經理笑道：「話還沒有說，你就先給我一點顏色看，大概這事情是不大好辦吧？」

二姑娘道：「二和不是要聽清唱去嗎？當他在聽的時候，希望你也去罷。」

劉經理道：「你的意思，我明白了，以為我在那裡，他就坐不住。」

二姑娘道：「當然。我是這樣想，只要你連去三天，他就會永遠不去了。」

劉經理道：「你就讓他去聽得了，在外面賣藝的女孩子，什麼大人物沒有見過，她絕不會把丁二和這種人看在眼裡的。」

二姑娘道：「我沒有把他們過去的事情告訴你嗎？若不趁早去攔著他，那我敢說，不到一個月，姓丁的就會同我決裂。決裂，我不含糊，可是他說出來的理由，一定受不了。到了那個日子，也是你的累。」

劉經理將雪茄銜在口裡，深深地吸了兩口，因道：「你這個主意雖然不錯，可是只能禁止二和不去捧場，他若是暗下裡和姓楊的來往，有什麼法子禁止他？」

二姑娘道：「先攔著他不去捧角再說，暗下裡來往，我再在暗裡頭攔著他。」

劉經理笑道：「只聽到你們說楊月容左一段豔史，右一段豔史。到底是怎樣一個美人兒，我倒要去瞧瞧。」

二姑娘道：「今天二和準在那裡，你就去罷。去了叫聲倒好，我也解恨。」

劉經理扛著肩膀笑道：「你就這樣白來一趟嗎？」

二姑娘將臉色一板，橫了眼望著他道：「你不說我已經是丁二奶奶了嗎？」

劉經理道：「現在我還是這樣說呀，我也沒有別的意思，覺得你來過之後，煙沒有抽我一支，茶也沒有喝我一口，就這樣的走了，我有點招待不周。」說時，把兩隻眼睛笑得瞇成了一條縫，將背向沙發椅子上靠著，架起右腿來，只管顛著。

二姑娘道：「招待周與不周，我倒不管，但望你負一點責任，把我身上這點累贅給我解除了，我就感恩不盡。」

劉經理道：「這也沒有什麼關係，到了那時候，你拿我的名片到醫院裡去就是了。」

二姑娘又將眼睛一橫，點點頭道：「哼，你倒說得很自在，到了日子，上醫院一跑就了事？請問，由現在到那發動的日子，這一大截時間，我怎麼對付著過去？」

劉經理笑道：「這個……」說著抬起手來，連連地搔了幾下頭髮，嘴裡跟著還吸上了一口氣。

二姑娘先是鼓了嘴，隨後也就彎著腰，噗嗤一笑道：「你們當經理的人，也就是這點兒能耐。」

劉經理道：「不是為這一點原由，我極力的敷衍丁二和幹什麼？」

二姑娘道：「你知道用手段敷衍他，你就該知道用手段制服他。」

劉經理道：「說來說去，還是那一句話。車子可不在家，要不，我馬上就去。」

二姑娘道：「你就在汽車行裡叫一部汽車去，又算得什麼？」說著，手扶了茶几站起來，因道：「我可要走了，是我的事，也是你的事，你若是不辦，到了那個節骨眼兒，我也有我的辦法。」說完，她一扭身子，就推了門出去。可是她走出了門外，卻站了一站，**這一站，可讓門裡伸出一隻手來，把她拖進去了。**

在一小時以後，二姑娘回娘家去打了一個轉身。劉經理也就到了東安市場。當他走上茶樓的時候，各茶座上都坐滿了人。那茶樓上的茶房見他穿著氅皮鼠子大衣，戴著獺皮帽子，手指頭上夾了半截雪茄，又是面團團的，這就立刻迎上來笑道：「你要坐前面點兒？還是到那邊雅座裡去躺躺兒呢？」

劉經理也沒說什麼，將手指頭夾住的雪茄，向前指了一指。茶房會意，就在最前面一張桌子邊，找了一個位子，引他坐下。

劉經理在跨進樓口的時候，早就把眼睛向四周人頭上掃了一遍，在裡邊的樓角上，看到有個人將兩隻手抬起來撐住了桌沿，再將兩隻巴掌托住了自己的下巴，呆呆地向臺上望著。雖然那手掌夠把臉子擋住了，可是在他的姿態上，已經可以看出他是二和了。

彼此相隔著路遠，他不向這裡看來，自己也不能無緣無故的闖將過去。坐下來，又回過頭去，向二和看著，二和正是放下手來，要找個什麼，卻好向劉經理打個照面。二和立刻站起身來，遠遠地鞠著半個躬。

劉經理倒也帶了笑容，向他點了兩點頭，此外並沒有什麼表示，坐正了對著臺上，不到半小時，茶座上的人，哄然的叫了一陣好，見門簾子微微地掀動著，一個穿絨袍子的女郎悄悄地走了出來，就在桌子旁邊坐了。

只看見她抬起一隻雪藕似的手臂，輕輕理著鬢髮，對在座的人一一點著頭。在遠處雖看不到她向人說什麼，然而紅嘴唇裡微露著兩排白牙，那一種動人的淺笑，實在嫵媚，就這一點上，已經斷定她是楊月容了。

看那細小的身材，實在不過十七八歲，這樣妙齡的少女，哪裡看得出她是經過很多磨折，富有處世經驗的人。恐怕關於她的那些故事，都是別人造的謠言了。如此想著，對於月容的看法，還另加了一番可憐她的眼光。

月容早看到二和今天又來了。只因昨天的滿面淚容，引起了許多人注意，還不但透著小孩子脾氣，也許人家注意到二和身上去，讓他不好意思的再來，因之今天未出場之先，就作了一番仔細的考慮。

到了快掀簾子出來的最後五分鐘，才由身上掏出粉鏡子來，匆匆地在鼻子邊抹了幾下，然後又將綢手帕輕輕地抹了幾下嘴唇，這還不足，又對鏡子裡裝了兩次笑容，頗覺得自然，於是放心到場子上來。當掉轉身靠了椅子坐下時，很快的向裡邊角落裡看去，二和還是兩隻手撐住了頭，對著這邊看了來。

月容沒有敢繼續著向那裡回看過去，兩三次的抬起手來撫摸著鬢髮。偏是茶座上有幾個起鬨的青年，就是月容這樣抬手撫摸鬢髮，他們也是跟了叫好。這樣月容就更不敢向茶座上看過來了。

在茶座裡的劉經理，將那半截雪茄銜在嘴角上，身子伏在桌沿上，昂了頭向臺上看了來。這時，雖然另有人在唱戲，他完全沒有理會，只是將兩眼向月容身上死死地盯著。別人叫好，他就銜了雪茄，連連地點了幾下頭。點過頭之後，又將頭下部微微地擺蕩，整個頭顱在空中打著小圈圈。

正在出神之際，耳邊卻有人輕輕地道：「經理，你很贊成這位楊女士吧？」

劉經理回頭看時，正是自己的屬員趙二，便點點頭笑道：「我在市場裡買東西，隨步走上樓來歇歇腿兒。你是老在這裡喝茶的吧？」

趙二笑道：「也就為著這裡有票友，花一兩毛錢，可以消磨好幾個鐘頭。」

他說著話，在身旁桌子下面拖出一隻方凳子來，就靠住劉經理坐下，低聲笑道：「這位楊女士原是內行，現在加到清唱班子裡來，當然比普遍的人好，經理可以聽幾句再走。」

劉經理笑著微微點了兩下頭。趙二在身上掏出煙盒子來，取了一支菸捲在手，站起身來，彎著腰向劉經理面前遞了過去，低聲道：「你換一支抽抽。」

劉經理舉著手上的雪茄，笑了一笑。趙二看到劉經理的茶已經沏來了，就取過茶壺，向他面前的茶杯滿滿地斟上了一杯。劉經理看到，也只是點點頭。

在這時，坐在場上的月容，端起一把紅色茶壺，連連向壺嘴裡吸了幾口，在場上和她配戲的人，有兩位隔了桌面向她點點頭，打著招呼，接著戲開場了，卻是《二進宮》。月容在戲裡唱皇娘一角，正是清唱容易討好的唱工戲。劉經理口裡銜了那半截不著的雪茄，昂著頭向臺上呆望著，動也不動，別人叫好的時候，他也把頭點上兩點。

月容在今天受著王四的請求，沒有坐到桌子後面去，只是在桌子前面右邊椅子上，半歪了身子向裡坐著。

劉經理雖然只看到她半邊臉，但有時她回過臉來看別處，卻把她看得很清楚。當她在唱得極得意的時候，場面上不知誰大意，把一面小鑼碰著，落到地上來了，噹的一聲響，月容坐在椅子上，先是嚇得身子一跳，隨後就回過頭來向場面上紅著臉瞪了一眼，但隨著這一瞪眼之後，再回過頭去，卻又露出雪白的牙齒微微一笑。

劉經理將腦袋大大的晃著一個圈子，叫道：「好，夠味。」

趙二看到劉經理這樣贊成，悄悄地站起身來，到別的地方去。約莫有十幾分鐘的工夫，他回到了原地，劉經理還不知道。趙二低聲笑道：「經理，回頭到東來順去吃涮鍋子，好嗎？」

劉經理道：「不必客氣。」

趙二笑道：「不，我和這茶樓上的老闆熟，剛才和他說了。」說到這裡，把頭伸過來，就著劉經理的耳朵，將右手掩了半邊嘴唇，輕輕向他道：「他滿口答應了，約著月容也來。」

劉經理笑道：「成嗎？咱們跟人家沒有交情呀。」

趙二點點頭答應著道：「成，這裡老闆邀她，她不能不去。再說，經理在座，她更不能不去。」

劉經理想了一想，笑道：「東來順太亂吧？」

趙二道：「那就是東興樓罷。」

劉經理道：「當然由我會東。你先去打個電話，說我訂座，一提我，他們櫃上就知道的。」趙二答應了一聲是，起身打電話去了。

這一來，劉經理聽著戲更得勁，關於二和的問題早是丟到腦後，不等散場，他就到東興樓去等候著。

酒館和茶樓相隔只有五分鐘的路程，劉經理只剛坐下，趙二、蔣五一同進來，陪著笑道：「她一定來。」

劉經理笑道：「我知道你們是這茶樓上的老主顧。」

趙二笑道：「我把那個拉胡琴的老闆也找來了，回頭咱們可以叫她唱一段。」

劉經理背著兩手，繞著屋子中間的圓桌子不住地轉圈子。因道：「我也是一時高興。老趙說是請我吃東來順，遇見了我，沒有叫你們會東之理，所以我就轉請你們到這裡來了。她來不來倒沒有關係。」

只這一句，卻聽到院子裡有人答道：「來了來了，說好了，怎能夠不來。」

劉經理伸頭向門簾子外面看去，只見宋子豪放下兩隻青袍子的長袖，由右手袖籠子裡垂出一把胡琴來。他見門簾子裡面有人影子晃動，左手伸上去，將瓜皮帽子上的紅疙瘩捏住，提起帽子來，遠遠的向門裡頭鞠著躬。

他後面跟著月容，已加上了青呢大衣，在領口裡已露出白毛繩圍巾。粉紅臉兒，配上這一切，透著雅靜。

在她後面，才是那位茶樓老闆王四。他見前面的人腳步緩一點，搶上前兩步，掀著門簾子進來，取下頭上瓜皮帽，兩手抱住，連連地向劉經理打了兩個躬，哈著腰笑道：「這是劉經理，久仰久仰，沒有向公館裡去問候。」

那趙二是應盡介紹之責的，只好搶著在中間插言，代王四報告姓名。轉過身來，見宋子豪已是領著月容進來，站在一邊，這就向月容深深地點了一個頭，笑道：「楊老闆，這就是電燈公司劉經理，北京城裡最有名的一位大實業家。無論內外行，只要稍微有名的人，全都和劉經理有來往。」說著伸出右手來，向劉經理比著。

月容聽到電燈公司這個名稱，心裡就是一動，**莫非二和有什麼事要同我交涉，還特地把他們的經理給請出來？**於是先存下三分客氣的意思，向劉經理鞠了一個躬。

劉經理再就近將月容一看，見她細嫩的皮膚彷彿是灰麵捏的人一樣，也就微抱了雙拳，在胸上略拱了兩拱，點著頭笑道：「久仰久仰，只是無緣奉請。」

月容也不知道說什麼是好，只是和他點著頭微微地笑著。雖然她嘴裡也曾說著話的，不過只看到她的嘴唇皮活動，卻沒有一點聲音。

宋子豪靜站在旁邊可有些耐不住了，這就向前擠了一步，兩手捧了帽子帶胡琴，彎腰一躬到地，然後高舉兩手，作了一個揖，起來，笑道：「本不敢打攪劉經理，王四爺說，也許經理高興，要消遣一兩段，所以斗膽跟著來了。我說，我不必叨擾了，就在旁邊坐著候一會兒罷。」

劉經理見他身上那件青布袍子上面烏得發光，一片片的油漬。袖口上破成了條條的綢巾，好像垂穗子似的垂了下來，偏偏他的袍子衣領裡，還要露出一圈小衣，分明是白色的，這卻被頸脖子上的汙垢把衣染得像膏藥片一般。劉經理一見，就要作嘔心，只因他是很客氣的施禮，倒不好不理會，便淡笑著向他點了兩點頭。

月容回轉頭來向宋子豪道：「現在這年頭，大總統和老百姓全站在一個臺階上，大家平等，過於客氣了也不好，要是那麼客氣，我就坐不下去了。咱們爺兒倆，還能分個彼此嗎？」

劉經理先是怔怔地望了她向下聽去，她說完了，這就回轉身來，向宋子豪笑道：「楊老闆請坐。」

「請吃便飯，就不必拘束，請坐請坐。」說時，回轉頭來，看到月容，接著笑道：「大家都請坐罷。」說著，自挪開了桌子這一把椅子坐下。

月容看看在面前的人，除了劉經理，都透著受拘束，這就向大家看了一眼道：「大家都請坐罷。」說著，自挪開了桌子這一把椅子坐下。

劉經理道：「是，大家隨便的坐，這也無所謂，我不坐主席了。」他交代過了，就挨了月容右手邊的椅子坐下。在場的人一見，大事定矣，自然也就不去作多餘的周旋，跟著在桌子周圍坐下。

劉經理見月容坐在下手，微低了頭，將手比著筷子頭把筷子比齊了，臉上似乎帶了笑容，可是仔細的看起來，她又是繃著面子，垂了眼睛皮，不看任何一人，這就料著她不至於不應酬這個場面；但是，也不大願意這裡應酬的，於是將兩隻袖口微捲了幾捲，昂著脖子向站在旁邊的夥計點點頭道：「你告訴櫃上，照我們這些人，配著夠吃的菜做上來。記著，這裡面一個紅燒魚翅。」

夥計答應去了，王四隔了桌面就站起來笑道：「劉經理，您別太破費了。」

劉經理伸出手來，向他招了幾下，笑道：「坐下，坐下。今天難得楊老闆賞臉，要不預備一兩樣看得上眼的菜，讓人家說咱們過於慳吝。」

王四見他這本人請帳，不寫自己身上，透著沒趣，只好紅了臉坐下。

月容又低著頭笑了一下。宋子豪看到，就欠著身笑道：「月容將來上臺，還要請您多捧場呢。」

劉經理道：「在哪家露演呢？兩三個包廂，那毫無問題，事先把票子送來就是了。大概散坐上也要有人叫好，才夠熱鬧，每天我要五十張票。」

月容聽到他肯這樣大量的幫忙，自然是一件可感的事，情不自禁，卻在歡喜的時分微微一笑。但笑出來之後，又感到是不怎樣適宜的，於是把頭低下去。

劉經理看到，也覺得**這靦腆的少女之笑，非常夠味**，於是把大腦袋再晃成個小圈子，笑道：「好好，憑著楊老闆這一表人才，我們不捧還去捧誰？這樣罷，乾脆，每天給我留三排座，二三四三排。不管一百座，二百座，全是我的。」

宋子豪坐在對面，也高興得張開那張沒牙的嘴，合不攏來，舉起一個大拇指道：「這真是一件豪舉！除了劉經理，可以說沒有人可以辦到。」

說到這裡，夥計已向桌子上端著酒菜。

有劉經理在場，自然有夥計提著酒在身後斟酒，宋子豪立刻站起來向月容點點頭道：「難得劉經理肯這樣的幫忙，咱們借花獻佛，就借著劉經理的酒，向劉經理敬上一杯罷。快接過壺來。」說時，就不住地向月容丟著眼色。

月容會意，就站起身來，將茶房手上的酒壺接過，回轉身來，向劉經理站著。還沒有開言呢，這一下子，可把劉經理急了，呵喲著一聲，隨著也站起來，兩手抱了拳頭，不住地作揖道：「這就不敢當，這就不敢當。」

月容低聲道：「我可不會應酬，劉經理別拘謹。」說時，兩手依然抱住那把壺。

劉經理笑道：「這是形容我做主人的荒唐，我以為大家隨便吃飯，用不著客氣，所以就讓茶房斟酒，這麼一來，把我形容得無地自容了。」

趙二見月容兩手捧了壺，頭微低著，兩腮紅紅的，這就向劉經理笑道：「經理，你就接著這杯酒罷。你瞧，楊老闆多麼受窘。你就快接著罷。」

劉經理口裡連說好好，兩手捧著杯子，向月容面前接酒。

月容笑著提起酒壺來，把酒斟將下去，劉經理兩眼笑著合成了一條縫，口裡連說不敢當不敢當。

月容老早已把他的杯子斟滿了，酒既不能再向下斟，他還是那樣的端著杯子，也不便將兩手縮了回來，因之劉經理發了愣的站著，月容也只有跟了他發愣站著。

宋子豪看到，就向月容叫道：「楊老闆，你請劉經理坐下罷。這樣客氣什麼時候為止哩？」

月容抬頭看時，劉經理才覺悟到手裡的杯子已是斟得滿滿的，縱然手不動，那杯子裡的酒也是晃蕩晃蕩的潑了出來，接著又哦喲了一聲，低下頭來，一伸脖子，把杯子裡酒刷的一聲喝乾，向月容照著杯，連鞠兩個躬，笑道：「謝謝，我該轉敬了。」

月容紅著臉道：「我可不會喝酒。」說著，帶了笑容，連連地搖了一陣頭。

劉經理見她兩手全捧了壺，勢在不能奪將過來，便伸手拍著她的肩膀，笑道：「請坐請坐，有話咱們坐下來說。」

月容回頭看了一看，臉色正過來，默然的坐下，半低著頭把酒壺在桌上放下，抬著眼皮，很快的向宋子豪看了一眼。

宋子豪似乎知道她要看過去，他早預備下了，向她連連丟了兩回眼色。月容回想到劉經理所說，每日要定兩個包廂，和前三排的座位，這就暗暗地咽下了一口氣，平和了顏色坐下。

劉經理雖然知道她的態度頗是勉強，可是他也想著，**哪個有幾分姿色的女子，都有點脾氣**，這也不必介意，依然吃喝說笑的，對著楊月容帶說帶誇。

趙二在吃六七分酒下肚以後，膽子也就大得多，於是端起面前的酒杯子，向月容舉了一舉。月容以為他是在勸酒呢，當然也就端起面前的杯子，陪著他舉了一舉。

趙二又回轉臉來向劉經理望著笑道：「經理，我有兩句話，想借了酒蓋臉說出來，可以嗎？」他說時，眼神向月容身上一溜。

劉經理也笑道：「反正是大家鬧著玩笑，你有什麼話，儘管說罷。」

趙二笑道：「我知道的，楊老闆現在孤身一人，六親無靠，真透著寂寞。我的意思，想介紹楊老闆跟你發生一點親戚關係，不知道經理意思怎麼樣？」

劉經理笑道：「我知道，我知道，你叫我收這麼一個乾姑娘，就別看我蓄了嘴上這兩撮小鬍子，只是年紀不大，恐怕還不夠做爸爸的資格吧？」

月容手上還端著那隻酒杯子呢，待要放下，見趙二還是高高舉著，要隨便喝一口罷，更是短禮，只得老是舉了杯子，帶了笑容向趙二看著。趙二見她沒有絲毫推諉的意思，因道：「經理，你的意思怎麼樣？楊老闆差不多都答應出來了。」

劉經理向月容看了一看，笑道：「那樣辦，未免不恭。我們先乾上一杯罷，其餘的話再說。」

月容紅著臉道：「我真不會喝酒，隨便奉陪一點罷。」說著，舉起杯子來喝了一口。全桌的人在她放下杯子又一點頭之間，鼓了一陣巴掌。

趙二笑道：「還有什麼話說，我來恭賀一杯，經理收到這樣一位聰明伶俐的美麗小姐。」

劉經理見月容脈脈含情，也十分高興，一舉杯子，把酒喝乾了，向月容照過了杯，抬起手來搔著頭髮笑道：「大家給我開了這麼大一個玩笑，我把什麼來作見面禮呢？」

宋子豪笑道：「今天不過這樣說一聲兒，要是劉經理真有那個意思，當然要由月容出來辦酒，跟您磕頭。這麼大孩子了，當然也不好意思討個喜封包兒買糖吃。」

劉經理點點頭道：「有辦法，有辦法，幾件普通行頭，是我的事了。只是日子怕來不及呢。」說著，將眉頭皺了起來。

宋子豪笑道：「月容只要乾爹肯幫忙就得了，做行頭這種小事，哪裡還要您親自動手？您身上帶著支票簿，隨便開一張支票就得。」

月容向他瞟了一眼，低聲道：「瞧您……隨便說話。」

劉經理手上端著酒杯子呢，情不自禁的又向她舉了一舉，笑道：「沒關係，沒關係，你要是真需要什麼行頭，能力又辦不到的話，只管來找我。」

月容望了他微微笑上一下，卻沒說什麼。

劉經理笑道：「真的，你要什麼東西，只管對我說。我不能誇下那海口，說是有求必應，反正你發生了什麼困難，我一定幫忙。」

王四道：「劉經理說話，真是痛快不過。來，我為楊老闆恭賀一杯。」說著，把酒杯子舉了起來，連連地點上了幾下頭。

劉經理手上，也拿著杯子的，向月容笑道：「咱們爺兒倆同喝一杯。」

月容站起來，兩手捧著杯子送到劉經理面前放著，低聲道：「請乾爹代我喝了這杯罷。」

劉經理沒想到占她一點便宜，她倒索性叫起乾爹來，不由得心裡蕩漾著，只是瞇了兩眼向她微笑。

趙二笑道：「經理聽到沒有？人家已然是很親熱的叫著乾爹了。」

月容向劉經理看了一眼，低了頭把嘴唇皮咬著，臉上微微地透出兩圈紅暈。

趙二笑道：「經理你瞧著，人家叫出來了，你不答應，倒叫人家怪不好意思的。」

劉經理端起酒杯來笑道：「我該罰。」說著，把這杯酒喝下去。這麼著，也就是表示他完全得著勝利，滿桌的人也都以為他得著勝利。在暗地裡好笑的，那只有月容一個人罷了。

三十八 另有文章

在這個席面上，只有宋子豪心裡最為納悶。他想：月容這個人，心高氣傲，平常不但不肯應酬人，而且也不會應酬人，現在她在許多人當面極力的恭維劉經理，這就透著奇怪。後來劉經理要說不敢說的，說了一句爺兒倆，她索性叫起乾爹來，這真讓宋子豪要喊出怪事來。

他睜了兩眼望著她，意思要等她回看過來，偵察她是什麼意思。可是月容坦然坐在那裡吃喝，就像不知道宋子豪的意思一般。

劉經理是越發想不到另有問題，借了三分酒意，索性向月容問起戲學來。梨園行人和人談戲學，當然也是一件正經事，因之，月容也放出很自然的態度來談著。

一餐飯吃完了，劉經理非常的高興，因道：「月容，今天咱爺兒倆一談，很是投機。這不是外人，就不用客氣了，今天的事，一說就得。你現在還沒有露演，可以說還沒有收入，要破費許多錢，真的請酒磕頭，算我這個人不知道你們年輕人艱難，再說，現在是什麼年頭，真那樣做，也透俗套。」

月容站在桌子邊，兩手捧了一隻茶杯，慢慢地喝著茶，低了頭細聲道：「那總是應當的。」說完了，臉上又是一紅。

王四道：「對了，要不舉行一個典禮，透著不恭敬，雖然說楊老闆現在還沒有登臺，可是請乾爹喝杯喜酒的錢，總可以湊付。」

他在月容附近坐著的，說到這裡，把身子起了一起，向月容笑著。

宋子豪在桌子邊坐著的，微微地向王四瞪了一眼，因笑道：「我和楊老闆差不多是一家人了，楊老闆有這樣的正經事要辦，當然我們不能讓她為難。」

劉經理斜靠在一張椅子上坐了，口向上，口角上斜插了一支雪茄，聽了這話，微微帶著笑容。

月容向宋、王二人各瞪了一眼，低頭想了一想，自己也微笑了，於是將一隻空茶杯子用茶洗蕩了一下，提壺斟了一杯熱茶，兩手捧著，送到劉經理面前，低聲笑道：「吃過飯後，乾爹還沒有喝口茶。」

劉經理一個翻身坐了起來，兩手搶著茶杯接住，笑道：「啊喲，不敢當，不敢當。」

月容且不答覆他這句話，站在他身邊低聲問道：「乾爹，我乾娘也愛聽戲嗎？」她說這話，眼睛向劉經理一溜，把眼皮立刻又垂了下來，紅著臉皮，帶了一點微笑。

劉經理嘴裡那根雪茄，已經因他一聲啊喲，落到了地上，說話是俐落得很，笑道：「不。」

月容聽了這個不字，向他又瞅了一眼。

劉經理這個不字，是對著月容心裡那番意思說出來的，看到月容誤會了，因笑了接著道：「不對，不對。你乾娘是一位極開通的人，我在外面的應酬事，她向來不說一個字的話來干涉的。」

月容放大了聲音道：「改天我到公館裡拜見乾娘，可以嗎？」

劉經理見在座的人都將眼睛向自己身上望著，雖不知道他們是什麼意思，可是自己要充作大方，絕不能說月容不能去拜乾娘，便笑道：「你哪天到我家去玩玩呢？我事先通知內人一聲，讓她好預備招待。」

月容笑道：「要是乾娘預備招待，我就不能事先通知，事先通知，是我叫乾娘招待我了。只要乾爹回去說一聲，收了這麼一個沒出息的乾姑娘，那就無論哪一天到公館裡去，乾娘都不會說我是冒充的了。」

劉經理笑道：「這樣好的姑娘，歡迎也歡迎不到，就是冒充，我們內人也很歡迎呀。」

月容低頭微笑著，就沒有接著向下說，但在這一低頭之間，卻看到劉經理口裡銜的那半截雪茄落在地上，便彎腰在地面上拾了起來，在懷裡掏出手絹來，將雪茄擦抹了一陣，然後送到劉經理面前來。

劉經理接著煙銜在口裡，她又擦了一根火柴，將煙點上。這樣一來，劉經理只管高興，把月容剛才說的話也忘記了。

月容回轉頭來向宋子豪道：「大爺，我們吃也吃了，喝也喝了，該輪著我們了吧？」

宋子豪點著頭笑道：「是是是。」把掛在牆上的胡琴取下，就拉起來。大家叫好，說楊老闆爽快。月容就站在劉經理身邊，背轉身去，唱了一段。唱完了，向劉經理笑道：「乾爹，你指教指教。」

劉經理坐在椅子上，搖頭晃腦地笑道：「好，句句都好。」

月容笑道：「你不應該說這樣的話，我有什麼不妥的所在，你應該說明白，讓我好改正過來，盡說好，顯著是外人了。」

劉經理伸手搔著頭皮道：「是的，是的，我應當向你貢獻點意見，可是你唱得真好，難道叫我說那屈心話，愣說你唱的不好不成？」

月容笑道：「那麼，乾爹，再讓我唱一段試試瞧。」

劉經理笑道：「可以，你就唱一段反二簧罷。」

月容道：「這回要是唱得不好，乾爹可是要說實話的呀。」說畢，向劉經理溜眼一望，鼓了兩隻腮幫子。

劉經理點著頭笑道：「就是那麼說，我是豆腐裡面挑刺，雞子裡挑骨頭，一定要找出你一點錯兒來的。」

月容帶了笑容，又接著唱了一段。

唱完了，劉經理先一跳，由椅子上站起來，笑道：「我的姑娘，你打算怎麼罰我，你就明說罷。你這一段，比先前唱得還好，我不叫好，已然是屈心，你還要我故意的說出不好兒來，那我怎能夠辦到？我要是胡批評一起，這兒有的是內行，人家不要說胡鬧應當受罰嗎？」

他說了這一大串，弄得月容倒紅了臉，勉強地帶了笑容，只是低了頭。

劉經理以為是給了她釘子碰，她不好意思，又極力敷衍了一陣，月容這才告辭說回家去。劉經理這就叫夥計來，還要僱汽車送，月容笑道：「乾爹，你在別件事上疼我一點罷，我們那大雜院還是在小胡同裡，汽車進不去的。」

劉經理每聽一聲乾爹，就要心裡痛快一陣，現在索性叫乾爹在別件事上疼她，更讓他心癢難搔。無奈月容已是穿上了大衣，已經走到房門口，不能再追問哪一件事是別件事。便笑道：「這就走了嗎？沒有吃好。」

月容鞠躬笑道：「乾爹，咱們明兒見罷。」交代了這句話，她已扭著身子出去了。

劉經理聽到她最後一句話，是明兒個見，以為是指著在清唱座上見，也就很乾脆的答應了一句「好，明兒個見」，這五個字，也許比月容說得還要響亮些。

月容同宋子豪去了，在座的人又向劉經理誇讚了一陣，說是這位姑娘真得人歡喜，將來一定可以藏之金屋。

劉經理將手指點著大家笑道：「你們說的不是人話，有乾爹娶乾姑娘的嗎？」

趙二笑道：「多著呢，收梨園行的人作乾姑娘，那也就是這麼回事。」說完，大家又呵呵大笑一陣。

月容去後，劉經理已是打了一個電話回去，叫汽車開了來。回家之後，見著劉太太，她問道：「你說下午不出門，陪我去聽戲的，怎麼又溜出去了？」

劉經理笑道：「吳次長打著電話來了，要我到東興樓去吃便飯。」

劉太太一撇嘴道：「你又胡扯，剛才你打電話回來，說是你請客，這一會子，又變成吳次長請你吃便飯了？」

劉經理道：「你想罷，東興樓我那樣熟的地方，我哪能夠叫別人會東呢？也沒吃多少錢，不過十塊上下。」

劉太太道：「我管你吃多少錢，不過我討厭你撒謊就是了。」把話說到這裡，這一回交涉可就過去。可是到了次日上午十點鐘，劉經理這一句謊話可就戳穿了。

那時，一個跑上房的老聽差，臉上帶了幾分希奇的意味直走到房門口，才低聲道：「太太，外面有客來拜會。」

劉太太道：「經理不在家，你不知道嗎？告訴我幹什麼！」

聽差道：「我也知道經理不在家，可來的是位女客，她要見太太。」

劉太太道：「是女客？請她進來就是了，鬼鬼祟祟的做什麼！」

聽差道：「她還親自送著好幾樣禮物來了呢，我沒有敢讓她進來。」

劉太太一聽這句話，覺得裡面另有文章，這就迎了出來問道：「是怎麼一個人？」

聽差道：「年紀很輕的，約莫有十七八來歲兒。有一個老頭子跟著，提了七八樣禮物兒。她說她姓楊，你一見就知道了。」

劉太太昂著頭道：「姓楊？姓楊的熟人可多了。她穿得可樸實？」

聽差道：「倒是很樸實的，不像是什麼壞人。」

劉太太道：「坐什麼車子來的？是坐洋車來的嗎？」

聽差道：「是的，雖不見得是什麼貧寒人家的姑娘，可也不見得是闊主兒。」

劉太太道：「那就請她進來罷。在內客廳裡坐罷。」

聽差出去了，劉太太也就進房去，對著鏡子撲了兩撲粉，再到內客廳來。

這時，地上堆著點心盒和水果蒲包，佔有桌面大一塊地方。客廳門邊，站著一位十七八歲姑娘，青呢大衣底下，露出藍布大褂，腳下連皮鞋都沒有穿，只是踏著紗線襪子和青呢平底鞋。**看她那一張沒有搽胭脂的素臉，就看不出是位什麼壞人**，便點點頭笑道：「這位是楊小姐嗎？初次相見呵。」

她鞠著一個躬道：「請你恕我來得冒昧。我叫楊月容，是個唱戲的，昨天蒙劉經理不棄，要收我作乾閨女，我想怕攀交不上。就是攀交得上，當然姑娘是站在娘一邊的，應當先拜乾娘。**你許我叫一聲乾娘嗎？**」說話時，向劉太太身上看去。

見她穿了青湖縐的絨袍子，踏著紫絨平底鞋子，四十來歲年紀，扁扁的柿子臉兒，塗著嚴霜似的白粉，蒜頭鼻子黑嘴唇，兩隻烏溜的眼睛。在她這份長相上，已經看出她是必有妒病的人，於是在說過話之後，更向她一鞠躬。

劉太太雖然有幾分不高興，可是見了她帶著滿堆禮物來的，而且又非常謙恭，不好意思帶著什麼怒色。便點點頭道：「是嗎？我並沒有聽到守厚回來說呀。」

月容笑道：「這是昨晚上在東興樓的事，我就說，應當先來問問劉太太的意思，假如攀交不上，我也很願來見劉太太問候問候。」

劉太太見她有些膽怯的樣子，便帶了三分笑意道：「何必這樣客氣，帶著這些東西來？」

月容看到，就走向前兩步，低聲笑道：「初次來，我怎好空著兩手，這不能說上禮物兩個字。假使你肯收我這個無出息的孩子，今天先跟你磕頭，改日請乾爹乾娘喝杯淡酒，再當著親友正式行禮。照說，實在攀交不上，不過我一見到你，我心裡頭好像真有了這樣一位母親，說不出來的高興，所以我不管能說不能說，我忍不住把我心裡的話說出來了。」

劉太太索性把那收藏著的七分笑容也放了出來，點點頭道：「那可不敢當呀。」月容一回頭，看到站著一位女僕在旁邊，便道：「勞駕，請你端一把椅子放在屋子正中。」

女僕一看太太的臉色，並沒有絲毫的怒容，這就笑嘻嘻地搬了一把椅子在客廳中間放著。

劉太太笑道：「你們別胡鬧，不過這樣說著罷了，哪裡……」

月容不管她同意與否，已是走到客廳中間站定，向劉太太笑道：「乾娘，你請坐下來。」

劉太太笑道：「說了就得，不必不必。」

月容聽了這話，認定了機會再也不能放過，立刻在地毯上跪著，正正端端朝著擺椅子的所在磕下頭去。

劉太太這倒搶上前兩步，奔到椅子邊將她攙著，笑道：「起來，起來。說了就得。」

月容被她攙住起來之後，站定了笑道：「乾爹說得不錯，乾娘是個賢慧的人，這樣，我才敢認乾爹了。」

劉太太一出門，就讓月容一陣恭維把人都弄糊塗了，來不及問這個乾小姐怎麼從天外飛來的了，現在受了人家的禮拜，做了乾娘，算清醒過來，這就攜了她的手，讓她坐下，慢慢地追問著月容何以認識這位乾爹的。

等著月容把經過說明了，劉太太不覺眉毛一揚，在月容肩上連連拍兩下，笑道：「好孩子，你的意思我明白了，**我們那個沒出息的看上了你，你是一個賣藝的人，不敢得罪他，又不願受他的糟蹋，所以打算走我這條路，對我明說了，就可制伏他**。也許聽到人家胡說，我是怎樣的厲害，怕是瞞著我，將來有什麼麻煩，不如走明的，便當得多，你說是不是？」

月容道：「這些話，上半段是你猜著了的，下半段可讓我受著冤枉。乾娘猜著了的，我用不著再說，你沒猜著的，我可以說一說。當坤角的，誰也有幾位乾爹，不見得這些乾姑娘都是見過乾娘的，也沒聽說過什麼麻煩。我是聽到人說，乾娘為人賢良，**與其找個靠得住的乾爹，倒不如找位靠得住的乾娘**。我們這一行裡面，就有好幾個名角兒是讓乾娘捧起來的。再說，我的情形又和別人不同，我是個六親無靠的人，能夠得著好老人家照應我，指教我，那就是我得著一個親娘一樣。我就是怕攀交不上。」

劉太太笑道：「你怎麼知道我為人呢？你乾爹絕不能乍見面就誇我一陣罷？」

月容道：「乾爹也誇過的，此外，公司裡趙二爺也說過。」

劉太太點點頭道：「這差不多，趙二是我娘家哥哥介紹到公司裡來的，他絕不能引著你乾爹做壞事，我為人，他自然也知道清楚一點。」

月容笑道：「娘，你現在可以知道我這回事，是誠心誠意來的了。」

劉太太眉開眼笑的承認了她這句話。劉家的男女傭人打聽到了一個女戲子上門來拜乾娘，都以為有一臺戲唱，現在看劉太太已經承認下來了，都跟著起鬨，向太太道喜，向月容叫「小姐」。

劉太太攜著月容的手，引到自己屋子裡去坐，留她吃午飯，取出二百二十元鈔票交給月容，說是這二百塊錢也不算什麼見面禮，拿回去買一點衣料，另外二十塊錢，叫月容賞給男女傭人。也別太給多了，給多了，下次不好出手。月容當然一一照著她的話答應。

劉太太非常的高興。到了吃午飯的時候，又打著電話把劉經理催回來，說家裡有貴客，請他務必回來。

劉經理匆匆回家，在大門口就問有什麼客來？門房受了太太的囑咐，只說是有一位女客在上房，並不認得，劉經理卻也不介意，等自己直走入了太太屋子裡的時候，見月容笑嘻嘻地站著，叫了一聲乾爹，這倒愣了一愣。

劉太太口裡銜著菸捲，靠了沙發斜坐著，冷笑道：「你在東興樓請吳次長吃便飯？」

劉經理紅了臉向月容望道：「你怎麼來了？」

劉太太道：「是我把她找來的，我告訴你，這是我的好閨女，在外面遇事多照應點兒。」

劉經理聽了這話，才把飛入九霄雲裡的靈魂又給它抓了回來，滿臉帶笑容道：「太太的乾閨女，不像是我的閨女一樣嗎？」

劉太太道：「只要你明白這一層就得，閨女就是閨女，要拿出一點做長輩的樣子來。」

劉經理笑著沒有說什麼。回頭看看月容，她挨了太太坐著，臉上微微地帶一點笑容，並不把眼睛斜看一下，便道：「你在我這裡吃了便飯去，上市場不忙，我會把車子送你去。以後可以常到我家裡來，我不在家，有乾娘招待。」

劉太太道：「我的姑娘，我自然會招待。你在家不在家，有什麼關係？」

劉經理伸了一伸舌頭，也就退出去了。

劉太太向月容笑道：「你瞧你乾爹那副受窘的樣子，看到你在這裡，不能自圓自己的謊，可是，這樣一來，更可以證明你今天來是誠心拜我，他沒有知道的。」

月容笑道：「乾娘往後看罷。乾爹公司裡不還有個丁二和嗎？」

劉太太道：「是有這麼一個人。你乾爹算做了一件好事，給他說了一個媳婦，還幫了不少的錢呢。你怎麼知道這個人？」

月容道：「我認得他的老太太，丁老太太人不壞，我就很相信的。你可以請乾爹問丁二和，他可以把我為人向乾爹報告的。」

劉太太道：「哦，你也認識他家的？是怎麼樣子認識的？」

月容偷看她的顏色，卻也很自然，嘴裡銜著那支菸捲，還是被吸著緩緩地向外噴著煙。月容也起身斟了一杯茶喝，很自然的答道：「我的師傅和他們家作過鄰居。」說完了，看到劉太太並不有什麼詫異的樣子，這話說過去，也就算是說過去了。在劉家吃過了午飯，帶著勝利的喜色，坐著劉經理的汽車回家。

劉經理為了省事，也坐著車子同走。和太太說明白了的，先把車子送自己到公司，然後讓車子送月容回家。月容對於這種辦法，也就沒有怎樣的介意。

劉經理的車子到了公司裡，向來是開了大門停在大院子裡的。在這下半天開始辦公的時候，院子裡來來往往的人，是牽連不斷。劉經理下車的時候，恰好丁二和由汽車邊經過，一個小職員見著了經理，自應當向他表示敬意，所以二和也就站定了腳，對劉經理深深地點個頭。

因為汽車並不停住，又轉著輪子向外，這就引著二和身子閃開，向車裡看去。車子上的月容更是老早的看到了他，心裡暗暗地叫糟了，一定會引起二和的誤會，立刻把身子一縮，藏到車廂靠後的所在去。

二和本已看得很清楚，正奇怪著她怎麼會坐上劉經理的汽車，也許是看錯了人，總還存著幾分疑心。及至月容在車內向後一閃，這就十分明白。眼看汽車嗚嘟一聲，由院子裡開出了大門去，將二和閃在院子裡站著，只管發愣，說不出一個字的話來。

當日下午，本要辦完公事，就向市場去的。偏是今天經理特意多交下幾件事來辦，一直俄延*到五點鐘，方才辦了，預計趕了去，月容也就唱完，只得罷休。

第二日是個大風天；第三天呢，丁老太有了病，辦完公就回家，理會不到月容頭上去，一直耽擱了四五天，到第五天上午，實在忍不住了，就到經理室去請半天假。可是隔著門簾，就聽到有人在裡面說話，未便*突然闖進去，打算等聽差來了，請他進去先通知一聲，不免在外面屋子裡站了一會。

就在這個時候，聽到趙二的笑聲，他道：「這是經理的面子，也是月容的面子。說到實惠，她究竟得不著多少，依著我的意見，另外開一張支票給她，無論多少，她倒是得著實惠。」

又聽到劉經理笑道：「我除了聽到她叫幾聲乾爹而外，什麼好處也沒有得著，可是錢真花得不少。」

趙二笑道：「將來感情處得好了，她又常到宅裡去，您有什麼命令，她一定會孝敬您的，您性急哪兒成啦？」

劉經理道：「我性急什麼？」接著，呵呵一陣笑。這些話在捧角家口裡說出來很是平常，可是二和聽了，不免頭髮根根直豎，兩眼向外冒火，以後說的是什麼話，卻是聽不到了。

這樣凝立著有十分鐘上下，方才發覺到自己有事不曾辦。於是把衣服牽扯了兩下，凝神了一會，這就平和了顏色，先在門外叫了一聲經理，然後掀著門簾子走了進去。

劉經理銜雪茄，仰在寫字椅子上，對了天花板望著，臉上不住地發出笑容來。

二和隔了寫字檯，遠遠地站著，叫了一聲經理。他似乎沒有聽到，還是向了天空，由幻想裡發出笑意來。

二和料想他沒有聽到，把聲音提高一點，接著又叫了兩聲，劉經理才回轉頭來，向他笑著點了兩點頭道：「我正有事要找你來談談，請坐下罷。」

劉經理一向是不大以部下來看待二和的，二和聽著，也就在他對面小椅子上坐著。

劉經理將寫字檯上的一聽菸捲，向外推了一推道：「抽菸。」

二和起身笑答：「不會抽菸。」

劉經理道：「你現在有了家室，開銷自然是大得多，拿著公司裡這幾個錢，怕是不夠花的吧？」

二和笑道：「人心是無足的，要說夠花，掙多少錢也不會夠花。好在我窮慣了，怎麼著也不會放大了手來用，勉強勉強總讓對付過去吧。」

劉經理笑了一笑，點點頭道：「你實在是個少年老成的人，但是我念起鎮守使的好處，我不能不替你找一條出路。就算你願意這樣在公司裡混下去，我幹一天，你可以幹一天；我要不幹了，誰來替你保那個險？我早已就替你留下這個心，不過沒有說出來。現在我得著一個機會，正要來和你商量商量。」

二和聽了這話，有些愕然，呆了眼向劉經理望著，把來此請假的意思，都丟到九霄雲外去了。

劉經理口裡銜著雪茄菸，態度還是很從容的，拉開寫字檯中間抽屜，取出一封沒封口的信來，放在桌子上。

二和偷眼看時，上寫著「面呈濟南袁廳長勳啟」，下面是印刷好的公司名稱，另筆加了「劉拜」二字。劉經理指著信封上「袁廳長」三個字問道：「你知道他是誰嗎？」

二和道：「不知道。」

劉經理道：「他是我的老同學，當年在鎮守使手下當軍法處長，現時在山東當民政廳長，紅得不得了。他上次到北京來，我們天天在一塊兒應酬。提到了舊事，我說你在這裡，他很願見見，有事一耽擱就忘記了。前幾天我寫信給他，請他替你想條出路，他回信來說，只要你去，決計給你想法。我想，你就到外縣去弄個警佐當當，不比在公司裡當個小夥計強嗎？這是我替你回的信，你拿了這信到濟南去見他。我和袁廳長是把兄弟，我寫去的信，雖不能說有十二分力量，至少也有十一分半，因為他不好意思駁回我的介紹的。我已經對會計股說了，支給你兩個月的薪水，那麼，川資夠了。家用你放心，我每月派人送三十塊錢給老太太。當然，不是永久這樣津貼下去，等你事情發表了，按月能向家裡匯錢，我就把津貼停止。還有一層，讓你放心，若是袁廳長不給你事情，你回北京來，我還是照樣調你到公司裡來。你對於這件事，還有什麼考慮的嗎？」他笑嘻嘻地說著這番話，臉上又表示很誠懇的樣了。

二和聽一句，心裡跳動一下，覺得他的話仁至義盡，不能再有可駁的言語，因道：「像經理這樣面面俱到替我找出路，我還有什麼可說的呢？無奈家母是個雙目不明的人，只怕自我走後，要感到許多不便。」

劉經理笑道：「孩子話！大丈夫四海為家，豈能為了兒女私情，老在家裡看守著，丟了出路不去找？再說，你已娶了家眷，伺候老母正可以交給她。濟南到北京只是一天的火車路程，有事你盡可以回來。若是你調到外縣去做事，當然是個獨立機關，你更可以把老太太接了去。你要知道，這是千載一時的機會，千萬不可錯過。你若埋沒了我這番好意，我也不能不對你惋惜了。」說著，把臉面就板下來。

二和倒沒有什麼話，很久很久，卻汪汪的垂下兩行眼淚來。他立刻低下頭，在身上掏出手絹來，將眼淚擦摸著。

劉經理雖然昂了頭在沙發上抽雪茄，但是他的目光，還不住地向二和身上打量著。現在見他流出眼淚來，頗為詫異，回轉身來，兩手扶了桌子沿，向他望著道：「你怎麼傷心起來了，這樣捨不得老太太嗎？」

二和擦著眼淚道：「那倒不是，我覺得劉經理這樣待我，就如自己的骨肉一樣，實在讓我感激不盡，我將來怎麼報答你的恩惠呢？」

劉經理笑道：「原來如此。我第一次見你們老太太的時候，我不就說了嗎，是報當年鎮守使待我那番恩惠，這樣說起來，你是願意到濟南去的？」

二和點點頭道：「難得經理和我這樣想得面面俱到，我哪時還有不去之理！」

劉經理道：「那麼，你把這封信拿去，馬上可以到會計股去領薪，從明日起，你不必到公司裡來了。」說著，手裡取著那封信直伸過來，二和垂下手去，兩隻拳頭暗裡緊緊捏著，眼對了那封信，慢慢地站起身，且不接那信，眼淚又垂下來了。

三十九 劇變

丁二和這一副眼淚，在劉經理眼裡看來，自然是感激涕零了，但是二和伸手去接那封介紹信時，周身都跟了顫抖著，把信接過來以後，未免向劉經理瞪了一眼，立刻低了頭下去。

劉經理站起來笑道：「我們後會有期。」說時，伸出手來向二和握著。

二和也來不及去看他的臉，也照樣的伸出手來和他握著。當劉經理燙熱的手握在自己手心裡的時候，就恨不得將他由座位裡面直拖出來。勉強放著手，說了一聲多謝經理，這就扭轉身來向外走去。彷彿自己是吃了什麼興奮劑，步子開得特別大。

一直走到公司大門外面，才回轉頭來向公司裡凶狠狠的瞪眼望著，自言自語地道：「總有一天，我可以看到你們滅亡！」說著，氣憤的向前走了去。

走了有兩條街，自己突然站住了腳，失聲道：「怎麼回事？他發給我兩個月的薪水，我完全不要了嗎？雖然不是勞力去換來的，反正他們公司裡這種大企業，剝削得人民很可以，分他幾文用用，有什麼要緊！」

於是回到公司裡，在會計股把錢取到手，僱著車子，坦然的坐著，一路唱了皮簧回家去。進到院子裡以後，口裡還在哼著。

二姑娘在屋子裡迎了出來，笑問道：「這早就回來了？今天在路上撿著鈔票了吧？這樣歡喜。」

二和笑道：「你真會猜，一猜就猜著了。這不是鈔票？」說著，由懷裡掏出來，一把捏住，高高舉著。二姑娘看著，倒有些愕然。

二和也不理會她，一直走到老太太屋子裡去，高叫了一聲媽，接著昂起頭來，不住地哈哈大笑。

丁老太正坐在屋子裡念佛，心是很靜的，聽他笑聲裡不住地帶著慘音，便仰了臉問道：「什麼事？又和誰鬧了彆扭了吧？你這孩子，脾氣總不肯改。」

二和道：「和誰鬧彆扭？人家向我頭上找是非，我也沒有法子躲了吧？」

丁老太道：「誰向你找是非？我猜著了，又是你聽清唱的時候，同捧角的人發生衝突了吧？」

二和道：「那何至於。我要出門了。」說著，又呵呵笑了一陣。

丁老太只管仰著臉，把話聽得呆了，很久才點點頭道：「我知道，遲早你會走上這一條路的，你在公司裡辭過了職嗎？」

二和道：「用不著辭職，人家先動手了。」

丁老太道：「那麼是公司裡把你辭了？本來，你進公司去，就是一件僥倖的事。現在人家把你歇了，這叫來也容易，去也容易，你也不必怎麼放在心上。這個月剩下沒有用了的錢，大概還可以支持十天半月的。我知道新娘子手邊還很有幾文，稍微拿出來補貼幾文，我想一個月之內，還不會餓飯。」

二和道：「公司裡沒有辭我，而且還發了兩個月的恩薪呢。只是劉經理給我寫了一封薦信，好端端的要我到濟南去找官做。」

丁老太道：「這亦奇了，事先並沒有聽到他提過一個字呀。」

二和道：「你怎麼會知道？就是我本人在接到這信的前一秒鐘，我也不知道。他給我的時候，就說已經吩咐了會計股，給我預備下兩個月的薪水，馬上可以去拿。同時，又叮囑我說，自明天起，不必再到公司去了。」

丁老太點著頭，哦了一聲。

二和道：「這兩個月薪水，我本來打算不要，但是我若不要，那是白不要，我就拿回來了。這封介紹信，我恨不得立刻就撕碎了，可是轉念一想，留著做一項紀念品也好。」

丁老太默然了很久問道：「把你介紹給誰？」

二和道：「是一個姓袁的，現時在山東當民政廳長，據姓劉的說，也是在我們老爺子手下做過事的。」

丁老太道：「是袁木鐸吧？是有這樣一個人，他和劉經理是聯手。他介紹你去，你跟著去就是了，也許他真有一番提拔你的意思。」

二和在矮凳上，兩手撐了腿，將眼望了地面上的磚塊，只管出神。許久，才哼了一聲道：「他提拔我，那犯得上嗎？你是個慈善的人，絕不猜人家有什麼壞心眼。這是人家一條調虎離山之計，要把我轟出北京去。」

丁老太道：「那不至於吧？因為你已經夠受委屈的了。你在北京也好，你離開北京也好，礙不著姓劉的什麼事，他又何必要把你轟出北京去呢？」

二和道：「你有什麼不知道的，有錢的人，專門就愛糟蹋女人取樂兒。你說的話，是指著他糟蹋第一個女人說的；他現在又要糟蹋第二個女人，大概嫌我礙事，要把我轟跑。其實我握在人家手掌心裡，又能礙著人家什麼事呢？」

丁老太道：「第二個女人嗎？」說時，微微地搖著頭，繼續著道：「不會，不會，哪有第二個女人？干你什麼事？」

二和淡笑道：「當然你猜不著，就是我也想不到會在這個女人身上出了問題。月容不是在賣清唱嗎？他又看上了。大概知道月容和我以往的關係，覺著老為了女人和我過不去，是不大好的事，所以給我一塊肥肉吃，讓我走開。我不吃這肥肉，我得瞧瞧這究竟！這小子倚恃他有幾個臭錢，無惡不作，有一天，他別犯在我手上，犯在了我手上，哼！我要討飯，拿著棍子走遠些，也不能受他這種冤枉氣。」說著，在懷裡掏出那封介紹信來，嗤嗤幾聲，撕成了幾十片。

丁老太聽到這嗤嗤之聲，隨了站起身來，把手拖住了他的手，問道：「你這是怎麼了？撕什麼東西？」

二和道：「你攔著也來不及了，我撕得粉碎了。」

丁老太道：「你這孩子，還沒有窮怕？大把的撕鈔票，讓人家知道了，說我們……」二和把那捲鈔票塞到了丁老太手上，因道：「我也犯不上和鈔票生氣，你收著。我是撕了那封信，自己絕了離開北京的念頭。你坐著，你坐著。」說著，兩手扶了老娘，讓她慢慢地在椅子上坐下。

丁老太點點頭道：「你這倒是對的。我們也不是那樣太無骨氣的人，一回兩回的，只管讓人支使著。月容這孩子怎麼會和他認識了呢？再說，她已經和你見了面了，也該到我們這兒來瞧瞧，不上這兒，倒和姓劉的認識了呢？」

二和道：「你想，一個賣藝的人，又是女孩子，而且還到了日暮途窮，像劉經理這樣坐著汽車，到處花錢的人，她還有什麼不肯將就的？」

丁老太道：「那也不見得她就肯隨便跟上姓劉的。」

二和道：「她隨便不隨便，我不知道。不過前兩天，她同姓劉的坐著汽車到公司裡來，姓劉的下了車，汽車再送她走。看那樣子，還不是隨便的交情呢。」

丁老太聽說，還沒有答言，卻聽到房門外面轟咚一聲響。丁老太道：「什麼東西摔了？」

田二姑娘在門外答道：「沒有什麼，我碰到一下門。」說著這話，她也隨著進來了。

二和對她看了一眼，也沒做聲。

二姑娘一低頭，見滿地撒著碎紙片兒，便笑問道：「我們二爺，也是個新人物兒，不愛惜字紙。」

二和微笑道：「我剛才和老太太說的話，你沒有聽到嗎？」

二姑娘道：「我沒有留心，大概也聽到幾句。」

二和笑道：「就是我們這位有仁有義的劉經理，要我到濟南去的介紹信。你想，我縱然十分沒有出息，能夠這樣隨便聽人調度嗎？」

二姑娘早是紅著臉站在一邊，手扶了桌子犄角，把頭低下去。但一低頭，又看到自己的腹部隆然拱起，更是加上了心裡一層不安，但又不便完全含糊不理，因之用了低微的聲音答道：「公司裡的事，你是小心謹慎的幹著，這又要把你調走，真是……」

二和突然站起來，兩手同搖著道：「甚麼話也不用提，明天我已經不到公司去了，今晚上也不必睡得那樣早，我想出去聽一晚戲，把晚飯弄早一點兒罷。」

丁老太道：「你這孩子，還要去聽戲？」

二和沉著臉道：「我怎麼樣不知趣，也不能夠去聽月容的戲，聽說她就在這兩天要上臺，但今天晚上，還不是她上臺的日子。她上臺的時候，我們這位劉經理，預備了包兩百個散座，八個包廂。這樣子的捧法子，是有聲有色。我們花三毛錢，坐兩廊的人，她會睬我嗎？」

丁老太道：「今天你只管發脾氣，出去恐怕要惹亂子，我在家裡坐著不放心。」

二和笑道：「你有什麼不放心，難道……咦，你怎麼流起眼淚來了？」說著，向身旁站的二姑娘道：「掉過臉來望著。」

二姑娘在懷裡掏出手絹來，連連擦了兩下眼睛，又強笑起來道：「我哭什麼呢？我怨你不帶我出去聽戲嗎？」

二和道：「那為什麼呢？總有一個原因。」說這話時，向她嘻嘻地笑著。

二姑娘嘆了一下無聲的氣，因道：「這年頭，真是**人心大變**。」就只說了這四個字，以下就沒有什麼話了。站在桌子邊，兩手環抱在胸前，只是把一隻腳在地上緩緩地點動著，很久很久的發著愣。

二和笑道：「這是一句戲詞兒呀，怎麼在上面又另外加著『真是』兩個字？你在哪一點上，見得人心大變呢？」

二姑娘道：「我也不過是聽了你的話發一點感慨，我又何必在這裡面多事。」她說完了這話，連丁老太都微偏了頭想了一想，感到她的話有些文不對題。

二和又在小凳子上坐下了，手扶了兩條大腿，將右腳不住地在地面上打著拍子，然後點點頭道：「好罷，我也不去聽戲了，讓老媽子去給打四兩白乾來喝罷。喝了就睡覺，大概不會出什麼亂子。媽，這一點要求，你總可以答應吧？」

丁老太道：「好罷，你就只喝四兩，別多喝。」

二和站起來，拍二姑娘的肩膀，笑道：「喂，給我們弄點下酒的去。」

二姑娘笑道：「多打二兩酒，我也喝二兩，成不成？」

二和道：「怎麼著，你心裡也憋得難受？要喝二兩去煩惱嗎？」

二姑娘笑道：「我有什麼煩惱？有道是一人不吃酒，二人不打牌，陪你喝上兩杯。」

二和點點頭道：「好的，你就陪我喝上兩杯。」

二姑娘道：「我給你做菜去，你別出門了。」說著，她真走了。

丁老太道：「她有孕的人，你要她陪你喝酒做什麼？」

二和笑道：「也許她心裡比我還難受，讓她喝一點罷。」

丁老太低聲道：「這孩子總算知錯的，怎好讓她胡亂吃酒？仔細妨礙著大人。」

二和笑道：「二兩酒也不至於出什麼毛病，她要喝就讓她喝罷。」

丁老太聽到他的話，是這樣堅決的主張，不願多談，只輕輕地嘆了一口氣。

二和站起來，伸了一個懶腰，又站著向母親凝視了一會，因笑道：「你放心，反正我不能惹下什麼亂子來的。」

丁老太道：「我倒不是怕你喝酒，只是你這樣心裡發躁，讓人聽著怪不舒服的。」

二和嘻嘻笑道：「好好，從此刻起，我不說什麼。大不了，湊合幾個錢，鬧一輛車子，還做我的老行當去。」說了這話，又同丁老太說了二三十分鐘閒話，方才走回自己屋子裡去。卻見大的碗，小的盤子，都在桌上擺著，二姑娘手提了一把小酒壺，笑嘻嘻的跟了進來。

二和道：「這不像話，怎麼擺好了酒菜，在屋子裡吃喝，不要老娘了嗎？」

二姑娘將擺在桌子橫頭的空酒杯子，先斟上了一杯，隨著笑道：「老太太的三餐飯，全得你留神，那我也太不知道做兒媳的規矩了，在你沒有回來的時候，我就做了一碗湯麵吃過了，現在老太太聽到說你沒有了事，心裡就會橫擱上一塊石頭，除了飯吃不下，恐怕有好幾宿不能睡覺呢。咱們從前作街坊的時候，你不在家，我們姑嫂倆常陪著老太太聊天，就知道你有了什麼事，她總是整宿不睡的，今晚上又該不睡了。」

二和道：「你說這話，我心裡頭大為感動，憑你以前照顧我瞎子老娘這一點說起來，我就該報你的恩。於今，我這老娘，還得望你多照應。」說著，臉色沉鬱著，眼圈兒一紅。

二姑娘走上前一步，拉著他的手，讓他在桌子邊坐下，將兩手輕輕地按住他的肩膀，又拍了幾拍，輕輕地道：「二哥，你喝罷，我滿心裡，只有對不住你的一個念頭，你幹嘛說這些話？說了是更加讓我心裡難受。」

她說著，也就在對面椅子上坐下，端起杯子來，向二和舉了一舉，因微笑道：「喝罷，別把公司裡的事放在心上。咱們好好的幹，還不至於沒有飯吃。」

二和道：「你怎麼想起來了要喝酒？」

二姑娘低垂了眼皮，將手撫摸著比齊了放在桌面上的筷子，因道：「我是非常之對不起你。」

二和皺了眉道：「這句話，你總說過千百次了，你常是這樣說著，又有什麼用？」

二姑娘道：「我並不是怕你算什麼舊帳，無奈我做事越來越錯。這……一……次，又是我錯了。」

二和正端著一杯酒來，待要喝下，聽了這句話，不免愣住了，只是將一杯酒要舉不舉的，向她望著道：「你這什麼意思？」

二姑娘道：「是我聽到你說月容又出臺來了，我怕你又去追她，把我扔下，我給老劉打了個電話，請他別讓你誤了公事去聽戲。」

二和道：「那麼，是你要他到戲館裡去逮我？」

二姑娘點點頭，眼皮垂下，沒有向他看過來。

二和笑道：「我老早知道了，要不，他怎麼知道我私人的行為？我沒追上月容，老劉倒追上月容了。這讓你心裡更難過吧？」

二姑娘紅了臉道：「你這是什麼話！我的意思是他怕你搗亂，把你調走。你離開了公司，有沒有事，他又不保險，那簡直就是借題目，把……」

二和放下酒杯，用力在桌上按一按，表示他意思的沉著，不等她說完，連連搖了兩下手道：「不對，不對。他一定會讓濟南的袁廳長給我找一件事的。最好是這件事可以打動我的心，簡直一去不回來。那麼，把你再送到山東去，他輕了累，可以專心來玩月容了。」

二姑娘聽了這話，臉上只管紅著，將右手按住的酒壺，斟了一杯酒喝著，還不肯放手，又斟一杯酒喝下。

直待斟過了第三杯時，二和將筷子夾了一塊紅繞牛肉送到嘴邊，卻突然把筷子啪的一響放下，伸手過來，將杯子按住，問道：「這是白乾，你幹嘛這個樣子喝？」

二姑娘望了他，眼淚水要滴下來，顫著聲音道：「我害怕。」

二和索性起身過來，握住她的手道：「你心裡頭還有什麼痛苦嗎？不必害怕，只管說出來。我能同你分憂解愁的，一定同你分憂解愁；若是不能，你說出來了，比悶在心裡頭憋著那要好得多。」

二姑娘不敢抬起頭來，緩緩地道：「我連喝幾杯酒，就是壯我的膽子，要把話告訴你。他以先對我說過，教我忍耐著，暫受一些時候的委屈，將來總有一天，可以抬頭的。在我受著委屈的日子，只要他不死，每月暗下裡津貼我五十塊錢。就是一層，千萬別把我肚子裡這件事給說破了。我貪著這每月的五十塊錢，我……」

二和也覺酒氣上湧，耳朵根都紅了，搖撼著她的手道：「你怎麼樣呢？你！」

二姑娘搖搖頭道：「你不用問，反正他是個壞人。我以前錯了，不該再錯，貪圖的這五十塊錢，絕靠不住的。因為我們結婚的時候，他明明白白說了，保證你公司裡這隻飯碗絕不會打破，現在明許的也推倒了，暗許的還靠得住嗎？我恨極了他！總是騙人！」說著，咬了牙齒，將手捏了個拳頭，在桌上捶著，接著道：「我本來就覺得你這人很忠厚，待你就不錯，嫁了你，我就更當為你，現在好好兒的把你事情丟了，我實在對不起你，我們全上了人家的當，以後這日子又要……」

她忽然反握了二和的手道：「我不要緊，可以吃苦，你也是個能吃苦的人。就是老太太剛舒服了幾天，又叫她吃了上頓愁下頓，真不過意。不過咱們拚著命幹，你找個小生意做，我做點活幫貼著，也許不至於窮到以前那樣。」

二和呆了一呆，然後回到原來的座位上去，哈哈笑道：「我說你為什麼這樣起急？也為的是受了劉經理的騙。哈哈，這叫一條被不蓋兩樣的人，哈哈。」說畢，一伸手把酒壺隔桌面拿了過去，先滿上一杯，右手捏著壺且不放下，用手端著杯向口裡一倒。

然後放下杯子，交手一拍桌子道：「好小子，你要玩女人，又怕招是非。是非移到別人頭上去了，你又要討便宜！我爸爸是個小軍閥，還有三分牛性遺傳給我。我沒法子對付你，我宰了你！豁出去了拼了這小八字，替社會上除了這個禍害。」

二姑娘回頭看了看外面，正色道：「酒還沒有喝醉呢，可別說這樣招是非的話。」

二和又斟了一杯酒，端在嘴唇邊，唧的一聲，把酒吸到嘴裡去，紅著眼睛望了桌子角上那盞煤油燈，淡笑了一笑。

二姑娘對他看了一看，問道：「平常你也有三四兩的量，怎麼今天一喝就醉？」

二和帶著酒壺搖撼了幾下，笑道：「我說，田家二姑娘，你可別想不穿，在酒裡放下了毒藥。」

二姑娘道：「別胡說，老太太知道了，又說我們沒志氣。」

二和擺擺頭道：「志氣，哼，這話是很難說的。」交代了這句，他已不肯多說了，只管喝酒吃菜。

直斟到有十杯酒上下，二和兩手扶著桌沿站了起來，晃蕩著身體，望了二姑娘道：「我要四兩，你又加了二兩，共是六兩酒，咱們喝了這樣久。」

二姑娘笑道：「管它多少，夠喝就行了。給你盛碗飯吧？」

二和搖著頭道：「醉了，不吃了，我要去睡覺了。」口裡說著，手扶了桌椅，就走到床邊去，身子向床上一倒，就什麼全不知道了。

一覺醒來，看到窗戶紙上已是成了白色。再看看床上，被褥既沒有展開，也不見二姑娘，便道：「咦，怎麼著，人沒有了？」猛然坐了起來。頭還有些昏沉沉的，於是手扶了床欄杆，緩緩站了起來，向屋子周圍看了一看，昂著頭就向門外叫道：「媽，二姑娘在你屋子裡嗎？」

丁老太道：「沒有呀，起來得這樣早？大冷天的。」

二和道：「昨晚上我喝醉了，她沒在床上睡。」說著這話，已到了老太太房門口。家裡的老媽子可就在廂房裡插嘴了，她道：「二奶奶昨晚上九點鐘就出去了，她讓我關街門的。說是二點以前準回來的，沒想到一宿沒回來。」

丁老太還是在床上睡的，這就一翻身坐了起來，問道：「二和，你昨天喝醉了酒，說她一些什麼了？」

二和倒站在屋子裡發愣。很遲疑了一會子，因道：「我並沒有醉，更沒有說她什麼。」

丁老太道：「那她為什麼連夜就跑走了？」

二和道：「實是奇怪。我的事，用不著她這樣著急。」

丁老太道：「你聽門口汽車響，是什麼人把她送回來了吧？」二和也覺得有汽車在門口停止的聲音，這也透著很奇怪，便直奔外院。

打開大門來，挺立在面前的，卻是公司裡趙二。雖然臉上先放下笑容來，可是兩個眼睛眶子陷落下去，面皮上沒有血色，灰沉沉的，顯然是熬了夜。

他先道：「你早起來了？沒出門？」

二和才點頭道：「趙二爺，早呵。天剛亮，哪裡就出去了？這早光降，一定有什麼事指教，請裡面坐。」

趙二道：「不必了，我還要走，就在這裡告訴你罷。嫂夫人昨晚沒回來嗎？」

二和對他周身上下很快的看了一眼，因道：「二爺知道她在哪裡嗎？」

趙二伸手握著二和的手，低聲軟氣的道：「就為這事來的了。昨天晚上，我們一群人又在東興樓請月容吃飯，八點來鐘，還沒有散席呢，二嫂子不知道在哪裡訪著了，也突然的跑了去。」

二和愕然道：「是嗎，我喝了兩盅晚酒，老早的睡了，她出去我也不知道。你們在東興樓吃飯，她怎麼會知道呢？」

趙二道：「借個電話，劉宅門房一問，有什麼打聽不出來的？這且不管了，她這件事透著孟浪一點。」

二和伸起手來，連搔了幾下頭髮，皺了眉道：「實在的，她跑去幹什麼？」

趙二道：「她去倒沒有別的事，她因經理把你介紹到濟南去，以為是你的事情辭掉了，特意去找經理說話。她那意思，以為你們的婚姻，也是經理主持成功的。現在婚後不到三個月，丈夫沒有了職業，好像扶起來是劉經理，推倒也是劉經理，這話有點兒說不過去。可是劉經理就不這樣想了，以為你嫂夫人這樣去找他，很礙著他的面子。把嫂夫人由屋子裡推出來，嫂夫人向後退，忘了跨門限……」

二和道：「摔了？動了胎了？」向趙二臉上望著，接連的問這樣兩句話。

趙二拱拱拳頭，陪著笑道：「現時在醫院裡，昨晚就小產了，大概大人不礙事。」

二和紅了臉，重聲道：「為什麼昨晚上不來告訴我？」

趙二道：「嫂夫人不許我們來報告，那也沒有法子。」

二和極力的抿了嘴唇，鼻子裡哼了一聲道：「隨便推一下，就動了胎了？我還有點不相信。內人到東興樓的時候，月容在那裡嗎？」

趙二道：「嫂嫂脾氣急一點，不該見面就給月容一個難堪。她說，你巴結劉經理，丁二和也管不著你，你為什麼要把他的飯碗打破？漫說你們不過是過去有交情，就是現在有了交情，一個女戲子同時有兩三個老頭的也多得很，你何必把他當了眼中釘？月容到底年輕，讓她一頓說著，坐在桌子邊，臉色灰白，一句也說不出來。你想，老劉這個人，可擱得住這樣的事？便喝了一聲說，你是什麼好東西？嫂嫂也厲害，她當著滿桌子人說，各位，你們知道姓劉的是什麼人？讓我來宣佈他的歷史……我們瞧事不好，趕快勸走她，不想拉拉扯扯，就閃了胎了。總算劉經理不計較，立刻把自己的汽車，送嫂嫂到醫院裡去了。」

二和陪著他站在門洞子裡，很久很久，沒有說話，將手撫著頭，橫了眼對門外路上看著。

趙二以為他注意這部汽車，便拱拱手笑道：「我們就坐這車子到醫院那裡去。假使嫂嫂病好了，那自是千好萬好……」

二和猛然的抓住他的手道：「什麼！另外還有什麼危險？」

趙二苦笑道：「小產自然是讓大人不怎麼舒服的事，閒話不用說了，我們先去看她要緊。」

二和見老媽子在院子裡，叮囑她不必驚動老太，便和趙二坐上了汽車。

二十分鐘，二和已經站在一間病房的門口。

那個穿白衣服的女看護，手上托著一木盤子繃布藥瓶出來，反手輕輕地將門帶上，向二和輕輕地道：「請你進去罷。」

二和推門進去時，見屋子裡只有一張病床，枕頭墊得高高的，二姑娘半躺半坐著。將白色棉被擁蓋了全身，堆了全枕頭的枯焦的頭髮，面色讓白被白枕一襯托，像黃蠟塑的臉子，兩隻眼睛陷下去兩個大窟窿。

看到二和進來，她將頭微微點了一下，嘴角一牽，露出兩排雪白的長牙，透著一種淒慘的樣子。

二和走近床邊，只問了「怎麼樣」一句話，二姑娘兩行眼淚，已是由臉上順流下來。二和向前一步，彎腰握住她的手，輕輕地道：「胎已經下來了？」

二姑娘點點頭道：「進醫院不到一點鐘就下來了。」

二和道：「這樣也好，替你身上輕了一層累。」

二姑娘又露著白牙一笑，接著道：「但是……」說著，合了一下眼睛，接著道：「但是我人不行了。」

二和道：「現在血止了沒有？」

二姑娘道：「昨夜昏過去三次，現在清醒多了。」

她將極低的聲音緩緩地說著，將手握住了二和的手，先望了他，然後慢慢地閉上眼睛道：「我自己說我自己，那是很對的。事情越做越錯……」

二和道：「這些事不必提了，你好好的養病。」

二姑娘閉著眼睛總有五分鐘，好在她的手還在二和手上握著的，二和也就讓她去養神。

二姑娘復睜開眼來，聲音更透著微弱了，向二和臉上注視著道：「**我要是過去了，你就把月容娶過來罷**，她為人比我賢良得多。我以往恨她也是無味，她根本就不知道咱們的事。」

二和見她說完了話，有些喘氣，就輕輕地拍著她的肩膀道：「你不要難受，先休息兩天，把身體休養好了再說。」

二姑娘微微一笑，又閉上了眼，然後扯扯二和的衣袖道：「我到醫院裡來以後，我的親人還只有你一個人知道。你能不能到我家裡去一趟，給我兄嫂報一個信兒，我只是想和親人見一面。」

二和托著她的手，輕輕拍著她的手背道：「好，你靜靜兒躺一會兒罷，我立刻就去。」

二姑娘聽著，就點了兩點頭。

二和等她合上眼睛，就掉轉身體出去。到了房門口的時候，也曾掉轉身來回頭向床上看著，恰是二姑娘睜開眼來，向房門口看著，她就把靠在枕頭上的頭，微微地點了兩點。

二和復走回來，站到床頭邊，將手輕輕摸著她的頭笑道：「不要緊的，你安心養病。」

二姑娘又微微地做了一個慘笑，由被裡緩緩伸出手來，握著他的手道：「我昨晚上太性急了一點，不怪月容。她要做你的女人，一定比我賢良得多，你不要忘了我剛才的話，這樣一個好人，別讓她落在姓劉的手上糟蹋了。」

二和道：「你不要胡思亂想，我去找你哥嫂來。」

二姑娘鬆了手，點點頭，先對二和注視一番，緩緩閉上了眼睛。

二和在這個時候，將過去的一些心頭疙瘩已是完全丟個乾淨。站在床面前，望著她出了一會神，放輕腳步，走出病房，心裡可在想著，假使她真有個不幸，那是太委屈了。而這兩個月來，自己給她受的委屈也不少。這樣懊悔著，緩緩地踱出了醫院。

見對面人家屋脊上，受東起的太陽斜照著，抹上一片殷紅的陽光。瓦縫裡藏著積雪，晨風由屋頭上向地面壓下來，將那碎雪夾著灰塵，一齊向人身上撲著，讓人先打了個寒戰，覺得目前的現象，是真帶有淒慘的意味。但心裡想著，這是心理作用，哪一個冬天的早上，不是這樣子呢？這樣一解釋，也就坦然的向田老大家裡報信去。

冬天日短，太陽是很快的由人家屋脊向地面走來。在太陽光撒遍滿地的時候，醫院大門口，已是停著一大片人力車。看病的人，紛紛向著醫院裡進去。雖不見得什麼人臉上帶了笑容，但也不見得有淚容；就是醫院裡出來的人，臉上也很和平鎮定，不像醫院裡出了什麼問題。這把坐在車上，一路揣想著二姑娘更要陷入危險境地的幻想慢慢加以糾正，下了車子走進醫院門，田大嫂是特別的性急，已經三步兩步的搶著走了進去。

田老大恐怕她不懂醫院裡規矩，會鬧出什麼笑話，自也緊緊地跟著。當二和走到病房門口時，他夫婦倆已進去了。

醫院裡規矩，是不准兩人以上到病房裡去的，只好站在門外等著。這樣還不到五分鐘，聽到窸窸窣窣的聲音，門開了，田老大挽著他媳婦一隻手胳膀出來。只見田大嫂兩眼淚水像拋沙一般在臉上掛著，張了大嘴，哽咽著只管抖顫，彎著腰，已是抬不起來。

田老大臉上慘白，眼角上掛著淚珠。二和看到，一陣昏暈，幾乎倒了下去，翻了眼望著他們問道：「人……怎麼了？」

田老大搖搖頭，低聲道：「過去了。」

二和聽了這話，兩腳一跺，且不進病房，轉身就向外跑，叫道：「我和姓劉的拼了！」在他這句話說完以後，連在一旁的看護們，也都有些發呆呢。

田老大對於自己家裡的事，說明白，卻糊塗，說糊塗，多少又明白一點，今天妹妹被劉經理推動得小產了，便也有一種說不出來的苦悶。這時妹妹死了，也就顧不得自己的職業，心裡計劃著，要和姓劉的算帳，二和一聲大喊，跳起來要和姓劉的拚命，引起了他的共鳴，也跳著腳道：「是要同他媽的拼了！」

二和本來就是滿腔怒火不能忍耐，經田老大這樣鼓勵一句，立刻扭轉身子，就向醫院大門外走。

四十 夜深沉

二和手握了尖刀柄，掂了兩掂，冷笑一聲，緩緩地伸進衣襟底下，插在板帶裡。背了兩手，繞著戲院子後牆走。但聽得一陣陣的鑼鼓絲弦之聲，跳過了牆頭來。

胡同裡兩個人力車夫，有氣無力的拉著車把，悄悄過去。那電桿上的路燈，照著這車篷子上一片白色，猛可的省悟，已經是下雪了。在空中燈光裡，許多雪片亂飛，**牆裡牆外，簡直是兩個世界**。心裡估計著戲館子裡情形，兩隻腳是不由自己指揮，只管一步步的向前移著。

走上了大街，看那戲館子門口，層層疊疊的車子，還是牽連的排列著。在雪花陣裡，有幾叢熱氣，向半空裡紛騰著，那便是賣熟食的擔子，趁熱鬧做生意。走到那門口，斜對過有一家酒店，還有通亮的燈光，由玻璃窗戶裡透出來。隔了玻璃窗戶，向裡張望一下，坐滿了人，也就掀了簾子進去。找個面牆的小桌子坐著，又要了四兩酒，慢慢地喝著。

一斜眼，卻看到劉經理的汽車夫，也坐在櫃檯旁高凳子上獨酌，用櫃檯上擺的小碟子下酒，於是把身子更歪一點，將鴨舌帽更向下拉一點，免得讓他看見，但是這樣一來，酒喝得更慢，無心離開了。

不多一會，卻見宋子豪搶了進來，向汽車夫笑道：「好大雪。李四哥辛苦了。」

汽車夫道：「沒什麼，我們幹的是這行，總得守著車子等主人。有這麼一個喝酒的地方，這就不錯了。你怎麼有工夫出來？喝一杯。」

宋子豪道：「我特意出來告訴你一句話，你喝完了，還把車子開到後門口去等著。」

汽車夫道：「戲完了，當然送楊老闆回家。」

宋子豪道：「事情還瞞得了你嗎？」說著，低了聲音，嘰咕一陣，又拍拍汽車夫的肩膀，笑著去了。

二和看到，心裡卻是一動。等著汽車夫走了，自己也就會了酒帳，繞著小胡同，再到戲館子後門去。

這時，那汽車又上了門。車子是空的，大概汽車夫進去了。於是站在斜對過一個門洞子裡，閃在角落裡，向這邊望著。

這已是十一點多鐘了，胡同裡很少雜亂的聲音，隔著戲館後牆，咿唔咿唔，胡琴配著其他樂器，拉了《夜深沉》的調子，很淒楚的送進耳朵。

在這胡琴聲中，路燈照著半空裡的雪花，緊一陣，鬆一陣，但見地面上的積雪倒有尺來厚。胡同裡沒有了人影，只是那路燈照著雪地，白光裡寒氣逼人。

一會兒工夫，戲館子裡《夜深沉》的胡琴拉完了，這便是《霸王別姬》的終場。二和料著月容快要出來，更抖擻精神注視著。

十分鐘後，鑼鼓停止，前面人聲喧譁，已是散了戲。不多一會，那後門呀然開著，汽車夫先出來了，上車去開發動機，嗚咻嗚響著。

又一會，一個穿大衣的男人出來了，他扶著車低聲道：「我坐那乘車行裡的車子，陪太太回去。你把這乘車子送楊小姐到俱樂部去。你先別言語，只說送她回家，到了俱樂部，你一直把車子開到院子裡去。一切我都安排好了。」

汽車夫道：「經理什麼時候去？」

那人道：「不過一點鐘。蔣五、趙二都會在那裡等著的，他們會接楊小姐下車。說好了，我們打一宿牌。記住了，記住了。」說畢，那人又縮進門去。

二和看定了，那人正是劉經理，心想：「這樣看起來，月容還沒有和他妥協，**他這又是在掘著火坑，靜等著月容掉下去呢。**」

以後，又不到十分鐘，一陣人聲喧譁，燈光由門裡射出來，四五個男女簇擁著月容出來。

月容一面上車，一面道：「怎麼我一個人先回去？下著大雪呢，你們和我同車走不好嗎？」

卻聽到黃氏道：「宋三爺有事和館子裡人接洽，走不了。後臺有人欠我的錢，好容易碰著了，我也得追問個水落石出。」

這樣解釋著，月容已是被擁上了車。車子裡的電燈一亮，見她已穿著皮領子大衣，在毛茸茸的領上面，露出一張紅通通的面孔，證明是戲妝沒洗乾淨。口裡斜銜了一支綠色的蚪角菸嘴子，靠了車廂坐著，態度很是自得。喇叭嗚的一聲，車子走了，雪地裡多添了兩道深的車轍。

二和走出了人家的門洞，抬頭向天上看看，自言自語的道：「她已經墮落了。只看她那副架子，別管她，隨她去罷。」

對那戲館子後門看看，見裡面燈火熄了大半，可是還是人影亂晃，於是嘆了口氣道：「她怎麼不會壞！」

低了頭緩緩走著雪路，就走上了大街，卻見宋子豪口銜了菸捲，手提了胡琴袋，迎頭走來。雖然他不減向來寒酸樣子，頭上已戴了一頂毛繩套頭帽，身上披著麻布袋似的粗呢大衣，顯是兩個人了。

二和迎上前，叫了一聲三爺。他站住了，身子晃了兩晃，一陣酒氣向人撲來。問道：「丁老二，那盆冷水沒有把你潑走？你又來了？」

二和道：「大街上不許我走路嗎？」

宋子豪道：「你用了劉經理五六百塊錢，你這小子沒良心，還要搗亂。我告訴你，軍警督察處處長和劉經理是把子，今天也在這裡聽戲。你先在園子後門口藏藏躲躲，沒有把你捆起來，就算便宜了你，你還敢來？可是，人家這會兒在俱樂部開心去了。你在這裡冒著大雪，吃什麼飛醋？哈哈哈。」說著，將二和一推，向前走了。

二和站在雪裡呆了一會，忽然拔開步來，徑直就向前走。約有半小時之久，已是到了所謂的俱樂部門口。一幢西式樓房，在一片雲林子矗出。樓上有兩處垂下紅紗簾子，在玻璃窗內透出燈光。

正遙遠地望著呢，那院子門開了，閃出兩條白光，嗚嗚的喇叭響著，一輛汽車開出來了。那汽車開出了門，雪地裡轉著彎，很是遲緩。在暗地裡看亮處，可以看出裡面兩個人是蔣五和趙二，他們笑嘻嘻的並排坐著。

這輛車子呢，就是劉經理私有的。車子轉好了彎，飛跑過去。輪子上捲起來的雪點，倒飛了二和一身。立刻俱樂部門口那盞燈熄了。這時離著路燈又遠，霧沉沉的，整條胡同在雪陣裡。

二和見門口牆上小窗戶裡，還露著燈光，便輕輕移步向前走去，貼了牆，站在窗戶下靜靜聽著。有人道：「有錢什麼也好辦。登臺第一宿的角兒，劉經理就有法子把她弄了來玩。」

二和聽了，一腔怒氣向上湧著，右手就在懷裡抽出刀來緊緊握著，一步閃到胡同中間。正打量進去的路線，卻見樓上窗戶燈光突然熄滅，只有一些微微地桃色幻光由窗戶裡透出。再向四周圍看，一點聲音沒有，也不看到什麼東西活動，雪花是不住地向人身上撲著。

他咬了牙，站在雪地裡發呆。不知多久，忽然噹噹幾聲大鐘響由半空裡傳了來，於是想到禮拜堂的鐘，想到年邁的老娘，兩行熱淚在冷冰的臉上流下來。

噹，噹，遠遠的鐘聲又送來兩響，那尾音拖得很長，噹的聲音變成嗡的聲音，漸漸細微至於沒有。這半空裡，雪被鐘聲一催，更是湧下來。

二和站在雪霧裡嘆了口長氣，不知不覺將刀插入懷裡，兩腳踏了積雪，離開俱樂部大門。

這地除他自己之外，沒有第二個人，冷巷長長的，寒夜沉沉的。抬頭一看，大雪的潔白遮蓋了世上的一切，夜深深的，夜沉沉的。

全書完

*書中字詞考釋

1 如響斯應：語出《佛說四十二經》：「猶回應聲，影之隨形。」形容反響極快。比喻效驗迅速。也作「如應斯響」。

2 猛可：突然，猛然間。

3 箱楨：要用兩人抬的裝財物的行李。

4 和弄：拌和，攪拌。

5 班輩：輩分。

6 財喜：舊時認為有錢進門是喜事，所以把獲得的錢財叫作財喜。

7 嚼穀：生活的開支、費用。《續孽海花》第四十二回：「只要夠他的嚼穀，他有什麼不願意呢？」也作「嚼用」。

8 打問訊：出家人的行禮。

9 手記：指環、戒指的別稱。

10 俯允：敬詞，對方或上級允許。

11 無如：無可奈何。

12 俄延：拖延，耽擱。

13 未便：不便，不宜。

夜深沉【典藏新版】

作者：張恨水
發行人：陳曉林
出版所：風雲時代出版股份有限公司
地址：10576台北市民生東路五段178號7樓之3
電話：(02) 2756-0949
傳真：(02) 2765-3799
執行主編：朱墨菲
美術設計：許惠芳
業務總監：張瑋鳳

初版日期：2025年2月
ISBN ：978-626-7510-26-1
風雲書網：http://www.eastbooks.com.tw
官方部落格：http://eastbooks.pixnet.net/blog
Facebook：http://www.facebook.com/h7560949
E-mail：h7560949@ms15.hinet.net
劃撥帳號：12043291
戶名：風雲時代出版股份有限公司

風雲發行所：33373桃園市龜山區公西村2鄰復興街304巷96號
電話：(03) 318-1378
傳真：(03) 318-1378
法律顧問：永然法律事務所 李永然律師
北辰著作權事務所 蕭雄淋律師

行政院新聞局局版台業字第3595號 營利事業統一編號22759935

定價：550元

國家圖書館出版品預行編目資料

夜深沉／張恨水 著. -- 初版 -- -- 臺北市：風雲時代出版股份有限公司，2025.02- 面；公分

ISBN 978-626-7510-26-1（平裝）

857.7　　113016521